总主编／潘鲁生　邱运华
执行总主编／王锦强
主　编／安德明
副主编／祝鹏程　陈娟娟

2018 民间文艺研究论丛
年选佳作

民俗文化

ANNUAL SELECTIONS OF PAPERS ON FOLK LITERATURE AND ART STUDIES 2018:
FOLKLORE

社会科学文献出版社
SOCIAL SCIENCES ACADEMIC PRESS (CHINA)

总　序

新时代民间文艺创作实践和学术研究具有多样性特点，传统的创作的主题、手段和呈现方式已经大大改变。而创作实践的变化，必然带来理论的改变。在这个背景下，系统思考民间文艺理论，就显得十分紧迫。因此，我们每年将整理上年度我国在民间工艺、民俗文化和民间文学方面的研究成果，将其奉献给学术界，以便大家共同思考。

一

"民间文艺"在当下社会是一门显学，这对于一个学科来说，是一件很幸运的事情。之所以说"在当下社会"，是因为进入21世纪以来，社会各界都清晰地认识到中国文化建设和发展的基础，离不开传统文化。而传统文化，除了诗书礼义之学、唐诗宋词等，其他的大多都归属于民间文化。离开了民间文化，所谓传统文化，就所剩无几了。毕竟五千多年来，老百姓坚守千百年形成的日常生活方式，不间断传承民族的生活习俗、生存和生产技艺，创造生产工具和生活用具，鼎力拱卫中华民族世代认同的传统价值观，维护传统审美风尚和艺术趣味，将这些民间文化凝聚为世代相传的民间文艺。中华美学里有一个命题叫作"由艺进道"，可以很恰当地指称这个关系。在新的历史时期，作为传统文化中的重要组成部分，民间文艺也成为当下社会关注的热点。

21世纪之初，中国民协倡导中国民间文化遗产抢救工程，全社会对文化遗产的高度认同，已经预示着一个新的文化高潮的到来。这一文化高潮与20世纪八九十年代的"文化热"具有完全不同的性质。20世纪80年代曾经发生以回归和批判为指向的文化热潮，在文化界和思想界产生了巨大影响，它裹挟着形形色色的西学思潮，成为80年代启蒙或曰"新启蒙"运动的重要推手。我们可以在当下日渐沉寂的一批思想家、文学家的名字里体味那个时代的思想和艺术。到了90年代，则转入了文化反思阶段，有的学者称为"文化保守主义"时代。这个时代诞生了属于我们自己的文化思想，对于21世纪的文化走向来说，也许这个十年更具有研究价值。不止是主题转向问题，而是那个"退场""出场"的口号，实际上把文化独立于其他元素的命题再次提出来，并得到学术圈内外的认同。这是历史给予学术界的机遇。笔者认为，90年代留下来的众多遗产中，一个是民族文化主体地位凸显，另一个是文化研究（不局限于伯明翰学派意义上的文化研究）独立领域形成，对21世纪学术（包括民间文艺的学术研究和创作实践）研究的影响力最为巨大。在这个背景下，我们来看进入21世纪以来将近20年的学术进展，就能够深刻感受到，一个全民族高度认同的对传统文化的抢救、保护、发掘、利用和研究的局面，是民间文艺成为显学的背景。这是它的幸运。

但是，这也潜含着作为一门学科的民间文艺的不幸。相对全社会普遍关注的这一局面，民间文艺学科体制的格局就过于狭窄。学科体制主要存在于高等教育、科学研究领域，自新中国成立以来，民间文艺的学科地位就分别设置在中国语言文学学科（包括汉语言文学和各民族语言文学）和艺术学科两个学科中，受到学科体制的限制，没有得到整合。知识体系、课程设置、学位点设置、人才培养和科研评价体系等，长期以来分而设之，缺乏整体设计。改革开放以来，随着学位制度体系规范化，民间文艺学科的两翼——民间文学和民间工艺美术各自都得到长足发展。例如，以北京师范大学、北京大学、复旦大学、中央民族大学、中山大学、山东大学、四川大学和辽宁大学等为代表的高等院校系统，以中国社会科学院和各省市自治区为代表的科学院系统，是民间文学学科的代表；以中国艺术研究院、中央工艺美术学院、中央美术学院、中国美术学院和省市自治区所属美术学院、工艺美术学院和师范大学美术学院为主体，是民间工艺美术学科的主体。这两个系统彼此长期独立运行，缺乏相应的融合。这一局面的存在，实际上说明了民间文艺学科建设存在缺陷。

民间文艺作为一门学科，长期以文艺学、民族学、社会学等学科为支撑。进入20世纪90年代以后，西方文化学的影响越来越大，而民间文艺界也越发清晰地认识到民间文艺作为文化生存的特殊形态的重要意义。钟敬文先生因此提出民俗文化研究作为两者的超越，成立了北京师范大学民俗文化研究基地，并被列入了校"985"项目建设重点基地。后来，中国语言文学学科的二级学科序列里就不再有"民间文学"了。民间工艺美术学科的命运随着也发生巨大变化，标志之一是中央工艺美术学院整体并入清华大学，新中国成立初期以传承民族民间工艺为使命的中央工艺美术学院，结束了它50年的办学历史。

二

民间文艺这个术语具有某种暗示性、导向性，使用这个术语，自然就进入另一个传统的"文学艺术"话语体系进行观察、思考、判断，这是20世纪90年代之前中国民间文艺学科的语境。但有些国家学术界并不使用"民间文艺"这个术语，而是使用"民间创作"（如俄罗斯学术界使用"фольклор"这个词，意思是"民间创作"）来涵盖民间文艺这个术语下的领域。

在20世纪这个更为宏大的背景下，民间文学已经不仅仅是"文学"了，学术界逐渐在民间文学文本存在的时间和空间上发现了更为广阔的世界，民间文学的话语体系发生了以下变化：民间文学日渐脱离"文学作品"的范围，越来越多地成为民族、民间和民俗文化的主要载体，成为民俗文化和民族、区域文化的研究对象；民间文学的"文学性"再一次被弱化，研究民间文学的艺术技巧和艺术手法等，不再作为学界的主要领域；田野调查与民间文学文本的生成关系更为紧密化，与此相应，民间文学的文本性也不再独立为作品，而与相关"传承人""口述者""语境"等密切联系。这些新叙事文本的产生，意味着作为传统学科体制下的"民间文学"已经超越了"文学"范围；它从独立的文学作品，变成了文化研究的文本材料构成诸元素之一。

几乎与此同时，文学研究领域也产生了文化研究走向。经典文学作品研究，逐渐"漫出"内容/形式研究，走出内容/形式二元对举的研究范式，超越所谓"内部研究"与"外部研究"的范式，走向两者融合。在20世纪的最后20年到21世纪的最初10多年，单一"内部研究"或"外部研究"的大师们，例如，社会学文学研究、历史主义研究和意识形态研究，以及新批评、形式主义批评，都没有成为主流，而那些以两者相融合的学派，例如新历史主义、女权主义批评、伯明翰学派，却领一时风骚。不能不承认，对于整个学术研究来说，简单以作品为中心的研究范式被文化文本性研究范式超越，是一种研究理念的进步；它更为缜密而宽阔，也更贴近民间文学作为人类文化财富之表征的实质（以当下的学术思维力来看）。

但是，是否就可以或者断然放弃对民间文学作品的艺术特征和艺术模式的研究呢？我以为应十分谨慎。就民间故事而言，华北地区与华南地区的故事既有相同的叙述方式，也存在各自的艺术特点；与其他艺术门类结缘的歌谣、戏曲就更是各擅胜场，叙述方式和艺术特点更鲜明，在叙事学研究方面，大有文章可做。例如，湖北省各地区的叙事长诗，与云南省各地区、各民族的叙事长诗相比，两者在艺术表现方面都各有特色，不能一概而论；在类型学研究和语言学研究方面，也各领风骚。因此，断然取消民间文学的艺术研究，未必是可取的学术思维方向。当然，在民间文学里面有更为丰富的研究领域，这在新的学术思想启迪下被凸显出来，例如，与传承区域文化习俗和传承人的个性相关联的史诗传唱艺术，较之于史诗文本单一研究维度而言，就丰富很多；在民间小戏领域，从传统的文本研究理路（"内容的"或"形式的"），到拓展出的文本演唱、方言、接受者和改编方式等综合研究，两相结合，形成民间小戏研究的新格局，如此等等。

三

由单一文本"内容/形式"二元对举研究范式过渡到文化研究范式，在民间美术和民间工艺领域显得具有更大的合法性。

民间美术和民间工艺领域的实用性作品多是批量制作，如木版年画，同一模版的年画可以印制数千幅，甚至可能更多；泥塑、陶瓷、刺绣等门类作品也是如此，它的任何创新若是分布到1000件作品上，就显得重复，成为模式化的符号。单独看一个作品,与前人的作品相比,它的新颖性或许显得很突出,可是与其自身序列相比,就不是这样了。如此看来,民间文艺领域的确存在"同一个作品的复数文本"现象。这一现象的合法性明显区别于文人创作作品的"单一文本属性"。换言之,在职业作家、艺术家创作领域,倘若出现相似(不说雷同或相同)的两部作品,那么,其中一部作品的合法性就会受到质疑;而在民间文艺领域,出现两篇差异在5%的民间故事文本则是极其正常的,出现两幅差异率在5%以内的木版年画、泥塑或陶瓷作品,也极其正常。这是民间创作的基本特点之一。

我觉得,应从三个方面来看待这一现象。

一是民间创作是与区域文化紧密结合的,表现了特定区域文化。民间艺术更多地根植于特定区域民众的日常生活和民间风俗,反映和呈现这一生活和风俗,因此,我们把特定种类民间艺术称为"某一区域"的艺术。例如,年画有杨柳青年画、朱仙镇年画、桃花坞年画;刺绣艺术分有苏绣、潮绣、湘绣、蜀绣、汴绣等;木作家具艺术有广作、苏作,如此等,均与区域密切相关。区域文化既可能体现在主题、题材趣味方面,也可能体现在技法、色彩、材料等方面。比如,相同的主题在相邻区域流传过程中会出现关联性变异,区域其他文化元素会参与主题流传过程之中,主题原型"A"从而演变为"A+"或"A-"。这个增加或减少的元素,就是区域文化元素所致。与此相比,民间创作的个人趣味、爱好等因素,则退到相对次要的位置,不再凸显。

二是民间创作是群体性质的创作,具有群体创作者认同的相对一致性。每一个艺术种类都是独立的群体,与其他艺术种类区别开,在本种类内部对话、交流、影响和比较。例如,剪纸有剪纸的艺术世界,刺绣有刺绣的世界,木雕、石雕、漆艺、陶瓷、泥塑等,各自有独立的艺术空间,每一个空间都有自身的艺术标准和评价方式,自然也都有自己的艺术史。在这里,民间创作本身的特征更加明显:民间创作是在有原型的基础上予以创作,而不是虚构创作。他们的创作是有"本"的创作,不是向隅虚构。因而,他们的创作严格来说是改造和重构。在这个意义上,还需要注意:民间文艺家是以群体的规模进行创作,而非个体独立创作,这使得创作群体的文化多样性、差异性表现得更为鲜明。

三是民间创作是在前辈创作基础上的再创作，具有传承性。特定民间艺术种类都是在继承前辈的过程中前行，在继承和创新、旧与新的辩证关系中发展。民间创作的本质是在传承基础上创新，而非在"无"的基础上创作，这就意味着在这一过程中，对原型的模仿和改造是核心元素。例如，在浙江青瓷的创作中，当代艺术家必然在前人上釉、着色、绘制等技术环节的基础上来制作新的瓷器，从明、清、民国到现在，青瓷的艺术风格方可保持一惯性。当代传唱艺术家在对"格萨尔"的传唱中，在对前辈艺术家模仿中寻求自己的风格，而他们现行的风格也将作为传统，影响和制约后代艺术家。总之，在原有内容和形式的基础上从事创作是民间文艺创作的基本规律，也是它区别于文人创作的基本特征。

民间创作还存在更多与日常生活、日常民俗密切相关的现象，与"文学艺术"研究对象区别更大。

学术界超越作品中心论，进入文化研究和综合研究的趋势，对于一般文学研究来说，属于学术发展趋势而呈现的方法论的变化，而对于民间创作来说，则似乎原本就是其本质。

四

超越作品中心论，拓展了民间创作研究新领域，使之回到了田野和现场，使一些社会学、人类学的社会科学方法焕发了生机。在相当程度上，方法论的变化体现了对本质认识的改变。倡导田野性质，是民间创作研究引进人类学和社会学的表现之一，它从发生学角度很准确地抓住了民间创作的本质，相对于作品中心论研究范式，它更具有前沿性。

"田野"观念的引进，乃是对民间创作性质的重新认识。"五四新文化运动"之初推出民歌收集整理运动，由北京大学率先发起，嗣后各大中小学校开展得风生水起。毛泽东在延安时期回忆，他在湖南学校教书时就有发动学生假期回家收集民歌之举。延安"鲁艺"时期，毛泽东大力倡导民间文学，号召文学家、艺术家到人民中去，运用民间文学形式表现新民主主义内容，成功地赋予五四传统以崭新的面貌，这一先进传统一直延续到20世纪50年代新民歌运动。此后，民间文艺研究多以文本研究为主体，表现为把民间文学"文学化"，寻找其中的"文学性"的研究旨趣。当然，也有先觉者超越这一旨趣，拓展为风俗、区域文化研究。如何进行民间美术和民间工艺的研究，在20世纪50年代也发生过激烈争论，侧重点一直在"平民意识""民族精神""装饰""设计"之间摇摆，最终走向工艺美术创作成为一种实用的倾向。但工艺美术与民间工艺之间最大的差异是前者偏向设计、制作、生产和市场，在这个意义上，工艺美术偏向作品中心；后者是田野、区域文化、传承和原型，强调民间创作生存于日常民俗生活的具体语境中。田野性的现场感、传承人、区域文化差异、时间和空间等，在作品中心论时期多多少少被忽略、轻视。而在当下强调田野的民间创作研究理念下，上述因素都是文本构建过程中的必需要素。

"田野"观念引进民间创作研究，破解了作品中心观念，重新把民间创作放进了具体生活语境之中，使之再语境化，避免民间创作研究脱离文化语境和日常生活流程。但是，田野性并非民间创作本身，而是一种研究方法；在后工业化和城市化趋势越来越严重的时代，呼吁民间创作本身回归日常生活现场、民间创作如何"在（being）民间"，是另一个课题。

在"民间文艺"总名目下，以"民间工艺""民俗文化""民间文学"为专题，编选三卷年度论文集，是中国民间文艺家协会（简称"民协"）强调学术立会、引领学术研究服务社会（首先是服务民间创作和研究领域）诸项工作的一个体现，如何把这项工作做得更为得体，必须依靠学术界和创作界的大力支持。

让我们民间文艺界全体同仁共同努力，营建一个"百花齐放、百家争鸣"的良好氛围，为繁荣和发展社会主义文化作出应有的贡献。

邱运华

2018年7月28日初稿、8月3日修改

北京市丰台区万芳园

目 录
contents

导语　整体文化观引领下的中国民俗学 …………………… 安德明 / 001

理论与方法

民俗关系：定义民俗与民俗学的新路径 ………………… 王霄冰 / 009
中国民俗学转型发展与表演理论的对话关系 …………… 毛晓帅 / 028
两种自由意志的实践民俗学
　　——民俗学的知识谱系与概念间逻辑 ………………… 吕　微 / 048
民主化的对话式博物馆
　　——实践民俗学的愿景 ………………………………… 户晓辉 / 066
记录民俗学：民俗学研究范式创新的基础 ……………… 林继富 / 088
民俗田野作业：让当地人说话 …………………………… 万建中 / 105
社会的民俗、历史民俗学与社会史
　　——社会组织民俗研究课题与方法浅议 ……………… 彭伟文 / 117

学术史

孙末楠的 Folkways 与燕京大学民俗学研究 ……………… 岳永逸 / 135
还俗于民：本杰明·博特金与美国民俗学的公共性实践 …… 程浩芯 / 153

个案研究

地方节日与区域社会
　　——以山东曹县花供会为例 …………………………… 刁统菊 / 169

"信仰惯习"：一个分析海外华人民间信仰的视角
　　——基于新加坡中元祭鬼习俗的田野研究 ……………… 李向振 / 180
江南庙会的现代化转型：以上海金泽香汛和三林圣堂
　　出巡为例 ………………………………………………… 郁喆隽 / 195
作为传统信仰文化载体的祇园祭
　　——日本京都祇园祭考察札记 ………………………… 叶　涛 / 208
节气与节日的文化结构 ……………………………………… 陶思炎 / 218
新民俗的产生与认同性消费的构建
　　——以阿里巴巴"双十一"为例 ……………………… 吴玉萍 / 226
日常生活实践的"战术"
　　——以某地"残街"的"占道经营"现象为个案 …… 王杰文 / 239
文化展示与时间表述：基于湖南资兴瑶族"盘王节"
　　遗产化的思考 …………………………………………… 毛巧晖 / 249

作为对象与方法的"非物质文化遗产"

非物质文化遗产与中国文化的自愈机制 ……………………… 张举文 / 263
以社区参与为基础构建人类命运共同体
　　——社区在非物质文化遗产保护中的重要地位 ……… 安德明 / 284
从三个故事看文化遗产保护与"民心相通" ………………… 朝戈金 / 295
"丝绸之路"作为方法
　　——联合国教科文组织"对话之路"系列项目的
　　　 萌蘖与分蘖 …………………………………… 巴莫曲布嫫 / 302
非物质文化遗产的当下性：时间与民俗传统的遗产化 ……… 彭　牧 / 327
"非物质文化遗产保护"与"民间文学艺术作品著作权保护"的
　　内在矛盾 ………………………………………………… 施爱东 / 349

导语　整体文化观引领下的中国民俗学

安德明

作为一门现代学科，中国民俗学同不少国家的情形一样，很大程度上是基于一种强烈的民主性或人民性立场而兴起的。开拓者们发起这一学问的一个主要目的，就是为了发现和揭示处在草根阶层的民众及其文化的价值并提升其地位。事实证明，这一立场及相应的主张，不仅构成了民俗学长期以来安身立命的基础，而且为调整和改变大众的文化观、历史观发挥了积极的作用，至今仍然具有不容忽视的意义。但与此同时，在学科发展过程中，由于研究者对民间文化之于精英文化特殊性所做的矫枉过正式的理解和处理，"民间""民俗"（或者说被一种理想化的想象建构起来的"民间""民俗"）及其与官方、精英之间的差异得到了过度的强调，民俗学呈现日趋严重的内卷化倾向，各种看似不具有"民间"或"民俗"属性的重要文化现象，被许多研究者自觉不自觉地排斥在了研究范围之外。在这方面，尽管有以钟敬文先生为代表的学者倡导"整体文化观"，主张我们应该从民族文化整体的角度来认识民间文化的特征，但在具体研究中，人们对"民间"特殊性的偏爱，往往会取代理智的思考，并趋向于在相对狭窄的一个领域精耕细作。

近年来，随着社会形势的变化与学术思想的演进，这种偏颇，引起了国内同人越来越多的自觉反思，越来越多的研究者开始承认，许多文化实践，并不仅仅局限于某一社会阶层；社会地位的差异的确会造成文化实践表现形式的不同，但其内在的属性、功能、所反映的民族情感与心理等，在本质上却始终具有一致性。这种认识，可以说既得益于前述"整体文化观"的影响，又同民俗学界对于"民"与"民俗"的理解的变化直接相关。

20世纪中期之前的民俗学,更多的是把"民"视为一个均质的、整齐划一的整体,尤其局限于传统农村地区的农民。20世纪六七十年代以来,在社会与思潮急剧变化的背景下,人们日益认识到这种本质化的浪漫想象与人为建构当中存在的突出问题——它不仅抹杀了那些被认为构成这种本质化的所谓"民"的人群中的差异性,而且极大地限制了这些人群的创造力,并加剧了不同群体之间的对立和矛盾。于是,"民"逐渐地被理解为各种类型的"小群体",他们可以是生活在任何区域的一群有着某种内在凝聚力的人,而不再仅仅局限于传统的均质化的"农民"。这种内在凝聚力,通常情况下,往往会表现为某种特定的文化形式,特别是民俗。但这一视角中的"民俗",已经超越了以往简单化的上下层二元对立,而更强调其为群体或民族成员共享的特征。

当我们从民族文化整体的角度,从"传统文化""民族服饰""区域建筑"一类概念出发,而不是拘囿于由以往民俗学所确立和规定的狭隘的"民间"范畴时,就会发现一个更加广阔的天地,看到民俗更加五彩缤纷、生动鲜活的面貌。其中,既有所谓文人雅士或上层统治者的活动,又有"下里巴人"的广泛参与,尤其有着两者之间始终不断的相互影响。通过这样的一幅图画,我们对相关事象的理解会变得更加全面,更加深入,对民族文化传统之所以保持生生不息的活力的原因,也会有更加准确、更加厚重的认识。

在上述前提之下,当前为学界大多数同人所认可和支持的"朝向当下""多元化"的研究视角与取向,也就具有了更加扎实的立足之本。

"朝向当下",已成为越来越多民俗学者所认可和努力追求的研究取向,相关成果也日益增多。但是,民俗学的研究究竟应该如何"朝向当下"?在这方面,仍然还有许多值得探讨的问题,尤其需要更多围绕这一导向完成的有力个案。

显然,"朝向当下"既意味着研究范围的转变,同时也意味着对作为研究对象的民俗之理解的改变,以及研究方法在以往基础上所作的相应调整。在当代社会,不断涌现的各种新媒体,日益加快的都市化进程,都在深刻而广泛地影响着人们的日常行为、观念与生活方式,并使它们以一种既有别于我们所熟悉的"传统",又延续着诸多传统属性的形态,纷繁复杂地呈现在人们面前。这些内容,都应该成为以面向当下为取向的民俗学关注的重要对象,以此为基础,才有可能进一步促成学科本身在观念和方法上的转型。

作为一种有别于传统交流方式的新型的"人的延伸",网络新媒体的普及,极大地改变了当代人的交往方式,也不断形塑着新的交流模式与人际关系。在形形色色的网络虚拟世界中,参与者采用的是一种与传统交流方式迥然不同的全新交流形式,面对面交流中常见的客套、寒暄、礼节等程序,以及紧张、羞涩、怯懦等种种可能的顾虑,都因虚拟空间所提供的匿名、隐身等诸多便利而荡然无存,参与交流的每个人因而处在一种与传统交往模式相比高度自由的交流环境当中。但是,这种新的交流模式,在打破传统模式诸多规矩和约束的同时,却并非处于毫无限定的自由状态。除必然要受到所在社会相关法律的制约之外,它自身也会逐渐生成适合自己特色的新的规范和要求——唯此,它才能够得到正常运转和延续。这些新的规范和要求,包括大量约定俗成的属于网络世界"内部"的新颖语言或符号体系,以及所有参与者共同遵循和维护的基本交往原则。它们一方面,以一种亚文化的对抗姿态,传递着解构或颠覆传统表达方式与交流模式的决心;另一方面,在本质上,又是以重构的形式遵循和延续着传统的要求,其最基本的伦理秩序、交往准则,以及新的词汇或表意符号等,仍然是在传统的影响和制约下产生的。以新的网络词汇或表意符号为例,许多新创造的网络用语,其意义尽管可能与我们以往所熟悉的日常表达相差甚远,但在结构方式、基本意义要素等方面,仍然可以找到同相关符号过去的某种意义之间千丝万缕的联系。反过来,基于虚拟空间而形成的新的交往模式,也在不断影响着现实世界的人际关系:一方面,网络交流正日益成为现实生活的有机组成部分;另一方面,网络交往的原则、方式(包括网络用语等),都正在日益从虚拟空间走向现实生活,逐渐融会为现实交流中的有效手段,虚拟空间与现实生活之间,由此日益处在一种难以截然分割的融合状态,并由此构筑了当代社会生活更加丰富多彩、复杂生动的面向。

近年来,民俗学的另外一大发展结果,就是研究者的目光不再仅仅局限于偏远的农村地区,而是越来越多地开始关注"传统"农村地区之外的生活文化现象,都市民俗就是其中一个重要的组成部分。然而,在承认和肯定这一转向的价值和意义的同时,还要看到,不少相关研究成果,只是在研究对象所处区域上进行了调整,即把目光从农村转向了城市,但关注的对象本身,却并没有本质的变化。事实上,作为一个较新的视角,"都市民俗学"带给民俗学的,不仅仅只是研究区域从农村向城市的拓展,而更应该是有关"民俗"或"民间文化"概念的全新理解。具体而言,"民俗"不只是以往本质主义理解框架中古老的乃至必须经过几代传承的文化现象,而更多的是发生在我们身边的具体鲜活的生活文化。其中既有在内容和形态两个方面都相对稳定地传承下来的事象,又有不一定能找到确定的历史原型却在观念基础和基本属性方面与传统一脉相承的事象。后一方面的事象,有的影响范围广,有的适应范围小;有的发挥着维护主流社会关系的作用,有的则以同主流社会相抗衡的姿态表达着小群体的愿望。无论如何,它们都是在传统的基础上发明的内容,是不同群体的人们在新的社会历史条件下把传统资源作为生存策略的一种创造性传承。

"多元化"的研究视角,对当前的民俗学而言尤其具有重要的意义。近20多年来,民族志式的研究逐渐成为中国民俗学领域主流的研究方法。大量涌现的基于定点田野作业的个案研究,日益取代以文献综合比较为基础的分析,占据了主导地位。这种状况,随着美国民俗学界以"表演"为中心的视角不断被国内同人所了解和接受,尤其达到了一个空前的高度。就民俗学作为一门"朝向当下"的"现代学"而言,这样的学术转型,作为对过去长期盛行的文化比较研究法的一种补正,当然值得肯定、值得支持,而且,它也的确为学科发展带来了诸多崭新的贡献。但与此同时,我们也应该看到,越来越多的区域研究和个案描述,正在使民俗学的知识体系日趋破碎,许多研究也不断走向碎片化,缺乏整体的视野和一般性的理论概括。这种现象,却是值得警惕和反思的。

事实上,民俗学及其分支学科,从发轫至今,发展并积累了多种的研究方法。这些方法,既带有其产生时代特定思潮的印记,又有着针对研究对象特定属性的特殊适应性。从后一方面来说,对于认识研究对象的本质而言，每一种方法，始终都有其不可替代的价值。尽管由于时代的变化和学术兴趣的转移，有的方法可能会较少受到人们的关注，但这并不意味着它在解决相关问题方面的有效性的丧失。以关于神话这一在口头文学领域最受关注的文类的研究为例，多年来，神话学界发展形成了丰富多样的理论视角和研究方法，这些视角和方法，既包括以文本细读和比较为基础对神话内容的分析，又包括以田野调查为基础对神话在日常实践中的功能的讨论，它们均因神话本身多元属性中的某一项或某几项而产生，为多向度地探讨神话所具有的多元特征提供了得力的工具。今天，当有关"表演"的视角成为我们观察民间文学存在和传承状态的基本视角之时，神话早已不再仅仅被视为传递远古信息的古老文本，而是与现实生活密切相关的重要资源；不仅仅只是具有审美特性的艺术品，而且还是生活的必需品。在当下社会秩序的维护与文化建构等方面，它有着不可替代的作用，并常常会经由一种再语境化的处理，焕发出新的活力。但与此同时，必须承认的是，神话文本本身的内在规约性或自足性，是使一则神话之所以能够发挥相应功能的重要基础，离开文本中诸多相对稳定传承的要素或文化编码，丝毫不会有上述的种种功能。这就是说，在结合语境来观察文本的视角成为常识的背景下，传统的母题研究、文本分析或语义分析方法，不仅不应该被忽略，相反，它们还应该成为从根源上去解读神话进而理解其之所以具有现实功能的重要手段。这种"有关释源的释源"或可称之为"元解释"的工作，始终应该是神话研究的基础。

可以说，对民俗文化的研究者而言，在整体文化观引领下，始终保持一种"朝向当下"的敏锐，同时又能采取兼容并蓄、多元综合的研究方法。既重视学科中的传统研究对象，又不忽略层出不穷的各种新的文化创造。将不仅有助于推动民俗学理论与方法更进一步地发展，也是民俗学深刻理解当代社会借助传统资源来应对种种现实难题的策略，进而为解决现代科技及现代社会治理体系同传统之矛盾提供可能方案的重要途径。

理论与方法

民俗学者大概已经习惯了来自许多其他专业的人员有关民俗学缺乏理论贡献的批评与指责。这种长期以来形成的偏见，不仅影响着民俗学在人文社会科学领域的地位，也不断弱化着民俗学工作者的学科自信。而这种状况产生的原因，既同三人成虎的传播效应有关，更主要的，则是由于民俗学学科内部缺乏自觉的总结与反思。事实上，当我们认真检视民俗学的发展历史时，就会发现，民俗学不仅以其强烈的民主性立场，在帮助人们以同等的态度理解"大传统"和"小传统"，并在世界范围内促成有关文化多样性的观念方面产生了深刻影响，而且，由历代民俗学者所创立和发展的诸多理论方法，在推动包括文学研究、传播研究及人类学等人文社会科学诸多学科的发展过程中，也发挥了不容忽视的作用。在这方面，中国民俗学者多年来通过不断深化学科自身理论与方法的探讨，正在做出越来越突出的贡献。

民俗关系：定义民俗与民俗学的新路径[*]

王霄冰[**]

摘　要：有关民俗概念的理论研究，以往多集中于"谁是民""什么是俗"这两个中心议题，而较少关注民众群体（民）与知识体系（俗）之间的关系。宏观民俗史的研究表明，不同历史阶段和不同社会形态中的民俗关系不尽相同，主要有传承、革命和认同三种类型，分别对应于传统、现代和后现代三个社会阶段。由此出发，我们就可以理解为什么学术史上会出现几种完全不同的民俗定义。从民俗关系的角度出发，民俗可被重新定义为一个共同体中的大部分人以传承、革命或认同的方式所维系的、具有相对稳定结构的日常生活实践，其意义在于记忆、建构或相互交流共同体的生活文化。任何一项民俗都具有历史的、物质的、身体的、社会的和精神的维度，并包含主体、行为、过程和意义四个要素。民俗学研究社会与文化的相互关系，所要揭示的是文化事象背后的社会关联性（民俗关系）以及社会心理或精神信仰因素（民俗意义）。它天然地具有跨学科性质，可以在学术大家庭中起到联结人文科学和社会科学的桥梁作用。

---

[*] 本文选自《民间文化论坛》2018年第6期。本文为"中山大学本科教学质量工程——《现代民俗学导论》教材建设项目"的阶段性成果之一。文章在提交给北京大学中文系主办的"从启蒙民众到对话民众——纪念中国民间文学学科100周年国际学术研讨会"（2018年10月21~22日）的论文基础上修改而成。周星、高丙中、林继富等多位学者曾对本文初稿提出了宝贵的修改意见，在此一并致谢！

[**] 王霄冰，女，浙江省江山市人，德国波恩大学汉学博士。中山大学中国语言文学系、中国非物质文化遗产研究中心教授，民俗学专业博士生导师。兼任中国民俗学会常务理事、《文化遗产》副主编、《民间文化论坛》编委等职。

关键词：民俗；民俗学；宏观民俗史；民俗关系；民俗四要素

民俗的定义与民俗学的学科性质问题，困扰学界同人久矣。当代的学科理论研究几乎都围绕这一问题展开，且仁者见仁、智者见智。但不管民俗学内部曾提出过多少方案，外部对于民俗学的了解却越来越模糊。民俗学到底是社会科学还是人文科学，民俗学与社会学、人类学、历史学的关系等基本理论问题仍未能得到很好的解决。在实际的研究当中，除民间文学之外，民俗学的传统领域如物质文化、民间信仰、家庭与社会组织、岁时节日与人生礼仪等，都不断地被历史学、宗教学、社会学、人类学和新兴的非物质文化遗产学所蚕食和分割。民俗学在现代学术中有被日趋边缘化甚至被取代的危险。为此，在中国民俗学（民间文学）学科建立百年之际，我们有必要重新认识民俗研究的对象与视角，以探寻定义民俗和民俗学的新路径。

对我的这一思考有直接启发的，是美国民俗学会现任会长陶乐茜·诺伊斯（Dorothy Noyes）的《民俗的社会基础》一文。她从"民俗"的最早构词形式 Folk-Lore 出发，道出了一个长久以来为民俗学者们所忽略的潜在事实，即"'民众'（Folk）和'知识'（Lore）之间的连号也预示了这个学科的关键问题。知识体系和民众群体之间存在什么样的常识性关系？学者又应该怎样定位文化形态和社会结构之间的关系？"原来民俗学所要研究的并不只是民俗事象，描述其生存形态并解释它们的来源，甚至也不仅仅只是要去解读"语境中的民俗"，而是从它诞生之日起，就预示着这将是一门以研究民与俗的关系，即社会与文化的关系为己任的学科。诺伊斯的这一发现令我茅塞顿开，之前很多没有厘清的问题好像瞬间都有了答案。她紧接着又问了一个问题："这种联系是否会随着时间而消逝？"遗憾的是，诺伊斯在这篇论文中虽然提出了这些问题，但并没有回答。她的文章主要聚焦于作为民俗之社会基础的"民"是否是一种实质性的存在，不同历史阶段和不同流派的民俗学者如何界定"民"的社会存在。她在最后得出的结论是，民俗学家应持续地关注民俗的社会基础，因为这是我们学科生存的根本。[①]

[①] 参见 Dorothy Noyes, "The Social Base of Folklore", in Regina F. Bendix & Galit Hasan-Rokem, eds., *A Companion to Folklore*, Malden, Oxford & West Sussex: Wiley-Blackwell 2012, pp. 13–39.

本文试图使用社会发展的观点重新审视民与俗的关系（以下简称"民俗关系"），并决意以此为突破口，结合民俗概念的研究史，探寻重新定义民俗和民俗学的新路径。

一 概念史的反思

在我们试图理解民俗为何物时，"民俗"这个术语本身就成了解题的关键。这是由于民俗并不是一个人们在日常生活中所使用的词汇，而是学者为了概括各种千奇百态的生活文化现象而特意创造出来的学术用语。它在造词法上由 Folk 和 Lore 两个带有意义的词根合成，于是，这个概念就给民俗学家们留下了无限的想象和阐释空间。围绕着"谁是民""何为俗"的问题，民俗学者们展开了对民俗学学术本位的思索。

董晓萍在《现代民俗学讲演录》中曾对民俗的概念史进行过全面的梳理。她把外国民俗学对"民"的定义分为"殖民主义、欧洲发现时期与自然科学时期"、"现代化时期"和"全球化时期"三个阶段。人们对于"民"的理解，从最早的"野蛮人、原始人，未受学校教育，没有文化""迷信的人们""农民""常民""未被工业文明污染的人群""民族全体成员"等，到二战以后，特别是 20 世纪 70 年代的现代社会的"小人物"，"任何拥有独特的口头传统的人"，按照职业、年龄、地区、国籍划分的民众群体，直至 20 世纪 90 年代后全球化语境下的"传统的匿名的群众"（德国）、"所有民间群体，被民俗定型的社会成员"（美国）、"世界民族志的平行承担者"（英国、法国）和"享有共同民俗的人"（日本、韩国）。在中国国内，民俗学对于"民"的认识也"经历了三个阶段的变化"，分别为 20 世纪上半叶的"阶级二分法"、20 世纪 70 年代后的"文化三分法"和现代化阶段的"民族共同体的一分法"。甚至在钟敬文先生主编的《民间文学概论》和《民俗学概论》中，也可以找到 5 种不同的"民"的定义："劳动人民"（1980）、"中下层阶级"（1992）、"非官方群体"（1998）、"农民主体"（1998）、"民族共同体"（1999）。[1]

---

[1] 详见董晓萍：《现代民俗学讲演录》，广西师范大学出版社，2007，第 15~35 页。

高丙中在其对当代民俗学有重要影响的博士论文《民俗文化与民俗生活》中，分别用专章探讨了"民俗之'民'：学科史上的民俗学对象（上）"和"民俗之'俗'：学科史上的民俗学对象（下）"的问题。他首先批评了英美民俗学史上把"俗"作为可以脱离"民"而独立存在的文化现象来研究，认为"他们的研究目标通常是文化性的'俗'，而不是现实性的'民'"。从汤姆斯时期的"大众古俗"和"民众的知识"，到人类学派民俗学家笔下的"古代遗留物"和美国文化人类学所关注的"口头文学"，以及多而逊、邓迪斯等当代美国民俗学者主张的"传统民间文化"和"传统民俗形式"，也就是民众群体的传统，对于民俗的概念史，高丙中提出了他的质疑："为什么民俗学家们总不能勇敢地面对民俗构成了人的基本生活这一事实呢？人类群体约定俗成的东西那么普遍，那么广泛，为什么人们却只承认那些具有古老形式的东西才是民俗呢？"[①] 他继而从20世纪30年代中国民俗学界江绍原、杨成志等人根据欧洲大陆的民俗概念提出的"民学"的观点出发，根据钟敬文先生在80年代提出的"民俗的范围应该是整个民间文化"的主张，并参考了美国社会学家萨姆纳（孙末楠）的民俗理论，最终形成了如下的民俗概念体系：

民俗——"具有普遍模式的生活文化"。

民俗生活——"民俗主体把自己的生命投入民俗模式而构成的活动过程"。

民俗模式——"生活世界中的完整的表演程式或程式化表演的剧本结构"[②]。

把民俗研究在范式上从朝向过去而扭转为朝向当下，并在民俗概念中引入了"民"这一实践主体，把民俗从静态的文化事象变为了活态的、人的行动过程，是高丙中这一论著的最大贡献。他最早明确提出了"在俗之民"即民俗主体的概念，指出民俗学应研究民俗过程中的人而不是生活中的任何人：

民俗之"民"并不等于生活中的人，只有当生活中的人表现出民

---

① 高丙中：《民俗文化与民俗生活》，中国社会科学出版社，1994，第46~75页。
② 高丙中：《民俗文化与民俗生活》，中国社会科学出版社，1994，第142~146页。

俗之"俗"时，民俗学家才在这个意义上把他看作"民"。生活中的人是完整的、完全的，民俗之"民"是生活中的人的局部或片面；生活中的人是终日终年终生意义上的，民俗之"民"是某时某刻意义上即是时间片段意义上的。所以，以"俗"定"民"，以"俗"论"民"，这是顺理成章的事。①

这一发现得到了吕微等民俗学家的高度评价，因为它"彰显了民俗学的基本问题——人自身的主体性存在意义和价值"。"就民俗学是一门通过研究民俗而反思人自身的存在价值和存在意义的学问，为民俗学辩护也就是为人自身的存在价值和存在意义进行辩护。"②

然而，即便在高丙中的上述概念体系中，民俗关系也未能成为关注的焦点。以往的学者们或者专注于作为文化事象的"俗"，或者像诺伊斯那样，聚焦于作为民俗之社会基础的"民"，虽然都在强调二者之间的关联性，但很少专门去研究民与俗之间的关联方式及其所产生的意义。甚至有民俗学者主张，民俗学者在实际的研究当中必须在民或俗之间有所侧重。民与俗虽然"相辅相成、缺一不可"，但二分法"有助于保持立场鲜明，使人坦诚正直。""尝试消除两者间的鸿沟，并合二为一，或者彻底地杜绝二分法的出现，这些都是没有益处的。"③ 说这话的人是美国人类学家爱略特·奥林，但他的文章讨论的并不是民俗的概念或研究对象的问题，而是民俗学者应如何处理与研究对象的关系，即到底应"以道德的方式"还是"以理智的方式"研究民俗的问题。

也许正因为我们通常认为，民与俗是天然有机地结合在一起的，二者缺一不可，所以民俗关系才长期地为民俗学家们所忽视。然而科学研究的本质就是要解释事物与事物或者人与事物之间的相互关系，所以不能因为这种关系是一种客观存在，我们就不再去深究、描述和阐释它们。况且，

---

① 高丙中：《民俗文化与民俗生活》，中国社会科学出版社，1994，第28~29页。
② 吕微：《民俗学的笛卡尔沉思》（上），载朝戈金主编《中国民俗学》（第一辑），广西师范大学出版社，2012，第203页。
③ 〔美〕爱略特·奥林：《民或俗？二分法的代价》，张茜译，张举文校，《温州大学学报》（社会科学版）2013年第5期。

一门学科的理论研究应强调系统性，既然前人已对"民"的性质和"俗"的范围进行了充分的研究，并已经注意到了"民"作为行动主体和"俗"作为行动对象之间的关联性，那么，进一步探讨不同历史阶段中和社会形态下具体的民俗关系，即民对于俗的认知态度及其作用于俗的实践方式，以及由此所产生的不同的文化意义，也就是必要且可能的了。

二 宏观民俗史视角下的民俗关系

当我们把民俗关系这一概念引入到民俗学的本体研究时，还必须同时引入一种社会发展的观念与视角。这是因为民俗作为社会生活的重要组成部分，直接反映着特定时代的社会结构与文化属性。中国的当代民俗学由于受功能学派人类学的影响颇深，所以虽然在民俗史与民俗学史的资料梳理、个案研究方面已有十分丰富的成果，但真正从历史发展的角度出发探讨民俗生存形态变迁的宏观民俗史研究却相对缺乏，只有少数民俗学家有所涉及。例如，萧放在其论著《岁时——传统中国民众的时间生活》中，曾试图阐释岁时观念从史前、上古直至中古时期的变迁及其对岁时节日体系的影响。他认为，"民俗的前期形态经历了史前民俗、上古民俗及上古民俗转变的若干阶段"。在谈到"史前至上古时期是民众岁时观念发生的时期"时，他使用了社会分层的概念，并注意到了岁时生活在不同的社会形态下有着截然不同的特征：

> ……虽然月令时代，时间总是掌握在王官手中，由社会上层颁发的时政往往首先考虑的是统治阶层的经济、政治利益。但是我们也应该看到，在周秦以前的社会里，上下层的分化与对立没有后世那样明显，相当部分的政令带有集体性、全民性的特点，如对农业生产与农业生活的安排，以及对家园的保护等。月令的政治性质如前所述在社会管理与社会服务上得到具体体现。月令与后来岁时生活有着显著不同的特点。①

---

① 萧放：《岁时——传统中国民众的时间生活》，中华书局，2002，第33页。

在探讨汉魏时期的岁时民俗时，萧放也循着这条思路，分析了春秋战国以来宗族公社的解体与个体小家庭的成长对民俗生活所带来的影响："国家民户的巨量增加不仅为新的统一的国家建立提供了社会物质基础，同时脱离宗族控制的自由民的大量出现，也使传统的礼制变得不合时宜。""月令时代的社会生活虽然仍定期举行宗教祭礼，但此时的祭礼正在朝王家祭仪的方向演变，原始的全体参与的古代宗教祭祀集会正逐渐转化为王朝统治集团的世俗的政治性的时间典礼。……岁时节日系列逐渐形成，魏晋以后新的岁时观念才真正确立，中国岁时节日体系初步完成。"①

虽然萧放这部论著的重点，仍然放置在对于岁时观念和节日体系的描述上，而未能着重分析社会结构与民俗生活的对应关系，但它从上古向中古时期过渡的社会形态出发探索节日体系形成过程的尝试，对于后来的研究确有着重要的启发意义。民俗作为一定社会阶层的文化产物，它的形成和发展必定也与特定的社会阶层或群体的生存状态密切相关。因此，历史民俗学的研究不仅可以结合当时具体的政治、经济和社会环境来展开，同时也可以从宏观上把握一定历史时期的民俗总体特征。在此，我们或许可以借用历史学中的微观史学与宏观史学的理论②，视前者为"微观民俗史"，而将后者定义为"宏观民俗史"。

结合当下的状况，我们所处的生活环境正经历着从传统的礼俗社会过渡到复合型现代社会转化的过程当中。社会学家滕尼斯把这一变化归纳为是从共同体（德语：Gemeinschaft；英语：Community）到社会（德语：Gesellschaft；英语：Society）的转变。③ "共同体"在中文中又被翻译为"社区""自然社会""礼俗社会"④，指的是前工业化时代的传统社会，基于地

---

① 萧放：《岁时——传统中国民众的时间生活》，中华书局，2002，第 37 页。
② 宏观史学的代表为法国的"年鉴学派"，倡导总体史、"长时段"与跨学科研究。从 20 世纪 20 年代至 80 年代，该学派推动了一场"新史学运动"，为史学界贡献了新的理论视角与方法论。参见张正明《年鉴学派史学理论的哲学意蕴》，博士学位论文，黑龙江大学，2010。
③ 〔德〕斐迪南·滕尼斯《共同体与社会——纯粹社会学的基本概念》，林荣远译，商务印书馆，1999。
④ 参见朱刚《从"社会"到"社区"：走向开放的非物质文化遗产主体界定》，《民族艺术》2017 年第 5 期。

缘或血缘等天然的联系,人与人之间联系紧密、守望相助。与其相对应的"社会"又被阐释为"人为社会""法制社会""市民社会"等,是建立在契约基础之上而相对缺乏有机联系的现代型社会。

如果我们把过去大约150年中国社会的发展概括为传统、现代与后现代三个阶段,那么就可以清楚地看到其中的民俗存在形态,尤其是民俗关系也在发生着深刻的变迁。在前工业化时代的礼俗社会,人们自然而然地隶属于某一社会阶层或群体,在日常生活中无意识地践行着属于这一社会阶层或群体的固有文化形式。民与俗之间存在着与生俱来的联系且相对稳定,人们的日常生活实践也呈现较强的规律性和群体的一致性。也就是说,传统社会的每一个社会成员都无一例外地担负着传承民俗文化的天然职责,而民俗实践的根本意义就在于文化的秩序与记忆。无论是大文豪鲁迅笔下的"鲁镇"还是社会学家费孝通眼中的"江村",都是这一社会形态的典型代表。这里不妨就以鲁镇的"祝福"礼为例,说明传统社会中民俗关系:

>……家中却一律忙,都在准备着"祝福"。这是鲁镇年终的大典,致敬尽礼,迎接福神,拜求来年一年中的好运气的。杀鸡,宰鹅,买猪肉,用心细细的洗,女人的臂膊都在水里浸得通红,有的还带着绞丝银镯子。煮熟之后,横七竖八地插些筷子在这类东西上,可就称为"福礼"了,五更天陈列起来,并且点上香烛,恭请福神们来享用;拜的却只限于男人,拜完自然仍然是放爆竹。年年如此,家家如此,——只要买得起福礼和爆竹之类的——今年自然也如此。①

在这里鲁迅用文学的语言描述了"鲁镇"这一地方性社会共同体及其中的每一个人与祝福礼的关系。首先,祝福作为年终的大典是必不可少的,家家、人人都要参与,它具有迎春接福、求拜好运的神圣意义;其次,祝

---

① 鲁迅:《彷徨》,人民文学出版社,2000,第1页。

福礼有一些固定的程式，包括物质的、时间的、性别角色等方面的秩序与规则；最后，祝福礼作为社区的传统得以年复一年地传承，年年如此，今年亦如此。这样的一种民俗关系我们可以定义为是天然的或默认的，表现为每个社会成员都会不假思索地投身其中，既没有选择的可能，也没有反思的必要。

在工业化时代到来的现代社会，也就是鲁迅所处的时代，民与俗的关系实际上已经悄悄地发生了断裂。传统的日常生活秩序开始解体，像鲁迅这样的进步人士开始反思身边的民俗传统并加以批判。在20世纪的大部分时间里，民俗都成为革命的对象，或是现代人重构日常生活时的一种参照物。传统的日常生活文化变成了"旧俗"和"陋俗"，变成了人们建构新生活时所必须摈弃和改革的对象，正像"破旧立新"一词所表达的那样。于是，"革命"就成了人们在日常生活中最爱使用的一个关键词。20世纪初的"男剪辫、女放足"是"革命"；30年代国民党政府提倡的"新生活运动"，也被宣传为是当时"革命者"先进性的一种体现。中华人民共和国成立后，革命的思想更是渗透到了人民生活的方方面面，例如，50年代的男性穿着的时尚"人民装"和女性爱穿的"列宁装"，便是革命者的一种外在身份标志。在"文革"时期，国家甚至一度提倡过一个"革命化的春节"，即春节期间不放假、不休息而坚持生产。

对于发生在20世纪的这场日常生活革命，高丙中最早敏锐地意识到了它对于民俗学的深刻影响。他在《日常生活的现代与后现代遭遇：中国民俗学发展的机遇与路向》一文中，通过观察春节在中国人生活中的地位变迁发现：

> ……随着现代化在中国的发展，人口中能够与现代性的指标（居住在城市，受现代教育较多，直接受雇于政府部门）发生直接联系的人越来越多，他们对现代性的想象越来越多地成为现实或具有更多的现实性。他们对民俗的不认同使只要是与民俗不同的生活方式都容易被认同为现代生活而被接受。作为这种社会过程的结果，原来的日常生活逐渐失去了普遍性，成为与现代性相对的传统，最后真的在社会

生活中向文化遗留物退化。①

在《作为一个过渡礼仪的两个庆典——对元旦与春节关系的表述》一文中，高丙中系统研究了过去90多年元旦和春节在中国人生活中的竞争关系，以及最后趋向于"复合"的事实。"元旦以及推崇它的新国家的政治和知识精英与春节以及习惯它的民众长期处于一种紧张关系之中。双方的关系在近百年里从原初的替代转变为今天的互补，从各自独立的两个节庆转化为一个过渡礼仪的完整结构的两个部分。""从文化资源（要素）的来源而言，我们生活在一种复合文化之中。"② 这一结论可以说是对中国人民俗生活百年变迁图像的一个最好描述。近年来，周星更加明确地提出要"把'生活革命'视为民俗学的一个专业用语"，用以解读"近一个多世纪以来中国社会、文化的持续变迁以及中国人生活方式多彩的变化"③。他本人所从事的"生活革命"系列研究，涉及服装、饮食、厕所等常人生活的方方面面，并且采取了把事象放置到不断发展的历史语境中去观察的研究范式。

到了高度工业化、城镇化和全球化的后现代社会，乡愁与传统复兴又悄然兴起，变成一种社会潮流。结合21世纪以来一场轰轰烈烈的非物质文化遗产保护运动，中国各地出现了大规模"民俗复兴"的现象。然而，无论如何，今天的社会已绝不可能回复到传统社会那样一种秩序当中，也不可能回复到革命年代那样一种高度一体化的状态，而只能维持一种多元化的、认同型的、相互制衡式的社会关系结构。传统社会中的那种民与俗的天然联系也已不可能得以重建，新型的民俗关系只能建立在文化认同的基础之上。因此，民俗作为认同标志在其中既发挥着润滑剂的功用，同时也成了不同群体或个人自我表达且与他人沟通和交流的一种方式。与此相关联的，便是今天在世界各地广泛存在的、把民俗作为身份认同标志和文化

---

① 高丙中：《日常生活的现代与后现代遭遇：中国民俗学发展的机遇与路向》，载高丙中：《中国人的生活世界 民俗学的路径》，北京大学出版社，2010，第178~190页。引文出自第182页。
② 高丙中：《作为一个过渡礼仪的两个庆典——对元旦与春节关系的表述》，《中国人民大学学报》2007年第1期。
③ 周星：《生活革命、乡愁与中国民俗学》，《民间文化论坛》2017年第2期。

资本进行再生产的"民俗主义"现象。①

综上所述，我们把传统、现代和后现代三种社会形态下的民俗关系归纳为传承、革命和认同三种类型。其中传承型和认同型的区别在于，前者是自然传承，在很多情况下并未具备文化认同的前提，而后者是在主观认同基础之上的自觉接受。张举文提出的"民俗认同"概念，指的就是最后这种民俗关系。他从民俗认同的特质出发，进而将民俗定义为"是以共同和共享的交际方式和习俗而构成的'小群体'中'面对面'的维系和重构认同的行为活动"②。作为一位旅居美国的华人学者，张举文对于后现代社会中小群体的民俗交际行为及其文化认同本质十分了然，因此，他也最早发现了"民俗认同"的存在及其意义，并将其作为分析工具引入到了民俗学的个案研究当中。③

正如表1所示，以上三种类型的民俗关系所对应的分别是前工业化、工业化和后工业化三个时代，代表着传统/保守主义、科学/建构主义、多元主义三种不同的价值取向。在传统型社会中，民俗的社会基础为同质性较高的血缘性或地域性共同体，民俗以"规范"和"传统"为表征，其根本意义则在于维系一种社会秩序和文化记忆。④ 在现代型社会，民俗被普遍化为民族国家中的旧传统，被贴上"旧俗"和"陋俗"的标签，成为科学与理性的反面参照物，以及建构新生活的出发点与踏脚石。在后现代型社会中，民俗又被作为象征符号和文化资本得以"再现实化"，其意义在于建立民族共同体象征体系、社会及个人的文化身份，并成为小群体内部及与外部之间进行交流的媒介手段。

---

① 周星、王霄冰：《现代民俗学的视野与方向 民俗主义·本真性·公共民俗学·日常生活》（上、下），商务印书馆，2018。
② 张举文：《民俗认同：民俗学关键词之一》，《民间文化论坛》2018年第1期。
③ 张举文、桑俊：《影视民俗与中国文化认同》，《温州大学学报》（社会科学版）2011年第2期；张举文：《非物质文化遗产与乡土影视的民族认同情结：浅谈古琴和古埙的运用》，《文化遗产》2013年第1期；张举文：《龙信仰与海外华人认同符号的构建和重建》，《文化遗产》2015年第6期；张举文：《迈向民俗认同的新概念：美国散居民民俗研究的转向》，《文化遗产》2016年第4期；张举文：《从刘基文化的非物质文化遗产象表看民俗认同的地域性和传承性》，《温州大学学报》（社会科学版）2018年第5期。
④ 王霄冰：《文化记忆、传统创新与节日遗产保护》，《中国人民大学学报》2007年第1期。

表 1　不同社会形态下的民俗关系图表

社会形态	历史时期	价值取向	社会基础	民俗关系	民俗表征	民俗意义	民俗定义
传统型	前工业化时代	传统主义文化保守原则	同质性较高的血缘性或地域性共同体	传承型	规范/传统	秩序/记忆	民间传统/过去时代的遗留物
现代型	工业化时代	建构主义科学至上原则	现代国家	现代型	旧俗/陋俗	解构/建构	具有普遍模式的生活文化
后现代型	后工业化时代	多元主义文化多样性原则	民族共同体社会群体小（众化）群体	认同型	符号/资本	象征/交流	传统复兴/民俗主义/小群体的艺术性交流

不过应该指出的是，上述类型划分应全部作为"理想型"来理解，其中的概念体系可以成为科学研究的工具指南，但不能代替复杂多样的生活本身。现实中的民俗关系和民俗形态远比这些抽象的概念要复杂得多。传统、现代和后现代三种社会形态与历史时期的对应关系也并非绝对，更不能完全以时间为划分标准。即便在传统时代，也不乏"破旧立新""移风易俗"的思想。[①] 而盛行于当代的"民俗主义"现象实际上也自古就有，因为传统社会也存在对民俗加以模仿、展演和再创造的需求与可能。另一方面，在后现代社会，传统的社会组织形式也可能得到部分的保留，就像大都市中的"城中村"；或者人们依旧采取传统社会的民俗观，就像在今天的很多人眼中，保护非物质文化遗产的目的，就是为了把传统文化"原汁原味"地保留下来、传承下去，而不是像联合国教科文组织所倡导的那样，仅仅为了实现文化共享、保护文化多样性和促进社区发展。或者今天也会有部分人承续革命年代的思维方式，把一些他们认为与现代生活格格不入的民俗视为需要革除的对象，例如前段时间在地方殡葬改革中出现的一些激进行为，还有民间信仰长期遭受污名化的现实，等等。

---

① 张勃：《风俗与善治：中国古代的移风易俗思想》，《广西民族大学学报》（哲学社会科学版）2015 年第 5 期。

三 从民俗关系出发重新理解民俗与民俗学

在厘清不同社会形态下的民俗关系之后，我们就可以理解为什么在学术史上会出现几种完全不同的民俗定义。这些都是身处不同历史阶段中的学者，对于当时社会环境下民俗存在形态的把握与理解。从传统型的民俗关系出发，民俗最早被定义为日常生活中的"文化遗留物"，所强调的是其传承的本质与文化记忆的功能。从革命型的民俗关系和建构主义出发，民俗被解构为"具有普遍模式的生活文化"，所强调的是它的开放性与可塑性。但这一定义也容易导致概念的泛化与不确定性，因为事实上并非一切"普遍模式化的生活文化"都可以成为民俗学的研究对象，只有那些具备一定的民俗关系和民俗意义的生活文化才可被看成是"民俗"。从认同型的民俗关系和后现代主义的社会文化观出发，民俗则被美国民俗学家丹·本-阿默思定义为"小群体内的艺术性交际"[1]。这个定义初看起来有些匪夷所思，但实际上，它一方面继承了早期民俗学对于精神文化现象的特别关注；另一方面又从交际民族志（ethnography of communication）出发，开启了表演理论指导下的研究范式，可以说是当代民俗学的一项重大理论突破。正如其倡导者理查德·鲍曼（Richard Bauman）所言，表演理论实际上提供了"一个概念性的框架"，"以指导对一种交流的特殊方式的辨识、描述和分析，这种交流方式是围绕着艺术性地、技巧性地展示交流技巧和有效性而进行的说话和行动的方式"。在此影响下，民俗学家和语言人类学家一样，所感兴趣的是"话语生产形式"（modes of discursive production）。[2] 所谓"话语"（discourse），指的就是"交流性的实践"（communicative practice）。现代民俗学所要研究的，正是特定人群在特定社会语境中的话语行为、以及话语实践如何使用各种符号来表达和建构社会关系。

德国当代民俗学家沃尔夫冈·卡舒巴（Wolfgang Kashuba）也强调，作

---

[1] 〔美〕丹·本-阿默思：《民俗的定义：一篇个人叙事》，王辉译，《民间文化论坛》2018年第2期。

[2] 〔美〕理查德·鲍曼：《作为表演的口头艺术·中译本·序言》，杨利慧、安德明译，广西师范大学出版社，2008，第22页。

为研究日常文化的科学，民俗学必须踏入话语分析的研究领域。在他看来，话语指的不仅是语言、文本，而且也包括图像，比如绘画、雕塑、照片、电影，等等。他指出：

> 根本上来看，此类对于文化实践的描述形式所牵涉的也是文化事物的特别话语质素，即这样的一种必要性，在固定的、不可追问的准则或传统与可以'商讨'（可以进行论证性或者象征性加工）的准则或传统之间找到一种平衡，而这种平衡是不断需要重新加以实现的。①

商讨、交流、表演与话语艺术，这组概念为当代民俗学开辟了一片崭新的天地，真正使静态的民俗事象变成了活生生的社会实践。这种商讨与交流不仅仅只是共时性的、面对面的，有时候也可以跨越时空，例如通过媒体、网络等，或者通过对过往的民俗文化进行重塑和加工从而与传统对话。然而，这种以话语为中心、强调商讨和交流的民俗观只适用于资源丰富、文化多样、自由开放的后现代社会，却难以用来解释前现代社会那种相对封闭和静态的日常生活状况。因为在传统社会，交际或曰交流虽然也是重要的民俗动机之一，但却不是唯一的。只有在"当社会是以多样的思想、可变的价值观以及信息交流为根基的时候"，"理性话语"才能成为"关键性的交际、道德手段"和"社会所追求的目标"②。

由此可见，以上三种不同的民俗定义都有其局限性。一方面随着社会的发展变化，民俗的生存形态不断在发生着改变；另一方面，不同历史时期和文化背景下的民俗学者对于民俗的认知和观察视角也有所不同：有的倾向于历史，有的主张面向当下；有的注重整体性，有的注重特殊性；有的关注静态的事象，有的强调动态的过程。或许正像盲人摸象的故事所告诉我们的那样，任何一种观点可能都带有某种片面性，但它们或多或少地

---

① 〔德〕沃尔夫冈·卡舒巴：《话语分析：知识结构与论证方式》，包汉毅译，《文化遗产》2018 年第 3 期。
② 〔德〕沃尔夫冈·卡舒巴：《话语分析：知识结构与论证方式》，包汉毅译，《文化遗产》2018 年第 3 期。

也都道出了部分的真理。从事学术研究的人,所追求的是完整的真理及其完美无缺的论证过程,但却必须学会时时刻刻与不完整性、不完美性和不彻底性打交道。因为,只有认识到了这些,我们才能向着更高的目标出发。

基于上述对于不同社会形态下的民俗关系、民俗表征与民俗意义的分析,笔者在此尝试性地提出一个新的民俗定义,以求教于诸位同人:

> 民俗是一个共同体中的大部分人以传承、革命或认同的方式所维系、具有相对稳定结构的日常生活实践,其意义在于记忆、建构或相互交流共同体的生活文化。任何一项民俗都具有物质的、身体的、社会的和精神的四个维度,并包含以下四个要素:(1)谁,即民俗主体;(2)做什么,即民俗行为;(3)怎么做,即民俗过程;(4)为什么,即民俗意义。其中的民俗行为和民俗过程所反映出的,正是专属于特定时代和特定群体的特殊的民俗关系。

这个定义想要表达的是:日常生活本身往往并不具备特殊意义,民俗学只有揭示出一种生活文化实践背后的社会关联性(民俗关系)以及社会心理、价值观和精神信仰因素(民俗意义),才能将这些文化现象建构为"民俗"。在通过田野观察建构民俗文本的过程中,物质、身体、社会、精神四大维度以及主体、行为、过程和意义应成为民俗学者关注的焦点,它们共同构成了民俗实践的整体,并透射出民俗主体所处的社会环境与其所践行的生活文化之间的关系,包括行为背后所包含的文化意义。

在此,我想举一个几年前调查的例子,来说明民俗概念中各部分的结构关系。2012年春节期间,笔者在浙江省磐安县桦溪村的农民孔JB家过年,观看了这家的谢年祭,当地人称"谢佛礼"。笔者此前曾用法国人类学家莫斯-于贝尔的"献祭的图式"分析过这个案例,以探讨人类学理论在研究本土宗教(民间信仰)中的适用性问题。[1] 现将该文中对谢年祭过程的描述简编后抄录如下:

---

[1] 王霄冰:《本土宗教研究的人类学视角——以儒家祭祀文化为例》,《宗教人类学》第四辑,中国社会科学出版社,2013。

大年三十这一天，我和这家的大人小孩一起，上到附近1400米高的高姥山祭拜"娘娘庙"，庙里供奉的是一位当地人称为陈十四娘娘（陈靖姑）的女神及其姐妹。男主人两兄弟、女主人和年过60的老妈妈四人轮流挑着盛放祭品的一对箩筐，内放猪头、全鸡、发糕、豆腐、苹果、橘子、糖果、馒头、米饭、酒、茶、金箔纸做的"银两"、香、烛、黄表纸、爆竹等。因重量不轻，主人叫了年轻力壮的弟弟来帮忙挑担。随行的除他俩之外还有女主人、男主人的母亲和妹妹，再加上笔者。在交谈中我了解到，这么"虔诚"地祭拜神灵其实男主人多年来也是头一次，因为他在外打工，对于家乡的旧俗也不是非常了解，而且他也不觉得祭拜神灵是一件重要和必做的事，反而觉得这有点"迷信"色彩。但今年因为有我这个客人在，为了让我能体验到他的家乡文化，所以特意按照旧俗准备了这个上山祭拜的活动。这种殊荣增添了我的兴致并让我对这一家人充满了感激之情。一路上我们踩着皑皑白雪，说说笑笑，很是快活，感觉好像不是去朝圣，而像是登山观光的游客。经过两个多小时的步行，中午时分到达山顶的小庙。老妈妈在案前摆上祭品，点上香烛，领着儿女、媳妇一起磕头、祭拜，口中念念有词，把全家人的名字都报上，求娘娘保佑。然后烧纸和"银两"、插香、燃放爆竹。拜完后，我们吃了守庙人提供的简单的"斋饭"，即稀饭、馒头和素菜，便告辞下山。带来的猪头等祭品则留给守庙人享用。

到家后，女主人就开始在厨房忙碌，准备晚上"谢佛"用的食品：除了煮猪头、猪尾巴和全鸡之外，最费时的则是在猪大肠里灌满糯米、然后放在肉汤里煮熟。因"谢佛"必须在吃年夜饭之前完成，如果有人在此之前偷吃了祭肉，以后他/她会再也不想吃肉。她怕时间来不及，特意叫在同村居住的妈妈来帮忙，娘俩忙乎了一下午。傍晚时分，男人们开始在门口贴春联、在门上贴写有倒"福"字的红纸，然后把四方的供桌抬到门口，摆上祭品：最前方是一对锡制的、带有凤凰图案的烛台，上插红烛。中间一个整猪头，猪尾巴从它的口中穿出，周围盘绕着装有糯米的大肠，旁边是一只整鸡，头被别过来朝着天空。其他的祭品还有：一碗水、两块豆腐、两块自制发糕、三碗米饭。祭祀由男主人在他母亲辅佐下完成，共分三步：第一步在门外祭天祭地，祭词曰："天地造佛，旧年换新年，保佑国泰民安，风调雨顺，五谷丰登。保佑家人身体健康，财源广进。"然后在门外烧纸和"银两"、放爆竹；第二步把供桌搬进门内，祭祀门神，祭词曰："保佑好人进门，坏人不进门，保平安，保青春（健康）。"之后在火盆里烧纸和"银两"；第三步在厨房的灶君位前点上一对蜡烛，放一块发糕、一碗米饭、一块豆腐，因相信灶君在小年那天回到天上"度假"，今天又被接回来，所以祭词曰："灶君菩萨，上天奏好事，下地保平安。家里添水不添米（意指富足、粮食不会减少）。"之后又在火盆里烧纸和"银两"。全部祭祀完毕之后，全家人一起围坐到餐桌上吃年夜饭，菜肴以祭祀用过的猪头肉、鸡、发糕和豆腐等为主。我在开饭前特意又到街上走了一圈，发现几乎家家户户都在以同样的方式谢年，甚至所用的祭品和祭拜方式也几乎完全一致。①

在这一事件中，民俗主体就是以孔JB一家为代表的樺溪村民，民俗行为即为拜佛、谢年，民俗过程是我们一行人上山祭拜、回家准备祭品和在家中谢年的流程，民俗意义则是通过感谢、祷告神灵，祈求来年的好运。该项民俗的物质维度主要体现在祭品中，身体的维度在于男主人一家登山、磕头、祭拜时对于身体的调度，但在我的描述中不是很详细，因为当时忽视了这方面的细节。社会的维度，包括一同上山的家人、祈祷时念及的人员和准备祭品时来帮忙的娘家人，当然还有以同样方式谢年的同村所有家庭。精神的维度则主要体现在了主人的讲述和祈祷词中，因为这些反映出了他们祭拜时的心理动机，也代表着他们所属的社会群体的核心价值观。

从民俗关系的角度来看，这一事件又可分为两部分来理解：第一部分的上山祭拜礼在当地实际上已是一种消失的传统。就像男主人所说的那样，

---

① 引自王霄冰《本土宗教研究的人类学视角——以儒家祭祀文化为例》，部分内容有经改写。

如果不是因为我这个外人的到来，他是不会从事这项活动的。那么，为什么他会因我而如此大动干戈呢？很显然，一是因为我作为一个民俗学者的身份；二是因为他本人的社会身份。作为一名长期外出务工而怀有某种乡愁情绪的当地人，他希望通过这个活动，能和我这个外来的文化人进行一场关于家乡民俗的对话和交流。为此他不惜人力、物力，准备了丰盛的祭品，带我上山。在这里，作为民俗主体的这家人和他们所从事的文化实践的关系，已不再是真正传统意义上的传承关系，而更像是一种利用传统的符号资本进行一场具有身份象征意义的文化展演。我的兴致勃勃和满怀感激之心又让他感觉得到了回馈，在交流中进一步确认了自己的文化身份并从中获得满足。所以我们一路欢声笑语，气氛非常轻松。但也并非所有人都如此，主人公的老妈妈显然比其他家庭成员更具虔诚之心，她代表着上一代人，无论是对传统还是神灵都仍然抱有敬畏之心。因此，即便是在同一个场景之中，不同世代、不同身份的人们之于同一种文化实践的关系也是不尽相同的。而在第二部分的谢年礼当中，榉溪村的几乎所有村民都采取了同样的祭拜方式，或多或少也都怀有同样的一种虔敬心理。这说明，谢年礼的民俗在这一带仍有着广泛的社会基础，不论何种出身和身份，村民们都仍然像过去一样，将谢年礼视为他们生活与社会秩序的一部分而加以传承。

　　如前所述，同样的案例和同样的资料，当我在几年前尝试从人类学视角进行考察时，我试图以法国人类学家莫斯-于贝尔的"献祭的图式"理论为参照，对比分析了中国本土宗教实践的独有特征。今天当我改用民俗学的视角来考察时，我会更多地去关心民俗主体所处的社会结构与他们所保持的文化形态之间的相互关系，即民俗关系：不同年龄、不同身份的人们如何建构自己身边的生活文化并赋予其意义？这些具有特殊意义的文化反过来又怎样对他们的身份、地位和行为方式发生着影响？

　　总之，定义民俗是为了给民俗学研究圈定目标对象，避免概念泛化。日常生活千变万化，范围十分宽广，它就像一片广袤的田野，不仅仅民俗学者而且语言学者、社会学者和人类学者等都在这同一片土地上耕耘。因此，民俗的定义应赋予这门学科以独特的视角、工具和解读日常生活文化的方式。一般来讲，人类学习惯于从整体上去把握文化形态，把文化看成是一个有机的整体，社会只被作为文化的构成要素纳入考察范围中。社会学正相反，它把社会看成一个整体，研究社会结构、社会制度、社会关系、社会过程、社会中的群体和个人，等等，而这些最终都被作为社会系统的有机组成部分来加以阐释，文化在其中只充当着极为弱小的角色。然而民俗学所要研究的，恰恰就是社会和文化之间的相互作用关系。民俗学通过研究不同历史阶段各种社会/文化共同体中的人们的模式化的生活实践，旨在揭示其中的民俗关系和发展变化的规律，进而探究该项文化实践之于社会/文化共同体的意义。从这个意义上讲，民俗学的确是一门很特殊的学问。它天生带有跨学科性质，具有联结人文科学与社会科学的桥梁的作用，将它归入人文或社会的任何一门学科都将限制这门学科的发展。只有充分尊重它的相对独立性，才能更好地发挥民俗学在学术界和社会上的作用。

中国民俗学转型发展与表演理论的对话关系[*]

毛晓帅[**]

摘 要：鲍曼的表演理论，反思并改变了民俗学研究的眼光与方向，推动了民俗学的研究范式从以"民间文学文本"为中心，向着以"表演性日常交流实践方式"为中心转变。中国民俗学近几十年来的转型发展，在关注"日常交流实践方式"的方向上，有诸多与表演理论不谋而合的表现，这主要不是因为受到了表演理论的影响，而是在研究中国社会生活的过程中，不断进行学术反思与创新的结果。这种情况说明，中国民俗学的主体性既取决于它与本国社会发展进程血肉相连的关系，也会在与各国民俗学进行对话式的交流中得以体现。

关键词：表演理论；日常交流实践；村落；民俗志；中国民俗学派

自1972年理查德·鲍曼（Bauman，R.）《作为表演的口头艺术》发表以来，美国民俗学表演理论不仅对欧美，而且对整个国际民俗学和其他多个学科产生了广泛的影响。中国民俗学界在1980年代中期就有学者开始译介这一理论，此后随着中美两国民俗学界交流的加强，又不断对这一理论

---

[*] 本文选自《民俗研究》2018年第4期。
[**] 毛晓帅，山东工艺美术学院艺术人类学研究所讲师、博士，主要研究领域为民俗学、民间文学。主要成果：《中国民俗学转型发展与表演理论的对话关系》，《民俗研究》2018年第4期）；《民俗学视野中的个人叙事与公共文化实践》，《民族文学研究》2019年第3期；《中国民俗文化志·北京·丰台区卷》（副主编）等。

进行了更为完整的翻译和研究，也出现了一些尝试运用这一理论来研究中国事实的成果。① 但是，如何以自己的理论、经验与表演理论进行对话，这方面的讨论却几乎不见。本文拟补足这一缺憾。②

关于中国民俗学受表演理论影响的情况，杨利慧已在 2011 年作出过评述，她指出："表演理论的传播和发展与中国新时期的社会文化背景密切相关，与本土民俗学发展的内在需求相适应，并与其他诸多理论思潮一道，共同推动了中国民俗学研究范式在当代的转型。"③即认为表演理论已经成为中国民俗学研究中最为重要的理论视角之一，产生了重大的影响。笔者在这一判断的启发下，认为有必要深入讨论以下三个方面的重要问题：第一，表演理论的核心思想是什么？只从"文本"与"语境"关系来说明这一思想是否准确？第二，近几十年来，中国民俗学在理论反思与研究范式转型上是否有与表演理论思想相近的表现？第三，中国民俗学应该如何与

---

① 杨利慧、安德明曾回顾 2008 年以前中国民俗学界译介表演理论的情况，见"译者的话"，〔美〕理查德·鲍曼（Bauman, R.）：《作为表演的口头艺术》，杨利慧、安德明译，广西师范大学出版社，2008，第 5~6 页。近年来，在尝试运用表演理论对中国事实进行研究方面发表一些论文，如李生柱：《表演理论视野下的史诗"梅葛"研究》，硕士学位论文，中南民族大学，2010 年 5 月；刘大伟：《鲍曼及其表演理论述评——以河湟花儿的演唱为例》，《青海民族研究》2011 年第 4 期；祝鹏程：《表演理论视角下的郭德纲相声》，《民俗研究》2011 年第 1 期；段峰：《作为表演的翻译——表演理论视域下的我国少数民族口头文学对外翻译》，《当代文坛》2012 年第 4 期。在对表演理论进行评述方面也陆续有论文发表，如彭牧：《实践、文化政治学与美国民俗学的表演理论》，《民间文化论坛》2005 年第 5 期；杨利慧：《语境、过程、表演者与朝向当下的民俗学——表演理论与中国民俗学的当代转型》，《民俗研究》2011 年第 1 期；王杰文：《"表演理论"之后的民俗学——"文化研究"或"后民俗学"》，《民俗研究》2011 年第 1 期；覃继督：《"表演理论"在中国民间文学研究中的应用述评》，硕士学位论文，云南大学，2011；安德明：《表演理论对中国民间文学研究的意义》，《民族艺术》2016 年第 1 期。

② 应该重视钟敬文生前有关"建立中国民俗学派"的思想，他认为："中国的民俗学与外国理论能不能接轨？对这个问题，要从研究对象的实际出发来认真加以考虑。任何一个民族的民俗文化以及对她的学术研究，要跟国外的理论去接轨，这比起一般的自然科学或社会科学的对外交流，是肯定有其特殊的地方的。这种差异，是由各自的人民生活、文化传统、社会制度、思维习惯和学术发展史等的不同所造成的。所以，中国民俗学要发展，从原则上说，还要走自己的路。"钟敬文：《建立中国民俗学派》，黑龙江教育出版社，1999，第 4~5 页。

③ 杨利慧：《语境、过程、表演者与朝向当下的民俗学——表演理论与中国民俗学的当代转型》，《民俗研究》2011 年第 1 期。

表演理论对话，合理借鉴与创造性地发挥这个理论？①

一　走向日常交流实践：表演理论的核心思想

要准确理解表演理论，就要了解美国民俗学的历史。20世纪前半期，同芬兰、前苏联等国家的民俗学一样，美国的民俗学研究也是以神话、传说、故事等经典民间文学文类的"文本"为中心，将口头传统看作是靠文本来进行文化传承与传播的现象，因而对这些文本进行大量的收集、分类和解读的研究。到了20世纪70年代，美国民俗学开始对这种研究观念和研究方式进行反思。鲍曼在《口头传统研究中的表演民族志》一文中指出，口头传统实际上是存在于人们的行为当中，根植于社会和文化的生活，文本只是对深度情境中人类行为的单薄的、部分的记录而已；口头传统的形式、功能和意义，都无法通过这些静止的与现实相剥离的文本而获得完全的理解。②正如中国的俗语所言："见什么人说什么话，到什么山上唱什么歌"，人们在日常交流中所顾及的是与什么人交流，达到什么交流目的和怎样实现交流目的等问题，而不是首先考虑要使用哪些"文本"。记录和分析文本，只是研究者的爱好。根据这种反思，为了突破这种以"文本为中心"（text-centered）的口头传统研究方式，鲍曼在借鉴语言人类学、社会学、心理学等多个学科，尤其是交流民族志的基础上，与丹·本·阿莫斯、罗杰·亚伯拉罕等同人一道，提出并建构了一种"以表演为中心"的研究方法，这就是后来为美国民俗学赢得极大声誉的表演理论。

表演理论具有推进民俗学学术转型的意义，而不只是提出了关于民间文学表演性的分析框架。正像鲍曼本人所说的，"依据被抽象出来的产生于交流过程的文本，来探究那些以口头交流的本质为主要社会属性的现象，无疑是一种退步"③，因此才提出了"表演在本质上可被视为和界定为一种

---

① 这几个问题的提出以及本文整体写作的思路都得到了导师刘铁梁的具体指导，谨向他致以衷心的感谢。
② 〔美〕理查德·鲍曼（Bauman, R.）、〔美〕唐纳德·布雷德：《口头传统研究中的表演民族志》，〔美〕理查德·鲍曼：《作为表演的口头艺术》，杨利慧、安德明译，广西师范大学出版社，2008，第103～110页。
③ 〔美〕理查德·鲍曼（Bauman, R.）：《作为表演的口头艺术》，杨利慧、安德明译，广西师范大学出版社，2008，第7页。

交流的方式"①的新思想。从学术的社会学渊源来看，表演理论还是一种试图理解社会的方法，是为了解答社会何以达成的问题。鲍曼明确地说明过，这是力图探讨更大范围内的理论问题，也就是社会是如何通过话语来建构的以及话语系统是如何社会性地被建构的。② 安德明也指出，鲍曼有着更高的学术追求，他之所以关注表演，是为了解答人类社会何以达成的问题，也就是人们如何使用交流资源来建构社会的。这种对社会生活的关心贯穿于他的研究中，也是他思考的出发点。③ 他所建构的以表演为中心的概念、方法等都是为了更好地理解社会。

因此，就其实际的影响来说，表演理论的主要贡献并不在于提出文本和语境相结合的研究主张，也不是从文本研究走向语境，而是试图通过视角的改变来纠正民俗学者以往对民俗现象的过于扁平的看法。正如安德明、杨利慧所言："表演理论为民俗学和语言人类学界有关口头艺术的研究提供了新的范式，也极大地深化了这两个学科中逐渐形成的从表演的视角理解口头艺术的认识。因此一些学者把表演理论的出现称之为一场方法论上的革命。"④

鲍曼在1977年出版的《作为表演的口头艺术》一书中，曾明确指出表演在本质上可以被视为和界定为一种交流的方式，是一种口头语言的交流模式。⑤ 后来，在谈到表演的观念与特征时，他再次强调表演是一种交流方式，而且在审美上是显著的、被升华的交流模式⑥，他还敏锐地指出了表演者与观众的交流关系与责任，"表演使表演者在交流上负有责任，也赋予观

---

① 〔美〕理查德·鲍曼（Bauman, R.）：《作为表演的口头艺术》，杨利慧、安德明译，广西师范大学出版社，2008，第29页。
② 〔美〕理查德·鲍曼（Bauman, R.）：《作为表演的口头艺术》，杨利慧、安德明译，广西师范大学出版社，2008，"中译本序言"第22页。
③ 〔美〕理查德·鲍曼（Bauman, R.）：《作为表演的口头艺术》，杨利慧、安德明译，广西师范大学出版社，2008，"译者的话"第8页。
④ 〔美〕理查德·鲍曼（Bauman, R.）：《作为表演的口头艺术》，杨利慧、安德明译，广西师范大学出版社，2008，"译者的话"，第7~8页。
⑤ 〔美〕理查德·鲍曼（Bauman, R.）：《作为表演的口头艺术》，〔美〕理查德·鲍曼（Bauman, R.）：《作为表演的口头艺术》，杨利慧、安德明译，广西师范大学出版社，2008，第8~12页。
⑥ 〔美〕理查德·鲍曼（Bauman, R.）：《作为表演的口头艺术》，杨利慧、安德明译，广西师范大学出版社，2008，第65页。

众对表演者的相关技巧以及表演完成的有效性进行品评的责任"①。他将表演理解为一种元交流的框架,"其本质在于表演者对观众承担着展示交流能力的责任,它突出了艺术交流进行的方式,而不仅仅是它所指称的内容"②。这种"以表演为中心"的方法的核心在于,"它不再把口头传统仅仅视为文本性的对象(textual objects),而是将口头传统视为一种特殊的交流行为模式的展示,是实践社会生活的资源"③。

从鲍曼一系列的著述中可以看出,表演理论的提出,并不只是通过"表演""自反性""新生性"等一系列概念而去认识口头传统的一些文化特征,而是从口头传统作为交流实践方式的本质认知上来确立民俗学研究的新方向,即从原来的对抽离于生活中交往行为的文学文本的研究,走向对日常交流实践方式的研究。④ 这同时也意味着,民俗学者只有深入民众的生活,与他们进行交流,或者作为一个地方文化建设的参与者,才可能体

---

① 〔美〕理查德·鲍曼(Bauman, R.):《作为表演的口头艺术》,杨利慧、安德明译,广西师范大学出版社,2008,第69页。
② 〔美〕理查德·鲍曼(Bauman, R.):《表演的否定》,〔美〕理查德·鲍曼(Bauman, R.):《作为表演的口头艺术》,杨利慧、安德明译,广西师范大学出版社,2008,第131页。
③ 〔美〕理查德·鲍曼(Bauman, R.)、〔美〕唐纳德·布雷德:《口头传统研究中的表演民族志》,〔美〕理查德·鲍曼:《作为表演的口头艺术》,杨利慧、安德明译,广西师范大学出版社,2008,第102页。
④ 需要说明的是,表演理论的提出,应当是与学界对"日常生活"的关注有所关联。早在1936年法国学者列斐伏尔就提出了"日常生活批判"的概念,此后他在《日常生活批判》一书中进行了更为系统的理论阐释。(吴宁:《日常生活批判——列斐伏尔哲学思想研究》,人民出版社,2007。)匈牙利学者卢卡奇也曾经在《审美特性》中从美学的角度对"日常生活"做过相关讨论。(〔匈〕卢卡奇:《审美特性》,徐恒醇译,社会科学文献出版社,2015。)20世纪70年代,阿格妮丝·赫勒出版了《日常生活》一书,"日常生活"这一概念才得到了较为清晰的界定。她详细地比较了"日常生活"与"生活世界"这两个概念之间的区别,认为"日常生活"是个体再生产要素的集合,包含着各种态度,是人类社会交往和活动的重要基础和前提。(〔匈〕阿格妮丝·赫勒:《日常生活》,重庆出版社,2010,第3页。)此后,不少学者做了大量的"日常生活"理论的译介工作。中国学界开始关注并讨论这一学术概念。高丙中、刘晓春、王杰文、户晓辉等民俗学者也从不同的方面对日常生活、生活世界等概念做过专门的讨论和辨析,促进了中国民俗学向日常生活研究的转向;(高丙中:《民俗文化与民俗生活》,中国社会科学出版社,1994;高丙中:《中国人的生活世界:民俗学的路径》,北京大学出版社,2010;刘晓春:《从"民俗"到"语境中的民俗"——中国民俗学研究的范式转换》,《民俗研究》2009年第2期;王杰文:《日常生活与媒介化的他者》,《现代传播(中国传媒大学学报)》2011年第8期;户晓辉:《返回爱与自由的生活世界》,江苏人民出版社,2010;吕微、高丙中、户晓辉、王杰文、宣炳善、彭牧、韩成艳:《现位于现代社会日常生活的民俗学——"国际比较视野下的民俗学前景"笔谈》,《民俗研究》2013年第4期。)

会这一理论的意义。

在转向日常交流实践的同时，鲍曼并没有完全否定以往的民间文学研究的合理性，认为民间文学文本在艺术性及形式上都对交流技巧有所呈现，但指出这些交流技巧不仅仅体现在文本中，更体现在实际的交流过程中。鲍曼甚至用了大量的篇幅来研究表演是被如何标定的，运用了哪些符号资源，如套语、比喻、求诸传统、格律等。说明他的研究兴趣主要还是在民间文学讲述之类的艺术性日常交流实践之上，而对于民间文学之外的其他各种各样现实交流活动及其他口头叙事现象，并没有给予更多的重视。与此相似，中国的民间文学研究，也一直忽视对非文学性叙事的各种口头交流现象的研究，这其实也是需要讨论的问题。

无论如何，表演理论对美国民俗学产生了很大的影响，促进了研究的几个转向，"从对历史民俗的关注转向对当代民俗的关注；从聚焦于文本转向对语境的关注；从普遍性的寻求转向民族志研究；从对集体性的关注转向对个人（特别是有创造性的个人）的关注；从静态文本的关注转向对动态的实际表演和交流过程的关注"[1]。运用表演理论进行研究的学术成果更是不胜枚举。[2] 从 1978 年到 2017 年，仅在美国民俗学研究的重要阵地《西部民俗学》（Western Folklore）上，就发表了约 315 篇与"表演"（Performance）有关的学术论文，其影响力可见一斑。[3]

---

[1] 〔美〕李靖：《美国民俗学研究的另一重镇——宾夕法尼亚大学民俗学文化志研究中心》，《民俗研究》2001 年第 3 期。

[2] 例如美国学者贝弗莉·斯道杰：《表演中的性别展现：牛仔女郎与女东道主》（Stoeltje, Beverly, "Gender Representations in Performance: the Cowgirls and the Hostess", *Journal of Folklore Research*, vol. 25, No. 3, 1988, pp. 219 – 241.）；加纳学者克威西·扬卡：《为部落酋长而言：奥克叶米与阿坎王室演讲术的政治》（Yankah, Kwesi. *Speaking For the Chief: Okyeame and the Politics of Akan Royal Oratory*. Bloomington and Indianapolis: Indiana University Press, 1995.）；丹尼尔·克罗利：《作为艺术与交流的巴哈马叙事》（Crowley, Daniel J. Bahamian narrative as art and as communication. *Western Folklore*, Oct, 1990, Vol. 49 (4), p. 349.）；查尔斯·布瑞格斯：《诗学与表演：作为语言与社会生活研究的关键视角》（Bauman, Richard; Briggs, Charles L., Poetics and Performance as Critical Perspectives on Language and Social Life. *Annual Review of Anthropology*, 1 January 1990, Vol. 19, pp. 59 – 88.）；西蒙·布朗纳：《艺术、表演与实践：当代民俗学研究的雄辩》（Bronner, Simon J. Art, Performance, and Praxis: The Rhetoric of Contemporary Folklore Studies. *Western Folklore*, 1 April 1988, Vol. 47 (2), pp. 75 – 101.）等。

[3] 相关数据来自 JSTOR 学术检索，检索时间：2017 年 12 月 9 日。

表演理论传入之后，对中国的民俗学研究也产生了很大影响。杨利慧、安德明、王杰文、彭牧、刘晓春等学者在翻译和介绍表演理论方面做了大量的工作，正是通过他们的译介，使得中国民俗学界对表演理论有了越来越深刻的理解和认识，成为我们探讨表演理论对中国民俗学的意义的基础。目前，中国民俗学界对表演理论的借鉴和应用大致有两种做法：第一种，是根据表面的认识，简单套用表演理论提出的一些概念来研究中国事实；第二种，是把表演理论作为一种全新的思想，用以考察中国民俗学自身转型发展的过程，例如刘晓春、杨利慧等人结合对20世纪90年代以来中国民俗学的研究范式转型所做的总结，明确地指出了传统的以"文本""事象"为中心的民俗学研究方式存在的问题，强调了"语境"研究的重要性。[①] 我们同意第二种做法，然而觉得对表演理论核心思想的理解还需要继续深化。[②] 此外，我们认为还可以有第三种做法，这就是结合中国的研究经验对表演理论的思想给予创造性转化和合理的发挥。只有后面这两种做法，才能谈得上中国民俗学是在学习和应用表演理论。

二 中国民俗学转向交流实践研究的表现

中国和美国的民俗学研究，受到各自学术传统、社会环境的影响，走的是不尽相同的发展道路。美国的民俗学研究长期以民间文学的文本研究为中心，鲍曼等一批民俗学者正是在反思这种研究方式的基础上，才提出了走向日常交流实践的新主张。值得注意的是，美国的民间文学和其他民俗现象的研究都被包含在"folklore"或者说民间文化研究之中，并没有发生学科建制上的分化，这与中国现代民俗学所出现的民间文学、民俗学这

---

① 刘晓春：《从"民俗"到"语境中的民俗"——中国民俗学研究的范式转换》，《民俗研究》2009年第2期；杨利慧：《语境、过程、表演者与朝向当下的民俗学——表演理论与中国民俗学的当代转型》，《民俗研究》2011年第1期。在此之前，关于民俗学、民间文学的学术史总结多是就不同研究领域，如歌谣研究、神话研究、故事研究等展开评述，而刘晓春则是率先对于民俗学研究范式转型的总体表现做出总结。

② 笔者认为，"文本"和"语境"其实是相对而言的。鲍曼注意到每一次表演作为交流实践，都牵涉到一个文本和一个特殊的语境的结合，二者都不是固定不变的，是流动的。没有离开文本的语境，也没有离开语境的文本。因此对于"语境"研究的过分强调，不仅没有走向日常交流实践，而且在某种程度上还是突出了以"文本""事象"为中心的研究。

两门学科的建制有很大不同，因此在美国民俗学界，对于以民间文学文本为中心的研究给予反思，就显得比较迫切，不然就很难研究社会生活的方方面面。而这种反思的必要性对于中国民俗学界来说就显得不那么突出。在 20 世纪 80 年代中国恢复了相对区别于民间文学的民俗学之后，重要的任务是如何开拓对民间文学以外的其他生活文化现象的研究，而不是要检讨民间文学文本研究的缺陷。[①] 但是，学者们在实地调查过程中，实际上已经改变了原来只注意采录民间文学文本资料的习惯，在与当地居民建立起亲密交谈的关系时，也自然地意识到许多民俗事象，例如，节日仪式、婚丧嫁娶、礼尚往来等，都作为民众日常交流实践方式而在生活中发生着实际效用。但遗憾的是，这类意识并没有被整合为关于"日常交流实践方式"的研究理念，而是被包含在一般"仪式理论"或"礼俗"研究的框架当中。

中国民俗学尽管没有较早提出表演理论这样的思想，但是在从关注"文本""事象"走向关注"日常交流实践方式"的转变上却有着自身特殊的经验，完全可以与美国表演理论的思想及其研究经验进行比较，进行多方面的充分对话。

（一）反思以文本为中心的采风式调查

20 世纪 90 年代之前，中国民俗学的研究方法，主要还是以"文本"与"事象"为中心的文化史研究和"采风"式的调查，高丙中教授称之为文化史研究范式。这种研究范式在很多年当中都在民俗学研究中占据着统治地位，因此一些学者在只见民俗事象不见人的研究中，过分强调对文献资料的积累和运用，"从散见在各种并不一定有什么联系的文献中剔取一鳞半爪的资料，再以某些地方的口传资料为佐证，聚合成为过去时代的一种文化的完整形式"[②]。学者们开始认识到，轻视田野作业的研究之所以在民俗学界一时成为风气，主要还是由于人们不了解田野作业方法的性质和效用，以为它就是"采风"，即到田野中去搜集资料，而没有认识到它是面对生活整

[①] 这种开拓过程，与 20 世纪 20 年代前后从歌谣学研究到民俗学研究的开拓过程十分相似，但此时民间文学与民俗学发生分工的情况却更加明显了。
[②] 高丙中：《中国民俗学三十年的发展历程》，《民俗研究》2008 年第 3 期。

体进行研究的根本途径。

　　一批拥有了一些田野作业经验的民俗学者发现，如果只是把民众和他们创造、传承的民俗文化当做研究对象或研究资料，那么就只会对收集来的资料做纸面上的分析，完全忽略了各种民俗文化现象在当地具体生活事件中所发生的意义。由于他们还不能与当地老百姓建立起自由交谈和平等对话的关系，所以也看不清老百姓是怎样通过日常交流的行动而结成情感相通、文化相守的社会关系的。这些反思与觉悟，都针对着以文本资料为中心的采风式调查习惯，实际上已经接近了将老百姓作为生活主人而去理解他们的研究路线。近些年来，中国民俗学者的一批调查报告或民俗志书写，都鲜明地体现出这种觉悟。这也说明，在理解各个地方生活和各种群体文化的研究过程中，中国一些民俗学者的思考与表演理论的思考有着诸多相通的地方。①

（二）走向"村落"的研究范式

　　无论是歌谣、故事等口头传统，还是节日庆典、社火表演等民俗现象都不是存在于文献资料中，而是存在于民众的日常生活中，即是在特定生活时空中传承和发展着的文化。要了解民俗的实际传承和发展情况，我们就不能仅停留在对已有历史文献的梳理上，而是必须深入民众具体的生活时空中去体验和感受他们的生活。在这种认识之下，中国的村落民俗研究在20世纪90年代开始走上前台，例如刘晓春的博士学位论文《仪式与象征的秩序：一个客家村落的历史、权力与记忆》（1998）是最早研究村落民俗的代表性成果之一，此后陆续出现了一大批以村落为研究单位的民俗学研

---

① 例如，西村真志叶的《日常叙事的体裁研究：以京西燕家台村的"拉家"为个案》就是超越了文本为中心的视角，以"拉家"这种"日常叙事的体裁"、实则是一种日常交流实践方式为观察、描述和研究的对象，其主导思想与表演理论的关系非常切近。西村真志叶：《日常叙事的体裁研究：以京西燕家台村的"拉家"为个案》，中国社会科学出版社，2011。此外，还有许多年轻学人在书写某些群体和个人生活的叙事方面，也看重对当下日常生活里一些具体的交往行为和交流话语意义的揭示，如：朱清蓉：《乡村医生·父亲：乡村医患关系的变迁（1985～2010）》，硕士学位论文，北京师范大学，2011；孙辉：《适应过程与生存智慧——沈阳北厂下岗工人的生活经历》，博士学位论文，北京师范大学，2013；韦文：《壮族土医与地方社会的身体观念——以良村为个案》，硕士学位论文，北京师范大学，2014。

究成果。① 在村落等具体的生活时空中研究民俗，实际上与表演理论强调的在具体语境中研究每一次表演事件的主张是相当一致的。

村落研究范式的出现，与当时民俗学者从理论上对村落民俗研究重要性的初步认知有很大关系，刘铁梁在 1996 年发表的《村落——民俗传承的生活空间》一文，为村落民俗的研究确立了理论上的合法性。文中包含了重视日常交流实践的思想，明确指出了村落在物质生活和精神生活两个层面都具有"自足"的性质，而村落精神生活的自足性，可以从村落人际互动关系上来理解，即村落内外"各种精神文化生活内容无一例外，从一般形式上看，都是个体与群体之间加强交往和加深互相了解的表现"。因此每个村落都有自己潜在的自我意识和文化个性。② 此后，在具体的生活时空中研究民俗几乎成为学界的共识，聚焦于村落民俗的描述性民俗志研究也成为许多民俗学、民间文学硕士、博士学位论文选题的主流方向。③

正如刘晓春所指出的，"村落，在民俗学界作为研究单位被发明出来，它的学术意义在于强调研究对象的时空限定性，以及在一定时空范围内的整体研究"④。众所周知，"村落""社区"一直是人类学家、社会学家、海外汉学家们重点研究的对象，例如，林耀华的《金翼》、杨懋春的《一个中国村庄：山东台头》、费孝通的《江村经济》、黄宗智的《华北的小农经济

---

① 例如黄涛：《民间语言现象的民俗学研究——以河北省景县黄庄语言现象的几个方面为例》（博士学位论文，1999），金镐杰：《山西省吕梁西部地区窑洞民居民俗研究：以柳林县三个窑洞村落为个案》（博士学位论文，2001），王晓莉：《碧霞元君信仰与妙峰山香客村落活动的研究——以北京地区与涧沟村的香客活动为个案》（博士学位论文，2002），祝秀丽：《辽宁省中部乡村故事讲述人活动研究》（博士学位论文，2002），徐芳：《从山西洪洞县侯村女娲神话及信仰的个案研究看民间传统的重建》（硕士学位论文，2002），项萌：《客家家族制度、文化与女性——来自广西朱砂垌村的个案研究》（硕士学位论文，2003），朱霞：《云南诺邓井盐生产民俗研究》（博士学位论文，2004），华智亚：《族谱与村民的记忆——塘村的个案》（硕士学位论文，2004），刁统菊：《姻亲关系的秩序与意义——以山东枣庄红山峪村为个案》（博士学位论文，2005）等。（以上均为北京师范大学民俗学专业硕士、博士学位论文。）
② 刘铁梁：《村落——民俗传承的生活空间》，《北京师范大学学报》（社会科学版）1996 年第 6 期。
③ 以北京师范大学为例，自 1998 年至 2016 年，就有大约 55 篇民俗学硕士、博士学位论文聚焦于村落民俗文化研究。数据来源：北京师范大学图书馆学位论文查询系统。
④ 刘晓春：《从"民俗"到"语境中的民俗"——中国民俗学研究的范式转换》，《民俗研究》2009 年第 2 期。

与社会变迁》等，相关研究成果不胜枚举。而我们的民俗学研究一般是把整个汉人社会或者中国当成研究对象，这种研究模式虽然有利于民俗文化的宏观研究，却不利于在日常交流实践中观察民俗实际的传承状况。而对于"村落"的关注，不只因为它是一种基层的社会组织方式，而且因为它是中国社会中普遍存在的人际关系交往的时空单位。日常生活中的生产合作、经验交流、婚丧嫁娶、节日庆典、游戏娱乐等，都是在村落内外社会的交往关系中发生的，而村落集体的意识和文化个性的养成更是离不开村民的日常交流实践。可见，中国民俗学所提出的村落研究的理念，实际上与表演理论的主张有许多相通之处，但在学术反思与理论来源等方面却有着自己的背景。

（三）对庙会等传统公共仪式的研究

传统的庙会，在中国大部分地区都普遍存在，是一个地方社会集体举办的神灵祭祀活动的形式，对于地方社会秩序的建构、地方认同意识的强化都发挥着重要的文化纽带作用。对庙会的研究事关我们对中国乡土社会根本性质的认知。因此，庙会这一重要的现象自然就进入了民俗学研究的视野，在一段时间内成为了民俗学调查的重点，出现了很多研究成果。[1] 刘铁梁、岳永逸、张士闪等人的研究就较好地体现了当时民俗学界对庙会这一民俗现象的学术关怀。

庙会的仪式活动本身也是一种大规模的文化交流实践方式。庙会几乎是一个地方的全体社会成员都会参与的交流实践方式，与平日里人们的交往形成对比，具有明显的节日的公共性特征。今天看来我们完全可以借用表演理论，把庙会和节日活动作为中国社会中特有"日常交流实践"的一种类型。这里所用的"日常"二字是"日常生活"视角的意思。鲍曼之所以关注表演，就是为了解答人类社会何以达成的问题，具体来说就是人们

---

[1] 例如赵世瑜：《狂欢与日常——明清以来的庙会与民间社会》，生活·读书·新知三联书店，2002；高有鹏：《民间庙会》，海燕出版社，1997；欧大年主编《保定地区庙会文化与民族辑录》，天津古籍出版社，2007；刘铁梁：《村落庙会的传统及其调整——范庄"龙牌会"与其他几个村落庙会的比较》；郭于华主编《仪式与社会变迁》，社会科学文献出版社，2000，第254~309页；岳永逸：《乡村庙会中的人神互动：范庄龙牌会中的龙神与人》，《民间文化青年论坛会议论文集》，2004，第403~427页；等。

是怎样运用交流手段来建构和维系社会关系的。① 因此，在同样的问题意识下，庙会的调查研究多有对活动中各种交流行动和角色关系的关注。例如刘铁梁的庙会类型研究实际上就是着眼于日常交往关系与现场交流的规范来分析的，已经注意到这些类型在村落内部以及村落之间都有怎样交流的作用。② 他指出与祭祖仪式相比，人们在参与庙会活动时具有更多平等的地位，可以冲破亲属等级关系，在狂欢的氛围中充分表现自我；另一方面，"借助庙会的开放性，村落能够与外部世界和上层各级权力进行非正式却广泛的交流与对话"③。

有很多民俗学硕士和博士研究生都把庙会或者与之相关的仪式、民俗表演活动作为自己学位论文的研究对象。④ 如岳永逸关于河北梨区"家中过会"的民族志研究，对村落中普通民众特别是那些生活失衡的人与能够通神的"香道的"之间的如何交流的过程进行了细致的分析。⑤ 张士闪通过对

---

① 〔美〕理查德·鲍曼（Bauman, R.）：《作为表演的口头艺术》，杨利慧、安德明，广西师范大学出版社，2008，"译者的话"第8页。
② 刘铁梁认为，按照庙会组成的基本单位和地域边界可以初步划分出五个基本的庙会类型：（1）村落内部型；（2）聚落组合型；（3）邻村互助型；（4）联village合作型；（5）地区中心型。参见刘铁梁《村落庙会的传统及其调整——范庄"龙牌会"与其他几个村落庙会的比较》，郭于华主编《仪式与社会变迁》，社会科学文献出版社，2000，第254~306页。
③ 刘铁梁：《村落庙会的传统及其调整——范庄"龙牌会"与其他几个村落庙会的比较》，郭于华主编《仪式与社会变迁》，社会科学文献出版社，2000，第258页。2005年，他还指出，我们对于庙会类型的划分，"还有必要结合物资交换活动和商贸群体参与祭神的程度、方式等情况，做出更为周全的判断"。刘铁梁：《庙会类型与民俗宗教的实践模式——以安国药王庙会为例》，《民间文化论坛》2005年第4期。
④ 例如玄昌柱：《丫髻山庙会研究》，硕士学位论文，北京师范大学民俗学专业，2001；岳永逸：《庙会的生产——当代河北乡村庙会的田野考察》，博士学位论文，北京师范大学民俗学专业，2004；王杰文：《陕北、晋西的"伞头秧歌"——民众的诙谐与乡土社会的秩序》，博士学位论文，北京师范大学民俗学专业，2004；刘俊起：《多元互动中的传统——豫南盘古庙会的考察》，博士学位论文，北京师范大学民俗学专业，2005；张士闪：《乡土社会与乡民的艺术表演——以山东昌邑地区竹马表演为个案》，博士学位论文，北京师范大学民俗学专业，2005；韩同春：《京西庄户—千军台幡会——村落联合体的文化认同》，博士学位论文，北京师范大学民俗学专业，2007；俞晓燕：《一个庙会的复兴与再定义——对嘉兴网船会的民俗志研究》，硕士学位论文，北京师范大学民俗学专业，2009；郭娟娟：《安国药市研究》，硕士学位论文，北京师范大学民俗学专业，2011；阎艳：《市场与庙会的共生关系——以安国药王庙会为个案》，硕士学位论文，北京师范大学民俗学专业，2012；等。
⑤ 岳永逸：《家中过会：中国民众信仰的生活化特质》，《开放时代》2008年第1期。

西小章村年节竹马表演活动和祭祖仪式的考察，发现小章竹马不断地在村内及对外的演出中发挥着"协调村际关系，实现家族力量的跨村落联合；协调家族内各家内的关系，整饬家族秩序，突出家族—村落共同体的性格与利益"的重要社会功能。他的研究已经涉及村际关系的协调，家族关系的维系，以及家族中各家之间的多种交往实践。① 他们从民间信仰、仪式活动、宗族关系等多个角度直接进入了对"庙会"这一中国社会特有的交流实践方式的研究。

（四）当代地方民俗志的调查与书写

对于地方民俗志的书写来说，怎样能够抓住那些既是地方性的，同时又能体现整个中华文明统一性的民俗事象，是一个非常重要的问题。中国民俗学者在总结田野作业经验，借鉴人类学民族志等写作实践的基础上，提出和试验了一些新的地方民俗志书写模式。具体表现在以下两个方面，一方面，是以民俗志作为基本研究方式的民俗学论著，例如，刘晓春、吴效群、詹娜等人的博士论文中出现了大量的当地人的叙事，也展示了当地人怎样围绕一个事件在进行交流的过程。② 另一方面，刘铁梁教授带领学生们在北京市各区、县进行的标志性文化统领式民俗文化志的调查与书写，正逐渐明确了以城市化过程中人们在日常交往关系和交流实践方式上所发生变化为核心关注的问题。也就是说所谓标志性文化，作为地方文化形象和集体身份感的文化，不仅是在民俗学访谈中所发现的，而且是建立在一个地方民众日常交流实践基础之上的。而民俗学之所以要面向当下，介入生活，也是因为一个地方的日常交往实践方式正在发生变化，标志性文化也在发生变化。

这是一个不断深化和受到检验的认识过程。2005 年，刘铁梁在对门头

---

① 张士闪：《村落语境中的艺术表演与文化认同——以小章竹马活动为例》，《民族艺术》2006 年第 3 期。
② 刘晓春：《仪式与象征的秩序：一个客家村落的历史、权力与记忆》，博士学位论文，北京师范大学民俗学专业，1998；吴效群：《北京的香会组织与妙峰山碧霞元君信仰》，博士学位论文，北京师范大学民俗学专业，1998；詹娜：《农耕技术民俗的传承与变迁研究——以辽宁东部山区沙河沟村为个案》，博士学位论文，北京师范大学民俗学专业，2006。

沟区民俗文化志调查和书写实践进行总结、反思的基础上，提出了标志性文化统领式民俗志书写的新理念，说明了书写这种民俗志的目的，"就是要了解当地人是怎样认识和创造他们的生活的，什么才是他们认为最重要的东西。这需要我们与当地人进行深入的相互沟通。不仅限于访谈或谈话，还要观察他们的实际生活"①。10多年来，他带领着学生们先后在北京市的十几个区、县进行了这种民俗文化志的调查和编写实践。2016年，他进一步阐释"标志性文化"这一概念："是指在民俗志访谈与书写的话语交流中被突出叙述的某些特色鲜明的地方民俗。而从一般意义上来说，标志性文化，是指由文化交流的双方共同言说的一类鲜明而突出的文化印象。总之，这种民俗志写作的范式，既根源于文化之间交流的日常实践方式，也出自我们主动加入这一实践过程的学术意识。"②

这就是说，民俗志书写固然离不开田野访谈，但本质上是离不开民众的日常交流实践。一方面，要在一个地方民众的日常交流实践方式上来理解故事、歌谣、知识、技能、礼仪等民俗的实际存在；另一方面，民俗学者作为外来者对当地人之间的访谈本身也要看作一种重要的交流实践方式，因为任何一个地方的人都会有与陌生人或外来人之间的接触与交谈，那也是生活中的一种常态。

（五）对"生活革命"及"个人叙事"的关注

民俗是广大民众，因应自身生活的需求和变化而创造和传承着的一种生活文化，如果民众在居住空间、劳作模式、生活节律、交往关系及方式等方面都发生变化，那么民俗文化就整体进入了新的时代。因此，对民众日常生活方式变化的关注是我们深入感受、理解社会发展脉搏的基本手段。近年来，中国社会正在经历着前所未有的变革，而民众生活方式的变化就自然地进入了民俗学的研究视野。

表演理论强调要研究日常交流的实际发生过程，这与我们开始注意研

---

① 刘铁梁：《"标志性文化统领式"民俗志的理论与实践》，《北京师范大学学报》（社会科学版）2005年第6期。
② 刘铁梁主编《中国民俗文化志·北京·大兴区卷·序言》，北京出版社，2016年11月，序言第2页。

究的民众日常生活方式的变化，在视野和理念上都是一致的。2017 年，周星提出了"生活革命"的概念①，虽然没有把目光直接指向"日常交流实践方式"，但是已敏锐地察觉到，在现代科技和传媒的巨大影响下，不仅是饮食起居等日常生活行为，而且也在交流方式上发生了革命性变化。另外，近年来赵旭东关于微信民族志的倡导和探索，也正是看到了微信等现代传播媒介已经改变了民众的日常交流方式，与周星的学术关怀和出发点是一致的。②

另外，近年来中国民俗学对个人叙事的研究，不仅与与美国民俗学提出的个人叙事理论遥相呼应，而且与表演理论所指向的日常交流实践研究也十分一致，因为都是对以往民间文学文本研究的超越。比如，刘铁梁关于春节的个人叙事的研究，林晓平、雷天来对风水师的个人叙事的关注，汪林林关于涉县马童的个人叙事研究等。③ 讲述与个人经历及其感受相关的故事是民众基本的社交技能和参与社会建构的重要依据。这些与个人经历相关的叙事是民众日常交流中最重要的内容之一，也只有在日常交流实践中，个人叙事才能发挥其应有的社会建构功能。因此，关注民众的个人叙事是我们关注民众日常交流实践的重要表现。

总之，受各自学科研究传统和社会环境的不同影响，中国与美国的民俗学发展道路有所不同，但是两国民俗学在研究方向的转型上又有许多殊

---

① 周星将"生活革命"一词作为民俗学的专业术语予以定义，认为"它在中国当前的语境下，主要是指'都市型生活方式'在中国城乡确立和普及的过程。所谓'都市型生活方式'是以'都市型居住生活方式'，即在水、电、气、网络、抽水马桶和淋浴等设施齐全的单元套房里的起居生活为主干，但也可以扩及衣、食、住、用、行等其他很多层面"，周星：《"生活革命"与中国民俗学的方向》，《民俗研究》2017 年第 1 期。

② 赵旭东：《微信民族志时代即将来临——人类学家对于文化转型的觉悟》，《探索与争鸣》2017 年第 5 期。

③ 刘铁梁通过媒体所报道的与春节有关的个人叙事的研究，明确地指出"作为身体经验和身体记忆的个人叙事，对于人们体会民俗传统的意义和价值具有特别重要的作用，因此需要在民俗研究中给予充分的重视并加以采用。"刘铁梁：《身体民俗学视角下的个人叙事——以中国春节为例》，《民俗研究》2015 年第 2 期；林晓平、雷天来通过对一定语境下风水师的个人叙事的分析，探讨了赣南地区风水师群体的生存之道，林晓平、雷天来：《个人叙事与当代风水师身份建构——以赣南地区为例》，《民俗研究》2014 年第 6 期；汪林林从个人叙事的角度对马童的得神方式、养成过程、家庭生活、通神操作等内容进行了详细的描述，汪林林：《通神角色的个体叙事研究——以涉县乡村中马童为例》，硕士学位论文，山东大学，2016。

途同归的表现。就中国民俗学而言，自 20 世纪 80 年代民俗学学科恢复之后，首先是在研究对象的范围上给予了拓展，出现了民间文学与民俗学的学科分工。然后是在研究方法上，由解读文学文本或民俗事象结构的研究，逐渐走向了重视描述村落个案或地方民俗志的书写，表现出朝向在生活整体中理解当地人的方向进行研究的态势。中国民俗学最近几年的发展，比较明确地提出了关注现实的日常交流实践的思想，如户晓辉指出，我们应该重建实践民俗学，认为"中国民俗学要发现民俗或文化的意义并对中国民众过上好生活真正有所贡献，就不能把自己变成一门经验科学，而是应该成为一门实践科学"[1]。这个过程，正好说明了各个国家的民俗学，虽然受不同国情影响而走过不同的道路，但是在主要的学理方面却是彼此相通和互相影响的。走向日常交流实践是民俗学研究的大势所趋，也是各国民俗学比较一致的发展方向。

三 表演理论的借鉴价值

某一种学术理论能否对其他国家的学术产生启发和借鉴意义，一方面取决于该理论是否具有先进性、普遍性；另一方面也取决于其他国家是否对这种理论具有内在需求和对话的可能性。学术主体之间的相互借鉴，也是学术主体相互对话的过程，每一方都可能结合自身研究的需要而将对方的学术理论给予创造性的发挥和转化。所以，我们不能从如何套用表演理论中的一些概念，或者发现中国学者曾经提出过某些相似的概念上来理解表演理论与中国民俗学的关系[2]，而是要在学术思想的大格局上来说明中国

---

[1] 户晓辉：《建构城市特性：瑞士民俗学理论新视角——以托马斯·亨格纳的研究为例》，《民俗研究》2012 年第 3 期。
[2] 如在表演理论引入之前，段宝林早在 20 世纪 80 年代初期就提出了关于民间文学立体描写的主张。他认为民间文学具有表演性，提倡民间文学的立体描写，也就是记录民间文学作品时还要将口头语言之外的动作、表情、现场互动等诸多维度的事象一一记录下来。后来，万建中、丁晓辉等学者也对民间文学的立体描写做过具体的分析和总结。段宝林：《论民间文学的立体性特征》，《民间文学论坛》1985 年第 5 期；万建中、廖元新：《忠实记录、立体描写与生活相：三个本土出产的学术概念》，《民间文化论坛》2017 年第 2 期；丁晓辉：《"民族志式的描述"与"立体描写"——邓迪斯与段宝林之必然巧合》，《三峡论坛》2015 年第 2 期。

民俗学与表演理论可能形成的各种对话内容。按照这种理解,对于中国民俗学今后研究发展来说,表演理论的借鉴意义至少在以下几个方面可以给予讨论:

(一) 面向当下的学术导向

当前,民间文学的文本研究,各种民俗事象的分门别类研究,多是将对象放在一个理想的稳定的社会结构中加以理解,都远远不能理解、解释民众生活当前发生的许多变化,只关心保护一些具有时间跨度的民俗,对老百姓在现实生活中所创造的新民俗却漠不关心。表演理论在很大程度上颠覆了这种向后看的民俗观,正如鲍曼在《作为表演的口头艺术》一书中所指出的,表演提供了这样一个出发点,使得口头艺术中的传统、实践与新生性联结起来,它将使这门学科从"向后看"的视角中解放出来,从而能够更多地理解人类经验的整体性。① 表演理论所鲜明主张的转向日常交流实践的研究,对于民俗学关注当下民众在生活中的种种文化创造,保持与民众的密切交流,具有重要的理论导向意义。

当前,我国民众的生活正面临着来自科技革命和城乡关系重组这两个方面的巨大变化,我们的民俗学应该进一步借鉴鲍曼的思想,在这种变化中发出自己的声音。首先,随着科学技术的发展和人民生活水平的不断提高,民众在衣、食、住、行、用等日常起居的各个方面都发生了巨大的变化,一个主要的表现就是"都市型生活方式"在城乡的确立和普及,周星称之为"生活革命"②。其次,当前中国的城乡关系,已经从计划经济年代的以户口为名分的城乡二元对立格局,朝着城乡一体化的互通有无的格局上发展。人口的大流动,产业快速地更新换代,信息传播空前活跃,都使原有的亲属和社会关系网络受到冲击。在这样社会变动的背景下,一方面,

---

① 〔美〕理查德·鲍曼(Bauman, R.):《作为表演的口头艺术》,杨利慧、安德明译,广西师范大学出版社,2008,第53页。
② 周星教授认为"生活革命"在中国当前的语境下,主要是指"都市型生活方式"在中国城乡确立和普及的过程。所谓"都市型生活方式"是以"都市型居住生活方式",即在水、电、气、网络、抽水马桶和淋浴等设施齐全的单元套房里的起居生活为主干,但也可以扩及衣、食、住、用、行等其他很多层面。参见周星《"生活革命"与中国民俗学的方向》,《民俗研究》2017年第1期。

有许多原有和新生的弱势群体需要我们为其发声；另一方面，对老百姓创造出的许多新的民俗文化，也需要我们给予关注、书写。日常交流实践的研究方向与民俗学的当代职责高度契合，可以把民俗学者所花费的时间和精力从保护和留住传统的任务上，转换到通过介入生活中的交流实践，加强人与人之间的相互沟通、理解与支撑，成为促进社会与文化发展的学术利器。

（二）从日常交流实践中发现社会发展的动力

中国与美国有着不同的历史、文化背景和研究传统，因此两国民俗学提出的问题就有很大的差异性。美国自建国之初就是一个多种族、多群体，多元文化并存的国家。因此，美国的民俗学研究历来关注的是各个不同的群体，怎样拥有自己的交流实践和话语文本的意义，如何被实际传播的问题。表演理论的提出有助于对越战老兵、残疾人、印第安人、黑人等群体的内外各种交流实践方式的研究，并且将所有的日常交流实践都看作为美国文化得以不断建构发展的动力。而在中国，自古就有"礼""俗"互动的传统。这既是一个在宏观层次上的文化交流实践的模式，也是在微观层次上可以观察到的日常生活中的文化交流实践过程。张士闪指出"在传统中国的复杂社会系统中，'礼俗互动'奠定了国家政治设计与整体社会运行的基础，并在'五四'以来的现代民族国家建构中有所延续"[①]，通过"礼""俗"之间的互动来引导、规范民众的社会生活，是中国社会的重要特征。因此，我们的民俗学更加关注与官方相对的"民"，以及他们在日常生活中的创造和传承着的"俗"，主要是那些在民众生活中反复出现的，具有稳定传承性的生活知识和文化传统。

在日常交流实践的视角下，中美民俗学所关注的不同文化问题虽然是源自各自历史的特殊性，但是也将成为可以互相理解和共同讨论的问题。比如借鉴美国民俗学的经验，我们就有必要加强对社会变革中所出现各个不同群体的民俗文化研究，以增进各群体之间的相互了解与沟通。

---

① 张士闪：《礼俗互动与中国社会研究》，《民俗研究》2016年第6期。

（三）生活整体性研究的新视角

表演理论，也为我们提供了一种对生活进行整体性研究的理论，它所重视的不是对一个个文本或一个个民俗事象形态的追究，而是在日常交流实践的视角下整体地去理解社会结成与文化新生的过程。对于中国学界来说，这样的视角，可以在民间文学研究与民俗学研究之间建立起一条通畅的大道。更重要的是，从日常交流实践方式的视角出发，可以将生活中一切文化的发生、创造、传承、变化都看做是离不开日常交流实践的社会整体的行动过程。这样，我们对民俗学整体性研究的理解就有了新的认识，也就是要从日常交往行为上来观察并解读一切生活文化现象之间内在的关联性和整体性。

此外，我们还会认识到，整体性研究已经不只是对一个村落或地方社会的整体生活方式的结构性进行描述，而且要特别关注那些处在日常交流实践中每一个鲜活的个人。一个地方的生活及其文化的整体性，也体现在人们的日常交往关系中和被用于交流的大量个人叙事中。个人叙事行为的发生和意义的形成，只有放在日常交流实践方式当中，才能得到理解。

（四）进入日常交流实践的田野作业方法

在表演理论看来，民俗学的田野作业方法，不是只以搜集材料为目的，而是以进入或者回归人们的日常交流实践为目的。也就是说，与其他学科相比，民俗学的调查与访谈应该尤其关注民众日常交流实践方式的传承与变化，而不只是民俗"文本""事象"的传承与变化，这等于为我们在调查现场能够与当地民众进行深入交谈而提出了新的规范。

因此，表演理论所指出的"日常交流实践"研究方向，必然要求民俗学者也要以一种交流者的身份进入到人们的日常交流实践过程中，以此来作为自己的基本研究方式。以日常交流实践的方式，来研究作为日常交流实践方式的民俗，这说起来有些绕口，但却是目前许多民俗学者的实际经历，和我们常说的"与老百姓打成一片"是一个意思。

与人类学等以研究异文化或者跨文化为主要目标的兄弟学科不同，民俗学是一门研究本国的学问，或者说具有"家乡民俗学"的特点。早在

1994年，钟敬文先生就明确提出了"多民族的一国民俗学"的学术命题①，是指民俗学是本国学者研究本国民间生活文化的学问。由于民俗学的这个基本性格，决定了民俗学者不能超然于自己所在的社会，也决定了民俗学必然要紧密伴随本国社会发展的历史进程，发挥出介入现实生活的独特学术作用。表演理论要求面对日常交流实践方式的主张，正好为各国民俗学完成自己的特殊任务提供了一条可行的道路。

总之，在理论与实践相结合的视野下来讨论在中国民俗学转型发展过程与表演理论思想之间所具有的对话关系，这是一个具有针对性的研究课题。通过这一案例的讨论，本文说明了中国民俗学与国外民俗学之间不是绝对的谁在先、谁在后的影响关系，而是主体间各种可能的相互对话关系。这个关系也可以表述为"要知彼，就要知己；要知己，就要知彼"，知己与知彼是一个互为条件、不能分离的关系。只有认识到这一点，才能使中国民俗学避免简单照搬或过分仰视国外理论而缺乏主体意识的片面性做法，才能够在理解各国民俗学不同发展经历的基础上，既介绍好国外民俗学理论，也担负起对这些理论给予创造性发挥的责任。这样的"学习目的是为了发展我们自己"②，即为了实现"建立中国民俗学派"的目标。

---

① 钟敬文：《建立中国的民俗学派》，黑龙江教育出版社，1999，第29~33页；邢莉：《对钟敬文"多民族的一国民俗学"理论的学术反思》，《民间文化论坛》2014年第1期。
② 钟敬文：《建立中国的民俗学派》，黑龙江教育出版社，1999，第12页。

两种自由意志的实践民俗学

——民俗学的知识谱系与概念间逻辑[*]

吕 微[**]

摘 要：通过对民俗学的偶然性知识谱系与必然性观念联系的历史与逻辑的双重综合还原，回溯到作为理性科学的民俗学的理论与实践起点即人的理性整体性，并由此出发推导民俗学的理论研究范式与实践研究范式，不仅是中国民俗学应该关注的基本问题，也是世界各国为重建民俗学的学科理想而应当承担的共同责任。

关键词：实践民俗学；实践理性；自由意志；普遍立法；任意性

光说人有自由还不够。自由只是故事的一半，真理的一面。自由是人

---

[*] 本文选自《民俗研究》2018年第6期。本文是笔者在"当代社会口头传统的再认识——首届民族文学研究博士后论坛（2014·北京）"评议发言稿的基础上修改而成，援引了多位民俗学博士后、博士生的发言或论文，他们对我颇多启发，谨此致谢！本文也可视为对周星与王杰文的批评性回应。王杰文对笔者的批评和提出的问题，见王杰文《"生活世界"与"日常生活"——关于民俗学"元理论"的思考》，《民俗研究》2013年第4期；《语言人类学与民间文学的"存在论"》，《民间文化论坛》2014年第3期。我曾予以简单回应，见吕微《民俗学的哥白尼范式》，《民俗研究》2013年第4期；见吕微《走向实践民俗学的纯正形式研究》，《民间文化论坛》2014年第3期。感谢周星、王杰文对我研究的批评和提问，他们进一步促动了我关于民俗学实践范式的思考。

[**] 吕微，山东莱芜人。1982年毕业于西北大学历史系，中国社会科学院文学研究所研究员、民间文学研究室主任（1997年12月至2011年8月）。曾任中国民俗学会理事、常务理事。合作承担、参与主持多项国家级、院级研究项目，已出版《中华民间文学史》（河北教育出版社，1999，国家社科基金项目，合著）、《隐喻世界的来访者——中国民间财神信仰》（学苑出版社，2001）、《神话何为——神圣叙事的传承与阐释》（社会科学文献出版社，2001）、《中国民间文学史》（河北教育出版社，2008）等著作。

的生命消极的一面,而其积极的一面就是责任。实际上,如果人不能负责任地生活,那自由会堕落为放任。①

——〔美〕弗兰克尔

一

如果说,20世纪60~70年代的美国民俗学家是从康德、胡塞尔、索绪尔那里汲取营养,而发展了表达任意选择的自由意志的美国精神的实践民俗学(如表演民俗学、公共民俗学),那么中国现代民俗学在其起步阶段(如果从1922年《歌谣》创刊算起)的基本理念,所师承的并不是胡塞尔、索绪尔的"任意的意志",而是康德启蒙主义的理论理性和实践理性及其统一的自由意志。可以这样说,美国民俗学的学科基本问题是"后期康德问题"(Willkür的问题),而中国民俗学的学科基本问题则是"前期康德问题"(Wille的问题)。

笔者曾多次援引根据周作人的思想撰写的《歌谣》周刊《发刊词》对民俗学的两个目的的阐明。②谭璐更是细微地注意到,中国现代民间文学-民俗学学者始终在"文艺的"和"学术的"两个学科目的(学科问题)之间徘徊,胡适始终强调"文艺的"是歌谣研究的第一目的,董作宾则把"学术的"作为民间文艺研究的第一目的,而周作人在民俗学的"学术的"和"文艺的"两个目的之间犹豫,且最终倒向了"学术的"第一目的。③学术前辈们所谓的"学术"指的就是康德的理论理性("五四"时称为"赛先生"),而"文艺"则是指康德的实践理性("五四"时称为"德先生")。这就是说,在中国现代民俗学起步的最初阶段,民俗学家关注的问题不是人的任意选择的自由意志的问题,而是关于理性的理论使用和实践使用之间关系的"康德问题",甚至是理论理性与实践/实用理性之间关系的"亚里士多德问题"。

---

① 〔美〕弗兰克尔:《活出生命的意义》,吕娜译,华夏出版社,2010,第168页。
② 吕微:《民俗学:一门伟大的学科》,中国社会科学出版社,2015。
③ 谭璐:《民间文学方法论的形态学提炼:从外部视角到四种研究方式》,"当代社会口头传统的再认识——首届民族文学研究博士后论坛(2014·北京)"论文。

如何划分理论理性和实践理性,之所以在中国现代民俗学发轫之初一度成为难题,是因为在中国古典学术传统中,几乎没有关于理论理性和实践理性的明确区分。因此导致了,一方面与感性经验有关的理论理性的实证科学不受重视(如称科学为"奇淫技巧");另一方面则着重发展了道德实践的纯粹理性(如宋明理学)。在近现代打开国门以后,一方面同时引进了"德先生"(纯粹实践理性)和"赛先生"(理论理性);另一方面又为了实现强国梦想,用认识自然因果性的"赛先生"(科学),压倒甚至遮蔽或者扭曲了以实现自由因果性为目的的"德先生"(民主)。与"唯科学主义"的现代化进程相一致[1],中国学术界也更倾向于理论理性的经验研究范式,而忽略了纯粹实践理性的先验研究范式。由于没有处理好理论理性与实践理性的关系——按照康德批判性检验,理性对自身的自我理解,实在是关系到如何为现代共同体奠基的大问题——也就无法进一步处理好实践理性内部的纯粹实践理性的普遍立法的自由意志(道德理想)与一般实践理性的任意选择的自由意志(幸福诉求)的关系,以至于在国家建设和社会治理方面,始终摇摆于道德专制的总体性国家与欲望泛滥的社会失范之间。[2]

我们说民俗学的"学术"目的最终压倒甚至遮蔽或者扭曲了其"文艺"的目的,不是说民俗学的"赛先生"完全取代了"德先生",而是由于中国现代学术在整体上没有经历过康德所说的理性自我的批判性检验,因而导致了民俗学(其他学科也是一样)对自身的学术理性的性质(目的、方法)在认识上的模糊不清。就民俗学而言,最终走上了一条用理论理性的方法来实现实践理性的目的的悖论之路[3],即如卡西勒批评浪漫主义时所说的,

---

[1] 〔美〕郭颖颐:《中国现代思想中的唯科学主义(1900~1950)》,雷颐译,江苏人民出版社,1995;汪晖:《现代中国思想的兴起》,生活·读书·新知三联书店,2004。
[2] 参见黄裕生《人权的普遍性根据与实现人权的文化前提》,《江苏行政学院学报》2011年第1期;黄裕生:《社会契约与国家的使命》,《深圳特区报》2012年6月15日;黄裕生:《人类此世的一个绝对希望——论康德有关共和政体与永久和平的思想》,《江苏行政学院学报》2013年第2期;黄裕生:《有第三条道路吗?——对自由主义和整体主义国家学说的质疑与修正》,《江苏行政学院学报》2014年第1期;黄裕生:《论主权在民原则下的民族共治原则》,《中央民族大学学报》(哲学社会科学版)2014年第3期。
[3] 吕微:《我们的学术观念是如何转变的?——刘锡诚:从一位民间文学——民俗学学者看学科的范式转换》,《中国民俗学》2014年第2辑。

用启蒙主义（理论理性）的方法去实现浪漫主义（实践理性）的目的①，从而导致了实践理性的实用化（回到亚里士多德的分类），即前述民俗学"拿来主义"的技术化、工具化，而扭曲了实践理性本身，即用基于自然因果性的科学发展理论代替了基于自由因果性的道德信仰实践（例如普遍用理论理性的进化论评价人们的实践理性的宗教信仰，就把许多传统文化判定为落后的迷信），结果就导致了康德所说的理性使用的二律背反（自相矛盾、自我冲突）。②

总而言之，回顾"五四"学者为现代中国引进的民俗学学科，我们很难为其梳理、建构出一条"知识谱系"的清晰路线图。或者说，对于中国现代民俗学的创建者来说，他们所仰仗的理论资源是相当驳杂的。③ 但可以肯定的是，"五四"民俗学家特别是周作人对民俗学的性质（目的和方法）的理解，完全是根据康德对理性的古典分类（"前期康德问题"，有《歌谣》"发刊词"为证），而他对"人的文学"的理解，则蕴含了康德对"任意选择的自由意志"的"后现代"思考（"后期康德问题"），而与此同时，却又普遍地失望于民众的"普遍立法的自由意志"的先验能力（不仅周作人，郑振铎等诸多民俗学家也是一样）。④ 尽管我们至今都不清楚，周作人的

---

① "通常认为，18世纪是个'非历史的'世纪，从历史观点看问题，这一看法是没有根据的。毋宁说，这一看法是浪漫主义运动在历史领域中反对启蒙哲学时创造的一个战斗口号。……启蒙运动为浪漫主义运动锻造了武器。我们发现，浪漫主义运动就是在这一旗帜下驳斥上一世纪（18世纪）的种种思想前提的，只是这些前提的效力的结果，亦即只是启蒙运动的观点和理想的结果。没有启蒙哲学的帮助，没有对启蒙思想的继承，浪漫主义运动既不可能取得也不可能维持它自己的地位。无论浪漫主义运动对历史内容的看法，即它追求实利的'历史哲学'与启蒙运动相去多远，它在方法上仍依赖于启蒙运动。"〔德〕卡西勒：《启蒙哲学》，顾伟铭等译，山东人民出版社，1988，第192页。
② 吕微：《民俗复兴与公民社会相联结的可能性——古典理想与后现代思想的对话》，《民俗研究》2013年第3期。
③ 关于胡适和周作人的思想-学术渊源，参见李小玲《胡适与中国现代民俗学》，学苑出版社，2007；周星：《平民・生活・文学：从周作人的民俗学谈起》（未刊稿件）。
④ 吕微：《接续民间文学的伟大传统——从实践民俗学的内容目的论到形式目的论》，《民族文学研究》2015年第1期。"像周作人的《人的文学》一文仍然相当完备地表述了古典的'个人主义的人道主义'思想，在更早时期，严复在《论世变之亟》里已相当深刻地阐述了自由主义的精髓，而胡适的《易卜生主义》不啻是一篇个人主义的宣言。……'五四'人物关于'人的觉醒'的思考是相当广泛的。"汪晖：《预言与危机——中国现代历史中的"五四"启蒙运动》，《文学评论》1989年第3期、第4期，收入《汪晖自选集》，广西师范大学出版社，1997，第320页。汪晖对周作人的评价，似乎未臻"完备"。

"民俗学"思想和"人的文学"思想究竟是通过何种途径间接地"师承"了康德。①

这就是说,是启蒙主义的古典理想启发了中国现代民俗学家下定决心,在现代中国发起了一场民俗学运动,但是在没有"前期康德问题"的支持下,"后期康德问题"中的"任意选择是自由意志"也就缺失了。在中国民俗学从初生到新生的将近一个世纪之后(1922年至今),"前期康德问题"仍然笼罩在中国民俗学的理论和实践的穹幕上,不解决"普遍立法的自由意志"的"前期康德问题","任意选择的自由意志"的"后期康德问题"就永远提不到议事日程上来。即便我们在20世纪90年代开始,从美国引进了"表演理论"等以"任意意志"为观念基础的实践民俗学流派,也即刻被理论理性化(其中"语境"概念的时空化、经验化就是绝好的例证,详见下文),进而难以发挥其像在美国本土那样广泛的实践影响。

二

中国民俗学者的心中,念念不忘的总是中国民俗学的学科问题究竟是什么?中国民俗学自身的学科问题与欧美民俗学的学科问题有什么不同(二者是同一个问题的不同问法)?

> 借鉴归借鉴,他人的工作理念与工作方式一定不可以照搬到当下的中国,因为当下中国的国情不同于100年前的中国,也不同于当下欧美日德任何一国,这也是必须给予足够重视的。②

作为一门现代化过程中兴起的人文学科,民俗学在不同的国家中针对的是不同的社会现实问题,做出的也是不同的回答。欧洲是这样,

---

① 周作人"1913年发表《童话略论》(周作人《童话略论》,收入《周作人民俗学论集》,上海文艺出版社,1999,第39~45页),认为'童话研究当以民俗学为依据,探讨其本源',首次采用'民俗学'一词;1914年1月发表《儿歌之研究》,亦提及'民俗学'这一用语。"周星:《平民·生活·文学:从周作人的民俗学谈起》,未刊稿件。
② 王杰文:《"生活世界"与"日常生活"——关于民俗学"元理论"的思考》,《民俗研究》2013年第4期。

中国是这样，美国也是这样。①

只是，"当下中国的国情"究竟是什么，却并不是仅仅关注了中国的"社会现实问题"，或者仅仅关注了欧美民俗学所针对的"社会现实问题"，就能够回答的；当然，"另一方面，也有一些似乎万变不离其宗的'母题'反复出现，那就是对普通民众的关心"②，正是这一点能够让民俗学者在始终保持着对"当下国情"或"社会现实问题"的敏感度的同时，随时调整本学科因现实关怀而对自身基本问题的自我认知。

但仅仅是"关心"，就能够发现、确认自己的问题吗？通过梳理、反思欧美民俗学与中国民俗学的学术史③，尽管我们也认识到，民俗学在不同的国家、针对不同的国情即"不同的社会现实问题"应该有不同的回应，但是直白地说，在民俗学的"工作理念与工作方式"从先进国家向落后国家单向流动的过程中，"受动"国家的"国情"和"社会现实问题"往往沦落为一句空话。因为受动国的学者往往会自我矮化地认为，先进的"欧美同行们的学术路径与学术成果，已经把我们这里所谈到的问题都谈过了，而且不仅只是谈过了，甚至讨论得还更深入一些"，"欧美同行们甚至已经超出了我们现在所面对的问题了"，因此也就没有必要再奢谈什么"当下国情"和"社会现实问题"，后进者只要忠实地移植先进的"工作理念与工作方式"就可以了。

在这里需要说明的是，不同国家的民俗学之不同的"工作理念与工作方式"之间，固然可以给出"先进"与"落后"之分，但也不妨视为"工作理念与工作方式"的不同类型。但是，无论分等级地，抑或平等地看待、对待不同类型的民俗学"工作理念与工作方式"，都有待于我们还原到一个能够涵盖不同"工作理念与工作方式"的更高一层级的"工作理念与工作方式"的整体性中。

---

① 彭牧：《实践、文化政治学与美国民俗学的表演理论》，《民间文化论坛》2005年第1期。
② 高丙中：《民俗文化与民俗生活》，中国社会科学出版社，1994，第146、163、100页。
③ 吕微：《现代性论争中的民间文学》，《文学评论》2000年第2期；户晓辉：《现代性与民间文学》，社会科学文献出版社，2004。

当事关决定人类心灵①一个特殊能力的源泉、内容和界限时，依照人类认识的本性，人们唯有从心灵的各个部分开始，从对这些部分的精确而详尽的描述开始。但是还有第二个更具哲学意味和建筑学意味的应行注意之点：这就是说，要正确地把握整体的理念，并且从这个理念出发，在所有那些部分的彼此交互关联里面，借助于从那个整体的概念将它们推导出来的方式，在同一个纯粹理性的能力之中考虑这些部分。②

这里所说的民俗学的不同"工作理念与工作方式"的"整体的理念"或"整体的概念"，就是我在前文中已经指出的康德哲学所指向的作为人类"心灵的各个部分"（这里就是不同国家的民俗学的不同"工作理念与工作方式"）所从属的理性整体性，康德称之为"理性知识的全部范围"③，如果我们承认民俗学是一门理性的科学的话。以此，回到康德，回到理性的整体性，然后将"彼此交互关联里面"的"所有那些部分"（不同"工作理念与工作方式"和不同国家的"国情"和"社会现实问题"）"将它们推导出来"，就是作为理性科学的民俗学的观念（理论）反思的必然性要求，而不仅仅是学术史"知识谱系"建构的一个偶然性结果。④

就我们民俗学的基本问题，即"民俗学在不同的国家中针对的是不同的社会现实问题，做出的也是不同的回答"来说，也必须从民俗学观念的整体性中推导出来。显然，康德离我们的民俗学不是"太远"而是"很近"，因为康德就是作为理性科学的民俗学的内心，用康德自己的话说，就是我们学科的"心灵"，相反民俗学理论史却可能真的离我们更远一些，因为那只是学科心灵的表象，谁让我们是一门理性的科学呢？也许，回到民

---

① "心灵也就是他［指康德——笔者补注］所谓的理性。"帕通：《论证分析》，〔德〕康德：《道德形而上学原理》"附录"，苗力田译，上海人民出版社，2005，第 94 页。
② 〔德〕康德：《实践理性批判》，韩水法译，商务印书馆，1999，第 8 页。
③ 〔德〕康德：《道德形而上学基础》，孙少伟译，九州出版社，2007，第 47 页。
④ 中国民俗学网（http://www.chinesefolklore.org.cn/）→民俗学论坛→2014 特别策划：民俗学的中国实践→王杰文：关于民俗学理论史的知识谱系。

俗学的学科反思，不一定非要通过康德，但无论如何却不可能不通过我们的理性整体性的学科"心灵"。

康德根据人的理性的不同使用目的、方式和（经验或先验的）对象、范围，把理性自身区分为理论理性（理性的理论使用）和实践理性（理性的实践使用），进一步又把实践理性划分为普遍立法的自由意志的纯粹实践理性，与任意选择的自由意志的一般实践理性。以此，理性的不同使用方式和不同使用目的，就是人的不同实践方式或不同生活形式。进而，民俗学作为一门理性的学科，也就是民俗学（者）的理性的存在方式，并且也可以根据学科理性的不同使用目的和使用方式，将学科自身划分为不同的学术范式①，即

（1）以认识自然因果性的民俗现象的经验对象为目的的理论理性的学术范式（实然的实践范式）。②

（2）以认识并实现任意选择的自由意志的民俗"法象"的经验/先验对象为目的的一般实践理性的学术范式（偶然或或然的实践范式）。

（3）以认识并实现普遍立法的自由意志的民俗"法象"的先验对象为目的的纯粹实践理性的学术范式（必然或应然的实践范式）。③

民俗学的上述三种学术范式，近代以来实然地或仅仅应然地被使用于不同国家的不同时期，以达成不同的使用（认识和实践）目的。这就是说，民俗学的不同学术范式的本质规定性，是唯当我们还原到学科"心灵"的理性整体性中才能够以"哲学意味和建筑学意味"的方式"将它们推导出来"。否则，即便我们置身于某一范式之中，甚至两种范式之间，我们都会在认识上发生偏颇。这方面的例证颇多，不仅不同国家的学者之间会发生误解，同一国家的学者之间也会相互误解。

---

① 吕微：《民俗复兴与公民社会相联结的可能性——古典理想与后现代思想的对话》，《民俗研究》2013年第3期。
② 刘晓春：《从"民俗"到"语境中的民俗"——中国民俗学研究的范式转换》，《民俗研究》2009年第2期。
③ 〔德〕康德：《道德形而上学基础》，孙少伟汉译，九州出版社，2007，第52~65页。

三

语境研究从来都从属于民间文学—民俗学研究的传统范式、经典范式,即上述"以认识自然因果性的民俗现象的经验对象为诉求的理论理性的学术范式"。语境研究,包括了传统的文本、历史文献(文化)研究和20世纪90年代以来,在中国学界兴起的基于田野作业的生活(整体)研究。我之所以把传统的、经典的文本研究、文献研究即文史研究,与田野研究即生活研究、整体研究同样视为语境研究,乃是因为尽管生活研究、田野研究较之文本研究、文献研究,更注重语境中主体的现实存在(生活实践),但同属于在时间、空间等感性或经验性直观条件下的经验研究,只不过一个更看重当下经验(生活、事件),一个更偏重历史"遗留"下来的经验(文化、事象)。因此,在民俗学家促进民俗学的人类学化、社会科学化的同时[1],人类学家也在力主民族志写作的历史性维度[2],而时间-空间的语境条件恰恰是联结历史学的文献研究与民族志的田野研究的统一性框架。时间-空间语境之所以能联结历史学研究与民族志研究,乃是因为二者都以理论地、实证地认识经验对象(现象)为鹄的,于是感性直观的时空形式(语境)就成为二者共享的先验条件。这就是说,在时间-空间语境条件下,同样以认识经验现象为目的的进化论和功能论是可以相通的。如马林诺夫斯基就承认进化论的文化"遗留物"理论,因为他与进化论者一样,承认事物在时间中会发生功能性演变,所以他才执意要到蛮野社会的"语境"中,去寻找宪章(charter)功能尚存的原始神话。[3]

马林诺夫斯基以后,就连纯粹研究文本、文献等文化事象的民俗学者也接受了"语境"概念,因为对以现象为对象的经验论者来说,接受康德所谓感性直观的时空形式的"语境"概念,并不是特别为难的事情。对于传统的、经典的以文本、文献为研究对象的民俗学者来说,以探讨民俗现象的自然因果性为鹄的的语境研究,不过是理论民俗学的经验范式的全面

---

[1] 高丙中:《中国民俗学的人类学倾向》,《民俗研究》1996年第2期。
[2] 王铭铭:《社会人类学与中国研究》,生活·读书·新知三联书店,1997,第43~56页。
[3] 〔英〕马林诺夫斯基:《巫术科学宗教与神话》,李安宅译,中国民间文艺出版社,1986。

兑现而已。① 所以，始终坚持文本、文献研究的美国民俗学家邓迪斯认为，研究文本、文献的民俗学者"对语境的重视是理所当然的、不言而喻的"②。与此相应，中国民俗学家刘魁立的"活鱼要在水中看"，以及段宝林关于民间文学的"立体描写"的命题③，也都没有超出语境研究的经验范式。正是因为没有超出理论理性的经验范式，邓迪斯才批评他所理解的、以鲍曼为代表的"表演理论"没有新意。④ 在邓迪斯看来，"语境中的表演"和"语境中的文本"是等值的方法命题，而不是不等价的理论和实践命题。站在传统的、经典的理论理性的语境研究的经验范式立场上，邓迪斯只能认同"表演"的认识论价值，而不会承认"表演"的实践论（存在论）意义，因此，当邓迪斯完全从认识论的意义上来理解"表演"的时候，"表演"作为"语境中的民俗"，也就不过是"以言行事"的文本。当然，邓迪斯如下反感也是有道理的，即以认识经验对象，即现象的自然因果性为鹄的语境研究，的确难有新的理论发现⑤，而是在不断地重复一件尽人皆知的常识：

---

① 吕微：《中国民间文学的西西弗斯——刘锡诚〈20 世纪中国民间文学学术史〉读后》，《民俗研究》2008 年第 4 期。
② 正如丁晓辉指出的："总是被当作民间文学的对立面出现的作家文学，其'语境'对于理解其自身同等重要。在理论上，孟子早已有'知人论世'说；在实践上，诗文系年之类的考证并不鲜见，与'民族志式的描述'或'立体描写'异曲同工。语境的收集并不限于民间文学，这是一个普遍性的问题，如果视其为民间文学或民俗独有，有坐井观天之嫌。我们如此大张旗鼓地追求语境，是否也暴露了民间文学研究的短视和狭隘？"丁晓辉：《"民族志式的描述"与"立体描写"——邓迪斯与段宝林之必然巧合》，"当代社会口头传统的再认识——首届民族文学研究博士后论坛（2014·北京）"论文。
③ 丁晓辉：《"民族志式的描述"与"立体描写"——邓迪斯与段宝林之必然巧合》，"当代社会口头传统的再认识——首届民族文学研究博士后论坛（2014·北京）"论文。
④ 王杰文：《寻找"民俗的意义"——阿兰·邓迪斯与理查德·鲍曼的学术论争》，《西北民族研究》2011 年第 2 期。
⑤ "至于'女性主义理论'，它哪里有什么'理论'呢？妇女的声音与妇女在社会当中的作用被男性沙文主义与偏见所影响，这是事实，难道这也算得上是'理论'吗？'表演理论'又怎么样呢？没有哪个民俗学家否认民俗只有在被表演时才存在，也没有人否认民俗表演涉及表演者与听众，也没有人否认表演中的能力展示需要被记录与分析，那么，'表演理论'当中的'理论'在哪里呢？邓迪斯否认'女性主义理论'与'表演理论'是'宏大的理论'。"王杰文：《寻找"民俗的意义"——阿兰·邓迪斯与理查德·鲍曼的学术论争》，《西北民族研究》2011 年第 2 期。"后来的'表演理论'似乎暗示了其自身是一种新的理论，但邓迪斯在 2004 年美国民俗学会的讲演中对它如此评价：'表演理论当中的"理论"在哪里？'"丁晓辉：《"民族志式的描述"与"立体描写"——邓迪斯与段宝林之必然巧合》，"当代社会口头传统的再认识——首届民族文学研究博士后论坛（2014·北京）"论文。

凡事都是有原因的。语境研究，不过是在同语反复地念叨某一文本现象、行为现象的琐碎原因。于是，当语境研究不断重复这些琐琐碎碎的自然原因的时候，的确会让人心生疑窦，除了理论理性的"认识"目的，语境研究"是否还存在着其他深层原因"①？亦即，是否还存在着其他别开生面的目的？对此，施爱东曾提出过质疑：

> 我们一再强调，记录文本时要全面、科学、客观，要记录讲述者的种种背景、形态、语态、故事的背景、听众的反应等等，听起来很有道理（也肯定是对的），但如果我们提这样一个问题：讲述者或听众是什么性别、什么年龄、什么文化程度，在我们的研究中起了什么作用？我们有了这么多的资料后，有谁用过这些资料吗？得出了什么规律性的认识吗？没有！如果没有，为什么不去用呢？因为我们不知道怎么用！我们没有提出过问题，没有理论上的需求，只有想当然的形而上的要求。②

但是，语境研究真的没有认识论以外的其他目的和深层价值吗？无论如何，通过赋予"语境"概念以新的意义，"语境"的确已经把我们带入了一个新的范式时代。

尽管马林诺夫斯基在《原始心理中的神话》（1926 年）中提出"语境"概念的时候③，胡塞尔已经发表了他的现象学名著《逻辑研究》（1900 ~ 1901 年），索绪尔也已经三度向他的学生讲述了《普通语言学教程》（1906 ~ 1911 年），但现象学和语言学转向的国际学术 - 思想潮流，还没有在马林诺夫斯基身上表露出多少迹象。马林诺夫斯基始终坚持其像自然科学家一样的社会科学家身份，提倡科学的田野作业（field work）④ 和民族志写作，以

---

① 丁晓辉：《"民族志式的描述"与"立体描写"——邓迪斯与段宝林之必然巧合》，"当代社会口头传统的再认识——首届民族文学研究博士后论坛（2014·北京）"论文。
② 施爱东：《中国现代民俗学检讨》，社会科学文献出版社，2010，第 92 页。
③ Bronislaw Malinowski, *Myth in Primitive Psychology*, London, 1926.
④ field work, 李安宅译作"实地工作"或"实地研究"。Bronislaw Malinowski, *Myth in Primitive Psychology*, pp. 111, 146, 147, London, 1926.〔英〕马林诺夫斯基：《巫术科学宗教与神话》，李安宅译，中国民间文艺出版社，1986，第 95、128 页。

此，马林诺夫斯基在"调查研究"的基础上提出的功能论"语境说"，也就最终未脱牛顿式至少康德式时间—空间观的窠臼。但是必须承认，即便是根据牛顿式甚至康德式的时空性语境观，在时间、空间的语境条件下，文化现象的实践主体已经被重新召回到学术视野中。

> 要理解民众的生活，通过实地调查记录他们生活的民俗过程是第一个步骤，然后必须把民俗事象置于事件之中来理解。把文本与活动主体联系起来理解；意义产生在事件之中，是主体对活动价值的体验，撇开事件的主体，也就无所谓意义。……我们希望民俗学从发挥高度想象力的智力游戏转向严肃的入世的学术，关心人，关心人生，关心生活。[①]

于是，主体特别是作为个体的主体——个人，以及每一个人的实践活动、行为，在时间、空间的语境条件下被凸显出来了，问题只是，在时空语境中，我们是否只能够按照康德的理论认识的视角，视语境中的个人为"合于"自然因果性制约的客体（作为现象的自然人），还是也能根据康德的"实践认识"的视角，视语境中的个人为"出于"自由因果性的主体（作为本体的自由人）[②] 但是，根据康德对理性的批判性检验，自由因果性只能是在超时空条件下，"人自身"基于纯粹实践理性的普遍立法的自由意志的任意选择，因此我们在时间、空间的语境条件下，能否像直观现象那样，直观到人作为本体（自由主体）的任性意志？康德陷入了困境，而且凡是试图通过传统的、经典的（牛顿式或康德式）语境观，揭示主体主观的自由意志的经验研究同样陷入了困境，因为没有一位民俗学家曾经在理

---

① 高丙中：《中国民俗学的人类学倾向》，《民俗研究》1996年第2期。后来，高丙中对自己曾经的关于民间文学－民俗学的形式主义、智力游戏的理论范式的观点有所修正，认为民间文学－民俗学的文学方向，既可以从理论范式也可以从实践范式的不同角度予以理解和规定。见高丙中《日常生活的现代与后现代遭遇：中国民俗学发展的机遇与路向》，《民间文化论坛》2006年第3期。

② 吕微：《民俗学的笛卡尔沉思——高丙中〈民俗文化与民俗生活〉申论》，《民俗研究》2010年第1期。

论上明晰地阐明过"语境"到底是什么。鲍曼没有能力做到这一点,他对"语境"构成诸要素的经验式列举①,只会徒增读者的困惑,而这正是他的"语境"概念往往被中国民俗学者误解和误用的重要原因之一②,当然,误解和误用的主要原因还在于中国民俗学者自己的范式立场。

康德所陷入的困境在于,他无法在直观的现象中,区分人的任性的自由意志和动物的任性的自由意志,但两种任性在直观中几乎没有区别,而且在先验感性的时间条件下也不容许据此而做出区分。康德的困境也就是日后美国民俗学的"表演理论"所陷入的困境,因为没有一位民俗学家能够用传统的、经典的属于理论理性的语境条件来界定人的表演行为、表演活动(若是如此,就是康德所谓"混血的解释"或"混合的定义"③),确实属于人的实践理性的任意意志,而不是"动物的任性或者奴性的任性"——"可以受纯粹理性规定的任性叫作自由的任性〔arbitrium liberum〕,而只能由偏好(感性冲动、刺激)来规定的任性则是动物的任性(arbitrium brutum)"④——从而为"表演"作为人的任意选择的自由意志,进行美国式的辩护呢?这也就导致了美国民俗学的"表演理论"在理论上的失败。当然也可以反过来说,这正是美国民俗学成功的地方,因为这就是美国人的"实用主义"风格,重要的不是"说了什么"而是"怎么做的",只要通过你的研究展示了民众的表演,你也就维护了人的自由选择的基本权利,而不在于民俗学家们在理论上是否把"语境"概念讲清楚了。不过,讲不清楚的"语境"概念,却在"跨语际旅行"⑤中给受动国的民俗学者造成了理解和解释上的理论和实践困难。

---

① 王杰文:《寻找"民俗的意义"——阿兰·邓迪斯与理查德·鲍曼的学术论争》,《西北民族研究》2011年第2期。
② 王杰文:《"文本化"与"语境化"——〈荷马诸问题〉中的两个问题》,《民族文学研究》2011年第3期。
③ 〔德〕康德:《道德形而上学》,李秋零译,《康德著作全集》第6卷,中国人民大学出版社,2007,第234页。
④ 〔德〕康德:《道德形而上学》,李秋零译,《康德著作全集》第6卷,中国人民大学出版社,2007,第220页。
⑤ 〔美〕刘禾:《跨语际实践——文学,民族文化与被译介的现代性(中国,1900-1937)》,宋伟杰等译,生活·读书·新知三联书店,2008。

由于美国民俗学家"幸运"地生活在一个表演的权利已然被确立的语境（我们暂且因其理论化、古典式的用法）当中，所以，即便美国民俗学家于"职责/责任"的实践理念，完全弃之而不用（当然不是事实），而只是戴着语境的"理论眼镜"，到"全国各地"去直观民众的表演，就已经是在通过"呈现社会事实"而维护、促进民众的表演权利了。[1]

但是，民俗学基本理论和方法论的矛盾（我们无法用理论理性的方法实现实践理性的目的）并没有因此而得到解决。美国民俗学家甚至没有意识到，自由意志不能通过经验来证明，而仅仅通过显现的现象，我们无法区分人的"自由的任性"和"奴性的任性"（甚至"动物的任性"）。因此，即便可以承认我们的"欧美同行们甚至已经超出了我们现在所面对的问题了"——因为我们的问题还没有进入"后期康德问题"即人的任意选择的自由权利，而是停留在"前期康德问题"即人的普遍立法的自由权利——但我们的"欧美同行们的学术路径与学术成果"，确实不曾"把我们这里所谈到的问题都谈过了，而且不仅只是谈过了，甚至讨论得还更深入一些"。只有真正在理论上彻底阐明，才能够让各国民俗学在引进美国民俗学的理论和方法时，即便面对不同的国情，在给出不同的解释的同时，也能够面向各国民俗学之间共同的"母题"（彭牧），并给出共同的理解。

以此揆之，"我们中国民俗学家为什么一定非要步趋于欧美同行的后面呢？"[2] 而根据康德对理性的批判性检验，我们正可以推论出，欧美民俗学家们只是关注了人的自由意志的一个方面，而不是所有的方面，而欧美民俗学家不曾关注的方面，也许正是中国民俗学者应该关注的问题。

对于西方民俗学者来说，现在专门讲文化的多样性及其合法－合理性就可以了……当这个任意性在构造语言、构造文化的时候，进而，

---

[1] 吕微：《"表演的责任"与民俗学的"实践研究"——鲍曼〈表演的否认〉的实践民俗学目的－方法论》，《民间文化论坛》2015年第1期。
[2] 王杰文：《语言人类学与民间文学的"存在论"》，《民间文学论坛》2014年第3期。

当我们通过任意性来认识语言、认识文化的时候，我们已经悬置了任意性的绝对前提——主体的纯粹理性的自由意志。就此而言，仅仅通过任意性来认识语言、认识文化，这绝对不是一个起源于当下中国的问题，而是一个起源于西方的当下问题，即一个只有在今天的西方社会才有可能被提出来的问题。而现在，如果我们把悬置了自由前提的语言问题、文化问题（文化多样性正位列其中），视为一个在全世界都同质的问题来处理，那我们就是在把一个西方的内部问题当作我们中国的内部问题来处理了，或者说用一个西方问题遮蔽了中国问题①（如"民间信仰，在中国是而在美国不是一个重要的研究题目"②）。

于是，立足于欧美同行们已经无须谈，而中国民俗学者却仍然必须谈的地方，我们就能够从"以认识任意选择的自由意志的民俗'法象'为诉求的一般实践理性的学术范式"，过渡到"以认识普遍立法的自由意志的民俗'法象'为诉求的纯粹实践理性的学术范式"，也即王杰文提出的"超现实主义民俗学"的命题。③

我在前文已经指出，康德对亚里士多德"理性论"的改造，最重要的一点就是，在实践理性中区分出受感性经验影响的一般实践理性及其任意选择的自由意志，和超越感性经验的纯粹实践理性的普遍立法的自由意志。这样，康德就为建立在人的纯粹理性的普遍立法的自由意志的前提下，基于道德理想的现代性实践，确立了普遍性的原则基础。而且，康德关于理性的使用方式的三分法，即便经历了现象学、语言学（语用学）的方法论洗礼，在后现代也仍然不失其理想的实践意义和现实的理论意义。④ 即便后现代学术依据现象学方法论悬置了理论理性对实践理性的现代性遮蔽，建

---

① 吕微：《走向实践民俗学的纯正形式研究》，《民间文化论坛》2014 年第 3 期。
② 高丙中：《中国人的生活世界——民俗学的路径》，《民俗研究》2010 年第 1 期。
③ "超现实主义民俗学"是王杰文在"当代社会口头传统的再认识——首届民族文学研究博士后论坛（2014·北京）"的评议发言中提出的命题，如果我的理解无误，则"超现实主义民俗学"也就是"民俗学的实践范式"或"作为实践科学的民俗学"，即"实践民俗学"。
④ 潘琼阁：《在真实与虚构之间——从海登·怀特历史诗学看民间历史叙事》，"当代社会口头传统的再认识——首届民族文学研究博士后论坛（2014·北京）"论文。

构了基于人的任意的复数的日常生活-生活世界的"理所当然"性,却也仍然未脱康德所云受感性影响的"一般实践理性"的任意意志的主观相对性[1],进而主观相对(户晓辉解释"主观相对的"为"相对于主观的"[2],即不是绝对必然)的任意意志,也就仍然要以纯粹实践理性的普遍立法的自由意志的客观必然性为绝对条件,道理很简单,立法的意志在逻辑上必然先于选择的意志,没有普遍立法的自由意志,何来任意选择的自由意志?没有自由意志在道德上的普遍立法,人何以任意地为"仁"?

这就是说,我们已经有了基于理论理性对民俗实践的自然因果性的经验研究(包括文本研究和语境研究),也已经有了基于一般实践理性对民俗实践和民俗学实践的自由因果性的"经验"研究,但是我们还缺少出于纯粹实践理性对民俗实践和民俗学实践的自由因果性的先验研究或纯粹研究。这样的研究范式,是我们根据康德对理性使用方式(也就是学术理性的研究范式)的三分法,从人的理性本性的整体性中必然地"推导"出来的,亦即从人的存在的最高原则或终极原理(公理)逻辑地推论出来的。强调这一点是非常重要的,因为如若中国民俗学的"实践认识"的研究范式只是因应中国实践之本土经验的理论需要,那么"实践认识"的研究范式,对于民俗学学科来说就仍然是或然的或者偶然的(民俗学知识的经验来源)。但如果该范式是从人的先验的、纯粹的理性本性(对于本文的论证来说就是学术理性)的整体性中逻辑地推论、推导出来的,那么这样的范式对于各国民俗学来说,就是必然的共同"母题"(民俗学知识的先验起源),尽管该范式("母题")目前还不是实然的。因为,仅仅还原到受语言、文化限制的人的主观相对的任意意志,人(民)的自我认识就仍然是不完整的。以此,民俗学的实践研究需要还原到人(民)的纯粹理性的普遍立法的自由意志,就不仅是民俗学知识谱系的外在需求,同时也是民俗学学术理性的内在要求。

---

[1] 倪梁康:《现象学及其效应——胡塞尔与当代德国哲学》,生活·读书·新知三联书店,1994,第132页。
[2] 户晓辉:《返回爱与自由的生活世界:纯粹民间文学关键词的哲学阐释》,江苏人民出版社,2010,第333页。

当然，当我说到中国民俗学界，还不曾有"以认识普遍立法的自由意志的民俗'法象'的先验对象为诉求的纯粹实践理性的学术范式"，只是就学界当下的主体或整体（并非朝向未来的主导、主流）面向而言，却并不意味着中国民俗学界从来就没有这方面的尝试。如，在陈连山看来，民间游戏（包括民间儿童游戏）是人们依据其纯粹实践理性的自由意志而普遍立法的社会化活动。

民间游戏具有单方面的社会文化功能。它是儿童最正当、最理想的社会活动，全面培养了儿童的社会角色意识。同时，民间游戏也体现了人类社会的一种基本理想：自由、平等、公正。①

这就是说，游戏的能力，即纯粹理性的普遍立法的自由意志的实践能力，先验地存在于人的本性之中，要想"成为道德的人，成为理性的人，必须首先是一个游戏的人"②。西村真志叶对"拉家（聊天）"共同体的研究也阐明了，只要不干涉老百姓先验地拥有的立法权利，正常（不受干扰）地发挥其普遍立法是自由意志的纯粹实践理性能力，普通人就必然能够建立起一个交互主体自由、平等、公正地交往的爱的共同体。③ 就此而言，自由、理性不是西方（文化）人的专利权，也是中国（文化）人的内在性，即彭牧所言共同的"母题"。除了陈连山、西村真志叶对民俗现象的"实践研究"，还有高丙中从"公民社会"的"范畴"即"时间化"语境的立场出发的民俗实践研究。在高丙中以建构公民社会为先验理想而提倡且践行的实践民俗学中，"公民社会"作为民俗实践和民俗学实践的先验语境条件，被提到了空前的高度。

家族组织在结社形式上是传统的，但是家族作为组织实体却是现代的。大量关于家族组织的研究忽视了这样一个基本事实，未能把城乡各地在近30年涌现的家族组织作为当代的公民自愿结社看待。……传统社会的家族属性不能轻易套用在当代家族组织上，当代家族组织再怎么具有传统的属

---

① 陈连山：《游戏》，中央民族大学出版社，2000，第33页。
② 邓晓芒：《康德〈判断力批判〉释义》，生活·读书·新知三联书店，2008，第189页。
③ 西村真志叶：《作为日常概念的体裁——体裁概念的共同理解及其运作》，《民俗研究》2006年第2期。

性，我们也不能否认它们是当代公民的结社。……我们高兴地看到，个别学者已经在尝试用公民社会来认识家族组织，这是我们非常认同的研究方向。……农民作为公民，进行各种结社活动本来是再正常不过的，无论他们采用何种结社形式。可是，我们的社会长期简单地把家族组织当作"过去时"，当作与官方正式制度和各种现代性相对立的事物。这种社会认知使人们把家族组织当作特殊的例外看待，妨碍了人们把家族组织当作一般的社团来看待。①

我们要把龙牌会放在"公民社会"的范畴里来审视是很具有挑战性的。显然，龙牌会初看起来与中国学界关于公民社会的常识有很大的距离。但是，过去10多年对于龙牌会的跟踪观察让我们见证了传统草根社团迈向公民社会的历程。我们在多年的观察和思考中认识到，恰恰是够远的距离让这一案例具有更大的理论潜力和更强的说服力。②

总之，我强调重构民俗学知识谱系的经验知识的必要性，但是我更主张民俗学观念还原的先验知识的充分必要性。而这些重构，显然都与我回到康德有关。当然，并不专断地坚持只有康德才是民俗学先验知识的回溯终点（同时也是民俗学知识的先验支点或起点），我认为，只要能够抵达"人类的心灵"③，任何人都可以引导我们返回民俗学的精神故乡。

---

① 高丙中、夏循祥：《作为当代社团的家族组织——公民社会的视角》，《北京大学学报》（哲学社会科学版）2012年第4期。
② 高丙中、马强：《传统草根社团迈向公民社会的历程：河北一个庙会组织的例子》，载高丙中、袁瑞军主编《中国公民社会发展蓝皮书》，北京大学出版社，2008。
③ 王杰文像康德一样强调回到"人类心灵"的重要性。参见王杰文《"生活世界"与"日常生活"——关于民俗学"元理论"的思考》，《民俗研究》2013年第4期。

民主化的对话式博物馆

——实践民俗学的愿景[*]

户晓辉[**]

摘　要：与其他博物馆相比，民俗博物馆的不同之处在于它的去精英化色彩和平民化倾向。恰恰在民俗博物馆里，民俗学最初的两种实践动机——自由民主的浪漫理想与经世致用的现实诉求——不仅可以得到认识的统一，而且应该得到实践的结合。实践民俗学期望建设民主化的对话式博物馆，其中不仅有人与物的单向"对话"，更有人与人通过物的双向对话。对话的目的在于为普通观众自己的不同叙事、讲述和记忆提供平等表达与公开展示的平台，让不同于正统和官方的叙事形式与记忆方式能够获得公共表达的机会，由此使普通观众相互进行审美启蒙，共同培养公民习性，进而推动整个社会的民主化进程。

关键词：民俗博物馆；对话；审美启蒙；实践民俗学

---

[*] 本文选自《民俗研究》2018年第3期。本文据作者2017年11月11日在中国传媒大学"博物馆与文化遗产：民俗学的观点"专题研讨会上的发言稿修改而成，感谢现场三位对话者——刘晓春教授、王晓葵教授和王韶华副教授——的讨论和批评。

[**] 户晓辉，中国社会科学院文学研究所研究员。主要从事民俗学基础理论的研究，著作有《日常生活的苦难与希望：实践民俗学田野笔记》，中国社会科学出版社，2017；《民间文学的自由叙事》，社会科学文献出版社，2014；《返回爱与自由的生活世界——纯粹民间文学关键词的哲学阐释》，江苏人民出版社，2010；《现代性与民间文学》，社会科学文献出版社，2004；《中国人审美心理的发生学研究》，中国社会科学出版社，2003；《地母之歌：中国彩陶与岩画的生死母题》，上海文化出版社，2001；《岩画与生殖巫术》，新疆美术摄影出版社，1993；等。

博物馆与民俗学以及二者联姻的结果——民俗博物馆都是现代性的产物。18世纪末，德语地区的民俗学，尤其德国民俗学也曾是"边界学"（Grenzkunde）、"国别地理学"（Länderkunde）、"国家学"（Staatenkunde）、"文化地理学"（Geographie der Kultur）、"财政学"（Kameralistik）和"统计学"（Statistik）的一部分。[1] 至少可以说，民俗学最初既有自由民主的浪漫理想，又有经世致用的现实诉求。德语国家的民俗学在起源时的主要动机之一是出于国家财政的需要而登记资源，是为了解救"民众的困苦"（Not des Volkes）。只不过这个动机虽然在后来的民俗学中一再出现，却又经常被人们忘在脑后。[2] 更少有人意识到，所谓"民众的困苦"，不仅是物质上的，更是精神上的，而且前者往往又是由后者导致的。也就是说，在民众那里，由物质贫困所导致的精神痛苦，远远赶不上由精神上被剥夺了自由、权利和尊严所导致的物质贫困。

从民俗博物馆发展的历史来看，民俗学的浪漫理想与现实诉求经历了一个由合到分、再由分到合的过程。具体而言，欧洲大规模的民俗收集始于19世纪，为此才建立了各门文化科学和各种类型的博物馆。[3] 德语地区的民俗博物馆则以各个地方的家乡博物馆为主。显然，民俗博物馆为了收集、整理并展示民俗的需要应运而生，而且，在最初相当长的一段时间里，不仅"作为收集对象的民俗常常被认为是人类活动的无用的产品。就像废弃的邮票、空酒瓶等在某种意义上代表废物一样，民俗在历史上也被如此看待"[4]。与此相应的是，民俗博物馆被视为历史遗留物的储藏室和陈列馆，

---

[1] 参见 Andreas Hartmann,"Die Anfänge der Volkskunde," in Rolf W. Brednich（Hg.）, *Grundriβ der Volkskunde：Einführung in die Forschungsfelder der EuropäischeEthnologie*, Dietrich Reimer Verlag, Berlin, 2001, S. 14 - 15。

[2] 参见 Helmut P. Fielhauer, *Volkskundealsdemokratische Kulturgeschichtsschreibung：Ausgewählte Aufsätzeauszwei Jahrzehnten*, Wien, 1987, S. 363。

[3] 参见 CristophAsendorf, *Batteries of Life：On the History of Things and Their Perception in Modernity*, Translated by Don Reneau, University of California Press, 1993, p.50；德语原著名为《生命力的电池：论物的历史及其在19世纪的感知》（*Batterien der Lebenskraft. Zur Geschichte der Dinge und ihrer Wahrnehmung im 19. Jahrhundert*, Gießen, 1984）。

[4] 〔美〕阿兰·邓迪斯：《民俗解析》，户晓辉编/译，广西师范大学出版社，2005，第5～6页。

这里主要是物的叙事和"物的语言"（Die Sprache der Dinge）[①]，人们在这里听到的仿佛总是历史的余音绕梁，体会到的仿佛也只是怅然若失的感觉。所以，在这个历史阶段，民俗博物馆最典型地体现了民俗学的现实诉求与浪漫理想相互分离的学科征候。民俗博物馆不仅与民俗学研究一起经历了长期见物不见人的发展过程，而且本身在民俗学研究中也没有得到应有的重视，更少得到理论的反思。在经验实证研究倾向的主导之下，民俗学者们往往关注和批判的是民俗博物馆将民俗孤立化和非语境化的具体做法，只是近几十年来才开始重新考虑再语境化的问题。但无论如何，这种问题意识聚焦的仍然是作为物的民俗，而不是作为物的主人和使用者的民众。

放眼整个世界博物馆的历史与现状，我们似乎也不应单独苛求于民俗博物馆的研究与实践。因为从旧博物馆学到新博物馆学的发展历程在总体上也是从物到人回归的过程，不仅实物在博物馆中的中心地位正在逐渐被虚拟物体和智能物体（smart object）取代，而且也同样体现为一个转变过程：从见物不见人，到逐渐看见人，直至看到大写的人。我们可以比较半个多世纪以来《国际博物馆协会章程》（*The Statutes of the International Council of Museums*）在界定"博物馆"时的措辞变化：

1961 年：

ICOM shall recognise as a museum any permanent institution which conserves and displays, for purposes of a study, education and enjoyment, collections of objects of cultural or scientific significance.

（国际博物馆协会将把为了某种研究、教育和欣赏的目的而保存、展示、收集具有文化重要性和科学重要性的物品的任何常设机构确认为博物馆。）

1974 年：

A museum is a non-profit making, permanent institution in the service of

---

① Wolfgang Kaschuba, *Einführung in die Europäische Ethnologie*, Verlag C. H. Beck, 2006, S. 224.

the society and its development, and open to the public, which acquires, conserves, researches, communicates, and exhibits, for purposes of study, education and enjoyment, material evidence of man and his environment.

（博物馆是一个为社会及其发展服务的、非营利的常设机构，向公众开放，为教育、研究和欣赏之目的征集、保存、探究、传播并展示人及其环境的物质证据。）

1989 年：

A museum is a non-profit making, permanent institution in the service of society and its development, and open to the public which acquires, conserves, researches, communicates and exhibits, for purposes of study, education and enjoyment, material evidence of people and their environment.

（博物馆是一个为社会及其发展服务的、非营利的常设机构，向公众开放，为教育、研究和欣赏之目的征集、保存、探究、传播并展示人类及其环境的物质证据。）

1995 年（2001 年的与此措辞相同，只是增加了几个逗号）：

A museum is a non-profit making permanent institution in the service of society and of its development, and open to the public which acquires, conserves, researches, communicates and exhibits, for purposes of study, education and enjoyment, material evidence of people and their environment.

（博物馆是一个为社会及其发展服务的、非营利的常设机构，向公众开放，为教育、研究和欣赏之目的征集、保存、探究、传播并展示人们及其环境的物质证据。）

2007 年：

A museum is a non-profit, permanent institution in the service of society and its development, open to the public, which acquires, conserves, researches, communicates and exhibits the tangible and intangible heritage of humanity and its environment for the purposes of education, study and enjoyment.

（博物馆是一个为社会及其发展服务的、非营利的常设机构，向公众开放，为教育、研究和欣赏之目的征集、保存、探究、传播并展示人类及其环境的有形遗产和无形遗产。)[1]

从1961年根本不出现"公众"和"人"的字眼，到1974年出现了"公众"（public）和"人"（man），再到1989～2001年出现了"公众"和"人们"（people），直到2007年出现了"公众"和"人类"（humanity），其中的重点转移和问题意识的变化至少包括：从物到人，从"物质证据"到有形遗产（物质遗产）再到无形遗产（非物质文化遗产），从泛泛而谈的人到具有人性的人。人的因素在逐渐增强并且得到越来越多的强调和重视。因此，近年来才逐渐发展出以人为中心的博物馆学（People-Centred Museology）。人们越来越认识到：博物馆的中心不是物，而是文化，博物馆是人与物、人与人发生文化对话的场所。"随时光流转，当代博物馆已完成了从古时为祭祀之用的对珍玩奇观的收藏，以及为扬威之用的赫赫战功的展示，逐渐演变到现代意义上为审美之用的灿烂文明的复现，以及为体验之用的仪式缔造的圣地的过程"[2]。

与其他博物馆相比，民俗博物馆的不同之处还在于它的去精英化色彩和平民化倾向。恰恰在民俗博物馆里，民俗学最初的两种实践动机——自由民主的浪漫理想与经世致用的现实诉求——不仅可以得到认识的统一，而且应该得到实践的结合。对此，我们至少可以从以下三个方面来加以考察。

一 审美启蒙的公共领域

博物馆类似一个凝视装置，它以特定的方式吸引并决定着观众如何凝视以及凝视什么。民俗博物馆所展示的民俗之物固然常常已经被抽离了具体的语境和文化环境，但恰恰因为这样，它们在民俗博物馆里才可能得到

---

[1] 参见网址 Development of the Museum Definition according to ICOM Statutes（1946－2001）http://archives.icom.museum/hist_def_eng.html，最后访问日期：2017年10月22日。
[2] 施旭升、苑笑颜：《仪式·政治·诗学：当代博物馆艺术品展示的叙述策略》，《现代传播》2017年第4期。

观众的重新审视和深入省思。例如，民俗博物馆常常要陈列过去的生活用品和生活用具。近年来，我曾参观过属于私人的民俗博物馆（见图1和图2）和我自己家乡的博物馆（见图3）。黑龙江省哈尔滨市双城区杏山镇石人

图1　黑龙江省哈尔滨市双城区杏山镇石人湖民俗博物馆
展出的部分农具，拍摄于2017年9月1日

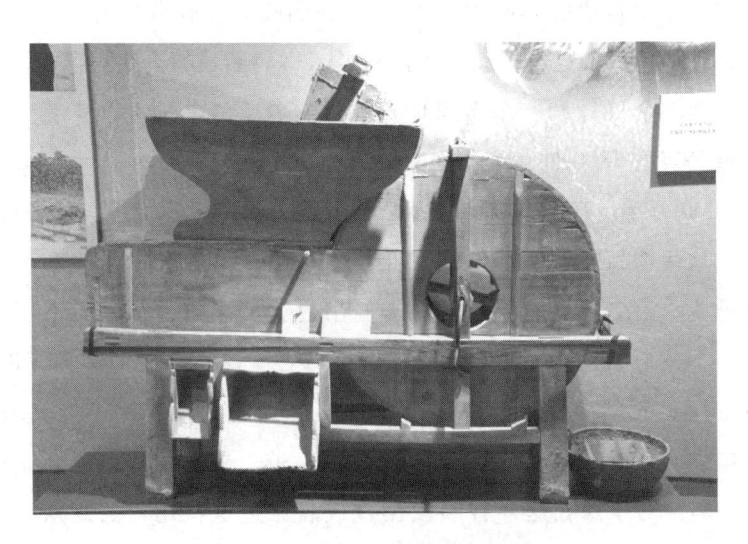

图2　河北省馆陶县博物馆展出的老风车，
拍摄于2016年3月11日

图 3　新疆生产建设兵团第七师一二三团团史陈列馆展出
当年的生活用品，拍摄于 2016 年 3 月 26 日

湖民俗博物馆属于哈尔滨双城区杏山镇党委书记徐世英个人，藏品是他本人多年的收集和收藏，地处偏僻，平日可能很少有人问津；新疆生产建设兵团第七师一二三团团史陈列馆是一二三团史志办主任韩子猛一手弄起来的，展出的主要是他自 1980 年代以来在该团收集并收藏的有关实物。2017 年 4 月，他告诉我，这个博物馆可能将并入即将新建的老兵纪念馆。这个纪念馆计划建 6 个展厅和一个多媒体资源库，收集衣物、生产工具、生活用品、器械等实物 3800 件，纸质文献资料 10000 万字，珍贵图片 6500 张，电子资源 2000 万字，1000 分钟视频等。① 我在参观这个家乡博物馆时就深切地感到，这些物品好像一下子让我回到了过去，可又难以承载我的复杂感受。这种博物馆多半只能引起怀旧和凭吊过去的思绪，却盛不下历史的细节，容不下一个家庭的日常生活及其未来。它能够唤起我的某种怀旧思绪，却无以寄托我的理性反思。博物馆要迎接和面对的观众，可能人数有限，却并不单一。即便有些人单纯为了消遣和娱乐，在博物馆里也会获得非同寻常的体验。对于像我这样曾经使用过或者见过这些用具的观众，甚至那些尽管没有使用过，也没有见过这些用具却对它们充满好奇和遐想的观众，

---

① 参见《一二三团建设"二十二兵团纪念馆及多媒体资源库"项目实施方案》。

都会想象它们曾经的那个世界，这些用具为观众与那个过往世界的照面提供了契机和媒介，也就为不同观众进行不同的记忆联想和理解意义上的对话展示了平台。

当然，民俗博物馆展示的是历史之物却并非历史本身，因为历史并非过去了的东西，因为过去了的东西恰恰是不再演绎的东西，但它也不是单纯今天的东西，因为单纯今天的东西也不会演绎。相反，历史是从将来得到规定并且穿过现在的往事和曾经的存在。① 正如海德格尔指出的那样：

> 在博物馆里保存着的"古董"，例如家用什物，属于某一"过去的时间"，然而在"当前"还现成存在。既然这种用具还不曾过去，那它在何种程度上是历史的呢？大概只因为它成为历史学兴趣的对象或古董收藏的或方志学的对象吧？但诸如此类的用具只因为就其本身而言就以某种方式是历史的，所以它才能成为历史学对象。问题重又提出来：既然这种存在者还不曾过去，那我们有什么道理把它称为历史的呢？或许因为这些"物件"属于今天仍现成存在却具有"某种过去的东西""于其自身"吧？那么这些现成的东西究竟现在还是不是它们曾是的东西呢？这些"物件"显然有了变化。那些什物在"时间的进程中"变得朽脆蛀蚀了。即使在现成存在于博物馆里的期间，流逝也继续着；但那使这些什物成为历史事物的过去性质并不在这一流逝中。那么在这种用具身上又是什么过去了呢？什么"物件"过去曾存在而现在不再存在？它们现在却还是某种确定的用具，但却不被使用了。然而，假使它们今天还被使用——不少手摇纺车就是这样——那它们就不再是历史的吗？无论还在使用或已不使用，它们反正不再是它们曾是的东西了。什么"过去"了？无非是那个它们曾在其内来照面的世界；它们曾在那个世界内属于某一用具联系，作为上手事物来照面并为有所操劳地在世界中存在着的此在所使用。那世界不再存在。然而一度在那个世界之内的东西还现成存在着。但作为属于世界的用具，

---

① 参见〔德〕海德格尔《形而上学导论》，熊伟、王庆节译，商务印书馆，1996，第44页。

现在仍还现成的东西却能够属于"过去"。但世界不再存在意味着什么？生存着的此在作为在世界之中的存在实际存在着，而世界只有以这种生存着的此在的方式存在。^①

这就意味着，民俗博物馆的展示仿佛是从未来的自由立场投向过去和现在的器物和生活用具的一束光线。这束光线不仅可以为这些器物和生活用具找回那个已经失落了的、曾经的世界，更是为了让它们重新斩获另一个世界，使它们获得新的存在方式和价值含义。因此，一方面，民俗博物馆"不应该仅仅采取'过去时'的方式来展现一个民俗资料构成的世界，而更应该考虑这些民俗资料和现在的地域史、地方史的有机联系。也就是说，必须给这些民俗资料赋予现在的意义与价值。过去的展示都是把地方上由历史而形成的民俗世界与民俗认同除掉了，没有把与特定的土地和大地相关联的人民形象投射在民俗文化这个屏幕上，因此造成了走到哪里都是一样的民俗展示的现况"②。但另一方面，如果说把某物视为艺术就意味着从自由的立场来看③，那么，日常生活用品进入博物馆就意味着把它们变成了艺术品。观众进入博物馆就仿佛进入了一种仪式的阈限状态，博物馆在时间和空间上为观众提供了一种阈限区域（liminal zone）④，"博物馆像一个神奇空间，物进入到博物馆里，就不再是原来的物，而是成为特有的信息载体与象征符号，要和人重新结成一种新型关系。博物馆也像一个神奇的画框，在这里观看物，观者和物之间也必然会形成一种特定博物馆语法的修辞关系"⑤。这也就意味着，只有站在自由的立场来看待这些日常生活用品，我们才能把它们看作博物馆中的艺术品。当然，观众在博物馆中可

---

① 〔德〕海德格尔：《存在与时间》（修订译本），陈嘉映、王节庆译，生活·读书·新知三联书店，1999，第430页，重点原有。
② 大冢和义：《博物馆展示的理念与评价的方法》，陈文玲译，参见王晓葵、何彬编《现代日本民俗学的理论与方法》，学苑出版社，2010，第341页。
③ 参见 Harm-Peer Zimmermann, *Ästhetische Aufklärung. Zur Revision der Romantik in volkskundlicher Absicht*, Verlag Königshausen & Neumann GmbH, Würzburg, 2001, S. 291。
④ 参见 Carol Duncan, *Civilizing Rituals: Inside Public Art Museums*, Routledge, 1995, p. 20。
⑤ 曹兵武：《博物馆是什么？——物人关系视野中的博物馆生成与演变》，《中国博物馆》2017年第1期。

以获得审美、娱乐、怀旧等各种体验。博物馆中的凝视，与其说来自观众的眼光，不如说来自投注在展品身上的那一束光。或者说，投注在展品身上的那一束光才是现代性的凝视之光，它照亮了展品，使博物馆中的农具或日常用品脱离了实用性，使观众有可能以无功利的审美来看待并且反思它们。恰恰是这种审美的启蒙需要观众运用先验的反思判断力，即把特殊归摄于普遍的能力，达至审美共通感（sensus communis），建构一种具有共同感的叙事（a consensual narrative），让原本只能以单数形式存在的记忆也能够以复数的形式存在[1]，进而培养观众"对公共事务的感受性，也是一种关乎主体间交往的实践性的德行"[2]。这实际上是为公民素质的培养创造了审美的契机。因此，民俗博物馆也是感性启蒙或审美启蒙的公共领域，而不仅仅是文化猎奇和民俗展示的场所。欧洲的博物馆一直是推行"实践的启蒙"（praktische Aufklärung）的一种公共领域[3]，民俗博物馆当然是实现民俗学的学科抱负的绝佳途径，即通过各种实物形象（Bild）进行人文教化（Bildung）和审美（感性）启蒙，"由此可见，中西方博物馆历史发展脉络虽然不尽相同，但是美育都曾作为一种民主意识的代表，被当作实现公民自身权益的渠道"[4]。当然，这种启蒙不是自上而下的单向宣传和独白，而是博物馆工作人员与观众之间、观众与观众之间平等的相互启蒙和公共对话[5]，"这是因为博物馆还有一种重要的启蒙和民主化的价值"[6]。

关于审美共通感及其公共启蒙作用，康德曾写道：

---

[1] 参见 Silke Arnold-de Simine, *Mediating Memory in the Museum: Trauma, Empathy, Nostalgia*, Palgrave Macmillan, 2013, p. 17。
[2] 周黄正蜜：《论康德的审美共通感》，《云南大学学报》2014 年第 4 期。
[3] 参见 Wolfgang Kaschuba, *Einführung in die Europäische Ethnologie*, Verlag C. H. Beck, 2006, S. 25 – 26；周飞强《公共性与博物馆的转型及实践》，《新美术》2008 年第 1 期。
[4] 周冬梅：《论美育在博物馆公共教育中的重要性》，《艺术教育》2017 年第 Z3 期。
[5] 曹兵武指出："从用品、葬品、祭品、礼品，到缪斯神庙，到博学园，到皇室贵胄的私密的神奇橱柜以及文人雅玩，物之于人，不断延伸出新的功能和情感系连。而公共性则是博物馆发展史上最重要的一次基因突变或者催生婆"。参见曹兵武《博物馆是什么？——物人关系视野中的博物馆生成与演变》，《中国博物馆》2017 年第 1 期。
[6] 施旭升、苑笑颜：《仪式·政治·诗学：当代博物馆艺术品展示的叙述策略》，《现代传播》2017 年第 4 期。

但是，人们必须把 sensuscommunis 理解为一种共同感的理念（die Ideeeines gemeinschaftlichen Sinnes），即一种评判能力的理念，这种评判能力在对表象方式的反思中（先天地）考虑到任何他人在思想中的{表象方式}，由此使自己的判断仿佛接近了全部人类理性，由此避开了从主观的私人条件出发可能对判断产生不利影响的幻觉，这些私人条件可能被轻易看作客观的。那么，发生这种事情的途径就是，人们使自己的判断接近别人的那些虽然并非现实的、却毋宁仅仅是可能的判断，摆脱以偶然的方式附着在我们自己的评判上的种种局限，并以此置身于每个他人的位置上；而这又是由这样的方式造成的，即人们把在表象状态中是质料即感觉的东西尽可能除去，仅仅注意自己的表象或表象状态的形式上的特性。①

在我们借以宣布某物为美的一切判断中，我们不允许任何人有别的意见；但我们仍然不把我们的判断建立在概念之上，而是仅仅建立在我们的情感之上。因此，我们不是把这种情感作为私人情感，而是作为一种共同［体］情感（eingemeinschaftliches）奠定为基础的。那么，为此目的，这种共同感（Gemeinsinn）就不能被建立在经验之上；因为它要授权人们做出包含着一个应当的判断：它说的不是每个人都将与我们的判断一致，而是每个人都应当与它一致。因此，我在这里把我的鉴赏判断说成是共同感的判断的一个实例，因而我赋予它示范的有效性，{并且把它当作}一个单纯的理想范式，在它的前提之下，人们就能够有理由使一个与它一致的判断以及在该判断中表达出来的对一个客体的愉悦对每个人都成为规则：因为虽然原则仅仅是主观的，却仍然被假定为主观上普遍的（一个对每个人都必然的理念），在涉及不同的判断者的一致性时，只要人们肯定已经正确地将之归摄于这个原则之下了，就能够像一个客观的{原则}那样要求普遍的赞同。②

---

① Immanuel Kant, *Kritik der Urteilskraft*, Verlag von Felix Meiner, 1922, S. 144 – 145.
② Immanuel Kant, *Kritik der Urteilskraft*, Verlag von Felix Meiner, 1922, S. 81.

阿伦特主张把 gemeinschaftlicher Sinn 译为"共同体感"。① 当然，康德意义上的共同体首先指人类的共同体，只不过康德也把这种共同体描述为"公众"（das Publikum）和"观众"（die Zuschauer）。② 如果说审美判断"通过公共性进入公共性"（in der Öffentlichkeitdurch die Öffentlichkeit）③，那么，做出这种审美判断的观众也同样能够"通过公共性进入公共性"，由此获得一种被扩展的思维方式（eineerweiterte Denkungsart）。

显然，民俗博物馆也是一个交互主体的公共领域，这个公共领域恰恰是培育观众审美共通感的公开场域，因为无功利和超功利的审美有助于培养观众以不偏不倚的和客观中立的理性立场来看待和思考公共事物的思维方式，这也是康德所谓公共的思维方式（die öffentlicheDenkungsart），它体现为三个准则，即作为知性准则的自行思考（Selbstdenken）、作为判断力准则的站在每一个别人的位置上思考（an der Stellejedesanderendenken）和作为理性准则的任何时候都与自己一致的思考（jederzeitmitsichselbsteinstimmigdenken）。康德在此指出，真正的启蒙之所以非常艰难，恰恰因为要在思维方式中确立并保持对被动性、盲目性和仅仅考虑自己的目的等习惯的单纯否定是非常艰难的，而这种单纯的否定恰恰构成了真正的启蒙。限于题旨，也为了便于理解，这里不对康德的细致区分和微言大义展开论述。④

从理想状态来说，中国民俗博物馆的启蒙先锋作用和意义主要在于，即使在民主匮乏的情况下，也让观众首先学会用理性来管理自己，这是我们在目前甚至未来需要学习和实践的自由能力。换言之，每个人都需要自我启蒙，都需要不断地摆脱精神上的未成年状态，因为"启蒙就是人脱离自己造成的未成年状态的出路。未成年状态就是不经另一个人的引导就不能运用自己的知性［康德在这里指的是作为理性构成部分的知性，下

---

① 参见汉娜·阿伦特《康德政治哲学讲稿》，曹明、苏婉儿译，上海人民出版社，2013，第109页，第115页。
② 参见 Johannes Keienburg, *Immanuel Kant und die Öffentlichkeit der Vernunft*, Walter de Gruyter GmbH & Co., KG, S. 149。
③ Johannes Keienburg, *Immanuel Kant und die Öffentlichkeit der Vernunft*, Walter de Gruyter GmbH & Co., KG, S. 149.
④ 参见 Immanuel Kant, *Kritik der Urteilskraft*, Verlag von Felix Meiner, 1922, S. 145 – 146 以及注释。

同。——引注〕。如果原因不在于缺乏知性，而在于不经另一个人的引导就缺乏勇气与决心去加以运用，这种未成年状态就是自己造成的"。因此，我们作为公众需要认识到自己"在一切事情上都有公开运用自己理性的自由"，因为"公众要启蒙自己，是更为可能的；只要允许公众自由，这几乎就是不可避免的"①。每个人摆脱未成年状态的精神启蒙都是无止境的过程。这是一场自己与自己展开的攻坚战和持久战，"人的理性能力不是一种神秘的本质，而是需要通过公共使用加以培育和维护的素质。在一个大家都纷纷放弃自己运用自己理性的勇气，转而追求不思考的安逸的时代，一个人单独保持自己的理性是困难的，但却又是必须的"②。

二 公共对话的实践场域

当然，民俗博物馆中展示的物品常常来自偶得，具有很大的偶然性，它们提供的信息和知识也具有碎片化、零散化的特点，因而博物馆的展示总要以特定的方式随物赋形，力求使这些碎片化、零散化的信息和知识趋于系统化和整体化。尽管民俗博物馆首先有物的叙事和物的语言，但这种

---

① Immanuel Kant, "Beantwortung der Frage: Was istAufklärung?" in Immanuel KantsWerke, Band IV, *Herausgegeben von Ernst Cassirer*, Verlegtbei Bruno Cassirer, 1922, S. 169 - 170；户晓辉：《从民到公民：中国民俗学研究"对象"的结构转换》，《民俗研究》2013年第3期和人大复印报刊资料《文化研究》2013年第8期；蔡定剑写道：

> "我观摩了一些选举改革的地方，看到农民风雨无阻、扶老携幼奔向投票站，看到他们不顾寒冷的冬天要在操场或礼堂一等就是五六个小时，直到出选举结果才回家吃饭的情景时，我会感到农民对民主的高度热爱和热情；当我看到农民拿到选票就像当年拿到土地证一样由衷地喜悦和感激，听他们说共产党1951年给农民发土地证是给了他们经济上的翻身，今天发给选票是给他们政治上的真正当家做主时，我会感到农民对民主选举深刻的认识和内心的渴望。一些农民为了维护自己的选举权利，那样坚定、义无反顾地同阻挠他们的官僚们和村里既得利益者不屈地斗争，多少愤怒的农民联名要求罢免不合法选举产生的、腐败的村委会干部，不顾阻挠，不畏严寒，四处奔走，甚至进京上访。有的人冒着打击报复的危险，有的人被非法关押、甚至被判刑。他们追求民主的大无畏精神令人感动。当看到当前中国农民民主发展的这些生动而真实的景象，你会觉得那些指责中国人素质太差搞不了民主的知识分子和领导者对民主和农民是多么无知和可笑！"

（《民主是一种现代生活》，社会科学文献出版社，2010，第39~40页）。
② 陶东风：《文化研究与政治批评的重建》，中国社会科学出版社，2014，第319页。

叙事和语言必须依靠观众来完成，因而归根结底仍然是人通过物来叙事和对话。"在博物馆的参观活动中，通过观看、理解和与讲解员的互动，与展品的互动，参观者与展品之间可以形成一种互动仪式的相互关联"[1]。民俗博物馆以展出的物的形式重组了社会现实和历史现实[2]，这就需要观众来理解、建构并参与这种社会现实和历史现实。因此，民俗博物馆是对话和实践的场域，而不是单纯的储物间和陈列室。对意义的理解本来就不是独白和独占，而是对话。传统也并非未经触碰地待在过去的博物馆里，而是被纳入了活生生的当下。[3] 因此，民俗博物馆就是过去、现在与未来发生交织和碰撞的文化空间，也是不同理解视域发生融合的对话空间。"博物馆最大的贡献也许在于，它为物与物的关联和物与人的对话提供了一个特定的空间和框架。在这里，物的信息被最大化发掘，物的价值被最大化利用，物与人的关系具有更多的可能性。人因为物而延伸、发展，物因为人而具有了价值和意义，这一点在博物馆得到最充分的体现"[4]。更重要的是，民俗博物馆还是自我与他者相遇的地方，"民俗物品进入博物馆展示，也是通过对生活模式的神圣化重塑，推进了对日常生活的反思。民俗文化可参观性生产的魅力就在于与人相遇，穿越人们想象当中的环境，即普通自我的过去世界——成了'他者'的自我"[5]。

如今，民俗博物馆是文化空间和叙事空间，也是非物质文化遗产的存在场域。正因如此，联合国教科文组织的《保护非物质文化遗产公约》第二条才把"非物质文化遗产"界定为"被各社区、群体，有时是个人，视为其文化遗产组成部分的各种社会实践、观念表述、表现形式、知识、技能以及相关的工具、实物、手工艺品和文化空间"。应该指出的是，

---

[1] 娜文：《民俗博物馆实物模型互动展示系统 HanikaParadise》，硕士学位论文，清华大学，2015，第4页。

[2] 参见 Cristoph Asendorf, *Batteries of Life: On the History of Things and Their Perception in Modernity*, Translated by Don Reneau, University of Clifornia Press, 1993, p. 47。

[3] 参见 Jürgen Becker, *Begegnung—Gadamer und Levinas: Der Hermeneutische Zirkel und die Alteritas, Ein Ethisches Geschehen*, Peter D. Lang, 1981, S. 31。

[4] 曹兵武：《博物馆是什么？——物人关系视野中的博物馆生成与演变》，《中国博物馆》2017年第1期。

[5] 关昕：《民俗展品与观众体验》，《博物馆研究》2017年第3期。

《保护非物质文化遗产公约》汉文本将英文的 cultural spaces 对应于"文化场所",这是不准确的,因为这个术语使作为关系场域的"文化空间"显得过于实体化和物质化。2002 年联合国教科文组织的网站上提供了一个英文、法文对照的非遗术语表,将"文化空间"解释为"人们一起实施、分享或交流社会实践或想法的一种物理的或象征的空间"[①]。这种文化空间当然需要有具体的场所或场地,但它的根本特征是关系场域。这就表明,民俗博物馆的"公共空间应该是民主的,可以包容不同的声音,并将这些不同的声音凝聚为一种共识。从这个角度来说,博物馆应该是一个公共空间"[②]。

三 转向民主化的对话式博物馆

民俗博物馆给观众带来的不能"只是在一种被设计的展示或表演中得到的虚假体验"[③],而是需要把观众的体验纳入展示,让观众共同参与意义建构,实现从物到人以及从物质到故事、信仰和价值的转换。这样的要求与近年来的新博物馆学趋势(new museological trends)不谋而合,因为新博物馆实践恰恰试图使博物馆与观众之间的交流更加民主化,它的目标不是提供权威性的宏大叙事,而是关注日常生活、个人故事和传记,以便呈现多元的记忆。[④]

尽管民俗博物馆的条件有限,而且不同的民俗博物馆也会受到不同条件的种种限制,但在不同理念的指导下,民俗博物馆的陈设方式、布展格局会有大不一样的面貌。在这方面,也许私人博物馆比公立博物馆更容易

---

① 英语原文是 "A physical or symbolic space in which people meet to enact, share or exchange social practices or ideas",参见网址 http://www.unesco.org/culture/ich/doc/src/00265.pdf,最后访问日期:2016 年 10 月 16 日;另可参见巴莫曲布嫫《非物质文化遗产:从概念到实践》,《民族艺术》2008 年第 1 期;向云驹《论"文化空间"》,《中央民族大学学报》2008 年第 3 期;单霁翔《民俗博物馆建设与非物质遗产保护》,《民俗研究》2014 年第 2 期。
② 严啸:《博物馆的媒体化:一种公共话语的阐释》,硕士学位论文,上海大学,2014,第 33 页。
③ 安德明:《生活着的古代城市博物馆——有关平遥古城文化展示的考察报告》,《民间文化论坛》2009 年第 6 期。
④ 参见 Silke Arnold-de Simine, *Mediating Memory in the Museum: Trauma, Empathy, Nostalgia*, Palgrave Macmillan, 2013, p.2。

有新的突破，也具有更多的变通性、灵活性、先锋性和创造性，有可能率先成为民主实验室意义上的公共领域。换言之，"博物馆不是为了行政，也不是为了一部分的研究人员而存在，更不是为了里面的学艺员而存在。博物馆是为了使用者，即地方而存在的。因此，博物馆的调查、研究、展示、教育都是地方本位的，必须是站在居民的立场、角度而进行"①。这在中国许多公立的博物馆可能还无法完全做到，但私立博物馆则相对容易做到，或者可以先行一步。至少，私人博物馆比公立博物馆受意识形态影响要少一些，尽管可能受到资金、场地、人员等方面的限制，但在实践民主化的对话式博物馆方面可以捷足先登，而民俗博物馆尤其应该比其他类型的博物馆率先从独白式博物馆走向民主化的"对话式博物馆"②，逐步推进并实践博物馆思想的民主化（Demokratisierung des Museumsgedanken）③。常言道，不怕做不到，就怕想不到。只有首先在博物馆的理念上想到并且追求民主化，才可能在实践上逐步做到一点，即不仅鼓励观众之间的平等对话，而且在可能的情况下也促成观众、博物馆管理者与展品原初使用者之间的多元对话和互动实践。正如日本学者大冢和义指出的那样，一方面，博物馆的展示本身不是目的，"展示，不应该成为学艺员自我满足的终了；同时，参观者也一样，不单只是观看东西，还要以自己的意识提出批判的见解并对博物馆提出要求与意见，必须要有相互的交流，还要有使这项功能成为可能的制度"；另一方面，还应尽可能使博物馆的信息公开化，"由于博物馆并没有对民众公开有关博物馆的信息，民众方面也无法对此感到关心。因此，诸如民众主动努力使博物馆成为知性与美的感动的源泉，为此而献计献策，或是对相关行政部门提出要求表达不满等，都很难做到。博物馆必须要把自身的问题、苦恼与民众共享，一同构筑解决的机制，唯有民众

---

① 武士田忠：《论地方博物馆存在的问题》，陈文玲译，参见王晓葵、何彬编《现代日本民俗学的理论与方法》，学苑出版社，2010，第338页。

② "对话式博物馆"（dialogic museums）这个术语来自 Annette B. Fromm, "Ethnographic museums and Intangible Cultural Heritage return to our roots", in *Journal of Marine and Island Cultures* (2016) 5, p. 93。

③ Helmut P. Fielhauer, *Volkskunde als demokratische Kulturgeschichtsschreibung: Ausgewählte Aufsätze aus zwei Jahrzehnten*, Wien, 1987, S. 267.

与博物馆携手合作，博物馆才有可能成为终身教育社会的核心设施"①。民主化的对话式博物馆至少需要考虑如下一些问题：

（一）在主体方面：谁进入博物馆？谁不去博物馆？谁的目光？谁的凝视？谁被博物馆的陈列排除在外？

（二）在对象方面：谁应该了解什么？博物馆在选择什么，排斥什么？

（三）在对象的性质方面：能否重新思考物质遗产与非物质遗产之间的关系以及博物馆与日常生活之间的关系？

（四）在主体与对象的关系方面，是否具有以下明确的实践目的：

1. 能否重建人（包括社区和文化实践者）与物的实践关系，建立民俗文化转向公共文化的有效机制，并且为非遗的表演和动态展示创造空间？

2. 在文化记忆的政治上能否为普通观众不同的记忆和不同的"叙事"声音和访谈录音提供文化展示的空间与对话的空间，并且充分显示对它们的尊重？

3. 能否采用多媒体互动手段把讲故事环节纳入博物馆展厅？能否让不同观众听到别人不同的回忆与讲述？能否为观众的讲述、回忆和评论提供多媒体交流的平台？多媒体的数字化博物馆在展示不同个人的记忆和叙事方面具有独特优势，使博物馆成为多声部回忆和多元记忆的时空连接点，让观众通过过去来理解现在，这些做法在奥地利等德语国家的民俗博物馆中已经有所尝试。② 韩国民俗村也以活态博物馆的形式促进观众的互动和参与体验（见图4）。2017年10月6日，在德国慕尼黑的现代绘画陈列馆召开的一个博物馆主题会议，议题就是"数字空间中的博物馆：机遇与挑战"（MuseenimdigitalenRaum. Chancen und Herausforderungen）。这次会议表明，社会的数字化转变也引起了博物馆观众的角色转变以及对博物馆与观众互动的不同期待。③

---

① 大冢和义：《博物馆展示的理念与评价的方法》，陈文玲译，载王晓葵、何彬编《现代日本民俗学的理论与方法》，学苑出版社，2010，第343、346页。
② 参见网址 Was kann Kultur？| Cultural Broadcasting Archive https://cba.fro.at/314300，最后访问日期：2017年11月3日。
③ 参见网址 "Museen im digitalen Raum" —Tagung am 06. Oktober 2017 | DIE PINAKOTHEKEN https://www.pinakothek.de/musmuc17，最后访问日期：2017年11月3日。

**图 4　观众在韩国民俗村的县衙前体验传统的刑具，
拍摄于 2012 年 12 月 8 日**

4. 能否让不同观众在博物馆中找到自己的记忆和认同感？博物馆能否有助于普通观众个人参与自己的历史书写并且建构自己的文化身份？

5. 是否尊重普通观众的人权和文化权利？能否让他们形成个人的独立判断？如何增强活态非遗的能见度（visibility）？比如，利用虚拟现实（Virtual Reality，VR）、增强现实（Augmented Reality，AR）和 3D 建模等技术手段，增强观众对环境的感知性（见图 5）以及观众与观众之间的交互性和自主性。互动性（interactivity）和对话过程恰恰是新媒体的基石。① 例如，清华大学研究生娜文为民俗博物馆设计的以达斡尔族纸偶哈尼卡实物空间模型为基础的互动故事体验和衍生品开发系统，就为观众在模型展台上的互动操作提供了主题故事的互动演绎契机（见图 6）。② 国内也已经有人尝试在民俗博物馆展示设计中"导入叙事的理念，将展示空间转化为按时间顺序编排的'叙事'过程。将各个民俗文化的知识点纳入时间的流程中，以时间为主线贯穿民俗文化的历史背景，按照民俗文化事件产生、发

---

① 参见 Andrew Dewdney, David Dibosa and Victoria Walsh, *Post-critical Museology：Theory and Practice in the Art Museum*, Routledge, 2013, p.193。
② 参见娜文《民俗博物馆实物模型互动展示系统 HanikaParadise》，硕士学位论文，清华大学，2015，第 42～43 页。

图 5　四川省什邡博物馆的李冰像投影，该博物馆还有船棺制作流程互动沙盘展示，拍摄于 2017 年 10 月 27 日

图 6　清华大学研究生娜文为民俗博物馆设计的互动故事体验和衍生品开发系统，以达斡尔族纸偶哈尼卡实物空间模型为基础

展到结束的先后顺序来编排,组成完整的叙事过程。民俗博物馆展示设计采用顺叙的故事脉络和叙事结构,通过具有因果联系的情节将民俗故事联系起来,故事的表述脉络清晰、自然贯通。顺叙的叙事方式符合观众的认知习惯,使观众在参观的过程中获取连续的叙事线索,感受传统民俗产生、流传的历史背景"[1]。民俗博物馆的目标在于让普通观众不仅成为旁观者,而且成为参与者,也就是成为博物馆意义诠释与价值生产的主体,"下一步的趋势是建立个性化的'人人'数字民俗博物馆,即参与数字民俗博物馆的创建、管理和发展的主体将由政府转移至草根大众,信息传播的方式将发生新的变化,由民俗博物馆和民众之间的双向传播转变为民众之间的多项传播,将会有更多的民俗文化展品通过'人人'民俗博物馆聚合到网络中,未来呈现给民众的将是一道'满汉全席'式的数字民俗博物馆"[2]。

6. 能否给普通观众带来独特的、前所未有的陌生化体验?能否有助于在他们之间形成新型的民主化社会关系?

如果说公共民俗学工作需要民俗学者脚踏实地、头顶云端[3],那么,民俗博物馆的实践同样需要民俗学者以心中的道德律为头顶的星空和实践法则,并把它贯彻到脚踏实地的日常实践中去。民俗博物馆的这种实践可以成为而且应该成为实践民俗学的重要组成部分,因为"实践民俗学恰恰不是要匍匐在现实的脚下,而是要用自由意志引导并改变现实,开辟并创造崭新的现实"[4]。因此,"民俗学不是没有人文关怀的客观知识学,而是通过对民俗和生活世界的理解最终推动民众(包括学者自己)过上好生活的实践科学。实际上,民俗学在许多国家从一开始就是民主实践的组成部分,在这方面,学者对民和民俗理解得越好,就越有助于推动民俗生活的正当

---

[1] 李女仙:《民俗博物馆展示设计的叙事特征与空间建构——以新会陈皮文化体验馆为例》,《装饰》2017 年第 8 期。
[2] 周蕊、戚桂杰:《数字民俗博物馆的建设与推广》,《民俗研究》2013 年第 4 期。
[3] 民俗学家史蒂夫·斯波林(Steve Siporin)的原话是"Public folklore work requires folklorists to have their feet on the ground and their heads in the clouds",参见 Robert Baron and Nick Spitzer (ed.), *Public Folklore*, University Press of Mississipi, 2007, p. 242。
[4] 户晓辉:《非遗时代民俗学的实践回归》,《民俗研究》2015 年第 1 期。

化和由民转变为公民或自由人的社会进程"①。奥地利民俗学者赫尔穆特·保罗·菲尔豪尔在 30 年前的《家乡博物馆——历史的废物间?》（Heimatmuseen-Rumpelkammern der Geschichte?）一文中说得好，我们现在需要真正民主化的博物馆，让民众在其中也能找到他们的历史认同，让他们能够为现在和将来的文化遗产做出衡量并达至成年。② 可喜的是，国外民俗学者已经在认识和实践领域做出了有益的尝试与探索。比如，"在德国民族学、民俗学博物馆的兴起时期，博物馆被视为学术研究机构，博物馆馆长通常也同时担任大学教授。博物馆是高高在上、远离尘世的象牙塔，博物馆的藏品主要用于科研和教学。向学术圈子以外的普通受众介绍展品，既非博物馆工作人员能力所长，也非他们的兴趣所在。……［但是，］在向公众开放和与公众交流方面，德国博物馆在最近的十几年内有重大的改变。面向普通受众，尤其是儿童和青少年，组织不同形式的文化活动，已经被列入大型的、公立博物馆的常规活动日程当中"③。更重要的是，民俗博物馆的日常实践可以实施那些推进社会民主化进程的活动，正如卡舒巴指出的那样，"我们把报告免费赠送给了相关的社区居民代表和政府机构，希望能够帮助大家了解不同人的具体想法，进而为达成一种解决思路发挥作用。在柏林，对于任何事务，人们会有各种各样的不同想法和意见。最关键的是，管理城市事务的政治家和决策者，应该在一个大家都认可的程序范围内，为人们协商和讨论相关事务提供平台，最后，必须在综合各种意见、照顾各种想法的基础上，经过统筹做出一个决定。这个决定可能无法满足所有人的要求，但又是让所有的人都能够接受的，它是在广泛协商讨论的基础上、而非依靠政府部门的人士闭门造车制定的。"④ 因此，"在运用我们的田野工

---

① 户晓辉：《从民到公民：中国民俗学研究"对象"的结构转换》，《民俗研究》2013 年第 3 期和人大复印资料《文化研究》2013 年第 8 期。
② 参见 Helmut P. Fielhauer, *Von der HeimatkundezurAlltagsforschung. Beiträgezur Währinger Kulturgeschichte*, Eingeleitet und Herausgegeben von Herbert Nikitsch, Wien, 1988, S. 34.
③ 吴秀杰：《多元化博物馆视野中的物质文化与非物质文化保护——德国民族学、民俗学博物馆的历史与现状概述》，《河南社会科学》2008 年第 6 期。
④ 〔德〕沃尔夫冈·卡舒巴（Wolfgang Kaschuba）、安德明：《从"民俗学"到"欧洲民族学"：研究对象与理论视角的转换——德国民俗学家沃尔夫冈·卡舒巴教授访谈》，《民间文化论坛》2015 年第 4 期。

作训练将传统的传承人与物件关联起来，在找寻新的方式将博物馆的新技术用来让传承人的声音被听到这两方面，民俗学者可以发挥更为重要的作用"，"民俗学者能够并且确实在创建更为'在文化上民主的'博物馆方面发挥了重要作用——在这里，田野工作、馆藏发展、展品和教育推广方案都与社区共同决定"①。如果说民俗学是一种"民主的文化史书写"②，那么，民俗博物馆恰恰应该成为这种书写不可或缺的有机组成部分，它不仅要尽可能地容纳许多不同的声音，而且有责任为这种多样性提供共同的基础，其展示的方式所激励的不仅是观众的观看，而且是他们的参与。这也就意味着从为了观众记忆转向由观众来记忆，从为了观众讲述转向由观众自己来讲述。③ 按有些学者的分类，"民俗展示无论对于成年/童年－自我类型，还是祖先－自我类型的参观者来说，实际上是看到他们自己个人的生活旅程（或他们祖先的生活），在公共的集体历史叙事当中，'占据一席之地'。于是，遗产允许私人自我成为公共叙述——取代独自翻看个人影集的形式，使参观者得以把这些记录下的瞬间当成史诗般的叙述和戏剧化的情景而得到公开认可和展示。对于其他类型的参观者而言，则将自己的生活与'他人'的生活进行比较，'勾起我们对自己日常生活的怀念，在刹那间成为自己生活的观众'。于是，普通的日常生活通过展示被重新塑造为奇幻而特别的"④。实践民俗学期望建设民主化的对话式博物馆，其中不仅有人与物的单向"对话"，更有人与人通过物的双向对话，这才是真正的对话。对话的目的在于为普通观众自己的不同叙事、讲述和记忆提供平等表达与公开展示的平台，让不同于正统和官方的叙事形式与记忆方式能够获得公共表达的机会，由此使普通观众相互进行审美启蒙，共同培养公民习性，进而推动整个社会的民主化进程。

---

① 〔美〕C. Kurt Dewhurst：《民间生活与博物馆：一种建立新的文化生态的力量》，陈熙译，《文化遗产》2011 年第 1 期。
② 参见 Helmut P. Fielhauer, *Volkskundealsdemokratische Kulturgeschichtsschreibung：Ausgewählte Aufsätzeauszwei Jahrzehnten*，Wien，1987，S. 360 – 377。
③ 参见 Ekaterina Haskins, "Between Archive and Participation：Public Memory in a Digital Age," in *Rhetoric Society Quarterly*，2007，Vol. 37，pp. 408，403。
④ 关昕：《民俗展品与观众体验》，《博物馆研究》2017 年第 3 期。

记录民俗学：民俗学研究范式创新的基础[*]

林继富[**]

摘 要：中国民俗学学科经过无数学人努力，形成了具有中国特点的方法论体系，其中记录民俗学成为民俗学学科理论创新、服务社会具有革命性质的方法论，成为民俗学研究范式创新变革的基础。记录民俗学科学性来源于民俗记录的地方感、生活感、关系感、秩序感和整体感。

关键词：记录民俗学；研究范式；生活性；整体感

中国民俗学学科发展已经经历了 100 多年的历史。百年来，无数学人为中国民俗学学科建设做出了重要贡献，实现了西方民俗学与中国社会的有效对接，形成了具有中国特点的民俗学理论体系和方法论。在众多的中国民俗学研究方法之中，记录的民俗学成为民俗学学科范式创新的基础，成为推动民俗学学科理论创新、服务社会具有革命性质的方法论。

一 记录民俗学的重要性

"民俗是一个民众文化事象，对它的研究，不仅仅是理论考察，它的资料本身也是有价值的。这就关系到民俗志的问题，我把它叫作记录的民俗

---

[*] 本文选自《湖北民族学院学报》（哲学社会科学版）2018 年第 2 期。该文为 2016 年国家哲学社会科学重大攻关项目："中国民俗学学科建设与理论创新研究"（项目编号：16ZDA162）阶段性成果。

[**] 林继富：汉族，湖北省麻城人，法学（民俗学）博士，中央民族大学教授、博士生导师，湖北民族学院"楚天学者"特聘教授。主要研究领域：民俗学、民间叙事文学、非物质文化遗产。

学。"① 钟敬文先生曾经高度评价了顾颉刚等学者对妙峰山庙会记录民俗学的行动和成果："十年前的一个春天，北京大学研究所国学门的几位青年学者，做了一件惊人的学术事情，那就是顾颉刚、孙伏园、容希白、容元胎、庄严诸先生的妙峰山香会调查。妙峰山的香会，是北方一个巨大的民众宗教活动。那参加人数的众多、团体组织的严密以及宗教的、艺术的种种行为的表现，都是值得各方专门学者注意的事。但是它一向被冷落着。这种巨大的民众的活动，除了受鄙薄之外，恐怕不曾更牵动过读书人们的心。可是，时代毕竟到来了。这几位'书呆子'，竟假充了朝山的香客，深入圣地去了。他们用科学智慧之光，给我们显示了那一角被黑暗蒙着的民众的行动和心理。虽然他们的工作，还没有做到最理想的境地。但是我们谁能否认它是件破天荒的工作，而且是件启发未来的工作。"②

记录民俗学是中国传统文化的重要内容，也是中国传统文化建设，尤其是乡土文化建设的重要内容。在当前保护非物质文化遗产的过程中，非物质文化遗产记录性的保存、保护成为重要途径。

中国民俗丰富不言而喻，近年来，中国出版了不少记录民俗学的著作，全国性的、地方性的、民族性的和专题性的等等。但是，这些记录民俗的著作无论在数量上、质量上均与中国传承的民俗相比相差甚远，钟敬文先生曾经无不感叹地说：

> 60年前那位曾在中国工作过的美国学者詹姆森，他那句带有感叹意味的话："中国是民俗学者的乐园"，就我们现在所理解的实际情形来看，它不但不算夸张，而显然有些不足之感。10多年来，我们对各地民俗资料的记录和出版，的确尽了巨大的力量，也取得了丰富的成果。但是，如果把已经取得的成就，去跟客观铺天盖地、无处不存在的民俗现象相比，就会感到彼此差距之大。这种差距，即使不是鸿毛

---

① 钟敬文：《建立中国民俗学派》，黑龙江教育出版社，1999，第45页。
② 钟敬文：《〈老东岳庙会调查报告〉序言》，见钟敬文著《钟敬文文集·民俗学卷》，安徽教育出版社，2002，第506页。

与泰山之比，至少也是侏儒与巨人之比。①

记录民俗学尽管在民俗学结构体系中处于民俗资料记录的地位，但是并不意味着记录民俗学就只是记录，我以为记录民俗学需要方法论指导，并未成为民俗学基础性、根本性的方法，包含了深邃的理论追求，成为民俗学理论生长点和理论体系建立的根本。记录民俗学有理论诉求，并且民俗记录也具有社会功能，刘铁梁认为："所谓民俗志不单是为别人的研究提供资料，它自身还是一种复杂研究过程和认识表达方式。由于它是直接面对自己的研究对象——现实中的民俗进行实地研究的结果，所以从这个意义来说，民俗志的研究和撰写首先代表了民俗学学科的根本特征，甚至是关系着学理能否向前发展的基本的研究方式。"② 从这个意义上说，记录民俗学是充满着研究者问题意识和学术追求的多样化过程，记录民俗学具有多方面的社会功能和学术价值。

（一）记录民众生活

中国先前各类型体式的记录民俗学著作，留下了各个时代的民俗生活，尽管不尽如人意。"在传统社会，民众基本没有读书识字的权利和机会，无法直接享用它们，所以，文献民俗志的功能，主要是反映了识字阶层的回忆、抒怀和劝谏"③，传统记录的民俗学多是文人、史官的立场和写作风格，几乎看不到民俗主体的生活样态，"他们观察民俗是从人们生活的需要上去看的，他们谈论对民俗知识的运用，是为了建设和巩固上层阶级的社会制度，讲究的是一种民俗对一种政治制度的发展好不好；他们是从这一标准来区别良风和陋俗的"④。这些记录的民俗不仅"描述和评价民俗事象传达出文人记录者的见识、心态、情感和理想寄托"，而且"使民俗成为一种广见闻、正人心、美风俗的学问"⑤。

---

① 钟敬文：《建立中国民俗学派》，黑龙江教育出版社，1999，第45页。
② 刘铁梁：《民俗志研究方式与问题意识》，《北京师范大学学报》1998年第6期。
③ 董晓萍：《田野民俗志》，《北京师范大学学报》2003年第4期。
④ 陈勤建：《当代中国民俗学》，上海文艺出版社，1988，第17页。
⑤ 董晓萍：《田野民俗志》，《北京师范大学学报》2003年第4期。

较为系统地记录1978年改革开放40年来的民俗生活现状的民俗著作也较少，更谈不上系统记录这个时段民俗的实际存在。可以说，40年来，中国社会发生的巨大变化，尤其是中国乡村社会，带来了中国民俗的剧烈变化，传统民俗难以适应当代中国社会结构的变化面临着变异、断裂，甚至消失的境况。比如，过年"吃团年饭"除了家庭，还去宾馆、饭店，大年三十"守岁"因为春节晚会变得更加多元，"拜年"的方式更趋多样化，现代通信手段的兴起和传统熟人社会结构的瓦解，电话拜年、电子邮件拜年、手机与信息拜年等越来越普遍，春节并非一味地守在热炕头，而是可以全家出游，穿新衣、吃荤腥不再是一年到头的期盼。这些民俗的变化体现了我们处在一个急剧转型的社会时期，多样化的内容和多样化的形式有条不紊地改变着民俗生活、编制着民众的生活空间。这些都需要我们去记录，需要我们以科学的方式记录民俗传统，以此保留民俗变迁的轨迹及其民俗生活世界的真实图景。

（二）守护精神家园

中国各地庙会、节日庆典，各种类型的民间文艺展演、生活习俗的惯制等，寄寓着民众丰富的精神财富；吃年饭、包粽子、唱大戏、舞龙灯深藏在人们的记忆之中。这些世世代代传承的民俗，汇聚成民族生存的血脉，成为深植于泥土中的民族的根和魂。然而，现代化的浪潮对传统社会和民俗传统发起了强烈的冲击，一个又一个的民俗传承人相继离世，一批又一批的传统民俗消失在人们的视线里。

一些有识之士想出各种办法挽救民俗传统，希望守护好这份祖先留给我们的精神家园，希望从家园里寻找到适合今人生存发展的营养，然而，数不胜数的民俗事象越来越脱离其存在的自然环境和人文环境，从生存、生活状态中被抽取出来，成为一种戏剧化、仪式化、观赏性的文化商品，日渐失去鲜活的生命力，失去民俗存在的生活意义、文化价值。

进入21世纪，保护民俗传统、守护民族精神家园的呼声越来越响亮，非物质文化遗产保护成为文化国策。在这个时候，加强记录民俗学的建设，从生活的角度记录民俗，从田野中感受和体悟民俗。不仅是传承、延续祖先的民俗传统，而且成为重建中华民族精神家园的重要举措。

(三) 激活文化创新

文化创新需要深厚的传统土壤，文化创新来源于民族传统文化资源，一旦离开传统的滋养，文化的创新力和生活的依靠感就不复存在。保护民俗不仅是将它留存下来，而是要将这些民俗融入民众的生活中去，发挥民俗传统的资源优势，更好地改善人们生活。

对传统的超越，是指对存在着的传统进行原创性的再创造，使传统以新的形式再现。这是"通过那些关心社群的人的自由和负责的生活而形成的，并使一代又一代的人能在自由和创造中实现他们的生活"。①

守护传统并不是让传统一成不变，没有变化的传统是不存在，因此，传统变更、传统超越是传统生命力之所在，传统的生命力正是在于它对自身的变更和超越。

对传统的超越可以分为内在超越和外在超越两个部分。内在超越是指本身所带有的一种自身随着时代而改变的超越自身的特性。任何一个有生命力的事物都具有自身超越的特性；外在超越则表现为文化在现代生活中的具体变更。②

在当下文化创新热潮中，民俗作为民族传统中最为核心、最集中的传统资源，成为激活文化创新发展的重要推动力。

（四）推进学科发展

1980年，钟敬文在《论民族志在古典神话研究中的应用》中说："我们所理解和要求的故事学，主要是对故事这类特殊意识形态的一种研究。它首先把故事作为一定社会形态中人们的精神产物看待。研究者联系着它产生和流传的社会生活、文化传承、对它的内容/表现技术以及演唱人和情景进行分析、论证，以达到阐明这种民众文艺的性质、特点、形态变化以及社会功能的目的。"③ 钟先生谈到的故事学方法论问题，离不开记录故事流

---

① 〔美〕乔治·麦克林：《传统与超越》，干春松等译，华夏出版社，2000，第15页。
② 〔美〕乔治·麦克林：《传统与超越》，干春松等译，华夏出版社，2000，第15页。
③ 钟敬文：《中国民间故事类型索引序言》，载〔美〕丁乃通著《中国民间故事类型》，郑建成等译，中国民间文艺出版社，1986。

传情境、讲述人生活状态，包含故事学在内的民俗学学科的意义、民俗价值能否得到有效再现，记录民俗学至关重要。

记录民俗学作为民俗学的方法论不仅体现在记录民俗方面，而且关涉到建设什么样的民俗学问题。

从历史来看，我国先前记录民俗学著作往往倾注了个人的意识、个人的情感，用自己的标准框定鲜活的民俗，选择记录民俗的内容，忽视了民俗传统的真实面貌，忽视了民俗生活的关联性、谱系性，往往关注民俗现象的一般性、普遍性，忽视了民俗主体的个性。在记录民俗过程中，记录民俗文本里掺杂了编纂者、写定人移植、改编、删减、拼接、错置等并不妥当的操作手段，民俗的真实性淹没在记录者或编纂者的调查、写作和编纂之中，致使后来建立在这些文本基础上的学术阐释，出现了许多误读和曲解。如果以这些记录民俗的资料作为民俗学学科理论体系建立的基础，自然就会出现问题。

当然，我们意识到每一个记录民俗学文本贯穿了个人经验、学识、想象以及记忆，绝对的脱离调查者、记录者的思想、情感和喜好的记录民俗学文本是不存在的。我们在民俗现场听到的、看到的，以及我们想象的领域，都影响着记录民俗图像的存在。但是，如何在此基础上最大限度地克服民俗偏离生活、偏离真实的倾向，这些都需要我们采用新的手段获取真实的记录民俗学文本，完善记录民俗学方法，从而推进中国民俗学学科发展。

民俗学关怀的对象常常是家乡的、本土的，是自己熟悉的传统，是可以在日常生活中交流的、理解的传统，是小群体聚落的共享文化，以此为对象开展的记录民俗学调查就是中国人自己的民俗学。记录民俗学从先秦时代的"采风"开始，就成为服务于国家治理、民众生活的学问，可以说，记录民俗学一直以来就以中国人的生活、中国人的眼睛、中国人的心灵、情感致力于建立中国特色的民俗学的话语体系，"中国古代的民俗文献还有一个特点，就是从回忆的角度来记录民俗。大家想想看，许多古代的民俗志著作，像南朝的《荆楚岁时记》、宋代《梦粱录》和现代的《杭俗遗风》等，是怎么写出来的呢？我反复地看，发现它们的作者有一个共同点，就是都是知识分子出身，还曾在某个朝代当过小官或中官，经历了太平盛世的生活。后来社会变迁了，朝代更迭了，人的地位也改变了，这时他看问题的心情也跟着发生了变化，这种变化最容易引起的思想反应，就是对原有民俗的亲切回忆和依恋感。他们在强烈对照的刺激下，回想过去的生活习惯，还特别容易发现其中的民俗特点，产生新的个人体验。……这类特点，在世界民俗学史上，恐怕也是一个值得注意的现象。至少，它能证明，在过去漫长的历史时期中，中国人在记录、编纂民俗资料的勤奋上都表现了自己的民族性格。中国的民俗学，从来都是中国人用自己的眼睛、心灵、情感、人生经历和学理知识来创造的学问，是中国人自己在描述自己的民俗志。"①

记录民俗学留下中国人的生活，留下中国人的价值观念，这些都是中国人用自己的眼光看世界、看社会、看生活的体现，并且形成了一套符合中国民众生活传统的说话的方式、说话的词语体系。从这个角度上说，记录民俗学成为中国民俗学学科体系建立的基础和根本。"文人记录累世汇集，形成了无数'当时性'的片段组成的地方史。正是在这个意义上，与上层正史相比，它们成为后人认识民俗史的第一手资料。中国历史上富于民俗志，是中国人的幸运，不是世界上哪个国家都能这样的。"②

民俗学学科建设需要真实的资料，民俗学理论建设建立在科学、真实资料的基础之上，记录民俗学不仅成为创新、发展民俗学方法论的基础，而且成为民俗学理论体系、话语体系建设的根本。在当下中国社会转型时期，民俗生活的革命性变化，需要民俗学方法论的革新、理论的指导，这就必须要求我们加大力度调查民俗、记录民俗，建立"记录民俗学"资料体系、方法论体系，从根本上推进中国特色的民俗学话语体系建立。

二 记录民俗学的科学要素

民俗是生活传统，是立足于生活基础之上的共享性传统，因此，民俗在流传范围内是可以通约的。记录民俗学要做的是把具有高度同质性传统

---

① 钟敬文：《建立中国民俗学派》，黑龙江教育出版社，1999，第5~6页。
② 董晓萍：《田野民俗志》，《北京师范大学学报》2003年第4期。

区域内带有模式化的民俗写清楚、写生动、写出气韵,要达到这样的目的,我认为记录民俗学必须具备以下科学要素。

(一) 地方感

记录民俗学的目的就是记录地方民俗传统,将民俗传统的地方性与民俗传统主体性撰写清楚,从这个角度上说,地方感成为记录民俗学的重要特点。记录民俗学的地方感主要体现在民俗发生、发展的空间感上面。记录民俗学的空间感是实在的、具体的,包含了记录民俗调查、书写文本范围内的人物、事件和环境,并且将民俗空间置放在设定的时间段内,这样,记录民俗学就是地方性的民俗生活志,显示出记录民俗的"唯一性"。

地方背景是记录民俗学中地方感的重要体现,它包括民俗的自然生态环境和人文生态环境,只有充分关注地方背景,民俗的意义才能充分得到展现。

要研究背景……不仅仅是为了获得额外的信息……;也是使我们自身拥有……一种途径,能够更深层地洞察……其意义,这比我们对仅仅阅读文本所预期的东西更深刻。在某种程度上,所有的意义都是背景界定的,或决定的。[1]

地方感要求我们从调查开始就要去寻找特定地域内民俗发生、发展的内在逻辑,这种民俗生存和传承的逻辑就是当地人们的生活逻辑、历史发展的逻辑。

没有时间和空间的记录民俗学是没有地方感的,也削减了记录民俗学应有的科学价值。这就要求我们在调查和书写记录民俗学文本的过程中,尽量充分展现地方的地名、人名和景观。对于调查区域内彰显民俗特点而又体现地方文化精神的方言土语应给予全面、系统的记录。

记录民俗学在强调地方感的时候,不能仅仅着眼于限定区域内的民俗,要遵循民俗传承、传播特点。因此,在记录民俗学调查、撰写的时候,尽量兼及同类民俗在其他地区的传承,以利于在比较中显现民俗的地方性特

---

[1] D·M·施奈德:《关于一种文化理论的札记》,第 214~215 页,转引自〔英国〕E·霍布斯鲍姆 T·兰格著《传统的发明》,顾杭、庞冠群译,译林出版社,2004,第 135 页。

点。但是不要延展开来，毕竟民俗跨地区、跨族群的现象太多，如果去调查、描写、记录，就会造成与其他地区记录民俗学重叠的现象。

至于新出现的民俗，相当多的是域外民俗，这种民俗需要记录吗？如清同治、光绪年间，西方的马车引进上海，乘车外出兜风成为当时的节日风尚。《上海鳞爪钓一枝词》："虔诚元旦进头香，车马今朝分外忙。南北东西驰骤遍，算来总有喜神方。"沪上农历元旦清晨，上海人一般乘车按照"喜神"方位外出兜风以求吉利。这些鲜活的风俗活动，是地方民俗传统的重要组成部分。因此，只要外域民俗能够融入当地百姓生活之中，就应该记录下来，成为记录民俗学的记录对象和研究对象。

当然，我们也注意到现代社会中的地方性不同于传统社会稳固、明确的地方性，现代社会人口流动频繁，地方性的模糊就会出现，"什么是地方性？在这个领土边界日益模糊的全球化世界，作为一种生活体验的地方性到底是什么？"① 也就是说，今天的记录民俗学单纯把地方社会看作自足的空间的时代逐渐过去了。我们应该从所描述的地方社会中看到地方与其他文化区域的关联。民俗主体不再活跃于单一的地理区域内，他们可以轻而易举地越过村落的边界，走向更多的、更丰富的地域社会之中。

（二）生活感

记录民俗学书写者应该坚持"其文直、其事核、不虚美、不隐恶"② 的精神，充分体现民俗的生活感，记录民俗学书写者应该融入当地人的生活中去，体验和感知民众的生活，从而能够用情感去书写，用生活去书写。

凡所谓传统，大多都是与人们具体的生活关联在一起。换句话说，一般所说的传统，不是存在于书本或讲坛之上，而是生存于多数人的具体生活之中。③

民俗是模式化的文化传统，在进行记录民俗的时候，侧重于对民俗模式化及其结构，但是，又不能仅仅拘泥于模式化，要在模式化基础上充分

---

① 〔美〕诺曼·K·邓金：《解释性交往行动主义：个人经历的叙事、倾听与理解》，周勇译，重庆大学出版社，2004，第91页。
② 班固：《汉书·司马迁传》。
③ 李维武编《徐复观文集》第1卷，湖北人民出版社，2002，第13页。

展现作为生活的民俗及其生活属性的多样性。

记录民俗学要写出生活感，应该立足于民俗调查的地域范围和空间界限。民俗是民众的生活文化，其传承的时空是各个具体明确的社会，民俗的"百里不同风，十里不同俗"特点，表现出民俗的地方性和时间性。民俗的生活感在时间与空间关系中得到充分体现。

民俗的生活属性离不开民俗主体的身体展示。任何民俗离不开身体，有些以身体动作展示民俗，有的将身体作为民俗表达的辅助。无论哪一种，民俗的身体性成为民俗生活属性的重要内容，在记录民俗学中应该得到有效的表达。

作为文化特有种类的身体实践，需要把认知记忆和习惯记忆结合起来。操演包括在群体全套活动中的动作，不仅让操演者回忆起该群体认为重要的分类系统；也要求产生习惯记忆。[1]

习惯是一种知识，是手和身体的记忆；在培养习惯的时候，恰恰是我们的身体在"理解"[2]。

记录民俗学在强调口头传承，书写口头传承民俗的同时，不能忽视民俗在传承过程中的感受和体验。这些感受和体验在相当大的程度上来源于身体，来源于作为身体感知的行动及其背后的心灵。

记录民俗学应该把传统区域里曾经传承过的所有民俗记录下来吗？我以为不然。记录民俗学在资料取舍和内容记述上应该有一个断限问题，这个时间维度就是立足于当下，以当下传承的民俗为延展的核心、为记录的标识。当然我们要判断当代文化哪些是民俗？哪些不是民俗？这里面有一个比较的视野，此时离不开历时的维度。也就是说，我们在民俗的时间处理上，应该将当下的民俗传统放在民俗历史发展的时间轴上进行考量和鉴别。

（三）秩序感

民俗是秩序之学，没有秩序就没有民俗，离开秩序，民俗的功能就不

---

[1] 〔美〕保罗·康纳顿：《社会如何记忆》，纳日碧力戈译，上海人民出版社，2000，第108页。
[2] 〔美〕保罗·康纳顿：《社会如何记忆》，纳日碧力戈译，上海人民出版社，2000，第117页。

复存在。民俗是维护社会秩序的生活传统，理解民俗生活，离不开民俗具有建立秩序、维护社会平衡发展的功能。因此，在记录民俗学调查与撰写过程中，必须建立对民俗秩序的追求，这种秩序既要体现出民众生活外在的生活现象的秩序感，更应该揭示出民俗如何体现民众生活逻辑的秩序。

巴厘人从搏斗的公鸡身上不仅看到了他们自身，看到他们的社会秩序、抽象的憎恶、男子的气概和恶魔般的力量，也看到地位力量的原型，即傲慢的、坚定的、执着于名誉的玩真火的人——刹帝利王子。[1]

格尔兹在调查和书写巴厘人斗鸡的过程中，不仅记录了斗鸡在巴厘人生活中的秩序感，而且通过记录斗鸡游戏现象，解释了巴厘人的社会生活秩序。

记录民俗学文本书写之前的调查过程，应该在生活体验基础上，感受地方民众生活，寻找到民众生活逻辑，在记录民俗学文本书写中凸显民俗传统的内部文化语法，这样才能更好地表达记录民俗学的生活属性。

凡是谈到传统的，一定连带谈到秩序，认为传统是代表一种共同的生活秩序。这里所说的秩序，是就个人与群体的和谐、自由与规则的和谐来说的。传统，乃是大家不约而同的共同的生活方式。在现实生活中，必定含有许多异质的，因而在理论上是矛盾的东西。但这些东西，一旦成为传统，则各种异质的因素便各自构成生活的一部分，而得到大家不言而喻的"相安无事"，理论上的矛盾性，便消解于大家共同承认之中，而构成生活得以安定的秩序。[2]

在记录民俗调查中要深入到民众生活的内部结构中，弄清楚民俗的内在结构关系，弄清楚民俗传承的文化肌理，这样写出来的记录民俗学文本才不至于游离于民俗本真之外。

（四）关系感

民俗的关系感，就是把书写的民俗放在一个社会空间里面来书写。任

---

[1] 参见〔美〕克利福德·格尔兹：《文化的解释》，纳日碧力戈等译，上海人民出版社，1999，第501页。

[2] 参见李维武编《徐复观文集》第1卷，湖北人民出版社，2002，第13~14页。

何文化的生存空间，都是在与其他文化空间相互依赖、彼此关联。民俗也不例外，作为小群体里共享的文化传统，其特殊性、身份属性是在与其他社会空间传承的民俗相比较体现出来的。因此，记录民俗学的书写不能忽视广阔的社会空间及其空间内的关系。

埃文思·普里查德曾经在描写尼罗河畔努尔人的生活方式时写道：

牛是努尔人的日常生活赖以围绕其身而加以组织的核心，并且是他们的社会的和神秘的关系得以表达的媒介，如果不借助它们，要想与努尔人讨论他们的日常事件、社会关系、仪式行为，或者实际上是任何主题，都是不可能的。努尔人对牛的兴趣也并不是囿于它们的实际用途与社会功用，而是体现在它们的造型艺术和诗歌艺术之中。[1]

也就是说，理解努尔人生活中的"牛"是应该放在努尔人的日常事件、社会关系、仪式行为的关系中进行记录。

民俗学是关系之学，没有关系的民俗是不存在的，因此，我们在描写民俗的时候，除了深入民俗内部结构凸显民俗结构的秩序性以外，民俗生活中"民"的关系和"俗"的关系需要充分地呈现。

记录民俗学的文本撰写要求我们采用朴素的文字，通俗化的语言将民俗事象描述清晰，少用带有夸饰性的词语、情感性的语言。但是，记录民俗学记录的对象是民众的生活，无论是民俗主体，还是民俗客体，都会与民俗发生关系，都会在关系中倾注情感。在此基础上，我们要处理好记录民俗学中因为关系而生的情感掩盖民俗的真实性和客观性。记录民俗学的文本书写带有调查者、书写者的情感，却不能被个人情感左右。然而，我们也意识到纯粹客观的描述根本不存在。无论是民俗主体的生活、民俗记录者的参与、感受、民俗记录者和当地人的交往交流都会充满情感。记录民俗的叙事是关系性的，调查记录人要与当地人建立密切关系，要参与民俗主体生活中，但是又要与民俗主体保持一定距离。这种生活投入与学术理性之间的张力一直纠缠于民俗记录者的调查过程、文本撰写之中。

当代记录民俗学著作需要配上图片，甚至影像，这样才能将民俗生活

---

[1] 参见〔英〕埃文思·普里查德《努尔人——对尼罗河畔一个人群的生活方式和政治制度的描述》，褚建芳、阎书昌、赵旭东译，华夏出版社，2002，第59页。

的场景、过程以直观性的叙事表达出来。记录民俗学文本配发的图片,不是空洞的,不是毫无背景的,应该与详细的文字书写紧密结合起来,以免引起人们的猜度和幻想,从而引发空泛的阐释,以致歪曲民俗图片、影像原本的意义。

与民俗相匹配的地图在我国先前的地方志书写中常有出现。如雍正年间修纂的《完县志》就有"图考"部分,并写道:"志乃书也,何以列图于首? 古左图右书,图乃书之祖也……是知图者形也,书者文也。形立而后文附之,此图书先后之次第也。"嘉庆《新修江宁府志》开篇即言:"自古考地者贵有图,盖地之四至八到言之可明,而其衺正曲直广狭长短之形,非图不能明也。"乾隆《西和县志》在卷一的"舆图"部分先有说明:"按志而观图则了如指掌,按图以考志则较若列眉,是图亦不可阙也。"康熙《房山县志》在卷一曰:"房山旧虽有志而无绘图,是犹谈虎豹而莫识其毛质,论河海而不知其东西也。"这些地方志强调地图在记录地方直观感上的特殊作用。至于民俗志,除了基本的民俗生成方位图,对民俗事象的基本分布,民俗事象的活动过程,采用地图、图片、影像的方式给予记录呈现,在当代记录民俗学文本中是必须和必要的。

(五) 整体感

"我们惯有的思路是按'物质民俗、社会民俗、精神民俗、语言民俗'这种四分法对民俗现象进行分类,然后以此思路进行文字资料的搜集或者调查题目的设计,最后又以此为体例进行写作。这种办法在一定程度上忽视了民俗文化的整体性,肢解了民众的生活世界。按这种分类法写成的民俗志,资料虽然面面俱到,但缺乏对地方生活整体与民俗文化逻辑的解释力,可读性也十分有限。"[1]

记录民俗学应该呈现民俗的整体,而不是将生活中一体化、整体感的民俗拆分成分散的条目进行记录。当然,每个人都有自己的方式感受、解读他所看到的民俗生活,包含了个性化的民俗记录视角,这本身构成了记录民俗学极具魅力的地方。

---

[1] 刘铁梁:《"标志性文化统领式"民俗志的理论与实践》,《北京师范大学学报》2005年第6期。

在中国已有的记录的民俗学成果中,许多记录下来的民俗是单个的、独立的,这些在作为整体的民俗中已经不同程度的碎片化了。针对这种情形,我们应该尽可能地将记录的民俗放到特定时空的社会生活和文化传承场域中,坚持把民俗作为社会生活的整体对待,对民俗所在地的社会生活及其历史过程尽可能进行完整、系统的考察。这样才能够撰写出真实、丰满、生动的记录民俗学文本。

记录民俗学文本的书写,不能仅仅从民俗到民俗,而是将地区民俗以及与之关联的民俗统合进行描写,这种描写当然要注重记录的民俗学之间的文本间性问题。民俗"作为生活语言,具有话语/本位、符号/意义、能指/所指的两重性,它本身是一种隐喻,意义的揭示需要解释的过程,而研究者的解释,根据研究者的不同而有差异,有时这种差异甚至会扩大为对立。换句话说,研究者和被研究者的关系,其实并非主体和客体的关系,而是主体间性的关系,即访谈资料的意义根据主体间性而会发生变化,这样一来,研究者是否能自认为比被研究者高明、深刻,而具有肢解、切割、筛选和重新解释生活语言的权利?研究者的解释是否会不是'揭示',而是'遮蔽'了生活语言的真实含义呢?"[①] 比如,山东民间流传许多秃尾巴老李的传说及其信仰,在调查和书写山东秃尾巴老李的传说的时候,除了对秃尾巴老李的信仰进行描写以外,还要注意与此相关的谚语,比如"五月十二雨茫茫,秃尾巴老李哭他娘。"民间把秃尾巴老李封为雨神,旱时经常到秃尾巴老李庙里祈雨;秃尾巴老李回乡上坟的日子往往会下雨。传说农历六月初六是秃尾巴老李的姥姥为它晒被砍掉尾巴的日子,这一天晒衣服可以保平安,俗称"晒龙衣",如果这一天阴天则将连阴十四天,因此有"六月六,晒龙衣,湿了龙衣湿蓑衣"的谚语。这些描写,让我们能够看到秃尾巴老李传说、信仰传承的整体性,也能够从整体性上理解秃尾巴老李的生存状况和民众的生活情结。

记录民俗学要把地方性的民俗写真实、写完整,写出生活原有的味道,这就要求我们从民俗整体性来考虑,尤其是在纵轴上讨论该地域民俗,将

---

① 李培林:《透视"城中村"——我研究"村落终结"的方法》,《思想战线》2004年第1期。

当下记录的民俗文本与前代记录民俗文本之间建立有机有效的链接，在比照中提炼民俗的地域性格。尽管我多次表示，凡是在地域里传承并享用的民俗都是该地域的民俗，但是，民俗的成分是复杂的，有些民俗是本土的，有些民俗则是外来的，记录民俗学文本撰写能够很好地将本土民俗和外来民俗统一起来，以本土民俗为中心，建立谱系性的民俗图像，以此体现民俗传承的整体性和民俗生活的独特性。

记录民俗学整体性是以生活为中心，将民俗主体，民俗生活过程写出神韵，将民俗事件放在"过去—现在—未来"历史框架内连续性和"上/下""内/外"的互动性之间来调查和撰写，把民俗的人物和事件放在特定情境中，放在人际关系互动中、文化交流沟通中进行表达，凸显记录民俗学的整体感。

三　记录民俗学难以逾越的障碍

虽然我们采取了很多手段克服记录民俗学在调查和书写中存在的问题，但是，无论采取什么手段，无论从哪个角度，记录民俗学文本书写还是存在不可逾越的障碍。

（一）主观的偏执性

记录民俗学是部分的真实，这种真实性是基于调查者和记录者立场，也就是说，调查者记录民俗无法实现全面真实。首先，记录者调查接触的民众生活和民俗信息是部分的。既然是部分的，记录者无论采取什么手段也只能最大限度地接近民俗生活的真实和完整。其次，记录民俗学文本写作，就是民俗意义的创造过程。民俗调查者的记录既是把民俗传统留下来，也是把民俗生活的意义再现出来，因此，民俗记录就是记录者参与到民俗意义的生产过程。"无论是何种研究，它所反映的都是研究者本人的立场，也就是说，任何观察都事先预设了某种理论，绝对不存在理论或价值中立的知识，纯净的现实主义或纯粹的实证主义时代早已一去不复返了。"[1] 最

---

[1] 〔美〕诺曼·K·邓金：《解释性交往行动主义：个人经历的叙事、倾听与理解》，周勇译，重庆大学出版社，2004，第5页。

后，民俗记录者的调查和书写过程贯穿了主观偏执性，他们从进入民俗调查现场就自觉不自觉地带有主观选择性。费孝通曾说："我是这个县里长大的人，说着当地口音，我的姐姐又多年在村子里教老家育蚕制丝，我和当地居民的关系应当说是不该有什么隔阂的了。但是实际上却并不是这样简单。当时中国社会里存在着利益矛盾的阶级，而那一段时期也正是阶级矛盾日益尖锐的时刻。我自己是这个社会结构里的一个成员，在我自己的观点上以及在和当地居民的社会关系上，也就产生事实上的局限性。这种局限性表现在我对于所要观察的事实和我所接触的人物的优先选择上。尽管事先曾注意要避免主观的偏执，事后检查这种局限性还是存在的。"①

民俗调查者的记录在某种程度上说是对调查对象的解释，这些解释之于当地民俗来讲包含了当地人的解释和记录者的解释。当地人的解释显然生活在当地文化知识体系中，他们从生活的立场出发解释民俗的来龙去脉和生活关系；记录者的解释是调查者利用学术训练出来的一套解释框架，将当地人生活世界中的经验的意义及观念结构揭示出来。两种解释自由偏差，这种偏差更多的是民俗记录者主观偏执型带来的。

（二）表述的不完整性

调查者进入民众生活中，选择住地、选择调查对象、选择与当地人打交道，这些均交织着各类关系。然而，在这些调查、记录民俗关系中并非均质性的，这就必然造成信息资源上的不完整、不对称。我们接触到的、观察到的、访谈到的，只是一部分或者关键性的几个人或者家庭。这些人或者家庭无论怎么杰出，无论怎么具有代表性，他们的知识都不能够涵盖所有民俗传统流传区域、民众生活区域内的民俗生活内容。因此，调查者参与到的、感受到的民俗生活只是调查地域部分的民俗生活。即使调查者重点调查的对象，也很难完全走进调查者的生活之中，走进调查者的内心深处，这些同样导致民俗生活记录的不完整、不全面。

调查、撰写记录民俗学文本的人，尽力追求民俗生活的整体性和谱系性，但是，调查者、记录者却不可能毫无逻辑地堆砌民俗材料，而是要有

---

① 费孝通：《迈向人民的人类学》，载《费孝通选集》，海峡文艺出版社，1996，第312~313页。

问题的意识，有表述的中心，即使在提炼记录民俗区域传统的关键性要素、事件或人物过程中，仍然需要有取舍，有挑选，这就必然导致民俗生活传统的不完整性。

记录民俗学调查、文本生成不是脱离世俗社会，脱离权力关系的活动，也不可能离开国家、地方和个人关系，从调查到文本生成的每一个过程都交织着这些关系，为了某些妥协、某些平衡、某些观念，记录民俗学文本书写就会出现不全面性。记录民俗学从开始调查就与权力发生关系，并且渗透到民众日常生活的各种关系中，人与人通过权力控制形成的支配性关系，民俗生活同样如此。在民间社会，权力关系的支配性带来民俗调查者、文本制作者与权力或多或少地发生关系，这就难免出现民俗记录的不全面、不完整。

中国民俗学发展离不开理论创新和实践创新，记录民俗学为中国民俗学研究范式创新、转换提供了坚实的基础。在当下及未来民俗学发展过程中，记录民俗学的科学性、生活性以及立足于此的研究方法成为理解中国民众生活、建设中国本土话语民俗学体系必然要做、必须要解决的重要学术问题。

民俗田野作业：让当地人说话[*]

万建中[**]

摘　要：田野作业是民俗学研究的重要过程和途径。从田野中源源不断地涌现出民俗书写的成果，这方面的成果成为民俗学研究占主导地位的业绩。然而，学界罕见针对目前的田野作业方式和民俗书写成果展开反思。单边主义的言说和话语遍布田野，民俗学者的身份和所谓的学术规范导致单边主义的理所当然。承认当地人学术言说的权利和可能性既有理论依据也有说服力的田野实践。在田野作业过程中，改变以往独白式的书写范式，让当地人说话，给予当地人充足的主体性的学术空间，才能书写出交流的、对话的、民主的、平等的以及共享的民俗志。

关键词：田野作业；民俗田野；民俗志；民俗书写；单边主义

民俗通常被理解为民间生活现象和方式，其实，它也是一种身份构成，即生活在民俗生活世界的社会成员或群体。因而民俗研究不仅仅是文化领

---

[*] 本文选自《民族艺术》2018年第5期，国家社科基金重大招标项目"20世纪中国民间文学研究专门史"（16ZDA164）阶段性成果。

[**] 万建中，北京师范大学文学院民间文学研究所所长、教授。中国民间文艺家协会副主席，中国民俗学会副会长。主要研究方向为民间文学基本理论、故事学、民俗史、饮食文化等。代表作有《解读禁忌——中国民间散文叙事中的禁忌主题》，商务印书馆，2001；《禁忌与中国文化》，人民出版社，2001；《中国民俗通志·生养志》，山东教育出版社，2005；《民间文学引论》，北京大学出版社，2006；《中国民俗史·民国卷》，人民出版社，2008；《中国民间散文叙事文学的主题学研究》，北京大学出版社，2009；《中国民间文化》，北京师范大学出版社，2010；《中国饮食文化》，中央编译出版社，2011；《20世纪中国民间故事研究史》，北京师范大学出版社，2011；等。

域的范畴，还必然要进入政治的视域。"让当地人说话"指在田野作业中还给当地人应有的正当的说话权利。这一论点直接来源于斯皮瓦克的《底层能说话吗?》①（*Can the Subaltern Speak?*）一文。通过讨论印度寡妇自焚等习俗，作者认为应该给予底层民众说话权利和说话资格的认定。需要强调的是，这里的"说话"既是口头的，也是书面的。当然，在田野作业中，"让当地人说话"也可以有效矫正长期以来中国民俗书写只有一种声音的严重偏向。而这，正是本文所要讨论的问题。

一　田野作业中的单边主义倾向

"人类学写作一直以来都在压制田野工作中的对话因素，它将对文本的控制权交给了人类学者。"② 中国民俗学在引入西方田野作业理念和操作规程的同时，也全盘接受了"单一声音"的书写模式。自 20 世纪下半叶以来，西方人类学者对这一学术现象在不断反思，倡导对话的、交流的民族志写作的呼声格外高涨，而且相关的田野实践也层出不穷。1982 年，凯文·德怀尔（Kevin Dwyer）撰写的《摩洛哥对话》"是第一个作为'对话式的'文本被引证的例子"。中国学界对此充耳不闻，依旧掌控田野言说和书写的霸权，"经验和解释性范式"大行其道。面对这种状态，在《写文化——民族志的诗学与政治学》一书的译本出版 10 多年后，竟然没有人站出来大声疾呼：我们需要话语交流的民俗志。故此，有必要反思民俗志的书写状况和过程。

民俗表现为三种形态：生活本原的、记录的和阐释的。在学术层面如何处理这三者的关系，是民俗书写的一个重要问题。民俗学着重关注的是民俗之"民"、民俗事象、民俗事件、民俗物、民俗观念等，属于民俗生活的本原现象。历史学和作家文学研究一般不是直面生活，而是文献和作品。书面表述本身就能引发思考，因为任何语句都是有思想的，而生活不是。

---

① 〔美〕佳亚特里·斯皮瓦克：《斯皮瓦克读本》，陈永国、赖立里等译，北京大学出版社，2007。
② 〔美〕詹姆斯·克利福德、〔美〕乔治·E. 马库斯编《写文化——民族志诗学与政治学》，高丙中等译，商务印书馆，2006，第 297 页。

生产生活满足的是实际需求,而思想恰恰是超越实际需求的。生活是最难研究的,原因在于如下三个方面:首先,把所见所闻所感表达出来,实属不易;其次,要从表达出来的民俗中提炼出问题,或者带着问题进入田野,同样有难度;最后,运用什么理论方法解决问题,更需要费尽心机。

然而,这种困境在我国民俗学田野作业中并没有出现普遍的遭遇,田野民俗志源源不断地被炮制了出来,民俗学界的学位论文也大都产自田野。调查者们的田野之路之所以走得很"顺畅",是由于田野作业的全过程大多是一个套路,即设定方案、进入田野、获取资料、运用资料、撰写论文。目标明确、手段直接、成效显著,在田野中历经数月,一篇学位论文便可成型。成型本来就是预定的,就像所需资料也是预定的一样;调查只是为所引用的资料提供合法性的出处。当学术话语处于自娱自乐的状况时,其言说的权利是隐蔽的,而一旦与田野遭遇,这种独白式的权利便暴露无遗。调查者们试图理解田野、解释田野,又极其不尊重田野,理所当然地剥夺当地人学术言说的权利。他们把自己所见所闻所感当作学术言说的资本,武断地以为,为时短暂的田野经历足以掌握田野。殊不知这种田野作业所掌握的只不过是学术所需,很可能是对田野的断章取义,而不是民间社会生活本身。那些号称田野民族志或民俗志的产品,或许大多与田野实践本身风马牛不相及。

有不少田野民俗志委实是单边主义的独白,就像萨林斯批评奥贝赛克拉的做法:"他将西方人视为思想最高形式的那种'理性'全给予了'土著',同时给予欧洲人(包括外来的人类学家)那种他们曾总是轻视的对神话的无意识重复——即,像'土著'一样。"[①] 面对这种"强加",当地人无从知晓,几乎所有的民俗书写都无须给当地人过目。即便有些地方文化精英发现了其中的纰漏,也只能听之任之,因为他们被剥夺了为自己说句话的权利。这种普遍的田野学术现象恰如萨义德所表述的西方对东方的代言。他说:"东方学的一切都置于东方之外:东方学的意义更多地依赖于西方而不是东方,这一意义直接来源于西方的许多表述技巧,正是这些技巧

---

① 〔美〕马歇尔·萨林斯:《"土著"如何思考——以库克船长为例》,张宏明译,上海人民出版社,2003,第251页。

使东方可见、可感，使东方在关于东方的话语中'存在'。"① 东方与西方的关系状况完全可以置换为民俗之"民"与民俗学者。显而易见，在民俗学界，田野意义更多地依赖民俗学者而不是民俗之"民"，这方面的意义直接来源于学者的学术范式和学术话语。在民俗学者书写霸权之下，民俗之"民"完全丧失了自主性。

　　问题是在萨义德看来，面对西方中心主义，东方表现出异乎寻常的焦虑，而民俗之"民"则对民俗学者关于自己的书写无动于衷，漠不关心。他们从不主动要求与民俗学者展开平等的学术对话，也罕见针对民俗学者的田野书写发表自己的观点和行使批评的权利。因为这些田野书写似乎与他们没有任何瓜葛，也几乎影响不到他们的日常生活。此等学术与田野严重脱节的现象更加助长了民俗学者在田野中的无所顾忌，不仅可以替当地人说话，而且在很大程度上不用担心田野的书写是否正确。这直接导致民俗学者应有的民间主义的立场完全丧失殆尽，同时，田野作业中的霸权意识在不知不觉中膨胀起来。

　　当然，替当地人说出来的话不一定就不正确，但难以达到具体的深入层次。民俗是一种表意系统，单边主义的田野作业和言说触及的意义往往是通识性的、给定的。民俗与其说是一种器物、一种现象、一种展示，毋宁说是一个过程、一系列行为和事件，民俗学所要关注的是民俗之"民"和社会之间意义的生产和交换，即意义的给予和索取。② 譬如，端茶给客人，双手奉上表示礼貌；如果用一只手，客人会觉得自己受到轻视而恼怒，可能酿成民俗事件。在这里，民俗既表现为手势，更存在于手势所蕴含的意义，即手势本身作为一种民俗举动是由其释放出来的意义决定的。对敬茶意义的理解至此还不够，这只是表层的、"本质化了"的意义。更重要的是，为什么要用双手？因为对方是客人，主、客的关系使得敬茶习俗得以实施。田野作业的宗旨，并不在于索取那个"单一的"、被承诺的意义；相

---

① 〔美〕爱德华·W. 萨义德：《东方学》，王根译，生活·读书·新知三联书店，1999，第29页。
② Hall Stuart, 1997. 'Intraduction', In struart Hall（ed.）, Representation, London, Sage；〔英〕约翰·斯道雷：《文化研究中的文化与权利》，《学术月刊》2005年第9期。

反，所要关注的是民俗事件或实践所释放出来的意义。[①] 深刻的、具体的意义是在关系中生成的，关系是通向真正理解民俗敞开的大门。然而，要迈进这一大门委实不易，大多调查者距离大门都还很遥远。因为他们一直停留在探究双手端茶的含义这一层次。田野作业的任务主要不在于揭示双手奉上表示礼貌的寓意，而是这一民俗行为之于主、客双方的生活意义。而目前的田野作业断定是不能完成这一学术任务的。

调查者所到之处，可能别的民俗学者没有涉足过，其所见所闻所感可能是唯一的，没有可参照的记录文本。而历史学和文学理论都是对文本的观照，文本和文本之间自然构成了互文性的关系。作为以个案为主的民俗研究，在研究对象的维度中难以寻求到对话的可能性，因为个案往往是唯一的、独特的。另外，访谈对象只是材料的提供者，也未能与之形成对话，整个思考和研究都是研究者独自的。那么，民俗学研究倘若能构建研究者与调查对象的对话机制，即两者之间不是调查与被调查的关系，而是共同参与学术活动和学术书写，也就可以消除长期以来研究者独白主义的弊端，丰富民俗志书写的话语范式。积极引导当地人投入民俗志书写，可能是改变目前民俗学研究不甚深入的有效途径。那么，如何给当地人腾出对话的空间，就成为问题的关键。书写出多声部的民俗志，避免叙事话语的单向度，应该成为田野作业追求的目标。

时下特别强调民俗考察和研究要密切关注"民"，关注当地人的情感、诉求、生存状况、生活愿望等，感受当地人的感受，理解当地人的理解，塑造当地人的民俗形象。这些只是纠正了以往田野作业只是注重"俗"，而忽视了"民"的偏向，但没有解决单边主义言说的问题。"民"依旧一直作为"他者"和书写的对象。民俗亦即"民"的俗，"民"才是俗的真正的拥有者，故而有无可置疑地对俗的言说权利。"让当地人说话"的田野追求，较之所谓的"主位"和"客位"、"参与观察"、"经验接近"及"5个在场"都更为理想和更富有革命性意义。民俗学界一再强调对"人"的关注，譬如，不能只是民俗仪式程序的描述，还要重视仪式的组织者和参与

---

① 〔英〕约翰·斯道雷：《文化研究中的文化与权利》，《学术月刊》2005 年第 9 期。

者。这种立足于民俗之"民"的学术转向，偏重于田野"作业什么"，没有触及更为重要的问题，即"如何作业"。"让当地人说话"就是在"如何作业"的层面突显"人"——当地人的学术主体地位。在这个意义上理解民俗之"民"，才是"民"的主体地位的真正确立。"让当地人说话"，归还当地人应有的书写地位和发言权，把被剥夺了的言说权利还给当地人，或许能够导致民俗学田野作业的一场变革。

二 还给当地人的田野主体地位

当地人没有受过民俗学的系统教育，既没有理论也没有学术书写的动机和欲望，甚至不知道民俗学为何。他们的书写才是自由的、开放的、毫无拘束的。毋庸讳言，学科范式的民俗志书写总是经历诸多局限：格式的、理论方法的、观念的、话语的等等。而这些在当地人身上均抖搂得一干二净。目前，民俗学的理论几乎都来自西方，西方理论霸权在中国民俗学领域得到彻底的彰显，建立中国民俗学派成为难以实现的幻想。依照现在的发展趋势，改变这般状况，延续现在的田野作业套路和学术范式似乎已不现实，发掘民俗之"民"的无穷潜能应该是唯一有效之途。

随着底层社会知识水平的普遍提高，文化自觉和文化自信意识的增强，非物质文化遗产保护工作的蓬勃开展，一些地方文化精英早已开始用各种方式记录和呈现当地的民俗文化，并推出了诸多民俗志类的文本。但这些成果一直没有得到学界的重视和认可，因为这些草根著述缺乏理论方法和问题意识，难以登上学术殿堂。钟敬文曾称民俗学为"土著之学"，并且热情地赞美地方文化精英的民俗书写，认为这是民俗书写的最高层次，并以其敏锐的学术智慧和民俗学经验做了示范性实践。2001年6月7日，钟敬文热切地邀请曾任山东省枣庄市山亭区凫城乡红山峪村小学教师的田传江到北京师范大学中国民间文化研究所给博士生授课。

极度遗憾的是，钟敬文这一"让当地人说话"的学术创举竟然未能得到继承和响应，高校课堂再也罕见地方文化精英的身影，甚至一些研讨某一地方民俗文化的学术会，当地民俗的拥有者也没有资格参加。钟敬文对"他者"的尊重，原本可以引导学界同人搭建起与田野的对话、交流的平台，但学界置若罔闻，还是执着地保持自言自语、我行我素。

　　田传江所写的《红山峪村民俗志》，钟敬文从头到尾看了一遍，看后就放不下。在田传江正式授课之前，钟敬文发表了很长的开场白，其中有这样一段话："这种土著之学的著作，不但能够把表面可以看得见的东西写出来，而且可以把平常不易看见的东西也写出来。民俗中有许多内心深处的心灵的内容（如巫术等），属于人类生活的比较深层的部分，所以外国学者把民俗学看作是研究生活方式的学问，这当然是不错的。其实，民俗学应该是研究生活方式及其心理的学问，这当然也不十分准确，但是生活方式还只是眼睛看得见的，而心理的东西则是要在参与生活之后才能体味到的，这种东西不是土生土长的学者就不容易捕捉到。"① 的确，这些草根著述具有学者书写的民俗志不可比拟的特长：首先，地方文化精英有着深厚的乡土情结，他们是满怀对祖辈文化遗留的浓郁情感来表达当地民俗文化的；其次，这是由身处日常生活世界的民俗人书写出来的民俗志，由地道的内部知识和本土经验构成；最后，这是没有深陷学术规范窠臼中的民俗志，洋溢着自由、激情和奔放的书写精神。

　　笔者书架上摆放着 5 卷的《凤阳花鼓全书》②。主要作者之一夏玉润不是高校和研究机构的学者和专业研究人员，而是地方文化精英，是凤阳花鼓文化传统的积极传承者。夏玉润是凤阳人，对凤阳花鼓最为熟悉，而且反复经历和参与过这一表演活动。他在《凤阳花鼓全书·史论卷（下）》后记中说："他第一次接触凤阳花鼓，是在 1959 年，由凤阳县文化馆编印的《凤阳文艺》中所看到的'羽、商调交替'二段体《凤阳歌》，以及刚刚成立的凤阳县文工团演出的双条鼓。"③ 1964 年，他便"尝试用凤阳花鼓音乐素材进行音乐创作"④。不仅如此，从 1973 年开始，他"对凤阳县民间音乐

---

① 钟敬文：《民俗学：眼睛向下看的学问——在邀请田传江同志为北师大博士生讲课时的讲话》，叶涛根据 2001 年 6 月 7 日录音整理，当时笔者也在场。见"雅俗簃——叶涛的博客"，http：//www.chinesefolklore.org.cn/blog/? yetao。
② 凤阳花鼓全书编纂委员会：《凤阳花鼓全书》，黄山书社，2016。
③ 凤阳花鼓全书编纂委员会：《凤阳花鼓全书·史论卷（下）》，黄山书社，2016，第 1056 页。
④ 凤阳花鼓全书编纂委员会：《凤阳花鼓全书·史论卷（下）》，黄山书社，2016，第 1056 页。

进行了全面采集，历经数年，录制了一批民间艺人演唱的曲目"[1]。在中国，有诸多研究民间曲艺的专家，但他们都不能以凤阳花鼓作为研究对象，因为他们都不是书写凤阳花鼓传统的持有者，不具有张阔凤阳花鼓的内部视界。仅有学术能力而不能进入凤阳花鼓的知识领域，就难以展开对凤阳花鼓的深入研究。道理很简单，不能欣赏凤阳花鼓，如何理解凤阳花鼓，不能理解又如何进行研究？面对复杂的、具体的民俗生活世界，学者们往往束手无策，甚至班门弄斧。唯有地方文化精英才能把当地的民俗行为和过程说清楚、说透彻、说到位，他们才是真正的学者、教授。

针对这种草根民俗文本，需要展开专门研究。将这些散落在全国各地的民俗书写纳入学术视野，使之成为民俗志成果的有机组成部分，并与地方文化精英展开学术对话，激发他们投身民俗志书写的主观能动性。经过几十年的积累，草根民俗志已拥有一个庞大的数量，但其中绝大部分只在当地产生影响，未能得到应有的学术评估和回应。倘若从"主位"的立场给予草根民俗志学术价值的充分认定，讨论这类著述书写的独特范式和地域风格，开辟一条专业与"业余"的对话路径，就可以反观"学院民俗志"的缺陷和弱点，在一定程度上弥补学者民俗志之不足。对地域性草根民俗志的专项研究，可以成为民俗学学术发展的新的增长点，极大地丰富现代民俗学的成果库。同时，必然促使一大批地方文化精英脱颖而出，使之突破地域局限，走向学术前台，成为民俗学学术队伍中不可忽视的生力军，充实中国民俗书写和研究的整体力量。当然，也为他们之间的学术交流搭建平台，在多元民俗文化的语境中相互碰撞，激发起更为炽热的民俗志书写欲望和形成更为合理的书写态度。当然，地方文化精英毕竟不能独立成为民俗志的书写队伍，因为他们的书写成果缺乏问题意识和没有达到基本的规范要求，大多不能称其为民俗志著作。学者与地方文化精英的结合，是提升中国民俗志书写水平的有效途径。如此，需要改变田野作业的一贯范式，以往学者们进入田野，只是通过与地方文化精英交流、访谈，获取所需的民俗讯息和资料，田野被完全"他者"化。改变的方式就是主动吸

---

[1] 凤阳花鼓全书编纂委员会：《凤阳花鼓全书·史论卷（下）》，黄山书社，2016，第1056页。

纳当地人参与田野作业，让当地文化精英知晓学者的学术动机和论文选题、所运用的方法、学术目标等，使他们从田野作业的被动者转身为主动者。由于长期受精英主义学术的支配，诸如旨在满足田野作业者们攫取资料的访谈，使当地人处在一种无意识的学术失语状态。他们从不主动进入学术领地并运用属于自己的语言来塑造自身的独特的学术意识，即便有些地方文化精英为了自己的兴趣展开了当地的民俗书写，也极少敢于标榜这也是学术行为。既然田野作业以当地人为考察对象，田野作业工作者就有责任强化当地人的学术意识，鼓励他们使用自己的语言和表达方式来建构自己的学术身份，这才是更深刻的田野作业的学术伦理。这种全新的田野作业范式要求调查者前期的准备工作要更加充分，既要明确自己要做什么和怎么做，又要了解当地文化精英参与学术研究的各种可能性，从而制订相应的沟通、交流策略。可先建立一种平等对话和合作机制，给予地方文化精英足够的表达和书写权利，并在自己的论文中明确肯定他们的地位和不可替代的作用。如果一篇田野报告或论文的署名，不得不加上地方文化精英作为合作者的名字，说明对田野作业范式的改革已获得了巨大成功，双方的交流达到了相当密切的程度。这种田野作业的成果所发出的不再是学者单边的声音，而是学者与地方精英合作的协奏曲。

三 建立平等对话机制的可行性

对民俗的学术经营一般持两种态度，即本质主义和描述性。前者认为，民俗学不能只是停留在描述的层面，需要揭示现象背后的意义和深层结构。因为，任何民俗现象都有其自身内在的核心要素和规定性，是其能够延续下来并不断得以实施的依据。这就是本质，即民俗事象的根本特征。本质深藏于民俗现象的内部，不能被直接感知和捕捉。因此，相对于民俗现象本身的生动与丰富，它是稳定而深刻的。民俗学研究旨在透过民俗现象探求民俗本质，这是认识论在民俗研究中的反映。

不过，现象与本质也是统一的，民俗本质需要通过民俗现象表现出来，民俗本质不能脱离民俗现象而存在，即没有不表现为民俗现象的纯粹的民俗本质。相应地，任何民俗现象又体现了民俗本质的某一方面，不表现民俗本质的纯粹的民俗现象也是不存在的。两者相互依存，属于民俗不可分割的两个方面。两者的这种关系为民俗研究的描述性提供了依据。既然民俗本质由民俗现象来呈现，就意味着任何民俗现象都是本质的现象，民俗现象和民俗本质之间已然不只是对立和反映与被反映的关系，而是两者的一致性和统一性，即民俗现象就是民俗本质。

民俗现象只需要通过描述表现出来。维特根斯坦后期的语言哲学就强烈主张描述主义，提出了"不想，只看"[1]（no thinking, only looking）的书写原则。"哲学只把一切都摆在我们面前，既不做说明也不作推论。——因为一切都一览无余，没有什么需要说明的。因为，隐藏的东西，乃是我们不感兴趣的。"[2] 事实上，能够对一个概念加以解释或定义并不一定就理解了这一概念，一个从未玩过游戏的人可以给游戏下定义，但并不能领悟游戏的真谛。相反，那些不懂如何给游戏下定义的人，却能够享受游戏，是游戏的真正拥有者。民俗学者的任务不是思考游戏和定义游戏，而是参与和描述游戏。"我们应当怎样向别人说明是游戏呢？我相信，我们应当向他描述一些游戏并且可以补充说：'这些和与此类似的事情就叫作游戏'。"[3] 描述（description）可以成为民俗书写的革命性策略和路径的方法论依据。20世纪60年代兴起的后现代主义把描述主义推向了顶峰，这种描述主义理论为当地人参与民俗书写以及我们当下理解民俗生活世界提供了理论支撑。

"在传统民族志中，通过给一个声音以压倒性的权威功能，而把其他人当作可以引用或转写其言语的信息来源，'被访人'，复调性受到限制和整编。"[4] 通常的情况是，被访人更多担当资料提供者的角色。这些掠取的资料，如何在书面语言的维度中加以使用，完全取决于书写者的话语霸权。书面语言的霸权不仅仅体现在"说什么"方面，更关键的在于"怎么说"。尽

---

[1] 姚国宏：《话语、权利与实践：后现代视野中的底层思想研究》，上海三联书店，2014，第36页。
[2] 〔奥〕维特根斯坦：《哲学研究》，李步楼译，商务印书馆，2017，第76页。
[3] 〔奥〕维特根斯坦：《哲学研究》，李步楼译，商务印书馆，2017，第49页。
[4] 〔美〕詹姆斯·克利福德、乔治·E.马库斯编《写文化——民族志诗学与政治学》，高丙中等译，商务印书馆，2006，第44页。

管以往也倡导回归民俗的现场，以当地人的语言表达当地的民俗生活，但呈现的总给人隔靴搔痒之感。对民俗的理解，不能止于看和听，即便经历了民俗过程，也不可能像当地人那样拥有民俗。因为任何一种民俗事象都不是孤立的，除了相互之间密切关联之外，还融入当地历史文化之中，所掩藏的结构关系并不能完全诉诸表面。故而调查者调查之"深入"，大多是溢美之词。"让当地人说话"，在很大程度上可以做到民俗学学科理论方法与当地民俗内部知识的深度融合。由于当地文化精英参与了调研报告或论文的构拟和表达，学术话语既能进入细节和微观，又彰显地方色彩；同时，极大限度地避免可能出现的一些理所当然的理解和误读，阐述将更加准确、到位。以往的民俗书写几乎都是"概述"，而非描述，不论是仪式过程，还是民俗场景莫不如是。"概述"的目的是为了满足某种分析范式。"让当地人说话"亦即使学术话语回归民俗生活世界。借用庶民学派创始人拉纳吉特·古哈（Ranajit Guha）的表述，就是要欣然接纳当地人的"民俗的细语"①（the small voice offolklore），让当地人原本微弱的、杂乱的，距离所谓学术甚远的生活之言说击碎调查者事先编制好的论文框架；让另一种不符合论述逻辑的琐细叙事、溢出了学术视野的话语在民俗书写中得以繁衍。"概述"导致活生生的民俗变得僵硬、呆板起来，而当地人面对同一民俗事象的差异性表达，着眼于细节的完全从自我出发的叙事，才是最贴近民俗生活实践的。

  调查和书写主体的多元，必然导致学术成果呈现方式和阐述话语风格的转变。詹姆斯·克利福德隆重推出詹姆斯·沃克所著的《拉科塔信仰与仪式》，认为这部书"是注释、访谈、正文和沃克与众多奥格拉拉合作者所写所说的文章片段的一个拼贴。这一卷列举了超过 30 个的'权威'，尽可能标出了每一份文稿的陈述者、作者或抄录者的名字。这些人不是民族志的'被访人'。《拉科塔信仰与仪式》是一部合作的文献作品，它在编辑中让传统的多种解释具有同等的修辞分量。沃克自己的描述和注释也只是片

---

① 〔印度〕拉纳吉特·古哈：《历史的细语》，刘健芝等编选《庶民研究》，中央编译出版社，2005。

段中的一些片段"①。沃克主动放弃了书写的主体地位，这是同以往完全不同的民族志生产过程，开放式生产必然带来多层次和多角度的文本呈现。

倘若这样一种立足于"人"的、强调"对话""合作"的田野作业范式得以付诸实施，所产生的学术效应就不只是一篇论文或著述，而且开辟了当地人参与学术过程的广阔的田野路径。地方文化精英经历了整个田野作业和书写的各个环节，接受了相对规范的完整的田野训练，具备了一定的田野作业能力，由地方文化精英转而成为民俗学研究的地方力量。在一定程度上，这一成绩较之学术成果更加重要，更具有可持续发展的学术意义。

结 语

民俗学者一向标榜在田野作业中要"理解他人的理解"，尊重当地人对自己民俗的解释。正如美国人类学家萨林斯所言："如果不尊重那些不是而且永远也不会是我们自身之物的各种观念、行为以及本体论，没有人能够写出好的历史，甚至当代史。"② 就田野作业而言，尊重的根本保障及可能产生的理想效应就是"让当地人说话"，以任何形式和理由为当地人代言都是不可取的，给当地人腾出充足的学术空间吧。

---

① 〔美〕詹姆斯·克利福德、乔治·E.马库斯编《写文化——民族志诗学与政治学》，高丙中等译，商务印书馆，2006，第44页。
② 〔美〕马歇尔·萨林斯：《"土著"如何思考——以库克船长为例》，张宏明译，上海人民出版社，2003，第17页。

社会的民俗、历史民俗学与社会史

——社会组织民俗研究课题与方法浅议[*]

彭伟文[**]

摘 要：以社会，即某个人类集团本身作为学术观照对象的研究在中国民俗学尚未得到充分重视。在日本民俗学中，民俗学独有的社会研究是以传承母体论的方式展开的，并由此实现了从柳田方法论向区域民俗学的转向。日本民俗学从创立伊始就确立了历史取向，传承母体论也是在此取向下设置的研究框架，继承和完成了历史民俗学的方法论建构。中国民俗学创立之时，顾颉刚的方法也具有相似的学术取向，但未得到有效继承。柳田以来的历史民俗学，无论在视角上还是方法上，与社会史都有相当高度的一致性。可以说，历史民俗学就是作为新的历史学的社会史。

关键词：社会的民俗；历史民俗学；社会史

作为史学研究范畴，社会史可以说是一个既不新又不旧的研究取向。尽管这一研究取向与民俗学似乎并无确切交集，但是一方面由于跨界学者所取得的研究成果；另一方面它以历史人类学的面目在社会史华南学派中

---

[*] 本文选自《民间文化论坛》2018年第3期。［基金项目］2017年国家社科基金后期资助项目"关于广东醒狮传承的社会史考察（17FSH009）"的阶段性成果。

[**] 彭伟文，女，广东省广州市人，历史民俗资料学博士，浙江师范大学体育与健康科学学院副教授。主要从事社会组织民俗研究及日本民俗学理论和成果译介。主要成果有国家社科基金后期资助项目"关于广东醒狮传承的社会史考察"系列成果、译著《木棉以前》等。

所占有的重要地位，对本身就或多或少，或明或暗带有"方法论自卑"①的民俗学者产生着无法否定的影响。本文将以厘清社会史与民俗学的关系为手段，从研究对象、方法、学术史等诸方面进行梳理，以图揭示历史民俗学作为社会组织民俗研究方法的可能性。

一 所谓"社会"的民俗

社会的民俗，也就是某个人类集团的民俗，除早期顾颉刚以天才般的学术敏感对妙峰山香会表现出的兴趣外，向来不是中国民俗学的研究对象，甚至不需要加上"主要"或"重要"这样的定语。确实，大多数供刚刚进入民俗学世界的学生"扫盲"用的概论书上，在论及民俗的特征时，都首先会强调民俗的集体性，部分教科书甚至为社会组织民俗特设章节进行介绍。但是，就具体的研究实践而言，民俗学界似乎习惯了将社会（通常在叙述中会使用"集体"这一术语）作为一切民俗事象的背景，一个自明的存在，同时也是一个面目模糊的存在，而将"社会"作为一个对象去把握，搞清楚它的构造形式、构造原理、行动逻辑的研究极为罕见。绝大多数关于社会的研究来自民俗学外部。很多时候，当我们要向新入门的年轻学生讲解村落时，费孝通是出现频率最高的一个名字。而一旦宗族成为我们要描述的对象，弗里德曼的研究总是为我们提供坚强后盾，偶尔我们还会提到日本学者濑川昌久，又或是陈其南等其他在中国宗族研究中有过贡献的学者。这些学者来自社会学、人类学，即便是在民俗学作为毫无争议的显学，稳居社会科学体系一席之地的中国和日本，前面列举的这些学者恐怕也没有谁会将自己的研究领域定位为民俗学。当然，我们可以说如今学科边界正在溶解，无须固执于学科名分。但是，一名研究者的自我定位，体现其对自己在这个学科的学术积累和体系建构中所起作用的自觉意识和意愿，无论从外部还是从内部看，都决定其研究成果是否能够成为该学科的

---

① 『歴史と日本民俗学―課題と方法―』、第1页。虽然本书以日本的民俗学方法论作为讨论对象，但笔者认为，这种"方法论自卑"显然在中国民俗学界也存在。本文所引用外文文献，在有公开发表或出版的中文译本或译文的情况下，直接引用中译版。在无中译版的情况下，在正文中进行中译（如无注明均由笔者翻译），在注释中直接以原文标注文献出处。

有机构成部分。

在这种背景下,来自民俗学界的刘铁梁对村落的关注表现了将村落作为一个社会加以把握的意愿和努力,而刘晓春对一个客家村落的研究实践[1]和近期的一些研究[2],则可以称得上是比较成熟的关于社会的民俗研究。尤其是刘晓春在《仪式与象征的秩序——一个客家村落的历史、权力与记忆》中,就村落的性质所做的以下总括性描述,在中国民俗学的社会的民俗研究上具有非常重要的意义:

……我们发现,制度的选择、创造与村民的理想生活形态和现实生活实际是分不开的。

因此,村落不仅是血缘群体的聚落,也是有具体制度所制约的生存空间,在这样的时空坐落中,村民实现了对自身的认同,也使一个个具体的村落得以为外界所区别和认识。在某种意义上,村落又是自足的生活空间,村民在各自的生存空间创造自己的历史,文化也因此在统一中表现出多样性。[3]

可以说,这段描述奠定了整个研究的基调,其后的论述展开几乎无不以此为出发点。可惜的是,这一在中国民俗学中堪称凤毛麟角的,将社会作为对象加以把握的民俗学研究实践,似乎并非建立于研究者本人的自觉意识之上,学界同行似乎也并未意识到其社会的民俗研究的学术取向价值。

在今天已经将"社会"作为民俗学研究范畴之一列入民俗事象分类中的日本民俗学,部分情况也曾与中国民俗学十分相似。[4]柳田国男在《乡土

---

[1] 刘晓春:《仪式与象征的秩序——一个客家村落的历史、权力与记忆》,商务印书馆,2003。

[2] 例如刘晓春《"约纵连横"与"庆叙亲谊"——明清以来番禺地区迎神赛会的结构与功能》,《民俗研究》2016年第4期,第89~101页。

[3] 刘晓春:《仪式与象征的秩序——一个客家村落的历史、权力与记忆》,商务印书馆,2003,第24页。

[4] 以下关于"社会的民俗"的研究综论,如无特殊申明,主要参照福田亚细男等《講座日本の民俗学3:社会の民俗》中的《総説 社会の民俗》,雄山阁出版株式会社,1997,第3~14页,与原始资料互相参照分析而成。

生活研究法》（1935）中提出的民俗资料三分类，如今已经是民俗学的常识，但是在这里社会的民俗并没有被提及。其中，柳田在有形文化的大项下所列的19个小项中，设定了劳动、村落、联合、家、亲族等，但是并没有将其统一为社会的民俗，作为一个研究范畴加以对象化。这种情况直到《日本民俗学大系》第三卷（1958）、第四卷（1958）分别出版才有所改变。在这两卷都以《社会与民俗》为标题，首次明确将"社会"作为一个术语在民俗学中使用，以统一把握一定的民俗事象。其后，在和歌森太郎主导的大规模民俗调查等重要民俗学研究实践中，社会都作为一个毫无争议的构成部分列入其中，在各地方自治体所编纂的自治体史的民俗篇中，将"社会"列入其中也成为理所当然的现象。

可以说，至此"社会的民俗"完成了被对象化的过程，已经成为民俗学者自觉意识到的研究对象。但是，将这些被认为应该归类于"社会"的民俗事象与其他民俗事象另列开来进行统一把握，其目的是什么？如果仅仅是给予一个统一的命名，也不过是提出了一个可能的研究对象，没有相应的研究视角和框架，则无法展开民俗学对社会的独立研究。在柳田国男几乎涉及日本民俗方方面面的研究中，一直将家和村落作为劳动组织去进行统一把握。他认为家是由一位家长（亲）和他所统领的劳动力（子）所构成的经营组织，并且在《乡土生活研究法》中指出村落是劳动组织中最为古老的形式，无论是村落还是家都不过是劳动组织的别称而已。柳田对村落和家的这一定位，为对村落社会进行历史的把握提供了一个可行框架。但是，到了民俗学完成学院化成为显学的时代，无论是家还是村落都很难再作为劳动组织去把握，可以说这一创造性的见解对后来关于社会的民俗研究并未形成直接的影响。

在这样的情况下，来自家族社会学的家族联合论就成了民俗学把握社会的主要框架，村落社会学者铃木荣太郎的自然村论也被当时的民俗学界无批判地接受和使用。此外，由于共同体论兴盛而被导入民俗学的共同体概念，对村落内部的各个细分组织进行描述的村组、近邻组等来自社会学的概念，年龄阶梯制等来自人类学的术语等，这些从其他学科借用或流入的框架和概念在民俗学界普遍化，却未必连同其内涵同时被引入，对关于社会的民俗研究造成了深远的影响。

在这种背景下,民俗学独有的社会研究是以传承母体论的方式展开的。也就是说,民俗学认为各种民俗事象,并不是仅仅以事象本身跨越世代地传承,而是必然存在使其得以传承的社会组织,并将这一社会组织称作"传承母体"。因此,民俗学对家族、亲族、村落的研究,不仅将其作为事象本身,同时还将其作为民俗事象的传承母体去加以两重性把握,呈现与其他学科截然不同的特点。最初提出这一点的是最上孝敬(1958),其后樱田胜德设定了民俗继承体这一术语去讨论村落的意义(1958),最后确定了传承母体的说法。这一研究框架的提出,使20世纪60年代以后,关于社会的民俗学调查研究兴盛起来,大大推进了相关领域研究的进展。

在此之前占据统治地位的柳田方法论,将日本全土视作一个仅存在各地文化发展时间差的均质化整体,而传承母体论则使日本民俗学实现了区域民俗的转向。福田亚细男在此基础上展开的村落研究卓有成效,被视作其最大的民俗学功绩之一。① 但是,福田并没有将自己的传承母体论局限于小区域的研究,而是对全日本各地大量村落分别作为传承母体进行把握,在此基础上类型化,建构了日本村落类型论,并由此发展成著名的东西论。不仅揭示了日本东西村落的结构原理、行动逻辑的类型化实态,而且由此将日本的东西文化类型化,实现了基于区域主义民俗学的跨区域研究。②

传承母体论有明显的结构功能分析色彩,这也是村落类型论得以实现的基础,但它是在日本民俗学的历史取向下设定的历史民俗学研究框架。关于这一点,将在后面再作讨论。

必须指出的是,日本民俗学基本上是以村落作为前提展开的。在这种前提下,关于社会的民俗学研究对象集中在村落和家族、亲族方面。在高度成长期带来的整体社会巨变中,村落也未能幸免。为了应对这一巨变,原本呈农村研究一边倒态势的日本民俗学为了发现新的研究领域,在宫田登的提倡和主导下,都市民俗学自20世纪70年代起曾一度兴盛,出现了一

---

① 福田アジオ:『日本村落の民俗的構造』,弘文堂,1982;《可能性としてのムラ社会—労働と情報の民俗学》,青弓社,1990;《近世村落と現代民俗》,吉川弘文館,2002;等。
② 福田アジオ:《番と衆:日本社会の東と西》,吉川弘文館,1997。

系列成果。都市民俗学最初是以柳田国男的都鄙连续论为基本立场,以农村民俗研究的延长线展开的,指出尽管形式相异,但是都市也有与农村性质相同的民俗。其后,都市民俗学开始主张在都市里也有超世代存续的传承母体,都市独有的民俗即以此为基础产生。从这一意义上,可以将这一阶段视为原本以农村为对象的民俗学向都市的扩张。20世纪90年代以后,意欲在现代都市发现其独有的民俗学研究对象的都市民俗学,终于难以跟上城乡双方的急速发展,被现代民俗学所吸收。①

但是,日本民俗学关于社会的民俗研究的"传承母体"这一概念,以及作为方法论的"传承母体论"在研究对象的适用范围上是存在局限的。至少,在研究村落、家族这些在人类历史上自动发生的人类集团时,基本上是无须关注其发生契机的。在针对一个由于某种历史的、社会的机制而产生的人类集团,如行会,尤其是分布在粤语方言区工商业都市的劳动者行业组织西家行这样具有明确产生时代背景的人类集团时,便可能存在理论上无法覆盖其发生机制的问题。但是,将它作为一种可能的框架,去把握这一人类集团的发生契机、构造原理、行动逻辑、变迁历程,以及其后随着社会变化可能面对的功能性消亡等,其有效性是可以期待的。

二 历史与历史民俗学

如前文所述,传承母体论是在日本民俗学的历史取向下设置的研究框架。日本民俗学从创立伊始,就已经有明确的历史取向。柳田国男最初的目的,正如他自己所说的那样,"我们这帮人如今热衷的学问,就目的而言,与许多历史学家并无二致,只是方法略新而已。"② 20年后,他又再次强调"历史是我们的目的而不是方法"。③ 这种历史取向,在后来的很长时期里都为日本民俗学有意识地继承,并形成日本独具特色的历史民俗学方法。

---

① 『現代日本の民俗学』,第172~182页。
② 柳田国男:《青年与学问》,1928,转引自福田亚细男著《日本民俗学方法序说——柳田国男与民俗学》,王京等译,学苑出版社,2010,第36页。
③ 柳田国男:《民间传承论》,12-8、9,1948,转引自福田亚细男著《日本民俗学方法序说——柳田国男与民俗学》,王京等译,学苑出版社,2010,第15页。

然而，在同一个时期，这种历史取向的民俗研究并不是孤立的。作为通过现存的民众生活获得历史的方法，柳田建构了将各地搜集而来的民俗事象进行比较研究，通过空间分布获得时间变化的"重出立证法"，以及效仿屠能圈所建构的"周圈论"①。很多学术史研究者认为，柳田的重出立证法深受英国学者高莫《作为历史科学的民俗学》的影响，然而福田亚细男在一次对话中指出，尽管柳田确实反复研读过高莫的著作，但是恐怕无法确定柳田学习或模仿了高莫的理论才建构了自己的重出立证法，从两人的学术活动过程来看，更大的可能是在同一时代，民俗学作为"认识历史的学问"在世界范围成立的必然结果。②

几乎是在同一个时期，中国民俗学在学科初倡之时，也表现出明显的历史取向。作为当时中国民俗学的"核心与灵魂"③的顾颉刚，1928年在《民俗》周刊的发刊词中，以口号的形式提出"打破以圣贤为中心的历史，建设全民众的历史！"④对这段学术史进行过细致梳理的施爱东认为，这种激进的口号式的表述，出自顾颉刚这样一个痴迷于纯粹学术的纯粹学者，不排除其借助思想启蒙的时尚话语吸引青年一代，挂"新思想"的招牌，做"新学术"的买卖的可能。⑤确实，顾颉刚对学术强调"求真"而鄙薄"致用"的态度，和明确表示学术以济世助人为目的，"不以学问成为实用的奴仆为耻"⑥的柳田国男看起来似乎是背道而驰。但是，可以想象，如果当时柳田看到这一期《民俗》，恐怕会难以按捺惺惺相惜之感，以他一贯的读书风格，甚至会在这一段话旁边写上批注。

---

① 关于这两种方法，在《日本民俗学方法序说——柳田国男与民俗学》第二篇中有详细论述，笔者译。
② 福田亚细男、菅丰、塚原伸治著《为民俗学的衰颓而悲哀的福田亚细男》，彭伟文译，《民间文化论坛》2017年第4期，第34页。
③ 施爱东：《倡立一门新学科：中国现代民俗学的鼓吹、经营与中落》第五章标题，中国社会科学出版社，2011。
④ 顾颉刚：《"民俗"发刊词》，转引自施爱东：《倡立一门新学科：中国现代民俗学的鼓吹、经营与中落》第五章标题，中国社会科学出版社，2011，第183页。
⑤ 施爱东：《倡立一门新学科：中国现代民俗学的鼓吹、经营与中落》第五章标题，中国社会科学出版社，2011，第183~184页。
⑥ 柳田国男：《乡土生活研究法》，福田亚细男著《日本民俗学方法序说——柳田国男与民俗学》，王京等译，学苑出版社，2010，第35页。

先抛开态度差异不谈，不妨将柳田国男和顾颉刚二人把握历史的特色与方法并列起来作一个对比（见表1）：

表1 柳田国男与顾颉刚把握历史的特色与方法对比

柳田国男的研究特色[1]	顾颉刚的历史演进法[2]
（1）社会现象都是变化的，没有什么可以保持不变，而现在的现象正是变化的结果 （2）社会现象的变化一定有其原因 （3）各个现象的变迁过程是单系展开的 （4）社会现象的变化、变迁，无法以具体的实际年代来划分	（1）把每一件史事的传说，依先后出现的次序，排列起来 （2）研究这件史事在每一个时代有什么样子的传说 （3）研究这件史事的渐渐演进 （4）遇可能时，解释每一次演变的原因

注：1.《日本民俗学方法序说》，第36~38页，有简化。
2. 胡适：《古史讨论的读后感》，转引自《倡立一门新学科》，第191页，有简化。

尽管两者研究对象不同，语句多有差异，但是结合顾颉刚在谈到妙峰山香会调查时所说的"我很愿意把各地方的社会①的仪式和目的弄明白了，把春秋以来的祭祀的历史也弄清楚了，使得二者可以衔接起来"②等表述看，从外部向正统史学发起挑战的柳田，和从内部建构新的史学研究方法的顾颉刚，在运用民俗资料为历史研究的目的这一点上，以及具体研究实践中所表现的特色，应该可以说是殊途同归的。可惜的是，尽管在20世纪20~30年代，顾颉刚的层累造成的古史学说和历史演进法在中国学术界获得了大批追随者，但是随着其后中国民俗学"学科范式的人类学转型"③，恐怕也与顾颉刚本人并没有自觉地将自己定义为民俗学者有关，他的方法基本上没有得到中国民俗学的有效继承，④ 也未能在学院派民俗学的研究和教育中实现学术再生产。加上民俗学作为历史认识的科学这一研究取向在欧美的式微，日本民俗学的历史取向和由此发展起来的历史民俗学方法，

① 此"社会"为"祭祀社神之集会"顾颉刚：《古史辨自序》，河北教育出版社，2000，第88页，与本文中其他地方使用的"社会"一语意义不同。
② 顾颉刚：《古史辨自序》，河北教育出版社，2000，第89页。
③ 施爱东：《倡立一门新学科：中国现代民俗学的鼓吹、经营与中落》，第十章标题，中国社会科出版社，2011。
④ 中国民俗学也有称作"历史民俗学"的研究方向，但是从这一方向的具体研究实践看来，更多的是对某个历史时期的民俗的研究，或历史上的民俗文献整理，无论目的还是方法，与顾颉刚都有很大差异，与日本的历史民俗学也基本上并无相通之处。

在世界范围内成为一个特殊的存在。

历史民俗学的最后完成,应该以福田亚细男的个别分析法和传承母体论为标志。如前文所述,传承母体作为社会的民俗的研究框架,其形成是有一个学术史过程的。在1984年出版的《日本民俗学方法序说》中,福田对柳田国男的民俗学方法,及其方法对后来的日本民俗学的统治性影响作了细致梳理和批判,在该书接近结尾的部分,正式提出了传承母体的说法。福田认为,某一民俗事象的传承母体,虽然具体成员是不断变化的,但是其构成方式或秩序则必须是持续性的,长期对其成员加以一定制约,并使其成员传承这一民俗事象。因此,在把握一个民俗事象的同时,对其传承母体的构成方式也必须同时把握。传承母体这种具有一定制约力,保持着超世代文化事象的集团,其本身也应该是超世代存在的,原则上有着成员生来就归属其中的性质,并不因具体成员的死亡或者离开而消失,而是在持续纳入新成员的过程中存续下去。[1] 而这一传承母体所传承的民俗事象不仅仅是在各个固有的特定条件上完全独立形成的,而是互相关联的一系列事物,成为某个民俗形成条件的事项本身也是民俗。[2] 最后,福田总结以上诸条件,将传承母体描述为"占据着一定领域的土地,在这个基础上使超世代的生活持续下来的集团"[3]。

三 民俗学与社会史

柳田国男的民俗学,按照他本人的自我定位,实际上就是历史学,是以一种向正统史学发起挑战的姿态出现的历史学。由于柳田本人的强大决心和行动力,民俗学虽然几乎到他离世都未能进入正统学术体系,但是无疑已经成为对社会有巨大影响的一门显学。尽管如此,正统史学对民俗学的冷遇甚至批判是一直存在的。战后不久,来自正统史学阵营的家永三郎

---

[1] 〔日〕福田亚细男:《日本民俗学方法序说——柳田国男与民俗学》,王京等译,学苑出版社,2010,第236~237页。

[2] 〔日〕福田亚细男:《日本民俗学方法序说——柳田国男与民俗学》,王京等译,学苑出版社,2010,第240~241页。

[3] 〔日〕福田亚细男:《日本民俗学方法序说——柳田国男与民俗学》,王京等译,学苑出版社,2010,第241页。

等研究者就对民俗学明确表示了不信任,从资料的可信性到通过现存民俗事象发现历史的可行性、民俗学研究方法的普适性等方面提出了质疑,尤其是对民俗学肯定旧事物,赞美传统的态度提出了批判。其中,最重要的批判来自于马克思主义历史学家,也是对柳田民俗学的主要特点的批判。如前所述,柳田认为社会现象的变化和变迁,是无法以年代划分的。民俗学通过将民众生活中那些周而复始的现象搜集起来进行比较,获得它的变迁轨迹,它很少会由于某个历史事件,某个政权的更迭而发生突然的变化。因此,在马克思主义史学看来,民俗学企图建构一种以没有矛盾的和谐的姿态出现的历史,而将历史上的社会矛盾、对立、抗争都排除在学术视野之外。黑田俊雄在1963年的一篇书评中,甚至直指民俗学的常民概念可能会成为掩盖阶级矛盾的危险思想据点。对来自历史学的批判,当时的民俗学者总体而言并未展开有效的对话,但是,宫田登等人做出的反驳中,民俗学还是表明了自己的立场。宫田登在1966年以农民起义为例,指出假如要从民俗学的视角"将农民起义作为问题,那么关心的将不会是其昂扬的过程,而是其挫折的过程"①,说明了民俗学的关注点在于起义参加者的意识,而不是事件本身的学科特点。这种论争,很大程度上无疑是学科分工不同造成的,但是同时在这里也可以看到后来的社会史,尤其是年鉴学派社会史的研究立场。② 然而,年鉴学派社会史在日本的流行是从20世纪70年代开始的。

当然,社会史作为一个研究领域早就形成,对日本社会史而言影响最大的年法国鉴学派社会史中心人物之一布洛赫,也很早就通过论文的翻译被介绍到日本。其中,他的《法国农村史基本性质》在1959年翻译成日文,当中以倒放电影作为比喻,说明现存的事实可以成为了解过去的资料的观点广受瞩目。但是,当时这种"新的历史研究法"尚未被理解为年鉴学派。1976年,以马克·鲁格夫访日发表题为《历史学与民族学的现在——历史学将向何处去》的演讲为契机,日本出现了年鉴学派社会史的

---

① 宫田登:「対日本民俗学批判についての一私見」,『民俗』1966、65。转引自《現代日本の民俗学》,第214页。
② 福田アジオ:《現代日本の民俗学:ポスト柳田の五年》,吉川弘文館,2014,第213~214页。

流行。鲁格夫在这次演讲中，就"新的历史学"，亦即社会史作了三点总结。第一，对历史进行长波动期把握，也就是重视在很长的历史时期中逐渐变化的历史的诸种面貌；第二，重视日常的物质文化，主张将那些仅仅被当作闲言碎语的事象给予正当的历史定位；第三，以"深层的历史学"为目的，强调心性的历史（感觉、感情、欲望、价值观、世界观等），与历史事件的实态和影响相比，更应该把握与事件相关的人的意识、感情、热情。这次演讲以后，日本出现了被称作"鲁格夫休克"的年鉴学派社会史流行，除就以法国为中心的欧美社会史理论进行介绍和讨论外，还形成了日本自己的社会史研究成果。社会史是从欧美引入的新的史学研究方法，总体而言，讨论中研究者的眼光也基本上是望向欧美的。在这种背景下，1979 年中井信彦在《作为史学的社会史》中指出，以从事件史解放出来为目的的不仅是法国社会史，在日本已经由柳田国男提出过这种主张。同时还指出，在法国社会史与民俗学之间的距离也很近，两者具有很多共同点[①]。

然而，柳田民俗学与社会史之间的共通之处绝对不仅仅在于历史研究的去事件化这一点。作为柳田国男论的公认权威，福田亚细男在柳田 1939 年结集出版的名著《木棉以前》[②]中，发现了柳田将衣着、食物这些日常事物作为学术观照对象时，对历史当事者的意识，也就是心性的重视，并特别指出了其中的卷首文章《木棉以前》是柳田在 1924 年的作品。[③]进而，福田在对历史民俗学的方法进行再检讨的著作中表示，柳田国男的民俗学完全包含了上述三点。因此，要研究过去的某个时期的社会史，必须将民俗作为重要资料，同时为了把握当时的民俗，则必须依据其时偶然留下的

---

① 福田アジオ：《现代日本の民俗学：ポスト柳田の五年》，吉川弘文馆，2014，第 214~217 页；福田アジオ：『歴史と日本民俗学—課題と方法—』，吉川弘文馆，2016，第 172~173 页。

② 原题《木绵以前の事》，此前在各种中文或中译文献中被提及时，大多按照原文直译为《木绵以前的事》或《木棉以前的事》等。现本书的中译本已经完成翻译，将由北京师范大学出版社出版，中文版书名正式确定为《木棉以前》。为方便今后的文献查阅与印证，在本文中一律统一为《木棉以前》。

③ 〔日〕福田亚细男：《日本民俗学方法序说——柳田国男与民俗学》，王京等译，学苑出版社，2010，第 109~113 页。

记录民俗的文字资料。① 从这一点看来，历史民俗学就是作为新的历史学的社会史。②

对福田亚细男的这个论断，笔者是完全赞同的。但是，仍然必须强调的是，尽管最初正统史学界对社会史并不接受，尤其是从马克思主义的社会构成史和国家史的立场看来，这种以日常琐事为对象的研究算不上历史，但社会史的流行仍然是在历史学内部发生的。并且，持反对意见的正统史学研究者很快就转变了态度，对年鉴学派和德国社会史进行了介绍。其后，随着有法国人类学背景的川田顺造等人的加入，与历史学家阿部谨也、哲学家良知力等共同创刊《社会史研究》，人类学和社会史也实现了联结。但在另一方面，尽管社会史主动对民俗学表示了亲近感，民俗学界却并未马上给予明确的回应。1987 年，日本民俗学会年会的研讨会以"民俗学与'社会史'"为题进行了讨论。其后，作为在社会史这一新历史研究动向影响下，将对日本列岛历史的关注点放在民俗文化上的具象化成果，《日本民俗文化大系》共 14 卷以及别卷 1 卷陆续出版（1983～1987），1984 年《列岛文化史》创刊，促进了民俗学的社会性传播，使 20 世纪 80 年代成为民俗学在日本最具存在感的时代。③

就在这个时期，中国也兴起了被称作"社会史复兴"的史学新动向。和日本一样，中国的社会史研究也是在历史学内部发生的。大多社会史研究综述，都会把这个"复兴"的时期定在 20 世纪 80 年代中后期。④ 确实，在 1980 年之前，尽管"社会史"一语不时见于各种研究论著，但社会史无论是被视作一个新学科，还是历史学的一个分支，又或是一种新范式，似乎都尚未进入中国学术界的视野。实际上，在 1980 年初就有过一篇介绍德国社会史的论文发表在中文学术期刊上。该文原是德国历史学家于尔根·

---

① 广义文字资料，包括绘画、影像、金石等，也可以作为文献的资料，福田アジオ：『歴史と日本民俗学―課題と方法―』，吉川弘文館，2016，第 170 页。
② 福田アジオ：『歴史と日本民俗学―課題と方法―』，吉川弘文館，2016，第 173 页。
③ 福田アジオ：『歴史と日本民俗学―課題と方法―』，吉川弘文館，2016，第 216～219 页。
④ 例如赵世瑜、邓庆平《二十世纪中国社会史研究的回顾与思考》，《历史研究》2001 年第 6 期，第 157 页；代洪亮：《中国社会史研究的分化与整合：以学派为中心》，《清华大学学报》（哲学社会科学版）2015 年第 3 期，第 153 页；等。

科卡在京都大学所作演讲《社会史的概念和方法论》的原稿，于 1979 年 9 月整理翻译成日文后发表在日本的《思想》杂志上，次年 3 月就由高作宾摘译发表在《国外社会科学》，仅时隔半年。① 在跨国交流甚不方便的当时，可谓非常迅速。在该文中，社会史被称作一门"新学科"。但是，这一篇译介当时似乎未给中国史学界带来影响，其后也未发现它被有机纳入中国社会史研究的痕迹。② 中国社会史研究对国外的社会史理论虽然多有借鉴，但是总体而言是以对梁启超"新史学"的复兴为出发点存在的，而且与法、德、日社会史不同程度地遭到马克思主义史学的反对不同，中国社会史从复兴伊始，就明确提出"马克思主义对社会史研究在理论上具有指导作用"③。如前所述，中国社会史的出发点总体而言是梁启超的新史学，即反对以政治史为中心的旧史学，提倡研究全体民众的历史的新史学。从 1986 年首届中国社会史研讨会的讨论来看，社会史被认为是历史学的一个分支，其主要任务和贡献在于拓宽历史学的研究领域，将不属于传统史学研究范畴的民众生活纳入到历史学的研究对象中来，但是具体采用什么样的方法，则并未看到有效的议论。④ 在这次研讨会的发言中，冯尔康提出了社会史与民俗学的关系问题。冯认为，民俗学与社会史有很多相同的研究内容，都注重社会下层的历史，初期的民俗学就是历史学的一个分支，是社会史的一部分。方法上民俗学与社会学一样，进行实际调查，回溯历史，但是民俗学的发展加大了它与历史学的距离。另一发言者陆震则认为民俗是社会史学科对象的内容之一，是社会史的一个分支。⑤

且不论这样定位是否合理，但这无疑是民俗学在社会史研究学界最被正

---

① 〔联邦德国〕J・科卡、高作宾：《社会史的概念和方法论》，《国外社会科学》1980 年第 2 期，第 63~65 页。
② 该文中出现的部分术语如"社会结构史"等，在后来的中国社会史研究中也有使用，但是因缺少证据支持是对该文术语的沿用，为谨慎起见，姑下此结论。若今后扒梳资料有新发现，再作修正。
③ 宋德金：《开拓研究领域 促进史学繁荣——中国社会史研讨会综述》，《历史研究》1987 年第 1 期，第 125 页。
④ 宋德金：《开拓研究领域 促进史学繁荣——中国社会史研讨会综述》，《历史研究》1987 年第 1 期，第 120~128 页。
⑤ 宋德金：《开拓研究领域 促进史学繁荣——中国社会史研讨会综述》，《历史研究》1987 年第 1 期，第 126 页。

视的一次讨论。后来，尽管有赵世瑜这样跨历史学、民俗学两界的学者在社会史研究中发挥重要作用，整个社会史学界却再也没有向民俗学伸出过橄榄枝。随着社会史研究的推进，民俗学也渐渐被排除在外，从社会史学界自己进行的30年综述看来，虽然赵世瑜还带着"自己的民俗学学统"坚持，"但历史人类学特色也日益明显"①。对赵世瑜的研究评论是否得当暂且不论，这种来自社会史学界的声音显示，民俗学显然再也不被社会史学界视作"自己人"了。反而由于海外和香港人类学的积极参与，形成了历史人类学的传统，成为社会史华南学派一个重要且特色鲜明的有机组成部分。如果说历史人类学的方法特点包括注重田野调查，将被传统史学排除在外的民间文献纳入史料范畴的话，让我们将眼光放在20世纪初，再回头去看看中国的顾颉刚和日本的柳田国男，这两位分别为中日民俗学开疆拓土的先达。田野调查本来就是民俗学的基本方法，无须讨论，只讨论民间文献资料使用的问题。顾颉刚在妙峰山香会调查中，"只就刊有会启进香时的招贴的钞，已钞到了九十余个"②。非由计划性调查而来，偶然留下的民俗记录，日本民俗学称之为偶然记录。柳田在《木棉以前》中，除笔记、檀越寺死者名录等偶然记录外，还大量使用江户年间松尾芭蕉等人的俳谐作品中零星散布的民众生活情景作为资料。在柳田以后的日本民俗学，几乎所有市町村民俗志的调查都有地方文献整理登记的作业，而在受地方委托整理民众生活用具时，铭文墨书等也是必须专门整理的固定项目。1979年夏天，福田亚细男偶遇路边草丛中的一尊岩船地藏像，看到其臂部的铭文后，历经30余年，在繁忙的研究、教学和学科建设活动之余，于足迹所到的每一处搜集点点滴滴和岩船地藏有关的铭文、符箓、家族史、笔记、备忘录等资料，编织出江户时代中期关东甲信及静冈一带地藏像在各村传递，所经之处零星建起岩船地藏的流行佛社会史，又从如今各地围绕着这些地藏的传说已经和当年的流行佛完全无关，而是由于各地生产生活的集体记忆附着在上面有了新的功能和身世，勾勒出各地民众生

---

① 代洪亮：《中国社会史研究的分化与整合：以学派为中心》，《清华大学学报》（哲学社会科学版）2015年第3期，第160页。
② 顾颉刚：《古史辨自序》，河北教育出版社，2000，第89页。

活的社会史。① 可以说，从任何一点看，现在的中国社会史研究，都和历史民俗学没有根本性区别。

当然，笔者作为一个来自民俗学内部的人，做出以上论断难免有民俗学本位之嫌。然而，只要以上论据是真实的，恐怕也没有谁能够有效地反驳这个观点，也就是前面引用过的福田亚细男的观点：就方法而言，历史民俗学就是作为新的历史学的社会史。或者我们换一个角度说，作为研究立场而言，民俗史本身就是社会史。

---

① 福田アジオ：『歴史探索の手法——岩船地蔵を追って』、筑摩書房、2006。

学术史

中国民俗学自1918年兴起之初，曾在理念、视角和方法等方面受到西方学术传统的影响，有着明显的跨文化比较的特点；但与此同时，它的兴起，又和民族自觉意识及爱国主义思潮的高涨有着密切关联。因此，其发展过程中又自始至终体现着强烈的本土化追求——这一点，无论是在五四时期学科开拓者力图通过歌谣搜集和研究重建民族精神的雄心，在延安新文艺运动中对农民文艺的肯定、调查、采集和再创作，还是在20世纪末以钟敬文教授为代表的一批民俗学者着意建立中国民俗学派的努力当中，都有鲜明的表现。可以说，本土化的追求与国际化的视野并重，构成了中国民俗学突出的学科特征，而这一特征，是我们思考中国民俗学的学科发展史之际必须时刻注意的重要前提。

孙末楠的 Folkways[①] 与燕京大学民俗学研究[*]

岳永逸[**]

摘 要：在中国社会学创建时期，美国著名的民俗学家、社会学家孙末楠和他关于民俗的学说一同被介绍了进来。因为派克在始终重视民俗研究的燕京大学社会学系对孙末楠民俗学说的宣讲，孙末楠的民俗论对燕京大学的民俗学、社会学研究产生了深远的影响，诸如对于民俗的理解发生了从风俗到礼俗的整体转型。在其硕士学位论文《孙末楠的社会学》中，基于对孙末楠关于民俗、德型阐释的译介和梳理，黄迪对民俗的定义已经有了半个多世纪后中国民俗学界定民俗的创造、享用和传承等基本意涵。

关键词：孙末楠；民俗；德型；黄迪；燕京大学

一 重视民俗研究的燕京大学社会学系

1922 年，燕京大学（以下简称"燕大"）创办了社会学系，由美国人步济时（John. S. Burgess, 1883~1949）任系主任，开设的课程以及研究成

[①] 该书的中文译名为《民俗学》。
[*] 本文选自《民俗研究》2018 年第 2 期。
[**] 岳永逸，中国人民大学社会与人口学院教授，北京市"百人工程"中青年理论人才培养计划成员，英国剑桥大学访问学者，主要从事民俗学与文化人类学方面的研究，如乡土宗教、民间文艺、都市文化等。已经出版《空间、自我与社会：天桥街头艺人的生成与系谱》《灵验·磕头·传说：民众信仰的阴面与阳面》《老北京杂吧地：天桥的记忆与诠释》等专著5本。曾荣获第四届中国文联文艺评论奖，第九届、第十届中国民间文艺山花奖·民间文学艺术著作奖，第五届北京中青年文艺工作者德艺双馨奖，北京市第十二届哲学社会科学优秀成果奖等。

果多与宗教相关，内容侧重于宗教服务，"明显具有外国宗教服务性的特点"①。1924 年，在美国爱荷华大学获取哲学博士学位后，28 岁的许仕廉归国。同年，在甘博（Sidney. D. Gamble，1890～1968）的推荐下，许仕廉赴燕大社会学系任教，并于 1926～1933 年担任该系系主任，是燕大社会学系第一位中国籍系主任。就在这一时期，吴文藻（1901～1985）、雷洁琼（1905～2011）、杨开道（1899～1981）、李景汉（1895～1986）等留美才俊，纷纷加盟燕大社会学系。稍晚些，燕大社会学自己培养的学生李安宅（1900～1985）、赵承信（1907～1959）、严景耀（1905～1976）等在赴美深造后也纷纷回母校任教。

在担任燕大社会学系主任期间，许仕廉明确提出了"本土社会学"的理念，确立了燕大社会学中国化学科建设的基点，逐步缩减宗教性课程，初步建立了中国化的社会学课程体系，有选择地引入了人文区位理论，开拓了社会学原理与中国实际结合的学术路径。② 1927 年，许仕廉主持创办了《社会学界》年刊，1928 年主持创办了偏重于"乡村建设"的清河试验区。1928～1929 学年度，燕大社会学系的课程有了相对完整的四个板块，即社会理论与人类学、应用社会学、社会调查和社会服务，该系学生人数也跃居全校第二，选修社会学系课程的人数达 604 人，比上一个学年度增加了 78 人。③ 到 1932 年，社会学系的毕业生人数已经是燕大各系之冠。④

就许仕廉主政燕大社会学系时期的科学研究而言，"中国风俗研究"位

---

① 傅懪冬：《燕京大学社会学系三十年》，《咸宁师专学报》1990 年第 3 期。
② 在对中美社会学教学、研究、社会服务以及从业者工作等的比较基础之上，许仕廉在上任之初，就明确提出了燕大社会学系的这些教育方针，即中国本土化的社会学、科学式的社会研究以及有系统的翻译和创办社会学系自己的出版物等。参阅许仕廉《燕大社会学系教育方针商榷》，《燕大周刊》1926 年第 104 期；《燕大周刊》1926 年第 105 期；《建设时期中教授社会学的方针及步骤》，《社会学界》1929 年第三卷。在领军燕大社会学系数年之后，基于自己数年的实践与观察，许仕廉对中国蓬勃的社会学运动进行了系统而深刻的反思。参阅许仕廉《中国社会学运动的目标经过和范围》，《社会学刊》1931 年第二卷第 2 期。关于许仕廉对燕大社会学中国化的系统推进，可参阅杨燕、孙邦华《许仕廉对燕京大学社会学中国化的推进》，《北京社会科学》2015 年第 10 期。
③ 许仕廉：《燕京大学社会学及社会服务学系 1928～1929 年度报告》，《社会学界》1930 年第四卷。
④ 《燕京大学社会学及社会服务学系 1931～1932 年度报告》，《社会学界》1932 年第六卷。

列在人口、犯罪、劳工、乡村、社会思想史、家庭状况、种族问题、人民生活状况和社会运动状况等十大研究之首。① 1927 年,粟庆云的本科毕业论文就是《周代婚嫁礼俗考》。为了加强研究,并符合学生兴趣、意愿,从 1931 年开始,燕大社会学系从三年级起施行了"个人导师制"。每人可选专题研究,由学系指定导师。这样,学生选择自由、易于专精,师生之间也可以往复切磋。②

1933 年,吴文藻接掌社会学系系务。他延续社会学系既往的方针,继续高举社会学本土化的大旗,亦注重民俗学的研究。在教书之外,吴文藻"自己研究特别注意社区研究方法","注重学生研究工作",还指导学生课外的出版和研究事宜。③ 1934~1935 学年度,许地山(1894~1941)在燕大社会学系开设了"中国礼俗史"。④ 1936 年,吴文藻休学术年假,游学欧美,社会学系主任由张鸿钧(1901~1972)接任。1937 年春,张鸿钧因任他职,系主任由赵承信代理。是年夏天,归国的吴文藻复主系政。1937 年,杨堃(1901~1998)开始在燕大兼任讲师,开设了"家族制度"。1938 年,吴文藻南下后,系主任仍由赵承信代理,杨堃、黄迪(1910~?)等留守北平。同年,社会学系开启了对作为"社会学实验室"的平郊村(前八家村)研究,直到 1941 年珍珠港事件爆发。1946 年,燕京大学还校北平,平郊村研究又迅疾恢复展开,林耀华(1910~2000)也加盟其中。⑤

根据傅憪冬的统计,1927~1933 年社会学系的 87 篇毕业论文中,民俗学 8 篇,约占总数的 9.2%。⑥ 费孝通(1910~2005)的《亲迎婚俗之研究》、陈怀桢的《中国婚丧风俗之分析》都是完成于 1933 年。1932 年,运用个案研究法,基于 50 个个人访谈的案例,姚慈霭对婆媳关系的历史背景、

---

① 许仕廉:《建设时期中教授社会学的方针及步骤》,《社会学界》1929 年第三卷。
② 《燕京大学社会学及社会服务学系 1931~1932 年度报告》,《社会学界》1932 年第六卷。关于 1933 年前燕京大学社会学系教学、实验、科研与出版的总体状况,亦可参阅李安宅《社会问题研究及调查机关之介绍(九)燕京大学社会学及社会服务学系概况》,《国际劳工消息》1933 年第 5 卷第二期。
③ 《燕京大学社会学及社会服务学系 1934~1936 年度概况》,《社会学界》1936 年第九卷。
④ 《燕京大学社会学及社会服务学系 1934~1936 年度概况》,《社会学界》1936 年第九卷。
⑤ 《社会科学各系工作报告·社会学系》,《燕京社会科学》1948 年第一卷。
⑥ 傅憪冬:《燕京大学社会学系三十年》,《咸宁师专学报》1990 年第 3 期。

婆媳之间的心理关系、冲突的主要原因进行了详细分析。① 1934年，燕京大学关于民俗的学士学位论文出现了一个小高峰，共计5篇，分别是：张南滨的《中国民俗学研究的发展》、刘纪华的《中国贞节观念的历史演变》、陆懿薇的《福州年节风俗的研究》、汪明玉的《中国杀婴的研究》、刘志博的《北平印子钱之研究》。1935年的毕业论文中，除林耀华、陈礼颂研究闽粤的宗族之外②，邱雪峨的论文直接以"礼俗"命名，研究的是清河试验区的产育礼俗，即《一个村落社区产育礼俗的研究》。其中，费孝通、陈怀桢、张南滨、陈礼颂、邱雪峨论文的指导教师都是吴文藻；刘纪华、陆懿薇、汪明玉、刘志博四人的指导教师是杨开道。

为何如此重视民俗研究？这得回到中国社会学在开创之初主要继承美国社会学传统的中国社会学运动的发展脉络中来。其中，在1906年出版了《民俗学》一书的美国民俗学家和社会学家孙末楠（William G. Sumner, 1840~1910），又扮演了举足轻重的关键角色。在初创时期，燕大社会学系基本是有着教会背景和身份的外籍教师，诸如步济时、甘博等。在许仕廉执掌社会学系后，燕大社会学系的教师渐渐以有着留美背景的华人为主。无论是许仕廉还是吴文藻，这些留学归来的才俊们在经常走出去的同时，也不时聘请欧美一流的学者来华讲学。这样，燕大社会学系的师生对同期国外研究的动向、思想、学派有着及时、广泛且不乏深入的了解，并使得燕大社会学系的教学水准、研究层次、创新精神在同期中国大学的社会学系中，始终保持着领先地位。

因为步济时和甘博的关系，燕大社会学系初期的师生们对1914年美国的"春田调查"（Spring-field Survey）③并不陌生。自1918年9月起，历时一年零三个月，当时还是北京青年会的干事甘博和步济时受春野城调查的

---

① 姚慈霭：《婆媳关系》，学士学位论文，燕京大学法学院社会学系，1932。
② 林耀华：《义序宗族研究》，硕士学位论文，燕京大学法学院社会学系，1935；陈礼颂：《一个潮州村落社区的宗族研究》，学士学位论文，燕京大学法学院社会学系，1935。
③ 春田调查，当年又被译作"春野城调查"，其主要目的是发展城市居民的社区意识（community consciousness），以此作为社会改良运动的助力。因为调查是本地居民要求的，所以本地居民主动参与性强，并出力甚多。这样分为搜集材料、分析和解释材料、社会改良建议、材料和建议在教育方面的应用等四部分的春野城调查就被"运动化了"。参阅赵承信《社会调查与社区研究》，《社会学界》1936年第九卷。

影响，开展了对北京的调查，其成果即至今仍有影响的《北京社会调查》。①1932 年秋天，许仕廉迎请美国芝加哥大学的派克（Robert. E. Park，1864～1944）来燕大讲学。派克将其以研究美国都市为主的人文区位学（Human Ecology）系统介绍到了中国。②在相当意义上，人文区位学是反抗改良式社会调查的产物，研究的是人类的社区和人与人的关系，竞争、互助、共生（关系）等是其关键词。在强调实地观察、访谈的同时，人文区位学也有着历史的视野。1935 年 10 月，当时翘首世界的功能主义大师布朗（Alfred Radcliffe-Brown，1881～1955）来燕大讲学一个半月，系统地介绍了其偏重于初民社会研究的功能论与比较社会学。1936 年秋，美国密歇根大学的怀特（Leslie Alvin White，1900～1975）在燕大社会学系讲授人类学及方法论，德国的经济学家魏特夫（K. A. Wittfogel，1896～1988）也于此时受聘前来燕大指导研究。1947 年，派克的女婿、时任芝加哥大学的人类学系主任瑞菲德（Robert Redfield，1897～1958）来燕大讲学，主讲其关于乡土社会的研究。

与这些亲自前来燕大现身说法的名家不同，孙末楠是一个虽未出场却对包括燕大社会学在内的中国社会学界以及民俗学界产生了广泛而深度影响的美国学者。

二　孙末楠民俗学说的引入及运用

孙末楠（又被音译为撒木讷、萨姆纳等），1863 年毕业于耶鲁大学。在瑞士日内瓦、德国哥廷根和英国牛津游学三年后，于 1866 年回到耶鲁大学任教至终老，主要从事政治与社会科学方面的教研工作，包括币制和财政、社会学以及民俗学等。其间，孙末楠曾于 1869～1872 年离职做了三年牧师。孙末楠长于辞令，读大学时，每次辩论赛都是获胜者。在教学上他勇于创新，是最早将《纽约时报》作为课堂教学资料的教授之一，因此其教学深得学生和同事的好评，甚至被不少教授效仿学习。1876 年，他在耶鲁大学开设了社会学课程，是美国教授社会学的第一人，并率先使用持进化论观点

---

① 参见 Gamble, Sidney D., *Peking, A Social Survey*, New York: George H. Doran Company, 1921。
② 人文区位学是 20 世纪 30 年代对 Human Ecology 通用的译法，现今学界则有人文生态学、人类生态学和人间生态学等多重译法。为了行文方便，本文采用了原有的译名。

的英国哲学家斯宾塞（Herbert Spencer，1820～1903）的《社会学研究》（Study of Sociolo-gy）作为教材。这在耶鲁大学引起轩然大波，虽然事端最终得以平息，却使孙末楠几欲离开耶鲁。孙末楠博学多才，精通英、法、德、希腊、拉丁、希伯来等多种语言。在 45 岁之后，他还学会了瑞典文、挪威文、荷兰文、西班牙文、葡萄牙文、意大利文、俄文和波兰文。①

广泛阅读的孙末楠，勤于笔记，以至于他常专门雇请一位书记员帮助自己抄录读书笔记。在临终前，孙末楠写满劄记的读书卡片积满了整整五十二箱，约十六万张。这些劄记卡片每张长八寸半，宽四寸半，因内容不同而颜色有别：从书上抄下来的文章，是白卡片；书目是红卡片；孙末楠自己的观察与论断，是绿卡片；文章的纲目，则是黄卡片。对这些卡片，孙末楠倍加珍惜。晚年，有一次邻居家失火，怕延烧到自己的房子，他就把一箱一箱的卡片，从三层楼上的书房搬到了楼下的后院中。在火熄之后，没有力气再搬回原处的孙末楠只得雇人来搬。② 正因为建构了庞大的"数据库"，其著述中资料的博洽、事实的充分深得好评。

孙末楠，是 20 世纪二三十年代中国学界较为通行的译名。然而，对他出版于 1906 年的《民俗学》一书③，学界有多个译名。孙本文（1892～1979）、吴景超（1901～1968）将之翻译为"民俗论"，游嘉德、赵承信翻译为"民俗学"，黄迪等翻译成"民风论"，李安宅、杨堃译为"民风"④。为行文方便，本文在后文统一采用了"民俗学"之译名。因为该书，在 20

---

① 吴景超：《孙末楠传》，《社会学刊》1929 年第一卷第一期。关于孙末楠的生平与著述，亦可参见阅黄迪《孙末楠的社会学》，硕士学位论文，燕京大学研究院社会学系，1934，第 1～16 页。

② 吴景超：《孙末楠的治学方法》，《独立评论》1934 年第 120 期。

③ Sumner, W. G., Folkways: A Study of the Sociological Importance of Usages, Manners, Customs, Mores, and Morals, Boston: Ginn and Co., 1906.

④ 分别参阅吴景超《孙末楠传》，《社会学刊》1929 年第一卷第一期；孙本文：《孙末楠的学说及其对于社会学的贡献》，《社会学刊》1929 年第一卷第一期；游嘉德：《孙末楠与恺莱的社会学》，《社会学刊》1929 年第一卷第一期；赵承信：《社会调查与社区研究》，《社会学界》1936 年第九卷；黄迪：《孙末楠的社会学》，硕士学位论文，燕京大学研究院社会学系，1934；黄迪：《派克与孙末楠》，北京大学社会学人类学研究所编《社区与功能：派克、布朗社会学文集及学记》，北京大学出版社，2002，第 171～178 页；李安宅：《仪礼与礼记之社会学的研究》，商务印书馆，1931，第 4 页；杨堃：《民人学与民族学（上篇）》，《民族学研究集刊》1940 年第三期。

世纪首尾,孙末楠两度与中国学界结缘。前一次是以社会学家的身份,主要以"孙末楠"的名字出现。后一次则是以民俗学家的身份,乃当代中国民俗学界早已耳熟能详的"萨姆纳"。在至今影响深远并被他人反复诠释的专著——《民俗文化与民俗生活》中,高丙中几乎花费了将近 1/4 的篇幅译介萨姆纳"注重生活和整体"的民俗观。①

1929 年,在以孙本文等归国留美生为主体的东南社会学会的会刊——《社会学刊》的创刊号上,有三篇文章同时介绍孙末楠,分别是:吴景超的《孙末楠传》、孙本文的《孙末楠的学说及其对于社会学的贡献》、游嘉德的《孙末楠与恺莱的社会学》。孙本文毕业于纽约大学,吴景超和游嘉德均在芝加哥大学获得博士学位。② 同年,吴景超还另文介绍过孙末楠的研究方法,将孙末楠的民俗研究与英国人蒲斯(Charles Booth, 1840~1916)伦敦东区贫穷研究所用的访谈法和汤姆士(W. I. Thomas, 1863~1947)研究波兰农民使用的"传记法"(即现在所说的生命史、生活史)相提并论。因为孙末楠的《民俗学》是在其多年做的 16 万张卡片基础之上写成的,所以吴景超将之视为是用"考据"的方法,研究相对简单的初民社会和社会中的风俗。③

1907 年,孙末楠当选为 1905 年才成立的美国社会学会的会长,这多少让众多的社会学教授们有些意外。20 年之后,德高望重的密歇根大学顾勒教授(Charles H. Cooley, 1864~1929)将孙末楠的《民俗学》一书视为是美国社会学界"脚踏实地根据事实的著作"中最受欢迎的一本。④ 在 50 岁之前,孙末楠的注意力主要在经济学。此后,他的注意力更多地集中在了社会学。然而,当他 1899 年开始整理自己的读书笔记时,才发现"民俗"至关重要。吴景超写道:"起初他想写社会学的,后来觉得'民俗'一个观

---

① 高丙中:《民俗文化与民俗生活》,中国社会科学出版社,1994,第 76~102、172~208 页。
② 关于留美生对 20 世纪二三十年代中国社会学的影响,参阅陈新华《留美生与二十世纪二三十年代的中国社会学》,《社会科学研究》2003 年第 2 期。
③ 在该文中,孙末楠被翻译为了"匈谟涅"。参阅吴景超《几个社会学者所用的方法》,《社会学界》1929 年第三卷。显然这篇文章的写作时间应当早于同年发表在《社会学刊》上的《孙末楠传》。此后,吴景超在其文章中,将 Sumner 统一为"孙末楠"。
④ Cooley, C. H., "Sumner and Methodology," *Sociology and Social Research*, vol. 12 (1928), p. 303. 转引自吴景超《孙末楠传》,1929 年《社会学刊》第一卷第一期。

念,极其重要,所以把社会学放开,写他的《民俗论》。此书于1906年出版,共692页。在此书的序文中,最后一句是:'我们第二步工作,便是完成社会学。'"① 换言之,民俗、民俗学在孙末楠的社会学研究中有着重要的位置。甚至可以说,孙末楠的社会学是以民俗学为基础的。

至于孙末楠在社会学界中的地位,在《孙末楠的学说及其对于社会学的贡献》一文中,孙本文将之与德国社会学家齐美尔(Georg Simmel,1858~1918)、法国社会学家涂尔干(ÉmileDurkheim,1858~1917)等人相提并论。对于其归纳的孙末楠的民俗论、社会进化论和社会学系统三大学说,孙本文基本花费了大半的篇幅在梳理孙末楠的民俗论。孙本文指出,孙末楠民俗论的中心思想是:"民俗是人类生活唯一最重要的要素;他是支配人类一切活动的。"孙本文详细地从下述13个方面全景式地介绍了孙末楠的民俗论:(1)民俗的定义与产生;(2)民俗的产生是不觉得的;(3)民俗的起源是神秘的;(4)民俗是一种社会势力;(5)民俗与幸运的要素;(6)作为重要民俗的德型(Mores);(7)德型是一种指导的势力;(8)德型和社会选择;(9)德型规定是非的界限;(10)德型是非文字的、保守的与变化的三种特性;(11)德型和革命;(12)德型是可以改变的但是渐变的;(13)政治力量不易直接改变德型。关于"德型"一词,根据孙末楠原书,孙本文特别加注说明,Mores是拉丁文,"意即风俗,不过这类风俗是关系安宁幸福而有相传神秘的权力,所以是具有神圣不可侵犯的大权"②。最后,孙本文将孙末楠对于社会学的特殊贡献归结为注重调适的历程、注重民俗对于人生的影响、注重归纳的研究方法而非理论先行等三点。就民俗在孙末楠社会学研究中的重要性,孙本文基于阅读体验认同他人对于《民俗学》是"第一部科学的社会学著作"的评价。为此,孙本文写道:

> 民俗是民众的风俗;是一切行为的标准;他是范围人类种种方面的活动。举凡人类所谓是非善恶的标准,都受民俗的支配。人类不能

---

① 吴景超:《孙末楠传》,《社会学刊》1929年第一卷第一期;亦可参阅吴景超《几个社会学者所用的方法》,《社会学界》1929年第三卷。
② 孙本文:《孙末楠的学说及其对于社会学的贡献》,《社会学刊》1929年第一卷第一期。

一刻离民俗,犹之不能一刻离空气。所以民俗的研究,为社会学上极重要的部分。孙末楠对于民俗,加以一种极详细的分析。这是他第二种特殊贡献。①

在对孙末楠及其弟子的《社会的科学》②的评说中,游嘉德在陈述其专书的基本观念、资料与方法的同时,也从上述三个方面展开了尖锐的批判。诸如,孙末楠太受斯宾塞与爱德华·泰勒(Edward Burnett Tylor, 1832~1917)进化论的影响,所引用的来自初民社会的资料参差不齐、客观性值得商榷,比较随意,等等。然而,游嘉德也反复指出,孙末楠和恺莱(Albert G. Keller, 1874~1956)差不多前后耗时30年的这部巨著,研究的对象和出发点是"人类适应他的环境,即研究习俗礼教制度等的演化"③。换言之,在孙末楠及其弟子等追随者搭建的社会学大厦中,民俗始终都是重头。事实上,《民俗学》一书,取材之丰富,内容之广博,分析之生动深刻,"不啻将整个社会隐含在内"④。

事实上,在中国社会学初创时期,学界并未仅仅停留在对孙末楠及其民俗学、社会学研究的密集引入。1931年,李安宅出版的《仪礼与礼记之社会学的研究》一书,就使用了孙末楠关于民俗的认知论。在该书"绪言"中,李安宅引用孙末楠对"民俗"的定义来解释中国文化语境中的"礼"字,并总括了孙末楠《民俗学》一书前95页的内容。只不过,李安宅将folkways翻译为了"民风",将mores译为了"民仪"。原文如下:

中国的"礼"字,好像包括"民风"(folkways)"民仪"(mores)"制度"(institution)"仪式"和"政令"等等,所以在社会学的已成范畴里,"礼"是没有相当名称的:大而等于"文化",小而不过是区

---

① 孙本文:《孙末楠的学说及其对于社会学的贡献》,《社会学刊》1929年第一卷第一期。
② Sumner, W. G. and Albert G. Keller, *The Science of Society*, 4 vols. New Haven: Yale University Press, 1927.
③ 游嘉德:《孙末楠与恺莱的社会学》,《社会学刊》1929年第一卷第一期。
④ 黄迪:《派克与孙末楠》,北京大学社会学人类学研究所编;《社区与功能:派克、布朗社会学文集及学记》,北京大学出版社,2002,第172~173页。

区的"礼节"。它的含义既这么广,所以用它的时候,有时是其全体,有时是其某一方面或某几方面。据社会学的研究,一切民风都是起源于人群应付生活条件的努力。某种应付方法显得有效即被大伙所自然无意识地采用着,变成群众现象,那就是变成民风。等到民风得到群众的自觉,以为那是有关全体之福利的时候,它就变成民仪。直到民仪这种东西再被加上具体的结构或肩架,它就变成制度。[1]

随即,李安宅据此否认了人们认为"礼"是某某圣王先贤创造出来的"常识"。

孙末楠的《民俗学》一书是人文区位学的理论渊源之一。作为人文区位学的大师,派克1932年的到来,再次引起了中国学界对孙末楠的关注。不仅如此,派克本人还亲自撰文介绍、阐释孙末楠的社会观。只不过在派克的文章中,孙末楠的名字被音译为"撒木讷",folkways也被翻译成了"民风"。派克对孙末楠社会观的介绍主要依据的就是其《民俗学》这本书。派克阐释了孙末楠在该书中用的我群、敌对的合作、生存竞争、互助、共生(关系)等关键词与理念。如同前引的顾勒教授和孙本文对该书的肯定一样,派克在开篇写道:"撒氏在1899年根据讲学材料起始写社会学教本,但在中途见有自述对于民仪(mores)见解的必要,于是放下写教本的工作,写了一本《民风》。撒氏自认为《民风》为'我最后的著作',当是美国作家对于社会学最有独到的贡献的著作。"[2]

在《论社会之性质与社会之概念》一文中,派克直白地说清了孙末楠以民俗研究为基础的社会学与他的人文区位学之间的关系。派克认为,在《民俗学》中,孙末楠升华了生存竞争与文化关系的理论,强调人的竞争既为基本的生存,也为在群体的位置,而且是群体性的。故群体有我群(we-group)、他群(others-group)之别。人口在空间的分布便是被这种竞争-合作的方式所配置,人类在大小社区内的安排亦并非偶然。进而,派克认为

---

[1] 李安宅:《仪礼与礼记之社会学的研究》,商务印书馆,1931,第4、9页。
[2] 〔美〕派克:《撒木讷氏社会观》,李安宅译,《社会学界》1932年第六卷。

孙氏这种理论正契合人文区位学的区位结构论。① 派克在继承孙末楠《民俗学》认知的基础之上,认为传统、习俗和文化是一个"有机体"。他关于文化的定义,显然是"民俗化"的,甚至完全可以将"文化"二字换成"民俗"。认为中国是一个不同于印度、西方的文化和文明的有机体、复合体——文明体②——的派克,写道:

> 文化是一种传统的东西。我们每个人都生长在这里面。我们的语言、习惯、情绪和意见都是不知不觉的在这里面养成的。在相当程度之下,它是一种出于各个人的习惯及本能的传习,它表示在各个人的共同及团体生活中,并且保持着某种独立生存和显示着一种个性。这种个性虽经历种种时间中的变端,仍能持久地遗传于后代的各个人。在这种意义之下,我们可以说,传统、习俗和文化是一个有机体。③

在燕大讲学期间,派克对孙末楠《民俗学》的推崇备至。这给当时"洗耳恭听"的黄迪留下了深刻的印象。黄迪记述道:

> 他来华后,第一天走进课室,所带来与我们相见的,便是孙末楠的《民俗学》一书,而最后一课仍是诵读该书,对我们叮嘱言别。凡常到其办公室去的学生无不知道:《民俗学》之于派克是不可须臾离的。至其平时在口头上、文字上对孙末楠思想的推崇佩服、扼要解释之处,比之季亭史与柯莱对孙末楠的好评,更为过火,更为精细。派

---

① 北京大学社会学人类学研究所编《社区与功能:派克、布朗社会学文集及学记》,北京大学出版社,2002,第54~62页。在当年该文篇首的"编者识"中,燕大社会学系的编者直接将孙末楠称之为了美国的"民俗学家"。
② 异曲同工的是,在21世纪初,甘阳也提出了相似的命题和诠释,参阅甘阳《从"民族-国家"走向"文明-国家"》,《书城》2004年第2期;《文明·国家·大学》,生活·读书·新知三联书店,2012,第1~15页。
③ 费孝通译:《社会学家派克教授论中国》,《再生》1933年第二卷第一期。亦可参阅费孝通《费孝通文集》第1卷,群言出版社,1999,第121~122页;〔美〕派克:《论中国》,费孝通译,北京大学社会学人类学研究所编《社区与功能:派克、布朗社会学文集及学记》,北京大学出版社,2002,第18页。

克在燕京大学为社会学原理一课所编的讲义,亦显然以孙末楠的学说为中心。①

派克的力荐,使得其中国同人们再次将目光投向孙末楠。不仅是前引的黄迪《派克与孙末楠》一文,1934年,吴景超再次撰文介绍孙末楠的治学方法。② 同年,黄迪的硕士学位论文就是以《民俗学》为主要材料,专写孙末楠的社会学。在根据恺莱的文章再次介绍孙末楠的治学方法时,吴景超提到孙末楠的言必有据和资料的搜集整理与使用,还是举了《民俗学》这本书:"我们读过他那本民俗论的人,看到事实之后,还是事实,最后才来一两句结论,便没有不相信他所说的。他之所以能驾驭这许多事实,便是因为他平日做劄记之勤。"③ 同时,吴景超也强调孙末楠对史学方法的看重。

作为燕大社会学系的时任主任,吴文藻对民俗、民俗学的重视,因为派克的关系,也多少与孙末楠的《民俗学》发生了关联。1934年1月28日,在给《派克社会学论文集》一书写的"导言"中,根据派克在燕大讲学,尤其是受其《论中国》一文的启发,吴文藻在转述派克对中国与美国比较时,更加明确地指明二者之间整体上是都市社会与乡村社会、工商社会与农业社会的差别。就他所列举的中国乡村社会的七条特征中,第三条和第五条直接用了"民俗""风俗",而且孙末楠《民俗学》中重点诠释的"德型"也赫然在列。吴文藻的原文是:"(三)宗法社会,以身份关系与宗亲意识的发达,而形成了家族主义与宗族主义(或称'民俗社会')。……(五)传统主义,以风俗与道德(或为民风,礼俗与德型)为制裁("礼治")。"④

---

① 黄迪:《派克与孙末楠》,北京大学社会学人类学研究所编:《社区与功能:派克、布朗社会学文集及学记》,北京大学出版社,2002,第171页。
② 吴景超:《孙末楠的治学方法》,《独立评论》1934年第120期。
③ 吴景超:《孙末楠的治学方法》,《独立评论》1934年第120期。亦可参阅吴景超《几个社会学者所用的方法》,《社会学界》1929年第三卷。
④ 吴文藻:"导言",北京大学社会学人类学研究所编《社区与功能:派克、布朗社会学文集及学记》,北京大学出版社,2002,第13~14页。

三 民俗与德型：黄迪对孙末楠的细读

1934 年，黄迪撰写的硕士学位毕业论文《孙末楠的社会学》，在燕京大学通过了答辩。在该文中，黄迪将 custom 翻译为"风俗"，将 folkways 翻译为"民风"。孙末楠认为："社会的生活是造成民风和应用民风，社会的科学可以认为是研究民风的科学。"[①] 有鉴于此，黄迪将民风、德型和制度并列在"社会秩序"一章之下。在"民风"一节中，黄迪对孙末楠《民俗学》一书中散见的关于"民俗"的描述性定义翻译之后[②]，总结道：

> 人生的第一件事是生活，所谓生活就是满足需要。在需要与满足需要的行为中间，是种种心理上的兴趣，因兴趣乃行为直接的动机。人类在满足需要的动作上，背后有兴趣（需要的化身）为其鞭策，面前有本能为其向导，两旁则有快乐与痛苦的情感为其权衡。如像初生的动物，人类满足需要的步骤，总是先动作而后思想，所以结果往往是尝试而失败。但在这尝试与失败（成功）的方法中，依快乐与痛苦的经验的教训，许多较好地满足需要的方法，便一一选择出来。人是生于团体中，满足需要是大家的事。各人的需要既相同，处境又一样，即使不相为谋，而结果，彼此满足需要的方法，也常会不谋而合，何况大家是相谋相济地分工合作。每个人可因其他各人的经验而得益。于是，由互相刺激，互相交换，互相贡献，互相甄别等的作用，那些被选择的满足需要的方法，便为大家所一律采用，一律奉行。这时候它们就不只是一个人的习惯，它们已是许多人的习惯，这所谓许多人的习惯就是民风。[③]

---

① Sumner, W. G., *Folkways: A Study of the Sociological Importance of Usages, Manners, Customs, Mores, and Morals*, Boston: Ginn and Co., 1906, p. 34.

② Sumner, W. G., *Folkways: A Study of the Sociological Importance of Usages, Manners, Customs, Mores, and Morals*, Boston: Ginn and Co., 1906, pp. 2, 19, 30, 33 - 34, 67. 参见黄迪《孙末楠的社会学》，硕士学位论文，燕京大学研究院社会学系，1934，第 127~129 页。关于孙末楠对于民俗、德型/范的精彩论述，亦可参阅高丙中，《民俗文化与民俗生活》，中国社会科学出版社，1994，第 172~208 页。

③ 黄迪：《孙末楠的社会学》，硕士毕业论文，燕京大学研究院社会学系，1934，第 130 页。

在随后对孙末楠之于初民社会民俗起源的推测性的功利性定义之辨析中，黄迪也指出了在孙末楠四散的论述中，同样强调竞争、暴力、强权与霸道、鬼怪、个体的社会性等之于民俗的重要性。① 根据孙末楠对民俗的描述，黄迪进一步归纳总结出了孙末楠所阐释的民俗的特征，即（1）社会空间上的普遍性，它是所有社会制度，上层建筑的基石；（2）在时间连续性上的传统性；（3）对于个体与群体而言，身不由己先天习得的无意识性；（4）一个时代或一个地域民俗的彼此关联、互相交织和牵制的系统性与整体性，即民俗的一贯性；（5）作为最重要的社会势力，民俗的控制性。② 另外，孙末楠也注意到民俗的过程性，注意到街车、电话等新的工具、技术、生产方式的出现会促生新的民俗，注意到民俗不同于有行政力量、司法等支撑的法律的控制力的柔性特征。③

在孙末楠的民俗学体系中，德型（Mores）是一个与民俗相提并论的重要概念，它来自民俗，却是一种特殊的民俗，甚或是一种高阶的民俗。因为权利与义务观念、社会福利的观念，最先与"怕鬼及来世观念相连着发展"，这一领域的民俗也就最先上升为德型，即德型是"关于社会福利的哲学及伦理结论"④。德型包括这些重要范畴：道德、禁忌、仪式、贞洁、检点、谦和、得体等社会准则，时髦、虚饰、嗜好、身份等。⑤ 常识和直觉强化了德型的神圣性，从而使之对传承享有者具有更大的约束力，对于一个群体更具有持久性。⑥ 但是，在孙末楠的表述体系中，德型经常与民俗又是混用的，很难分清。孙末楠曾经这样定义民俗："民俗是满足一切兴趣正当的方法，因为它们是传统的，并存在于事实之中。它们弥散到生活的各个方面。打猎、求偶、装扮、治病、敬神、待人接物、生子、出征、与会，

---

① 黄迪：《孙末楠的社会学》，硕士学位论文，燕京大学研究院社会学系，1934，第 130~133 页。
② 黄迪：《孙末楠的社会学》，硕士学位论文，燕京大学研究院社会学系，1934，第 134~140 页。
③ Sumner, W. G., *Folkways*: *A Study of the Sociological Importance of Usages*, *Manners*, *Customs*, *Mores*, *and Morals*, Boston: Ginn and Co., 1906, pp. 19, 35-36, 117-118.
④ Sumner, W. G., *Folkways*: *A Study of the Sociological Importance of Usages*, *Manners*, *Customs*, *Mores*, *and Morals*, Boston: Ginn and Co., 1906, pp. 29-30.
⑤ 黄迪：《孙末楠的社会学》，硕士学位论文，燕京大学研究院社会学系，1934，第 148~159 页。
⑥ Sumner, W. G., *Folkways*: *A Study of the Sociological Importance of Usages*, *Manners*, *Customs*, *Mores*, *and Morals*, Boston: Ginn and Co., 1906, pp. 76-80.

以及其他任何可能的事情中，都有一种正确的方法。"① 与此同时，孙末楠也曾将德型定义为："它们是一个社会中通行的，借以满足人类需要和欲望的做事方法，以及种种信仰、观念、规律和良好生活标准。这标准是附属于那些方法中，并与之有来源关系。"②

难能可贵的是，在孙末楠众多关于民俗的比喻性描述中，黄迪机敏地捕捉到了孙末楠将德型视为空气的比喻。孙末楠写道：

> The mores come down to us from the past. Each individual is born into them as he is born into the atmosphere, and he does not reflect on them, or criticise them any more than a baby analyzes the atmosphere before he begins to breathe it. ③

黄迪的翻译如下："德型是从过去传下给我们的。每一个人之呱呱堕地，而生于其中，如同他生于空气中一样。他之不把德型为思想对象，或批评它们，也正如他在未呼吸之前，不去分析空气一样。"④

正是在对《民俗学》一书的细读中，黄迪将前引的孙末楠之于民俗的总体认知"社会的生活是造成民风和应用民风"，创造性地补充为"社会生活是在于造成民风应用民风和传递民风"⑤。如果再加上孙末楠关于民俗产生的功能说，那么黄迪的这一定义，已经与 20 世纪末权威的民俗学教科书中关于民俗的定义高度吻合。60 多年后，在这个民俗的权威定义中，"造成""应用""传递"仍然是关键词：

> 民俗，即民间风俗，指一个国家或民族中广大民众所创造、享用

---

① Sumner, W. G., *Folkways: A Study of the Sociological Importance of Usages, Manners, Customs, Mores, and Morals*, Boston: Ginn and Co., 1906, p. 28.
② Sumner, W. G., *Folkways: A Study of the Sociological Importance of Usages, Manners, Customs, Mores, and Morals*, Boston: Ginn and Co., 1906, p. 59.
③ Sumner, W. G., *Folkways: A Study of the Sociological Importance of Usages, Manners, Customs, Mores, and Morals*, Boston: Ginn and Co., 1906, p. 76.
④ 黄迪：《孙末楠的社会学》，硕士学位论文，燕京大学研究院社会学系，1934，第 138 页。
⑤ 黄迪：《孙末楠的社会学》，硕士学位论文，燕京大学研究院社会学系，1934，第 135 页。

和传承的生活文化。民俗起源于人类社会群体生活的需要，在特定的民族、时代和地域中不断形成、扩布和演变，为民众的日常生活服务。民俗一旦形成，就成为规范人们的行为、语言和心理的一种基本力量，同时也是民众习得、传承和积累文化创造成果的一种重要方式。[1]

事实上，作为孙末楠界定"民俗"的关键词，生活、需要、行为、心理、兴趣、动机、情感、满足、本能、个人、群体、习惯等，早就频频出现在燕大社会学系诸多毕业论文关于"风俗"和"礼俗"的界定之中。在某种意义上，与中国古代之于风、俗、礼的认知一样，孙末楠对于民俗的定义是这些后学者界定他们自己所研究的"风俗""礼俗"的知识来源之一，成为其知识系谱中关键的一环。

四　风俗与礼俗：孙末楠对燕大民俗学研究的影响

应该说，尽管有着程度的差异，但在燕大社会学系读过书的人大体都知道孙末楠及其《民俗学》。1935年，因为吴文藻从问题意识、理论材料等诸多方面对陈礼颂的循循善诱之功、之情[2]，后者对其故乡潮州澄海县斗门乡的宗族及其礼俗发生了浓厚的兴趣。在其详尽的民族志书写中，孙末楠《民俗学》一书中的我群、他群、我群中心（ethnocentrism）、勉强合作（antagonistic coopera-tion）等成为陈礼颂回观、分析他所置身的宗族和乡风民俗的基本概念。[3] 不仅如此，在论文"导言"中，陈礼颂还明确提出了宗族制度对风俗的决定性影响，由此指出："要了解中国社会的风俗习惯，需要先研究宗族（包括家族），因为它影响到整个的中国社会组织。"[4] 事实

---

[1] 钟敬文主编《民俗学概论》，上海民间文艺出版社，1998，第1~2页。
[2] 陈礼颂：《一个潮州村落社区的宗族研究》，学士学位论文，燕京大学法学院社会学系，1935，第7、103页。
[3] 陈礼颂：《一个潮州村落社区的宗族研究》，学士学位论文，燕京大学法学院社会学系，1935，第3~4、10页。
[4] 陈礼颂：《一个潮州村落社区的宗族研究》，学士学位论文，燕京大学法学院社会学系，1935，第6页。

上，在 1935~1936 学年度的燕大社会学课程中，吴文藻讲授的四、五年级社会学主修生的必修课"当代社会学说"，孙末楠之学说是必讲内容之一。①

1947 年，在费孝通写就的《从欲望到需要》一文中，还有这样一段文字："于是另外一种说法发生了。孙末楠在他的名著《民俗学》开章明义就说：人类先有行为，后有思想。决定行为的是从试验与错误的公式中累积出来的经验，思想只有保留这些经验的作用，自觉的欲望是文化的命令。"②同年，在瑞菲德来燕大讲学时，孙末楠的名字再次与燕大社会学发生了关联。在张绪生翻译的瑞菲德《乡土社会》一文中，瑞菲德引用了孙末楠《民俗学》一书中的"初民社会"一词，来为自己的"乡土社会"佐证和添砖加瓦，并征引其 folkways 一词来阐释其乡土社会的特质。③

显然，在燕京大学和中国社会学界引起巨大关注的孙末楠的《民俗学》以及《社会的科学》影响到了人们对于民俗的认知，对于民俗（学）与社会学关系的认知。正如前引众人指出的那样，在这两部巨著中，孙末楠引用的丰富材料不是他生活其中的美国都市社会，而是来源多样的初民社会，因为他要探知的是人类基于饥饿（食）、性欲（色）、虚荣（名）、畏惧（宗教与禁忌）等共性，即他所言的"德型"而生成的人与人之间的关系和社会制度。因此，吴文藻等人通过派克延续了孙末楠的学说，将当时的中国社会视为与都市社会对立的乡村社会。这是在进化序列中的一种比美国都市社会、工业社会落后，但又比初民社会发达、高阶的中间阶段的社会。在将燕大社会学系的清河试验区界定为一个"村镇社区"时，赵承信指出了村镇社区不同于人文区位学关注的"都市社区"（Met-ropolitan Community）和比较社会学抑或功能社会学所指的"初民社区"（Primitive or Tribal Com-munity）的特质，将其定义为"一先工业化的社区，但同时其社会结构实已超乎无定居及初定居的初民社区"④。

这样，就不难理解为何民俗——后来也经常被称为"礼俗"——的研

---

① 《燕京大学社会学系学程——民国二十四年至二十五年》，《社会学刊》1936 年第五卷第一期，第 155 页。
② 费孝通：《费孝通文集》第五卷，群言出版社，1999，第 386 页。
③ 〔美〕瑞菲德：《乡土社会》，张绪生译，《燕京社会科学》1949 年第二卷。
④ 赵承信：《社区研究与社会学之建设》，《社会学刊》1937 年第五卷第三期。

究在燕大社会学系始终占有着重要的位置。当然，就整体情形而言，燕大的民俗学研究与当时社会学运动发展的阶段相吻合。在相当意义上，在同期的社会调查与乡村建设运动中，清河试验区虽然有新的突破、尝试，但其底色还是出于社会改良的"乡村重建运动"[①]。自然而然，在20世纪30年代前半期，也即燕大社会学系的清河试验区时期，虽然有数篇对某个村落自然、地理、历史、人口、政治、经济、宗教、社会组织、教育、娱乐等"概论"的全景记述[②]，但立足于某一民俗事象的"社会学调查"、社区研究并不多。因此，邱雪峨的《一个村落社区产育礼俗的研究》[③]，俨然是同期毕业论文中的另类。反之，前文所罗列的1933~1935年的燕大关于民俗研究的不少学位论文都有着"社会调查运动"的特色，更加偏重的是民俗在面上的广博状态，是区域性的、长时段的，明显有着"概况""概论"性质。而且，可以简单地称之为"风俗学"，抑或说"区域民俗学"的这些研究，明显有着孙末楠和派克一路下来的浓郁的"人文区位学"的影子。

卢沟桥事变后，清河试验区也被迫中断。在新任系主任赵承信的张罗、主持下，留守在北平的燕大社会学系的民俗学研究，也就进入赵承信、杨堃、黄迪等人领军的对燕大"社会学实验室——平郊村"[④] 之基于局内观察法的社区研究时期。之前，燕大社会学系的民俗学研究大多都是围绕平郊村展开的，不少论文的题目都是别有深意地以"礼俗"命名，诸如："一个村庄之死亡礼俗""北平婚姻礼俗""北平妇女生活的禁忌礼俗""北平儿童生活礼俗"等。因为强调礼与俗之间的互动，在经验研究中贯穿着文献和历史的视角，"风俗"不再被频频使用。整体而言，这一时期的民俗学或者又可称之为"社区民俗学"。限于篇幅，这一转型的详情将他文再述。

[①] 苗俊长：《中国乡村建设运动鸟瞰》，1937年《乡村改造》第六卷第一期。
[②] 万树庸：《黄土北店村的研究》，硕士学位论文，燕京大学研究院社会学系，1932；蒋旨昂：《卢家村》，学士学位论文，燕京大学文学院社会学系，1934。
[③] 邱雪峨：《一个村落社区产育礼俗的研究》，学士学位论文，燕京大学法学院社会学系，1935。
[④] 赵承信：《平郊村研究的进程》，1948年《燕京社会科学》第一卷。

还俗于民：本杰明·博特金与美国民俗学的公共性实践[*]

程浩芯^{**}

摘　要：美国公共民俗学兴起于20世纪六七十年代，但民俗学的公共性特征及相关实践自学科发展之初就从未断绝。本杰明·博特金的相关主张及活动鲜明体现了这一特色。他以包容的心态理解民俗，关注那些正在创造中的、鲜活的民俗形态，他坚持尊重民俗主体，并努力"还俗于民"，帮助民众理解、欣赏、认同他们自己的民俗。了解他的思想观念有助于深化对美国民俗学尤其是公共民俗学发展进程的理解，也可为中国公共民俗学的建设提供启示。

关键词：本杰明·博特金；公共民俗学；应用民俗学；美国民俗学

美国民俗学的分支公共民俗学（public folklore）[①] 兴起于20世纪六七十年代，但实际上，从民俗学诞生之初开始，公共性和实践性就一直是其发展的重要维度和鲜明特色。随着公共民俗学的蓬勃兴起以及晚近以来后现

---

* 本文选自《民间文化论坛》2018年第3期。
** 程浩芯，北京大学中文系中国民间文学专业博士研究生。
① 这一名称中文或译为"公众民俗学"。梳理"public folklore"的概念史，它在20世纪七八十年代相当长一段时间叫作"public sector folklore"，强调的是民俗学与公共部门、公共服务等社会领域的关系，另考虑到可与我国公共文化建设等已有说法对接，故本文主张译作"公共民俗学"。参见 Archie Green "Public Folklore's Name", Robert Baron and Nick Spitzer (eds.): *Public Folklore*, University Press of Mississippi, 2007, pp. 49–63.

代思潮等的影响，研究者们开始以新的视角来重新解读学科历史，在前辈学人的论述及相关活动中寻找公共民俗学的基础与先声。他们注意到，民俗学的公共性实践并不局限于当代民俗展览、民间节日、媒体作品等公共民俗学关心的议题，也包括历史上的世界博览会、博物馆展览，以及文学家、记者、社会批评家们关于民间文化所做的工作。例如，19世纪中期美国民族事务局对印第安文化的搜集记录；美国民俗学会成立之初对各族裔多元文化的抢救搜集；大萧条时期联邦作家计划（Federal Writers' Project）对全美范围内民俗的记录和出版；二战后的《美国民俗宝藏》(A Treasury of American Folklore, 1944) 等商业书刊；等等。[①] 那么，这些活动如何体现美国民俗学的公共性特征？它们在学科发展史上又占据怎样的位置，做出了哪些贡献？重读美国民俗学史上这些公共性实践，又可以为反思和建设中国民俗学带来哪些启示？本文以被誉为"美国公共民俗学之父"的本杰明·博特金（Benjamin A. Botkin, 1901~1975）的学术思想及相关活动为研究对象，围绕上述问题展开讨论。

博特金是美国著名民俗学家，他早年从事文学创作与批评，较早注意到文学与地方民俗传统的关联，从20世纪30年代罗斯福新政时期开始活跃于民俗学领域，并最早对"应用民俗学"（applied folklore）进行理论阐释。他也是美国民俗学史上曾饱受争议的一位学者，他主编的《美国民俗宝藏》丛书曾取得商业上的巨大成功，并激发了公众对美国民俗的兴趣和关注，但也因此招来学院派民俗学者的猛烈批评。民俗学家多尔逊（Richard Mercer Dorson）曾提出著名的"伪俗"（fakelore）概念，矛头指向的正是博特金，他将博特金称为"伪民俗学者"（fakelorist）[②]。在当时的学院派民俗学者看来，博特金们的资料搜集方法和民俗普及化倾向一无是处，反而会将本来就不够成熟的民俗学引入歧途。但20世纪70年代以后，随着公共民俗学的迅速发展，学界对博特金有了新的认识和评价，他的工作被视为公共民俗学的先声。从一位民俗学者在不同历史阶段受到的不同评价，我们可

[①] 参见 Robert Baron and Nick Spitzer (eds.), *Public Folklore*, University Press of Mississippi, 2007, Part3.

[②] Richard Mercer Dorson, "Folklore and Fake Lore", *American Mercury*, 1950, 70: 43 – 335.

以感受到学术史轨迹的变迁和不同阶段学术面貌的移易。本文尝试通过探究博特金的思想主张及其背后的历史语境,来呈现美国民俗学的公共性实践及其经历的争论和曲折。

一 文学创作与地方民俗传统:博特金论文学地方主义

博特金出生于美国波士顿的一个立陶宛犹太移民家庭,先后从哈佛大学、哥伦比亚大学、内布拉斯加大学获得英语专业的学士(1920)、硕士(1921)和博士(1931)学位,并于1921年至1939年在俄克拉荷马大学任英语教授。在成为一名民俗学家之前,博特金一直从事诗歌创作和文学研究,这些经历激发了他对民俗最初的兴趣。

作为一名诗人,博特金自称是促进地方诗歌发展的宣传员,对美国20世纪的文学地方主义(literary regionalism)运动做出了重要贡献。地方主义在二三十年代成为一种文学热潮,它的兴起是由于随着社会发展,20年代美国城市人口数量开始超过乡村,知识分子们感觉到一种隐隐约约的文化危机,为了应对迅速增长的消费主义、同质化的城市文化可能带来的威胁,他们强调文化的多元选择,于是将目光投向地方文化、地方传统和地方景观。

作为其中的代表人物,博特金在俄克拉荷马大学期间曾主编相关诗集,努力探索文学上的"俄克拉荷马风格",来对抗东海岸的文学霸权。这时他已经有意识地关注地方民俗。他认为,新的地方主义作家要对民间文化有更广泛的兴趣,俄克拉荷马风格不能离开俄克拉荷马的主题和内容,它的发展应建立在对地方材料的充分利用上。这样的理念也贯彻在他的诗歌创作中,他的绝大多数诗歌完成于20年代,其兴趣更多地关注与民俗相关的主题而不是浪漫主义抒情,那些公认的优秀诗作通常都表达出对地方环境的认知和感受。1927年,博特金出任俄克拉荷马作家联盟主席,进一步倡导在文学创作中植入俄克拉荷马元素,延续地方脉络,从而唤起地方文化意识和地方意识。[1]

---

[1] Lawrence Rodgers, "'In the beginning lore and literature were one': B. A. Botkin's Literary Legacy", Lawrence Rodgers and Jerrold Hirsch, eds., *America's Folklorist: B. A. Botkin and American Culture*, Norman: University of Oklahoma Press, 2010, pp. 22–30.

博特金在文学理论方面有自己独到的见解，他呼吁作家不仅要注意在作品中添加民俗元素，还要学习如何再现、转化和提炼这些民俗元素的意义。表面上看，民俗对博特金来说只是文学创作的资源，是文学作品想呈现地方风格需要借助的材料。但如前所述，文学地方主义的产生是为抵制城市化进程可能带来的文化单一化、同质化危险，那么博特金的文学主张实际恰恰是他文化多元主义观念的反映。他把"地方主义"理解为"伴随一个地方的关于习俗、信仰、地点、语言的传统的力量，包含着这个地方人群的特殊性格和表现，是种族的和地理的合成物，同时是民族文化的组成部分"[1]。显然，这一定义不仅限于文学，更指向文化，尽管这一时期博特金的活动主要围绕文学创作展开，但他的思考是关于整个文化的。从他的"地方主义"定义来理解文化，俄克拉荷马文化也就不再被视为纯粹美国文化的边缘，而是美国文化独特的地方分支；"民俗"之"民"也不再只指向那些文化或地理上孤立于主流之外的人群，而可能是每个群体或社区。博特金旗帜鲜明地提出，美国不是只有一个均质的群体（folk），每个地方都有各自的民众群体，对应当地不同的地方文化、种族或职业人群。[2] 从所有群体中发现民俗，理解并尊重不同文化间的差异，珍视文化多样性，这是他自始至终坚持的理念，他以此反驳那些认为美国没有民间传统、没有"民俗"之"民"的观点，以及那些认为美国文化多样性会消失的论调。

此外，博特金认为文学与民俗（民间文学）最开始是一个整体，随着社会的发展，如书写和印刷技术的发明、社会分层、现代个人主义的兴起等，二者才逐渐分离。他坚持打破二者之间的界限，并发明了"民声"（folk-say）这个术语，来涵盖民间文学本身以及那些"功能和事实基于传统和地方材料的散文、诗歌"。博特金指出，这个术语并不否认民俗的科学调查价值，但把民俗更多地看作文学而不是科学；它并不排除人类学意义上

---

[1] B. A. Botkin (ed.), *Folk-Say: A Regional Miscellany*, Norman: University of Oklahoma Press, 1930, p. 15.

[2] B. A. Botkin, "The Folk in Literature: An Introduction to the New Regionalism", in idem, ed., *Folk-Say: A Regional Miscellany*, Norman: University of Oklahoma Press, 1930.

遗留物式的民俗,但主要是指口头的、语言的、故事讲述的以及作为文学材料的民间文学,同时包括那些关于民间的文学和属于民间的文学。① 这个概念并未得到学界的太多响应,在博特金后来的论著中也极少再出现,但实际上,他关于民俗学的观点和立场在这里已经初露端倪:首先,他坚持民俗与文学同属于民众,以诗人的眼光来看待民俗,而不是将民俗限定为纯粹科学的学术对象;其次,他将民俗和文学都视为艺术,而不论其高雅还是低俗,来自乡村还是城市,重视的是其在生存语境中的价值;最后,既然民俗与文学开始是一体的,那么对民俗资料的搜集就不应仅局限在口头传统,书面甚至大众媒体中重现或再创作的民俗都是他后来关注的对象。可以说,"民声"已经为博特金日后主持民俗普及项目、主编民俗普及丛书等奏响了先声,但也正是这些观念和方法,日后遭到学院派民俗学者的激烈批评。

二 "民俗普及者":博特金的民俗学观点、实践及其争论

20世纪30年代"大萧条"时期,为了降低失业率,美国成立了公共事业振兴署(Works Progress Administration),其中的联邦作家计划为失业作家们提供了大量就业机会,大批地方资料和地方旅行手册被列入编辑计划,民俗学者也参与其中。

联邦作家计划作为罗斯福新政的一部分,强调如何定义"美国人"的问题。这时的民众在期盼经济的复兴,也在追寻精神的重振,联邦作家计划资助的民俗学项目主要目标就是帮助所有美国人重新找回自豪感和自我价值。这些项目的主持者们"发现这个国家缺乏一种共同体意识,在不同族裔、地区及阶级之间存在着多种矛盾。他们希望民间音乐的发掘和文化共同体意识的传播能带给美国人一种感觉——他们属于同一种文化。"② 他们希望通过搜集出版丰富的民俗资料,让民众领略美国文化的多样性,进

---

① B. A. Botkin, "'Folk-Say' and Folklore", *American Speech*, 1931, Vol. 6, No. 6: 404–406; B. A. Botkin, "Introduction to the Folk-say Series", *Southwest Review*, 1935, 20: 321–29.
② John Alexander Williams, "Radicalism and Professionalism in Folklore Studies: A Comparative Perspective", *Journal of the Folklore Institute*, 1975, 11: 218.

而唤醒他们对其独特文化遗产的价值和优点的认识。

这个项目将民俗置于公共领域而非严格限制在学术领域,这就提供给博特金一个理想的机会来践行他的民俗学思想。作为全国首位整个联邦作家计划的编辑,博特金不满足于简单的材料搜集和索引制作,而希望对材料做进一步的解释,并且将研究成果广泛宣传。"通过理解民俗与它生长的环境之间的关系,将民俗事象转换为日常生活中的鲜活表述,进而使民俗融入回地方生活",他的理想是"将我们从民众那里搜集来的、本属于他们的东西,以他们能够理解和使用的方式再还给他们"[①]。这就是博特金对民俗和民众的基本立场,即本文所概括的"还俗于民"。他坚持认为"民"(folk)和"俗"(lore)不应该是分离的,民俗学者不能脱离语境和民众孤立地理解民俗,也不能搜集好民俗资料就忘记那些资料的提供者和民俗的持有者。民俗搜集不应该只为了研究的目的,而应该为公众的使用和娱乐目的,民俗是公共的,而非个人所有的。

因此,博特金尤其关注民俗与民众生活之间的关联。他将所搜集的称为"活态民俗"(living lore),这首先要求民俗学者不能满足于被动地倾听和记录,而要主动去探索民俗事象在其生活语境中的意义。更重要的是,他认为民俗是鲜活存在的,在每个地方、每个人身上都可以找到,现代化并非民俗的天敌。他对西部乡村文化和东部城市文化都非常熟悉,他坚持认为,这两种文化内容不同,但从探索美国文化的意义上来说,其地位和价值同等重要。他并不执着于寻找纯粹的未经接触的民俗,而认为不同群体和文化间的相互接触同样会产生出新的民俗。他在为联邦作家计划编写的《民俗研究手册》中指出:"任何由共同利益和目标联系在一起的群体,不论是受过教育的或没受过教育的、乡村的或是城市的,都拥有可以称为民俗的传统。在这些传统内部可以加入很多元素,个人的或流行的,甚至是'文学'的,但它们都通过不断地重复和变异而被吸收、融合为一个模

---

① B. A. Botkin, "Supplementary Instructions to American Guide Manual: Manual for Folklore Studies", *Federal Writers' Project*, 1938, p. 10.

式，该模式有着作为一个整体的群体的价值和持续性。"①

博特金以此扩大了民俗研究的视野，努力超越构成早期美国民俗学研究主流的欧洲传统的遗留物研究。他既承认有文字社会、城市中存在民俗，也承认民俗变迁中那些新的"个人的或流行的，甚至是'文学'的"因素。在他的倡导下，"（联邦作家计划的）搜集者们不再受原始观念的约束，认为纯粹的民俗只在偏远孤立的社区中存续，他们开始尝试去纽约的城市街道、芝加哥的工业园区、新英格兰多样的职业、族裔和地缘群体中寻找民俗。"②

由于经费、人员、项目分配等问题，联邦作家计划的民俗搜集并不完全成功。但博特金还是认为，"在对作为活态文化和文学的民俗记录方面，以及在理解美国民主社会中民俗的意义及功能方面，这个项目是无价的。"③而对博特金个人来说，他因此接触并积累了大量美国各地的民俗资料，下一步的计划就是将这些民俗宝藏带到公众面前，实现自己的愿望——还俗于民。1944 年，他主编的《美国民俗宝藏》出版。

与此同时，对其他一些民俗学者来说，民俗学的专业化、学科化是当前的头等大事，这要求民俗学有科学严谨的理论方法，学者们保持客观纯粹的学术态度。博特金的立场观念显然与此不符，以他为代表的民俗"普及者"（popularizer）和以多尔逊为代表的学院派"纯粹主义者"（purist）在民俗学基本问题上针锋相对。

大致说来，两派学者的矛盾主要体现在以下两个方面。首先是学者与民众、民俗关系的立场问题。多尔逊等人将民俗资料的搜集和应用严格限制在学术范围内，反对出于商业或政治目的利用民俗；博特金则将那些创造、传播、保存民俗的民众视为自己工作的平等伙伴，认为民俗学者有义务将那些本属于民众的民俗还给他们。"民俗是基础的，民间歌曲和故事就像好邻居好

---

① B. A. Botkin, "Supplementary Instructions to American Guide Manual: Manual for Folklore Studies", *Federal Writers' Project*, 1938, p. 9.
② William F. McDonald, *Federal Relief Administration and the Arts: The Origins and Administrative History of the Arts Project of the Works Progress Administration*, Columbus: Ohio State University Press, 1969, pp. 714 - 715.
③ B. A. Botkin, "We Called It 'Living Lore'", *New York Folklore Quarterly*, 1958, 14·3: 198.

伙伴一样,很难想象为什么美国民俗没有得到更广泛的了解和欣赏,"博特金认为其中有民俗学者的责任,"民俗似乎只属于少数研究它的人而不是那些创造和使用它的人",民俗学者仍执着于古俗而忽视当下民众正在创造的民俗也是一大原因。① 他关心的问题始终是民俗学如何吸引更多的民众。

其次是如何定义民俗、如何搜集民俗的问题。前文已提及,博特金对民俗的理解比较宽泛,他并不像同行们那样,把自己的关注点局限在传统的农业生活方式或山地民众孤立隔绝的民俗文化,他把民俗看作一个动态的过程,认为每时每地都存在民俗。因此《美国民俗宝藏》中既有"农民歌曲""边远地区的荒诞故事"这样的传统民俗类型,也有"矿工的夸张故事""纽约人行道上的韵歌"这类崭新篇章。在这本书序言中,博特金指出,"这里使用的'美国民俗'的术语在一定意义上等同于美国文学、语言、幽默等这片土地、这群民众以及他们经验的表达形式。在这种表达的所有部分都有着相同的图景和符号,因此民俗和文学、语言、幽默等都是不可分割的。"② 拒绝将民俗与文学等其他表达方式割裂开来,这是博特金一贯的观点。因此他的资料来源既有口头的记录,又有正式文学、旅行手册、已出版民俗资料等书面记录,还有许多资料摘自报纸杂志。这在多尔逊看来是完全错误的搜集方法,纯粹主义者坚信,只有田野中口头的民俗资料才是真实可靠的。

博特金回应称,自己记录的是更加宽泛意义上的、社会的、文学的民俗。实际上,他想搜集记录的并不是单纯的民俗或文学,而是美国人的生活。这点在他给友人的信件中透露出来:"这是将美国民俗视为美国文化多样性表现的一套书,它不是'寻找美国'的书或关于美国传统的书,也不是仅仅将民俗当作科学或文学的学究式的整理。这本书的重点是美国人的生活,通过民间活动如实展演、运用民间幻想创造性表现的生活"③。

---

① B. A. Botkin, *A Treasury of American Folklore*, New York: Crown Publishers, 1944, pp. 21 – 22.
② B. A. Botkin, *A Treasury of American Folklore*, New York: Crown Publishers, 1944, p. 24.
③ Botkin to Simon, May 13, 1940. 转引自 Jerrold Hirsch, "The 'Ben Botkin Bulldozer': Toward a Reassessment of *A Treasury of American Folklore*", Lawrence Rodgers and Jerrold Hirsch, eds., *America's Folklorist: B. A. Botkin and American Culture*, Norman: University of Oklahoma Press, 2010, p. 62.

这一理念贯彻在之后的系列中，博特金在《南部民俗宝藏》（A Treasury of Southern Folklore，1949）中尤其关注民众对影响他们生活的工业化进程的反应。比如，作为纺织厂的新文化，其中的老板、工人、劳资冲突等都在创造一种形成过程中的新民俗。博特金要记录的不是正在消逝的文化遗留物，而是不同文化传统碰撞、斗争、融合共存的改变和适应过程。

可见，博特金对民俗的关注背后有着更深切的人文关怀，他想记录的是美国人的文化和生活。回顾美国历史和美国民俗学史，可以更充分地理解这种焦虑：作为一个年轻的国家，美国有自己的民俗和文化吗？作为一个外来的学科，美国民俗学有自己独特的研究对象吗？从博特金使用的一些术语，如"新创造"（new creation）"活态民俗"（living lore）"生成中的民俗"（folklore-in-the-making）等中可以看到，他想努力摆脱欧洲民俗学范式的影响，开辟属于美国民俗学的新领域，同时通过搜集美国人的生活文化来重新定义美国身份。如果说纯粹主义者"寻找的是准确注释索引的资料档案，博特金则是在努力记录这片土地的灵魂"，"他的领域是高雅、低俗、大众、流行或民间文化的综合体——我们称为美国经验的东西。"[1] 他始终致力于推动民俗普及，帮助民众发现并理解自己的文化。对他来说，比科学严谨分析民俗更重要的是与提供民俗知识的民众分享这些民俗，比学科纯粹性更重要的是在民众中培育一种意识：意识到他们文化的重要性，他们作为个体的意义，以及他们共同体的社会价值。这是三四十年代民俗学公共性实践的重要面向。

再往前追溯，美国民俗学建立之初的一些工作已经展现了民俗学学术性与公共性结合的可能。当时的民俗学者为寻找美国本土文化证据、定义新的美国身份，纷纷参与到抢救和保存印第安文化遗产的事业中。[2] 博特金可以说是这一传统的继承者，他的"宝藏"系列丛书有着相似的目的，也确实取得

---

[1] Bruce Jackson, "Benjamin A. Botkin, 1901 – 1975", *Journal of American Folklore*, 1976, 89: 1~4.

[2] Roger D. Abrahams, "The foundations of American Public Folklore", Robert Baron and Nick Spitzer (ed.): *Public folklore*, University Press of Mississippi, 2007; Regina Bendix: *In Search of Authenticity: The Formation of Folklore Studies*, Madison and London: The University of Wisconsin Press, 1997, p. 150.

了极大的成功,唤起了公众对民俗的兴趣。"宝藏"丛书的一篇书评标题为"这些故事和歌曲赋予美国自己的神话"[1],也有读者惊呼:"美国在过去三个世纪竟然创造了这些绝不可能起源于其他地方的民俗"[2],还有读者反问:"在这样一个庞大的美国民俗宝库中,会有一个美国人发现不了与自己生活方式及记忆紧密相连的东西吗?"[3] 从这些近乎夸张的赞美中可以看到,博特金等人的工作绝非仅出于商业目的,也不应仅从真伪民俗的角度予以评判,而应看到其对美国历史进程和社会发展起到的重要作用,它帮助美国人找到了自己的独特记忆和身份,帮助美国找到了独特而多样的民族品格。

三 博特金的应用民俗学设想

前文已经提到在学者与民众关系问题上博特金始终坚持还俗于民的立场,认为民俗研究属于民俗学者,但民俗本身属于创造和享用它的民众。他的一生都在推动民俗的普及和应用,并对"应用民俗学"的概念做出理论阐释,对后来的公共民俗学事业影响深远。[4]

博特金指出,最初的民间歌曲演唱者或民间故事讲述者都是在使用(using)民俗;只要民俗学家仍在民俗学中,以民俗学本身的视角看待民俗,他就是一位纯粹民俗学者;当他走出民俗学,参与到社会或文学史、教育、娱乐、艺术等活动中时,他就成为应用民俗学者。[5] 这就是应用民俗学最基

---

[1] 转引自 Jerrold Hirsch, "The 'Ben Botkin Bulldozer': Toward a Reassessment of *A Treasury of American Folklore*", Lawrence Rodgers and Jerrold Hirsch, eds., *America's Folklorist: B. A. Botkin and American Culture*, Norman: University of Oklahoma Press, 2010, p.65.

[2] 转引自 Jerrold Hirsch, "The 'Ben Botkin Bulldozer': Toward a Reassessment of *A Treasury of American Folklore*", Lawrence Rodgers and Jerrold Hirsch, eds., *America's Folklorist: B. A. Botkin and American Culture*, Norman: University of Oklahoma Press, 2010, p.65.

[3] 转引自 Jerrold Hirsch, "The 'Ben Botkin Bulldozer': Toward a Reassessment of *A Treasury of American Folklore*", Lawrence Rodgers and Jerrold Hirsch, eds., *America's Folklorist: B. A. Botkin and American Culture*, Norman: University of Oklahoma Press, 2010, p.65.

[4] 在"applied folklore"被广泛接受之前,二战后美国民俗学界还曾流行过"the utilization of folklore"的说法,至50年代逐渐被弃置(Robert Baron, "Postwar Public Folklore and the Professionalization of Folklore Studies", Robert Baron and Nick Spitzer (ed.): *Public folklore*, University Press of Mississippi, 2007)。

[5] B. A. Botkin, "Applied Folklore: Creating Understanding through Folklore", *Southern Folklore Quarterly*, 1953, 17: 199.

本的特征。

值得注意的是,博特金的应用民俗学理论仍以尊重民众为基本立场,作为民俗创造者和传承者的民众在其中占据首要位置。他自己引以为豪的应用民俗学范例是由联邦作家计划成员们采写的奴隶故事集《卸下我的重担》(Lay My Burden Down: A Folk History of Slavery, 1945),因为这部故事集不仅展现了奴隶的民俗或文化,更展现了那些默默无闻的民众的历史,如果不是博特金们组织记录,这些记忆将永远无人知晓。应用民俗学的一项工作就是将这些记忆和历史记录并呈现出来。

当然,博特金的应用民俗学并不满足于记录和重现,而更是为了理解和创造理解。例如,民间节日复兴就是为了理解和娱乐,身处其中的人们会感到彼此平等的"共同感",应用民俗学者在展演或复兴的实际是一种文化的或跨文化的民主;现代化进程使一切都趋于同质化,应用民俗学者的重要任务就在于探索那些可能消逝的民间文化并使它们保持活力,尤其在美国这样文化多样性显著的国家,不同地区和族裔资源的利用对充实美国人生活和文化至关重要;在国际层面,民俗资料重要的应用价值在于提升国际意识、促进国际理解,民俗学的学生、民俗使用者都必须有意识把自己培养为"整个世界中的一员"[1]。博特金强调的应用民俗学的理解功能,实际仍延续了他早年的主张,即在文化多元主义和文化平等基础上定义美国。这一努力还应置于当时美国的社会环境和思想潮流中审视,文化上的民主和多元一直是博特金希望达到的目标,他将此视为美国社会民主和道德的重要部分。他所有努力的出发点和落脚点,都是公共利益的最大化。

博特金还曾计划在纽约打造一个应用民俗学中心,促进"文化礼物交换"和"族群遗产的重新发现",防止文化同质化和文化多样性的减少。在他的设想中,这个中心需要扮演以下角色:一是作为集中的文化贮藏中心,需要搜集和整理那些分散的民俗资料;二是作为服务中心,做好民俗资料的搜集、记录、保存和宣传工作;三是作为信息中心,与民众分享民俗研

---

[1] B. A. Botkin, "Applied Folklore: Creating Understanding through Folklore", *Southern Folklore Quarterly*, 1953, 17: 199–206.

究的精神和成果。① 这些也是他对美国民俗学家们寄予的厚望。

从美国民俗学之后的发展历程看，博特金事业的继承者们没有辜负他的期待。虽然"应用民俗学"的概念因其最初的污名化和可能带来的与纯粹学术研究二元对立的错觉而被"公共民俗学"取代②，但博特金关于民俗学公共性实践的观念和立场仍让后人从中受益，他也因此被尊称为"美国公共民俗学之父"。公共民俗学已经成为美国民俗学重要的一个分支，越来越多的民俗工作者参与其中，在组织节日活动、帮助地方社区、展现社区文化等方面贡献着自己的力量。③

四 民俗学的公共性和民俗学史上的公共性实践：博特金的启示

博特金毕生致力于民俗学面向公众的实践，希望帮助民众理解、欣赏、认同他们自己的民俗，为美国文化身份的确认和文化民主及多元主义的实现寻找可能的途径：他积极倡导文学地方主义，倡导在文学创作中植入地方文化，进而唤起地方文化意识；大萧条时期，他主事的联邦作家计划民俗搜集项目努力运用民俗帮助经济萧条、精神不振的民众找回价值感；他主编的"宝藏"系列丛书，鼓励不同地区和不同职业的人群发现自身的独特性和自身文化的价值；他提出应用民俗学为促进文化间理解、保护文化遗产提供了一剂良方。他的思想观点和相关实践在许多方面给我们提供了启示。

首先，从前文讨论可以看到，博特金对民俗的理解是包容的，城市民俗、大众文化、包含民间元素的正式文学都在他的关注范围内；但面对汹

---

① B. A. Botkin, "Proposal for an Applied Folklore Center", *New York Folklore Quarterly*, 1961, 17: 152.
② "public folklore" 一度作为 "applied folklore" 的替代性概念兴起，其前因后果可参见 Archie Green："Public Folklore's Name", Robert Baron and Nick Spitzer (ed.)：*Public folklore*, University Press of Mississippi, 2007, 但当代美国 "public folklore" 与 "applied folklore" 仍并存，并有着各自不同的关注领域和问题意识，参见〔美〕戴安娜·埃伦·戈德斯坦，李明洁《美国应用民俗学的特质、方法与实践——戈德斯坦教授访谈录》，《民俗研究》2016 年第 3 期。
③ 参见安德明《美国公众民俗学的兴起、发展与实践》，《民间文化论坛》2004 年第 3 期。

涌而至的现代化浪潮和因此可能带来的文化同质化危机，他又保持文化自觉立场，努力搜集、记录、保存民俗，保护文化多样性。作为公共民俗学者，博特金的可贵之处在于对民众生活始终持欣赏态度并仅保持一种有限的干预。他充分尊重人们每天实践着的、丰富多样的生活文化，并未对之横加干涉、指手画脚；但又希望他们理解、珍爱自身的民俗传统，于是以出版图书、创作诗歌等方式进行普及和启蒙，这反映的仍是他尊重民俗主体、尽量还俗于民的立场。这是他留给今天的公共民俗学者的重要启示。

其次，我们不应庸俗化地理解博特金应用民俗学之"应用"。在他那里，提倡民俗的应用和普及不是简单地出于商业目的，其背后是关于国家文化的深切焦虑，他的工作是为了寻找美国人独特的文化记忆和民族性格，他所追求的是文化民主、文化多元和跨文化的理解交流。他的主张始终将公共利益置于首位，为我们提供了民俗学参与国家治理和社会建设的一种可能思路。

最后，回到普及者与纯粹主义者之间的争论，纯粹主义者本想把民俗从大众文化环境中完全抽离出来，将正式文学与故事、艺术、习俗等民间要素看作互不相干的东西，但随着社会进步和学术思潮更迭，他们还是逐渐放弃了探求纯粹民俗的想法，多尔逊的真伪民俗之辨早已被抛弃，[1] 博特金的工作得到了日渐广泛的认可。当然，以多尔逊为代表的学院派民俗学者致力于推动民俗学的专业化，在创新理论方法、完善学科体制等方面为美国民俗学的发展做出了巨大贡献。这段学术论争一方面提醒我们不应固守本质主义观点和向后看的传统，而应朝向当下，重视社会变迁过程中民俗文化新的内容和形态，以开放和包容的立场理解"民俗"；另一方面也为我们的学科建设提供了反思性的视角，即将民俗学者分为"学术派"和"应用派"实际是"误分为二"[2]，民俗学可以在不同的领域发挥作用，也应当鼓励不同的学术倾向和分支。

---

[1] 参见 Regina Bendix, *In Search of Authenticity: The Formation of Folklore Studies*, Madison and London: The University of Wisconsin Press, 1997.
[2] 〔美〕芭芭拉克什布拉特-吉布利特著《误分为二：民俗学的学院派与应用派》，宋颖译，《民间文化论坛》2015年第3期。

反观中国民俗学,已有学者注意到,在中国的学术传统中,"经世致用"一直是各种学问努力追求的目标和存在的合法性依据,中国民俗学从诞生之初开始就是一门实践性和公共性很强的学问,而且并不隐晦自己服务国家和社会的应用性追求。① 回顾学术史,从五四歌谣运动到中共大众文艺实践,再到新时期以来《民间文学三套集成》编撰、非物质文化遗产保护等,都为民族和国家的文化建设事业做出了杰出贡献,也是当代中国公共民俗学建设的先声和基础。正如重识博特金在美国民俗学史上的活动和贡献一样,我们有必要从新的角度来考察和评价中国民俗学史上的这些实践性活动,来为当代学科建设寻找理论资源和实践经验。至此,博特金的个人经历和在学术史上受到的不同评价,带给我们的启示既是思想观念层面的,也是学术史观层面的。

---

① 周星:《非物质文化遗产保护运动和中国民俗学:"公共民俗学"在中国的可能性与危险性》,《思想战线》2012 年第 6 期。

个案研究

作为有关生活文化传统的学问，民俗学主要的关注对象往往同古老的过去有着密切的关联，是在一个民族或社会中长期传承的传统事象。但随着学术理念与视角的不断调整，许多看似没有太多传承性的新的文化现象，也逐渐被纳入了民俗学的观察范围：不断涌现的各种新媒体，正日益深刻而广泛地影响着人们日常的行为与观念；都市化进程的不断加快，也为城市生活传统带来了前所未有的巨大改变。这些层出不穷的新事物、新变化，在以一种有别于我们所熟悉的"传统"的形态快速呈现于人们面前的同时，又正在通过传统与创造性之间不断的协商和妥协形塑着新的日常，成为以"面向当下"为取向的民俗学必须予以关注的重要对象。这种变化，在近年来中国民俗学界的个案研究中有明显的体现，并有日益突出的趋势。当然，无论对象的范围如何拓展，归根结底，这些个案研究的核心，还是在于对传统与当代社会之关联、互动的观照，以及在此基础上为解决现实问题提供理论参考的可能。

地方节日与区域社会

——以山东曹县花供会为例*

刁统菊**

摘　要：山东曹县花供会，除了满足信仰需求以外，最主要的功能就是在区域社会上有较强的凝聚作用。"正月初七桃源集人心最齐"，这种人心是有层次的，体现在桃源集镇、桃源集村，乃至桃源集村内部各个行政村。

关键词：火神；花供会；节日；区域社会；曹县

一　曹县的火神信仰

火神信仰自古有之，世界各地都存在对火神的崇拜和祭祀活动。明清以来，我国对火神的祭祀习俗主要流行于民间，仪式或隆重或简约，时间不一，以正月初七较为常见。

河南及山东地区，向来存在春节期间祭祀火神的传统，许多地方都保留了活态甚至比较完整的火神信仰，不仅在正月初七祭祀火神，有些地方还举行较大规模的、有组织的祭祀活动。明清时期的地方志记载了这一传

---

* 本文选自《节日研究》2018 年第 1 期。本文为国家社科基金特别委托项目（09@ZH013）"中国节日志"子课题"山东曹县桃源集花供会"阶段性成果，并受"山东大学学科高峰计划重点学科项目——国学（儒学）建设经费"支持。

** 刁统菊，女，山东省滕州市，民俗学博士。现任山东大学儒学高等研究院教授、博士生导师，《民俗研究》副主编，中国民俗学会常务理事。主要研究领域为民俗学基础理论、亲属制度研究、民间文献研究。代表作有《华北乡村社会姻亲关系研究》《民俗学学术伦理追问：谁给了我们窥探的权利？》《土地拥有、流动与家庭的土著化》。曾荣获山东省泰山文艺奖、山东省社会科学优秀成果奖、山东省第四次社会科学学科新秀奖等，主持并参与多项国家社科基金项目和山东省社科基金项目。

统习俗,如乾隆《曹州府志》记载,单县、定陶县、曹县、菏泽县,都有火神庙及相关的火神祭祀,指出"火神庙会典每岁六月十三日祭司火之神。今多于岁首人日祭"①,可见至迟清朝火神祭祀日期大多是岁首人日,也就是正月初七。这种习俗延续至今,形成一套完整的习俗仪程,以火神庙会为代表。

关于曹县的火神信仰,调查发现有两种民间说法,一种说法是火神庙会为当地人纪念火的发明者燧人氏而举行的祭祀活动,以祈求农业丰收和人丁平安②;另一种说法是某一年发大水,水中漂来一木质牌位,乃火神牌位,待水退去,幸存者奉而祀之,从此风调雨顺。从历朝县志来看,黄河故道确曾在桃源集经过。③事实上,整个曹县差不多都处在黄河故道之上,黄河决口在曹县,从金代至清代就有多次记载,特别是明清两朝记载尤多。④《曹县县情资料库·年鉴(2010~2013)》中所提及的"水灾",大部分为黄河决口造成⑤,直到咸丰年间黄河改道北流。曹县的地势也是自西南向东北倾斜,两地海拔高差至22米,显示出黄河历次决口泛滥对境内地貌造成决定性的影响,甚至产生相应地貌,如沙质河槽地、决口扇形地、河滩高地、背河槽状洼地、缓平坡地、浅平洼地。⑥光绪《曹县志》就有这方面的记载:"火神庙。在城内巽方,嘉靖丁未,河决入城,官民皆移居城上,遥见庙前一官人鹄立,乌□朱衣,面如傅粉,三日夜而没,比水退,始知为火神庙,遂祀之,以为其现灵云。"⑦在县治东南方向,确有一安蔡楼镇,有火神台(庙会),据说建于唐代。这一事例应可辅助印证"大水之后祭祀火神"的传说。而又因黄河过境,促使曹县历史上的经济虽然以农

---

① (清)周尚质修、李登明纂:《曹州府志》卷九,清乾隆二十一年刻本。
② 此说亦见于《曹县县情资料库·曹县年鉴(2010~2013)》,http://lib.sdsqw.cn/bin/mse.exe? seachword=&K=ch2&A=3&rec=152&run=13,最后访问日期:2017年12月5日。
③ (清)佟企圣修、苏毓眉等纂:《曹州志》卷十四,清康熙十三年刻后印本。
④ 参见康熙《曹州志》卷二十、乾隆《曹州府志》卷二十二、光绪《曹县志》卷十八。
⑤ 《曹县县情资料库·曹县年鉴(2010~2013)》,http://lib.sdsqw.cn/bin/mse.exe? seachword=&K=ch2&A=1&rec=36&run=13,最后访问日期:2017年12月5日。
⑥ 《曹县县情资料库·曹县志》,http://lib.sdsqw.cn/bin/mse.exe? seachword=&K=ch2&A=1&rec=18&run=13,最后访问日期:2017年12月5日。
⑦ (清)陈嗣良修、孟广来纂:《曹县志》卷六,清光绪十年刻本。

业为主，但工商业也较为发达（直至黄河改道北流后方较为衰弱）。因此当地以"集"命名的地名特别多，而桃源集镇本称桃园，为取吉祥，雅化为桃源村；清初，王官营集市移此，名桃源集。[1]

笔者在对山东曹县火神庙会的田野调查中发现，很难单单通过民众的口述来了解火神庙会在当地究竟如何起源，再结合对其自然与历史的考察，基本可以判断火神信仰的产生与黄河决口这一对当地产生重要影响的长时段现象有直接的关联。人们径直将火神视为当地最大的保护神，对火神的祭祀已经发展成一种与对其他神灵的祭祀类似的特点，那就是火神早就已经不单纯是可以辟火求平安的神灵，更是一种万能的神，无论国泰民安，还是风调雨顺，抑或阖家平安，几乎什么需求都可以来其座下表达。

二 桃源花供会与花供

山东曹县火神庙会的地点在桃源集镇镇政府驻地桃源集村。桃源集村作为一个人口约5000人的大型自然村，位于鲁西南曹县县境西北部34公里处，北邻定陶县，南靠河南省兰考县，属黄河冲积平原，地势平坦。桃源集村在当地人的口中，包含七道街，实际是六个行政村（俗称六个大队），分别为桃源集南街、桃源集北街、桃源集前东街、桃源集前西街、桃源后东街、桃源集后西街，六个行政村呈双十字分布。靠近中间一条主要的大街俗称"中心大街"，六街中靠近中心大街的村民自行组成一个集体，在花供会时与其他六街一样参与摆供，但因人数较少不进行护供。

桃源集的火神庙会，是桃源集一带民众在正月初七为祭祀火神而举办的传统庙会活动，本质上属于当地春节文化体系的一个部分，但其又有相当的独立性和重要价值。因供品用白面、熟鸡蛋、萝卜等食材辅以铁丝等工具，采用当地传统的面塑、雕刻、绘画等技艺，捏塑成亭台楼阁、人物鸟兽、瓜果花卉等，品类纷繁，造型生动，所以花供是火神庙会上的标志，久而久之，火神庙会被俗称为花供会。2008年和2009年，"桃源花供"分

---

[1] 曹县地方志编纂委员会编《曹县志（1986~2009）》，方志出版社，2013，第34页。

别入选菏泽市市级和山东省省级非物质文化遗产。

但花供并不仅用于火神庙会。根据我们2012年对菏泽丧葬仪式的调查，所谓花供，实质上是当地人用来祭祀神灵或为已故长辈举办丧葬仪式时所使用的一种祭品，表达人们对风调雨顺、五谷丰登和人丁兴旺、平平安安的美好期待。按当地习俗，人们要用祭品来敬天地、祖宗以求得平安。就当地经济水平而言，猪羊因过于奢侈而较少为人使用，因此人们较多采用面塑猪羊来当作供品。譬如当地举办丧仪也会请人做花供，尤其是面塑花供。在热丧和冷丧①仪式上，晚辈都要以面塑花供作为其中一种祭品来供奉已故去的长辈。也有的亲属以鸡蛋、蔬菜或者肉作为供品，几个碗盛放祭品若是互不相同，亦可叫作"花供"。其实，当地还有春节期间拜家谱的传统，正月初一早晨，家族男丁要去家谱跟前磕头，此时也会以面塑花供作为供品来祭祀祖先。

而祭祀火神的花供，制作原料不是以面粉为主，主要有辣萝卜、红萝卜、南瓜、面粉、鸡蛋等。起初辣萝卜的使用频率最高，但后来人们发现利用南瓜制作的供品保鲜时间更长久，现如今南瓜也被广泛使用。和往常不同，今年的花供中也出现了少量木头制品和铜丝制品等一些新品种，比如龙凤的制作。由于供品种类不一，制作工具也是各异，制作花供的主要工具为刀（大小不一）、铁丝、铜丝、镊子、木签、梳子、广告颜料、香油等。

桃源集的花供多达几十种，种类繁多。每道街在制作花供的时候，一般是制作一处庭院，据说是给火神盖一座府邸。庭院里不仅包括牌坊、宝塔、亭子，还有活泼灵动的狮子、仙鹤、金鱼、龙凤等动物花供，以及各色植物和各种瓜果花供。人们也特别钟爱雕刻或捏塑桃园三结义的刘关张。各类花供形态逼真，栩栩如生。

---

① 按照菏泽当地习俗，死者去世以后，家人要为其举行多次仪式。刚去世时举行丧礼，然后有"七七"（以"五七"最为重要）、"百天"、一周年、二周年、三周年、六周年，甚至还有十周年、六十周年（以三周年最为重要）。刚去世时和三周年是当地老百姓必须要办的两场仪式，刚去世时的仪式叫"热丧"；三周年的仪式被称为"冷丧"。一周年和两周年只烧纸、上坟，而三周年时则隆重祭奠，其程度甚于热丧，人们通常说"什么亲戚都来"，上礼与"热丧时一样"。

花供种类不同，制作工序不同。但大多数的花供制作，不脱离以下三道工序；第一道工序是将各种原材料利用铜丝和铁丝搭建骨架或雕塑成形；第二道工序，是将成形的花供固定在盆里，或者是用面团糊制在骨架外围；第三道工序是上色。除了利用原料的本色之外，其余的都要上色，有些是涂抹香油，有的则是喷射广告颜料，最后再做一些装饰。小型的瓜果类供品制作完毕即摆放在果碟、碗盘里，稍大甚至较大规模的供品则直接在大小合适的碗盆里制作，碗盆里会提前放好制作的面团，作为供品的底座。用面团作为底座，一是为了固定花供，使其傲然挺立，一览无余地展示出来；二是利于进供时的搬卸。

在火神祭祀上，花供最初只是供奉火神、祈求平安无灾的一种纯粹意义上的供品。随着社会生活经济条件的普遍改善，定期大规模举办火神祭祀活动促使当地这一民间艺术得到了高度发展。现在从表象上来看，花供虽然与其原始功用并没有脱离开来，但它实际上已经发展成为一种满足审美和娱乐需要的民间艺术形式，使得火神祭祀在某种程度上成为一种民间传统雕塑工艺品展览盛会。可以说，桃源集及附近和周边村落的数万民众一面来祭祀火神，一面来欣赏花供，这本身就已经说明了花供的祭祀功用和艺术欣赏功用并举的现实。但从更深层次上来看，火神会或者叫花供会这一节日满足了社区不同层次对凝聚力的需求，这应该是花供会一年一年不断展演下去的内动力。

三 花供协会、老善人与庙宇管理

虽然花供会实质上是火神庙会，但在火神殿未修建之前，其实并没有所谓的庙宇（或早年间有庙宇，后因黄河决口被冲毁），所以没有固定地点来祭拜火神。每次举办花供会，都只是每道街在轮值承办当年花供会时，临时找一个适当的地方搭建一个摆放花供的神棚，因而人们自然也没有日常去祭拜火神、去祈祷的习惯，只有正月初七火神庙会举办时才来磕头、祈愿。

没有庙宇的时候，庙会从年年办，到因缺乏资金改为两三年办一次。2013年建成火神殿，原来每年办庙会的习俗重新恢复，人们不仅在火神庙会时来庙里烧香，平日来烧香者也越来越多。在平日，尤其是农历每月初一和十五也来庙里祭祀，这就很快显示出火神庙的管理需要。

花供协会是为了庙宇管理而成立的，因为"庙好盖，但是不好管理"，所以接下来成立了一个经民政局备案的民间组织——桃源集花供协会（以下简称"花供会"）。作为花供协会秘书长，李孟柱在填申请表的时候就考虑由山东省非物质文化遗产"桃源花供"传承人——徐宝忠担任会长，然后由前东街和南街各出一个副会长，另外会计是王军记，保管是徐富山。花供会成立最初有50多个会员，"全部是各个行政村花供制作上的骨干力量"，现在正式成员有80多个人，7道街包括外村如葛寨村都是分会。技术力量有各街及花供能手，偏重于培养传承人。协会下设花供艺术团，徐富山是团长。花供会成立之前，只有桃源集镇政府驻地桃源集村的七道街摆供，周边各村如葛寨、范寨、韩寨、罗寨等随着进香，从2017年开始，葛寨村也主动张罗摆花供敬献火神爷。花供协会在扩大花供会的影响上功不可没，极大地提高了花供会在区域社会的影响力，协会在发展壮大的同时，花供会也注入了新鲜力量。

火神庙还有19个老善人，全为女性，在没有目前这座火神殿之前就为火神爷服务，曾经积极张罗、促使徐宝忠等人加入三人领导小组。庙宇的管理包括男性，也包括女性，而男性更多是在庙会上来发挥领导和组织功能，女性则不仅在庙会前夕要整日忙碌，比如为神灵制作（纸）衣服，在庙会期间还要操心置办供品、接待香客、为火神爷爷唱经，此外她们日常要负责维持庙宇的卫生、照管神像、接待香客。这19位老善人，平时按照两人一组每天来庙里值班。老善人还要自行组织起来，与附近其他村落的庙会互有往来。

新的火神庙会与以往不同的地方不仅仅是增添了一座庙宇，更主要的是有了一个这样的组织，既与官方挂钩，又与民间固有习惯保持了密切关联，这不仅保证了庙宇的日常运行，同时也使得火神庙会的传统功能得到更加显著的发挥。

四　七道街、桃源集村与区域社会

山东曹县的桃源集花供会，以其供品的独特和精美与河南各地的火神祭祀相区别，花供同时是火神庙会能够扩大影响的主要因素；而与山东其他地方对火神的祭祀零散而无组织相比，桃源集花供会复杂有序的组织又自成特色。

花供会首先吸引的是香客。他们主要来自桃源集村、周边乡镇及附近县市。香客进庙，首先要拈香，即给神灵上香。一般是从门口的侧殿开始，依次是月老、送子观音、佛祖、老母（三圣老母、无生老母、梨山老母）、财神，较少有人先从侧殿正中的佛祖殿开始上香，也就是见神就拜。拈香的香客拜过这五座侧殿的，再来给正殿的火神爷爷上香，这次上香所花费的时间、香火以及隆重程度都要远远多于侧殿。不多时，持续不断的拈香者给这弥漫在雾霾中的大地增添了热闹的气氛，而香和鞭炮的点燃混合着雾霾，越发使得这庙宇如同仙境一般。

香客有男有女，有老有少。有一人来拜者，其中以女性为多，有的携带事先购买好的香，有的则来到再买，男性则除了烧香磕头以外，也喜好在正殿右侧燃放鞭炮，他们一般匆匆而来，匆匆而去，不多停留；也有夫妻二人来拜者，男人往往站在一旁，女人认真磕头、烧香，事毕也即刻离去；一家三口来拜者，也不多见男人烧香，而是由女人带着孩子磕头、烧香；亲子二人来拜者，无论男女，都会磕头、烧香；小规模群体来拜者，都是女性，年纪十八九岁到八九十岁不等，有的是邻居关系，有的是亲戚关系，等等；大规模群体来拜者，是某一条街（或某一个行政村），集体从村里出发，一路敲锣打鼓并燃放鞭炮，气势雄壮，队伍前头挑着各色彩旗，有专人端着酒、香等供品（非初七正日子的花供），队伍中间有孩童、老人，或可见其中几名女性兜着数量庞大的金元宝。整体来看，大规模人群来拈香的，最为隆重，2017年花供会主办方后东街青壮年男性排成两列，着装严肃、整齐，在徐宝忠和李孟柱的带领下，列队欢迎他们。

其次吸引的是各种摊贩，兜售香烛的小贩可以进庙里来，而其他销售衣物、玩具、吃食的都在庙外。摊贩以周边25公里地以内者居多，少数摊贩距离超越这个范围。比如一个做糖人的女摊贩是从陕西西安来到此地，她幼时从桃源集长大，所以了解此地有花供会，每年都要来这里卖糖人。

花供会还吸引了一些人，他们是因为花供会的供品——花供之精美和独特而来的，主要不是以烧香为目的，而将观赏花供、从而消费节假日时间作为主要目的。这些人来自周边的乡镇、县市，有些人每年都来，甚至将看花供作为春节期间一个主要活动来期待。另外还有一些人，来自山东和河南的一些高校和科研机构以及媒体，以科研和报道为目的。这些人携带专业的摄像机、照相机，和以手机作为拍摄工具的普通观众明显不同。但在各种镜头之下，无论是进香的集体或个体香客，还是神棚内观赏花供的观众，都没有觉出异样来，显然在花供会的影响扩大的同时，人们也渐渐习惯了花供会日益被外界所关注。

桃源集花供会最大的意义，是将来自不同范围、怀抱不同目的的数万人凝聚到火神庙会上来。桃源集花供会是如何将这些人在同一天吸引到原本属于一个桃源集村的火神庙会上来的呢？作为一种地方性文化活动，桃源集花供会与当地社会生活和历史紧密相连，承载着深厚的民俗文化内涵。毋庸讳言，庙会肯定会涉及信仰方面，这是花供会传承的基础。也就是说，庙会满足了人们在日常生活中对神灵的需要，人们不仅可以在此祈祷国泰民安、风调雨顺，也可以在此表达个体和家庭对平安、发财的愿望，能够借此安顿心灵、摆脱焦虑。可以说，火神庙会在信仰的基础上实现了区域社会的一种认同，但是庙会要如何持续地进行下去以维系这种认同？桃源集村6个行政村的内部联合，在维持火神庙会的运行上发挥了关键性作用，他们之间既要保证花供会顺利举办而妥协与联合，又要为了各自的表现进行竞争与角逐。

桃源集村作为一个有 5000 多人口的大型自然村，内含 6 个行政村，和许多普普通通的村落一样，由血缘和地缘形成聚落，自然也少不了各种各样的家族矛盾及其他矛盾。桃源集村有所谓的葛、吴、徐、王四大家，还有八大族。四大家人多，再加上历史上所谓的大地主，各种矛盾年深日久，一直到1949 年以后、到 20 世纪六七十年代，家族之间的矛盾越来越多。后来小姓的社会地位慢慢开始凸显，然后又引起更多的矛盾。

这些矛盾，可以从人们为了修庙而去推选三个带头人的过程窥其一斑。2013 年阳历 8 月 15 日（阴历七月初九）动工盖庙，年底建成，当时"摊钱"是全村总动员，7 道街约有 5000 多人，每人 40 块钱。另外还得到各界

110多万元的捐款。收钱的时候还没动工，到后来钱收上来了，就委托推举徐宝忠、金庆民、吴洪才等三人成立领导小组。特别是徐宝忠被推选为领导小组成员，中间还颇有一番波折。据访谈对象说，人们推举徐宝忠做"带头大哥"，一是整个徐姓家族都听从他的指令，他是"姓徐的老家长"；二是他有魄力，敢于和不顾大局的家户斗争；三是他做村支书十几年，在北街甚至整个桃源集村都享有较高威望；四是他有房地产公司，"能挣钱"也可以证明他的能力和视野。选谁当"带头大哥"，显然是人们经过深思熟虑的。比如另外两人，吴洪才当时是后东街的支书，在村内也很有权威，而且修庙的地皮就属于后东街；金庆民是前东街的支部书记，个人威望也非常高。前期盖庙时，实际是由三人共同操心，协调复杂的方方面面的关系。人们推选这三个人尤其是徐宝忠当头，本身不仅是为了有人操心修庙，更是为了应对、解决修庙过程中出现的各种问题、矛盾和冲突，以能够顺利地、尽早地完成修庙这个"全村人的事儿"。三人小组以出众的领导能力、组织能力和经济资源赢得了大家的认可。

这样来看，怎么凝聚这样一个有5000多人而各种矛盾遍布的自然村呢？花供会就起到了这样的作用。

第一，花供会由5000多人的桃源集村举办，人们以火神信仰和火神庙会作为整合资源的基础，建构起集民间艺术和贸易为一体的民间文化体系。首先，当地人不仅在制作、观看花供中获得了极大乐趣，还丰富了春节文化和习俗，为桃源集村人的情感释放开辟了一个很好的出口。其次，桃源集村内部自成核心通婚圈，同时通婚圈也扩展到周围村落、乡镇，其地理位置的特殊性使得通婚圈还扩展到其他县市，因为有正月初七的花供会，所以春节期间的走亲戚习俗往往延长到花供会期间，届时不仅亲友相聚也比其他地方更为普遍，更主要的是桃源集人借此也展示了本村的能耐，树立并巩固了荣誉感，增强了他们在区域社会中的自豪感。再次，花供会吸引了周围十里八乡甚至外市、外省的人前来观看，因为聚集了大量的信众和观众，所以产生俗语"桃源集的花供——走着看"，这就对更广大的社会有一种展示作用，桃源集村人刷到了存在感。总之，在承办花供会的过程中，桃源集村人的社区认同意识得到了极大的强化，凝聚力也大大增强，所以人们总说"桃源集的花供",又说"正月初七桃源集人心最齐"。这些保证了花供会成为一种独具地方特色的、属于桃源集人的地方文化传统。

第二,在桃源集村内部,有6个行政村,以主姓村为主,在整个桃源集村的前提之下,各村之间或者各姓之间不管平时有什么矛盾,必须要把花供会办好。把花供会办好,就要求人们要摒弃之前的矛盾,协调好关系,人员统一服从安排。没有花供协会的时候,是几个行政村的会首聚齐协商,轮流主办,由该村会首总负责,其余村的会首全力配合。有了花供协会以后,头三年由花供协会来主办,为了增强积极性,2017年改为由几个行政村轮流承办,捐款收入和各项开支也都由承办村负责。这种制度保证每一个行政村可以轮流坐庄,在花供会这样一个大型庙会上发挥领导和组织功能的机会均等。花供协会成立以后,这种协调性、平衡性的功能并没有弱化或者消失,花供协会在组织结构和会员管理方面已经注意到了将几个行政村力量尽量均衡配置,如此才能顺利开展活动。

第三,每年承办花供会的行政村责任很大,如何把当年庙会办好,是非常重要的一件事情,顺利进行,则可以彰显本村脸面,出了意外,则要被大家议论很久。因此,这不仅需要全村内部团结一致来发挥全村的力量,同时也要与其他村落相互协调,以便方方面面的工作能够顺利开展。各个行政村之间会在花供上进行攀比,看哪个村给火神爷爷做的花供好看,因为所有行政村的花供都会摆在一起供大家观赏,所制作的花供上也都有各村标志。

花供,是给火神爷的主要供品之一。为了保持花供的新鲜外表,花供的制作一般从正月初六下午便开始张罗,初七一早便抬到神棚内祭祀火神爷。各街身怀绝技的花供艺人们更是跃跃欲试,手提制作花供的工具,走在去往制作花供的路上神采奕奕,满脸自豪,好像是在告诉路边的人:"又到了大展身手的时候了,等我做出来让你们瞧瞧。"花供的制作自然以街为单位,选择一处面积较为宽敞的场地,集体制作。譬如北街村民是选择在村委会进行,前东街则选在一户新房子内进行。我们在正月初六深夜的花供制作现场看到,各行政村的艺人一起开碰头会,纷纷献出最好的手艺。

花供艺人们对花供的种类大多艺有所专。花供艺人葛君俭继承了父亲的手艺，也算是第三代传人。从小跟在父亲身边耳濡目染，每当正月初六制作花供时，他便在父亲旁边偷偷学艺。他偏爱动物，因此每年动物类的花供大多由他制作。艺人们在制作花供时，那专注的眼神，令人屏息凝视不敢发声，生怕外面有丝毫的声响会打破他们的专注。每个人分工明确，雕刻、固定骨架、上色等等，现场有条不紊地进行着，工作一般都要做到深夜才会结束。这不仅是对艺术的一种追求，更包含着他们心中对火神爷虔诚的敬仰，再者因为花供的制作水平与本街道的社会声望联系在一起，所以艺人们对花供制作格外上心。

等到天亮，除了中心大街人数较少不护供以外，其他街道（行政村）开始护送花供去火神庙。从屋内走向屋外，锣鼓声、鞭炮声响起，装载鞭炮的汽车开路，紧跟着的是装载花供的车辆，车辆缓缓移动，上面满载维护花供的人员，好像花供的贴身侍卫一般，生怕有一点磕磕碰碰。花供车辆后面是跟随进供的信众，首先是男人，其次是女人和孩子。有些人手持着一根或者几把香，有些女人则用布包袱兜着满满的元宝，每个人都喜气洋洋、精神饱满。这种场面极大地振奋了村民的精神，唤起全村的荣誉感和整体感。一路上观看的行人不断，有来自其他街上的群众，更多的是来自周边村落的群众。"某某街的花供弄得不孬，你看，那个小狮子多好看！""某某街弄的不如这条街的好！"……各种评议的声音不断。

花供会既是一个在桃源集村内部凸显行政村个性和特点、展示和提高社会声望的场合，也是面向更广大社会的一个场合，所以大家都卯足了劲儿，起码保证不能让自己村丢脸，这样就要求每一个行政村内部也要保持平衡，以维护全村荣誉为第一要务。同时，各个行政村之间也需要相互配合，保证花供会的顺利举办。此外，桃源集村庙会期间，也会有其他村落庙会组织前来表演，这些组织之间的良好互动也是花供会顺利进行的一个条件。"正月初七桃源集人心最齐"，这种人心是有层次的，体现在桃源集镇、桃源集村乃至桃源集村内部各个行政村。如此层层递进，花供会在满足信仰需求的同时，最主要的功能就是在区域社会上有较强的凝聚作用。花供会的国家色彩并不是非常浓厚，其举办更偏向于民间社会自运行的特征，凝聚社区和强化认同感是其展演的内动力。

"信仰惯习"：一个分析海外华人民间信仰的视角

——基于新加坡中元祭鬼习俗的田野研究*

李向振**

摘　要：宗教市场理论在解释宗教现象与宗教实践时具有较强的解释力，但其过分强调信众个体经济理性的逻辑起点，使其在解读华人民间信仰时存在明显不足。从深层文化结构看，海外华人群体深受中华传统文化影响，某种程度上，其信仰选择也是文化传统在具体仪式实践中的投射。基于田野作业，通过对新加坡华人族群中元祭鬼习俗的考察，发现在解读华人群体民间信仰及其仪式实践时，与宗教市场理论相比，"信仰惯习"理论或更为贴近事实。

关键词：信仰惯习；民间信仰；海外华人；宗教市场理论

新加坡是华人为主体的移民国家。[①] 虽然不同时期受不同政府管理影

---

* 本文选自《世界宗教研究》2018 年第 1 期。国家社科基金委特别委托项目子课题《中国节日志·七月半》（项目编号：JRZ2011014）。

** 李向振，河北故城人，山东大学文学（中国民间文学）博士，武汉大学社会学院副研究员，国家民委民族研究优秀中青年专家。近年来主要致力于实践民俗学理论、民间信仰与乡村公共生活、民间信仰与东南亚华人社会、少数民族非遗保护传承机制等研究。在《世界宗教研究》《民俗研究》《世界宗教文化》等核心期刊发表学术论文近 20 篇，部分作品被《中国社会科学文摘》《高等学校文科学术文摘》等转载。

① 根据新加坡统计局统计数据，截至 2016 年 6 月，新加坡华人占总人数的 74.3%，参见 Population Trends 2016, Department of Statistics Singapore, http://www.singstat.gov.sg/。最后访问日期：2016 年 6 月 7 日。

响，加上各族群混居，文化多有交流，新加坡社会呈现文化多元性局面，但从深层文化结构来看，新加坡华人族群的文化底蕴仍是中华传统文化。就学术研究而言，国内外学界对新加坡华人族群的社会认同与身份认同已有相当深入的研究，著述从政治、经济到社会、语言、文化等不一而足[1]。新加坡华人族群的民间信仰问题，在过去几十年里也得到包括人类学、宗教学、宗教社会学等学科的关注，并产生不少富有启发意义的学术成果[2]。2015年11月17日，习近平总书记在新加坡国立大学题为《深化合作伙伴关系 共建亚洲美好家园》的演讲中提到"将中国和新加坡关系定位为与时俱进的全方位合作伙伴关系"。其中，即涉及中新间文化交流与合作，其基础是加深双方文化了解和理解。在此时代背景下，引入新研究视角，重新评估和分析新加坡华人宗教信仰与社会文化状况，对制定有助于"一带一路"倡议"落地生根"的相关政策具有现实意义，同时也有利于进一步探究海外华人民间信仰及其仪式实践的社会内涵和文化逻辑。

一 从"宗教市场"到"信仰惯习"：研究视角的转变

在宗教社会学领域，宗教市场理论是近20年来最富影响力也颇具争议

---

[1] 关于新加坡华人华侨研究的相关著述，可参考赖美惠《新加坡华人社会之研究》，嘉新文化基金会，1979；〔新〕王赓武：《中国与海外华人》，商务印书馆，1994；曹云华：《变异与保持——东南亚华人的文化适应》，中国华侨出版社，2001；刘宏、黄坚立主编《海外华人研究的大视野与新方向》，八方文化企业公司，2002；曾玲：《越洋再建国家——新加坡华人社会文化研究》，江西高校出版社，2003；曾少聪：《漂泊与根植——当代东南亚华人族群关系研究》，中国社会科学出版社，2004；等。

[2] 如石沧金：《跨国网络中的何氏九仙信仰与琼瑶教》，《世界宗教研究》2015年第2期；郑志明：《客家社会大伯公信仰在东南亚的发展》，《华侨大学学报》（哲学社会科学版）2004年第1期；李勇：《敬惜字纸信仰习俗在海外的传承与变迁——以新加坡崇文阁为例》，《世界宗教研究》2013年第2期；张禹东：《东南亚华人传统宗教的构成、特性与发展趋势》，《世界宗教研究》2005年第1期；徐李颖：《新加坡道教与民间教派、"信仰群"——以黄老仙师信仰为例》，《宗教学研究》2011年第4期；袁佳方：《"神缘"与身份认同：祖籍地信仰与海外华人——以猴屿张村与新加坡潘家村为例》，《文化学刊》2015年第7期；Daniel Goh. "Chinese Religion and the Challenge of Modernity in Malaysia and Singapore: Syncretism, Hybridization and Transfiguration." *Asian Journal of Social Science* 2009 (37): 109-137; Cheu Hock Tong ed. *Chinese Beliefs and Practices in Southeast Asia: Studies on the Chinese Religion in Malaysia, Singapore and Indonesia*. Petaling Jaya. Malaysia: Pelanduk. 1993.

的理论体系。作为宗教市场理论的"领衔者",斯达克等人从宏观、中观和微观三个层次对宗教市场理论进行概括,并乐观地指出"就跟它们足以解释加拿大的宗教行为一样,它们足以解释中国的宗教行为。"① 宗教市场理论的核心观点是宗教系统与世俗社会市场经济具有极大相似性,因此,可以将经济学原理应用于宗教现象的解释和分析。在斯达克看来,当代宗教变化主要取决于宗教产品的供给者而不是消费者,他认为宗教市场"是由一个社会中所有宗教活动构成,包括一个现在和潜在的信徒'市场',一个或多个需求吸引或维持信徒的组织以及这(些)组织所提供的宗教文化。"②

宗教市场理论进入国内学术界伊始,即引起不少学者关注。③ 一些学者基于本土事实,从不同角度对该理论进行反思和回应。梁永佳对中国大陆民间信仰复兴问题研究现状进行了梳理,指出学界主要解释模式有三种,即"传统的发明""国家—社会"关系、"宗教市场",并对宗教市场理论进行反思,认为"解释中国农村宗教的复兴,不能将其宗教现象还原为'政治'或'经济'等其他现象。"④ 范丽珠在反思宗教市场理论时,更是直言"'宗教经济'范式中的宗教市场的'供方'与'求方'是理解宗教的错误逻辑,在工具理性和价值理性两个重要概念中有相互混淆和偷换之

---

① 〔美〕罗德尼·斯达克、罗杰尔·芬克:《信仰的法则:解释宗教之人的方面》,杨凤岗译,中国人民大学出版社,2004,第1页。
② 〔美〕罗德尼·斯达克、罗杰尔·芬克:《信仰的法则:解释宗教之人的方面》,杨凤岗译,中国人民大学出版社,2004,第237页。
③ 姚南强:《论宗教社会学的范式革命——斯达克〈信仰的法则〉读后》,《世界宗教研究》2004年第3期;魏德东:《宗教市场论:全新的理论范式》,《中国民族报》2006年1月24日;〔美〕杨凤岗:《中国宗教的三色市场》,《中国人民大学学报》2006年第6期;卢云峰:《超越基督宗教社会学——兼论宗教市场理论在华人社会的适用性问题》,《社会学研究》2008年第5期;范丽珠:《现代宗教是理性选择的吗?——质疑宗教的理性选择研究范式》,《社会》2008年第6期;李向平、杨林霞:《宗教、社会与权力关系——"宗教市场论"的社会学解读》,《华东师范大学学报》(哲学社会科学版)2011年第5期等。直到近几年,仍有不少学者在继续关注宗教市场理论,如梁永佳:《中国农村宗教复兴与"宗教"的中国命运》,《社会》2015年第1期;刘芳:《从范式更替到结构转型:当代中国宗教社会学理论的本土化进程》,《世界宗教文化》2015年第3期;王康宁:《新范式的转化?——关于罗达尼·斯达克的宗教市场理论的争议与拓展》,《世界宗教文化》2015年第4期等。
④ 梁永佳:《中国农村宗教复兴与"宗教"的中国命运》,《社会》2015年第1期,第162~163页。

嫌；目前仅以宗教市场理论研究中国宗教具有一定的危险性。"① 卢云峰讨论了宗教市场理论在研究中国宗教上的限度，尤其是在"非排他性宗教"研究上所遇到的困境②。彭睿在简单梳理了宗教市场理论的基本观点及其在现代宗教社会学研究中的优势后，指出该理论体系中的"需求－供给"分析框架，"仍局限于'个体理性'的假设，这与现代经济学的发展依然存在较大差距。"③ 以上诸种研究，分析视角和反思路径各异，难免互有差异，但总问题意识一致，即宗教市场理论在解读华人宗教信仰问题方面，具有很大局限性。

本文认为，在面对华人民间信仰问题时，宗教市场理论不足之处主要表现在以下三点：第一，过分强调"制度－结构"与"需求－供给"层面的分析，而对民间信仰形成的历史过程关注不够，忽视因文化传统不同而形成的宗教图式各异的现象；第二，理性经济人的预设，忽视了华人群体选择某种信仰时非个体理性因素（如家庭环境、传统文化惯习等）的重要作用；第三，将宗教所产生的神圣性资源看成是"既成"产品，而忽视了华人民间信仰中神圣性资源未完成性和过程性的基本特质，信众往往通过仪式实践获得神圣性资源，至于生产神圣性资源的具体神灵是谁，并不非常重要。因此，斯达克等人认为宗教变化取决于宗教商品供给者的观点存在很大局限性。

对此，笔者认为在解读华人宗教信仰问题时，研究者有必要回到布迪厄的实践和惯习理论。布迪厄认为"惯习生成的原则是社会结构的产物，并趋向于把社会结构嵌入一个象征关系系统之结构中，从而以一种难辨的形式再生产这类社会结构。"④ 本文认为，将惯习理论置于民间信仰研究，强调信众的实践感与仪式的嵌入性，并不反对信众在行动选择时具有理性，而是强调其行动深受社会环境和文化传统影响，同时其行动意义在实践过

---

① 范丽珠：《现代宗教是理性选择的吗？——质疑宗教的理性选择研究范式》，《社会》2008年第6期，第91页。
② 卢云峰：《超越基督宗教社会学——兼论宗教市场理论在华人社会的适用性问题》，《社会学研究》2008年第5期，第81~97页。
③ 彭睿：《罗德尼·斯达克的宗教市场理论》，《中国社会科学报》2015年3月4日，第B02版。
④ 〔法〕皮埃尔·布迪厄：《实践感》，蒋梓骅译，译林出版社，2003，第149页。

程中得以实现。因此,"信仰惯习"或可成为理解华人宗教信仰的基本特质,以及反思宗教市场理论阐释力不足的学术视角。

在考察泰国华人族群的空道教(真空教)后,陈进国指出早期空道教在泰国乃至东南亚地区流行,实际上是"华人华侨在国弱民穷的时代对个体身体的自我清整,更包含着一定的文化象征意义,体现了移民社群在异质文明挤压之下对于社会身体治疗的内在硬度。道堂实际上成为了在地华人'命运共同体'的承载体之一,满足了华人的社群归属感以及对原乡文化传统乃至母国之认同的需求。"[1] 可以说,移居南洋的华人群体发展到现在,可能早已没有选择某种宗教信仰的最初之虞,但不少地区(如新加坡)华人族群仍保留大部分信仰及其仪式活动,这不仅是市场经济理性选择的结果,更是传统文化惯习力量使然。郑志明对东南亚华人社会流行的大伯公信仰进行梳理考察,虽未明确提出"信仰惯习",但在具体研究中已注意到深层次传统文化对华人群体民间信仰及其实践活动的重要影响[2]。陈彬等人在研究中使用了"信仰惯习",并指出"信仰惯习在一定社会经济文化条件下,历经常年的磨砺、积累、过滤、沉淀而成。而此种信仰惯习一旦形成,就像是构成了一个信仰基因库,则反过来对中国人信仰产生巨大的型塑力量,规定了中国人信仰的基本品格,包括心理观念、仪式特征、实践模式"[3]。

总的来说,当前学界对宗教市场理论的批评和反思主要集中于学理上的讨论,从田野个案出发对该理论进行反思的著述尚不太多。本文打算在前人研究的基础上,引入"信仰惯习"分析视角,通过对新加坡华人群体中元鬼节祭祀活动[4]的考察,与宗教市场理论形成对话,并具体探讨影响新加坡华

---

[1] 陈进国:《传统的留守——泰国空道教(真空教)考察》,《世界宗教研究》2009年第2期,第93页。
[2] 郑志明:《客家社会大伯公信仰在东南亚的发展》,《华侨大学学报》(哲学社会科学版)2004年第1期,第64~74页。
[3] 陈彬、刘文钊:《信仰惯习、供需合力、灵验驱动——当代中国民间信仰复兴现象的"三维模型"分析》,《世界宗教研究》2012年第4期,第103页。
[4] 在新加坡农历七月间,随处可见商号门前挂着"庆赞中元"的横幅,或在一些商场里张贴着写有"庆赞中元"字样的海报。新加坡华人鬼节时的庆赞中元活动,根据参与主体不同,名称也有差异,如以道观为主的庆赞中元活动,一般称之为"中元会",以佛教寺庙为主的庆赞中元活动,称为"盂兰胜会"或"普渡会",民间集体性庆赞中元活动,有的称之为"盂兰胜会",有的称之为"庆赞中元会"等。

人某种信仰选择的主要因素，同时分析新加坡华人群体民间信仰的基本特质及其在维系社群感情和强化华族群体文化认同与社区互动上的现实意义。

二 鬼节习俗流变与信仰组织的社团化

农历七月鬼节是新加坡华人社会中最重要的传统节日之一。19世纪初期以前，祭鬼习俗即已被早期移民带到新加坡。据现有资料记载，早在1836年，福建帮群侨领为加强对恒山亭①的管理，制定《恒山亭重议规约五条》，其中即有"中元普渡，当俟四点敬神，俟至七点撤俎，不可语白昼致祭，实于幽明不便"②的记载。由此可见，新加坡华人祭鬼习俗在19世纪二三十年代已较为普遍，并在一些华社组织内部形成较固定的仪式制度。

在1890年前，新加坡华人庆赞中元活动主要有两种方式：一是家庭内部祭祀；二是各帮派、会所等华社组织的庆赞中元活动。③ 后者声势较大，有些帮派或会馆甚至以此作为争强斗胜的博弈场。1890年英国政府修订社团法令，许多华人社团被迫解散，由其组织进行的庆赞中元活动日益衰弱。到20世纪初社团、会馆组织的庆赞中元活动已经基本消失。④ 不过，基于传统的惯性，华人社会集体性庆赞中元活动并未随之消失，而是改由街坊或商户组织继续延传下来，直到现在。

新加坡华人社会各种民间社会组织主要包括以下四类：一是基于"血缘"形成的家庭（家族）组织；二是基于"地缘"形成的宗乡会馆等，如安溪会馆、三江会馆、宁波会馆等；三是基于"业缘"形成的行业公会组织，其中规模最大的是中华总商会，其他的还有茶商公会等；四是基于"神缘"（信仰）形成的各种宗教团体。与之相应，根据组织主体，鬼节祭

---

① 恒山亭，主要供奉福德正神（土地神），建立于1828年，主要用来办理乡侨丧葬祭奠事宜，但当时闽侨比较严肃的集会和议事也都在这里举行，实质上是闽籍华人移民（"福建帮"）早期的管理机构，后来1860年福建会馆建立，此机构被取代。
② 参见《恒山亭重议规约五条》，载〔加〕丁荷生、〔新〕许源泰：《新加坡华文铭刻汇编（1819~1911）》（上卷），广西师范大学出版社，2016，第80页。
③ 据介绍，当时宫观、寺院等道教、佛教庆祝或祭祀活动往往依附于各帮派会馆等，独立举行庆赞中元活动的宗教场所并不多见。
④ 汪鲸：《新加坡华人族群的生活世界与认同体系（1819~1912）》，博士学位论文，暨南大学，2011，第71页。

鬼活动大体上可分为以下几类：一是以家庭或公司等为主体的个体性祭祀；二是以地缘关系为基础的邻里组织举办集体性"庆赞中元活动"；还有一类是依托佛教、道教等宗教团体及庙宇宫观举行的各种仪式活动，比如观音寺每年都在中元节举行盂兰盆会等。相对而言，最为普遍的还是邻里组织举办集体性庆赞中元活动，这也是传承历史最悠久，最能体现华人宗教信仰特质的仪式实践。

作为集体性庆赞中元活动的机构，各邻里组织往往会设置庆赞中元活动委员会，该机构一般由正炉主、副炉主、头家、财政、理事等组成，商户比较密集或街道人口较多的地方，还设有正副交际等职位。从具体形式上看，新加坡华人信仰组织呈现明显的社团化倾向。有文献和研究资料表明，信仰组织社团化倾向大概受到两个因素影响：其一，如前所述，受早期华人社会组织与信仰组织不分彼此的文化传统影响，直到现在不少地缘性质的会馆还组织各种信仰仪式活动，如温州会馆每年阴历七月都会组织举办"鲁班祖师诞"，安溪会馆每年正月都会举办"清水祖师诞"等；其二，受新加坡政府宗教与社会管理政策影响，为规范各族群宗教行为，新加坡政府先后制定《维持宗教和谐法案》《社团法案》《穆斯林管理法案》，明确规定了各族群信仰组织的主要架构和原则，与一般性社会团体规定相似。

庆赞中元活动中，能够沟通"人神"的最重要物质载体，莫过于"灵物"。不少华人认为，用来祭祀燃香的香炉极具灵性，供奉家中会得到神灵保佑。有资格将当年度香炉带回家中供养的个人或商户称之为"炉主"。"炉主"是委员会主要负责人，其负责组织本年度所有相关活动及来年鬼节期间的庆赞中元活动。必要时"炉主"还要率领其他"头家"、理事等到各商户募集资金，在出现募集的资金难以维持庆赞中元活动时，还要自掏腰包，补齐差额。"炉主"的付出以"声望"和"神佑"作为回报。在社会生活中，"声望"往往被看作是社会成员对于社会地位或社会关系的认可，而"社会认可赋予行动者身份和名誉，为被认可的个体提供了更多的资源与结构内的价值和安全感"①。"神佑"则是信众与神祇达成的契约关系，信

---

① 〔美〕林南：《社会资本——关于社会结构与行动的理论》，张磊译，上海人民出版社，2005年，第40页。

众认为行为虔诚及必要的物质财富耗费，就会得到神祇回报。作为象征资本的"声望"和"神佑"，每年都会吸引许多人前来竞争该职位，委员会一般会通过"打杯"仪式在众多候选人中确定"炉主"。

"打杯"，有时也被称为"掷杯""开杯"① 等，主要是以在神像前投掷贝壳的方法确定"炉主"人选的仪式。"打杯"仪式一般由上届"炉主"或区域内较有威望的人来主持。在举行仪式前，主持人在神像前香炉里点燃三炷香，候选人按照事先抓阄确定的顺序，依次跪在供桌前蒲团上祈祷，之后双手捧两片贝壳向上抛掷，每人投掷一定次数（根据候选人人数多少，分为6次、10次、12次不等），两片贝壳凹面均向下为"阴杯"，均向上为"笑杯"，一上一下为"有效杯"。主持人以写"正"字的方式进行计数，所有候选人都投掷完毕后，"有效杯"数最大者当选为"正炉主"；其次是"副炉主"②，之后是几位"头家"；最后是理事。对此，多次担任过"炉主"的茶店老板白进火先生解释道：

> 基本上就是说，每年"胜会"的时候，都要去开圣杯，开越多杯的，就当选了，比如说，一共十二个圣杯，（规定）五个圣杯的就当选了，之后的可能是副炉主什么的，如果今年，五个圣杯，刚好有两个人，第一个先来的就做炉主，我们这边是这样的，先来者先得……③

需要说明的是，参与者认为通过"打杯"方式连续几年得中"炉主"是非常难得的事情，此人或该商户将会连续几年走好运。有些地方庆赞中元活动中，某人或商号连续三年获选"炉主"，就有权永久性供养该香炉。皇后镇山水河村飞显庙法律顾问王明杰先生说：

> （当选"炉主"的人）好啊，就特别好，每个人都特别喜欢（这

---

① 徐天基：《香港海陆丰人的盂兰胜会——牛头角区第四十四届盂兰胜会调查报告》，《民俗研究》2012年第6期，第142页。
② 副炉主也会得到可以供奉一年的香炉，不过不是主香炉，而是供奉在其他神祇前的香炉。
③ 讲述人：白进火，男，1968年生于新加坡，现经营家族茶庄生意；讲述时间：2014年8月4日，讲述地点：摩士街白新春茶庄。

样的事情）。如果能一连拿三年是最好的，打到三年，这个炉就是你的了……再买新炉，重新做，不好拿啊，随机抽出来的，看你的运气了，也有这样的事情（发生过）。①

三 庆赞中元：民间信仰及其仪式的实践

节日中与信仰相关的仪式实践是制度性集体活动的重要表现形式。在仪式中，参与者通过个体行动，与他人（包括神灵）进行互动，并在具体活动中加强彼此社会联系。邻里组织举办"庆赞中元"除搭建祭棚祭祀亡灵或延请僧道举行打醮仪式等神圣性活动外，更包括诸如喊标、宴请等世俗性活动，本文认为正是通过这些神圣性和世俗性活动，邻里组织成员获得了社交场合和平台，平日难以互动的邻居间借此进行更广泛的交流，同时提高组织的社会资本和象征资本，从而维持邻里组织的稳定和持续。从笔者的田野资料来看，华人群体的各种仪式实践活动，基本都是从"老辈人"那里传承下来的，不少参与者甚至声称，根本不相信世上有鬼神，但还是会参与活动，原因是"大家都是这么做的，而且从老辈就开始这么做了，你不参与，就很另类的"②。

（一）"打醮、祭祀"

学界关于华人社区中元节"打醮"活动的研究，主要集中在中国东南部各省区、香港、台湾等地区，其中对于香港地区"打醮"研究尤为引人瞩目③。对于新加坡华人社区而言，社会信仰与"打醮"等仪式活动的研究仍不多见。不过，就具体"打醮"仪式而言，从笔者所获的田野资料来看，

---

① 讲述人：王明杰，男，1964 年生于新加坡，法律工作者，现为多个庙宇法律顾问，讲述时间：2014 年 7 月 30 日，讲述地点：新加坡皇后镇山水河村飞显庙醮棚前。
② 讲述人：白进火，讲述时间：2014 年 8 月 4 日，讲述地点：摩士街白新春茶庄。
③ 蔡志祥指出，"传统的价值观念和习俗，在转变中的社会政治环境中如何保存和变更……在现代都市化过程中，乡民如何从打醮的组织和仪式中，把掩盖了的族群意识和社群间的矛盾和竞争，不断地重新诠释"。蔡志祥：《打醮：香港的节日与地域社会》，香港三联出版社，2000，第 23 页。相关研究还包括蔡志祥：《从喃呒师傅到道坛经生：香港的打醮和小区关系的演变》，收入林美容主编《信仰、仪式与社会》，台北中研院民族学研究所，2003；黎志添、游子安、吴真：《香港道堂科仪历史与传承》，香港中华书局，2007；等等。

无论其形式还是具体实践，与其他地区华人社区相关仪式大同小异，其中徐天基关于香港地区海丰人盂兰胜会"打醮"仪式的田野描述，同样能反映一些新加坡华人社区庆赞中元活动中"打醮"仪式的基本情况①。

新加坡华人社会庆赞中元活动，从本质上来说是以祭祀鬼神和亡灵为主体的信仰实践习俗。早期移民到新加坡的闽粤籍华人大多受生活所迫背井离乡远离故土，到南洋谋生。这些人在离开祖国后，纷纷将家乡的各种信仰习俗带到栖身地，并在这里形成新传统。他们根据这里的社会结构与生活环境，对原有信仰体系进行调整与整合，重新赋予这些信仰以社会蕴含，从而构建出一套新的神鬼体系，并在祭祀与仪式活动上，强化了华族身份认同②。

如前所述，早期新加坡华人庆赞中元活动往往与宗教团体活动结合起来，经常有大规模"打醮"活动，不过当时相关记载资料甚少。时至今日，虽然宗乡会馆等传统组织已不再主办庆赞中元活动，但邻里组织的庆赞中元活动中，很多仍保留着邀请宗教团体举行"打醮"的传统祭祀活动。不过，不同区域组织庆赞中元活动邀请的宗教团体也不尽相同，比如摩士街盂兰胜会邀请的是道教团体：

（这边有请法事吗）有很多种，有的是请佛教的，有的是请道教的，这一个他们请的是道教的，我们这条街一路来请的是道教，因为这条街早期它是广东人经营的，所以它是道教……③

从白进火先生的讲述中不难发现，他使用了"一路来"，事后他曾给笔者解释他也不知道为什么要选择道教仪式，而是遵从老辈传承下来的习惯。他还说，早在庆赞前一个月即与相应道观进行预约，并告知"醮"的规模，

---

① 徐天基：《香港海陆丰人的盂兰胜会——牛头角区第四十四届盂兰胜会调查报告》，《民俗研究》2012 年第 6 期，第 140~153 页。
② 笔者曾在一篇文章中详细分析了新加坡华人"庆赞中元"活动中祭祀的鬼神体系及其意义构建。参见拙文《新加坡华人"庆赞中元"活动调查报告》，《民族艺术》2015 年第 5 期，第 163~168 页。
③ 讲述人：白进火，讲述时间：2014 年 8 月 4 日，讲述地点：摩士街白新春茶庄。

到庆赞中元活动时，该道观即派道士前来举行各种祭祀仪式并诵读经典。①除道教外，还有一些社区邀请佛教团体举办"普渡会"，借助佛事活动，超度亡灵。

就个体家庭来说，鬼节时一般会在家中设立简单香案供桌以祭祀先人。现在，为防范火灾等，许多社区设立专门用于焚烧香纸的铁桶，社区内华人则将寄托着对先人追思和祈祝的香纸投入桶内进行焚烧，这是华族特有的文化实践活动，其他族群的人很难理解其中的意义。通过这些活动，参与者实现了"阴"与"阳"的沟通，并在沟通中，将传统文化中的"慎终追远"理念传承下去。

（二）"喊标、竞标"

"喊标"是一种募集资金的方式。举办庆赞中元活动的大量资金，除"炉主""副炉主"及信众捐献善款外，拍卖信众捐献的"标物"是较为有效的办法。新加坡华人将竞拍标物的活动，称为"喊标、竞标"。王明杰先生认为：

> 喊标的意思就是，我把这个东西标出来啊，把弄的钱用来作为活动基金，如果明年我们这个活动增加拜什么，就需要钱啊，现在每个东西都需要钱嘛，所以你给他找钱，哪这么好找，所以就喊标，所以你要有心啊，你价钱高，你就拿了，明年我们这个活动就有钱了。②

信众捐献标物，需在举办庆赞中元活动前到委员会报名，其所捐献之物，可以是寓意吉祥的物品，如头炮灯笼（指挂在神像旁边的灯笼）、二炮灯笼（指挂在大二爷伯③醮棚上的灯笼）、发财糕、红包等，也可以是日常生活用品，如大米、食用油、木炭（黑金）、鲤鱼、酒等，还可以是来自家

---

① 讲述人：白进火，讲述时间：2014年8月4日，讲述地点：摩士街白新春茶庄。
② 讲述人：王明杰，讲述时间：2014年7月30日，讲述地点：新加坡皇后镇山水河村飞显庙醮棚前。
③ "大二爷伯"是新加坡华人庆赞中元时祭祀的双鬼，"大二爷伯"对应的是"黑白无常"。参见拙文《新加坡华人"庆赞中元"活动调查报告》，《民族艺术》2015年第5期，第166页。

乡的土或其他有象征意义的物品。"庆赞中元活动"当天晚饭之前，工作人员将标物放到事先搭建的"标台"上，等前来参加庆赞宴会的信众落座后，主持人即大声喊出标物及标价与捐献者芳名，号召大家竞标。若有信众对某标物举手示意，工作人员会立即走到该信众前，将写有姓名、公司名称、家庭住址、联系方式、标物名称、所出价格等内容的表格交给该信众，待其填完后，即拿出相应钱数获取标物。当然，大件标物或价格比较昂贵的标物，信众不必直接付钱，可在事后向委员会缴纳。于是，也会出现信众带走标物而拒不交钱的现象：

> 有的人喊了标了，不给钱，我们也不追究，你欠的不是我们的钱，你欠的是那些"好兄弟"的钱，因为你答应了，东西你拿去了，就归你了，你不给也无所谓，你自己知道。你心里要有数嘛，你喊的时候高兴了，到后来又不给钱，我们也不追究。①

需要说明的是，有些标物是标得使用权，而并非所有权，如头炮灯笼、二炮灯笼及其他香炉等，参与者标得的是一年的张挂或供奉资格，第二年庆赞中元活动时，他们要将这些物品还给委员会，继续作为标物进行"喊标"。参与者在张挂或供奉过程中，标物如有损坏，则需购置新的以作赔付。

> 有些地方的炉标价是十万、二十几万的都有，我们新加坡的那个城隍庙，一个炉是几十万的都有，二十多万，三十多万的都有。（他们后来拿钱了嘛）对啊，就是拿钱回来，但是就让你供奉一年哦，你看我们现在还要搬回去给他，之后如果又中，又要搬回来，这样一年呐，不是永久性的。②

---

① 讲述人：王明杰，讲述时间：2014 年 7 月 30 日，讲述地点：新加坡皇后镇山水河村飞显庙醮棚前。
② 讲述人：林明珠，女，1947 年生于马来西亚，现长居新加坡，讲述时间：2014 年 8 月 2 日，讲述地点：新加坡武吉知马林明珠家中。

（三）宴请：包座与包桌

包座与包桌，实际上是新加坡华人族群的一种社交活动。庆赞中元活动中的包桌吃饭主要有两种形式：一种是购买座位（包座）；另一种是购买桌位（包桌）。购买座位，是指参与者在庆赞中元活动的晚宴上，花费一定数量的金钱，购买一个座位，然后与其他人同在一桌吃饭，一方面促进交流，同时也能参与各种娱乐活动。包桌是某人花费金钱将整个桌位包下，请其亲朋好友前来享用美食与观看文艺演出等。许多地方庆赞中元活动时，还设有老人桌，专供境内符合条件的老人前来免费享用食物与观看娱乐演出等。

包座与包桌也是一种募集资金的办法，但由于参与者会得到委员会赠送的大米、金桔或其他物品，实际上他们捐献的资金并不多。善府宫圣佛堂普渡会上一位负责人反复告诉笔者承包桌位的钱实际上以餐饮和吉祥物品形式返还了回去，"他们不吃亏，我们也赚不到（多少）"[1]。

（四）献歌、献戏

据说，过去庆赞中元活动一般由各种宗乡会馆主持操办，当时经常邀请原籍戏班前来助兴演出，如福建籍移民通常邀请闽剧戏班，广东籍移民则大多请潮州戏班和粤剧戏班等。现在还有一些地方庆赞中元活动时会邀请地方戏[2]，但大多数都已换成邀请歌台。庆赞中元活动前，委员会将邀请本地较有名的歌台前来助兴，"喊标"后即进行文娱演出，演员一般都是本地人（也有少数马来西亚人），大多以"跑场"[3]形式进行演出。艺人大多通晓多种方言，表演过程中会积极与台下互动，如台下人多属于闽籍，则

---

[1] 讲述人：张姓老人，70多岁，新加坡华人，讲述时间：2014年8月2日，讲述地点：新加坡善府宫圣佛堂普渡会现场。
[2] 献戏活动，现在马来西亚一些华人聚居的地区还很盛行，参见康海玲《深层的展演——人类学视野下的马来西亚华语戏曲》，《戏曲研究》2008年第77辑，第56~77页。笔者在2012年田野期间亦曾看到某地庆赞中元活动时，邀请木偶戏、粤剧戏班等演出。
[3] 所谓跑场，指的是比较有名的艺人往往会同时收到数个庆赞委员会邀请，因此，他们会在一个庆赞现场唱完自己的歌曲之后，立即赶往下一个庆赞现场。据李秉萱先生讲，有些"跑场"的艺人，为了赶时间，会将出租车停在歌台外面，唱完歌后，立即坐车走人，连服装都来不及换。

多选择闽南歌曲；如果潮汕人多，他们就会多选唱粤语歌曲。

庆赞中元活动期间的献歌、献戏活动被赋予多种社会意义，参与者通过这些活动建立人与神鬼之间、人与人之间的秩序，正如康海玲所指出的那样，"在华人社会中，戏曲表演借助宗教的神圣力量，包括神祇、祖先、族源等超凡的力量建构一种较为理想的人与神、人与鬼、人与人之间和谐的秩序"①。

四 小结

如前所述，华人族群的具体信仰及仪式活动，带有明显的祖籍地域特征，如来自闽南地区的华人多去天福宫祈福；来自温州的华人群体则供奉鲁班祖师，并于每年农历七月举行盛大的鲁班祭；来自安溪地区的华人移民群体在农历正月初六举办清水祖师诞等。华人群体在选择这些信仰时，很难说仅仅是基于个体经济理性选择，或是某种信仰本身所蕴含的独特结构性意义，而更多可能是基于传统文化惯习的影响。正如范丽珠所言，"中国宗教的实践性、丰富性和其历史性不是一个简约的经济学模式能够解释的了的"②。

根据笔者的田野观察，从信仰实践的在场者来看，新加坡华人民间信仰主要有两种模式：一种是以神职人员为中介而形成的"神灵－神职人员－信众"模式；另一种是没有神职人员参与的"神灵－信众"模式。③ 相对而言，弥散于日常生活的"神灵－信众"模式更为普遍。两种不同的信仰实践模式并存，是华人民间信仰的重要特点。因此，以西方基督教研究为中心的宗教市场理论过分强调信众的"人身依附性"和专职神职人员的不可或缺性，在面对华人民间信仰事实时呈现明显的不足，尤其是在面对民间信仰时，"宗教市场"理论难以解释没有专职神职人员参与的信仰，如何

---

① 康海玲：《深层的展演——人类学视野下的马来西亚华语戏曲》，《戏曲研究》2008年第77辑，第56~77页。
② 范丽珠：《现代宗教是理性选择的吗？——质疑宗教的理性选择研究范式》，《社会》2008年第6期，第108页。
③ 华人民间信仰的另一个特征是信众与宗教组织之间一般不具有人身依附关系，即信众不必正式加入宗教组织，而通过各种仪式实践就能获得嵌入该宗教组织的社会和宗教资本。

成为可能并长时间持续稳定的存在。

另外，立足于新边际主义经济学理论的宗教市场理论在阐释华人宗教信仰及仪式实践时也存在缺陷，宗教市场理论假定宗教信仰如同流通的商品可以自由选择，而且信众如同消费者一样是完全理性的行为人，同时也具备完全能够满足其个体生活诉求的自由选择能力。实际上，正如前文分析的那样，在民间信仰及其仪式实践上，信众选择何种宗教信仰并不总是完全受理性支配，更常见的情况是受所处的家庭环境与文化传统影响，而且其赋予信仰的意义也主要是在仪式实践过程中完成的，而不是在事先已经确定。正因如此，新加坡华人族群与中国信众在对待民间信仰时的态度一样，即相信只要在仪式实践中的表现尽可能完美，尽可能通过身体（如叩拜）来表达"心诚"，就会得到神灵护佑，而是否能得到护佑，在仪式之前，信众并不确定。

新加坡华人群体的深层文化是中华民族的传统文化，而后者在千百年发展历程中早已将儒释道等多种信仰和知识体系的内核糅合在一起，形成了根深蒂固的"信仰惯习"。本文认为，信仰惯习理论强调信众的实践感与仪式的嵌入性，并不反对信众在行动选择时具有理性，而是强调其行动深受社会环境和文化传统影响，同时其行动的意义是在实践过程中实现的。换句话说，信仰惯习强调的是信众赋予宗教意义并不完全是以结果为导向的，而是贯穿于整个实践过程之中。因此，信仰惯习理论一定程度上能够克服源自向宗教社会学的宗教市场理论在面对华人宗教信仰时阐释力不足问题。

在文化的诸多表现形式中，宗教信仰是最具惰性的文化之一，尤其是源自中华传统文明的民间宗教信仰，其在传承与实践中特别强调"心诚"，认为"心诚则灵"。而实际操作中，"诚"并没有具体标准，新的信众只好完全至少尽可能地保持前辈信众在仪式场合的言行，并将之内化为自己的默会知识并践行之。这种以实践为主要特质的信仰模式，最大限度地保持了仪式实践在代际传承中的不变性。从这个意义上说，新加坡华人是在中华传统文化浸润下选择某种信仰，并按照基于惯习形成的默会知识将之付诸实践。

江南庙会的现代化转型：
以上海金泽香汛和三林圣堂出巡为例[*]

郁喆隽[**]

摘　要：江南庙会除了受到政策管制之外，还面对诸多现代化的挑战。本文以上海青浦区金泽镇香汛和浦东新区三林镇圣堂出巡为例，来探讨当下江南庙会面临的转型压力。金泽香汛虽然还保持着较大的规模，但存在香客老龄化、低学历等现状，地方政府成为"秩序维护者"。而在三林圣堂庙会的案例中，地方政府成为主导者和实际组织者。出巡仪式的主体不再是信徒，而是"代理仪式专家"，出巡仪式出现了"意义空心化"。近年江南地区的庙会出现了明显的"国家赞助人"制度。急剧的城市化、仪式的表演化和景观化，以及其他一些未曾预料的现代化后果，例如乡镇的人口空心化和老龄化，都对庙会构成了极大挑战。

关键词：庙会；金泽；圣堂庙会；香汛；出巡

一　引言：从历史到现实

庙会原本是江南社会最为基本的民间信仰表现方式。在每年特定的节庆期间，江南市镇周围的民众自发组成的小团体（香会、会社等），前往某

---

[*] 本文选自《文化遗产》2018年第6期。
[**] 郁喆隽，复旦大学哲学学院副教授，宗教学系副主任，德国莱比锡大学哲学博士，主要研究领域为西方哲学与宗教学。他长期关注公共领域与市民社会理论，著有《神明与市民：民国时期上海地区迎神赛会研究》，上海三联书店，2014，上海市第十三届哲学社会科学优秀成果获奖著作类二等奖。

个地方庙宇进行祭祀和朝拜活动。围绕庙会，以市镇为核心的空间内，将展开一系列的商贸、娱乐活动。庙会可以说是江南民间社会内部结构的一个切片。它可以展现地方权力如何进行分配、组织，权力如何进行动员，以及不同群体之间如何进行多种资本之间的交换和竞争。在现代化条件下，江南的庙会将发生怎样的变化，是笔者关心的主要问题。

本人曾经考察过民国时期上海地区的迎神赛会（以下简称"赛会"）仪式。[1] 赛会是庙会中最具宗教色彩的部分，赛会一般指向特定的地方神明，例如，庆祝某神明的生日。俗人而非专业的宗教人士，才是赛会的主导者。他们负责筹集经费，安排队列，甚至要维护节庆期间的地方秩序。其中最为核心的人群是所谓的"会首"——他们一般以某社或者某会自称，在平时具有较为松散的联络，而在赛会举行前会紧密地聚集起来，提前准备大量活动。会首最为核心的任务是在赛会中直接参与出巡仪仗。这样的出巡仪仗由少则十几人，多则上百人组成。不同的人群会组成不同的仪仗单元，例如，马执事、铜锣队、皂衣班、提香班、打莲荷和抬阁等。笔者认为，赛会是明清以来中国民间宗教中最为重要的地方社区宗教（local communal religion）仪式。根据笔者的不完全统计，从明末到民国初年，在地方志中有迹可循的赛会有170多例。在民国时期上海地区，城隍庙的三巡会、浦东地区清明节前后的出会季，还有江湾镇东岳庙的出巡，都是极为典型的赛会。从方志和报纸报道来看，虽然从清末以来，绝大部分赛会都由于安全原因而遭到了地方政府的禁止，但实际上却处于屡禁不止的状况。不仅如此，地方政府因为一味坚持禁令，而引发了和会首团体之间的多次武力冲突，甚至还造成过会首被枪击的事件。在特定的条件下，来自不同地域的会首团体之间、会首和教民之间，也出现过尖锐的对立和冲突。可以说，赛会为我们了解中国基层社会——不仅是乡村，还有现代化早期的城市——提供了一个极佳的切入点。

在完成了该专著之后，笔者曾经一度认为，无论是赛会还是庙会都仅存在于历史中了。现在即便还有庙会，也仅仅是一种历史的残余了。从2010年开始，本人陆续在上海及周边地区进行了一些不成系统的田野考察。

---

[1] 参见郁喆隽《神明与市民：民国时期上海地区迎神赛会研究》，上海三联书店，2014。

即便是这些极为有限的考察,也已经彻底颠覆了上述判断。庙会与赛会不仅没有消亡,而且正在以不同的方式顽强延续,某些还有复兴的迹象。这种感觉好像是人们在侏罗纪公园里看到了活生生的恐龙一般——一种原本认为已经消亡的存在,以极为鲜活的方式出现在你眼前。不过这样一种"幸存说"(或者"孑余说")极容易使得人们只看到历史的延续,而忽略其断裂以及庙会在当代的嬗变。

上述的反差促使本人形成了如下的思考。对江南庙会的研究大致可以被划分为三个层次的问题:第一个层次是"有无"的问题,即在历史和当下是否存在庙会。这个层次的问题应当说已经得到了一劳永逸的解决;第二个层次是如何的问题,即庙会以何种方式、样态存在,它的内在机制、动力是怎样的。为了回答这个层次的问题,学者需要对庙会进行充分的观察、记录和理论描述。当然,对庙会功能的解释和当事人的理解过程是纠缠在一起的;第三个层次的问题,本人认为,是现代化转型的问题。我们不能简单幼稚地假定,庙会将以传统的形式、一成不变地保持下去。庙会也必定要接受诸多现代化的挑战。[①] 在下文中,笔者将基于极为有限的田野经验和考察,尝试总结两个江南庙会——上海青浦区金泽镇的香汛和浦东三林镇崇福道院的庙会——在当代的表现形态,并分析它们面对的现代化挑战及压力。

二 青浦金泽香汛[②]

金泽镇(社区)位于上海的西部,青浦区的西北部,毗邻江苏、浙江两省。该镇属于淀山湖水系的一部分,是一个典型的江南水乡小镇。该镇以桥庙文化著称,历史上有"桥桥有庙,庙庙有桥"的说法。根据当地老人1992年的回忆,20世纪30年代镇上有大小庙宇40余座。不过在中华人民

[①] 本文中的"现代化"一词并不带有单线演化的规范性含义,而仅仅指最近100多年中出现的各种外部条件变化。现代化本身意味着一种条件或者状况,而并不预设任何目标或者特定路径。本文中的"现代化"也不带有任何"挑战—回应"史观的意味,而更多地带有社会科学中变量与应变量的关系——即将各种社会环境和条件作为自变量,将庙会作为因变量。

[②] 关于金泽镇的整体信仰状况,复旦大学李天纲教授已经出版了一部里程碑式的著作:《金泽:江南民间祭祀探源》,生活·读书·新知三联书店,2017。本人有幸从2012~2014年和李天纲教授一起参与金泽地区的民间信仰的调查,在此深表感谢。本文中关于金泽的描述,将尽量避免和李天纲著作重复。

共和国成立后，一些庙宇在各种运动中被陆续拆除，有一些庙宇的原址上建起了公共厕所。目前金泽镇依然保持了一年两次（三月廿八和九九重阳节）的"香汛"。所谓香汛，是指周边的香客在节庆当日前来进香的活动。镇上目前有三处开放的宗教活动场所，分别是颐浩禅寺、杨震（老爷）庙和总管庙。香客进香的主要目标是杨震庙。[①] 杨震庙位于金泽镇东南角，西侧毗邻金泽小学操场，东侧和南侧有河道围绕。[②] 需要指出的是，金泽镇上并没有道教场所，因此杨震庙是由颐浩禅寺（佛教）的法师"委托管理"的。除此之外，镇上还有几处民间"小庙"（例如关帝庙、府城隍庙、县城隍庙和二王庙）和民众私设的烧香点（见图1）。按照当地老人的回忆，绝大多数烧香点和历史上曾经存在过的庙宇位置重合。在香汛当天，香客一般清晨抵达金泽镇，首先前往杨震庙进香，然后还会到镇上各处小庙和烧香点焚香。镇上各庙平时每逢农历初一、十五也有香火，但远不及香汛。香汛当天，杨震庙外还有群众自发的集市，买卖农具、渔具和食品等。根据当地政府的不完全统计，香汛前后3~4天，前来烧香的人数峰值可以达到5万人，香客基本来自方圆50公里之内的临近地区。

香汛时的香客，有零散前来的，也有有组织的。不少同村或者邻村的中老年妇女会结成小规模的香会。她们身着统一的进香服，身背统一的香袋。大部分香客进入杨震庙后会在大殿前广场上磕头，在烛台点燃香烛，

[①] 杨震庙供奉的杨老爷又称杨爷、杨寄爸、杨继伯。方志上将他追溯至东汉名臣杨震。但信徒的口传故事显然和方志记载不符。按照民间传说，杨老爷舍己救人，自我牺牲，防止了投毒（一说放瘟），进而救了全镇的人。因此，杨老爷庙会有防瘟驱病的含义。这一说法也说明了杨震黑脸的由来。参见白庚胜主编《中国民间故事全书·上海·松江卷》，知识产权出版社，2011，第101页；王健：《利害关系：明清以来江南苏松地区民间信仰研究》，上海人民出版社，2010，第258页。金泽镇的杨震庙是目前上海地区唯一一座独立的"杨老爷"庙。不过，根据上海道教协会提供的资料，在上海道协所属的庙观中，有18座供奉着杨老爷。

[②] 杨震庙庙基南北长（约50米），东西短（约30米），大致面积有1500平方米。庙内最主要的永久建筑是杨震殿（大殿），位于最北侧，坐北朝南。受到地理和经济条件限制，整个庙内建筑呈现不对称的状况。杨震殿西侧有侧殿、财神殿（简易房），西北郊是厕所。杨震殿南面是较为开阔的空地。空地东侧由南向北分别是银库（供焚烧纸钱用）、金库（供焚烧香烛用）。空地上还有铁皮制烛台（架）若干个。庙基最南面是一排平房，平房紧贴河道，香汛时供会社举行供奉仪式，还有小卖部，南侧有简易码头。杨震庙的入口和售票处在西南角，设有简单的围栏。2014年这些平房被拆除，新建了庙门。

图 1　金泽镇庙桥

注：2013 年 5 月状况，郁喆隽绘制。

向四方礼拜；有些人还会携带大量的纸钱，在殿前的"银库"焚化。另一些人还会在殿前燃放鞭炮。香客会从家中带来一些贡品，例如水果、糕点、黄酒、猪头和活鱼。这些贡品被摆放在大殿门前的两张方桌上。待进香完毕，这些贡品还会被香客自己整理带回家，分享给亲人邻居。李天纲认为，这种典型的"血祀"做法与传统儒家礼仪非常接近，但也给佛教法师的"代管"造成不便。一些香客还会在大殿前唱歌、跳舞。香客进入大殿后，按照逆时针行走。一般在香汛当天，大殿内往往水泄不通。香客逐次向殿内神像磕头后退出大殿。不少信徒还会到大殿西面的侧殿给三位"奶奶"

（杨夫人）进香。2014年庙门口平房被拆除之前，还有香客在里面摆放大量杨震老爷的陶俑，进行祭祀和唱念活动。祭祀完成后还会聚餐。值得注意的是，香客中的一些妇女还兼有护法和师娘（巫婆）的角色，其社会动员能力不容低估。① 甚至颐浩禅寺的法师也要敬她们三分（见图2）。

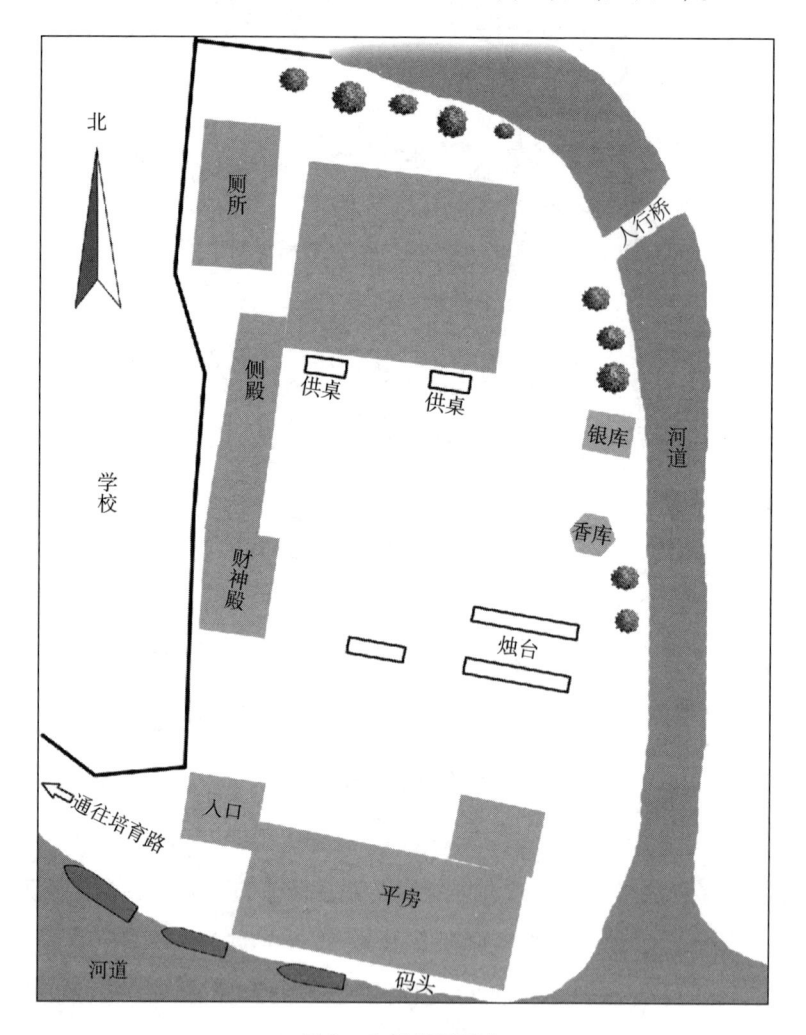

图 2　金泽镇杨震庙

注：2013年5月状况，郁喆隽绘制。

---

① 笔者曾经撰文分析过杨震庙信仰活动的动力机制，参见郁喆隽《中国宗教研究的类型学问题——从江南民间宗教出发》，载金泽、李华伟主编《宗教社会学》第三辑，社会科学文献出版社，2015，第16~34页。

香汛现场最具可看性的是各种会社的仪仗出巡。各个会社都有自己的名号。有些会社还有旗帜、伞和牌子。从 2013 年到 2015 年的数次田野调查，能够观察到规模最大的会社是"先锋提香社"。[①] 该社由 50 余人组成，身着统一的明黄色服装，头扎红色丝巾。根据该社成员自述，他们来自一水之隔的嘉兴。由于淀山湖水系相通，所以他们通常坐船而来。船只直接停靠在杨震庙外的码头。仪仗队列中，该社最令人叹为观止的单元是所谓的"扎肉提香"：10 余个男性会首在出巡前，将 4 枚鱼钩扎入上臂下方的皮肤中，然后将一个香炉或者铜锣悬挂在鱼钩上。先锋社在整个上午出入杨震庙几次，鱼钩、铜锣和香炉都不会取下，直到中午全部仪式完成为止。笔者曾经目睹了这些会首在出巡之前进行的降神（准备）仪式。据他们自述，由于得到了神明的护佑，扎肉提香不会出血。先锋社中的将近 10 名女性会首，她们会在臂下悬挂花篮。花篮的悬挂方式从外观上看，非常接近扎肉提香。但是，她们实际上是将绳子捆绑在小臂上，然后盖上一块毛巾遮挡。另外还有一个黑衣先锋社，人数不足 10 人，年龄均在 50 岁左右。他们均身穿黑色长袍，头戴黑色软帽，打扮成旧时衙门中的皂吏模样。每个人手持不同的刑具，如棍棒、铁链、镣铐等。最后一位压阵老者则手捧一座放置在木匣内的杨震老爷的陶像。出巡仪仗一般会先在杨震庙内绕行数圈，然后出发经过镇中几个重要的烧香点，然后再返回庙中。有必要指出的是，目前有一些会社已经无法组织成规模的仪仗队列。他们只能选择象征性地参与香汛，比如将本社的旗帜扎在杨震庙门前栏杆上，或者将本社的牌子树立在大殿正面的外侧墙壁。

根据 2012 年香汛现场的问卷调查，杨震庙的信徒呈现如下的特征：(1) 中老年居多，年轻人少，有近 80% 的香客年龄在 40 岁以上；(2) 女性多、男性少，女性香客约占 70% 左右；(3) 文化程度低，香客中 40% 是

[①] 该社成员主要来自嘉兴，在当地主要负责在刘猛将生日时出巡。相关研究参见王娟《嘉兴莲泗荡网船会的民俗文化传承与保护研究》，载《嘉兴学院学报》2016 年 3 月，第 26~31 页；王水：《从田神向水神转变的刘猛将——嘉兴连泗荡刘王庙会调查》，载上海民间文艺家协会、上海民俗学会编《中国民间文化：民间稻作文化研究》，学林出版社，1993。关于太湖渔民的香会组织参见上海民间文艺家协会编《稻作文化与民间信仰调查》，学林出版社，1992。

中学文化程度,有 30% 多只具有小学文化程度,还有 20% 为文盲。大部分女性香客不仅为自己,还为家人和亲属烧香祈福,呈现"代理人"信仰的形态。香客中,来自金泽镇本地和青浦区的人数大约居半,还有不少香客来自浙江、江苏两省。从职业上来看,近半数的受访香客是退休人员,其次是农民和工人。绝大多数香客烧香的目的是"求平安"和"求长寿"。

从 20 世纪 90 年代到现在,当地政府对金泽香汛的态度出现了很大的转变。在"反迷信"的名义下,政府曾经组织过大规模的拆庙活动。但是,一些民间小庙和私设烧香点的搭建成本非常低,所以在屡次拆除之后,很快又出现了。这也反映出,民众信仰的延续极强。现在政府在香汛时,主要扮演了"秩序维护者"的角色:加派警察、联防和保安,维护现场秩序,防止出现踩踏,预防火灾和其他治安事件等。需要指出的,金泽镇在晚清和民国时期是淀山湖流域东侧的一个稻米加工中心。当时主要的人员和物资流通依靠的是水上交通。但是伴随着从水路交通向陆路交通的重心转移,金泽镇从一个水上交通的枢纽,变成了陆路(公路)交通的边缘。金泽镇的经济和贸易地位已经今非昔比。除了少数会首之外,大部分香客都坐车前往香汛。一些香客团体租赁了大巴当日往返。

三 浦东崇福道院庙会

崇福道院(又称"圣堂")位于上海浦东新区的三林镇。[①] "三月半"的圣堂庙会是当地历史悠久的一项活动。中华人民共和国成立之后,政府曾经对三林圣堂采取了强制性措施。1954 年,"三月半"的圣堂庙会开始由政府主办。"庙会"也被改名为"三林城乡物资交流大会"。有学者指出:"失去了宗教信仰这个核心,改头换面且变了质的城乡物资交流大会既没有烧香拜神,也较少有娱乐项目,对普通百姓的吸引力大打折扣。"[②]

2005 年 10 月,上海浦东新区有关领导在三林镇视察时,建议恢复圣堂

---

① 关于崇福道院的历史参见张开华《"三林崇福道院的民间传说"》,《浦东开发》2015 年第 8 期。

② 黄景春、张开华:《"国家在场"与都市庙会的转型——以浦东圣堂"三月半庙会"为例》,载晏可佳、葛壮主编《宗教问题探索:2011~2012 年文集》,上海社会科学出版社,2013,第 28 页。

庙会，并将庙会申报为非物质文化遗产。2007年3月，圣堂庙会进入了浦东新区的"非遗"保护名录。①

2008年，"三月半"圣堂庙会正式恢复，活动举办3天，参加人数达25万。2009年，庙会转型为浦东三林民俗文化节暨"三月半"圣堂庙会，参观人数达到55万，参与行街表演的群众达1500人左右。② 2012年之后，圣堂庙会逐渐被纳入了上海民俗文化节的大框架之中。是年4月5日崇福道院举行了"三月半圣堂庙会祈福法会"。法会结束后，几十位道士和数百名信众一起参加了行街表演，前往三林老街的主会场。③ 需要说明的是，民俗文化节是由上海市文化广播影视管理局、浦东新区人民政府主办，三林镇政府等单位承办的。④ 庙会涉及的组织机构如下：上海市浦东新区人民政府、上海市文化广播影视管理局主办、浦东新区文化广播影视管理局、浦东新区民族和宗教事务委员会、上海市群众艺术馆、上海市非物质文化遗产保护中心、上海市群众文化学会、浦东新区三林镇人民政府承办。此外还涉及公安、工商、旅游、文化等多个部门。⑤ 地方政府起到了庙会的主导作用，甚至可以说就是庙会的实际主办方。

笔者曾对2016年"三月半"的圣堂出巡仪式进行过观察。这次出巡属于上海民俗文化节的一部分。当日上午在圣堂内举行了真武大帝祈福法会，下午进行了"三月半"三林塘民俗文化节开幕式，之后开始出巡。出巡的参与者都是上海道学院的学员。出巡队伍从崇福道院出发，沿灵岩南路，

---

① 黄景春、张开华：《"国家在场"与都市庙会的转型——以浦东圣堂"三月半庙会"为例》，载晏可佳、葛壮主编《宗教问题探索：2011~2012年文集》，上海社会科学出版社，2013，第30页。三林镇申请"非遗"项目的还有：三林舞龙（国家级非遗项目）、三林刺绣（市级非遗项目）、三林瓷刻（浦东新区级非遗项目）、三林本帮菜（浦东新区级非遗项目）。参见李琦《浦东圣堂三月半庙会的当代转型考察》，《民间文化论坛》2013年第3期。
② 朱眉华、储明昌主编《创新与突破：三林镇经济社会发展分析报告：2011~2012》，华东理工大学出版社，2013，第222页。
③ 黄景春、张开华：《"国家在场"与都市庙会的转型——以浦东圣堂"三月半庙会"为例》，载晏可佳、葛壮主编《宗教问题探索：2011~2012年文集》，上海社会科学出版社，2013，第31~32页。
④ 关于崇福道院庙会另参见张欣《走进灵秀古镇的千年道观：上海崇福道院和圣堂庙会巡礼》，《中国道教》2014年第4期。
⑤ 朱眉华、储明昌主编《创新与突破：三林镇经济社会发展分析报告：2011~2012》，第228~229页。

后转入三林路,再转入三新路,沿着三林塘河北岸的东林街,全程大约3公里。按照事前安排,出巡队列一路上都沿着非机动车和机动车道之间白线行进。由于当时并非交通高峰,因此出巡队列不会对交通造成很大的影响,所以也没有进行任何形式的交通管制。出巡路线的沿途有不少警察和保安巡逻开道,还有镇上城管人员(身穿黑色"特勤"制服)维护秩序。

值得指出的是,根据笔者的观察,出巡沿途的大部分居民对这样的仪式感到十分新奇。他们其实并不了解该仪式的目的及其历史意义。这或许与快速的城市化有关。浦东三林镇和上海市绝大部分城乡接和部的乡镇一样,出现了本地人口和外来人口的倒挂现象——三林镇上居住的人口大部分不再是本地人,而是外来经商和务工的人口。他们本来对本地的乡土习俗就缺乏了解。不过在进入三林老街后,由于人流量较大,人群比较拥挤。出巡队列无法再保持连贯,逐渐融入参加民俗文化节的市民中。

当日出巡结束后,道学生脱下道袍后,直接在附近停车地点登上大巴车离开。在此次出巡中,虽然道学院参与了出巡,但是并没有神像参与出巡。体制性宗教人士成为社区乡土宗教的"代理仪式专家"(vicarious ritual expert)。圣堂庙会原本具有如下的功能:首先,对于信徒和原生乡土社会的居民而言,庙会具有明显的信仰、宗教、灵性属性。对社区而言,庙会代表了一种集体、公共的祈福。对社区的居民而言,他们可以利用庙会来表达个体的意愿,或为家庭祈福,或为个人治病。其次,庙会具有明显的经济、商贸属性,当地居民原本将庙会作为一年中重要的物资交流机会。最后,毫无疑问庙会具有鲜明的娱乐属性。

然而,目前崇福道院的出巡仪式,已经带有很强烈的表演意味。原本的社区仪式(communal-ritual)也已经彻底脱离社区,成为"没有社区的社区仪式"(communal ritual without communi-ty)。相关文章中提出,圣堂庙会是"以政府为主导的前提下、强调社会参与和市场运作"。"整个庙会的运作资金除政府扶持外,还有一部分来自展会游艺的收入。"[1] 有报告指出,作为民俗文化节组成部分的庙会特色有所削弱。由于民俗文化节的主办场地

---

[1] 方舒:《圣堂庙会:魅力浦东的古老名片》,《浦东开发》2013年第4期。

从崇福道院移到了三林老街，两地相距两公里，庙会中的道教文化内涵被削弱了。[①] 有学者指出，圣堂庙会经历了从农村型庙会向都市型庙会、从商业型庙会向文化型庙会的两种转型。[②] 但是我们也要看到，这两种转型都不是内生性的，而是外在地理和政治环境改变后不得已的变化。

耐人寻味的是，在三林镇上的另一项民间宗教活动正在以完全不同的方式恢复。大约在1999年，几位老太太在西城隍庙原址上搭起了一个窝棚，供奉城隍牌位。2000年初，洪街生产队盖起了两间平房，2010年西城隍庙扩建为13间房。2010年农历十月初一，民间力量组织了一次城隍老爷出巡，恢复了中断60多年的城隍出巡仪式。西城隍庙出巡完全由民间力量组织，运作费用全部来自信众捐助。[③] 该仪式在未来的发展有待观察。

四 庙会现代化转型的压力与难题

江南民间庙宇不同于体制性宗教的庙宇宫观，它不是一个专属或排他的神圣空间，而是一个开放性的场域，更是一个地方权力关系的枢纽，混合了神圣与世俗性的诸多元素。因此，民间信仰的庙会可能会对外部环境的改变更为敏感。以下本文将围绕上述两个案例，来尝试总结江南庙会转型所面临的几种挑战和难题。

首先，需要探讨的是国家在庙会中的角色。黄景春在对浦东崇福道院的研究中，指出了在庙会中"国家在场"（state presence）的问题。他明确意识到："古代庙会是由民众定期举行的宗教活动衍生出来的集宗教、商贸、娱乐于一体的周期性集市，它通常由地方士绅自发组织，国家一般来说并不直接干预庙会活动。"[④] 而在目前的政治格局下，由于政府事实上垄断了大量的资源，因此在任何公共活动中也不得不承担非常多的职能。因此，

---

① 朱眉华、储明昌主编《创新与突破：三林镇经济社会发展分析报告：2011~2012》，第230页。
② 李琦：《浦东圣堂三月半庙会的当代转型考察》，《民间文化论坛》2013年第3期。
③ 黄江平：《社区文化空间的多元建构：以上海市浦东新区三林镇为例》，《上海文化》2013年第12期。另参见《西城隍庙城隍出巡碑记（2010年）》，浦东新区档案馆、浦东新区党史地方志办公室编《浦东碑刻资料选辑》（修订本），上海古籍出版社，2015，第577~578页。
④ 黄景春、张开华：《"国家在场"与都市庙会的转型——以浦东圣堂"三月半庙会"为例》，载晏可佳、葛壮主编《宗教问题探索：2011~2012年文集》，上海社会科学出版社，2013，第27页。

在比较成功的庙会案例中，不可避免地发现，地方政府兼具了多种角色：它首先成为庙会管制方——它既要对庙会的合法性进行限制，乃至进行改造，也要对庙会的安全负责；其次，地方政府成为庙会的主要赞助人。可以说，我们从最近几年江南地区的庙会活动中，可以看出一种明显的"国家赞助人"（state patronage）制度。地方政府要为庙会提供大量的行政和财政资源，调动当地的商业、文化、旅游和宗教界。而地方主要预期的回报是在商贸和地方形象方面，信仰基本不是其考虑的主要因素。不过，这样也可能出现越俎代庖的风险，造成庙会仪式本身的"意义空心化"。

其次，需要剖析的是庙会的表演化和景观化。庙会原本是嵌入在民间乡土社会中的。基于特定的信仰和世界观，庙会发挥着明确的社会功能，例如，社区整合、社会资本交换、克服集体性心理危机等。不过在现代化过程中，原本的信仰和世界观受到了极大的冲击。此外，地方政府提出了对庙会的特定目标，例如要将圣堂庙会打造成为"三林的文化名片"。这些目标毫无疑问会给当地带来一些利益，但显然迥异于庙会原本的社会功能。而在市场经济发达的条件下，庙会原有的商贸、经济功能，很容易被取代。在庙会尤其是仪仗执行的过程中，参与者和观看者都无法了解其意义。有些参与者受到了经济补贴的驱动，而有些仪仗的参与者甚至出现了完成任务的心态。这就是所谓的表演化和景观化。在一些极端情况下，庙会可能成为一种复古的"服饰扮演"（cosplay）。

再次，需要考虑的是急速城市化带来的冲击。近年来，原本的村镇-乡村格局在极为迅速的城市化过程中被彻底改变。不仅原本的物理空间出现了翻天覆地的变化——农田成为居民小区，河道被填埋，村镇的基本格局被打破，而且原本的社区也被彻底重塑了。改革开放之后的城市化，意味着一个剧烈的双向人口移动：一方面是大规模的动迁，即本地居民离开原本世代居住的地方；另一方面则是外来务工人员的进入。原先的乡镇、村镇结构被彻底打破。此外，交通方式的改变，也极大地影响了庙会中的出行方式。庙会原本是一种对人员、信息、物资和资金方面高度依赖村镇社区的活动，在剧烈的城市化条件下，可以说庙会势必受到极大的影响。皮之不存毛将焉附？

最后，需要注意的是一些现代化"未曾预见之后果"，例如乡村的人口空心化和老龄化。在金泽香汛的案例中，笔者观察到，香客的文化程度远低于上海郊区的一般水平。这并不能说明杨震信仰本身的"落后"，而仅仅体现了一个代际差问题。由于香客高度老龄化，这个群体呈现的大致是当地 40 后、50 后文化程度。从年轻信徒的缺失，也不能简单地推出该信仰不受年轻人欢迎的结论。而是可以说，大量青壮年由于求学和就业等原因离开后，失去了接触杨震信仰的机会。庙会中原本的灵验故事主要以口耳相传的方式进行人际传播。这种传播方式在互联网时代显然呈现极大的不利，而只能在特定的年龄、学历群体中发挥作用了。

以往地方政府在面对以庙会为代表的民间信仰时，主要采取了一种二元逻辑，即管制和被管制。这种二元逻辑将围绕庙会的关系简单地化约为管制方（政府）和被管制方（庙会），并认为管制措施可以直接有效地作用于被管制方。但是在现代化进程中，还存在更为复杂的外部环境和条件，它们均会对庙会产生影响。换言之，管制方面应对的是一个内嵌在现代化处境中的流变对象。甚至，管制方自身也不得不应对现代化的挑战，例如绩效主义、地方安保等。而民间信仰的庙会不同于体制性宗教的仪式，它具有明确的开放性——不同的人群带着截然不同的预期、利益诉求而参与其中，其公共性超出了传统的"官－民"二元关系，而进入了经济、地方认同、文化等多个领域中。因此，政府有关部门在面对庙会时，有必要跳出"管制－被管制"这种二元映射关系的思维框架，关注更为广阔的社会背景和文化环境。

作为传统信仰文化载体的祇园祭

——日本京都祇园祭考察札记[*]

叶 涛[**]

摘　要：京都祇园祭是日本最著名的节祭活动。本文以作者2018年对祇园祭的实地考察为基础，探讨了作为日本传统信仰文化载体的祇园祭，在其历史起源、山鉾巡游和仪式变迁等方面的诸多问题，并进一步指出信仰文化是祇园祭得以传承千年的基础。

关键词：祇园祭；八坂神社；山鉾巡游；节日；祭典仪式；非物质文化遗产

每年的7月，持续时间长达一个月的京都"祇园祭"，是日本最著名的节祭活动，它与东京的"神田祭"、大阪的"天神祭"合称"日本三大祭"，与同在京都举行的5月的"葵祭"、10月的"时代祭"合称"京都三大祭"。

京都祇园祭中的29座山鉾①本体及其重要悬挂品于1962年被指定为国家重要有形民俗文化财②，"祇园祭山鉾行事"于1979年被登录为国家重要

---

[*] 本文选自《民俗研究》2018年第6期。
[**] 叶涛，法学博士（民俗学专业）。中国社会科学院世界宗教研究所研究员，中国民俗学会会长。研究领域为民俗学、民间文学、中国民间信仰。著有《民俗学导论》、《中国民俗》《泰山香社研究》《泰山石敢当》等。
① 鉾，古同"矛"。鉾车，在祇园祭中特指于车部顶端树立长矛的台车。
② 1962年被指定为"重要有形民俗资料"；1975年，随着保护制度的修订，改称为"重要有形民俗文化财"。

无形民俗文化财，祇园祭成为日本屈指可数的双遗产保护项目。2009年，由日本政府申报的"京都祇园祭山鉾巡行（花车巡游）"入选该年度联合国教科文组织人类非物质文化遗产代表作名录。①

2018年夏，笔者在位于京都的国际日本文化研究中心访学，得以对2018年度的祇园祭进行较为全面的观察。同时，参考相关研究资料，对祇园祭的起源传说、仪式变迁、非物质文化遗产保护等进行了初步梳理。在此，本文仅从日本传统信仰文化传承的角度，就祇园祭中的相关问题略述己见。

一　祇园社、八坂神社与京都祇园祭的起源

在京都最繁华的四条大道的东首，赫然伫立着八坂神社十分醒目的朱红色大门，是为京都最具标志性的建筑形象。今天的八坂神社，在明治维新之前，称作"祇园社"。"祇园"一词，来自于早期佛教的"祇园精舍"。祇园精舍位于中印度，是佛陀说法遗迹中最著名的处所。祇园社供奉的主神"牛头天王"，也是"祇园精舍"的守护神。由此可见，"祇园社"原本是具有浓重佛教气息的寺院。

祇园的历史可以追溯到公元7世纪中叶，"渡来人"（来自中国大陆或朝鲜半岛的移民）在山城国（今京都）建立的一座佛教寺院，后被命名为"祇园感神院"。其后一千余年，祇园是以佛教信仰为主、本土神道融合其中的信仰场所。明治元年（1868），日本政府颁布"神佛分离令"，"祇园社"改名为"八坂神社"，成为一座纯粹的神道之社，供奉其中的佛像也被移到了其他寺院。但是，神社所举办的最重要的节祭活动依然称作"祇园祭"，由神社氏子组成的传统居住社区依旧称作"祇园"。

祇园祭，又称"祇园御灵会"，是八坂神社及其所辖地区的例行祭祀与

---

① 该项目名录后由日本政府撤回，一并纳入日本政府另行申报的"Yama, Hoko, Yatai 花车巡游"组合项目中，该组合项目已于2016年入选联合国教科文组织人类非物质文化遗产代表作名录。该项目在联合国教科文组织的登录情况及其变化，特别感谢巴莫曲布嫫研究员提供的上述信息。另，该项目的申遗情况还可参考林承纬《无形文化遗产京都祇园祭山鉾巡行的申遗历程与文资保护：兼论台湾王爷信仰习俗申遗的可能》，（台北）《文化资产保存学刊》第38期，2016年。

节庆活动。在日本人的观念中，"所谓御灵泛指蒙冤离开人世的灵魂，即冤魂，人们将突如其来的天灾、瘟疫，特别是瘟疫看作是这些冤魂在作祟，因此，怀着畏惧和敬畏的心情称他们为御灵，尽自己所能安抚他们，祈祷他们不要加害活着的人"①。"御灵祭"的称谓恰恰道出了祇园祭起源的本意：祭祀冤魂亡灵，祛除瘟疫灾害。②

关于京都祇园祭的起源，学术界的观点并不一致，比较流行的说法是：日本平安时代贞观年间（859～877年）③，全国流行瘟疫，人们认为这是御灵（冤魂）作祟的原因（一说是牛头天王作怪），为了安抚冤魂、驱除病魔、祈求健康，皇室命令制作了象征六十六个地方（方国）、长约两丈的六十六根长矛（即"鉾"），将它们送往神泉苑供奉，用以安抚御灵（祭祀牛头天王）。此外，还有诵经活动，并举行歌舞和音乐演奏等用以娱神。虽然这些活动的目的是镇魂驱魔，但其娱乐热闹的程度并不亚于过节。

虽然后世祇园祭的山鉾巡行（花车巡游）成为祭典中最引人瞩目的内容，但其祈求健康平安、驱除瘟疫灾祸的核心内涵始终一脉相承、千年延续，在今天祇园祭的各项活动中，在信仰空间（主要是八坂神社本殿）里面举行的一系列祭典仪式，依旧因其神圣性而不向普通市民和游客开放。

二 京都祇园祭的"山"与"鉾"

"山鉾巡行"（也称"花车巡游"）是京都祇园祭最重要的仪式性活动，那么，什么是"山"？什么是"鉾"？

"山"与"鉾"都是车的形状。祇园祭的活动以"山车"为主，所谓"山车"，指日本民间传统祭典活动时出现的台车，其上或有屋顶或有各式装饰，每个山车还会有不同的名称。京都祇园祭的山车，既是节庆期间神灵所依附的处所，同时本身就是神灵的象征。已有学者详细考证过日本祭典中这种山车（花车）巡游的形式与中国文化的关系，此不赘述。④

---

① 蔡敦达：《京都祇园祭及其中国元素》，载刘晓芳主编《日语教育与日本学研究——第五届大学日语教育研究国际研讨会论文集》，华东理工大学出版社，2010。
② 参见姚琼《日本瘟神祭祀历史变迁考》，《世界宗教文化》2015年第5期。
③ 也有学者将祇园祭的起源时间精确到贞观十一年（637年）。
④ 黄宇雁：《祇园祭与其中国文化渊源》，《浙江教育学院学报》2002年第3期。

祇园祭的山车型制分为"山"与"鉾"两大类，又习惯统称为"山鉾"。

"山"的形制相对较小，多为单层，无顶，车上大多装饰有松树，并安置有表现一定故事情节的木质偶像。山车从地面至树顶一般有五六米高，重量也相对较轻（1.2~1.6吨），过去是由许多人肩扛着巡游，但是现在已经全部安装上了车轮。

"鉾"的形制则要高大得多，从地面至顶端往往高达二三十米，重量多达十几吨，必须依靠大家齐心协力才能够拉动。"鉾"都是两层，上层空间较大，安装有屋檐，像一座装饰华美的小亭台，亭子顶端会树立一根长达十余米的"鉾杆"，例如每年巡游队伍打头开路的"长刀鉾"，其树立在车顶的"长刀"便成为祇园祭的标志性景观。鉾车上亭子内的空间，可以坐下由二三十人组成的演奏"囃子"①的乐队。除乐队外，亭子面向头部的前面还会装饰有象征神灵的木偶小儿（稚儿）。过去各个山鉾町都是选择本社区的儿童扮饰稚儿，如今只有长刀鉾尚为真人，其余的均改为木偶了。

"山""鉾"的组装（"山建""鉾建"）全部由各个社区民众负责，组装时采用传统工艺，不使用一个铁钉，全部使用草绳和麻绳捆绑扎制，数吨重的车体被组装得十分结实。尤其是动辄十几吨的鉾车，上面还会乘坐二三十人的乐队，在行进中会被拽拉直行、拐弯侧行，对车体的捆绑扎制技术要求极高。

尽管机械动力已经发展到能够登天入地的水平，但是，在祇园祭中，无论是"山车"还是"鉾车"，其行进的动力完全依靠人力推拉，始终保持着最原始的动力形态。这种以人力作为动力的传统，导致参与大的"鉾车"巡游的壮劳力人员一般需要七八十至上百人，小的"山车"巡游也需要四五十人。因此，社区民众的积极参与是保证祇园祭山鉾巡游千年存续的基本前提。

如今，每一个"山""鉾"都有一个属于"公益财团法人"性质的保存会，并且在各个山鉾町内都有一个专门保存"山""鉾"文物资料的会

---

① 囃子，日本祭典音乐的总称，一般是由太鼓、笛子和钲三种乐器演奏。京都祇园祭中的囃子表演，由各山鉾保存会负责组织，演奏人员均为所在社区的市民，各个乐队表演的曲目各不相同。

所，前祭和后祭之前的"宵山"展示、展演活动主要都是在会所内举行。

2018年度的祇园祭，山车和鉾车共有33组，其中前祭23组、后祭10组。前祭23组包括：长刀鉾、函谷鉾、鸡鉾、菊水鉾、月鉾、放下鉾、船鉾、岩户山、宝昌山、孟宗山、占出山、山伏山、霰天神山、郭巨山、伯牙山、芦刈山、油天神山、木贼山、太子山、白乐天山、绫伞鉾、螳螂山、四条伞鉾。后祭10组包括：北观音山、南观音山、桥弁庆山、鲤山、净妙山、黑主山、役行者山、铃鹿山、八幡山、大船鉾。[1] 从这些山鉾的名称中，我们可以发现，这里面既有日本历史文化事件与地域特色，也明显地受到了中国历史文化的影响，如函谷鉾、郭巨山、伯牙山、孟宗山、白乐天山、鲤山等。对于祇园祭山鉾所包含的中国文化元素，已有专文予以论述。[2]

以山车巡游（或称"花车巡游"）形式为主的各类祭典在日本各地非常普遍。当然，这些祭典都以各地的民众聚居地为活动空间，并且融入了各地的历史文化和风土民情，具有了各自的地域特色。京都祇园祭被认为是日本各地这类山车巡游祭典的源头。

三 京都祇园祭的仪式及其变迁

祇园祭的仪式包括两大部分，其一是在八坂神社内举行的各类祭典，特别是在神社本殿内的仪式，这部分内容神道教色彩浓重，一般不对普通市民和游客开放；其二是在各个町街山鉾驻扎地举行的仪式性活动，以及宵山、前祭、后祭等最终以山鉾巡游为高潮的娱乐狂欢性活动，这些活动市民和游客都可以参与。

虽然祇园祭中被关注度最高的是以山鉾为主的巡游活动，但是，祇园祭除去山鉾巡游，还有非常重要的以八坂神社三乘神轿为主的神舆出行（神幸祭）仪式，这是八坂神社所奉祀的主神离开本宫而巡行所辖社区，为

---

[1] 京都祇园、八坂神社编印：《平成三十年度 祇园祭》（内部资料），2018。
[2] 蔡敦达：《京都祇园祭及其中国元素》，载刘晓芳主编《日语教育与日本学研究——第五届大学日语教育研究国际研讨会论文集》，华东理工大学出版社，2010；〔日〕原田三寿：《祇园祭山形彩车伴奏之起源探索》，朱晓兰译，《文化艺术研究》2009年第5期。

辖区民众祛除瘟疫灾祸、保佑健康平安的十分重要的仪式性活动，这部分内容因其宗教色彩浓重，往往被人们所忽视。

据史料记载，早在12世纪中叶，描绘京都社会生活的《年中行事绘卷》第九卷中，便描绘有神轿返回祇园本社时行进在三条大道上的情景。神轿巡游的队伍，包括打头阵的四马四骑手，紧接其后的两把大伞、骑在马上的两个巫女、王舞、狮子舞和四把长矛，最后是五位骑着马的祭主。从平安后期（898~1184）到镰仓时期（1185~1333），祇园祭的主要活动就是以三顶神轿为主的巡游队伍和在驻跸的御旅所举行的祭祀神灵的各类乐舞活动。

以山鉾为主的彩车巡游的出现要比神轿巡游晚了很多年，大约在14世纪中叶的南北朝时期，当时的贵族日记等资料中才出现彩车的踪影。但是彩车数量发展的速度非常快，在应仁之乱（1467~1477）之前，参加祇园祭前后两祭的彩车数量达到了空前的58辆，其规模及其影响可与今天的祇园祭相媲美。对京都发展和对日本历史影响极大的长达10年的应仁之乱，祇园祭被迫中断，直到明应九年（1500年）才得以恢复，恢复当年参加巡游的彩车数量为36辆，规模远不如从前。[①] 进入江户时代（1603~1868年），祇园祭的宗教性祭典和山鉾巡游（彩车巡游）基本上被固定下来，大多延续至今。

历史发展到明治初年，日本社会处于历史大变革时代，加之迁都东京，祇园祭被迫停办，直至明治五年才恢复活动。这期间，对祇园祭影响最大的因素有二：一是明治政府的《神佛分离令》，使祇园祭的宗教仪式完全成为纯粹的神道教仪式，佛教元素退居次位（只在部分山鉾会所和悬挂物中得以呈现）；二是明治政府采用太阳历，祇园祭的活动日期也作了相应调整。按照旧历，前祭时间为六月七日，后祭日期为同月的十四日，改历后，经过数次调整，直到明治十年，才确定前祭和后祭的日期分别为新历的7月17日和24日。此后，带有鲜明的"明治色彩"的祇园祭的主要仪式一直延续至今。

---

① 蔡敦达：《京都祇园祭及其中国元素》，载刘晓芳主编《日语教育与日本学研究——第五届大学日语教育研究国际研讨会论文集》，华东理工大学出版社，2010。

笔者于 2018 年 7 月在京都实地考察了祇园祭仪式活动，虽然勤于奔波，但只身孤影，分身乏术，对于仪式的观察首尾难以兼顾，而祇园祭的仪式繁杂，各类活动贯穿 7 月整整一个月，考察中常常情不自禁发出赞赏而又无奈的长叹。

2018 年度祇园祭的各类活动，以八坂神社印行的《平成三十年度祇园祭》手册最为详细，也最为权威，现择其要抄录如下：

1 日至 5 日：各山鉾町举行"吉符入"仪式。

1 日上午 10 时，长刀鉾町参与祇园祭活动的人员，特别是甄选出的稚儿参拜八坂神社。

2 日上午 10 时：在市役所，由京都市长主持"阄区式"，即决定 7 月 17 日前祭和 24 日后祭山鉾巡游顺序的抓阄仪式。

2 日上午 11 时 30 分：山鉾联合会成员参拜八坂神社。

7 日下午 14 时 30 分：绫伞鉾稚儿及其参与人员参拜八坂神社。

10 日至 13 日：鉾建（前祭）。

10 日上午 10 时：神用水清祓式。

10 日下午 16 时半至 9 时：祇园万灯会"迎提灯"。

10 日下午 26 时：神舆洗式。

12 日至 13 日：鉾曳初（前祭）。

12 日至 14 日：山建（前祭）。

13 日至 15 日：舁初（前祭）。

13 日上午 11 时：长刀鉾稚儿参拜八坂神社。

13 日下午 14 时：久世稚儿参拜八坂神社。

15 日上午 4 时 30 分：斋竹建。

15 日上午 10 时：生间流式庖丁。

15 日下午 15 时：传统艺能奉纳。

15 日下午 20 时：宵宫祭。

16 日上午 9 时：献茶祭（表千家家元奉仕）。

16 日上午 9 时：丰园泉正寺榊建。

16 日下午 18 时 30 分：石见神乐。

14 日至 16 日晚间：宵山（前祭）。

16 日晚间：宵宫神赈奉纳行事。

16 日下午 23 时：日和神乐。

17 日上午 9 时：山鉾巡行（前祭），阉改。

17 日下午 16 时：神幸祭。

17 日下午 18 时：神舆渡御出发式。

17 日至 21 日：山·鉾建（后祭）。

20 至 21 日：鉾曳初、山舁初（后祭）。

20 日下午 15 时：宣状式。

23 日上午 9 时：煎茶献茶祭。

23 日下午 13 时：琵琶奉纳。

23 日下午 14 时：清祓式。

21 日至 23 日晚间：宵山（后祭）。

23 日下午 22 时：日和神乐。

24 日上午 9 时 30 分：山鉾巡行（后祭），阉改。

24 日上午 10 时：花伞巡行。

24 日下午 23 时：还幸祭。

25 日上午 11 时：狂言奉纳。

28 日上午 10 时：神用水清祓式。

28 日下午 20 时：神舆洗式。

29 日下午 16 时：神事济奉告祭。

31 日上午 10 时：疫神社夏越祭。[1]

在 2018 年祇园祭的考察中，笔者大约只看到了 1/3 的仪式活动，上述拟定的仪式里面还有两项仪式出现变动：一是 24 日上午 10 时的花伞巡行，是祇园地区的艺伎们身着盛装、手擎花伞的巡行活动，是近五六十年以来祇园祭中的一道亮丽景致，但因当日气温酷热而被取消；二是 28 日的神用水清祓式，因气象预报台风将至，仪式简化。

---

[1] 京都祇园、八坂神社编印《平成三十年度　祇园祭》（内部资料），2018。

四　京都祇园祭的信仰空间与娱乐空间

祇园祭的活动，在时间上贯穿整个7月，在活动空间上则遍布京都传统祇园社区的各个山鉾町，主要集中在河原町通以西、松原通以北、堀川通以东、御池通以南的传统商业市区内，主要是属于京都商业社会市民阶层的信仰与娱乐活动。

祇园祭中的信仰活动，集中在八坂神社、御旅所和各山鉾的会所中，这些空间自然就成为祇园祭的神圣空间。

八坂神社的历史在前文中已经提到，它是祇园社区民众的传统信仰场所。祇园祭既是八坂神社的例行祭祀仪式，也是祇园社区民众参与其中的集体娱乐活动。在祇园祭的仪式中，诸多参拜仪式都是在八坂神社的本殿中举行，仪式由神社的神职人员主持，不对普通市民和游客开放。

7月17～24日，神轿驻跸四条御旅所期间，御旅所就是神社神灵的神圣殿堂，每天傍晚都会有山鉾保存会的囃子乐队前来演奏娱神，同时也让路过御旅所的市民和游客得到欣赏囃子乐曲的机会。

在前祭和后祭的宵山期间（14～16日、21～23日），各山鉾会所也会布置本山鉾奉祀的神灵（大多就是各自山鉾车上的人物形象），供市民和游客参拜，同时各会所都会售卖祇园祭特有的、写有汉字"苏民将来之子孙也"的辟邪物——"粽"。宵山期间，还会允许市民和游客登上鉾车参观。由于鉾车上层的空间被认为是神灵依附之所，过去是不允许妇女登车参观的。如今，除了长刀鉾和放下鉾依旧不允许女性登车参观外，其余的山鉾会所及其鉾车二层都已经对妇女开放。

祇园祭期间，各个山车、鉾车搭建而成后所处的位置，就是市民日常生活的街巷，有的甚至就直接矗立在繁华的四条大道上（如长刀鉾、四条伞鉾等）。在祇园祭长达一个月的时间里，这些日常生活的世俗空间，既成为山车、鉾车神灵依附其上的神圣信仰空间，也是展示各个山鉾历史文物、演奏囃子乐曲、售卖辟邪物品和文化创意产品的综合性娱乐空间。

每年7月17日前祭和24日后祭的山鉾巡游是祇园祭最主要的活动，山鉾巡游的线路是经过长期的历史发展而形成的，其巡游所经过的街巷应该就是祇园祭奉祀神灵庇佑的区域，因此，巡游线路本身也具有了一定信仰的意义。1943~1946年，二战后期及日本投降后的头两年，京都祇园祭的山鉾巡游停止举行，直至1947年才得以恢复。20世纪50年代后，京都观光业急剧发展，来京都的游客数量急速增加，有些游客甚至就是冲着祇园祭而来。1955年，有人曾提出为了促进旅游、服务游客而改变山鉾巡游路线的建议，但遭到了以重视祭祀仪式传统的神社等方面的坚决反对，由此而引发了祇园祭到底"是出于信仰还是为了旅游"的大讨论。这场讨论对于祇园祭的发展非常重要，此后，学术界对于祇园祭的关注也有增无减。可以说，在顺应民意、尊重历史、保护传统的前提下，政府、神社、民众等都从各自的角度出发，对祇园祭的良性发展做出了应有的贡献。

综上所述，作为日本传统信仰文化载体的祇园祭，信仰的内核是其得以传承千年的基础。当然，京都祇园祭可以探讨的方面还有很多，例如，作为非物质文化遗产的祇园祭，在日本《文化财保护法》的范围内，和联合国教科文组织《保护非物质文化遗产公约》的框架下，所保护的祇园祭的内容有哪些差别？在社会近代化的发展过程中，特别是城市化的变化过程中，祇园祭的传承与保护有哪些经验值得认真总结？祇园祭的历史与传承对当代中国城市化进程中传统文化的保护有哪些借鉴意义？等等，这些都还有待于今后做更加深入的调查与研究。[1]

---

[1] 2018年7月16日，正在京都进行移地教学的台湾逢甲大学王嵩山教授，邀请京都产业大学村上忠喜教授在龙谷大学为台湾师生做演讲——《京都祇园祭的历史与民俗》，其中关于祇园祭的信仰内涵、传承与保护等方面的内容，本人听讲后受益良多，特此致谢。

节气与节日的文化结构[*]

陶思炎[**]

摘　要：节气与节日在应用空间和文化结构方面既有区别，又有联系。节气的文化渊源和文化应用主要集中在哲学、农耕、社会等领域，表现为时空观、人生观、风俗观的自然衔接和服务生产实践的方向。节日的内涵空间包括信仰、仪式、语言、征物、饮食、艺术等基本领域，形成了"节信"、"节事"、"节语"、"节物"、"节食"和"节艺"并存同在的结构形态，使节日具有固定而周圆的呈现方式和多路传承的文化张力。

关键词：节气；节日；内涵空间；应用领域；文化结构

自2016年11月中国的二十四节气被列入联合国教科文组织人类非物质文化遗产代表名录以来，有关节气与节日的问题就备受关注，节气与节日的区别与联系何在？它们的文化应用和文化结构如何？只有弄清楚这些问题，才能对"节气"和"节日"的文化价值做出深刻的理解和明确的判断。

一　何谓"节气"和"节日"

节气，指二十四节气或其中的某一部分。它根据太阳在黄道上的位置

---

[*] 本文选自《民族艺术》2018年第2期。中央文史研究馆项目"关于我国新兴会节活动的调查研究"阶段性成果。

[**] 陶思炎，中央文史研究馆馆员，东南大学艺术学院教授、博士生导师，东南大学东方文化研究所所长。主要研究领域：民俗学、艺术学、文化遗产研究等。主要成果：《中国鱼文化》《中国纸马》《中国镇物》《中国祥物》《应用民俗学》《民俗艺术学》《苏南傩面具研究》《求索集——民俗与文化论集》等。

划分，每15°为1"节气"，共24个，其中包括12个"节气"，即立春、惊蛰、清明、立夏、芒种、小暑、立秋、白露、寒露、立冬、大雪、小寒；12个"中气"，即太阳在黄经每增加30°为1"中气"，它们是：雨水、春分、谷雨、小满、夏至、大暑、处暑、秋分、霜降、小雪、冬至、大寒。十二节气与十二中气又统称为"二十四节气"。

我国在殷商时期已有二分（春分、秋分）、二至（夏至、冬至）四气的划分，《尚书·尧典》里的"日中""日永""宵中""日短"，即指春分、夏至、秋分、冬至四气。① 在战国末期的《吕氏春秋》中已有八气之载，构成"四时八节"的"八节"，而在西汉初年的《淮南子》里，二十四节气已见完整的载录。②

现存二十四节气的名称来自以下因素的考虑：其一，记录四时的变换，包括立春、春分、立夏、夏至、立秋、秋分、立冬、冬至8个节气；其二，记录温度的变化，包括小暑、大暑、处暑、小寒、大寒5个节气；其三，反映气象特征的，包括雨水、谷雨、白露、寒露、霜降、小雪、大雪7个节气；其四，反映物候特征的，包括惊蛰、清明、小满、芒种4个节气。可见，二十四节气作为太阳观察的阳历，具有确立岁时、把握气候、服务农耕的实际功用。

节日，指在生产、生活中形成的具有特定文化内涵和相应活动的固定期日，它一部分从阳历的二十四节气中产生，例如：立春、清明、冬至等；一部分由阴历的月首或月日的重叠日而形成，例如：正月初一新年，二月初一中和节，十月初一寒衣节，三月三日上巳节，五月五日端午节，七月七日七夕节，九月九日重阳节，等等。此外，还有以阴历十五或初八等为节的，例如：正月十五元宵节，七月十五中元节，十月十五下元节，四月初八浴佛节，腊月初八腊八节，等等。

节日的划分，从历史角度看，有传统节日和新兴会节之分；从地理角

---

① 《尚书·尧典》："日中星鸟，以殷仲春；日永星火，以正仲夏；宵中星虚，以殷仲秋；日短星昂；以正仲冬。"转引自乔继堂、朱瑞平主编《中国岁时节令词典》，中国社会科学出版社，1998，第22页。

② （汉）刘安等编著《淮南子》见第三卷"天文训"，上海古籍出版社，1989，第30~31页。

度看，有本土节日和外来节日（洋节）之别；从主体角度看，有全民节日和民族节日；从主题角度看，可分为农事性、纪念性、宗教性、游乐性等节日。节日往往包括民间信仰、口头传说、象征符号、动态活动、特定饮食、特色艺术等，形成一定的文化链节，呈现循环往复而又多重多样的文化特征。

传统节日一般具有这样的基本规律：一是周而复始，具有长久传承的活力；二是主体为民，属于一地一族的全体；三是入世乐观，基调健康、快乐；四是功能多样，能发挥认识、教化、组织、选择、改造、满足等多重作用；① 五是符号独特，能形成节日的岁时标志。根据以上规律，我们虽然有时把以经济商卖或文化活动为主旨的新兴会节也称作"节日"，如"龙虾节""螃蟹节""茶叶节""梅花节""观蝶节""艺人节"等，但它们与传统节日的区别仍十分明显。

二　节气的应用展开

作为对太阳观测而划定的二十四节气，其文化应用主要在哲学、农耕、社会等领域而展开。

哲学领域，体现在精神的层面。它从黄道（太阳）的天文观测引申到四时划分和岁时观的形成，并过渡到东南西北与春夏秋冬相互对应的文化解读。把空间与时间联系起来，就形成了宇宙观，让时间打上了哲学的印记。这种"观象授时"的传统，分别根据对太阳和月亮的观察，形成了"阳历"与"阴历"的不同系统。我们知道，任何时间都是一定空间范围内的时间，同时，任何空间也都是一定时间范围内的空间。"阳历""阴历"以不同天体作为观测对象所形成的历法，本相关相合，在"农历"这种阴阳合历中凸显了阴阳相承关系，并由天文到人文，导致了"受命于天""天人合一"观念的产生。节气所体现的时空联系，实际上也成为自然哲学与人生哲学交叉联系的媒介。可以说，二十四节气的设定与应用是自然的天文问题，也是带有哲学性质的人文问题。

---

① 有关功能的类型理论见陶思炎：《应用民俗学》，江苏教育出版社，2001，第48~58页。

农耕领域，体现在生产的层面，它是岁时历法的编制动因和具体应用，体现了祖先们认识自然，改造自然的不懈努力。节气的形成是从原始农业的需要出发，在长期的实践中摸索出来的。他们先从物候观察开始，注意到动物迁徙和植物枯荣的周期性变化，从而以此为信号进行种与收的劳作。后来他们发现动物的迁徙与植物的枯荣与天气的冷暖相关，于是农业活动的关注目标由物象转为气象。在经过长期的实践和观察之后，他们发现了"万物生长靠太阳"的规律，明白了天气的寒暖变化乃由太阳的南回与北回的运动所造成：太阳北回，人影变短，天气变暖，地上万物发芽、生长、茁壮；太阳南回，人影变长，天气转凉，作物和其他植物渐渐成熟、枯黄。祖先们最终认识到，天象才是气象与物象的决定因素。这样，对日月的观察与记录成为判断岁时的基准，成为安排农耕生产的依据。其中，对太阳的观察和二十四节气阳历的归纳，比观察月亮的阴历，对农耕更为重要。各地都流传着一些与节气相关的农谚，诸如："过了惊蛰节，耕田不得歇""小满两头忙，栽秧打麦场""吃了夏至面，白天短一线""白露早，寒露迟，秋分种麦正当时""霜降拔葱，不拔就空"等，① 就是用二十四节气来认知时令，安排农作，成为农事应用最广的方面。

社会领域，体现在生活的层面，主要表现为二十四节气及其岁时观念对人生感悟的触发和对风俗活动的推进。

天体运行的周而复始和岁时周期的循环往复使人们产生崇敬与效法的冲动，悟出了"天行健，君子以自强不息"的道理。② 节气与四时观念还引发了人生的感悟，包括"一年之计在于春"的告诫，"春去秋来老将至"的悲叹，"谁言寸草心，报得三春晖"的衷肠，以及"蟋蟀在壁，岁聿其莫，今我不乐，日月其除"的警示等，③ 都由季节而引发，而季节的转换又以节气为标志。人的感时情结并非单纯的个人心理现象，而是一定社会生活的反映。

---

① 高淳县民间文学集成编委会：《中国民间文学集成·高淳县资料本》，1989 年 10 月，第 482 ~ 485 页。
② 语出《周易》第一卦。
③ 语出《诗经·唐风·蟋蟀》，（清）阮元校刻《十三经注疏》，中华书局影印本，1980，第 361 页。

至于"四时八节"的划定，不仅是计时的需要，也成为社会风俗的推力。南京旧时春有风筝会，夏有放鸽会，秋有蟋蟀会，冬有曲会、画会、灯虎会、诗会、棋会、消寒会等，① 这些都是季节性民俗活动。某些节气也形成了特定的风俗，例如：立春啖春饼、鞭春牛，清明吃青团、放风筝，夏至吃面条、"称人""送夏"，冬至吃馄饨、涂绘消寒图，等等。这些活动都展示了节气对社会生活风俗的融入与推动。

节气在精神世界、农耕生产和社会生活中的文化应用，表明了时空观、人生观、风俗观的自然衔接和服务实践的方向，也在一定程度上展现了节气应用的文化结构。

三 节日的文化结构

节日与节气既有联系，又有区别。其联系在于，一部分节气能因文化内涵的拓展而成为节日，如立春、清明、冬至等最为明显；其区别在于，在民俗功用和文化结构方面，一般节气没有节日那样丰富而完整。

民俗节日的内涵空间包括信仰、仪式、语言、征物、饮食、艺术等领域，并形成相互依存、整体凸显的文化结构。

信仰，作为精神成分，其来源包括自然宗教、人为宗教、巫术观念，以及由它们而生成的生活信念。信仰在节日中往往是民俗事象由起的主导因素，成为重要的功利目标，推动着节日活动的持续传承。例如，二月初一中和节，俗传为"太阳诞辰"，人们供奉太阳星君的纸马，用大饼或"太阳糕"祭供，相互以青囊盛百谷果实相馈赠，以祝丰穰。七夕节，人们祭祈河鼓二星（牛女二星），捉蜘蛛、陈针巧、观月影、接牛女泪，染红指甲，以乞巧、乞美。中秋节，妇女们祭拜"月光马儿"，陈瓜果、月饼，人们祭月、赏月、玩月，合家月下饮宴，以愿月常圆。不难看到，天体信仰是这些节日风俗的重要支撑。

仪式，以程式化的动作，有起止的过程性活动，服务于民俗功能的追求，仪式本身所具有的舞蹈或戏剧表演的性质能产生聚众观赏、渲染气氛

---

① 陈作霖：《炳烛里谈》《金陵琐志九种》，南京出版社，2008，第324页。

的节日效果。例如，除夕的傩舞、元夕的龙灯和提灯会，立春的鞭春牛仪典、清明的扫墓祭祖程序等，是节日动态展现的重要事象，节日欢腾喜庆或严肃虔敬的气氛，往往由它而得以呈现。

语言，是思想表达和人际交流的工具，特定的用语也能成为节日的组成部分，营造出节日的氛围。例如，"恭喜发财""新岁大吉""连年有余"这类话语总是与春节联系在一起，而"清明不插柳，再生变黄狗"的俗谚，也多在清明节期间相传于口耳之间。[①] 语言也能成为节日文化传承的特殊载体。

征物，指有特征的标志物。大凡传统节日也有其自己的征物，成为一定节日的标志。作为符号的节日征物，往往使人睹物生情，产生对节日的期盼和对亲情的眷念。例如，春节的春联、爆竹，立春的土牛，清明的杨柳，端午的龙舟等，都已超出其物态的性质，成为具有深厚文化内涵的节日符号。

饮食，指传统的民俗食品，它们不仅能带来乡愁记忆，更增添节日的欢乐气氛。其实，节日饮食并非山珍海味，但其吉祥的取义和传说的因素，使它们构成节日文化的有机部分。

尤其是在物资匮乏的年代，节日饮食成为孩童们盼望年节到来的最大诱因，也成为节日风俗传承的动力。立春吃春饼，清明吃青团，立夏吃面条，立秋啃西瓜，冬至吃馄饨等，都具有时令的和文化的意义。

艺术，是民俗节日不可或缺的组成部分，它包括舞蹈、戏剧等民俗表演艺术，绘制、制作、装饰类的民俗造型艺术，神话、传说、故事、歌谣等民俗口承艺术等。艺术在节日文化结构中的存在，不仅有审美满足的功用，更表现出化滞重为轻松的乐观进取和生活自信。立春中的演剧、抬阁、剪彩，清明节的雕蛋、制作风筝，冬至日涂绘"消寒图"等，都是以艺术的表现手段美化着民间的岁时节日。

信仰、仪式、语言、征物、饮食、艺术作为体现节日文化结构的六个主要环节，分别形成了节信、节事、节语、节物、节食和节艺，使节日具

[①] 夏仁虎：《岁华忆语》，南京出版社，2006，第63页。

有了固定而周圆的呈现方式和多路传承的文化张力。节日内在的文化结构的完整性也使其与节气在功能与形态上有所区别。只有节气在俗民生活中突破计时与农事的原初功用，产生节信、节事、节语、节物、节食、节艺的文化成分，节气就能转变为节日，丰富传统节日的体系。

在二十四节气中，立春、清明、冬至已具备了节日的结构系列，成为传统的民俗节日。在节信方面，立春的春牛被当作农作丰稔、发财兴旺的象征，而形成摸春牛、抢春牛的风俗；清明插柳、戴柳，寄托思念亡亲之情，并祈望柳条的早发易活能诱感亡人转世复活；冬至太阳北回，民间有打灶之俗，以求阳气长养。①

在节事方面，立春由县官亲自参加"打春"活动，并按规定的路线出城东门外，亲打土牛三下，别人再依次鞭春；清明节扫墓，人们除草填土，摆放祭品，长幼依次肃拜先人；冬至中午也要祭祖，晚上全家聚饮，在南京旧有升炉火、祀天地的"接冬"仪式。

在节语方面，立春鞭春牛时，人们争摸土牛的脚，并念道："摸摸春牛脚，赚钱赚得着"；清明则有"清明不插柳，再生变黄狗"的谣谚；冬至日起人们开始数九，有"一九二九不出手"的《九九歌》的念诵。

在节物方面，立春以春牛为标志，清明以柳枝为征物，冬至以炉火为信号。

在节食方面，立春有春饼、春卷；清明有青团、青螺、子推燕面馍；冬至有豆腐、馄饨。

在节艺方面，立春演剧，出抬阁，剪春燕，歌《青阳》《八佾》，② 跳《云翘》之舞；清明画蛋、雕蛋、彩绘风筝；冬至有吟诗作画的"消寒会"，图描笔划或梅花瓣的"消寒图"。

可见，节气中的立春、清明、冬至等已经渗透到信仰、仪式、语言、征物、饮食、艺术的领域，拥有了民俗节日的结构体系和具体的表现事象。因此，它们既是节气，也成为传统的节日。

---

① 谚云："冬至打灶不忌"，见（民国）潘宗鼎《金陵岁时记》，南京出版社，2006，第41页。
② 佾，为古代乐舞的行列，"八佾"为天子专用。在南京郊区有《跳八佾》的傩舞至今传承。见陶思炎《苏南傩面具研究》，江苏凤凰文艺出版社，2015，第125页。

四　结语

"节气"与"节日"是相互区别，又有联系的一对文化概念，前者主要出自对自然宇宙的观察，后者主要来自社会生活的需要；前者是以农耕生产为服务中心的计时系统，后者主要是以民族生活为满足的文化体系；前者属太阳观测的阳历，后者包容阴历和阳历的双向来源。就功能与应用而言，节日比节气具有更为完整的文化结构。

二十四节气的文化渊源和文化应用主要集中在哲学、农耕、社会等领域，它们分别体现在精神、生产和生活的层面，着重表现了时空观、人生观、风俗观的自然衔接和服务实践的方向。它以科学、务实的积极方式融入中国的农耕文化，并成为推进岁时文化发展的动力。

节日，主要指我国的传统节日，其内涵展现空间包括信仰、仪式、语言、征物、饮食、艺术等基本领域，并形成各领域环节的相互依存、整体凸显的文化结构。这六个结构环节，分别作为精神主导成分、程式化动作、表达交流工具、特征性标志物、传统民俗食品、体现审美满足和生活自信的表演和造型，进入了我国的岁时文化系列。

信仰、仪式、语言、征物、饮食、艺术这六个主要节日环节，又形成了"节信"、"节事"、"节语"、"节物"、"节食"和"节艺"并存同在的结构形态，使节日具有了固定而周圆的呈现方式和多路传承的文化张力。节气中的立春、清明、冬至在长期传承中因上述结构环节的具备，也成为传统文化节日，实现了节气与节日的交并合一。

新民俗的产生与认同性消费的构建
——以阿里巴巴"双十一"为例[*]

吴玉萍[**]

摘　要：阿里巴巴的"双十一"营造建构了具有识别认知的节日符号，创建了民俗经济平台，利用节日消费给企业带来了经济效益，充分发掘了民俗的潜能。这既体现了民俗经济的巨大能量，也使得该企业节日逐渐发展成一种都市新民俗。然而笔者认为，作为利用民俗资源建立起来的品牌，"双十一"要成为真正意义上的节日，还需要有更多的民俗行为支撑，需要构建节日认同，形成认同性消费。唯有这样，企业节日这一新民俗才能在未来更好地维护传承。

关键词："双十一"；民俗经济；情感仪式；节日平台；认同性消费

一　问题的引出：从"败一败"到"拜一拜"

"如果说普通人今天（'双十一'）见面的第一句是'今天你买了吗'，商家们的问候可能是'今天，你拜了吗？'

2015年11月10日晚，当网友好奇观看横空出世的'双十一'晚会时，

---

[*] 本文选自《民族艺术》2018年第2期。
[**] 吴玉萍，女，江苏省扬州市人，上海交通大学文学博士，华东师范大学民俗学博士后，上海视觉艺术学院副教授。研究方向为民俗学、神话学。先后在《民族艺术》《民俗研究》《文化遗产》《解放日报》等报纸杂志发表学术论文20余篇，出版专著一部，主持及参与课题多项。

在广州市番禺区电子商业园区，电商们正在举办'双十一'加油大会，摆供品、请按摩师为员工们按摩……然后，延续去年的传统——排队拜马云。与时俱进的是，今年画像上还增加了一个人，刚刚迎娶奶茶妹妹的京东创始人刘强东。

据观察者网此前报道，截至11日9时52分22秒，阿里'双十一'成交额超500亿元，其中无线交易额占比72%"①。

以上是2015年11月11号观察者网的一则新闻。从这条消息中可以看出，拜马云仪式已经持续了三年。"双十一"购物节的"败一败"发展成了"拜一拜"，这是民众祈财心理的直观表达。中国传统文化中，福、禄、寿、喜、财，这五种最吉祥的状态是人们一直追求的理想状态。有钱能使鬼推磨、破财消灾、高富帅、白富美、"财"貌双全等等，古往今来的词汇，对于有"财"的宣扬不绝于耳。在经济决定一切的当下社会，对于财的追求更是让人们趋之若鹜。确实，作为一种生活资源，有"财"能够在现实生活中起到非常重要的作用。财是一切生活活动的先决基础。在高度社会化的今天，婚姻、丧葬、求学、治病等，无一不与财有关。

有了现实的基础，人们在心理上和情感上便对"财"有了强烈的依赖，随之产生的便是财神信仰。"人们无限地夸大了财这种自然之物本来具有的实际功能，将它视为一种无所不能，并且会给自己带来各种好运的神秘之物。这种观念实际上是将人类自己创造的财富异化成了一种凌驾于人类之上的超自然力量，异化成了一种对立于人类而存在的宗教灵化物。受到这种广泛存在的神化财物功能的心理驱使，财富的吉祥意义与吉祥性质于是也由物质的、生活的层面拓展到了心理的与信仰的层面。"② 因此，拜财神不再是商家独有的行为，早已"飞入寻常百姓家"了。对于马云的祭拜，也找到了心理上的来源。

"双十一"如此火爆，从一个偶然的日子发展成如此具有规模的企业节

---

① 消息源于观察者网。原文标题为《"双十一"广州电商排队拜马云刘强东画像》，发表时间：2015.11.11, 11：01：07, http://www.guancha.cn/economy/2015_11_11_340882.shtml。最后访问日期：2017年11月24日，21：29。

② 蔡丰明：《祈财民俗·前言》，天津人民出版社，2011，第1~2页。

日且朝着新民俗的方向发展，引发了财神信仰仪式、脱单仪式等，其原因何在？笔者认为民众因节日产生的认同是根本。这种认同源自民俗主体的民俗心理、参与精神、信仰习俗，在这种认同下形成的经济效益便是民俗经济。所以，如何将企业节日发展成新民俗继而形成认同性消费当是阿里巴巴"双十一"销售神话的内驱力之一。

二 阿里巴巴的节日塑造

"双十一"，指每年11月11日的网络促销日。2009年的11月11日，淘宝商城举行了一场大型促销活动。当时参与的商家虽不是很多，且让利的幅度有限，但民众参与的热情与活动结束后的销售额呈现了"喜出望外"之势。淘宝商城见状，遂将此促销日固定，此后"双十一"也被定为阿里巴巴的企业节日，成为一项都市新民俗。"双十一"能够被阿里看中，选择在这一天进行促销，从节日本身来说，光棍节有一个文化积淀，也正是这种似节日又非节日的好时机，才被阿里巴巴成功收编。而光棍节成为阿里巴巴创下销售神话的节日，有着先天的时间优势。在古代，"如'酉市'也好，月读神社也好，都是从时间上加以划分的。被划分界定的那个时点后来就成为进行交易的时间。比如现在也有在中元节和岁末展开的销售战。因而划分时间就成了一种经济行为，而在划分的根本上有着不合理的部分，这的确是民俗学的研究对象"[1]。所以，11月，在经过国庆节之后，距离圣诞节还有一段时间，在秋冬换季这样的绝佳商业间隙，"光棍节"讨了极好的彩头。

"双十一"，阿拉伯数字的表达形式是11.11，因为包含四个1，形似四根光滑的棍子，于是"光棍"之义自然而生。关于文化意义上的"光棍节"，其兴起有几种说法，于全有等人整理了三个版本，分别为校园版、博彩版和典故版。其中校园版的支持者较多，校园版"光棍节"，大意是该节日源自一份校园趣味文化，是高校学生对于数字的联想。四个1象征着形单影只，学生们便在这一天做出一系列的搞怪活动，比如在女生楼下大声表

---

[1] 宫田登：《经济学与民俗学》，《民俗研究》2000年第4期。

白,高呼"光棍万岁"等。近两年,由于大众传媒的推波助澜,"光棍节"的影响越来越大,已经不再局限在校园之中,参与"光棍节"的也不只是学生群体。商家也会借助"光棍节"去营销,如各式各样的生活用品会打上光棍标语;设计带有"光棍"logo的产品等。① 应当说,校园版的光棍节意义最简洁,同时也最能引起广大"光棍"的共鸣,甚至是非光棍的情感共振。有这样的基础,在后来兴起的"双十一"中,这群人便成为最大的消费群体。

相较于校园版的现代性,典故版的故事性较强,能体现出文化根源和民俗特色。相传公元3世纪的时候,古罗马的战事不断,当时的君主名叫克劳多斯,是一位比较暴戾的君主。为了应付战事,他下令强征壮丁入伍,而且禁止人们在战争期间结婚,即便订婚的也要解除婚约。当时有一位牧师,名叫瓦伦丁,他对暴君的行为感到非常气愤,也非常同情战士。当时有一位被征入伍的战士,携着他的恋人来到神庙请求瓦伦丁的帮助时,瓦伦丁便在神圣的祭坛前,为他们悄悄举行了婚礼仪式。随后,很多想结婚的人都来到这里请求牧师的帮助。最终消息传到了暴君的耳朵里,他下令将瓦伦丁关入地牢,严惩不贷。公元270年11月11日,瓦伦丁最终在地牢里受尽折磨而死,人们将瓦伦丁的遗体安葬在圣普拉教堂。后来,为了纪念这位牧师瓦伦丁,人们便把"11月11日"这一天作为"光棍节"来纪念他。② 典故版的传说中,我们可以看出光棍节被赋予了西方属性,沾染了外来节日的气息。

不管哪个版本,"光棍节"折射的是一种社会文化心理,即对于单身的各种心理态势,或喜爱、或企盼、或无目的恶搞等。不仅如此,民众还在这个都市新兴的节日里践行相应的节日仪式。如"光棍节"当天,要买两

---

① 关于校园版的光棍节,于全有等人有较为详细的梳理。可参见于全有、裴景瑞《"光棍"族新词与社会文化心理通观》,《文化学刊》2007年第2期。
② 典故版参见于全有、裴景瑞《"光棍"族新词与社会文化心理通观》,《文化学刊》2007年第2期。于全有在该篇论文中提出典故版根据互联网相关资料整理。笔者据此查了一下,瓦伦丁故事版本较多,然其殉难日多认为是2.14,也就是我们现在的情人节。网友们调侃成11.11,在证据方面欠妥,但这样的"穿凿附会"更多的可能性是源自网友们的脱单心理。

根油条，每一根都掰开，形成四根，象征 11.11；要坐 11 路公交车两次，属于不带有目的地的出行，两趟 11 路形成了 11.11；中午 11 点 11 分准时吃饭，晚上 11 点 11 分准时睡觉；吃饭的时候要用两双筷子，左右手各一双，同样形成了 11.11。不仅如此，网络上关于"光棍们"的称呼也非常多，如光光、明明、金棍、银棍等。除了单身人士，已婚的或者是情侣也会加入这样的节日，如部分情侣选择在这一天结婚，取意"一心一意，一生一世"的美好寓意。这一系列社会文化的镜像，都反映着人们的社会文化心理。

节日里产生消费，这一点自古已然。南北朝宗懔在其著作《荆楚岁时记》中大量论述了节日习俗与消费的关系，既包括与生产相关的习俗，也涵盖节日里相关物品生产与消费。传统节日产生消费，这个自不必说，在"光棍节"这样的现代都市节日中，消费的产生也是非常有动力。比如当天"光棍们"会购买光棍身份证、印有"光棍"字样的 T 恤、水杯、手提袋、钱包等等，以此来庆祝节日的到来，同时积极参与到节日中去。此外，脱单派对、集体相亲、光光婚礼等仪式也屡见不鲜。如此一来，企业也开始关注"光棍节"。

阿里巴巴作为互联网销售平台的龙头老大，第一时间嗅到了"光棍节"的商机。2009 年，阿里将这个节日首先定位促销日，而后又变为自己企业的狂欢节，最后固定为自己的企业节日，2012 年 1 月 11 日，淘宝商城正式改名，新的天猫商城打出了"上天猫，就购（够）了"的营销标语，这个标语也是吸足了睛（金），同时"双十一"等一系列商标被天猫成功注册。在为自身节日造势上，阿里巴巴一点都不含糊，从 2015 年开始，阿里巴巴从娱乐方面入手，用晚会的形式与民狂欢。

2015 年 11 月 10 日晚 20：30 分，阿里巴巴在湖南卫视举办"双十一"盛大晚会。该晚会由冯小刚执导，致力于打造一台全民狂欢的"春晚"。2016 年 11 月 10 日，继冯小刚之后，晚会进一步走国际化道路，推进全球化，邀请了在美国有"超级碗之王"的金牌节目制作人、执导第 88 届奥斯卡颁奖晚会的大卫·希尔担纲晚会总导演。不仅如此，天猫还吸引了梅西百货等全球百货巨头参与这场消费狂欢，而包括日本、美国、俄罗斯、西班牙在内的全球 235 个国家和地区都参与到这场"双十一"狂欢当中。彼时即有相关人士指出,"双十一"很有可能会超过美国的"黑色星期五"。2017年6月29日,阿里巴巴集团宣布与冠有"创新之王"称号的深圳卫视、"剧场之王"的北京卫视以及"综艺之王"的浙江卫视合作,试图打造一场集消费、娱乐、狂欢等为一体的"双十一"全球狂欢节,使之成为最具全球影响力的全民狂欢夜。2017年的"双十一"晚会,阿里巴巴集团还首次开放部分晚会黄金时间段,让品牌打造属于自己的"奥运8分钟"。阿里巴巴这样的节日造势,也为它的销售额创造了神话。2009年刚开始,"双十一"天猫销售额只有0.5亿元,① 到2017年的"双十一"全球狂欢节,天猫销售额达到了1682亿元。

有了这样强势的宣传与消费"鼓动",民众在阿里的企业节日中,"败一败"的"剁手"行为越来越多,"双十一"被戏称为"剁手节",有的民众甚至说在"双十一"没有抢一点东西,都感觉自己与社会脱轨,没有参与到节日当中去。另外,阿里巴巴因"双十一"带来的巨大利润,也被人们视为财神,这也是上文提及的拜马云的重要因素。

三 兴起的新民俗

一个普通的日子,被大众创造、建构,继而被企业青睐,注册商标成为自己的企业节日。此外,在这样的节日里,通过一定的方式,人们参与到同一个节日中去,形成了一定的行为习惯,因消费引发了财神信仰仪式、去单身化仪式等,所有这一切都在牵引着这个节日民俗化的走向。钟敬文先生曾指出民俗集体性、类型性、传承性和扩布性、相对稳定性、规范性和服务性的五个特点。阿里巴巴的"双十一"作为企业节日,逐步具备着上述五个特点,成为一种都市新民俗。下文从以下几个方面阐述企业节日成为新民俗的重要促成原因。

首先,节日符号认同。"在百万年的人类进化过程中,由生存和选择构成的整个情感系统,已为充满意义的符号世界取代,于是也与人对感官刺

---

① 数据统计来自凤凰科技。原文标题:《天猫"双11"交易额7小时22分达912亿元超过2015年双11全天》,http://tech.ifeng.com/a/20171111/44755945_0.shtml?_zbs_baidu_bk,发表时间2017.11.11,08:38:55,最后访问日期:2017年11月23日,08:15。

激所作的直接反应形成了区别。友善和敌对、快乐和痛苦、欲望和压抑、安全和恐惧——人们对于这一切的经验都是靠事物的意义而不是简单地靠它们可以让人感知的属性来实现的。"① 所以，在这样一个符号化的时代，任何东西都需要有鲜明的符号设计，这种设计既可以是对传统符号的借用，也可以是民俗符号的再开发。

"双十一"，从节日的形式表达上可以看出，11.11 有着传统节日的优势，很容易在民众心中形成认同感，因为它契合了时间结构中的重数形式，比如二月二、三月三、六月六、七月七等。这种节日在形式上就比较符合中国人的心理认知结构，因为是双数，所以特别容易被人记住。其次，从符号学的角度看，11.11 这样的节日视觉符号，有一定的视觉符号新意，能够在人的心理层面形成视觉艺术冲击，② 也能够更好地、直接地寄托人们的情感。此外，这种有数字优势的表达，能够更好地被表述，尤其是能更好地讲故事，前文所提及的"双十一"的两个版本即是。

其次，节日民俗经济。节日中的很多民俗事项都需要通过经济行为才能完好地呈现，比如春节，必须要贴对联，元宵节必须要吃汤圆，端午节必须要吃粽子，中秋节必须要吃月饼等。节日消费是民众的一种自发消费，是因习俗情感产生的认同性消费，这种节日经济可以称为认同性经济、民俗经济③，它是国民经济中的重要组成部分，也是不可或缺的部分。反观"双十一"这样的企业节日，就是利用民俗资源构建的新品牌。在节日里，人们的消费起初也许是出于打折，但后来人们会不由自主地等待"双十一"的到来，会约着一起剁手；约着一起狂欢；约着一起看晚会；等等。这些都是因为这个节日带来的经济。

"在粉丝经济时代，无粉丝就无品牌，哪一款产品可以让粉丝体验到参

---

① 〔美〕马歇尔·萨林斯：《甜蜜的悲哀——西方宇宙观的本土人类学探讨》，王铭铭、胡宗泽译，生活·读书·新知三联书店，2000，第 31 页。
② 关于视觉产生的心理，可进阶阅读帕特里克·弗兰克的《视觉艺术原理》（第八版）、郭茂来的《视觉艺术概论》等。
③ 田兆元教授曾将民俗经济的形式进行过概括，他认为民俗经济主要有三种表现形式：第一种是民俗的制成品及其消费；第二种是传统的民俗平台及其消费；第三种是利用民俗资源建立起来的品牌带来的消费。参见田兆元、吴玉萍《民俗是提升日常生活境界的文化精华》，《四川戏剧》2017 年第 8 期。

与感、尊重感和成就感，粉丝就会不遗余力地去支持这款产品。企业要利用互动的方式培养产品或品牌的忠实粉丝，并尊重粉丝们的成就感需求，对产品的卖点进行包装，将产品的性格刻画得十分鲜明，这样才能引爆粉丝力量，为产品或品牌带来更大的影响力，从而使企业收获更大的利益。"[1] 阿里巴巴先是利用"光棍节"，继而吞噬"光棍节"，使之成为自己的节日，并利用媒介仪式建构起网购的狂欢节。"双十一"营造出的就是这样一种因粉丝而兴起的品牌。[2] 这个品牌产生的消费是一种认同性消费，这对于从普通的企业节日走向民俗，至关重要。

最后，节日仪式情感。在阿里巴巴这场全民狂欢节中，民众的参与也有仪式性的情感。"强文化公司在企业生活中创立了行为的礼仪和仪式，也就是鲍尔所说的'我们这里的做事风格'，它们生动而广泛地影响着周围的人们。企业文化中的老英雄们十分注重工作生活中各种仪式之间的协调配合，从录用与解聘，到提供报酬、会议形式、书写规范、谈话方式，甚至主持一个退休晚餐的风格。他们知道仪式的重要性，这些仪式让文化以一种富有凝聚力的方式显现出来。今天的绝大多数管理者十分看重并着手管理的是诸如预算和战略规划这样的正式程序，但他们遗漏或忽视了他们周围的其他内容：文化生活。"[3] 阿里巴巴就属于强文化公司，他们注意到了这一点。他们利用去单身化仪式影响着民众的心理，打出"就算没有男（女）朋友陪伴，至少我们还可以疯狂购物"的广告语，这样的口号既突出了单身的符号，又加以心理情感因素，同时又不露痕迹地链接上购物。于是，"光棍节"的购物狂欢节就傍着节日，昭然而现。

"在每种仪式背后，都有一个体现了文化核心信念的寓意。如果没有这种联系，那么仪式不过是一种惯例，除了给人们以某种安全感和确定性，起不到其他作用。仪式提供了地点和脚本，使员工能够体验其中的意义。

---

[1] 黄钰茗：《粉丝经济学》，电子工业出版社，2015，第33页。
[2] 从某种意义上说，"双十一"既是一种节日，也是阿里巴巴经营的品牌。
[3] 〔美〕特伦斯·迪尔、〔美〕艾伦·肯尼迪：《企业文化：企业生活中的礼仪和仪式》，李原译，中国人民大学出版社，2014，第65页。

它们使混乱回归秩序。"① 2014 年"双十一"当天，各大网站的直播专区正式开通，这对于消费者来说，"双十一"不再是简单意义上的让利促销，它是一场由阿里巴巴联合大众媒介共同打造的以购物狂欢为基础的盛宴，也是全民主体意识被激活、获得身份认同的仪式盛宴。消费者在这场仪式中体验到了归属感、成就感，尤其是当阿里的领军人物马云站在有"双十一"当天销售额的大屏幕前，对着全球消费者说这种销售神话是消费者的力量时，民众由普通的消费者变成了这种仪式的主体，成了节日的缔造者。到 2017 年，马云在接受一档访谈时称"双十一"其实并不赚钱，为的就是让民众获得快乐。这样的语言与行为，且不说是否具有真实性，但是在情感拢聚上，阿里巴巴是成功的。"双十一"，从偶得到成熟，民众因为创造节日、参与节日、维护节日而快乐。

"双十一"，从本来的民众节日"光棍节"，变成阿里巴巴的企业节日，印证了斯坦利·霍尔所说的话，即亚文化是青年人自我表现的场所，同时也促涨了商业文化的繁荣。"光棍节"从发展伊始，就是青年亚文化的一种存在形式，然而由于缺乏完整的仪式活动，没有特定的文化含义，所以被阿里巴巴再建为自己的节日。在成为自己的品牌节日后，青年人的范围扩大到所有民众，他们的情感被激发，迅速作为参与者参与到这样的节日中去。阿里巴巴在打造自己的这一节日时，也没有含糊，从商业运作到情感仪式上，形成了整套文化攻势。

四　节日平台：构建认同性经济新路径

田兆元教授将阿里巴巴造就的 2017"双十一"天价销售神话归结为三个要素：一是享誉世界的民间故事的名称获得者；二是营造建构的可以全球识别认知的节日名称 11.11；三是支付方便的金融创新。前两个都是跟民俗相关的要素，民俗创新加文化创新，再联手科技创新，这就是阿里巴巴奇迹，也是认同性形成的过程。确实，阿里巴巴作为电商的龙头老大，其金融创新也为这一节日平台的打造添了一把大火。

---

① 〔美〕特伦斯·迪尔、〔美〕艾伦·肯尼迪：《企业文化：企业生活中的礼仪和仪式》，李原译，中国人民大学出版社，2014，第 68 页。

由中国互联网权威机构中国互联网络信息中心（CNNIC）发布的第 39 次《中国互联网络发展状况统计报告》指出，2016 年我国网民新增 4299 万人，网民规模达 7.31 亿，其中手机网民规模达 6.95 亿，完全超过亚洲水平，乃至全球平均水平。手机网民也带动了手机网上支付的规模，2016 年达到 4.69 亿，年增长率为 31.2%，网上支付提升至 67.5%。当然，线下支付也离不开手机，有 50.3% 的网民在线下实体店购物时使用手机支付结算。第 40 次《中国互联网络发展状况统计报告》指出，2017 年上半年，全国网络零售交易额达 3.1 万亿元，同比增长 33.4%。① 这些数据标志着我国全面"网络化"时代的到来。以上数据给企业节日平台的营造打下了群众基础，因为，有如此大的网络消费者基数支持，企业节日的腾空而出便不会遇到阻碍，只会更加吸引消费者。不管是民俗符号运用到商品中，还是全新的借民俗符号出现新的品牌，这些都需要借助一定的平台销售得以推广。因此，对于企业来说，销售平台，尤其是节日平台显得至关重要。企业节日是一个重要的时间点，合理的设置必然能够引燃消费的着火点。就好比前文所讲的"双十一"在时间上的先机。

毋庸置疑，企业节日是近些年来社会发展与文化变迁进程中出现的新民俗现象，作为一种企业行为，它既与元宵节、端午节、中秋节等传统节日不同，又与情人节、圣诞节、感恩节等西方节日有异，自身具有特性鲜明的节日属性。传统文化对于企业节日有着重要意义。作为直接参与企业节日的两大利益群体，经营者和消费者在这一新现象中不断地借助于传统对现代进行合理阐释，逐渐强化彼此对于企业节日的传统观念因素，营造起良好的心理认同机制，这些才是企业节日的文化传统得以被延续、被承继的关键所在。

彭兆荣教授曾指出："要考虑社会与文化变迁的影响，改变是必然的。在社会结构发生变革的时候，人类世俗的环境可能不再符合文化的既定范

---

① 上述数据均来自中国互联网络信息中心。原文标题：第 39 次《中国互联网络发展状况统计报告》，http://www.cnnic.net.cn/hlwfzyj/hlwxzbg/hlwtjbg/201701/t20170122_66437.htm，发表时间：2017.1.22，10：24；原文标题：第 40 次《中国互联网络发展状况统计报告》，http://www.cnnic.net.cn/hlwfzyj/hlwxzbg/hlwtjbg/201708/t20170803_69444.htm，发表时间：2017.8.3，16：31。最后访问日期：2017 年 11 月 24 日。

畴，则文化范畴也将在实践中被重新评估，在功能上重新界定，从而文化系统本身或多或少地被改变了，但值得注意的是，文化模式与社会结构之间并不是完全整合的。"[①] 一直以来，企业惯于借势传统节日进行营销，显然利用的是消费大众对于传统文化的情感依赖。然而，随着网络媒介和电子商务的迅猛发展，消费者对于传统节日的消费热情已然不同于往昔，现代企业借助于传统节日的营销战略不可避免地出现日渐式微的情况。企业节日的兴起，适时弥补了传统节日被过度消费的不足，使得企业一改以往节日营销同质化的劣势。现代企业经营者清醒地意识到，以"双十一"为代表的企业节日，在消费大众的消费实践中不自觉地实现了再评估、再界定的文化革新。

尽管如此，作为新民俗的企业节日也要承担起经济发展、社会治理以及文化传承之任，它仍需积极借鉴中国传统文化博大精深的内涵，否则，在今天社会结构发生天翻地覆变化的时代，企业节日就会逐渐沦为无源之水、无本之木。现代企业在借助企业节日进行市场营销时，亟须在吸收传统文化精髓的基础上，巧妙地把传统文化中的优秀元素融合到企业节日之中，找寻企业节日在营销策略中新的突破口，从而真正向消费者传递出乐于接受又能够维系持久的企业节日文化属性。

《关于培育和践行社会主义核心价值观的意见》强调要创新民俗文化样式，形成与历史文化传统相承接、与时代发展相一致的新民俗。由此观之，作为新民俗的企业节日建设，完全符合"培育特色鲜明、气氛浓郁的节日文化"国家文化战略，与主流文化建设高度一致。换言之，以企业节日为代表的新民俗建设正是新时期文化契入与融合的体现。然而，企业节日作为一种新民俗，作为民俗文化产业，还没有将重点落实在节日上，没有深入挖掘节日的属性。

现代企业由于深受文化产业丰厚利润的吸引，所以力推企业节日的热情渐成有增无减之势。相应地，消费大众自然也主动参与到企业节日的狂欢热潮之中。企业节日具备有别于传统节日的诸多属性，这些节日属性亦

[①] 彭兆荣：《边际族群：远离帝国庇佑的客人》，黄山书社，2006，第273页。

是吸引消费者的重要驱动因素。以"双十一"为例，较之以往的传统节日，消费者如若错失端午节的购物良机，接下来可以在中秋节得偿所愿，前后相差无非三个月时间，加之一年之中传统节日众多，时间周期甚至可能进一步缩短，久而久之就会形成心理惯习；以"双十一"为代表的企业节日则不然，时间多限于每年的特定某天，加之强大的广告宣传效应，足以调动起消费者的消费热情，这种近乎全民性的企业节日参与体验是日渐式微的传统节日所无法比拟的，彰显出新民俗节日的强大属性。

企业节日的根本诉求是让企业节日成为民众集体的节日，让民众产生认同，继而带动的消费变为认同性消费，产生的经济是认同性经济。因此，企业节日所带动的经济行为当属新民俗经济范畴，从本质上讲，即可被视作一种认同性经济，所引领的自然也就是认同性消费。恰如田兆元教授认为，"当一种民俗物品被民众持之以恒地喜爱，这就形成了一种强烈的认同，这种认同产生的生产与消费是民俗经济的显著特征，而这种认同性是长期的历史传承过程中形成的，大都有百年的历史，因此形成了如康芒斯所说的促进市场形成的习俗。"[1] 仅仅寄希望于企业节日成为消费者集体的节日还远远不够，促使民众对这种新兴的民俗传统以及精神享用产生心理认同感，才是民俗文化产业向前发展的目的使然，如此方能促进现代民俗经济原创能力的恢复。

五 结语

经济民俗伴随社会生产而萌生，伴随社会发展而发展，尤其是经济全球化背景下，经济民俗内容更加丰富，形式更加多样。经济民俗同样影响着企业节日的发展方向。当下，让中华优秀传统文化内涵更好地融入生产生活，探索中华传统文化创造性传承新路径，迫在眉睫。企业节日也方兴未艾，很多企业都在争相设立自己的节日，或为了实现经济效益；或为了完善企业文化；不管怎样，很多节日往往不能长久，有的甚至是昙花一现。究其原因，皆是因为没有实现企业节日之"节日"功能。节日作为传统概

---

[1] 田兆元：《经济民俗学：探索认同性经济的轨迹——兼论非遗生产性保护的本质属性》，《华东师范大学学报》（哲学社会科学版）2014年第2期。

念，形成的文化认同以及经济效益日渐凸显。企业节日作为一种新民俗，能够最大程度地发挥"节日"功能，将文化辐射到企业内部，涵养企业精神，在培育现代企业文化的同时构建认同性经济。

企业节日相较于传统节日而言，其形成的文化认同还不够。因此，要激发企业主体的经济意识和消费主体的信仰与参与精神，企业节日必须有民俗行为的支撑。这种行为体现在节日符号的设计、带有民俗元素产品的开发以及民俗平台的打造等。只有通过这样的民俗实践，企业节日才能有效形成。阿里巴巴在民俗平台的构建上，获得了成功，而想要使之真正成为民俗意义上的"节日"，未来的民俗实践仍需探索。因为如何赋予节日文化意义、如何形成仪式，这才是企业节日传承的关键。解决的办法只有将企业节日作为企业发展的文化战略来讨论，使企业节日得到长久维护，才能实现认同，构建认同性经济。

日常生活实践的"战术"

——以某地"残街"的"占道经营"现象为个案*

王杰文**

摘　要：在当代中国城市中，"占道经营"已经成为普通人日常生活的自然环境，为谋求"个体利益"而侵占"公共空间"的"战术"层出不穷。解决"因私害公"的中国式城市问题，中国民俗学应该超越现代性与后现代性之间争论的偏执性，探讨合意的日常生活实践的可能性。

关键词：占道经营；战术；空间修辞术；空间的语法学

"占道经营"是指特定个体或者群体侵占公共空间（比如，城市道路、桥梁、广场等）以牟求私利的行为。在当代中国城市中，"占道经营"的现象十分普遍。依据中国城市规划与管理的基本法规，"占道经营"属于违法行为，各级城市行政管理执法部门（以下简称"城管"）有权依法予以整治。实际上，"占道经营者"与"城管"之间的矛盾十分尖锐，二者之间的激烈冲突时有发生。

从城市规划者、立法者以及执法者的观点出发，城市公共空间具有"公共性"，任何个体或者群体在未经相应权力部门审批及授权的情况下，

---

* 本文选自《民间文化论坛》2018年第2期。
** 王杰文，汉族，出生于山西省柳林县金家庄乡明家圪村，北京师范大学民俗学博士，芬兰赫尔辛基大学民俗学研究所访问学者，现为中国传媒大学艺术研究院教授。主要从事民间文化与大众传媒的研究工作。对于华北民间文艺表演活动、社区民众的日常生活、民间文化的大众传媒化等课题，做过长期的调查研究与理论阐释；已经出版专著《仪式、歌舞与文化展演——陕北·晋西的伞头秧歌》《中国社火》《媒介景观与社会戏剧》等。

临时性地或者长期性地占用公共空间从事经营活动,都属于违法性的"占道经营",都应该依法予以取缔。"占道经营"中所谓"道",内在地具有"公共属性",是任何个体都无权侵占的。然而,从"占道经营者"的立场来看,任何"公共空间"都是历史地、社会地形成的,都是在城市化进程中不断地"成为（becoming）"公共空间的;而他们这些所谓"占道经营者"同样参与建构了特定"公共空间"景观之"所是（being）",也就自然而然地属于该"公共空间"之一部分。此外,城市管理者与占道经营者都应该服务于市民群体的利益——一切"公共空间"应该为市民的家庭生活、工作、休闲生活提供普遍的便利与舒适——然而,无论是占道经营者、市民群体还是城市管理者,他们都内在地具有利益的多元性、矛盾性与特殊性。因此,虽然"公共空间"在原则上具有"公共性",在实践中却又经常被淹没在"私人性"的侵夺与占领当中。

在解释中国各级城市中普遍存在的"占道经营"现象以及其中所体现的"公益与私利"之争时,法国历史学家米歇尔·德·塞托所提出的"策略"与"战术"两个概念具有重要的启发性意义。他所谓的"策略"指的是"规范性的框架",指在地点或语言层面上制造、控制并强加了某种强制性、规训式的秩序;而所谓"战术"指的是借助于这些秩序性的"策略"（作为"寄主"）,普通民众使用、操作和改变它们的"使用方式"（作为"寄生物"）[1]。在塞托看来,日常生活研究的核心任务应该是描述这些在不同的语境之下不断进行着的"重新使用的方式",即日常生活的实践者借助于作为"场所"的异己性他者（"策略"）的种种"战术"。塞托带着欣赏的眼光评论说,这种"战术"具有自己特有的形式和创造性,它总是在悄悄地进行着再生产与重组的行为。城市规划与占道经营之间的矛盾,表面上看起来的确类似于塞托所谓"策略"与"战术"之间所存在的矛盾,本质上却体现了截然不同的性质,甚至具有某种讽刺性的意味。

本文试图通过描述某地"残街"的"占道经营"现象来讨论如下三个问题:（1）塞托有关日常生活"战术"的思想是否适用于分析中国当代城

---

[1] Michel de Certeau, 1988, *The Practice of Everyday Life*, translated by Steven Rendall, University of California Press. pp. 18 – 20.

市中的日常生活实践？（2）中国当代城市中普遍存在的占道经营现象的性质是什么？（3）民俗学应该如何参与建构理想的日常生活实践？

一 描述"残街"的日常

某地有一条横贯东西的马路，这里的人们称之为"残街"。"残街"的北面是"电建南院小区"，南面是由"钢琴厂""煤炭干部管理学院宿舍""五金厂""水电学校职工宿舍"等单位宿舍组成的平房区；东面正对着某大学的西门，西面正对着某街。

2005年前后，该地道路进行了拓宽与修整，"残街"的主道变成了比较宽阔的四车道，然而，交通管理部门并没有在道路上清晰地设置相应的交通标志。主车道的两旁各有四米多宽的人行道，人行道上间隔三五米，新植有景观式树木，夏天这里会是一条林荫大道。从公共道路交通的实际标准来说，"残街"是完全可以满足居民们的出行需求的。换句话说，从城市道路交通的规划与设计层面来说，"残街"的硬件设施是符合标准的，可是实际上，"残街"每天都会发生频繁性的拥堵现象。

行走在"残街"，人们会发现，在人行道的两旁，原本作为民用住宅的楼房纷纷被擅自修改为商业门面房，为了拓展住宅的商用面积，业主们纷纷蚕食人行道路。其具体的"战术"是多种多样的，有的把大门向外开设，有的在人行道上安置各种设备，有的拉设各种线路，有的把桌椅板凳搬到人行道上，还有的长期占用人行道摆放商品及生活用具，甚至有人用废弃不用的桌椅、汽车、巨石等长期侵占人行道。总之，"人民的智慧是无穷的"，占道经营者的"战术"也是花样繁多，层出不穷，原本作为"人行道"的公共空间基本上丧失了其"公共性"，行人完全无法从人行道上正常通过。

既然民用住宅被户主私自改造为商用空间了，流动与滞留在商铺周围的人员就自然大幅增加了。商店、顾客及行人的交通工具（货车、家用汽车、摩托车、自行车、三轮车等）经常被横七竖八地任意停放在人行道、行车道上，临时停靠的货车、垃圾车经常会阻塞交通，人行道与行车道经常会变成临时停车场。于是，出入附近居民区的居民、过往的行人、自行车、三轮车、汽车、流浪狗会见缝插针地穿行在行车道上。

行经这里的人们可能也会感受到出行的不便，但是，他们似乎对这样的出行方式习以为常了。路过这里，人们经常会看到某些汽车司机可能会因为交通堵塞而狠按汽车喇叭，骂骂咧咧地发泄愤怒；某些行人可能会因为被车辆剐蹭或者惊吓而与肇事者发生口角；某些人可能会为小偷的猖獗偷盗行为而神经紧张，但是，十余年如一日，这里的人们依然"幸福地"生活着。很少有人会对"占道经营者"提出任何质疑。比如，在"残街"的中段路北，某个水果摊贩长期侵占了人行道及部分行车道，她的行为常常会导致两辆汽车错车困难，但是，车主们从来都不会去批评水果摊贩的违法与不道德，而是习惯于怒目相对，恶言相向，拳脚相加，而水果摊贩却会站在一边，一脸无辜地作壁上观。

二 "残街"之"日常"的形成

2003年之前，有组织地侵占公共空间并找到种种理由为自身的违法行为进行辩解的是这里的一小群居民（据称共计35户），他们当中有残疾人，但更多人属于下岗失业人员。为了谋生，他们曾四处求助社区居委会，但未能获得有效帮助。他们试图在这里经营商业店面以资生存。据称，他们曾到当地城市规划部门寻找支持，但未获批准；后来，他们模仿某地西街无照经营者的先例，联合起来搭建违章性临时建筑。总之，按照这些居民的说法，（1）他们是残疾人自主创业；而国家政策恰好是鼓励"自主创业"的，更何况创业者是"残疾人"。为了强调他们的残疾人身份，他们擅自把"某地中街"改名为"残（建）街"。（2）他们曾谋求合法经营的渠道却未获相关部门的批准；也就是说，是政府部门的冷漠与不作为导致了他们去寻找非法手段。更何况某地西街早已经有违章建筑在经营而未被查封。（3）他们曾试图通过自行创造文明卫生的服务环境，甚至要努力把"残街"建设成为一条"示范街"。换句话说，他们试图通过行动来获得城市管理部门的认可，最终能够批准他们的请求。

"良好的意图"并未获得城管部门的认同，那些违章建筑"壮志未酬"就被清除掉了，然而，作为上述35户居民谋求生存的空间资本，"残街"

的潜在价值从来没有被他们低估与放弃。在违章建筑被拆除之后，他们又在人行道上划出一块块的方格来，依据面积大小的不同明码标价。他们声称这些公共空间为他们个人所有，擅自出租给那些流动性的摊贩，借以收取"管理费"。这些摊贩从事的行业五花八门，包括售卖花卉、水果、宠物、衣服、小饰物、电脑手机配件等，此外还有理发馆、垃圾回收站、小饭馆、饮品店、烧烤店等。面对庞大的学生消费群体以及周边密集居住的人口，"残街"的商机十分可观。那些租用人行道摊位的小商贩甚至会坐地起价，又把自己租来的摊位以更高的价格转租给后至的其他商贩。

从 2005 年到今天，一小群自称"残疾"的居民非法挪用公共空间牟取个体或者小群体的利益，他们的行为既违反了城市管理条例，又影响了当地居民的日常生活，应该是没有继续存在下去的理由。事实上，在接到各类投诉之后，迫于各种各样的压力，城管部门也曾多次拆除违章建筑，但是这群占道经营者的"战术"十分高超，大有成功反噬"战略"的趋势，因为，他们深知，（1）城管部门的扫荡式拆除行动只是例行公事。正如一位租用人行道从事个体经营的小商贩所说的那样，"该地好多都是违建房。不过，这么多年了，并没人来管……肯定是最近太过分了，动静太大了点儿。要不就是上面有命令。"既然是例行公事，那就是说，城管的工作像是暴风雨一样，来得快，去得也快，而且只是偶尔一至。（2）依据法不责众的常识，小商贩们知道，城管的拆除行动只是装腔作势。许多商贩都说，"你放心，这么多人（都在占道经营），肯定拆不了（占道设施）。"（3）通过拖延战术与游击战术，小商贩们试图把目前的环境变成理所当然的环境，让居民们适应这种环境，放弃投诉的念头，而不是相反。

10 余年过去了，"残街"明显的违章建筑被拆除了，但是，35 户居民仍然经营着"残街"这片公共空间上的人行道，他们私自出租它，出租者与租用者达成了非法的交易关系。人行道上的经营行为渐渐弥漫到行车道上来，行车道同时承担着人行道与行车道的功能。夏天的傍晚，"残街"上一家挨一家的露天烧烤摊前烟雾缭绕，满地垃圾，食客就坐在车道边或者车道上吃喝谈笑，汽车与行人从他们身边擦身而过，巨大的风扇把烧烤炉上冒起的浓烟吹向过往的行人，行人们咳嗽着，歪着头从它面前经过，他们无可躲避，因为悄无声息地穿梭着的"黑摩的"，像鬼魅一样一闪而过，也许它才是需要人们小心提防的最大危险。

三 日常生活实践的战术与艺术

塞托在思考城市空间的实践时说，"我想要找到一些实践行为，它们不同于可视、全景敞视，或者理论建筑的'几何'或'地理'空间，这些关于空间的规划令我们想到一种具体的'操作'形式（'做法'），想到'另一种空间性'（一种关于空间的'人类学'的、富有诗意以及神秘的经验），以及被居住城市不透明和盲目的变化。一个转移了的城市，或者说是隐喻上的城市，就这样渗入了被规划了的、可读的城市那清晰的文章之中。"① 正是基于对城市空间的具体操作（而不是城市空间的规划设计）创造了社会生活的决定性条件，塞托才把微观的空间实践作为理解城市日常生活的关键。

然而，鉴于塞托对于国家权力和社会机构一贯而决绝的抵制，毫不奇怪，在城市空间实践的研究中，他总是试图在僵硬的空间秩序中辨认出普通人"微抵制"的布朗运动，总是能够发现调动了隐藏在普通人身上的意想不到的资源，总是着力关注匿名人群中权力控制的真正界限所发生的迁移。不难理解，在微观的城市生活实践中——不论是个体的还是群体的——许多活动都是城市化体系试图管理或者取缔的对象，然而，这些活动却往往能够成功地逃脱监视与控制而继续存在，甚至会渗入到社会监督的网络之中，迫使已经失控的监督机构对它们偷偷摸摸的创造性睁一只眼闭一只眼。当然，尽管这些多样的、抵制的、狡猾的、执拗的生活实践的"战术"经常会成功地逃脱规训的控制，事实上它们又远远没有彻底地处于规训的势力范围之外。

同样，"残街"上的日常生活实践并不局限于上述占道经营者的违章性行为，还包括普通行人的行走与驻足，记忆与叙事，这些实践性的行为构成了某种"空间的文体学"，它与"残街"的"空间的语法学"截然不同。

---

① 〔法〕米歇尔·德·塞托：《日常生活实践：1、实践的艺术》，方琳琳、黄春柳译，南京大学出版社，2015，第170页。

（一）行走在"残街"

从城市规划者、设计者与管理者的角度来看，空间设置类似于语法学家和语言学家们设定的"本义"，这是一种标准的、正常化的语言规范，是一切"引申义"参考的框架，即"空间的语法"，然而，"我们在日常、语言或者步行者的用法中仍然寻其不得"[①]。在这个意义上，行走于城市街道，就如同"语言之讲述"之于"语法规则"。

行走在"残街"，任何一个步行者都自然而然地"调适"着残街的空间预设，因为这种自然空间与人为空间的预设为该步行者提供了某种可能性（他可以由此通行）与限制性（他面前可能有某障碍物而无法通过）；又促使他去发明其他的可能性与限制性，比如，他可能会横穿、改道或者临时地注视、驻足，或者疾行、漠视某些空间元素。换句话说，他们只是把前在的空间秩序中的某些可能性与限制性变成了现实。尽管他们的确是从"残街"经过了，但是，他们"经过"的可能性与限制性是无限地多样化的，因为他们会发明自己的行走路线，自我挑选与排斥某些行走路线。这一"挑选与排斥"的过程就是他们通过他们的脚步创造性地发明的"空间修辞术"，他们因此而与占道经营者、其他行人建构了社会关系。正是通过这一空间修辞的建构、引用或者对立、打断，行人们对他们选择的路线进行着证实、怀疑、尝试、逾越与恪守等。

行人的"空间修辞术"对应着弗洛伊德所谓梦境运作的两种发生机制，"置换"与"浓缩"，前者通过强调部分空间来代表整个空间；后者通过省略连续的空间来解散空间的真实性。就这样，在行人的眼里，"残街"既不是城市规划者们设计的地理空间，也不是小商贩们侵占人行道之后所预留的空间，他们脚下的街道并不等同于地理空间意义上的街道，他们的脚步对街道进行了加工，翻转了这个地理空间，空间的某些部分被夸大，甚至代表了整体；街道的连贯性被拆解为孤立的景观。作为地理空间的"残街"的连贯性与统计意义上的数量被一种主观的感受与陈述所取代。这是通过

[①] 〔法〕米歇尔·德·塞托：《日常生活实践：1. 实践的艺术》方琳琳、黄春柳译，南京大学出版社，2015，第178页。

步行者的行走风格与姿态体现出来的,这种"空间修辞术"是无法被固定下来的,也是无法被穷尽地记录的,然而正是通过它,城市空间的设计与规划的"本义"被解构与扭曲了。

(二)讲述"残街"

作为一个特定的生活区域,"残街"既是许多居民长期生活的环境,也是许多人(比如大学生们)临时生活的环境。社会的变迁快速地更改着"残街"的历史面貌,掩埋着历史遗迹所附带着的文化记忆。对于生活在"残街"生活区里的人而言,"残街"是具有历史厚度的,也是具有情感温度的,尽管这里混乱嘈杂、几无秩序可言,但是,正像一位老住户所说的那样,"我家就在这里,我从小就在这儿长大……"这里对于他来说很"特别",处处都有故事,处处都有记忆。甚至是某大学的那些毕业生们也同样怀恋这里的某个饭馆或者"水吧",尽管他们记忆中的那些商铺可能早已经关门大吉了。徜徉于"残街",其中的某个地标都可能成为某个行人或者居民展开历史回忆与叙述的"索引",这一回忆与叙述就像一幅粘贴画,其中所涉及的元素之间的关系十分模糊,它们是基于地理空间之上的一种叙事性的空间实践,换句话说,它们在结构化的"空间文本"之上创造出了某种"反文本",该"反文本"天然地会扭曲、转移或者变更前在"空间文本"的意义,具备导向其他空间意义的可能性与潜力。

况且,不同主体的记忆是分散的与零碎杂乱的,当然也是无法定位的。有关"残街"的记忆大多沉睡在人们的脑海中,它们只是在特定的时刻才会被主体唤醒。这里的居民常常会说,"你们不知道,这里曾经有……","曾经有"意味着它已经消失了,看不到了。它隐藏在可见地标背后的历史褶皱中。在多数情况下,它仅仅是私人性的回忆,并不能引起人们的兴趣。但是,对于城市的普通生活者而言,有关生活空间的历史记忆毕竟是其该街区的灵魂所在。在这个意义上,人们驻足留连于"残街",是因为这里具有某些片断化、隐秘的故事,它们隐藏在喧闹嘈杂、脏乱不堪的"空间文本"背后,那是一些堆积起来的时光,却又消失在主体的记忆中。准确地说,这些地点就是一种特殊的符号,它会在行人的身上激发出某种愉快或者痛苦的体验。

在某种意义上，人们对于穿行与驻足于街道的回忆与叙述，既是对上述"空间修辞术"的补充与具体化，又是对"空间实践"的各种可能性行为的表达。特定个体或者群体对任何"空间"的理解，都与他（们）对"空间"的大小、界定及其性质的理解有关，基于上述几个基本维度，在空间的意义与分类问题上的歧义就产生了。有关"空间"的歧义及相关叙述甚至为空间中的实践（表演）提供了前提，它创造了一个上演各种行动的剧院，为人们采取行动提供了空间。比如，在"残街"中段路北的人行道上，常年停放着一辆中型卡车，它是一对中年夫妇回收垃圾的场所。他们不仅仅侵占了人行道，而且侵占了行车道中间很大一块空间。有关他们从事这一占道经营的历史叙事为他们在这一场所开展社会实践提供了一个合法的剧院。换句话说，有关空间的叙事甚至是先于空间实践的，前者为后者开辟了疆域，提供了可能。

步行或者驻足于"残街"，行人既是在操演既定的公共空间的前在秩序，又是在创造性地激发与重组着作为符号系统的公共空间；在作为一条地理学意义上非常清晰的街道背后——通过行走与叙述——存在着无数条面目模糊的、边界不清的街道。行人的脚步穿越、组织起某些地点，他们对这些地点进行挑选，并且把它们连接成整体；以此创造出相互矛盾与冲突的句子和路线。总之，行走在"残街"与叙述"残街"——作为日常生活实践的战术与艺术——在双重意义上模糊了"残街"的空间轮廓。

四 超越"秩序"与"实践"

塞托对于"空间规划"与"空间使用"、"策略"与"战术"的区分，对于理解城市日常生活实践具有重要的启示价值。"规划"与"策略"是一种基于现代性逻辑而衍生的话语系统，其前提是对"理性"之至高无上的推崇与信仰，它相信"理智应当且能够建立或者修复世界，我们不再需要阅读某种秩序或者某个隐藏的作者的那些秘密，而是应当生产一种秩序，并且将这一秩序书写在野蛮或者堕落了的社会的躯体之上。书写获得了对于历史的权利,以便纠正、制服或者教育这一历史。"① 相反,"使用"与"战术"恰恰是血身之躯被忽视或者压抑时产生的惨叫以及发不出声的痛苦,在这个意义上,塞托对于"实践的艺术"强调的就是一种"后现代性"的反抗性努力。

有关"现代性"以及"后现代性"的学术反思直接引发了中国民俗学的思考,一部分民俗学家们持"未完成的现代性"理论,认为中国亟待更加彻底的现代化改革;另一部分民俗学者则同情"势不可当的后现代潮流",认为中国已经在新媒介、新技术的裹挟之下,进入到信息化与消费社会,一切现代性的弊病同样困扰着当下中国社会,况且,那些坚持现代化理性的主体本身可能是打着普世价值的口号推行有利于自身的社会主张。总之,"现代理性"本身是需要反思与质疑的。

"公共秩序"与"个体实践"之间是否天然地相互矛盾?塞托在关注"生产"与隐藏在产品的使用过程中的"次要生产"之间的差异性或者相似性时,他潜在地承认了二者之间永恒的差异性,却也同样强调了二者之间必不可分的依赖性;与此同时,他又几乎悬置了对"公共秩序"之社会重要性的讨论,直接来强调"个体实践"的潜在意义与价值,这也正是他的理论在中国之日常生活实践之研究中水土不服的地方——当他强调社会公共法则的使用者将社会法则变成自己所追逐的隐喻和省略的修辞时,他假定了社会公共法则在法国社会生活中的霸权地位,然而在中国的城市里——"残街"是中国当代城市的缩影——人们把任何公共空间都当作私人欲望和利益的原始森林,公共法则形同虚设。

塞托颇具后现代色彩的思想可能并不适合于理解中国社会,但是它却同时提醒我们警惕极端"现代化"的社会弊端。未来中国城市日常生活的培育,既需要强化普通民众的秩序意识,又需要尊重人们普遍的心理需要。中国民俗学家关注未来中国民众的日常生活实践,也需要同时开展两项工作:一是在西方文明的总体框架内反思现代问题;二是在中国自身的文化传统中寻找化解现代危机的出路。

---

① 〔法〕米歇尔·德·塞托:《日常生活实践:1. 实践的艺术》,方琳琳、黄春柳译,南京大学出版社,2015,第233页。

文化展示与时间表述：基于湖南资兴瑶族"盘王节"遗产化的思考[*]

毛巧晖[**]

摘　要：湖南资兴瑶族的"还盘王愿"在遗产化过程中，其作为"文化"展示给"他者"，同时亦进入社会"公共"领域，统一的活动流程改变了仪式的"时间"存在。在"文化展示"中，口头叙事因文化情境的需要被"选择性"传承，仪式的"内部性"与"边界性"渐趋隐蔽，"公共性"与"地域性"逐步凸显；不同社会、不同文化群时间表述与时间观不同，当"还盘王愿"仪式被纳入现代时间观，其仪式的时序、文化空间被标准化，在标准化的时间秩序中，仪式与叙事的关联以及信仰因素会被隔断或遮蔽。遗产化的"盘王节"具有较强的公众展演性，但其神圣性渐趋消解，仪式时间亦被规范为"现代时间"表述，这直接影响了仪式的传播与传承，同时也与非物质文化遗产保护的初衷，即保护文化多样性不一致。

关键词：非物质文化遗产；盘王节；文化展示；时间观；盘瓠神话

20 世纪二三十年代，瑶族生存状况及相关风俗引起研究者的大量关注，

---

[*] 本文选自《民间文化论坛》2018 年第 3 期。
[**] 毛巧晖，中国社会科学院民族文学研究所《民族文学研究》编辑部研究员。主要从事现当代中国民间文学学术史的研究，代表作有《涵化与归化——论延安时期解放区"民间文学"》，上海辞书出版社，2006 年 5 月；《二十世纪下半叶中国民间文艺学思想史论》，上海文化出版社，2010 年 3 月等。

《中研院历史语言研究所集刊》《旅行天地》《时代之美》《人类学集刊》《西南边疆》《民俗》《地理杂志》《说话》等杂志均有刊载①，研究者希冀通过"撰写民族志，以便将西南民族纳入国家话语体系。"② 同时，随着现代民俗学的兴起，"各地的风俗习惯，……歌谣、传说、故事……"被视为"人民大众精神活动的结晶，……一个民族的活的文化遗产"③。《八桂西陲瑶人的春节》《连县瑶民生活》《调查：连阳瑶民风俗及排瑶地方概况》《谈八排瑶的"死"仪》《瑶山十日》等，提到瑶族生活中的"节序"，"瑶俗沿用阴历，知年不知闰，遇闰年则曰十三月"，并详述了瑶族的"元旦""三月初三（开春节）""清明节""四月初八（牛王诞节）""六月初六（赛土神节）""七月初七（七月香节）""八月初二（早禾节）""十月十六（耍歌堂节）""立春"等④，其中"十月十六（耍歌堂节）"就是当下所述的"盘王节"。

一

盘王节是"瑶族人民纪念始祖盘王的传统节日"，过去民众一般称其为"做盘王""跳盘王""祭盘王""还盘王愿"等，相关记载从晋代已有，"用糁杂鱼肉，扣槽而号，以祭槃瓠。"⑤ 各地举办时间不一，其"历来在每年的秋收后到春节前的农闲季节进行"⑥。举办形式亦不同，广东连阳"排中定例为三年或五年一次"；广东连山"一人一生必定要还愿一次，……一般是三天三夜，也有长至五天五夜，七天七夜的。'还愿'以家为单位，但亲戚邻居都参加"；湖南新宁县"祭盘王要跳长鼓舞"；湖南宁远县瑶族

---

① 本文为"中国社会科学院登峰战略民族文学研究所重点学科·中国神话学"阶段性成果；国家社会科学基金重大项目"中国少数民族神话数据库建设"（项目编号：17ZDA161）阶段性成果。相关资料张泽洪：《近现代中国西南少数民族宗教研究述论》，《宗教学研究》2001年第2期中亦有提到。
② 王璐：《传统服饰与现代性观念——民国时期民族志中的西南少数民族女性表述》，《民族文学研究》2017年第2期。
③ 郑伯奇：《民俗——活的文化遗产》，《新文艺》（山西）1947年第1期。
④ 《调查：连阳瑶民风俗及排瑶地方概况》，《广东省政府公报》1932年第205期。
⑤ （晋）干宝撰：《新辑搜神记》卷二四，中华书局，2007，第294页。
⑥ 奉恒高、何建强编著《瑶族盘王祭祀大典——瑶族盘王节祭祀礼仪研究》，民族出版社，2010，前言第2页。

"十月十六还盘王愿。杀猪供盘王。……请道公唱神,要还三天三夜的愿。"广西灌阳"每年还一次盘古愿,……不准汉人入愿堂观看"[①]。这一仪式活动被统一冠以"盘王节"是从1984年开始。

1984年8月17~20日,全国瑶族干部代表座谈会在南宁举行。参加座谈会的有来自中央民族学院、中国社会科学院民族研究所、中南民族学院以及广西、湖南、广东、云南、贵州等单位和省区的瑶族代表28人,座谈会就民族节日的意义以及选定"盘王节"缘由达成共识。他们商定每年的农历十月十六日为瑶族统一的节日——"盘王节",与会人员一致认为:"民族节日是民族文化的组成部分,……对民族的发展进步有着积极作用,通过节日活动,可以发展民族文化,……加强与其他民族间的相互了解,振奋民族自豪感",而"盘王节"民族特点突出,"比较集中地反映了瑶族的历史传统",而且"'盘王节'所反映的瑶族历史传统和心理感情,具有广泛的代表性"[②]。1985年农历十月十六,全国各地的瑶族代表、民间艺人聚集广西南宁,首次一起共度民族节日。其后这一节日活动从"湘粤桂南岭地区三省区十县市瑶族盘王节""南岭瑶族盘王节"发展为"中国瑶族盘王节",举办时间改为两年一次。[③] "盘王节"成为瑶族的节日符号,2006年"瑶族盘王节"列入第一批国家级非物质文化遗产名录。[④] 非物质文化遗产(以下简称"非遗")改变了以往对民间文化资源的传统认知,亦改变了其传统样态。"遗产保护意识的产生有一个先决条件,即'地方性的生产'(《 production de la localité》,Appadurai 1996)及其模式与机制的转变;同时还造成了一个代价,即在周围一切或几乎一切遗产都消失的时候,感到惊恐的人们才去寻找坐标(repères)和里程碑(bornes),以维系他们陷入剧

[①] 张辑:《解放前各地过"盘王节"简况》,载广西民族学院民族研究所、民族语言文学研究所编《瑶族"盘王节"资料汇编》,内部资料,1984,第21~22页。
[②] 《全国瑶族干部代表商定瑶族节日及瑶族研究会座谈会纪要》,载广西民族学院民族研究所、民族语言文学研究所编《瑶族"盘王节"资料汇编》,内部资料,1984,第35~38页。
[③] 参见谭红春《关于少数民族非物质文化遗产保护实践的反思——以中国瑶族盘王节为例》,《广西民族研究》2009年第2期。
[④] 参见《国务院关于公布第一批国家级非物质文化遗产名录的通知》(国发〔2006〕18号),非物质文化遗产网,http://www.ihchina.cn/3/10323.html,2006-12-10,最后访问日期:2018年1月28日。

变中的命运。正是在这种情况下才出现了遗产的生产，不论是遗址、文物、实践或理念；这种遗产的生产能够恰如其分地被视为一种'传统的发明'。"①

"地方性生产"是遗产化的先决条件，而在遗产化进程中，民俗仪式发生了变化，很多被视为"传统的发明"，即在非遗化后，民俗仪式在多重话语表述中进行重构②。本文以湖南资兴茶坪瑶族"还盘王愿"为个案进行阐述。

二

湖南资兴市碑记乡茶坪瑶族③，"迄至宋代景定元年时遣派于湖南郴州各县几百里之山地刀耕火种为生。"④ 茶坪瑶族村与郴州市苏仙区月峰乡赵家湾的《赵氏族谱》记载，其先辈从南京七宝洞会稽山迁至江西吉安府鹅颈丘，自先祖赵家根起，到元末明初，辗转汝城九龙江、桂东、酃县（今湖南炎陵县）、资兴、郴县（今郴州）等地。他们每年十月十六日盘王生日举行"还盘王愿"仪式，感恩先祖盘王护佑。还盘王愿是"勉瑶向盘王先祖许下的千古子孙愿"，汉人称之为"调王"，瑶人自称"奏档"或"缴律"。有关这一仪式的起源，当地民众讲述道：

> 我们瑶族最开始啊，不是生活在茶坪，都在会稽山。在会稽山久了，不懂得生产、技术不行，干旱、失火活不下去了，就砍树造了船离开。在海上风浪大啊，好久好久都看不到岸，心里急啊！我们就求

---

① 〔摩洛哥〕艾哈迈德·斯昆惕（Ahmed Skounti）：《非物质文化遗产及其遗产化反思》，马千里译，巴莫曲布嫫校，《民族文学研究》2017年第4期。
② 参见岳永逸、蔡加琪《庙会的非遗化、学界书写与中国民俗学：龙牌会研究三十年》，《民族文学研究》2017年第6期。
③ 笔者于2017年12月1日至12月5日到湖南资兴唐洞街道茶坪瑶族村调查，当地于12月3日至5日举办了"丁酉年资兴瑶族'盘王节·还盘王愿'"祭祀活动。因此笔者在论文题目中用了湖南资兴瑶族，而没有限定于茶坪即源于此。茶坪村2010年以前处于碑记乡茶坪岭，因资源开采，此地生存条件逐渐恶化，2010年整体搬迁到唐洞街道田心社区，碑记乡并入唐洞街道。另其他有关资兴盘王节的活动资料主要参考相关文献与其他学者的调查。
④ 乾隆六十年修《盘式族谱·序》，见赵砚球《湖南勉瑶来源考》，载刘满衡编著《塔山瑶寨》，海天出版社，2005，第189页。

盘王。因为走的时候没走正门，没告诉盘王，没得到保佑。就说知道错了，请盘王保佑我们顺利上岸，以后我们十二姓子孙，就是盘、沈、包、黄、李、邓、周、赵、胡、唐、雷、冯十二姓，每生一个儿子就献一头全猪给您老人家还愿。说完之后，海浪果然变小了，没过多久就上了岸。①

这一叙事关涉"未告知盘王离开会稽山——渡海——未得盘王护佑——遇难题——许愿——得盘王护佑——平安上岸"，其中的核心情节是"迁徙——渡海——许愿"，它与方志、民间相关文献记载亦吻合，《八排风土记》中记述："十月谓之高堂会，每排三年或五年一次行之。届期至庙，宰猪奉神，延道士口诵道经。"② 资兴市团结瑶族乡瑶民珍藏《过山根图》载：其先祖原居南京八宝洞会稽山，隋唐年间，瑶人捕鱼失火，十二姓瑶人砍倒门前相思树，造成十二只船，载着十二姓瑶人背井离乡，漂海求生。漂泊三月没靠岸，生死存亡之际，瑶人兄弟跪在船头船尾，向盘王先祖祈祷"保佑我们渡海上岸吧，以后我们每生一个儿子都向你老人家奉献一头全猪。"言毕，"盘王差遣五旗兵马"，抚息波涛，轻风吹送。③ 茶坪瑶族还盘王愿时，师公在"奏档"还愿的"马头意者""圆箕愿""大排良愿"和"歌堂宝书良愿"等仪式环节中，都以《横连大席打令口诀》讲历史，道根源，"当初以来，洪水发过，十二姓瑶人子孙原住南京七宝洞会稽山"。师公在请四庙王的同时，都会请"本祖先扬州庙"，吟颂"香烟奏到扬州大殿本祖家先坟墓里头。"又唱《家先歌》"昆仑山上安灶鬼，扬州大殿请家先，当初共锅吃过饭，死入扬州受佛香。"《开坛请圣》仪式中吟经文，"弟子茅

---

① 讲述人：赵前卫，采录人：焦学振；采录时间：2017年1月11月；采录地点：湖南省资兴市茶坪瑶族村赵前卫家。转引自焦学振：《公众信仰与民众生活——茶坪瑶族村"还盘王愿"仪式研究》，载"中国神话学"课题组编《盘瓠神话文论集》，学苑出版社，2017，第186页。赵前卫，男，赵循阳（湖南资兴瑶族著名教育家）之孙，1941年生，退休教师。
② 张辑：《史籍中有关盘王节的记载》，载广西民族学院民族研究所、民族语言文学研究所编《瑶族"盘王节"资料汇编》，内部资料，1984，第20页。
③ 湖南省文化厅编《湖南省非物质文化遗产名录》第三册，湖南人民出版社，2009，第1407页。

山去学法，步入太上老君门"。① 最初的"还盘王愿"以家为单位，"拜王一般在冬季农闲期间，以一家为主，约请客人聚集一起，并请'师爷'四人跳王。"②

"还盘王愿"的叙事与仪式扭结关联③，是瑶族家族或族群内部的"历史叙述"，早期碑记乡还盘王愿禁止汉人观看和说汉话，后允许汉人观看但禁汉语，违禁者给予相应惩处。从表述上而言，这是通过仪式对"自我/他者"的区隔。任何文化都需要通过"他者"来建构"自我"，同时"每个时代、每个社会都在创造它的'他者'"④ 而且有关族群历史与族群身份的强调，也是"人们在不同场景下生活的一种策略和方式。"⑤ 但从20世纪80年代开始，"还盘王愿"仪式逐步成为公众活动。1986年茶坪瑶族举族在盘王庙进行了七天七夜的"奏档"还愿仪式，1995年举办了"茶坪瑶人定居200周年暨传统还盘王愿祭奠"，在当下茶坪老人的回忆中它们成为重要的"事件"。2006年资兴"还盘王愿"被列入湖南省第一批非物质文化遗产名录。"非遗保护在我国已经迅速发展成多方力量共同参与的盛大的社会文化运动。如果说在开始之初，活动的主要参与者是来自学术界的力量，那么现在，政府部门、文化机构、企业以及传承主体等多种不同的力量也都在发挥重要作用。"⑥ 纳入非遗项目后，政府开始参与还盘王愿的举办。"还盘王愿"仪式开始加入各种新的文化表述，如"甲午年盘王节及非物质文化遗产展演活动""丙申年资兴瑶族'还盘王愿'祭祀礼仪暨非物质文化展演

---

① 赵砚球：《湖南勉瑶来源考》，载刘满衡编著《塔山瑶寨》，海天出版社，2005，第190页。另，这与调查中师公赵光舜自己整理的盘瓠祭祀仪式程序与唱词相同。

② 张辑：《解放前各地过"盘王节"简况》，载广西民族学院民族研究所、民族语言文学研究所编《瑶族"盘王节"资料汇编》，内部资料，1984，第22页。2009年，湖南蓝山县汇源瑶族乡湘蓝村的"还盘王愿"依然是由冯姓家族举办的以家庭为主的"还家愿"仪式。资料来源于赵书峰《瑶族盘王祭祀仪式及其音乐的比较研究》，他比较了湖南蓝山与资兴的盘王祭祀仪式的主办方、民众参与、仪式程序及仪式音乐的异同。参见赵书峰《踏歌而行——书峰音乐学论文集》，团结出版社，2013，第189~213页。

③ 行文中不区分狭义的神话、民间故事、传说，而统一用口传叙事。下文皆同。

④ 赵万智：《制造"他者"：法国国际广播电台报道中的中国形象》，《东南传播》2010年第8期。

⑤ 杨圣敏：《民族和宗教差异并非冲突的根本原因（代序）》，载〔德〕李峻石：《何故为敌：族群与宗教冲突论纲》，吴秀杰译，社会科学文献出版社，2017，第3页。

⑥ 安德明：《非物质文化遗产保护的中国实践与经验》，《民间文化论坛》2017年第4期。

活动""丁酉年'盘王节·还盘王愿'祭祀礼仪活动"等,2016 年,资兴市筹办"瑶族盘王节(还盘王愿)"申报第五批国家级非遗名录。地方政府申请非遗项目,希望它可转化为地域景观及其文化记忆,借此转换为地域文化资本,因此他们重视其"可参观性"[①],他们按照美学规律将其"展示"给"观众"(文化他者)。在文化展示中,"还盘王愿"的叙事与"原生性环境受外界影响较小"地域显著不同。[②] 在茶坪从政府到民众的话语表述中,"盘王节"渐趋取代"还盘王愿"仪式,这一变化,其背后是权力话语的更替。在资兴关于盘王节的追述,与当地瑶族教育家赵循阳息息相关。1951 年赵循阳向党中央写信,阐述资兴"还盘王愿"特殊仪式与缘起为"还阴粮,即朝贺,名曰'调王'"[③]。在其后人赵前卫的转述中,强调了"后演变成'盘王节'"。在笔者访谈中,赵前卫提到在其祖父倡议下,茶坪 1957 年举办了"盘王节",比全国瑶族盘王节要早。[④] 这一"盘王节"起源的"地方性知识"被当地民众广泛认可。"盘王节"应是前文所提及的 1984 年之后出现的"话语",但在资兴它与 50 年代瑶族教育家赵循阳的倡议予以"历史"勾连。社会实践、仪式及节庆是非遗的重要部分,而且这类文化遗产"还与社区的世界观和对自身历史和记忆的感知息息相关"[⑤]。在纳入非遗的"还盘王愿"(更多用"盘王节"的表述)仪式活动中,他们突出这一仪式的公共话语叙事脉络,强调"1951 年""1986 年""1995年"事件,赵循阳倡议"还盘王愿"仪式被建构为茶坪"盘王节"缘起的"地方性知识";"盘王节""非遗"成为民众与官方对"还盘王愿"仪式的

---

① 〔英〕贝拉·迪克斯:《被展示的文化:当代"可参观性"的生产》,冯悦译,北京大学出版社,2012,第 126 页。
② 2009 年湖南蓝山汇源瑶所举办的"还盘王愿"仪式,有当地湖蓝村冯姓家族举办,其仪式中不用汉语,参与者对本民族文化热情度高。参见赵书峰《踏歌而行——书峰音乐学论文集》,团结出版社,2013,第 206~207 页。
③ 焦学振:《公众信仰与民众生活——茶坪瑶族村"还盘王愿"仪式研究》,载"中国神话学"课题组编:《盘瓠神话文论集》,学苑出版社,2017,第 194 页。
④ 讲述人:赵前卫,采录人:毛巧晖,采录时间:2017 年 12 月 2 日;采录地点:湖南省资兴市唐洞街道茶坪瑶族村盼望大殿。
⑤ 参见 UNESCO. Kit of the Convention for the Safeguarding of the Intangible Cultural Heritage: Intangible Cultural Heritage Domains, 2011, p. 9. 此翻译来自巴莫曲布嫫研究员在"'壮族三月三'与民族文化强区建设学术研讨会"的主题发言。

共同表述，并且在代际传承中，渐趋成为"显性话语"，而与核心情节"迁徙——渡海——许愿"等相关的"族内"叙事在传承中逐步成为"隐性话语"。这也是社会记忆因文化情境的需要而"选择性"传承。另外"一个现存（或'活态'）的神话，总是和某种仪式相关联，它不仅激励了宗教行为，而且为它提供了充分的证据。我们理解神话思维的最好机会，是研究神话依然是'活生生'（living thing）的文化，在这种文化里，神话构成了宗教生活的关键性基础。换句话说，神话根本不是意指某种'虚构'之物，而是被看作揭示了'尤为真实'的东西。"[①] 叙事的变化，会引起其所关涉的仪式之变化，在茶坪仪式缘起时的家族性祭祀也逐渐被族群性祭祀所取代。这些转换使得"还盘王愿"作为瑶族仪式的"内部性"与"边界性"渐趋隐蔽，而突出了其"公共性"与"地域性"。

三

非遗改变了民俗节庆的传统样态，近年来研究者关注迅速发展的新型民俗节庆，他们用"传统的发明""嵌入理论""脱域与回归"等视野予以观照。[②] 无论以哪种理论视角切入，其都是针对当下非遗语境中"仪式"的急剧变化。传统的民俗仪式进入"公共领域"，仪式的秩序随之亦发生改变，尤其是仪式中的时间秩序，它逐步转换为统一的"时间表述"，即"活动日程表"。

资兴还盘王愿仪式纳入非遗保护名录后，它不仅仅是"民族民间文化"转换为"非物质文化遗产"的话语表述的转换。成为非遗后，还盘王愿不再是由某些家族或村民自发活动，而成为由村、镇政府策划、组织的"民俗节庆"。茶坪瑶族村和盘王殿被授予"郴州市非物质文化遗产传承基地"

---

① 伊利亚德：《宇宙创生神话和"神圣的历史"》，载阿兰·邓迪斯：《西方神话学读本》，朝戈金等译，广西师范大学出版社，2006，第171页。
② 相关研究甚多，"发明"主要是借鉴霍布斯鲍姆：《传统的发明》，顾杭、彭冠群译，译林出版社，2004；"嵌入理论"主要有马威：《嵌入理论视野下的民俗节庆变迁——以浙江省景宁畲族自治县"中国畲乡三月三"为例》，《西南民族大学学报》（人文社会科学版），2010年第2期。"脱域与回归"主要参见成海《传统民俗节庆的脱域与回归——以云南新平花腰傣花街节为例》，《旅游研究》2011年第3期。

与"湖南省非物质文化遗产保护传承基地",他们的"还盘王愿"仪式成为以村为单位的节庆活动。政府参与及组织的优越性就是各种活动规范统一,传统的习俗纳入了新的社会秩序范畴,仪式举行的时间程序、仪式过程以及参与人员亦纳入现代秩序。对于时间,不同社会、不同文化群有不同的表述与不同的观念。时间观念不同,对时间的感觉与态度也不同。正如《走进他者的世界》一书中所说,在田野调查中,经常会遇到被访谈人不按时出现,或者问他某地有多远的时候,对方的回答是"半天"或者"一顿饭的时辰"①。在传统农业社会,"人们在用时、计时、守时等习惯上也比较随意和模糊。例如在钟表普及之前中国人常用的时间词汇有'掌灯时分''日出三竿''一顿饭工夫''不见不散'"②。很多仪式的时间程序更为模糊,开始的时间经常表述为"鸡叫头遍""午饭后"等。而现代社会,重视时间的准确性,时间精确到秒,守时与否成为"进步/落后""现代/传统"的区划标准;"时间编织了人们的生活网络"③,随着民俗仪式被纳入公共领域,其时间表述亦被标准化。"丁酉年资兴瑶族'盘王节·还盘王愿'祭祀流程"规范了"还盘王愿"的仪式,祭祀流程的时间表如下:

(一)12月3日(农历十月十六)

1. 上午8:00～11:00 到老盘王庙接盘王仪式

2. 上午11:00～12:30 新盘王殿举行祭祀典礼

3. 下午15:00～18:30

(1)开坛接聖(圣)④,立神安位;(2)差兵差将;(3)三天门外招兵招将、招五谷;(4)收兵回坛;(5)立神归位;(6)踢兵归位;(7)祭兵尝将

4. 晚上20:00～23:00,篝火晚会(围坛)

(1)瑶族长鼓舞;(2)瑶族龙狮;(3)瑶族武术;(4)瑶族师公舞;(5)瑶歌;(6)四男四女拜聖(圣)

---

① 麻国庆:《走进他者的世界》,学苑出版社,2001,第4～8页。
② 汪天文、王仕民:《文化差异与时间观念的冲突》,《学术研究》2008年第7期。
③ 曾剑平:《时间观和民族文化》,《南昌大学学报》(人文社会科学版)2001年第7期。
④ 日程表为原表誊录,其原文有几处用繁体字,笔者在后用括号标明对应的简体字。

（二）12月4日（农历十月十七）

1. 9：00～18：00

（1）办众圣席；（2）还圆箕愿；（3）杀猪；（4）挂莲花朵

2. 晚上20：00～21：00

（1）奏殿；（2）龙補（补）小席；（3）请踏歌；（4）修愁解意；（5）扫家使者；（6）補（补）台下案；（7）连州后生；（8）勾磨愿；（9）横连大席

（三）12月5日（农历十月十八）上午9：00～12：00

1. 起马当路

2. 送聖（圣）回官（送圣上老盘王庙）

"时间观念不仅仅是人们日常生活当中的重要内容，同时也是现实政治权威建构的重要方面，近代时间观念的变革还具有追求现代性的重要特色"①，时间观念的变化折射了社会变迁的历程，如晚清新旧纪年之争反映了当时思想巨变以及社会变迁。在"盘王节·还盘王愿"祭祀中，对于日期的时间表述用了公历/农历，这兼顾了日程工作时间表述与传统季节更替、农事历中节点事件之时间标记②，但从表述中依然可以看到公历是仪式时间主标准，农历只是附记，这恰体现了权威话语对于"还盘王愿"仪式的建构。祭祀流程表由师公赵光舜排列③，但在仪式举行中，所列内容难以按照前后顺序进行，比如12月3日下午第7项祭兵尝将就在12月4日上午第一项完成，且12月4日上午只进行了"办众圣席、杀猪"，下午12：10～18：00进行了"还圆箕愿、请歌踏、连州后生、扫家使者、请王婆圣帝、挂莲花朵（含奏殿）"，从实际完成的仪式来看，比日程表丰富，在仪式举行中，师公与参与者根据情境完成各个环节，并且有些仪式的表演性很强，"连州后生"就是仪式演剧，表演者与参与者即兴表演，其持续时间不固定。"还圆箕愿""横连大席"在祭祀流程安排中于12月4日上午、晚上分

---

① 朱文哲：《近代中国时间观念研究述评》，《燕山大学学报》（哲学社会科学版），2011年第1期。

② 参见 UNESCO. Kit of the Convention for the Safeguarding of the Intangible Cultural Heritage: Intangible Cultural Heritage Domains, 2011, p. 9。

③ 2017年12月3日笔者访谈师公赵光舜所得。

别举行，这割裂了两者的联系，如前文提及的，"圆箕愿""大排良愿""马头意者"等都以《横连大席打令口诀》讲述瑶人历史。将它们分割于时间表中，其相关的仪式叙事即被区隔或碎片化。传统的"还盘王愿"没有12月3日的"到老盘王庙接盘王仪式"与5日的"送圣回宫"这两个环节，瑶族传统的刀耕火种以及迁徙方式使他们形成了一种观念，即盘王跟随族群流动，新盘王殿落成并举行了请盘王仪式之后，盘王便住在了新殿之中了。① 目前的祭祀流程安排中增加这两个环节，除为了保护老庙之外，也更利于仪式的公众展演。②

在祭祀流程的"时间展示"中，权威话语重视仪式的"可参观性"和"展演性"。另外对于这一祭祀流程，当地官方要留存资料，全程摄像，为了能摄制全面，师公的位置以及祭祀法器、参与民众的分布，殿内、殿外仪式的开展有了一定的规划性，即从文化空间③的布局上亦加以规范，其涵括了空间和时间秩序的标准化。仪式与神话具有协约关系，仪式是神话的展演。④ "还盘王愿"仪式的展演，糅杂、交融了《盘王大歌》《家先歌》，盘瓠神话、"渡海"叙事等，尤其是有关当地瑶族迁徙的历史表述，如果仪式被"现代时间观"切割纳入祭祀流程，则与仪式相关的叙事无法完整呈现；并且作为"行为模式"的仪式比作为"观念模式"的神话更易产生变化……⑤

仪式的规范、标准化，叙事人为区隔、碎片化等，消解了仪式的神圣

---

① 访谈人：毛巧晖；被访谈人：赵光舜（男，师公，瑶族，资兴唐洞街道人。做师公之前，他曾是中学英语教师）；访谈时间：2017年12月4日，访谈地点：湖南资兴唐洞街道盘王殿。

② 当地盘王节仪式的组织者解释中，提到了老盘王殿重建于同治六年（1867），属于文物，具有文化遗产意义，送圣回宫有利于老盘王庙保护。

③ "文化空间是一种作为开展民族民间的传统文化的各种表现形式的场所而言的，它同时兼备空间性和时间性。"《国务院办公厅关于加强我国非物质文化遗产保护工作的意见》，国办发〔2005〕18号，参见中华人民共和国中国人民政府网，http://www.gov.cn/zwgk/2005-08/15/content_21681.htm，发表日期2005-08-15，最后访问日期：2017年12月15日。

④ 此观点为博厄斯（Franz Boas）所述，参见彭兆荣《人类学仪式的理论与实践》，民族出版社，2007，第39页。

⑤ 按照克拉克洪（Florence Kluckhohn）所言，神话和仪式都受到文化传统和外界环境的影响，"在同一个背景和环境变数中，作为'行为模式'的仪式比作为'观念模式'的神话更易产生变化"。参见彭兆荣《人类学仪式的理论与实践》，民族出版社，2007，第45页。

性，引发"还盘王愿"从行为到观念的改变，这会直接影响其今后的传播与传承。"非物质文化遗产的动态性和活态性应始终受到尊重。本真性和排外性不应构成保护非物质文化遗产的问题和障碍"[1]，但在遗产化中，如何将传统的民俗时间与现代社会秩序更好地契合，是否可进一步增强现代民俗节庆的包容性，在现代化转换中适当吸纳传统的"时间观念和时间感觉"，使民俗仪式在纳入现代秩序的同时，其信仰核心在今后的传承中得以存续，并保存其时间文化的多样性。这也与非物质文化遗产保护之初衷一致，即"改变资本主义体系的中心地位、重建全球社会的政治工具"[2]。

---

[1] 巴莫曲布嫫、张玲译：《联合国教科文组织：〈保护非物质文化遗产伦理原则〉》，《民族文学研究》2016 年第 3 期。

[2] 张青仁：《社会动员、民族志方法及全球社会的重建——墨西哥非物质文化遗产保护的经验与启示》，《民族文学研究》2018 年第 3 期。

作为对象与方法的 "非物质文化遗产"

自从被联合国教科文组织倡立并推广以来,"非物质文化遗产"(以下简称"非遗")这一概念,在不到20年的时间里,已经从一个陌生拗口的新词,变成了几乎家喻户晓的常用语。中国的情况尤其如此。这个新概念及其蕴含的核心理念的迅速普及,为它所指涉的相关对象及其实践主体,带来了前所未有的巨大变化。与此同时,一个有益于相关学科的全面拓展,以及不同领域、不同群体之间深度交流的全新框架,也正在由此而形成。这个框架,一方面使得不同领域的工作者,如政府机构人士、学术研究者、"非遗"传承人等,都可以参与到同一个平台当中,针对同一类对象进行讨论、实践和协商,从而在很大程度上打破了原有的专业或学科界限,以及阶层和职业的区分。另一方面,它也为不同地区、不同民族或不同国家的成员确立了一个围绕文化问题进行多向度交流的重要通道。就此而言,"非遗"带给我们的,不仅是对相关文化传统内在价值的发掘和提升,而且是对我们思考相关问题的思路和视角的拓展和丰富。

非物质文化遗产与中国文化的自愈机制[*]

张举文[**]

摘　要：随着中国人的物质生活水平在过去半个世纪的稳步提高，中国人的文化生活也经历了从困惑到自觉，再到自信的转变。无疑，当前的"非遗"运动成为此次转变的一个重要契机。从中，我们可以清晰地看出中国文化内在的自愈机制：在文化冲突和融合中，以核心信仰和价值观为根本，以共存求共生，以杂糅而包容，以同化异，融异生新。这样的自愈机制也是中国文化的生命力所在。其基础是多元信仰的宇宙观和传统文化的价值观。这样的机制目前也在经历全球化进程的历史性检验。对此，如果从中国文化的传统和历史角度看，面对的是充满生机的未来；如果从一神论信仰的价值观体系看，面临的是严重冲突。而当这两种价值体系的博弈从日常生活的差异上升到意识形态的对决时，则会充满危机，甚至是存亡的危险。对历史事件和日常实践的研

---

[*] 本文选自《民俗研究》2018年第1期。本文的核心内容发表在美国《西部民俗》（*Western Folklore*）学刊（2017年第2期，总第76卷）的"非物质文化遗产在中国"专刊的文章中。现结合笔者2017年6月在北京师范大学、山东大学、中央民族大学等校所做的相关讲座的内容，做了调整和补充。笔者在本文的中文整理过程中，经过2017年6月的系列讲座以及之后的交流，分别得到这些学者的反馈：北京师范大学的萧放、朱霞、鞠熙和王宇琛；山东大学刘铁梁、张士闪和刁统菊；中央民族大学邢莉、林继富和王卫华；青岛理工大学的张成福；美国俄亥俄州立大学本德尔教授（Mark Bender）以及香港中文大学史麻稞博士（Mark Stevenson）等，在此表示衷心感谢。

[**] 张举文（Juwen Zhang），现任美国崴涞大学（Willamette University）东亚系教授；美国西部民俗学会会长；《美国民俗学学刊》编委。主要研究礼仪、民间叙事、民俗影视、华裔民俗等课题；提出"民俗认同""文化自愈机制""有效性与生命力""影视民俗""亚民俗"等学术概念；译介了《过渡礼仪》《民俗学概念与方法》等民俗学理论著作。

究可以揭示和论证中国文化的自愈机制，以期对认识中国文化乃至人类文化的发生与发展的进程本身有所反思。

关键词："非遗"；文化自愈机制；文化自觉；文化自信；本土化

一　引言

中国文化之所以独特于目前世界上的其他文化（除了犹太文化之外），延续不断地发展了几千年，根本原因在于其内在的文化自愈机制所展现出的生命力。这种生命力根植于中国文化的核心信仰与价值观体系，并在该文化陷入危机时，驱使其寻根，从中获得自觉和自信，然后达到文化自愈，进入一个新的发展阶段。这便是中国文化几千年来的实践史和发展史：她在经历了各种内忧外患的大动荡后，最终因其内在的文化自愈机制，得以在其根文化之上获得再生和发展。因此，对文化自愈机制的探讨不仅有助于理解为什么中国文化作为一个文化体能延续如此长久，而且，也有助于理解为什么人类文化史上有许多文化没能得到延续。

仅从中国近现代史，以及当前的社会和文化实践中，我们就可以清楚地辨认出这个机制的运作。从1840年以来的一个多世纪里，中国文化一直在危机和困惑中寻找出路。从19世纪末的"变法"运动到20世纪初的"新文化"运动，直至20世纪末的"寻根"运动，中国文化开始从困惑中获得自觉，开始认识并回归到自己的根。进入21世纪，这种自觉通过各种渠道，特别是"非遗"运动，使得不同背景的平民百姓有机会、有权利回归到自己的传统生活方式，从而进一步提高了文化自信，激活了中国文化内在的自愈机制，通过新时代的"本土化"或"中国特色"，最终获得新的生命力。

本文力图从日常实践，即民众的民俗生活，寻找和梳理出中国文化的生命力和内在逻辑及其文化自愈机制；从表面无序的日常实践中认识其有序性；从似乎不合理或无意义的实践中理解其合理性或意义的形成与维系；从民众的日常生活角度来理解抽象的核心信仰与价值观。通过提出文化自愈机制等新概念，本文期待引发同人思考，特别是针对中国文化在全球化时代的持续性以及人类文化多样性的实践问题。但在探讨文化自愈机制前，有必要说明本文中几个相关的关键概念。

"中国文化"是泛指以汉文化为主体的、融合了历史上诸多族群文化的、广义的中国文化。"中国"本身犹如"一条河"或"一棵树"，所以，这个动态的文化也是杜维明的"文化中国"[①]概念的核心部分。而这"河"或"树"的源头，便是对"久"的信念；这个信念是中国文化延续的驱动力，表现在"心性"这个概念中，是中国文化的精髓。[②]对应于这些哲学概念的日常生活实践处处表现出中国文化的根基，即"核心信仰与价值观"，比如灵魂不灭的生命观，天人合一的生态观，儒家天下"大一统"的世界观，入乡随俗的文化共存与适应变通的生活态度，和而不同的生活哲学，趋吉避凶、积极主动的生活实践，等等。[③]

基于这些核心信仰与价值观而展示出的文化传承发展力便是中国文化的"生命力"，是"传统传承与演变机制"的核心力量。它驱使一个文化从自觉到自信，从危机中获得康复，达到自愈和新生。它不仅体现在一个具体传统事象或一个文化体系的传承进程中，同时也表现为文化认同的"核心符号"，是维系该传统的动力。"传统"便是日常生活实践的主体，是流动的进程，不是静态的结果，所以它的存在本身表明了它具有不断适应和吸收新文化元素的能力和进程。这样的"传统性"特别明显地表现在中国文化漫长的历史中。由此而形成的"持续性"本身也证明了"文化创新"

[①] Weiming Tu, "Cultural China: The Periphery as the Center", in Wei-ming Tu, ed., *The Living Tree: The Changing Meaning of Being Chinese Today*. Stanford: Stanford University Press, 1994, pp. 1 – 34.

[②] 参见牟宗三、徐复观、张君劢、唐君毅《为中国文化敬告世界人士宣言：我们对中国学术研究及中国文化与世界文化前途之共同认识》，《民主评论》;《再生》新年号，1958 年；另见《唐君毅全集》（卷四之二），39 卷本，九州出版社，2016。

[③] 参见 Juwen Zhang, "Cultural Grounding for the Transmission of the 'Moon Man' Figure in the Tale of the 'Predestined Wife' (ATU 930A)", *Journal of American Folklore*, 127 (503), 2014, pp. 27 – 49；另见中文译文，《"定亲"型故事中"月老"形象传承的文化根基》，桑俊译，《民俗研究》2017 年第 2 期；Juwen Zhang, "Chinese American Culture in the Making: Perspectives and Reflections on Diasporic Folklore and Identity", *Journal of American Folklore*, 128 (510), 2015, pp. 449 – 475.（另见中文译文《美国华裔文化的形成：散居民民俗和身份认同的视角与反思》，惠嘉译，《文化遗产》2016 年第 4 期）。

("第三文化")的过程——在多元文化冲突的困惑中,基于其"核心信仰与价值观"而获得"文化自觉"(其实质是对自己传统文化之根的认同),进一步展示"文化自信"(其实质是在跨文化或多元文化交流中,在文化自觉的基础上,建设和维系"文化平等观";把握不好或错误认识这个平等观,便会导致"文化自卑"或"文化自大",引发新的"文化危机"),从而达到"文化自愈"。这个过程就是"文化自愈机制":一个文化不仅能在危机中重新回归其根本,更突出的是能吸收新文化元素,达到文化创新,从中获得新的生命力。[①]

二 从陷入文化危机到走向文化自觉的曲折历程

中国文化几千年来的延续展示了螺旋式上升的"过渡礼仪"式进程。[②] 但是,从一个阶段到另一个阶段的过渡不是突变的,而是渐变的。每个阶段的变化动因或是来自内部,或是借助外力。每一循环的过渡都不是简单的重复,而是在特定的时空背景下,构成特定的进程形式和内容,达到特定的目标。无论是对一个仪式,还是对一个社会和文化,如此的过渡都必须是基于对其核心信仰和价值观体系的认同,只有这样才有所谓的文化发展。否则,一个个体、群体、社会或文化便会在阈限期的剧烈社会和文化震荡中失去"自我",以致"消失"(人类文化史上有很多这样的例子)。那些能够从困惑的边缘阈限期过渡到新的发展阶段的文化,最重要的是能从自己的文化中获得自觉,发现内在的生命力,并借此内驱力,启动其自愈机制,重构有生机的新"认同"。

---

① 有关"生命力"与"有效性",以及"核心符号"与"随机符号"概念,参见拙文《传统传承中的有效性与生命力》,《温州大学学报》2009 年第 5 期;有关"民俗认同"和"第三文化"等概念,参见拙文《美国华裔文化的形成:散居民民俗和身份认同的视角与反思》,《文化遗产》2016 年第 4 期。
② 有关"过渡礼仪"的理论概念,参见〔法〕阿诺尔德·范热内普《过渡礼仪》,张举文译,商务印书馆,2010 年。有关"过渡礼仪"的"社会阈限"意义及其分析应用,参见拙文《重认"过渡礼仪"模式中的"边缘礼仪"》,《民间文化论坛》2006 年第 3 期;Juwen Zhang, "Recovering Meanings Lost in Interpretations of Les Rites de Passage", *Western Folklore*, 71 (2), 2012, pp. 119-147。从一个文化陷入危机到寻根,再到获得自愈和新生,这可以被视为一个"过渡礼仪"周期;不是仪式意义的,而是以此形式分析来认识社会发展进程。

（一）陷入危机：从社会阈限到文化阈限

1840 年的鸦片战争至 20 世纪初的"新文化"运动标志了中国社会、政治、文化以及日常生活彻底陷入困惑和危机，陷入社会和文化的"边缘"和"阈限"期：国家被瓜分，民众的日常生活因战乱饥荒等动荡而彻底进入"非日常"。这是一段人类历史上少有的文化毁灭期。而此前的近 300 年便是从日常逐渐"分隔"到非日常的过渡期。此后又是从"非日常"向"新日常"的逐渐过渡期。在此社会边缘阈限期，文化精英感到极大困惑，挣扎着寻求自觉的出路，而这样的文化挣扎直至 20 世纪末才开始有了比较清晰的目标和途径，也就是对文化之根的自觉。[①] 而这段历史也证明，文化的自觉和自信以及传承都离不开相对稳定的政治、经济和社会环境。

（二）在危机中寻求文化自觉

虽然上述那个阶段的多数努力都"失败"了，没能达到所希望的目的，但每一次都为达到最终目标向前过渡了一步。这些努力可以从几个层面来看：

首先，在国家层面，即，以康有为和梁启超为代表的精英所推动的"变法"。在面对西方政治军事和文化强力"取代"中国本土力量时，他们坚持的是当时诸多精英"发现"的"以夷制夷"的思想。但是，这个思想本身是没有中国文化根基的：一方面，中国文化失去了话语权；另一方面，"以夷制夷"的意识形态根基不是"共存"和"和而不同"，而是在"生"与"死"的对立中求生。同时，他们所坚持的"国粹"不是有适应和变通的生命力的那部分核心信仰与价值观。这一切显然注定了整个精英和国家以及他们自己的悲剧结果。中国文化哲学之根是在社会和精神生活等方面，通过"共存"和"和而不同"以达到"久"。哲学家张君劢在 1936 年就提出，"自内外关系言之，不可舍己循人"，也就是不可全盘西化；"自古今通

[①] 费孝通：《反思·对话·文化自觉》，《北京大学学报》1997 年第 3 期；《文化自觉的思想来源与现实意义》，《文史哲》2003 年第 3 期。另参见费宗惠、张荣华《费孝通论文化自觉》，内蒙古人民出版社，2009 年。

变言之，应知因时制宜"，也就是对新文化做的和而不同。① 这在中国历史上的五代十国、元代和清代尤其明显。而在 19 世纪末和 20 世纪初，在西方借助武力的意识形态侵略下，中国人在极大程度上"失败"了：不只是武力上的战败，而更重要的是在精神上和文化上失去了"自觉"，陷入了"自否"和"自卑"，也就谈不上"自信"了。

其次，从精英阶层看，即"西学"影响下的精英所掀起的"新文化"运动，其高峰是"五四"运动。这是对中国历史和文化有着极大影响的运动，是一场比较彻底的文化革命，包括引进马克思主义。但是，新文化运动是基于西方的思维，而不是中国的核心信仰和价值观体系，其逻辑是：导致中国当时局面的原因是政府无能，那就必须彻底推翻；控制中国统治者的是西方强势，那就必须以流血的代价赶出侵略者；导致中国落后的是中国传统文化，那就必须用西方先进文化取而代之，包括将汉字彻底罗马化，等等。这些都充满了二元对立的"革命"气势，其中对儒家的彻底批判同样在 20 世纪六七十年代和之后的 80 年代"文化热"中出现。这一系列的文化革命没能确立或回归到中国文化之根，没能从传统文化中激活自身的自愈机制，也就无法走出阈限的危机。

最后，精英对民俗传统的关注。"五四"时期的"走向民间"征集"歌谣"无疑奠定了中国民俗学作为学科的基础。但是，这阶段对"民俗"的关注显然是因为"西学"中的"民族主义"影响，关注的不是民众日常生活中的传统之根，而是从燃眉之急中拯救中国，激发爱国热情，建立一个可与西方同日而言的现代国家。这一系列有关民俗与民族主义的活动都与曾任北京大学校长的蔡元培有关系，而他是当时留（访）学德国并关注"民族学"的精英代表。所以，中国现代精英文化，包括民俗学，从其形成初期，即使经过 20 世纪 80 年代的文化思辨，也都深深受到西方民族主义思想的影响。同时，那时的"民"不是平等的"平民"或"公民"。直到 21 世纪，民俗学仍在努力从"民族文学"或"民间文学"的狭隘根基范畴走出，将眼光不再"向下"，而去探索每个"民"的"日常

---

① 张君劢：《明日之中国文化》，山东人民出版社，1998，第 110 页。

生活"新天地。①

这几个层面的危机和困惑期的共同点就是国人对自身传统或自我文化的否定,"反而自鄙夷其文化"②。在寻求构建新的国家和国家认同时,精英们没能更深入地回答这些问题:什么是"中国文化"?什么是"中华民族"?谁是"中国人"?"中国文化"何以存在如此之久,还会有希望吗?在过去的一个多世纪里,寻求不断,但得到符合历史文化逻辑的答案不多。这一点可以从三个有国家和国际影响的文化"宣言"中得到证明:1935年的"中国本位的文化建设宣言"③;1958年的"为中国文化敬告世界人士宣言"④;2004年的"甲申文化宣言"⑤。其中,只有1958年的宣言才揭示了中国文化以及西方文化的根,指出了符合多元文化共生共存的中国文化之路。显然,只有在深入思考和弄清"中国文化"的核心信仰和价值观是什么,并能回归到这个根时,才能为文化自信找到出路,达到文化自愈。从20世纪80年代起,在质问这些同样的问题中,精英们开始对中国文化有了比较清醒的自觉,以致构建起文化自信。

(三) 从自觉到自信的过渡

从1976年到2003年"非遗"在中国的出现,中国文化在经历了艰苦的反思和寻根后,开始从过去的一个多世纪的二元对立革命论中觉悟到中国文化的包容共存观,在核心信仰与价值观体系中找到了自觉和自信。这

---

① 例如,2016年9月在北京大学举办的"民俗学与人类学'日常生活'专题讲演";2016年11月在中山大学举办的"民俗学'日常生活'转向的可能性论坛",以及日益增加的有关日常生活的论文。
② 张君劢:《中华民族文化之过去与今后之发展》,张君劢:《明日之中国文化》,山东人民出版社,1998,第95页。
③ 1935年1月10日,由王新命、何炳松、武堉干、孙寒冰、黄文山、陶希圣、章益、陈高佣、萨孟武、樊仲云等十位教授联名在《文化建设》月刊上发表的《中国本位的文化建设宣言》。
④ 1958年元旦,哲学家唐君毅、牟宗三、徐复观、张君劢四先生在《民主评论》上联名发表了《为中国文化敬告世界人士宣言——我们对中国学术研究及中国文化与世界文化前途之共同认识》。
⑤ 2004年9月3~5日,以许嘉璐、季羡林、杨振宁、任继愈、王蒙五位的名义发起,由中华民族文化促进会主办的"2004文化高峰论坛"在北京举行,主题是"全球化与中国文化"。闭幕会上通过和公开发表了《甲申文化宣言》。

是从边缘阈限的危机困惑期向获得新的（国家、民族和文化）"认同"的过渡，是从"非日常"过渡到"新日常"的阶段，也是从自我否定走向自我肯定的阶段。

由于国家的关注点从政治和文化转移到经济建设，这阶段也提供了中国文化的"休养生息"的机会，使精英们更深刻地反思过去的自觉努力，有目的地构建新的国家认同和文化认同。20世纪80年代所出现的"文化热"，不但是又一次思想解放（如，"翻译热"所传播进来的西方思想），而且是比上一次（新文化运动）更深刻的文化反思和文化自觉。20世纪末的文化热在很大程度上重复了20世纪初的新文化运动的问题和逻辑：中国的落后是因为中国文化的落后；中国文化的落后是因为有不同于先进的西方的信仰和价值观体系。依此逻辑，中国的"黄土"文明在"基因"上就是落后于西方的"海洋"文明；必须"全盘西化"才能使中国获得新生。这些"革命"思想，都是根植于西方"对立论"和"中心－边缘论"：新的必须取代旧的；革命就不能协商、不能共存。

然而，此后几十年的社会和文化实践证明那不符合中国内在文化机制的逻辑。经过一个多世纪的"革命"，中国人觉悟到只有回归和守住传统文化之根，包容多元文化，才能立足于世界文化之林；在生活实践上，以"并置"（而不是排斥）来接纳外来文化，在共存中将其"本土化"，并在此进程中，与时俱进地融入世界文化发展之大势。正是这样的自觉才引发出随后的文化自信的建设，并激活文化自愈机制。

三 作为中国文化自信与自愈的一个转折点的"非遗"运动

2003年传入中国的"非遗"概念标志着一个历史性的转折。当然，这是一个渐变的过程，始于1985年中国加入《保护世界文化和自然遗产公约》（1972年通过）。通过"非遗"这个转折点，中国人开始了对中国文化的理性的自信认识过程，也开始激活其内在的自愈机制。最核心的自信表现是对外来文化的"包容"和"并置"，而不是全盘接受或全盘排斥的"革命"行为。这是进行"中国特色"的改造，将异文化和新文化"本土化"。但是，"非遗"本身并非灵丹妙药，因为它产生于特定的文化价值体系，也揭示了人类多元文化价值的矛盾体系。其中的核心问题是，"非遗"概念中的"普世"价值观完全是建立在西方价值观的基础之上。

"非遗"的出现有着特别重要的世界文化背景。1972年，联合国教科文组织通过了《保护世界文化和自然遗产公约》，但是，该公约执行的"标准"是基于西方的价值观；只有反映西方价值观的"世界文化和自然遗产"才能被列入此名录。经过40年的实践，对"遗产"的选择和评定的"普世"价值标准愈来愈受到非西方国家的质疑。于是，2001年，联合国有关组织发布了《世界文化多样性宣言》，2005年由联合国教科文组织通过，成为《文化多样性公约》，其目的是修正之前的"普世"标准。① 基于同样的目的，2003年，该组织发布了《保护非物质文化遗产公约》（2006年生效），即本文所指的"非遗"或《非遗公约》。至此，这三个公约（1972，2005，2006）是目前世界上最重要的文化公约。但是，美国等个别发达国家没有加入这些公约。其原因不仅仅是价值观的判定标准，也有相关的经济利益问题，同时，也说明在"文化多样性"和"非遗"等概念上，西方世界内部也有不同的理解和态度。2016年，颁布《非遗公约》的组织通过了《保护非物质文化遗产的伦理原则》。这充分说明在整个对人类文化遗产的保护进程中，存在着不同的价值观的冲突。

无论如何，"非遗"的积极意义在于，它特别唤醒了第三世界或发展中国家的文化自觉和自信，加强了在世界范围上对文化多样性的认可、接受和保护，并使发展中国家为保护自己的传统文化而自豪。这些方面都极为明显地体现在中国的实践上。当然，必须承认，中国的"非遗"运动是与中国的经济发展相辅相成的；"非遗"中的许多问题常常被掩盖在对GDP的追求之下。或者说，不应该忽略经济基础对文化自信的重要作用；没有经济基础的文化是难以持续发展的。

---

① Sophia Labadi, UNESCO, Cultural Heritage, and Outstanding Universal Value: *Value-based Analyses of the World Heritage and Intangible Cultural Heritage Conventions*; Lanham: Rowman & Littlefield Publishers, 2013; Lourdes Arizpe and Cristina Amescua, *Anthropological Perspectives on Intangible Cultural Heritage*. NY: Springer, 2013.

四　文化自信在日常生活中的表现

文化自信来自对传统文化的自觉认识，从中还能够辨析自己历史和传统中的精华与糟粕，进而发扬精华，进而在与外来文化的互动中找到共生共存的出路，达到文化自愈。文化自信的核心和最终表现是"本土化"，即通过吸收包容，在"和而不同"中将异文化融合为自己的多元文化的一部分，度过社会阈限和文化阈限期，最终建立新的日常生活模式。这些表现可以从国家、精英和民众三个层面来认识。

（一）国家层面

从国际角度来看，"中国正成为文化遗产保护大国"（世界级"非遗"有50余项）。具体表现在这些行动步骤：2004年，中国加入《非遗公约》；2005年，国务院《关于加强文化遗产保护工作的通知》设立"文化遗产日"（2017年改为"文化和自然遗产日"）；2006年，公布第一批国家级非遗名录（至2015年已经有五批）；第一批传承人名录（至2015年已经有五批）；2011年，公布《中华人民共和国非物质文化遗产法》。这些动作，对建立国家、省、市和县四个级别的"非遗"名录和保护制度，都发挥了指挥棒作用。

从20世纪80年代起，中国面临的困境是如何协调"传统"与"现代"的关系。这个困境，与其说是经济的，倒不如说是文化的，更具体地说，是关于"传统文化"的，因为整个辩论的焦点是"儒家文化"与"现代化"的问题。

作为这个时代的最有智慧的结果，也是中国文化自愈机制的表现，中国创造了具有"中国特色"的"社会主义市场经济"模式，持续发展至今。这个模式便是在坚持有中国特色的社会主义国家"计划经济"的同时，发展所谓的资本主义的"市场经济"。从历史上看，这显然是中国文化多元"并存"模式的再实践。可以说，如果不是这个制度，中国的经济就不会有今天的国际地位。

对应于这个经济模式，最突出的政治政策是针对香港（1997）和澳门（1999）"特别行政区"的"一国两制"的实施。这是极大的政治自信的表现。世界上任何国家还没有过这样的先例。如果没有中国文化中的

"有容乃大"与"和而不同"思想,中国的政治局面也不会是这样的。"社会主义市场经济"和"一国两制"均是把在西方智慧看来完全对立的两个部分,并置于一个结构之中,使它们不仅能够并存,还可以相得益彰、有机发展。

在涉及核心信仰和价值观方面,中国政府与梵蒂冈的关系经过16世纪和17世纪的发展,以及之后300多年的对立(即"礼仪之争"),至今已经有了很多的缓和。① 中国的基督教徒数量和教堂数量有了极大增加,而同时,其他信仰场所和机构及其信徒也不断增多。中国政府有关信仰的政策也有了明显调整。②

从国际文化交流层面看,在各国举办"中国文化节"和"孔子学院"便是中国文化在国际上的自信表现。例如,美国的"史密森民间生活节"是其唯一国家级的年度多文化庆祝活动,其2002年和2014年的主题都突出了中国文化。从中国的内部历史与文化发展来看,因为儒家思想是上述中国文化的核心信仰与价值观体系的重要组成部分,所以,对待其代表人物孔子的态度也是中国文化史上的一个转向标志,在很大程度上反映了社会变化。

有关信仰方面的政策变化是"非遗"的重要影响结果之一。在保护"非遗"中,具体的做法是对"非遗"的分类,但是,现有的十个分类中没

---

① "礼仪之争"是天主教史上重大事件之一。直到1939年,梵蒂冈,即罗马教廷,才撤销对中国教徒祭祖的禁令。但是,1949年中华人民共和国成立后,梵蒂冈与中国的关系一直是隔离和紧张。1954年,中国成立"中国基督教三自爱国运动委员会",并在国务院下成立"国务院宗教事务局"。1980年,"中国基督教协会"(China Christian Council)成立。这是中国基督教会的全国性教务组织,接受国家宗教事务局的依法管理和国家民政部的社团管理监督。1988年,中国基督教协会正式加入世界基督教协进会(World Council of Churches)。1998年,国务院决定将国务院宗教事务局更名为国家宗教事务局,下设不同部分负责主要宗教。经过这些年的紧张关系,目前,我们可以看到各种迹象表明中国与梵蒂冈的关系有所缓和,如2014年,新教皇与中国国家主席习近平有互动;2014年8月14日,罗马教皇方济各对韩国进行5天的访问,罗马教皇第一次被允许飞越中国领空(过去都是被拒绝的),并向飞经国的领导人发送电报表达问候(http://news.qq.com/a/20140814/047164.htm? pgv_ref = aio2012&ptlang = 2052)。

② 参见周星《"民俗宗教"与国家的宗教政策》,《开放时代》2006年第4期;周星:《民间信仰与文化遗产》,《文化遗产》2013年第2期。另参见 Xiao Fang, "The Predicament, Revitalization, and Future of Traditional Chinese Festivals", *Western Folklore*, 76 (2), 2017, pp. 181 – 196.

有"信仰"。而本文所论及的最关键问题是中国文化中的核心信仰与价值观。那么,如何理解"信仰"没有被界定为一个"非遗"类别的现象?答案就在遍及全国乡镇和都市的"庙会"和类似的实践之中。

例如,河北省石家庄市赵县范庄的龙牌会是传统民俗文化活动。范庄人自认为是勾龙的后代,视范庄为勾龙的故乡,并制成"龙牌"来敬仰供奉。每年农历二月初二,范庄都要举行盛大的祭龙活动,周围10余个县的各式民俗艺术家也前来助兴演出,共同表达对龙的崇拜。20世纪六七十年代,这样的地方传统被视为迷信,被禁止,之后,得到恢复。但是,在"非遗"运动中,为了被视为"遗产",地方政府利用过去举行崇拜仪式的寺庙建立了当地的文化博物馆。于是,出现了一个建筑物有两个名称的现象。① 通过这样的策略,这个活动项目在2007年被列为省级文化遗产之一(目前在申报国家级)。至今,许多地方的"庙会"已经成为国家级、省级和市级非遗项目。

与"双名制"类似的另外一个事例是北京地区最有名的"妙峰山庙会"活动。它是20世纪初一些民俗学精英用来论证中国信仰实践的"试验地"。民俗学者也一直保持着这样的传统。然而,在20世纪20~90年代,妙峰山庙会一直被视为"封建迷信"。1993年,妙峰山乡政府出面举办了第一届妙峰山庙会。② 而在2009年,这个庙会成为国家级"非遗"项目(作为"民俗"类下的"庙会"小类)。对民众的日常生活来说,这个庙会的确是越来越吸引人,成为北京地区一个重要的信仰场地。这样的实践例子正是中国文化的运行机制,尽管这被视为是"实用主义"的做法;利用"香会"和"庙会"两种不同的名义举行以信仰为中心的活动。③ 这样"双名制"或类似的"多名制"充分体现了中国文化的"兼容"和"并置",是文化自愈

---

① 参见高丙中《一座博物馆-庙宇建筑的民族志——论成为政治艺术的双名制》,《社会学研究》2006年第1期。
② 参见包世轩《妙峰山庙会》,北京美术摄影出版社,2014;Haiyan Lee, "Tears that Crumbled the Great Wall: The Archaeology of Feeling in the May Fourth Folklore Movement", *Journal of Asian Studies*, 64 (1), 2005, pp. 35–65.
③ 参见李华伟《非物质文化遗产对妙峰山庙会之影响——以妙峰山庙会申报非遗前后的活动为中心》,《民间文化论坛》2014年第6期。

机制的一个重要运作行为。①

(二) 精英层面

在精英层面，最大的变化是通过 20 世纪末的文化思辨而出现的对中国文化的核心信仰与价值体系的再认识和回归：精英们认识到"全盘西化"不是符合中国文化逻辑的出路；只有对异文化进行"本土化"后的"和而不同"思想才能有助于中国文化的健康发展。这也是文化自愈机制运作的开始。在此过程中，借助公共媒体，精英们前所未有地参与了国家文化政策的修改和制定。例如，中国政府在民俗学者的建议下，于 2007 年将部分传统节日纳入国家节假日体系，这便是对过去一个世纪的极端"西化"行为的修正。②

民俗学者参与"非遗"运动，也创造和发展了中国民俗学学科发展的契机与动力，由此发挥了有别于其他国家民俗学在国家建设中的作用。当然，其未来发展的机遇与挑战共存。③ 从 20 世纪初的"民族主义"精神到 20 世纪末中国寻求在新的国际环境下重构国家和"国家认同"以及"中华民族"的"民族认同"，这期间贯穿着同样的矛盾：中国传统的价值观与西方的现代价值观可以并存吗？现代科技与传统的生活方式可以共存吗？中

---

① 民俗学家吕微（《民俗学的哥白尼革命——高丙中民俗学实践"表述"的案例研究》，《民俗研究》2015 年第 1 期）认为，高丙中（2006）有关"龙牌会"的"双名制"讨论发掘出了"民众"的作用，也是构建"公民社会"的极好例子，并认为这是对中国文化的"哥白尼式"的发现。

② 参见中国民俗学会编辑《节日文化论文集》，学苑出版社，2006 和《传统节日与文化空间》，学苑出版社，2007；另见，Xiao Fang, "The Predicament, Revitalization, and Future of Traditional Chinese Festivals", *Western Folklore*, 76 (2), 2017, pp. 181-196。例如，当 1912 年开始新的纪元时，西方的格里高利日历被定为官方日历。但是，中国传统的日历承载着中国文化的根：从信仰到农耕作息。于是，作为"并置"，西方的"新年"在新的日历中不变，但传统的中国"新年"以"春节"并存。这便造成中国有了两个"新年"（高丙中：《作为一个过渡礼仪的两个庆典——对元旦与春节关系的表述》，《中国人民大学学报》2007 年第 1 期）。中华人民共和国成立后，特别是"文化大革命"期间以及之后，"革命"的意识形态将传统的节日定为"封建"的，即使是最重要的"春节"也被改造成"革命化春节"。于是，传统的"清明"和"中秋"等以"家"为核心的节日不被列入国家的"节假日"体系。借助"非遗"，民俗学者使得政府接受了建议，将这两个曾被"忽略"的传统节日又回到民众的日常生活。正是这些节日才充分展示了中国文化中的核心信仰和价值观。重新强调这些节日，毫无疑问，是对传统文化的自信表现。

③ 高丙中：《民俗学的中国机遇：根基与前景》，《广西民族大学学报》2015 年第 5 期。

国传统文化的生命力能否在全球化和现代化中持续？民俗学者在文化自愈进程中该发挥什么作用？这些都是中国民俗学学科所面临的新的挑战。[①] 寻找这些问题的答案恐怕必须去关注民众的日常生活，看他们如何在吸收包容不同文化元素时维系自己的根。

（三）民众层面

民众的日常生活表现着一个时代的文化自信程度。或者说，每当政府和精英真正关注民众，尤其是那些弱势群体的日常生活实践，包括对传统的传承实践时，这个社会展示的是正确的文化自觉和文化自信。这些表现可以说明，在维系文化之根的基础上的创新才是有生命力和自信的真实表现。

在民众的日常生活层面，通过政府和精英执行的"文化搭台，经济唱戏"，加上"非遗"的进入日常消费生活，中国百姓对"非遗"的认识可能超出了世界上任何其他国家。"非遗"不仅是政治词语、文化词语，更是经济词语，甚至是日常消费词语。当然，重要的是，它也是文化协商的话语。其中，媒介的作用尤其不可忽视。下面几个例子可以说明民众在获得文化自觉和自信过程中参与文化自愈的行为表现。

例如有关"外国人"的日常言语表达。曾几何时，中国人对欧美人的称呼有两种文化信息：一种是自卑的，如"洋人""西人""贵宾"，以及"外宾"等；另一种是自大的，如"鬼佬""洋鬼子"，以及"番人"等。直到21世纪，"外国人""老外"等称谓，或"美国人""日本人"等，进

[①] 民俗学者被深深涉入非遗运动中，但始终存在很多质疑和反思，例如，对"民俗学与非遗"的两难问题和民俗学者的角色问题（参见安德明《非物质文化遗产保护：民俗学的两难选择》，《河南社会科学》2008年第1期；吴秀杰：《文化保护与文化批评——民俗学真的面临两难选择吗？》，《河南社会科学》2008年第2期）。公共民俗学作为一个概念在民俗学界有不少讨论，但在非遗实践中，并没有被认真思考，因此，民俗学家周星便指出了"公共民俗学"在中国的可能性和危险性（《非物质文化遗产保护运动和中国民俗学——"公共民俗学"在中国的可能性与危险性》，《思想战线》2012年第6期）。通过参与非遗运动，"非遗学"的出现便说明了这个新领域的潜在影响（如苑利：《非物质文化遗产学》，高等教育出版社，2009），以及相关的课程或课题。同时，高等学校的"非遗"研究中心不断增加，呼应着各级地方政府或非政府的"非遗年中心"等机构的不断涌现。其中最突出的是相关的"文化产业"专业的建立（参见白云驹《非物质文化遗产学博士课程录》，中华书局，2013；蔡靖泉：《文化遗产学》，华中师范大学出版社，2014）。

入官方和民间的话语。这体现的是趋于平等的文化交流观。

例如当前的"大妈舞"或"广场舞"流行于各地的公共空间。它吸引的不再仅仅是"大妈",而是处于各种年龄、有着各种背景、来自各种行业的男男女女。它不只是一种民间娱乐形式,同时还体现了民众在获得文化自觉而自信后,通过民俗活动创造生活意义的手段。这是传统地方舞蹈(如秧歌)和西方现代舞蹈(如华尔兹)在经过20世纪80年代后的吸收融合,进而所创造的新文化表现。这里所体现的自愈,不仅是国家文化层面的,也是群体和个人层面的,特别是个人作为公民的平等权利的体现,是对自我认同和自我传统的自信。

"麦当劳"等西方"现代生活"符号在中国的发展也证明了中国文化的"包容"和自信。从"正宗西餐"到"快餐"再到"垃圾食品",中国人的认识从"崇拜"转到更客观的看法(接受西方的"垃圾食品"说法)。同时,各种西餐或快餐也注定会成为与中国本土不同菜系并列的一种"地方菜"①。有意义的是,当各种外国餐饮在中国流行的同时,中国地方的、传统的及创新的菜系菜肴也有了更大的发展,而不是让步于外来的饮食。

再如圣诞节的"中国化""本土化"或"在地化"。除了商业化的层面之外,中国人将"苹果"与"平安夜"联系在一起,也是中国文化中的谐音象征的一个典型例子。此外,将"平安夜"与"守年夜"联系在一起;将常青的"圣诞树"与金黄的"摇钱树"联系起来;等等。可以肯定,"圣诞老人""圣诞树"等圣诞节符号在中国将会越来越"中国化"。"观音菩萨"不是到中国后成为"送子"的"女性"了吗?

五 文化自愈机制的实践

如上所述,一个文化在从失去文化自觉到获得文化自信的过渡进程中,其内驱力体现的是文化自愈机制。对中国文化来说,自愈机制的核心是

---

① 截至2017年10月,麦当劳在中国的26年里共开设约2500家店,并计划到2022年开设到4500家,但是2017年10月,麦当劳已经成为中国本土公司,正式更名为"金拱门"(http://finance.sina.com.cn/roll/2017-08-08/doc-ifyitayr9813546.shtml)。

"本土化"——基于核心信仰与价值观体系，通过适应和吸收新文化，从而构建与时俱进的新认同。这些认同存在于个人、群体和国家等多个层面。这个机制所表现出的几个方面不是独立存在的，而是有机地融合为一体，具体可从以下几个方面来看：基于"和而不同"的多元文化并存的机制；对民俗传统以遗产化和产业化为发展方式；通过本土化达到多元文化和谐共存的现实。

（一）"和而不同"的多元文化并存机制

作为中国文化的核心信仰和价值观体系中的一部分，"和而不同"的多元文化并存机制，在生活实践层面，使得中国文化成为人类文明史上少有的延续不断的文化特例，并且仍然具有强大的生命力。其机制的核心是那些认同"中国文化"和"文化中国"的"中国人"（或"华人""华裔"；泛称 Chinese)[①]，对其"根"（如前文所引用的1958年的《为中国文化敬告世界人士宣言》中所论）的认同与维系。无疑，"中国"和"中国人"都是几千年来多元文化群体的混合结果。"中华民族"（或"中华文化"）的"多元一体格局"（费孝通语）准确地概述了中国文化发展历史。所谓"正宗""纯正"或"本真"等概念无非是构建权力的话语。今天，人类文化历史清楚地表明，维系文化传统的是吸引和包容不同文化及其实践者的"民俗认同"（即共同的生活方式是群体认同及其传统的基础和前提），而不是基于"种族"或"人种"的"民族认同"；对"中国文化"的认同，其前提是对此文化的认同，而不是将是不是"中国人"这个"血统论"（如，所谓的"种族"或"民族"或政治身份）作为前提。[②]

[①] Weiming Tu, "Cultural China: The Periphery as the Center", in Weiming Tu, ed., *The Living Tree: The Changing Meaning of Being Chinese Today*. Stanford: Stanford University Press, 1994, pp. 1–34. Also, Yih-yuan Li, "Notions of Time, Space, and Harmony in Chinese Popular Culture", in Junjie Huang and Erik Zurcher, eds., *Time and Space in Chinese Culture. Leiden*: E. J. Brill, 1995, pp. 98–383.

[②] 有关"民俗认同"（folkloric identity）的概念，参见 Juwen Zhang, "Chinese American Culture in the Making: Perspectives and Reflections on Diasporic Folklore and Identity", *Journal of American Folklore*, 128 (510), 2015, pp. 449–475. （另参见中文译文《美国华裔文化的形成：散居民民俗和身份认同的视角与反思》，惠嘉译，《文化遗产》2016年第4期）。

（二）"非遗"的遗产化和产业化

"非遗"在中国的成功"本土化"实践证明，它离不开两个必要的"变压器"：一个是"遗产化"；另一个是"产业化"。这两个方面，在文化自愈机制中，如阴阳平衡机制一样，成为相辅相成的矛盾体。

其实，"遗产化"机制始终是中国文化发展机制的一个必要部分。在中国文化中，对传统或过去的人物或传统事象的遗产化，是获得权威和话语权的一个必要过程。因为中国文化中，"尚古"和"尊老"是根植于"祖先崇拜"的核心信仰（即灵魂不灭）。那些"传承下来的"就比"新的"有更大的权威和权力，也更容易得到实践者的认可，由此更好地将传统传承下去。同时，这也意味着遗产化了的传统需要"仪式"（本身就包含着神秘力量）在现实中发挥其权威作用，从而得到敬重。这也是中国"礼"（或"礼仪""礼俗"）文化的核心。中国民间生活中的"神"许多都是历史人物的"遗产化"的结果，如广为流行的"关公"崇拜（即关羽从历史人物到战神再到财神）。"遗产化"的逻辑和机制直接服务于维系日常生活的"日常化"，也就是保持与传统的连贯性，将现行的传统与外来的文化结合起来，使其本土化。

中国文化的"文化发展"就是"文化生产"，就是"产业化"的进程。在中国历史上，文化产业发展与自给自足的区域经济模式是融合在一起的。将文化"商业化"也是平民日常消费生活必需的。在现代大规模的商业经济模式下，许多传统的（手工）"产业"模式无法存在，自然要创新出适合当代的"产业"[①]。产业化不只是商业化，它强调的是对传承人的培养，对传统手工艺品的生产，即对传统艺术（表演）的实践，并通过在公共空间的展演，达到对文化遗产的重要性的公众教育的目的，以致在经济和文化层面消费传统，最终获得文化自觉和自信。把传统界定为"纯正"或"本真"（"原生态"）、非营利或"神圣"的，从而与追求"利润"的或"世

---

① 例如，虽然传统的手工剪纸仍然存在，但是其"产业"无法满足更大的市场的需要。于是，"非手工"的剪纸便成为"产业"。表面上，批量生产没有"传统"的工艺，似乎不"正宗"（没有本真性），但实际上，正是通过"产业化"才使得剪纸在更大的范围得到传播和交流，从而有经济条件维系这个手工传统的传承。

俗"的商业化对立,这本身是构建出的抽象的理论命题,脱离了现实。没有经济利益的支持,就没有传统的发展;传统总是与现代性携手共进的。①中国的实践似乎证明,"产业化"为保护那些濒临消失的"遗产"提供了有效的途径。文化产业化,包括"非遗"产业化,这是解决民生问题的一个重要方法。一方面,它可以改善有关民众的物质生活;另一方面,也为消费者提供了传统文化的精神生活层面。同时,也在个人、群体以及国家层面提供了构建或重建文化认同的条件。这也意味着其中的一个关键是要协调好传统的手工产业与现代商业产业的关系。

传统的消失与否,其根本原因在于它自身的生命力。或者说,那些基于核心信仰和价值观体系的传统具有相对稳定的生命力;反之,那些不是根植于这个体系的习俗,则更多地依赖其有效性或实用性。当社会经济条件变化时,那些更多地基于有效性的传统自然就会消失。②

(三) 以"本土化"达到文化和谐

如上所论,中国文化的自愈机制的最高表现就是对新文化以"和而不同"的方式对其进行具有"中国特色"的改造,最终达到"本土化"的创新。的确,前文提到的民众日常生活中的本土化事例说明,这种创新也丰富了人类文化的多样性。例如,历史上的"三教合一"和佛教的"中国化"丰富和巩固了中国文化的根基。近现代的马克思主义(或马列主义)"中国化"、有"中国特色"的社会主义、"一国两制",以及进行中的"圣诞节中国化"和"中国情人节"等日常生活现象,都说明了这是中国文化自愈机制的必然结果。

对本土化问题,有必要从其形式和目的两方面来认识。在形式上,表现之一就是对新文化元素的"中国特色"、"命名"或"译名"。在这方面,

---

① 例如,2014年,国家对非遗保护的财政支出是88.43亿元人民币(2013年是77.3亿元)。752项国家级非遗项目得到资助,1735名非遗传承人得到师徒传承项目的资助,并建立了10个国家级的生态文化保护区(http://www.wenwuchina.com/news/view/cat/20/id/227680,2016年4月27日)。此外,2014年设立了非遗保护基金会,协调非遗的保护,http://www.cssn.cn/zx/bwyc/201411/t20141104_1389079.shtml,最后访问日期:2016年4月27日。

② 张举文:《传统传承中的有效性与生命力》,《温州大学学报》(社会科学版)2009年第5期。

中国语言文字发挥了独特而重大的作用，即以谐音象征达到意义的包容。另一种方式便是以"改名"或"双名制"（"多名制"）来缓解文化冲突，达到"和而不同"，形成"并置""共存"事实，如上面所列举的对待西方节日和饮食的反应。能够做到这些，必须有足够的文化自信，并遵循内在的文化逻辑。

在内容上，本土化必须基于外来文化元素与本土文化元素的表现形式背后的内在联系之上。例如，在唐朝，大量的外来故事随着佛教的兴盛被融入中国文化，但其根本原因是这些被融入的故事在其类型和母题上与中国过去已经存在的故事有着极大的相似或相关性。① 由此，本土化通过为原有母题和意义注入新的生命力和有效性而强化了本土的多元信仰和价值观，也丰富了本土的文化表现形式。

总之，在认识文化融合上，必须清楚不存在"纯正"或"本真"的传统；所有传统都是多元文化的融合体。正是在混杂中才有新文化，即"第三文化"的产生。② 由此可见，"本土化"在目的上不是对立，不是有你没我；而是你中有我，我中有你。这也正是人类文化发生和发展的本质和规律。

六 结语：中国的"非遗"实践经验与人类文化发展历程中的自愈机制

通过审视中国的"非遗"实践和中国文化的自愈机制，我们也可以反思人类文化发展的历史。在人类文明发展史上，许多曾经存在并辉煌的文化，现在只是存在于文献中，或是深深地被融合在其他文化中，成为象征

---

① Juwen Zhang, "Chinese American Culture in the Making: Perspectives and Reflections on Diasporic Folklore and Identity", *Journal of American Folklore*, 128 (510), 2015, pp. 449 – 475；另见中文译文《美国华裔文化的形成：散居民民俗和身份认同的视角与反思》，惠嘉译，《文化遗产》2016 年第 4 期。

② Juwen Zhang, "Cultural Grounding for the Transmission of the 'Moon Man' Figure in the Tale of the 'Predestined Wife'（ATU 930A）", *Journal of American Folklore*, 127 (503), 2014, pp. 27 – 49.（另参见中文译文《"定亲"型故事中"月老"形象传承的文化根基》，桑俊译，《民俗研究》2017 第 2 期）; Juwen Zhang, "Intangible Cultural Heritage and Self-Healing Mechanism in Chinese Culture", *Western Folklore*, 76 (2), 2017, pp. 197 – 226.

符号。其原因可能有二：一是因为某种原因，该文化群体的成员无法延续或不再实践其传统，故其文化载体不存在了；三是因为该文化体系中缺少或无法激活其自愈机制——例如，遇到外来文化较强大的冲击时，失去了自己的语言，改变了传统的信仰和价值观体系，进而彻底失去自己的文化。不论是哪种情况，其关键是对自己文化之根的迷失。这些现象似乎在我们当今的后殖民时代依然继续着。500多年的殖民与反殖民历史就突出了这一点。有理由相信，本文所提到的联合国的多个公约，在一定程度上，便是对这个历史的再认识和修正的结果。在这层意义上，中国文化利用了这个历史机遇，在对根的回归中，通过激发起内在的自愈机制，为其当代实践注入新的生命力。

2000多年的人类文化的传承与发展模式似乎可以概括出以下两种：一个是基于一神信仰的机制，可称为"中心－边缘"二元对立论；另一个是基于多神信仰的机制，可称为"和而不同（共生共存）"论。前者以犹太－基督教文化为代表；后者以儒家文化为代表。虽然中国文化是人类持续不断发展几千年的文明之一，并通过其本身展示了其内在的自愈机制和生命力，但是，目前所面临的危机也是前所未有的。这里所说的两个体系，有各自的维系机制，但当两者相遇时，其冲突是明显的、严重的。中国文化在过去的1000多年里一直是这两种模式的"交战"之地，但是，每当中国文化能够回归其根，便展现出有效应对挑战的文化生命力。21世纪的今天便是一个新的例证。

所以，对中国文化自愈机制的探讨也是认识和理解不同文化传承机制的一个有益途径。中国的文化自愈机制也表明：在应对"全球化"浪潮时，要坚持维系人类文化的多样性，在和而不同中多元发展，而不应在"全球化"的浪潮中被"统一化"。人类文明正是在多元化和多样性互动中，而不是在"统一化"或"标准化"中发展和丰富起来的。"非遗"运动的全球化趋势迫使我们反思：是否存在适于所有人类文化的一种"普世"价值标准？不同文化的内在生命力和自愈机制如何在新时代发挥作用？人类文化的多样性将会如何持续？

其实，民俗学家一直在用同样的逻辑追问一个具体传统的传承与演变机制问题。这也是研究传统或民俗的一个根本问题。现在,我们知道传统的传承掌握在实践者的手中①,但是,还要追问是什么使得实践者选择传承延续或抛弃一个传统。② 本文所探讨的问题试图揭示文化传统传承的一个内在机制:只有根植于一个文化的核心信仰与价值观体系的传统才能展示文化自觉和自信,才能维系实践者的认同,在面临危机时,才能激发其文化自愈机制,维系其传统之根,从而获得新的生命力。

---

① William Bascom, "Four Functions of Folklore", *Journal of American Folklore*, 67 (266), 1954, p. 343; Jan Harold Brunvand, *The Study of American Folklore*: An Introduction (2nd edition). New York: W. W. Norton, 1978, p. 1; Henry Glassie, *The Spirit of Folk Art*. New York: Abrams, 1989, p. 31; Barre Toelken, *The Dynamics of Folklore*. Boston: Houghton Mifflin, 1979, p. 32.
② 张举文:《传统传承中的有效性与生命力》,《温州大学学报》(社会科学版) 2009 年第 5 期; Juwen Zhang, "Chinese American Culture in the Making: Perspectives and Reflections on Diasporic Folklore and Identity", *Journal of American Folklore*, 128 (510), 2015, p. 467.

以社区参与为基础构建人类命运共同体

——社区在非物质文化遗产保护中的重要地位[*]

安德明[**]

摘 要：构建人类命运共同体理念的提出，对于深刻认识和解决当前国际社会所面临的种种难题，具有十分重要的启发和引领意义。这一理念，同联合国教科文组织所倡导和推进的非物质文化遗产保护的宗旨，既有着高度的一致性，又有着更为普遍、更为一般的指导性。而非物质文化遗产保护工作的不断展开，尤其是随着其所强调的"以社区为中心"原则的不断普及，反过来又会从文化交流的角度，为推广"和而不同"的文化多样性观念，进而推动人类命运共同体的建设，发挥具体而切实的作用。

关键词：人类命运共同体；非物质文化遗产保护；以社区为中心

非物质文化遗产保护（以下简称"非遗产保护"）在全球范围全面展开已有20多年的历史[①]。这项工作的开展，为文化多样性理念的普及和多样性文化的传承发展发挥了积极的引领作用。多年来，相关的研究者、实践

---

[*] 本文选自《西北民族研究》2018年第2期。

[**] 安德明，中国社会科学院文学所民间文学室主任、研究员，博士生导师。兼任《民间文化论坛》主编、中国民俗学会副会长、国际民俗学会联合会副会长、中国民间文艺家协会理事等。共发表论文、译文等80余篇，出版专著5部。

[①] 安德明：《非物质文化遗产保护的中国实践与经验》，《民间文化论坛》2017年第4期，第17~24页。

者和传承者,通过不断总结经验、教训,并积极与更具普遍性的社会思潮互动,从不同角度推动了非遗保护理论与实践的发展与完善。不过,作为一项方兴未艾的世界性社会文化运动,非遗保护在理论、方法、实践策略等诸多方面,还存在着不少有待探讨、批评和提升的地方。因此,本文拟结合"人类命运共同体"的概念,对非遗保护中社区参与的重要意义作进一步的探究。

"构建人类命运共同体",是习近平主席提出和发展的一个理念。它因应当今世界所面临的种种难题,本着消弭全球种种危机的目的而产生,主张并倡导国际社会通过不同方面的多种努力,"把我们生于斯、长于斯的这个星球建成一个和睦的大家庭"①。其主要内容包括:坚持对话协商,建设一个持久和平的世界;坚持共建共享,建设一个普遍安全的世界;坚持合作共赢,建设一个共同繁荣的世界;坚持交流互鉴,建设一个开放包容的世界;坚持绿色低碳,建设一个清洁美丽的世界②。这些思想,对于更深入地理解非遗保护中社区参与的价值,更好地推动非遗保护实践,都有着重要的启示意义。反过来,以社区参与为重要原则的非遗保护的良好运行,也会为落实"构建人类命运共同体"这一写入联合国决议③的理念,发挥切实而具体的作用。

一　社区:非物质文化遗产保护中的关键词

随着非物质文化遗产保护工作在国际范围的不断推进,社区在这一工作中的重要性得到了越来越多的强调。自《保护非物质文化遗产公约》(以下简称"《非遗公约》")通过以来,联合国教科文组织(以下简称"UNESCO")陆续出台了一系列新的相关文件,目的是在总结经验的基础上确保《非遗公约》精神的正确落实和相关实践的正确展开。从这些衍生文

---

① 央视新闻:"构建人类命运共同体",中新网,http://www.chinanews.com/m/shipin/2018/03-02/news758864.shtml。
② 《习近平主席在联合国日内瓦总部的演讲》新华网,http://www.xinhuanet.com/world/2017-01/19/c_1120340081.htm。
③ 央视新闻:"构建人类命运共同体",中新网,http://www.chinanews.com/m/shipin/2018/03-02/news758864.shtml。

件可以看到,"社区"出现的频率处在持续增多的状态。例如,在2003年《非遗公约》中,有10处提到了"社区"[①];在UNESCO于2014年颁发的《实施〈保护非物质文化遗产公约〉的业务指南》中,"社区"出现了61次[②];而2016年版的《实施〈保护非物质文化遗产公约〉的业务指南》,涉及"社区"的地方则有117处之多[③]。2016年底,在纳米比亚举行的UNESCO保护非遗政府间委员会第十届常会,通过了《保护非物质文化遗产伦理原则》,其所有12条原则当中,有11条都提及"社区"并把它放在重要位置。唯一没有明确提到"社区"的是第8条,该条内容为:"非物质文化遗产的动态性和活态性应始终受到尊重。本真性和排外性不应构成保护非物质文化遗产的问题和障碍。"[④] 实际上,强调尊重非遗的动态性和活态性,也就是在强调对传承人或社区有关非遗的自主权利的尊重。因此,从这一条中,我们仍然可以体会到对于社区意愿与权益的重视。可以说,"社区"已经成为贯穿非遗保护全过程的关键词,社区参与乃至社区主导,已经成为UNESCO非遗保护工作最重要的一项原则[⑤]。

对于社区,尽管《非遗公约》和"业务指南"等有关非遗保护的正式法规文件没有做出明确的定义,但根据UNESCO陆续出台的各种操作性文件,以及相关的研究成果,目前非遗保护的实践与研究领域基本上已经形成了这样一种共识:在非遗保护的语境中,社区指的就是那些"直接或者间接地参与相关非遗项目的施行和传承的人"[⑥]。就此而言,虽然在许多场合,"社区、群体,有时是个人"常常作为与非遗保护相关的一个固定词组

---

① 联合国教科文组织创意处非物质文化遗产科:《基本文件·2003年〈保护非物质文化遗产公约〉》(2016年版本),联合国教科文组织,2016年,第1~18页,第19~66页。
② 联合国教科文组织创意处非物质文化遗产科:《基本文件·2003年〈保护非物质文化遗产公约〉》(2014年版本),联合国教科文组织,2014年,第19~58页。
③ 联合国教科文组织创意处非物质文化遗产科:《基本文件·2003年〈保护非物质文化遗产公约〉》(2016年版本),联合国教科文组织,2016年,第1~18页,第19~66页。
④ 联合国教科文组织:《保护非物质文化遗产伦理原则》,巴莫曲布嫫、张玲译,《民族文学研究》2016年第3期,第5~6页。
⑤ 杨利慧:《以社区为中心——联合国教科文组织非遗保护政策中社区的地位及其界定》,《西北民族研究》2016年第4期,第63~73页。
⑥ 杨利慧:《以社区为中心——联合国教科文组织非遗保护政策中社区的地位及其界定》,《西北民族研究》2016年第4期,第63~73页。

来加以使用,其中"社区"、"群体"和"个人",被看作并列关系的主体或主体在施行和传承相关非遗项目过程中呈现的不同状态,但事实上,社区还是具有与"群体"类似的属性。也就是说,不同于社会管理语境中边界相对明确的物理空间的社区,非遗保护中的社区,更侧重于强调共同拥有某一非物质文化遗产并由此形成相对稳定认同的人所构成的集合体。它的形态多种多样,范围可大可小。构成它的人群,既可能生活在某个村落或市镇等界限清晰的地理区域当中,又可能生活在跨越地区乃至跨越国界的范围当中。它既可以小到两个以上的人构成的群体,又可以大到一个民族、一个国家,甚至可以是几个民族、几个国家。判断这一集体是否构成非遗相关社区的依据,就在于其成员是否共同拥有、传承并珍视某一非物质文化遗产项目。在这里,"社区"与"非物质文化遗产"是相互界定、相辅相成的两个概念,缺一不可。

按照 UNESCO 的规定,恰当或合格的非遗保护,应该始终围绕以社区为中心的原则来展开,更具体的操作要求则包括以下几个方面:第一,社区在非物质文化遗产认定过程中居于核心位置;第二,保护措施的制订与实施自始至终应该保证社区参与及社区事先知情、同意;第三,保护工作应使相关社区成为受益者[①]。有这些要求,主要是有以下两个方面的原因:一是因为 UNESCO 认定,"只有社区最大限度地参与到保护的整个过程中去,并在其中发挥主要的作用,非遗保护才能可持续地、有效地开展下去"[②]。二是为了限制政府等居于强势地位的力量的过度干预,凸显相对处于弱势地位甚至社会底层的非遗传承人群的作用并保障其权益。

从非遗保护的实践或具体操作来说,这两个方面的理由足以充分说明坚持以社区为中心的原则的合理性和重要性。诚然,假如作为拥有和实践非遗项目主体的社区失去了保护该项目的主动性,或在保护活动中处于边

[①] 杨利慧:《以社区为中心——联合国教科文组织非遗保护政策中社区的地位及其界定》,《西北民族研究》2016 年第 4 期,第 63~73 页。

[②] 杨利慧:《以社区为中心——联合国教科文组织非遗保护政策中社区的地位及其界定》,《西北民族研究》2016 年第 4 期,第 63~73 页。

缘地位，那么任何保护措施都不可能产生长久的效果；而在以 UNESCO 为发起者，以相关国家政府机构为重要推动实施者而开展的非遗保护工作中，社区尤其容易处于弱势或边缘化状态。强调社区在非遗保护工作中的重要地位，就是为了从根本上避免或改变以上这些状况。而事实上，这也的确产生了一定的效果——尽管由于具体环境的限制，大多数保护工作距离真正落实"以社区为中心"的原则还很远①，但在许多国家或地区的保护实践中，从观念到具体行动，都越来越多地体现出了对社区参与、社区知情等问题的重视②③。

二 "社区中心"原则中的人类关怀

强调以社区为中心的非物质文化遗产保护，是为了避免前文提到的诸多问题，为了更好地推进保护实践，但这是否会导致地方或群体的保守主义呢？这种担心也不无道理。举例来说，人类学、民俗学等学科中近年来盛行的区域性、个案式研究，在为认识和理解丰富多彩的区域文化，以及文化同具体社区之间的复杂动态关系提供大量出色成果的同时，也引发了越来越多的问题，特别是其中对相关社区或族群"独特"属性与"特殊"认同的梳理、宣扬乃至强化。从某种意义上说，它们逐渐变成了学术界为大众贴上的标签，使许多地区或人群中本来处在或有或无、或隐或显状态的有关认同的意识，变得日益明确和强烈起来，最终变成了建构和凸显不同文化、不同群体和不同地区的特殊性与差异性，进而引发种种矛盾与冲突的新根源。当前世界，民族之间、文化之间以及宗教之间形形色色的冲突，大有愈演愈烈之势，这当然不能完全归咎于学术界的影响，但学术研究究竟在这方面发挥了什么样的作用，又应该进行怎样的调整，是值得我们认真反思的。

---

① 安德明：《非物质文化遗产保护中的社区：涵义、多样性及其与政府力量的关系》，《西北民族研究》2016 年第 4 期，第 4~81 页。
② 安德明：《非物质文化遗产保护的中国实践与经验》，《民间文化论坛》2017 年第 4 期，第 17~24 页。
③ 张举文，周星：《中国非物质文化遗产实践的核心问题》，王宇琛译《民间文化论坛》2017 年第 4 期，第 5~13 页。

所幸的是，UNESCO 对于非遗保护实践中因强调社区中心原则而可能造成的负面效果，有足够的警惕和预防。这一点，结合非物质文化遗产保护的宗旨来看，我们就会有更清楚的认识。

非遗保护工作所针对的对象，当然是各民族丰富多彩的非物质文化遗产项目。但是，面对国家之间、地区之间或民族之间日益错综复杂的关系，面对当今世界不断涌现的种种矛盾和冲突，UNESCO 发起这一社会文化运动的最终目标，已经不再局限于文化本身，而是更多地指向了作为文化遗产主体的人，或者说是人类社会——它是要以非物质文化遗产保护为媒介，创建人类社会交流合作的新平台。对这一点，UNESCO 前总干事博科娃有十分明确的阐述："世界正在寻找促进和平和可持续发展的新的道路。此时，我们需要有凝聚力的项目，让不同的人走到一起。《保护非物质文化遗产公约》就是这样一个对话和行动的平台。每个国家、每个社区都可以在这里主张自己的权利，分享自己的愿景并发挥文化多样性的创造性力量以巩固我们共同的价值观。"①

由此可见，在非遗保护工作中强调社区的重要性，只是一种工作策略，或最多属于阶段性任务，而不是最终目的。其最终目的，还是对于全人类的关怀。在保障每个具体社区的意愿和权利得到充分表达和重视的前提下，构建不同社区之间更容易、更畅通、更和睦的交流通道，从而为缓和或消解不同族群、不同地区之间的矛盾冲突发挥作用，可以说是它最重要的宗旨之一。

这种人类关怀，还体现在 UNESCO 有关非遗保护的许多观念与具体措施上。以它所主持的影响广泛的代表作名录评审活动为例，该名录名称为"人类非物质文化遗产代表作"，强调任何一项被列入其中的非遗项目，都属于人类共享的文化，而不应该被理解为某一申报主体的专利。正因为如此，UNESCO 对所有成员国提交的"人类非物质文化遗产代表作名录""急需保护的非物质文化遗产名录"和"优秀实践名册"申报书，都十分注意纠正其中出现的"独一无二""杰出""非凡"等用来形容相关项目的词语，

---

① 伊琳娜·博科娃：《序言》，见教科文组织创意处非物质文化遗产科：《基本文件·2003 年〈保护非物质文化遗产公约〉》（2014 年版本），联合国教科文组织，2014。

因为其中体现了明显的地方主义色彩①。又如，UNESCO 文化部国际标准司的司长林德尔·普罗特在谈到保护非物质遗产的意义时曾说："教科文组织 1998 年的《世界文化报告》将重点放在保护文化的多样性上，这不仅是出于对少数人群人权的考虑，而且是因为对人类的知识和文化资源来说，对那些已经延续了几千年、现在却正以惊人的速度消亡的传统风俗、语言和生活方式进行保护是极其重要的。也许有一天，地球上这些其他的生活方式会被证明对人类的生存是至关重要的。可能某一天，技术灾难、气候巨变或基因突变会将我们居住的地球彻底改变，那时，我们就需要利用我们所能找到的各种不同的方法来帮助人类适应新环境。"② 其中对于人类未来整体命运的关怀，可以说是跃然纸上。

但遗憾的是，UNESCO 非遗保护中对于人类命运的这种强烈关怀，没有概括和提炼为一种更加凝练、更加抽象的思想表达。

三　通过以社区为中心的非遗保护推动人类命运共同体的建设

从前文的讨论可以看到，UNESCO 所倡导的非物质文化遗产保护，同建设人类命运共同体的事业在目标上具有高度的一致性，并且完全可以作为重要的有机组成部分统一到后者当中。从构建人类命运共同体的视角来理解和开展非遗保护工作，能够使这项工作中所包含的潜在理念更加清晰、更加系统，也能够使该工作的目标更加明确、信念更为坚定。

从第一部分的相关讨论可以看出，非遗保护中的社区，实际上与"共同体"有着一致的内涵③。它们在本质上都是指人们围绕某一共同认可的特定要素形成的、具有特定凝聚力并可以超越地理空间限制的集体。非遗相

---

① UNESCO. Intergovernmental Committee for the Safeguarding of the Intangible Cultural Heritage, Tenthsession, Decisions. Windhoek, Namibia, 30 November to 4 December, 2015 [EB/OL]. http://www.unesco.org/culture/ich/doc/src/ITH-15-10.COM-Decisions-EN.doc.
② 〔澳大利亚〕林德尔·普罗特：《定义"无形遗产"的概念：挑战和前景》，见联合国教科文组织编，关世杰等译，《世界文化报告：文化的多样性、冲突与多元共存》（2000），北京大学出版社，2002，第 147~148 页。
③ "社区"和"共同体"所对应的英文词都是"community"，这本身就是二者具有密切关联的一个证明。

关社区，也就是以某一非物质文化遗产项目为纽带而形成的共同体。而"人类命运共同体"，则是一个有待建设和加强的集合体，它必须以每一个不同社区（或共同体）对自己未来命运基本一致的高度关注和自觉维护为核心，在不断对话、交流和协商的基础之上逐渐推进和完成。以社区为中心的非遗保护，既可以从建设人类命运共同体的目标中获得更坚实的理论与信念支持，又能够为这一目标的实现贡献具体切实的力量。

人类命运共同体理念的提出，是为了应对和解决人类社会当前所面临的种种难题与危机。在这些难题与危机当中，由于文化问题所引发的矛盾与冲突，占有很大的比例。据联合国的一项统计，全世界的主要冲突中，有四分之三与文化层面有关[1]。为什么会出现这样的状况呢？不同文化间存在的较大的差异，是引发冲突的一个原因，但这只是表面的原因。更深层的原因，在笔者看来，还是差异在不同文化的拥有者与传承者之间没有得到充分的了解、认可和理解。

不同文化之间的差异，也就是作为相关文化主体的社区或群体之间的差异。以非物质文化遗产社区为例，因非遗项目本身的不同，其社区范围的大小也不一样，既可能是较小的群体，又可能是较大的族群甚至更大的民族国家。无论其大小，一旦形成，它都具有建立在一个共同文化纽带之上的稳定性和内聚性，并因此而体现出一定程度的排他性特征。尽管非遗社区内部也存在非均质性特征[2]，但在就相关文化事项与社区之外更大范围的组织或群体交往时，社区成员在主要认同、主要诉求等方面，更容易取得一致。社区的这种排他性，在不同社区接触、交往的过程中，因其相互了解程度的不同而具有不同的效果，有的情况下只表现为些微的差异，在缺乏相互交流、了解的社区或群体之间，则可能表现为较激烈的摩擦、纠纷乃至冲突。因此，"弥合不同文化间的差异，不仅对于和平、稳定与发展

---

[1] 联合国：《世界文化多样性促进对话和发展日》，http://www.un.org/zh/events/culturaldiversityday/index.shtml。

[2] 杨利慧：《以社区为中心——联合国教科文组织非遗保护政策中社区的地位及其界定》，《西北民族研究》2016年第4期，第63~73页。

至关重要，而且也是当务之急"①。事实证明，对话和交流，是弥合文化间差异最为有效、最为重要的手段。非物质文化遗产保护，则是国际社会通过多方努力搭建起来的一个成熟的文化交流平台，必然能够为建设人类命运共同体的宏伟目标发挥重要作用。

这个平台，建立在"文化多样性"这一共同认可的原则之上，通过强调"以社区为中心"的保护思路，首先为不同文化提供了充分展示其特征以及相互之间差异性的机会。任何文化项目，只要属于"各社区、群体，有时是个人，视为其文化遗产组成部分的各种社会实践、观念表述、表现形式、知识、技能以及相关的工具、实物、手工艺品和文化场所"，并且"符合现有的国际人权文件，各社区、群体和个人之间相互尊重的需要和顺应可持续发展"②，就都有资格在这个平台以申报、列入名录等不同形式得以展示。而展示出来的项目，由于是按照UNESCO的要求在社区自愿的基础上呈现于相关社区之外更广泛的领域。因此，能够准确而全面地体现社区的意愿、情感以及相关文化项目的总体特征。同时，这样展示出来的非遗项目，对于社区之外的人们而言，无论多么陌生乃至怪异，又都能在承认和尊重文化多样性这一基本理念的规约下得到认可。这样，随着不断接触，不断了解，原来被视为"奇风异俗"的某个特定社区或族群的文化现象，以及其中所表达的相关传承者的情感和观念，对于社区或族群外的广大成员来说将不再怪异，而是逐渐变得可以理解和接受。这其实也就是中国传统思想中所谓的"和而不同"，或者谚语所说的"百里不同风，千里不同俗"的境界。

以上可以说是立足于社区的非遗保护在文化交流方面可以达到的第一重效果，即为不同社区的不同文化提供充分展示差异性和多样性的平台。其第二个层面的效果，则是促进不同社区、不同文化之间的相互欣赏、相互尊重。无论是在怎样不同的文化传统之间，人们只要有了相互接触、相

---

① 联合国：《世界文化多样性促进对话和发展日》，http://www.un.org/zh/events/culturaldiversityday/index.shtml。
② 联合国教科文组织创意处非物质文化遗产科：《基本文件·2003年〈保护非物质文化遗产公约〉》（2016年版本），联合国教科文组织，2016年，第1～18页，第19～66页。

互展演自己的传统文化的机会，就一定会为相互认可、相互接受创造良好的开端。在把"我"或"我们"的相关事象与"我们"之外的事象都一视同仁地看作"文化"或"非物质文化遗产"的观念的影响下，"我们"文化的价值得到了充分的彰显，"我们"之外的文化所具有的价值也会得到越来越多的认识和了解，并逐渐成为"我们"能够承认、欣赏和享用的内容，进而围绕特定的非遗项目，形成包括原来小范围的"我们"及其外相关非遗社区在内的一个新的范围更大的"我们"。

第三重的效果，是随着交流的不断增加、不断深入，在各非遗社区当中促成一种基于文化比较视野的高度自信。这种自信，既体现为对自己文化所具有的优长与价值的充分肯定，又包括对其文化的不足或弊端的坦率批判与自觉改进。后一方面，在多元文化交流、比较和融汇的背景下，尤其具有举足轻重的意义。它将在很大程度上消除非遗保护中可能出现的保守主义，使以非遗保护为媒介的文化交流走向更深入的境地，从而为进一步的文化融合打下厚实的基础，并在构建人类命运共同体的进程中发挥更加积极有效的作用。

当然，必须承认的是，非遗保护并不能解决所有的问题。笔者在2015~2017年，连续三次作为中国民俗学会代表团成员参加UNESCO保护非物质文化遗产政府间委员会常会，每次会议期间，都目睹了两个有着世仇的国家，在现场因双方相关的具体项目能否被列入代表作名录而剑拔弩张地相互批判甚至攻击的情形。这充分说明，基于多种因素而产生的族群之间或国家之间的复杂矛盾，无法通过文化对话加以缓解，文化对话的相关平台反而会为相关矛盾与争斗的延续提供新的机会。也许，我们可以乐观地说，尽管两个国家之间的这种对话充满火药味，但非遗保护平台毕竟也为双方相互的接触和交流创造了条件，假以时日，它也可能逐渐发挥一种促成相互谅解、相互包容的作用。

总之，以社区为中心的非遗保护，在坚持文化多样性理念，承认和尊重文化差异的基础上，既能使更具体、更个别的诉求得到充分的表达，又能使相关文化传统的个性化特征得到相对完整的体现和彰显。这种充分的表达与彰显，为不同社区和群体之间的相互了解、相互沟通与相互理解，创造了必要的条件，并为从本质上解决不同文化之间的冲突，进而促成范围更大的社区或共同体，提供了重要前提。可以说，在构建人类命运共同体已成为国内外诸多相关领域日益关注的重要理念的形势下，立足于社区来开展非物质文化遗产保护，是建设人类命运共同体的一条重要途径。

从三个故事看文化遗产保护与"民心相通"[*]

朝戈金[**]

自20世纪50年代以来,"文化遗产"的概念从内涵到外延都有了重大的变化。这一进程反映了国际社会从尊重文化多样性和人类创造力角度加强文化遗产保护的努力,也与联合国教科文组织持续在文化领域制定多边准则有直接关联。

而传统丝绸之路沿线国家和区域的文化遗产保护,随着"一带一路"倡议的推进,越来越具有超乎文化领域的意义。通过对联合国教科文组织非遗名录项目进行大致的分析,可以发现以文化多样性推广人类共同遗产这一理念,不仅仅是文化领域的重要事项,也越来越与人类社会可持续发展的意涵发生深度关联,成为"一带一路"倡议的话语体系建设和文化遗产保护的当代实践之间,可资深入观察和总结的研究场域。

一 "丝绸之路:长安—天山廊道的路网"申报"世遗"的启示

在过去的半个多世纪,联合国教科文组织不断更新"遗产"的传统定义。文化遗产的概念从内涵到外延发生了重大变化,指涉越来越广:不仅指分布在世界各地的物质遗产,也指植根于不同文化传统中的非物质遗产,

---

[*] 本文选自《中国民族报》2018年2月9日。
[**] 朝戈金,中国社会科学院学部委员,学部主席团成员,文哲学部主任。现任民族文学研究所所长。专业领域为少数民族文学和民俗学。学术专著、论文等以多种文字发表在中国、美国、日本、俄罗斯、越南、蒙古、马来西亚等国。获得多种中外学术奖项和荣誉称号。

尤其是那些与人的生活世界息息相关的口头传统、表演艺术、仪式、节日、传统知识和传统手工艺等文化表现形式。这样的拓展显示出一种相辅相成的双重导向：一则引导人们承认"共享遗产"，并将之作为"人类共同遗产"来进行表述；二则引导人们承认文化多样性及其形塑的多重文化认同，并将之视作推动可持续发展的创造力源泉。

2014 年，哈萨克斯坦、吉尔吉斯斯坦和中国共同申报的"丝绸之路：长安—天山廊道的路网"被列入世界文化遗产名录。这一跨境遗产案例为"一带一路"倡议的话语体系建设如何结合文化间对话促进文化多样性提供了参照和前鉴。它充分显示了类似的跨境遗产保护行动可促进缔约国之间的协作，带动缔约国与咨询机构、政府间委员会、专业研究中心以及当地社区进一步互动与沟通。

非物质文化遗产本身就具备源远流长的人文传统，既是文化多样性的熔炉，也是可持续发展的保障；而文化多样性既是人类的共同遗产，也是"一带一路"国家至关重要的文化资源。在"一带一路"倡议的话语体系建设中，中国和相关国家的非物质文化遗产构成了提供对话活力和资源的重要抓手。

截至目前，中国与联合国教科文组织开展了富有活力的合作。双方在文化、教育、科学、信息传播等领域的合作取得了丰硕成果：联系学校 8 所，教科文组织教席和姊妹网络 20 个，生物圈保护区 33 个，创意城市 8 个；世界遗产名录 52 处，非物质文化遗产名录 39 项，以及世界记忆名录 10 项。这些基于国际合作的一系列实践，依托的是联合国教科文组织与成员国之间的互动和协作，相关项目和计划同样在许多成员国形成了辐射。文化遗产保护已然成为《保护非物质文化遗产公约》（以下简称《非遗公约》）缔约国普遍关注的共同事项，并在几十年的发展中形成了国际社会共同使用和相互理解的话语系统，这为"一带一路"倡议的话语体系建设奠定了良好的话语资源和对话空间。

二 麦西热甫的生命力和影响力

非物质文化遗产维系着相关社区、群体和个人的文化认同和持续感，在民众的传承和实践中世代相传,在当下具有重要的文化意义和社会功能。

习近平主席在"一带一路"国际合作高峰论坛开幕式上的主旨演讲中表示,"一带一路"建设植根于丝绸之路的历史土壤,重点面向亚欧非大陆,同时向所有朋友开放。不论来自亚洲、欧洲,还是非洲、美洲,都是"一带一路"倡议国际合作的伙伴。

依据国家信息中心主办的"中国一带一路网"的"各国概况"栏目中所列入的"一带一路"沿线和周边国家,加上已与中国签署了合作协议的国家,那么包括中国在内的"一带一路"国家共计84个。

根据联合国教科文组织官网非遗专题的相关数据统计,这84个国家中共有78个国家加入了《非遗公约》,其中63个缔约国已有非遗项目入选《非遗公约》名录,共计258项。目前,全球已加入《非遗公约》的国家共174个,在联合国教科文组织公布的429项非遗名录项目中,由"一带一路"国家独立申报或联合申报的项目数量占60.1%,比例明显高于全球各地区列入名录的平均水平。在以国家计名入选《非遗公约》名录超过10项的13个国家中,中国、韩国、克罗地亚、土耳其、蒙古、印度、越南和伊朗8个国家属于"一带一路"范围,申报项目也高于全球平均水平。

就目前的分析看,在"一带一路"国家中,尤其是在传统的丝绸之路沿线国家中,非遗得到了这些国家社会各界的重视。在抢救、保护、传承、弘扬、清单编制、申报等环节的工作中,这些国家的政府、民众和相关专业人员都秉持积极姿态,以不同的方式努力落实联合国教科文组织在非遗保护方面所倡导的原则和方法。

较其他地区而言,传统丝绸之路沿线上的国家,因自然环境相近、地域上彼此相邻、文化上长期互动和交流、天然阻隔不多,更容易形成民族学所定义的"经济文化类群"和"历史民族区"等区域性文化板块。若是结合这一区域的名录项目,把文化遗产的保护工作与人类社会发展进步的关联作为主要考量维度,该区域和次区域目前为外界所知晓的遗产项目,从诸多方面为我们提供了大量鲜活的样例。这些项目昭示着人类文明的进步和发展,民众的诗性智慧和惊人的创造力,在不同的国家或地区文化传统中成为维系和协调社会组织、传递知识和价值观、提供审美愉悦、建构人与自然的关系、发展人自身的综合能力的重要源泉。

在中国新疆维吾尔自治区的维吾尔民族中长期流传的麦西热甫，就是一个生动的事例。麦西热甫是维吾尔族传统文化的一个极为重要的载体。作为一种综合性的文艺表现形式，该项目集纳着成系列的民俗实践和表演艺术形式，将饮食和游艺、音乐和舞蹈、戏剧和曲艺等整合为一体。不仅如此，麦西热甫是民间的"法庭"，负责断是非、调节冲突；也是"课堂"，教导民众礼仪规矩、道德伦理、文化艺术及传统知识等。这就等于说，一个综合性的民间文化遗产，以其生命力和影响力参与了社会文化的模塑和建构。

三 "猎鹰训练术"和"诺鲁孜节"

在《非遗公约》的框架下，联合国教科文组织的三类非遗名录，连同国际援助一道成为保护非物质文化遗产的四重国际合作机制。

与生物进化的线性特征不同，文化的进化往往是通过非线性的方式达成，有时可能要跨越遥远的时空距离。不同文化之间的交流互鉴，对于人类进步而言，其意义和作用往往超乎我们的预想。文化交流上的难和易，也往往都与文化交流的特质有关。

综观非遗名录，有个现象引起我们注意，那就是"一带一路"国家完成的跨国联合申报，比起其他地区来，数量多、参与范围广、规模也较大。在"一带一路"国家已列入名录的258个项目中，有20项是两个或两个以上国家联合申报的，占所有联合申报项目的2/3。其中有两个项目的联合申报有10多个国家参与：一是"猎鹰训练术"，由18个国家联合申报；二是"诺鲁孜节"，由12个国家联合申报。这两个项目都是在传统丝绸之路沿线国家的主导下完成的。

阿拉伯联合酋长国牵头发起"猎鹰训练术"的联合申报，参与国家还有奥地利、比利时、捷克等17个国家，这些国家横跨亚洲、欧洲和非洲。

"诺鲁孜节"由伊朗发起，参与申报的国家还有阿塞拜疆、印度、伊朗等11个国家。丝绸之路沿线国家尤其是中亚国家联合申报的项目明显高于其他地区，是这类文化遗产拥有诸多共享因素的一个表征。

我们看一看保护非物质文化遗产政府间委员会评审机构就"猎鹰训练术"所做的决议，就会对《非遗公约》及其《实施〈世界遗产公约〉操作指南》所蕴含的理念有更为切近的理解。决议指出：猎鹰训练术最初是一种获取食物的方法，但随着时间的推移，该传统在社区内部和不同社区之间逐渐形成了与自然保护、文化遗产及社会参与的更多关联。

决议特别强调，该传统为相关社区提供了归属感、自豪感和持续感，以及增强了文化认同；也强调该传统对"自然状态"的尊重，以及对自然环境的保护和对保护猎鹰物种的积极意义。

这个决议传递了至少这样几层意思，包括但并不限于：关于非物质文化遗产的保护，有助于增强关于人类文化多样性的理解和包容；有助于鼓励和推动不同文化之间彼此欣赏和对话；有助于增强特定文化传统的社区和民众对自身文化的自豪感和自信心；有助于环境保护和人类在利用自然资源时应有的小心谨慎、取用有度的态度；有助于在动物的使用和驯养过程中，具有人性和人道主义的情怀等。这些层面的考量，乃是一种既尊重不同文化传统，又符合现有联合国人权精神的立场。这个决议鲜明传递了关于非物质文化遗产保护与人类社会可持续发展之间的直接关系，进而对这种关系之于人类社会长久发展的意义作出了比较完整的阐释。

共同参与"诺鲁孜节"申报的12个国家在地域上相邻，文化上长期相互影响，具有彼此相同或相近的文化事象，这并不难理解。从联合申报这个行动本身，也可以看到历史上丝绸之路在推动各个国家之间相互交流、相互影响方面的直接或潜隐的作用。另外，这种基于扩展的分批多次申报的过程，也是增进相互了解和彼此欣赏的有益实践。

四　非遗里的跨界共享与"民心相通"

布歇在其题为《文化间交流的语用学：一个矛盾视角的有界开放性》的文章中，解释了"为什么文化间沟通总是应该在语境中进行"的问题。人类无法避免评估各种情境、语境、关系、人群和文化，关键是应持有相互尊重和开明的态度，而不是鄙夷和偏见。只要承认人类各种互动方式都是有意义的，以及他们行动或相互行动的逻辑是多元化的，文化间交流就变得更加可敬。价值理解是良善和合理的，因为这种多样性和多元性总是使社会充满活力，乃至比以往任何时候都更能促进现代生活的创造性和互动性。

"民心相通"的话语资源，在我们熟悉的大量"非遗"项目中都能观察到。例如，近年来列入《非遗公约》名录的烤馕制作和分享文化、蒙古包制作技艺、皮影戏、剪纸艺术等，到处都洋溢着文化彼此影响的痕迹，到处都体现着人类极为出色的学习能力和再创造能力。就以"沟通民心"而言，从口头传统（如玛纳斯、格萨尔、江格尔、兰嘎西贺等史诗）到表演艺术（木卡姆、阿依特斯、呼麦、多声部民歌），从传统节日（端午、春节、中秋、清明、泼水节）到人生仪礼（成年礼、婚礼），从有关自然和宇宙的知识和实践（珠算、二十四节气、中医针灸、太极拳、少林功夫）到传统手工艺（宣纸、龙泉青瓷、坎儿井、多民族的乐器），这些传统文化表现形式不论进入公约名录与否，大多跨界共享，通过民间互动、交流对话而水到渠成。润物无声的文化互鉴，往往比官方设计并推行的规划更为有效和持久。

中国是世界上文化多样性和生物多样性最为丰富的国家之一，拥有56个民族，130多种语言，语言系属复杂。各民族操持着不同的经济生活方式，拥有不同的文化传统，发展出令人叹为观止的地方性知识体系。这些知识和文化，既是顺应环境的结果，也是指引人们更好生存和发展的智慧。

习近平引用司马迁总结先秦、秦汉历史有关"夫作事者必于东南，收功实者常于西北"的说法，指出："一带一路"建设，对民族地区特别是边疆地区是个大利好。要深入实施西部大开发战略，加快边疆开放开发步伐，拓展支撑国家发展的新空间。这一"新空间"就包括了边疆民族地区的文化多样性优势，还包括了承载多样性文化因素的各民族人民在实现"以人为本"的发展中发挥的对外"人心通"的优势。从这个意义上说，中国民族政策中尊重差异、缩小差距的基本理念，与"一带一路"大棋局倡导的人文精神和互利共赢理念，是完全相通的。

五　既讲好"中国故事"，也讲好"人类故事"

2017年5月，习近平主席倡导要弘扬"和平合作、开放包容、互学互鉴、互利共赢"的"丝路精神",为丝绸之路注入新的时代内涵。

作为"增进民心相通"平行主题会议上的首位发言人,联合国教科文组织总干事博科娃也回顾道,"在几千年里,丝绸之路的传奇故事讲述着遇见——民众间、文化间、宗教间、知识间的遇见。丝绸之路讲述了相互理解驱动下的人类进步的故事,提醒我们没有一种文化能够孤立封闭地发展繁荣。"她指出,文化遗产保护与"民心相通"关系密切,发掘其中的话语资源可以为共建"一带一路"提供基于历史文化记忆、人文思想脉络和多重身份认同的智力支持,丰富"文明交流互鉴"的学理阐释。

以"共商、共建、共享"的理念为当前的全球治理提供中国方案,已经体现在国家层面的庄严表述中——利益共同体、责任共同体和命运共同体,成为中国向世界发出的诚挚呼请。冲破地域或区域障碍,沟通世界、促进人类和平,"一带一路"倡议当能发挥积极作用。文化遗产保护的中国实践能为促进世界文化多样性和维护人类永久和平提供何种对话资源,则是我们今天应当思考的重要话题。

民心相通是"一带一路"建设的社会根基。有学者认为,"一带一路"倡议不仅是一个经济事件,更是一个文化事件,是中国文明崛起的标志。一些学者已经从尊重文化差异和促进文化间对话的视角关注"一带一路"区域合作问题及其发展走向。只有营造文化间对话的和谐氛围,让文化遗产成为交流、合作和相互理解的话语资源。既讲好"中国故事",也讲好"人类故事",我们才能在地方、国家、双边或多边、区域或次区域层面,改进我们与世界各国文化间对话及和平文化建设的环境、能力和方式。

"丝绸之路"作为方法

——联合国教科文组织"对话之路"
系列项目的萌蘖与分孽[*]

巴莫曲布嫫[**]

摘　要：20世纪80年代至90年代，联合国教科文组织本着建设全球和平的使命在其主管的平行领域竭力开展文化间对话，以"丝绸之路整体研究项目：对话之路"为发端，并将承载文化"相遇"的"道路"或"路线"作为开展跨学科研究和促进文化

---

[*] 本文选自《西北民族研究》2018年第4期。本文为国家社会科学基金重大项目"中国少数民族口头传统专题数据库建设：口头传统元数据标准建设"（编号：16ZDA160）的延伸性成果；同时部分构成中宣部"文化名家暨'四个一批'人才"自主选题资助项目"遗产化进程中的活形态史诗传统保护与研究"的阶段性成果。

[**] 巴莫曲布嫫，彝族，北京师范大学文学院法学博士（民俗学专业）。中国社会科学院民族文学研究所研究员、口头传统研究中心主任；中国社会科学院大学教授、博士生导师。主要研究方向为口头传统与书写传统，就彝族毕摩仪式文学、古代诗学理论和诺苏支系口头论辩及史诗演述传统进行过目标化田野研究。2004年以来，深度参与了地方、国家和国际层面的非物质文化遗产保护实践，对《保护非物质文化遗产公约》的政策制订、行动纲领和实践方略有密切的学术跟踪。已出版个人学术专著《鹰灵与诗魂——彝族古代经籍诗学研究》（2000）、《神图与鬼板：凉山彝族祝咒文学与宗教绘画考察》（2004）；译著《荷马诸问题》（Homeric Questions，格雷戈里·纳吉著，2008）。在《文学评论》、《民族文学研究》、《民族艺术》、《民俗研究》、《民间文化论坛》、《口头传统》〔美〕、《亚洲族群性》〔英〕、《日中文化比较研究》〔日〕、《比较民俗学》〔日〕、《日本民俗学》、《美国民俗学》等学刊上发表过论文、文章和调查报告；主要代表作和学术观点见《叙事语境与演述场域》、《"民间叙事传统格式化"之批评》、《口头传统与书写传统》、《田野研究的"五个在场"》（学术访谈）、Traditional Nuosu OriginNarratives：A Case Study of Ritualized Epos in Bimo Incantation Scriptures（英文撰写）；参与编撰的著作有《中华文学通史》、《中国少数民族文化史》、《中国少数民族民俗大辞典》、《彝族文化史》、《彝族风俗志》、Mountain Patterns：The Survival of Nuosu Culture in China（华盛顿大学出版社，2000）、《四川大凉山》及《中国大百科全书》（第二版）（少数民族文学分卷）等。

间对话的观念基础,相继推出"铁之路""奴隶之路""信仰之路""安达卢斯之路"等系列化的文化间项目,不仅为阐扬世界文化多样性与人类可持续发展的关联提供了智力支持,也为国际社会的相关后续行动树立了实践范式。本文通过梳理"对话之路"系列项目的萌蘖和分蘖,分析"丝绸之路"作为方法的概念化进程、工具意义及应用案例,旨在从"文化间对话"的视野为"一带一路"倡议的话语体系建设提供参考。

关键词:丝绸之路;一带一路;文化多样性;文化间对话;教科文组织

习近平总书记于 2016 年 8 月就推进"一带一路"建设明确提出八项要求,其中包括要切实推进民心相通,弘扬丝路精神,推进文明交流互鉴,重视人文合作;要切实推进舆论宣传,积极宣传"一带一路"建设的实实在在成果,加强"一带一路"建设学术研究、理论支撑、话语体系建设。[1] 本文即是践行话语体系建设的一个尝试。

20 世纪 80 年代至 90 年代,联合国教科文组织(以下简称"教科文组织")以传统概念上的"丝绸之路"为多路线程,围绕"文化间对话"(intercultural dialogue)这一主题展开部门间行动,先后在其主管的教育、科学、文化、信息和传播领域组织跨学科智力资源,推动"对话之路"系列项目[2],在联合国系统内外的国际社会和世界许多国家成为促进文化多样性和建设人类持久和平的实践范式,值得钩沉稽今。本文主要采取档案研究法[3],依托联合国正式文件系统和教科文组织在线数据库,梳理和勾连相关工作文件和研究报告,进而以事件为线索,通过叙事分析,阐释作为方法

---

[1] 习近平:《让"一带一路"建设造福沿线各国人民》,2016 年 8 月 17 日;《习近平谈治国理政》(第二卷),外文出版社,2017,第 505 页。

[2] UNESCO, Routes of Dialogue, http://www.unesco.org/new/en/culture/themes/dialogue/routes-of-dialogue/,最后访问日期:2018 年 10 月 2 日。

[3] 鉴于本文涉及的档案文献较多,引文出处一律采用原始文件编号,读者可通过联合国正式文件系统(https://documents.un.org)或教科文组织在线数据库(http://unesdoc.unesco.org/)进行查询或获取。

的"丝绸之路"及其工作模型和实践案例,以期为"一带一路"倡议的话语体系建设提供国际上的前鉴和参考。

一 引言:教科文组织与文化间对话

联合国成立于1945年,当时"冷战"刚结束不久。作为联合国系统的专设机构,教科文组织被委以重任,将促进各国人民之间的对话作为培育和平的重要途径,诚如其1946年通过的《组织法》所说,"战争起源于人之思想,故务须于人之思想中筑起保卫和平的屏障。"长期以来,这一使命和愿景也一直是其职能范围内的优先事项之一。

20世纪50年代,教科文组织实施了一项为期10年的强化方案——"东西方文化价值相互欣赏重大项目(1956~1965)",旨在应对整个世界有关东西方文化价值观之间的知识和认识的失衡,进而通过教育、科学、文化和传播领域的国际合作,促进不同文明、不同文化及各国人民之间的相互了解(MAPA/2 AC/4)。1976年8月,教科文组织大会第十九届会议通过了1977~1982年中期战略(19 C/4 Approved)[①],其中已明确提出"文化间对话"和人类社会的发展问题。为推进该战略的实施,教科文组织还专门编印了《文化间研究导引:阐明和促进文化间交流的项目纲要》[②],并通过其文件系统向成员国分发。因此,该组织从文化政策研究层面致力于文化间对话的努力,通常被认为可以追溯至1976年。

1986年12月,联合国大会通过了《世界文化发展十年行动计划1988~1997》(以下简称"十年行动"),其四个主要目标定位于:认识发展的文化维度;肯定并充实文化认同;扩大文化参与;以及促进国际文化交流(A/RES/41/187)。该计划于1988~1997年实施,在联合国系统中由教科文组织担纲牵头机构,下设一系列社会科学研究项目,包括:(1)丝绸之路整体研究:对话之路;(2)亚历山大里亚图书馆整修;(3)手工艺发展十年

---

① 参见 UNESCO, *Thinking Ahead: UNESCO and the Challenges of Today and Tomorrow*, Paris: UNESCO, 1977。

② UNESCO, *Introduction to Intercultural Studies: Outline of a Project for Elucidating and Promoting Communication Between Cultures, 1976–1980*, Paris: UNESCO, 1983: 5.

计划；(4) 非物质文化遗产："生命的历程"；(5) 塞维利亚 1992 年世界博览会；(6) Lingua Pax 外语和文学能力培养国际项目；(7) 世界教育卫星网；(8) 科技创造力研究方案；(9) 不同经济和社会文化层面的家庭作用比较研究；(10) 文化的发展维度及其方法论研究。与这些项目交相同步的侧端活动，还有促进文化创作（电影、录像带、唱片、盒式录音带）的在地生产、向会员国提供咨询服务、交换信息与经验分享的平台等（A/44/284）。在该行动计划执行的 10 年间，由 152 个会员国、13 个政府间组织及 45 个非政府组织发起的 1200 多个项目被认定为"世界文化发展十年"的正式活动，其中将近有 400 个项目得到教科文组织的财政支持，包括中国于 1996 年组织召开的"世纪之交的文化发展国际研讨会"（CLT - 97/ICONF. 203/INF. 4）。

丝绸之路为文化间的互动关系提供了极为丰富的见证。教科文组织在"十年行动"框架下实施的一整套文化间对话方案，特别纳入了以陆上丝绸之路和海上丝绸之路为双重导引的"文化道/路模型"（the modality of cultural roads/routes），为其后渐次展开的"对话之路"系列项目奠定了长足发展的观念基石。

二 作为共同遗产的丝绸之路："对话之路"及其概念模型的萌蘖

甘地曾一语破的地指出，"没有什么道路可以通向和平，和平本身就是道路。"正是在这句名言的启发下，教科文组织在《世界文化发展十年行动计划》的框架下于 1988 年启动"丝绸之路整体研究：对话之路"（Integral Study of the Silk Roads：Roads of Dialogue）[①] 这一火种型文化间项目。时任教科文组织总干事费德里科·马约尔（Federico Mayor）曾在其颇富诗意的讲话中回顾并概括了该项目的由来（DG/90/39）——

[①] "丝路项目"最初为五年计划，后来为配合联合国《世界文化发展十年行动计划》顺延至 1997 年。详见 UNESCO, *Integral Study of the Silk Roads：Roads of Dialogue 1988 - 1997*, http://unesdoc.unesco.org/images/0015/001591/159189E.pdf, 最后访问日期：2018 年 3 月。

丝绸之路,穿越陆地和海洋,狭义上讲是商业之路,这是从商贸的角度论;但在广义上看,则是传播和社会交流。这些古老的道路,穿过时间的薄雾,可上溯至3000年前,不仅输送过昂贵的货物,如丝绸、瓷器和香料,还承载过同样珍贵的非物质文化成果(intangible cultural products),如思想、神话和传说。这些有关早期的细微线程编织起人们日益复杂的交流网络,联结着我们自身的世界,并提供了如此令人惊叹的见证。因此,教科文组织给予这个项目的名称便是:"丝绸之路:对话之路"(The Silk Roads: Roads of Dialogue)。

"丝绸之路整体研究:对话之路(1988~1997)"项目(以下简称"丝路项目")有双重目标。其一,是学术和科学。尽管此前丝绸之路一直是考古学家、历史学家、地理学家、民族学家、社会学家和语言学家的研究对象,但直到当年尚未对这一浩瀚绵长的人类历史宝库开展过全面、系统的跨学科调查。而实施这样的研究无疑超出了任何个人乃至国家机构的能力。面对这一艰巨的任务,唯有组织和促进必要的国际合作,调动所需的大量资源,并呼吁国际组织的参与。正是教科文组织对这一呼吁做出了回应。其二,在于促进世界各国人民之间的对话和理解,彰显将丝绸之路的文明连接在一起的历史纽带。作为联合国系统"十年行动"的一个重大项目,该项目还有助于促进国际文化合作的目标。

在"丝路项目"的实施过程中,先后有来自包括中国在内的40多个国家、2000多位专业人员参与其间,并从不同角度为丝绸之路的整体研究提供智力支持和思想生产,组织了一系列项目和活动,成绩斐然。通过下面的一组数字,我们或许能够对"丝路项目"在10年间取得的丰硕成果及其背后的运作方式和基本思路形成更为直观的了解:(1)5次国际科学考察:从1990~1995年先后展开,依次是从西安到喀什的"沙漠丝绸之路",从威尼斯到大阪的"海上丝绸之路",中亚的"草原丝绸之路",蒙古的"游牧之路",以及尼泊尔的"佛教之路",旨在通过重新发现丝绸之路文化交流的特殊活力,重建和更新相关区域和次区域的人文环境。来自47个国家的227位专家参与,加上地方学者,还有上百名世界各地的媒体代表。

(2) 43 场学术研讨会：在科学考察各个阶段组织的 26 次学术研讨会和在项目实施过程中或在十年计划的框架下举办的 17 次学术研讨会；共有 27 个成员国参与主办，总共宣读的论文超过 700 篇[①]。(3) 5 个研究项目：与科学考察同步展开，包括丝绸之路的语言和文字研究、驿站和邮政系统研究与保护、中亚岩画的流存与研究、利用遥感技术研究考古遗址，以及沿丝绸之路的史诗。(4) 6 个研究中心和关联机构：考察活动本身带动沿线几个国家建立了研究机构或国际机构，包括海上丝绸之路研究中心（中国福州），丝绸之路研究中心（日本奈良），国际游牧文明研究所（蒙古国乌兰巴托），佛教信息与研究中心（斯里兰卡科伦坡），国际中亚研究所（乌兹别克斯坦撒马尔罕），以及国际文明比较研究所（巴基斯坦塔克西拉）。(5) "平山奖学金项目"：每年为丝绸之路研究领域设立 10 个奖学金名额，共有来自 38 个国家的 90 位学者受益。(6) 68 种出版物：由教科文组织或由该项目直接产出的学术成果，包括教科文组织出版物 10 种，研讨会论文集 19 种，关联项目成果 22 种，其他 17 种。(7) 若干音像资料：纪录片电影 4 部，视频两种，CD 音乐两种；国家电视台纪录片 41 种；影像资料约有 400 小时的胶片，还有难以计数的照片和幻灯片；见于各种报刊的文章超过 400 篇；还有未作统计的电台节目、展览（教科文组织总部和成员国）、海报及校园墙画。[②]

通过科学考察、建立机构、学术研讨、著述出版、开设展览、提供奖学金，以及新闻媒体集中推介等方式，"丝路项目"不但积累了数量可观的调查研究成果，还开创了多线并进的国家—次区域—区域—国际合作模式，直接或间接受益的人群超过百万，影响扩及全球。尽管"丝路项目"的双重目标集中体现在科学考察活动中，但也构成其项目设计的主要特征和创新之处：一方面，运用多学科方法，对科学、技术和文化沿着丝路通道在东西方之间发生的交流进行长时段的现场调研，以促进国际和国家层面的

[①] UNESCO, "Achivements of the Silk Roads Project.", *Integral study of the Silk Roads: roads of dialogue-a UNESCO Intercultural Project*, Paris: UNESCO, 1997: 32.

[②] UNESCO, "Achivements of the Silk Roads Project.", *Integral study of the Silk Roads: roads of dialogue-a UNESCO Intercultural Project*, Paris: UNESCO, 1997: 32.

进一步研究，为文化研究和反思人类文明进程做出重大贡献；另一方面，通过大量的活动、展览、出版，以及广泛的媒体报道，吸引成员国的参与和广大公众的关注。媒体的参与，尤其是在实地考察和报道，使该项目十分引人注意，重新唤起人们对丝绸之路的兴趣，并有许多国家要求再度开放这些古老的通路，尤其是开展文化旅游活动。回看"丝路项目"在这十年间取得的成就，在理论和方法论层面，以及在具体操作方面，都有大量成功经验可以总结。就学术研究建设择要言之，至少有如下两点：一是以科学和学术作为牵引，从一开始就较好地绕开了由于社会制度、学术传统、文化立场等的不同而可能出现的不同国家和地区的参与者之间发生龃龉的弊端；二是以科学和学术作为前导，也容易推动各国政府和民众以不同的方式参与其间，发挥各自的能动作用。这种从不同端口发动、从不同层面同时推进计划的工作路线，较为容易形成互动和协作，达成最初设定的目标。而广泛的学者和机构网络则有助于确保这一合作机制在后续行动中继续保持良好态势。

这里，我们需要从方法论意义讨论"丝路项目"的设计和展开，方能理解作为"共同遗产"的丝绸之路之于人类的今天乃至未来的无穷价值。教科文组织在促进文化多样性方面所开展的工作，是其在联合国系统内所担负的特定职责，并且与其创立以来所开展的保护和促进丰富多彩的文化多样性活动一脉相承。为此目的，该组织在两个方面做出努力：一则对概念进行思考和定义；二则制定方针、政策和具体路线以建立为国际社会所接受的伦理和行动框架。亘古通今的丝绸之路虽然早在"东西方项目"的十年期间被各方学者加以讨论过，但远未上升到方法论层面来进行全方位的科学和人文研究，尤其是囿于"东西方"的二元观照，消弭了文化间对话应有的张力和弹性。从20世纪70年代起，教科文组织的"文化研究计划"（Programme of Cultural Studies）便开始致力于应对文化间问题，并将区域文化研究纳入议程：一方面对全球范围内主要区域与次区域的文化"相遇"（encounters）进行横向的共时性探究；另一方面对不同文化间发生的互动与交流及其特征和影响展开纵向的历时性分析。在这种同时贯通时空的动态视野中，人类历史上走过的重要"道路"（roads，地面、陆上）抑或

"路线"（routes，水面、海上）便被纳入研究、促进和传播有关"文化间性"的工作方略之中。

"夫道古者稽之今，言远者合之近。"绵延千年的丝绸之路及其所承载的人类移徙史迹、文化多样性和文化创造力，俨然是今天无与伦比的对话资源。仔细筛查相关文献，我们不难发现而以"道/路"与"相遇"作为关键象征并非偶然。那些具有深刻意涵的"道路"或"路线"，在"丝路项目"的实际进程中或被当作"文化间对话的方法或路径"（the roads and routes approach to intercultural dialogue）本身，或被视为"文化间对话的观念基石"（the base of ideas for intercultural dialogue），或被确定为"文化道路和线路的模型"（the modality of cultural roads and routes）；而多向探究世界各国人民的"相遇"便直接转向了有关"文化间接触"、"文化间交流"及"文化间对话"的深刻认识和积极反思。尤其重要的是，推广"共同遗产与多重认同"的理念（the concept of "common heritage and plural identity"）[1]，则是教科文组织当时着力于通过丝绸之路开展文化间对话的导向性方针。正是设计者和执行者的良苦用心与诗意表达让古远而陌生的丝绸之路变得亲切和熟悉，那一条条亘古苍茫的陆路和水路也转换为人人皆可从自身的行走和与他者的遇见去感悟和观想的"对话之路"。在"丝路项目"的精心演证中，"丝绸之路"即"对话之路"，赋予人类最宝贵的共同遗产当是一种理念，一种胸怀，用习近平主席的话来说，就是"以和平合作、开放包容、互学互鉴、互利共赢为核心的丝路精神"[2]。

三 作为方法的"对话之路"："道/路"与"相遇"的映射图式

许多世纪以来，类似丝绸之路的条条"道路"和"路线"使世界各种文化、文明和宗教相遇相知、互为联系并相互影响。对这些古代道路网络

---

[1] UNESCO, *Integral Study of the Silk Roads: Roads of Dialogue, 1988–1997*, http://unesdoc.unesco.org/images/0015/001591/159189E.pdf，最后访问日期：2018 年 10 月 3 日。

[2] 习近平：《携手推进"一带一路"建设》，《习近平谈治国理政》（第二卷），外文出版社，2017 年 5 月 14 日，第 506 页。

和交流渠道所产生的互动进行系统探查和研究，有助于对人类今天面临的种种问题和可持续发展形成新的理解和反思。"不积跬步，无以至千里。"正是因为历史上有无数行者勇于迈开脚步，踏出让世界各国人民相互交往的大道小径，使得来自不同文化传统的知识、思想、技术、艺术及价值观和创造力既相互碰撞，又彼此吸纳，方形成了影响当今地方、国家、次区域、区域乃至整个世界的文明交流互鉴和文化多样性同存共荣的历史记忆和现实图景。

回观"丝路项目"的发展历程，我们不难发现最初以丝绸之路为发端的"对话之路"直接与前述的5次科学考察路线（沙漠之路、海上之路、草原之路、游牧之路、佛教之路）相对接。马约尔曾多次明确指出，"路线"或"道路"作为文化载体的激发性概念（stimulating concept）构成教科文组织开展的若干研究项目的观念基础；这种"文化之路"方法（'roads of culture' approach）涉及的根本问题是强调多元文化的重要性，这一点与自然界的生物多样性同样重要。①

随着"丝路项目"后来几年的发展，围绕一些对人类产生过重大影响的"道路"或"路线"而渐次展开的"之路"型项目（roads/routes projects）也依托文化间的"相遇"这一极富张力的象征性对话图景而开枝散叶，带动和推进了国际社会有关文化多样性与和平建设的文化间对话。以下，我们不妨以时间线索为序，对教科文组织在"十年行动"中陆续推出的"之路"型项目作一简略回溯，重点在于描述事件、意义及后续影响。

——"铁之路"

作为文化间项目的一部分，教科文组织于1991年发起的"铁之路"项目（Iron Roads Project）旨在彰显非洲大陆的技术文化，以帮助这个地区更好地应对发展的挑战。项目鼓励进行跨学科的科学研究，并与影响非洲国家与铁相关的工业发展战略进行合作，同时为文化、艺术和教育活动提供框架。该项目由一个16名成员组成的科学委员会负责监理，并由当时教科文组织促进和平文化的文化间对话与多元性部门管理。

---

① Federico Mayor, "Preface of the Director-General of UNESCO", *Integral Study of the Silk Roads: roads of dialogue-a UNESCO intercultural project*, Paris: UNESCO, 1997: 3 – 4.

作为该项目的组成部分，一系列科学会议相继举办，成果结集为《非洲的铁之路》宣传册和《非洲铁冶金的起源：烛照上古之新光——西非和中非人民的记忆》一书。这一科学新著认为，非洲在大约5000年前便发展了自己的铁器工业，包括在西部和中部非洲和大湖区可能存在一个或多个铁器制作中心。新的科学发现挑战了长期以来的许多传统观点，尤其是对既有的殖民偏见和缺乏根据的臆断做出了有力的反驳。教科文组织文化间对话科前负责人杜杜·迪耶纳（Doudou Diène）在该著序言中直言不讳地指出，"最终的目标是采用严格的、跨学科的、国际化的科学方法，以恢复非洲直到今天都在被褫夺的文明及其深刻的标志：铁。"[1] 这项合作成果的作者皆来自"铁之路"项目组，有杰出的考古学家、工程师、历史学家、人类学家和社会学家。他们通过追溯非洲冶铁的历史，以许多技术细节讨论冶铁业对社会、经济和文化的作用。此外，项目还带来了一项多学科巡回影展，从世界各地有关非洲金属制作的大约30部影片中筛选而出的一部影片于1999年10月26日至11月17日在教科文组织总部放映。2000年，作为第七届国际非洲艺术和手工艺贸易展览会的一部分，在瓦加杜古特设了"非洲铁之路奖"，首位获奖者便是一位铁匠的后代——年轻的布基纳法索人托马斯·巴摩戈（Thomas Bamogo）。[2] "铁之路"项目促进了文化多样性和反种族主义行动，直指非洲对宽容、相互理解和对话观念所做出的贡献。

——"奴隶之路"

贩奴是人类历史上最黑暗的篇章之一。在长达400多年的时间里，超过1500万人的男性、女性和儿童沦为跨大西洋奴隶贸易悲剧的受害者。教科文组织认为，对主要历史事件的无知和掩盖，极大地阻碍了人们之间的相互理解、和解及合作，而贩奴交易和奴隶制不仅曾经影响全球面貌，而且持续造成当今社会的不安和动荡。因此，教科文组织下决心打破在贩奴交易和奴隶制问题上的长期缄默，于1994年在贝宁威达市发起"奴隶之路项目：抵抗、自由、遗产"（Slave Route Project：Resistance，Liberty，Heritage；

---

[1] Diène, Doudou, "Preface.", Hamady Bocoum ed. *The Origins of Iron Metallurgy in Africa: New Light on Its Antiquity-West and Central Africa*, Paris: UNESCO Publishing, 2004: 19.

[2] UNESCOPRESS, "Iron in Africa: Revising the History", Feature, No. 2002 – 14.

以下简称"奴隶之路")①，诉求力图通过以下三个目标达成：（1）促进更好地认识世界范围内的奴隶制（非洲、欧洲、美国、加勒比海地区、印度洋地区、中东和亚洲）的起因、行动模式、事件及结果；（2）高度关注并强调这一历史产生的全球变革和文化互动；（3）通过促进对多元文化、文化间对话以及构建新身份与新型公民的反思，大力推动和平文化建设。②1997年，教科文组织将每年8月23日定为"废除奴隶贸易国际纪念日"；2001年，在德班举行的"反对种族主义、种族歧视、仇外心理和有关不容忍行为世界会议"期间，联合国确认贩奴交易和奴隶制为危害人类罪。

"奴隶之路"这一后来被誉为"灯塔"的文化间项目正是从苦难记忆与文化强制进行逆向烛照和思考，直面历史阴暗的一面留给人类的深刻教训，也从多方面促进人们更好地认识到种族歧视和偏见给今天的社会所带来的种种危害。该项目成绩斐然，除了陈列和反思贩奴历史的博物馆建设、口头传统搜集计划、地方文化体验活动按规划得以陆续推进外，纪念地、建筑物和遗址也得到了系统的清理和建档。此外，非洲和加勒比地区的文化遗产和非物质遗产，尤其是这一地区的口头传统，得到教科文组织的高度关注。这是因为，在书面档案和口头传统之间，关于奴隶贸易和奴隶制的书面和图像档案只能说明事实。因此，至关重要的是转向口头传统，以获得更完整的观点和对这一历史的更多样化的评估。口头传统通常反映了受害者的故事，但远未揭露。为促进这种由传说组成的丰富的非物质遗产的收集、分析和实际使用，口头传统研究以故事、谚语、标记、隐喻、叙事、符号和其他表述形式的特征为依据而展开，并出版了许多口传作品。该项目还建立了几个主要的研究领域，以保护这一特定的口头遗产。总之，留下记忆的义务和促进不同文化间的对话和各国人民之间的相互了解，乃是"奴隶之路"项目所追求的目标；同时，该项目对反思当代形式的奴役（contemporary forms of slavery）也有着至关重要的镜鉴意义。

---

① 有时也译作"奴役之路"。参见 UNESCO, The Slave Route, http://www.unesco.org/new/en/social-and-human-sciences/themes/slave-route/，最后访问日期：2018年10月9日。
② 有时也译作"奴役之路"。参见 UNESCO, The Slave Route, http://www.unesco.org/new/en/social-and-human-sciences/themes/slave-route/，最后访问日期：2018年10月9日。

——"信仰之路"

教科文组织的宗教间对话计划是文化间对话的重要组成部分，旨在促进冲突与宗教归属日益相关的世界中不同宗教、精神和人文传统之间的对话。1995 年 6 月，在摩洛哥拉巴特举行的一次会议上发起了"信仰之路项目"（Roads of Faith Project）。由来自三大宗教专家倡议的《拉巴特提案》（*Rabat Proposals*），构成了 1996~1997 双年度活动方案的框架（26C/3.7），并为以下行动奠定了基础：一是设立教科文组织教席；二是创建一个汇集三大宗教知识的研究所，并由各宗教的专家领导；三是为 1997 年 6 月在马耳他举行"促进宗教间对话会议"创造了条件。这次会议旨在评估现有结构内所进行的种种实验，进而开展以各种方式组织的文化间对话和宗教间对话，寻找可能采取的后续措施。该项目最初以展示三大宗教对精神、文化和艺术财富的产生和传播所作的贡献，而后发展为一项宗教间对话的跨学科计划：为创造新的对话和交流空间，一个题为"精神汇流与文化间对话"的全球方案出台，同时覆盖了"信仰之路"项目和"安达卢斯之路"项目（CLT–97/CONF.203/3）；其具体目标在于研究并确定导致不同文化间和文明间关系中断或巩固的机制和内驱力，促进对精神传统及其所基于的价值观的相互理解。

——"安达卢斯之路"

伊斯兰教、基督教及犹太教的文化和信仰曾经在安达卢斯（今天的西班牙境内）并肩共存了近八个世纪，因此这一地区为文化间的"道路"与"相遇"提供了一个无与伦比的演证环境。在这一背景下，1995 年 11 月，教科文组织大会第二十八届会议核准了"安达卢斯之路"（Routes of al-Andalus）项目，旨在立足于"共同遗产与多元认同"这一方针，彰显在中世纪西班牙逐渐发展起来的对话进程、机制和遗产，并研究在当时的语境下所发生的互动之于当今的影响。马约尔指出，当今世界日益复杂的进程正在导致一种非常危险的势头——从许多正在发生的冲突中可以看出——不过，也有机会在文化之间激发汇流，烛照许多共享的价值。因此，教科文组织致力于将重点放在当代的汇流进程上，为属于不同文化或宗教传统的社区之间开展对话，找寻尽可能多的交汇点；通过提请注意这些社区之间互相借鉴和相互赋予的方式,进而鼓励以新的方式来看待彼此,深化团结一致的意义。与此同时,该组织的目标也在于建立桥梁——犹太教、基督教和伊斯兰教之间的桥梁,以期在西方、阿拉伯世界和撒哈拉以南非洲之间,在过去和现在之间,在民族、文化及宗教之间,建设一个相互交流和相互尊重的未来。① 杜杜·迪耶纳也提出,"要确保安达卢斯的西班牙不仅被视为一个古老的美学场景,而且作为一种文化间对话的经验而加以理解和体认,这才是必要的新知。"②

总体上看,"铁之路"、"奴隶之路"、"信仰之路"及"安达卢斯之路"的拓展和延伸,不仅有前瞻性眼光和责任感,有超越当前人类文明步伐的勇气,还有具体的路径和可操作的技术路线。此后,在教科文组织甚或联合国的正式文件中,"之路"成为"文化间对话"跨学科系列项目的代名词,凸显了"道路"作为概念工具的方法论意义。正如教科文组织在一则题为《路即思想之道》的推介文章中所云:

> 作为文化间对话之载体的"道路"概念对 1994 年的"奴隶之路"和 1995 年的"铁之路"(已证明非洲创造了自己的制铁工业),以及"安达卢斯之路"和"信仰之路"有着显著的启发作用,包括最近的"宗教间对话"计划——旨在重点关注创造宗教和信仰的人民之间的文化与精神。③

综上所述,教科文组织在"十年行动"中实施的系列化"文化间项目"以"对话之路"为主题标识和映射图式,已然具备了方法论和实践论的范式价值,尤其是"奴隶之路"、"信仰之路"和"安达卢斯之路"等项目表现出跨学科性和扎根于地方、次区域、区域及跨区域的特点,在具体的历史和地理背景下,这些特点表明文化间具有深刻的相互影响。由此,路路

---

① Mayor, Federico, "Preface.", *The Routes of Al-Andalus: Spiritual Convergence and Intercultural Dialogue*, Paris: UNESCO, 1997: 3.
② Diène, Doudou, "Introduction.", *The Routes of Al-Andalus: Spiritual Convergence and Intercultural Dialogue*, Paris: UNESCO, 1997: 7-8.
③ UNESCO, "The Roads, an Idea Making its Way", *The New Courier*, 2004 (January): 14.

相连，话语相通，作为和平文化关键因素的文化间对话所具有的内在活力和当代价值得到彰显。"奴隶之路"项目在促进对贩卖奴隶的历史事实进行多学科研究以及揭示由其产生的相互关系的同时，还可以使有关的人民接受的确由暴力但也由相互接触而形成的历史记忆和共同遗产，以此创造他们之间进一步和解的条件，并认识到其各自文化演进的多元化活力。同样，"信仰之路"和"安达卢斯之路"项目力求阐明文化融合的过程，同时鼓励在属于不同的文化和宗教领域但具有共同的历史遗产和一些共同的价值观的社区之间建立对话的空间（151 EX/43）。

四 朝向共同的历史与记忆："之路"系列项目的分孽

在"十年行动"框架下，教科文组织在文化领域围绕"共同遗产与多元认同"的讨论，随着"之路"系列项目的展开愈加走向深入，尤其是为促进文化间对话、培育对话精神并发展"对话伦理"继续开展了一系列传统和创新活动，其主要路径可以概括为以下四个方面：（1）促进对文化认同和多元遗产的形成过程及其互动关系的相互了解，提高对"普遍性"和"多样性"的辩证认识；（2）倡导从时空、历史和记忆的角度看待对话；（3）加强传统文化与现代文化之间的联系；（4）拓展对话新场域及其研究。由此，从文化遗产与旅游、文化与社区、文化与创造力、文化与可持续发展（社会、经济及环境）等维度推动和平文化建设。与此同时，在组织编纂人类发展史和区域史的同时，实施系列化的跨区域文化间对话项目，致力于阐扬文化间互相影响、互相作用的复杂过程。

为推动旨在描述和证明各种文明和文化相互受益、相互汲取营养并丰富自身的学术工作，同时支持科研机构之间在国际上建立在线交流和联系的网络，教科文组织还努力将有关文明间对话的价值观纳入历史、地理和通识教育的教学大纲之中，促进采用各种有利于艺术教育的创新性方式和方法，并就这些领域应遵循的政策向会员国提供建议（171EX/40）。在"之路"系列项目的开放性框架下陆续完成的项目有阿拉伯计划、地中海计划、高加索项目、中亚文化间对话项目以及通史和区域史书写等。以下，我们各择若干要点予以简述。

——阿拉伯计划

为在世界范围内加强对阿拉伯文化的了解，通过促进对话和交流，鼓励阿拉伯文化与其他文化之间加深相互理解，进而推动文化间对话、文化多样性和发展，教科文组织与其成员国中的阿拉伯集团从1989年便开始酝酿"阿拉伯计划"（Arabia Plan），并于1991年正式启动。该计划当时有三个战略重点领域：第一，"连续性和变迁"，意味着将文化遗产和文化认同理解为发展的推进器；第二，"创新与现代性"，包括促进当代阿拉伯的创造力；第三，"文化间对话与普遍性"，侧重于阿拉伯文化在与世界其他文化互动中的作用。

阿拉伯计划在前10年的实施中，取得了一些显著的成就。例如，出版《阿拉伯国家历史上的外交档案》（1523~1945）、《伊斯兰文化面面观》（4卷）、《世界棱镜中的阿拉伯穆斯林文明》等研究成果，编制"阿拉伯国家世界遗产清单"，设立"世界阿拉伯语日"和"教科文组织—沙迦阿拉伯文化奖"，推出"阿拉伯文化经由西班牙和葡萄牙对伊比利亚—美洲文化的贡献，"项目（ACALAPI，后独立于"阿拉伯计划"）。时至2001年，教科文组织和阿拉伯集团明确意识到该计划必须更新，以应对新世纪的挑战，诸如全球化、互联网和新的传播趋势、人口移徙、恐怖主义和新的武力冲突。因此，各方提出了一套新的倡议《阿拉伯文化发展行动计划》，其中新纳入促进阿拉伯世界和其他地方的图书馆之间的合作，利用因特网分享阿拉伯文化的主要作品，或促进体现阿拉伯文化遗产的音像制品等内容。直至今天，阿拉伯计划的使命也并未失去其必要性和紧迫性。

——地中海计划

教科文组织大会第二十七届会议决定承担并协调"地中海倡议"的相关行动，在总干事的建议下将实施重点下放到开罗，使之成为第一个在阿拉伯世界中心运作的"地中海计划"（Mediterranean Programme）。该计划专注于促进三个密切相关并被视为网络的标志性活动。（1）知识航行：历史上的海船制造网络；（2）地中海保护区：公园和花园网络；（3）手工艺网络。除了这些工作领域外，该计划还坚持向数字鸿沟和教育中的消极成见进行必要的斗争，并围绕以下三个主要问题而展开：（1）促进文化间对话；

(2）促进和平文化；(3) 为可持续共同发展奠定基础。

——高加索项目

高加索地区连接欧洲和亚洲，处于许多文明和文化的交叉口，以其丰富的历史根性、传统及宗教为特征而堪称文化多样性的区域典范。1999 年，亚美尼亚、阿塞拜疆和格鲁吉亚提议在高加索地区发展国家、次区域和区域间发起共同行动，讨论社会可持续发展的条件和促进和平文化的共同价值观的方式、方法，由此构成"高加索项目"（Caucasus Project），活动涉及教科文组织的所有领域。在项目范围内研究和解决的问题还包括该次区域的生态问题，全球气温升高问题和地震情况（30/C/DR. 34）。在文化领域开展的活动主要有以下几项：（1）在保存、修复和展示文物古迹领域开展合作；（2）保护和进一步发展民族语言与本地语言，鼓励学习和提高外国语言知识，以推动次区域各民族之间的互动和与世界其他地区的交流；(3) 开展文化交流，包括促进展览展示、民族艺术创作和传统手工艺，翻译和出版经典作品和现代作家的著作，联合摄制影视，协同组织文艺演出等。活动主要是在南高加索地区展开，重点目标人群包括青少年和妇女，并在三个发起国设立了教科文组织高加索教席。

——中亚文化间对话项目

为落实促进文化多样性和不同文化间对话，尤其是中亚不同宗教之间对话的行动纲领，"中亚文化间对话"项目（Intercultural Dialogue in Central Asia Project）特别鼓励处于转型时期或冲突后局势中的国家之间展开文化间合作，以期加强该区域的社会凝聚力、团结及和平。项目本身侧重于中亚地区，既是因为该地区在人类文明和宗教文化的相互影响中发挥着重要作用，也是为了进一步阐扬教科文组织在其"丝路项目"中提出的推广"多重认同与共同遗产"的理念。这是从"丝路项目"延伸出来并发展得较为完善的一个次区域性部门间项目。在逐步扩大范围的同时，带动了一系列具有长期影响并产生乘数效应的丝绸之路活动。其间的平行举措主要包括：设立教科文组织中亚教席网络、撒马尔罕国际中亚研究中心、乌兰巴托国际游牧文明研究所，编纂《中亚文明史》（4 卷），开展中亚文化多样性与对话节，支持在中亚建立丝路古代驿站和邮政系统清单，并参与联合国世界旅游组织促进中亚和丝绸之路沿线文化旅游的项目实施,协助申报世界遗产名录,以及在文明间对话的框架下开展宗教间对话。这种次区域性的合作模式和多向交流的对话理念,即便在项目结束之后也保持着活力。直到今天,我们依然能够看到中亚地区较为频繁的互动项目正在延展;仅在国际中亚研究中心的后续项目中就有10多个国家共同推动,但已超出中亚范围,中国、日本和韩国等东亚国家也参与其间。

——通史和区域史书写

教科文组织的"通史和区域史"(General and Regional Histories)编撰工程由来已久,其宗旨在于"让人民谱写自己的历史"。有相当多地方权威史学家参与编纂工作,从而体现视角的转变。相继推出的《人类史》《非洲通史》《中亚文明史》《加勒比通史》《拉丁美洲史》《伊斯兰文化面面观》等一系列历史书写,举世瞩目。作为文化间对话项目的配套工具,为开展与历史、记忆、对话相关的系列活动,为重新发现人类观念以及由其自身命运形成的愿景并学会共处提供了助力。一方面,为读者提供对社会演变、文化繁荣、世界各地区间交流与互动的重要趋势的全球认识,以促进相互理解、相互尊重和相互欣赏;另一方面,就分裂社会的历史叙事与记忆性叙事问题开展建设性对话,以鼓励分析性学习、批判性思考和互动式辩论,以消除误解、偏见和歧视。在陆续推出通史和区域史的同时,还利用互联网启动了利用《非洲通史》的一个教学项目,以利形成民众的认同,并帮助他们了解作为任何区域文化多样性基础的共同联系,尤其是对非洲移民社区而言。

在以上文化间项目的陆续推进中,教科文组织不失时机地将由"道/路"和"记忆"两个关键词所激发的对话理念映射为各种文化交流的联结网络,由此演证人类的过去对当今世界文化和人类可持续发展的互动关联,并在区域、次区域乃至国家等不同层面推广历史书写和教学的新实践。正如杜杜·迪耶纳指出的那样,"谈到长期记忆——这才是'路线'概念(the concept of "routes")的根本意义。"[1]虽然以上陆续展开的文化间项目

---

[1] Diène, Doudou, "Introduction.", *The Routes of Al-Andalus: Spiritual Convergence and Intercultural Dialogue*, Paris: UNESCO, 1997: 7 – 8.

各自都有不同的维度和重点，但大抵都既有对历史的检视和反思，也有对未来的期许和谋划，关注的重点依然是人类社会在精神、文化、艺术、知识、技术等领域的交往行动及其产生的深远影响，尤其是在历史与记忆之间展开文化间对话，强化并凸显了当今人类认识过去、反观自身、塑造未来的现实意义。而"丝路项目"产生的影响，犹如火种，不仅已经惠及当下的人类社会，还会有深远绵长的作用。人类社会的成员，或早或迟都会从自己或他者的历史与记忆中学到彼此相处的智慧和合理的做事方法。这也是教科文组织在教育领域倡导"学会共同生活"的目标。

五 从"对话之路"到"对话之道"

文化多样性是一种理念。围绕这种理念，不同文化之间可以组织富有成效的多向度对话。同时，文化多样性亦可作为文化表现形式、创造力、创新能力，以及谅解与和解能力的一种适应过程来加以体认，在文化间对话实践中加以保护。在教科文组织推出的一系列跨学科的部门间对话行动中，"丝路项目"以"路"为"道"的方法可谓影响深广，因其始终将观念及其实践落实到文化间对话这一主题上，在对话相关性的设定和树立实践范式方面为"十年行动"及其宗旨而执行的文化间项目奠定了方法论和实践论的基础。这些项目包括但不限于"拉丁美洲—加勒比 2000"（Latin America-Caribbean 2000）、"玛雅世界"（Maya World）、"巴洛克世界"（Baroque World），以及"阿拉伯文化经由西班牙和葡萄牙对伊比利亚—美洲文化的贡献"（The Contribution of Arab Culture to Ibero-American Cultures through Spain and Portugal），等等（27 C/103）。

在促进多重形式的文化间对话方面，由"丝路项目"开启的"对话之路"当属最具示范效应的旗舰项目，成为后来以同样的基本思路发起的其他后续行动的样板。20 世纪 90 年代以来开展的"促进和平文化"计划，与各个"之路"项目、"两个世界相遇 500 周年"纪念活动，以及"阿拉伯文化发展计划"等深度融合，也成为"国际理解"的一个个重要标志。1999 年，"之路"系列项目纳入联合国《和平文化行动纲领》（A／66/273）的实施范围，不仅使教科文组织的部门间行动产生了倍增效应，也带动了该组织在其主管的各领域先后主推的各种文化间项目或计划。此后，教科文组织还开展了一系列传统的和创新的活动，建立新型的公/私合作伙伴关系，加强各机构间和各组织间的合作，使得文化间对话活动在次区域、区域及跨区域层面显著增强。例如，在哲学和人文科学领域有"区域间哲学对话""思想之路"（亦作"通往第三个千年之路"）和"艺术之路"；在教育领域有"未来之路"，在文化、教育及信息和传播的部门间项目中有"电影与文化间对话""数字丝绸之路"和"伏尔加河大道"；在文化遗产保护领域，"迦太基之路""腓尼基人之路"和"安第斯大道：文化之路"等项目，先后与欧洲委员会的"文化线路计划"、世界旅游组织的"遗产之旅"和"记忆之旅"，以及世界遗产委员会推动的"遗产线路/文化线路"形成多重呼应。与此同时，还在国家、区域或次区域乃至跨区域等层面拓展为一系列后续行动，诸如中欧和中南欧地区的"蓝色多瑙河"和"橄榄之路"、太平洋次区域的"海洋之路"、"非洲独立之路：解放的遗产"、亚太地区的"陶瓷之路"等。从上述这些实例中我们不难发现，"之路"项目的方法论价值在许多地区得到了印证；与此同时，也充分说明加强文化间对话、促进文化多样性和推动可持续发展是全球开展和平建设行动的重要支柱；保护文化多样性作为和平对话和可持续发展的共享资源，则有利于培育创造的多样性，并加强文化间能力。在更大的框架内（包括宗教间对话），教科文组织特别关注鼓励地方、地区和国家层面的文化多样性与政策多元化，鼓励区域和次区域的相关创议，彰显文化间传递和交流的重要意义。所有各方的行动都对文化间对话起着决定性作用。

作为"对话之路"系列项目的"模板"，"丝路项目"将"陆路"和"水路"本身作为对话方法和路径的策略，以其机巧的辩证思考和灵动的形象表述，不仅开启了以"道/路"与"相遇"互为表里的话语关联和阐释空间，而且"之路"的标识性符号和话语意义也在不断复制、翻版及拓展中彰显出实践论意义和应用价值，对步入新世纪的国际社会走向文化多样性的深入讨论和对话伦理的知识再生产形成了积极的助力。2004年10月，教科文组织执行局就"文明间对话的新路径和具体行动"展开辩论，其背景文件对"之路"系列项目的借鉴价值予以了高度评价。

通过欧洲—阿拉伯对话、地中海项目或教科文组织、阿拉伯文化组织和伊斯兰教科文组织之间的三角合作等项目，可以更好地认识到文化间对话在保护文化多样性方面的作用和积极影响。具体行动是加强特定区域和社会背景下的社会凝聚力（例如在中亚、东南欧、高加索、印度洋、地中海地区，以及"阿拉伯计划"）；进而通过"道路/路线"项目突出互动和相互影响，对丝绸之路、非洲铁之路、安达卢斯之路、信仰之路、橄榄之路、伏尔加河大道和奴隶之路（促进各地区大学之间的具体项目，研究跨大西洋奴隶贸易的成因和形式）以及戈雷（阿尔马迪纪念馆）项目予以特别关注，以利培育文明之间、文化之间和宗教之间的相互理解（170 EX/INF.5）。

正是随着"之路"型项目的不断"落地"，"丝路项目"开启的"对话之路"也在不断延伸和扩展，而"道/路"和"相遇"这两个颇有说服力的象征符号，以内嵌的隐喻和阐释张力说明了"道/路"即方法，方法即"道/路"，由此引领着不同文化间的多向对话及其实践之道，稽古揆今，深入人心。在"十年行动"走向尾声之际，法国作家弗朗索瓦-贝尔纳·于热曾以《在路上》为题，对"之路"项目的意义做出如下评价：

教科文组织正确地采用了"路线"这一主题，由此将各种互为孳衍的相关项目与文化对话连接起来。这些亘古绵延的路线因其曾经运输过某种贵重品而得名：丝绸、生铁，甚至奴隶。另一些路线，大多不是由于贸易的取道，而是取决于道路所交会的中心，例如，耶路撒冷——三大一神教的圣城；古安达卢斯——三大文化曾经在此和平共存。

……我们在这里看到的正是由身心屏障、地形力线和人类谋略构成的一个复杂的综合体，并由其决定着某个思想是否能超越时空，在某一特定地域和特定文化中产生的某段书写是否能对某块大陆的另一端产生影响。传播是刻意的还是偶而为之的？当归功于扩张力还是吸引力？一种思想从一地传播到另一地，是缓慢的渐进过程抑或是历史性灾难的结果？思想的旅程，取决于地理的恒常抑或是战争的命数，还是取决于各古代文明中心的十字路口抑或某条新路线的发现？若想了解自己来自何方，我们还有很长的路要走，还须重返过去的大道小径。①

正所谓"路即思想之道。"古往今来，不同文化间的对话和交流正是沿着"大道小径"孳孳不息，成为驱动人类文明进步的必不可少的动力。与生物的线性进化不同，文化的非线性进化特质，就让生活在地球上不同区域的人们，能够通过相互学习和借鉴，通过有用的知识和好的做事方法的彼此启迪和共享，而大大加快文明进程的步伐。人类以往在地球上的活动，总体而言是十分成功的。今天，随着科学的不断进步，信息和传播技术的超速发展，以及人们越加频繁的移徙，文化间的对话比起历史上的任何时候都要复杂和丰富。不论怎样，过去、当下乃至未来的"路网"依然在延伸，需要人们在"相遇"和"对话"中不断前行，也要不断回首，尽管道路依然迢遥。

六 "跨文化对话"还是"文化间对话"：厘清语境

进入21世纪以来，"丝绸之路"和"奴隶之路"作为"对话之路"的两个项目几经沉浮和曲折，浴火重生②，在联合国系统促进和平文化建设的一系列后续行动中一直被当作实践样板，尤其是在"国际文化和睦十年"（2013~2022）和"非洲人后裔国际十年"（2015~2024）等一系列国际对话进程中显现出强劲的活力。目前，这两个素有"旗舰"或"灯塔"之称的文化间对话项目主要由教科文组织社会科学部社会变革与转型处文化间对话科和历史与记忆对话科两个部门分别主导，并在部门间共同行动中确保了跨学科研究目标和在地化实施效果。教科文组织在其官网上给予"对

---

① Huyghe, Francois-Bernard, "On the Road", *The UNESCO Courier*, 1997 (June): 7.
② "奴隶之路"项目在2008年得以恢复，see http://www.unesco.org/new/en/social-and-human-sciences/themes/slave-route/，最后访问日期：2018年10月2日；"丝绸之路"项目以网络平台方式重启于2013年，https://en.unesco.org/silkroad/unesco-silk-road-online-platform，最后访问日期：2018年10月2日。

话之路"（Routes of Dialogue）专题的解释，说明了作为方法的"丝绸之路"直指当下并朝向未来的对话意涵及其深远意义：

> 纵观历史，各国人民通过艺术、贸易和移徙交流了文化经验、思想、价值观和货物。人类历史就是这些旅程的故事。当我们进入21世纪之际，我们也踏上了一个旅程——其目的地乃是为所有人的正义、福祉及和平共存而恪守的承诺。在这些相遇中，横跨整个大陆和海洋的每一位行者或各社区传递了他们的思想和习俗，教科文组织通过一系列项目为这样的相遇鼓与呼。①

教科文组织认为，"道路/路线"作为概念的提出，是以各国人民与各种文化的相遇为前提的，是知识、思想和"他者"的表述互为交流的结果，更是在不同的思想体系中相互影响的写照。所有的"道路/路线"项目都凸显了保持相遇和互动的动力之所在，而且最终表明文化间的交汇和互动过程是源远流长的（171 EX/40）。这一系列文化间对话项目所形成的智力成果、实践方略，乃至经验教训，印证了不同文化之间的相互尊重、彼此包容及平等对话对于人类实现永久和平所具有的重要意义，对推进"一带一路"话语体系建设也有着借鉴意义。

2013年以来，习近平主席积极倡导构建"人类命运共同体"，这一"中国方案"与教科文组织为实现其"于人之思想中构筑和平"的目标高度契合。2017年5月，习近平主席在"一带一路国际合作高峰论坛"演讲中首次提出要将"一带一路"建成和平之路、繁荣之路、开放之路、创新之路、文明之路，即在"五通"的基础上发展出"五路"的目标。"和平之路"被置于首位：没有对话，就没有和平；没有和平，就没有繁荣；而开放和创新则是实现文明交流互鉴的必经之路。和平与发展之间存在相互依存的关系，同样在联合国《2030年可持续发展议程》中得到确认："没有和平，就没有可持续发展；没有可持续发展，就没有和平。"该《议程》中的可持

---

① UNESCO. Routes of Dialogue, http://www.unesco.org/new/en/culture/themes/dialogue/routes-of-dialogue/，最后访问日期：2018年10月2日。

续发展目标 16 便是"创建和平、包容的社会"。面对当前的全球经济形势、纷繁复杂的国际和地区局势,加强并推动有关文化多样性和可持续发展的对话活动,传承和弘扬丝绸之路所凝聚的对话精神对构建人类命运共同体尤显重要。

这里,我们还需要在"文化间对话"与"跨文化对话"之间厘清概念的使用及其语境。教科文组织的专家认为,同化论、多元文化论和当前的"文化间性论"(Interculturalism)都曾被建议作为可用于管理社会和文化多样性的政策渠道;而教科文组织出版的《十字路口上的文化间性:比较观照中的概念、政策及实践》则侧重于"文化间性"(Interculturality)这一概念,一方面提供新鲜的学理分析、政策讨论和实践案例;另一方面通过来自世界各地个案研究深入探索不同文化间的对话、策略及能力建设①。那么,我们回到"一带一路"话语体系的建设问题上来看"民心相通"这一合作之本,基于"文化间性"的对话和交流当作更为接近习近平总书记有关"文明交流互鉴"这一思想的理论基础。因此,在文化政策领域,我们应当在"文化间"(inter-cultural)与"跨文化"(cross-cultural 或 trans-cultural)之间作出明确的区分,并在涉及"文化间对话"这一关键词时审慎表述。尽管"文化间对话"(intercultural dialogue)有助于"跨文化传播/交流"(cross-cultural communication),但需要在"文化间对话"与"跨文化对话"之间进行学理上的辨析和语用上的区分,毕竟用于文化政策领域的概念有其需要设定的语境和场域。联合国系统长期采用且一以贯之的政策术语正是"inter-cultural dialogue"(文化间对话),而绝非"cross-cultural dialogue 或 trans-cultural dialogue"(跨文化对话)。② 两相比较,后者无疑带有"居高临下"意味,实则无益于不同文化间的平等对话。

文化间对话的确事关哲学、社会科学和人文科学等学科参与国际事务的能力建设。教科文组织于世纪之交在哲学、伦理学和人文科学领域开展

---

① Mansouri, Fethi ed., *Interculturalism at the Crossroads: Comparative Perspectives on Concepts, Policies and Practices*, Paris: UNESCO, 2017.
② 可重点参考教科文组织《世界报告》:《着力文化多样性与文化间对话》,教科文组织,2009。诚然,在联合国系统乃至教科文组织官方网站的中文网页乃至部分中文文件表述中,也存在着"文化间对话"与"跨文化对话"的混用。但与英文书写进行比对,问题不言自明。

的"思想之路"项目已成果累累。举办各种研讨会并发行出版物,促进对下列情况引起的伦理问题进行跨学科和跨文化分析:全球化、平等获取知识和信息的机会,并在文化和语言多样性世界中共处;为致力于促进对全球伦理问题进行跨学科对话的学者和非政府组织创造更多的接触与交流。在该计划框架内开展的活动,阐明了教科文组织一向的立场——动员国际级的研究人员和财源机构贡献力量,促进就各种世界性问题开展学科间和文化间对话。而术语的确当使用显然已成为我们在文化政策制定和参与具体对话的过程中需要考量的一个基本维度,尤其是需要我们充分纳入古今中外有关"对话"的经验、思考和智慧,为尊重世界文化多样性和旨在促进和平的对话伦理提供符合国际话语语境的"中国方案"[1]。

值得述及的是,近期教科文组织统计研究所首次发布了来自199个成员国有关文化间对话的问卷调研结果,其中的相关数据说明:语境对于定义和应用文化间对话至关重要;文化间对话是社会凝聚力与和平的必要环境,有助于实现相关目标;人们越来越认识到文化间对话对维护和平社会和预防冲突的贡献;文化间对话是一个范围广泛的概念,多种利益相关方的参与是确保其实施的关键。而在促进和达成文化间对话方面,经济发展被归为最不相关的因素。[2] 诚然,文化间对话确实是一项重要而又艰巨的任务,因其必须建立在承认人类是一个整体并具有共同的价值观,承认人类文化多样性以及各种文明和文化具有同等尊严的基础之上。而尊重文化多样性,提倡平等、宽容、对话、共享、合作,正是国际和平与安全的最佳保障之一。教科文组织,抑或任何一个国家,都无法独自行动并取得成功。

"对话之路"系列项目的发起和持续性推进与教科文组织建设和平的使命紧密相关。因而,强调该组织在调动联合国系统内外所有利益相关方支持文化多样性,促进文化间对话,以及建设和平文化进程中的关键作用,对今天的国际社会而言也有着不言而喻的重要意义。"对话之路"系列项目

---

[1] 例如,在中国古代哲人庄子那里,"道"这个字既指"道路""途径""方法",又指人的"行"与"言",其中便蕴含着"对话"的哲理。参见徐克谦《论作为道路与方法的庄子之"道"》,《中国哲学史》2000年第4期,第66~72页。

[2] UNESCO, *UNESCO Survey on Intercultural Dialogue 2017: Analysis of Findings*, Paris: UNESCO, 2018:16.

立足于长期坚持的"文化间对话"的平等立场,并以其广泛的实践、经验乃至教训,凝聚了方法论和实践论价值,当为"一带一路"布局中的"民心相通"提供前鉴和思路,值得我们予以认真的关注、跟踪和研究。

近5年来,共建"一带一路"倡议及其核心理念被纳入联合国、二十国集团、亚太经合组织、上合组织等重要国际合作机制的成果文件之中,彰显了"中国理念"和"中国方案"对全球治理的重要贡献。截至2018年10月,已有108个国家和29个国际组织与中国签署共建"一带一路"合作文件,① 涉及亚洲、非洲、欧洲、拉丁美洲、南太平洋地区。在此背景之下,重温丝绸之路给人类留下的"共同遗产",我们唯有"不忘本来,吸收外来,面向未来"(习近平语),方能把握"一带一路"话语体系建设的进路。而如何充分开掘促进文化多样性的学术潜力和构筑"人类命运共同体"的文化间对话空间,也是中国哲学社会科学界需要回答的关键问题。

---

① 申冉:《发改委:六个务实推动"一带一路"能源合作伙伴关系建立》,https://www.yidaiyilu.gov.cn/xwzx/gnxw/69157.htm,最后访问日期:2018年10月19日。

非物质文化遗产的当下性：时间与民俗传统的遗产化[*]

彭 牧[**]

摘 要：以 2003 年《保护非物质文化遗产公约》为代表，民俗传统 20 世纪后半叶在全球层面经历了文化遗产化的历程。在探索民俗保护到公约形成的历史过程中，联合国教科文组织制定的有关"文化遗产"的几个文件，在相关概念的界定和阐释中表现出对民俗传统时间界定上的微妙变化：民俗从具绵延性的历史产生的文化产品（product）变成了与历史以某种方式关联的当下实践（practice）。本文通过辨析这些文件形成的社会历史和政治文化背景，探求其演变背后的知识生产及知识/话语相关的权利过程，并指出这一演变与现代化到后现代的历史进程中，时间、空间和时空关系变化的深刻关联。

关键词：时间；空间；当下性；民俗传统；遗产化

---

[*] 本文选自《民族文学研究》2018 年第 4 期。本文是 2017 年度国家社会科学基金项目"文化认同、身份政治与美国民俗学知识生产研究"系列成果之一，项目批准号 17BZW172。

[**] 彭牧，北京师范大学文学院民间文学研究所副教授，美国宾夕法尼亚大学民俗学博士，中国民俗学会会员、中国俗文学会会员，曾任美国民俗学会会员、美国宗教学会会员。中国民俗学会－联合国教科文组织保护非物质文化遗产政府间委员会审查机构专家组成员（2015~2017）。目前主要研究方向为民间信仰与实践、礼仪和节日、民间手工艺、中医与民间医疗、身体民俗、民俗学史。发表中英文学术论文多篇，主要有《实践、文化政治学与美国民俗学的表演理论》《Religion 与宗教：分析范畴与本土概念》《民俗与身体——美国民俗学的身体研究》《模仿、身体与感觉：民间手艺的传承与实践》《从信仰到信：美国民俗学的民间宗教研究》《同异之间：礼与仪式》，"The invisible and the visible：communicating with the yin world 和 Imitating Masters" "Apprenticeship and Embodied Knowledge in Rural China" 等。与其他学者合作，在《亚洲民族学》（Asian Ethnology，A&HCI）上主编"中国民俗研究"（Chinese Folklore Studies）特刊。

一 遗产界定：历史悠久与当下实践

2003 年 9 月，联合国教科文组织（以下简称"教科文组织"）在第 32 届大会上通过了《保护非物质文化遗产公约》（以下简称 2003《公约》）。至 2017 年 9 月 5 日，加入的国家已达 175 个。至 2017 年 12 月 9 日在韩国济州岛闭幕的教科文组织保护非物质文化遗产政府间委员会第十二届常会，共有 117 个国家的 470 个项目列入了 2003《公约》的三类名录/名册，其中我国共有 38 个项目列入。作为历史悠久的文化古国，我国入选的项目皆有悠久的历史。对我们来说，能称得上遗产的，时间是否悠久显然很关键，这正如《现代汉语词典》对"遗产"的定义："泛指历史上遗留下来的精神财富或物质财富。"①

但是在 2003《公约》对非物质文化遗产的基本界定中，时间是否悠久其实并未做要求。2003《公约》第 2 条给出了非物质文化遗产的基本定义：

> 指被各社区、群体，有时是个人，视为其文化遗产组成部分的各种社会实践、观念表述、表现形式、知识、技能以及相关的工具、实物、手工艺品和文化场所。这种非物质文化遗产世代相传，在各社区和群体适应周围环境以及与自然和历史的互动中，被不断地再创造，为这些社区和群体提供认同感和持续感，从而增强对文化多样性和人类创造力的尊重。②

在这里，非遗的时间性仅仅通过"世代相传"来限定，整句的重点其实在"不断地再创造"，也即其当下的功能和意义而言。③ 如果说在 2003

---

① 《现代汉语词典》第 6 版，商务印书馆，2012，第 1535 页。
② 见 MISC/2003/CLT/CH/14 REV.1, p.2, http://www.unesco.org/new/en/unesco/resources/publications/unesdoc-database，最后访问日期：2018 年 1 月 2 日。本文中来源于教科文组织的各种文件，除单独注明出处的，均来自此网站，下文引用时给出了如具体的文件编号和引文所在的段落号或页码，不再重复给出网址。
③ 涉及非物质文化遗产的历史性的第二句的英文全文为 This intangible cultural heritage, transmitted from generation to generation, is constantly recreated by communities and groups in response to their environment, their interaction with nature and their history, and provides them with a sense of identity and continuity, thus promoting respect for cultural diversity and human creativity。显然，全句的主要动词是 recreate，而 transmitted from generation to generation 只是限定语。

《公约》的文本中，这种弱化历史而强化当下的时间观还只是一句话的凝练表述，那么在公约2006年生效之后的评审中，它就得到了明确的阐释和实践。

事实上，至少从2009年的第四届常会的评审报告开始，在如何理解非遗的定义这一关键问题，也即对《公约》第2条的阐释和评审上，项目在当下的社会功能和文化意义与项目的历史维度的关系与比重就是一个屡次论及的问题。评审机构多次对各缔约国明确指出，在申请表的填写中，对项目的历史信息无须过多赘言，需要重点阐述的是非遗项目的当下功能和意义。如在2012年和2013年咨询机构提出的评审中出现的横向问题（Transversal issues）和2014年的申报表填写备忘中，淡化历史和突出现状都是反复强调的问题。① 第九届（2014）和第十届（2015）常会的评审报告均提及缔约国对于"项目的描述不应该着重于历史性的方面，而应该着重于其当下对于相关社区的社会功能与实际意义。"② 第十届的评审报告还明确阐述了非物质文化遗产作为一种当代实践和历史的关系："非物质文化遗产毕竟总是一种活的实践……虽然可以围绕社区与其历史的互动而展开。"③

显然，2003《公约》界定的非物质文化遗产指向一种当下的实践，虽然它有历史的维度，但这种历史维度在时间的跨度上可以是非常短暂的。如2015年列入的代表作项目"阿根廷布宜诺斯艾利斯的传统绘画技巧Fileteporte"，是20世纪初叶由意大利移民面对新的社会文化环境，在城市空间中产生的民俗实践。而2016年列入的孟加拉国的"庆祝Pahela Baishakh（新年）的Mangal Shobhajatra节习俗"，作为传统新年庆祝的一部分，则是从1989年才开始的，也就是说只有不到30年的历史！以此而言，2003《公

---

① 如2013年的第八届常会咨询机构的报告中列出了此前该横向问题的相关文件：Document 8. COM 7. a paragraph 6（USL）、Document 8. COM 8 paragraphs 34，35，53（RL）、Document 7. COM 8 paragraphs 11，12（USL）、Document 6. COM 8 paragraphs 17，23（USL）、Document 6. COM 9 paragraph 18（BSP）、Document 6. COM 13 paragraph 34（RL）、Document 4. COM 13 paragraph 20（RL），参见ITH/13/8. COM/INF. 7 Rev.：English, p. 15, 2018–01–02。

② ith–15–10. com–10_en，40，2018–01–03。

③ ith–15–10. com–10_en，40，2018–01–03。

约》定义中虽然有"世代相传"的限定，但是其所指涉的时间其实并没有具体的纵深程度的要求。与其说这里是表述时间性，不如说是强调传承的方式。在这样的界定中，真正被强调的，则是这些遗产在当下的状况是处于"不断地再创造"之中。显而易见，非遗界定与考量的关键并非强调某个文化实践是否具有悠久的历史，并非其在时间上的绵延程度，而是其在当下存在的意义及其当下再创造的实践。

如果我们比较2003《公约》体现出的这种时间观和联合国教科文组织第一个有关文化遗产的公约，也即1972年通过的《保护世界文化和自然遗产公约》（以下简称1972《公约》），以及2003《公约》通过之前与非遗有关的几个文件，即1989年的《保护民间创作建议案》（以下简称《建议案》）[①]和1998年的《宣布人类口头和非物质遗产代表作条例》（以下简称《代表作条例》，我们会看到，在文化遗产从物质文化扩展到非物质文化的30多年的历程中，教科文组织在对"文化遗产"相关的几个概念的界定和阐释中，体现出时间性的微妙变化：遗产从具绵延性的历史产生的文化产品（product）变成了与历史以某种方式关联的当下实践（practice）。这样的转变何以可能？其历史和社会的原因何在？本文以2003《公约》形成过程中教科文组织的几个关键文件为对象，通过探讨文件形成的社会历史和政治文化背景，辨析民俗传统在遗产化过程中对其时间性界定的演变，探求其背后的知识生产及知识/话语相关的权利过程。

教科文组织的1972《公约》是这样界定文化遗产的：

> 在本公约中，以下各项为"文化遗产"：
> 文物：从历史、艺术或科学角度看，具有突出的普遍价值的建筑物、碑雕和碑画，具有考古性质成分或结构、铭文、窟洞以及联合体；
> 建筑群：从历史、艺术或科学角度看，在建筑式样、分布均匀或与环境景色结合方面，具有突出的普遍价值的单立或连接的建筑群；
> 遗址：从历史、审美、人种学成人类学角度看具有突出普遍价值

---

① 英文原文为 *Recommendation on the Safeguarding of Traditional Culture and Folklore*，又译作《保护传统文化和民俗的建议》。

的人类工程或自然与人联合工程以及考古地址等地方。①

而《建议案》这样界定民俗：

民俗（或传统的大众文化）是文化团体基于传统创造的全部，通过群体或个人表达出来，被认为是就文化和社会特性反映团体期望的方式；其标准和价值是通过模仿或其他方式口头流传的。其中，其形式包括语言、文学作品、音乐、舞蹈、游戏、神话、仪式、习俗、手工艺品、建筑及其他艺术。②

《代表作条例》把民俗换成了"口头和非物质遗产"，整体上沿用了《建议案》的界定：

根据上述《建议案》，"口头和非物质遗产"一词的定义是指"来自某一文化社区的全部创作，这些创作以传统为依据、由某一群体或一些个体所表达并被认为是符合社区期望的作为其文化和社会特性的表达形式；其准则和价值通过模仿或其他方式口头相传，它的形式包括：语言、文学、音乐、舞蹈、游戏、神话、礼仪、习惯、手工艺、建筑术及其他艺术。"除了这些例子以外，还将考虑传播与信息的传统形式。③

在上述三个文件和 2003《公约》的历时展开中，我们不仅看到非物质文化遗产概念形成的轨迹，也看到文化遗产概念与时间、历史关系的变化，看到民俗传统通过非物质文化遗产的概念和实践而遗产化的历史过程。

二　现在与过去：遗产保护的时间性

在现代化过程中形成的遗产概念及其实践体现出一种特殊的时间性，

---

① 《保护世界文化和自然遗产公约》中文版，https://whc.unesco.org/archive/convention-ch.pdf, p. 2，最后访问日期：2018 年 1 月 4 日。
② 《教科文组织第 25 届会议大会记录》，第 126 页，2018 年 1 月 4 日。
③ 155 EX/15 Add et CorrAnnexe IV, p. 1, 2018 – 01 – 05.

即其作为当下实践但在本质上又与过去时间相关联,这也是现代化过程中对过去和现代的时间划分的结果。正如美国民俗学家芭芭拉·科尔申布拉特－基布列特(Barbara Kirshenblatt-Gimblett)所言,"遗产是当下一种求助于过去的新的文化生产方式。"① 受人类学家约翰内斯·费边(Johannes Fabian)批判反思人类学学术史时提出的否认同时性(the denial of coevalness)② 启发,科尔申布拉特－基布列特把时间性看成文化遗产的关键特性,指出遗产实践中体现着时间上过去与现在的特殊关联,呈现现代化构建出的当代时间中的多重并置:

遗产的超文化属性(metacultural nature of heritage)的核心就是时间。历史、遗产和惯习之中的非同时性(asynchrony)和事物、人和事件不同的暂时性在当代性和同时代性之间产生了一种张力(a tension between the contemporary and the contemporaneous),正如上文所论,产生了一种逐渐消失和消失殆尽的混乱(a confusion of evanescence and disappearance),以及一种悖论,也即拥有遗产作为现代性的标志。这正是全球遗产事业得以可能的条件。③

众所周知,民俗学作为学科起源于现代化过程,起源于现在与过去在时间上看似连续实则是现代与传统的二元对立的构建。④ 而遗产的概念及其相关实践亦产生于同样的历史过程,带有现代性的清晰烙印。历史学家阿斯特丽德·斯温森(Astrid Swenson)用翔实的史料展示、比较了遗产的概念及相关实践在18世纪末到20世纪初叶在法国、德国和英国的现代化过程中形成与发展的历程。它表现为各民族国家身份形成时对民族文化起源的探求,也和工业化、城市化以及世俗化过程中宗教的位置相关,更体现为19世纪中叶开始的各种世界博览会与展览中的历史性展品的流行。在这样

---

① Barbara Kirshenblatt-Gimblett, "Theorizing Heritage", *Ethnomusicology*, 1995 (3), p. 369.
② Johannes Fabian, *Time and the Other: How Anthropology Makes Its Object*, New York: Columbia University Press, 1983.
③ Barbara Kirshenblatt-Gimblett, "Intangible Heritage as Metacultural Production", *Museum International*, 2004 (1-2), p. 59.
④ 参见 Richard Bauman and Charles Briggs, *Voices of Modernity: Language Ideologies and the Politics of Inequality*, Cambridge: Cambridge University Press, 2003, pp. 70-127。

的过程中，遗产成为民族文化身份的体现，但其展示与保护实践又始终与资本主义在全球兴起阶段中各国之间的交流对话和国际竞争相关，显示出国际性的背景，这也成为战后国联和联合国推动的国际性遗产保护的先声。[1]

在这样的历史过程中形成的文化遗产概念，与同时期形成的人类学和民俗学一样，对全球历史和文化持有单线进化的观点。欧洲文明被置于历史的顶点，其他文化的成就被从其各自的脉络中抽离出来，分门别类地列入线性的历史排序中。文化被条目化（itemized），被按照某种超越其具体语境的分类方式归类、排列，构成一种超文化的清单（list）。[2] 任何的排序都需要一个分类与编排的标准，在这里，时间，启蒙以后被普遍化和抽象化的时间成为最基本的分类线索。费边指出，在犹太－基督教传统中，时间是线性的，是神圣历史的媒介，而异教的时间是循环的。在现代化过程中，并不是发明一种新的线性的时间，而是把犹太－基督教的宗教时间世俗化，把这种时间泛化和普遍化。线性的普遍时间在文艺复兴时期已出现，到启蒙时代得到大的发展，这也成为人类学的基础。[3] 民俗学也一样，这是学科起源时期历史起源研究占主流的根本原因。

以这种线性的时间观为基础的全球文化历史的排列在时间上具有两个颇有意味的特点。第一个特点是民俗学和人类学研究中的遗留物的概念。人类学家泰勒的遗留物概念深受英国民俗学早期的古物概念（antiquity）的影响，[4] 而无论是表述为古物还是遗留物其基本的特点就是认为这些现象虽然当下存在，但是其意义和价值从本质而言并不属于当下，它们是"污损了的历史，或者是逃离了时间沉船的一些历史遗迹"，它们"只能处于毁坏

---

[1] 参见 Astrid Swenson, *The Rise of Heritage: Preserving the Past in France, Germany and England, 1789–1914*, Cambridge: Cambridge University Press, 2013.

[2] 参见 Valdimar Tr. Hafstein, "Intangible Heritage as a List: From Masterpieces to Representation", inLaurajane Smith and NatsukoAkagawa, eds., *Intangible Heritage*, New York: Routledge, 2009, pp. 105–108.

[3] 参见 Johannes Fabian, *Time and the Other: How Anthropology Makes Its Object*, New York: Columbia University Press, 1983, p. 2.

[4] 参见 Margaret T. Hodgen, "The Doctrine of Survivals: The History of an Idea", *American Anthropologist*, New Series, 1931 (3), pp. 307–324.

的状态,它们象征着缺席、衰退与损失,构建并强调着过去与现在的鸿沟。"① 遗留物是过去生活留下的破碎残片,其价值在于构建过去的历史。它们作为现在和过去相关联的物化呈现,展示出一种特殊的时间性,也即它们是过去与现在时间的混合与中介。在民俗学学科 20 世纪中后期转向研究当代实践之前,可以说,民俗学整个的学术对象就是这种看似当下存在,但本质属于过去传统的遗留物,所以民俗学才是一门面向过去的历史学科。

第二个特点,就是费边所指出的在全球文化线性排序的体系中表现出的非同时性特质。费边认为,从人类学学科伊始,其话语实践就使学者和他们的学科对象——那些在田野中和他们身处同一时代的人——被界定为原始人、野蛮人这样的文化他者,因而处于不同的时间之中,后者的同时代性被学科话语从根本上否定了:"这是一种持续和系统化的倾向,即把人类学的研究对象置于与当代的人类学话语生产者相异的时间中。"② 正是这种非同时性的本质,使民俗学和人类学在很长时间内对世界文化的分析排序本身成为一种不平等的权利话语体系的话语实践。

其实,这两个特点是一个硬币的两面。费边的批判清晰地指出了遗留物概念背后人为的非同时性及其体现的不平等的权利关系。遗留物被赋予的特殊历史价值正源自其被话语构建出的非同时性和被遮蔽而模糊的当下性。

整体而言,从欧洲开始的文化遗产概念及其保护实践也处于同样的线性时间观为基础的知识话语体系中,体现着现在与过去交织的复杂的时间性及其背后的权利关系。文化遗产的完整价值在于过去的历史之中,我们今天面对的存在是历史过程已然结束的结果,所能做的只是保持原样或者说尽量减缓时间流逝侵蚀的烙印。

从对象的时间和当下的关系来看,1972《公约》及至《建议案》无疑体现出这种非同时性和遗留物的观念。

---

① Richard Bauman and Charles Briggs, *Voices of Modernity:Language Ideologies and the Politics of Inequality*, Cambridge:Cambridge University Press, 2003, p. 74.
② Johannes Fabian, *Time and the Other:How Anthropology Makes Its Object*, New York:Columbia University Press, 1983, p. 31.

三 本真性、历史产品与文化遗产的线性时间

教科文组织层面对文化遗产的保护始于20世纪60年代埃及与苏丹就努比亚遗址对联合国的求助。为使遗址免遭修建阿斯旺大坝导致的人工湖淹没，众多国家参与了保护行动，这一国际合作性保护得到了价值4000万美元的国际资源。原本被看作是各国国内事务的遗产及其保护，第一次被理解为超越国界的全人类的文化遗产，得到国际社会和教科文组织的关注。[①]作为这一行动的发展，1972年通过的《公约》所指向的显然是这种全人类的遗产：文化遗产开始在超越国界的层面上被审视。那么，这种审视的标准是什么？上文引述的1972《公约》对文化遗产的界定中，"突出的普遍价值"无疑是最核心的评判标准，而历史性就是这种充满模糊性与可能性的"突出的普遍价值"的第一个限定性维度。具体到文化遗产的评审原则上，就是体现出时间和历史烙印的本真性（authenticity）[②]问题。

1994年版的《世界遗产公约行动指南》（*Operational Guidelines for the Implementation of the World Heritage Convention*）明确指出，要具备公约所说的"杰出的普遍价值"，从而列入世界遗产名录的文化财产（property），必须符合下面的一条或多条标准以及通过本真性的检测"。而后面所列的几条标准皆或明确或隐含地体现着时间的标准，如"一段历史时期"（a：ii），"已消失的文明或文化传统"（a：iii）、"人类历史的特别阶段"（a：iv）等等。而本真性则是"要满足在设计、材料、工艺或背景环境方面的本真性检验，如果是文化景观则是其独特个性和构成要素方面的本真性检验。而委员会强调重建只有在完整和细致的记录原貌并且没有任何程度的臆测的基础上才可以接受（b：i）"[③]。在本真性的判定上，这里显然继承了1964年《威尼斯宪章》的精神，强调：

---

① 参见穆尼尔·布彻奈基：《联合国教科文组织保护和修复文化遗产行动概要》，关世杰等译《世界文化报告——文化的多样性、冲突与多元共存（2000）》，北京大学出版社，2002，第139页。
② 在相关文件的英文表述中，皆采用authenticity一词，中文翻译有"本真性""真实性"等几种，本文采用本真性译法，但引用教科文文件时，如有官方发布的中文版，采用原有译文。
③ WHC/2/revised，1994，第24段，2018年1月6日。

保护与修复古迹的目的旨在把它们既作为历史见证，又作为艺术品予以保护……古迹不能与其所见证的历史和其产生的环境分离。除非出于保护古迹之需要，或因国家或国际之极为重要利益而证明有其必要，否则不得全部或局部搬迁古迹……修复过程是一个高度专业性的工作，其目的旨在保存和展示古迹的美学与历史价值，并以尊重原始材料和确凿文献为依据。一旦出现臆测，必须立即予以停止。此外，即使如此，任何不可避免的添加都必须与该建筑的构成有所区别，并且必须要有现代标记。①

可以看出，1972《公约》界定的文化遗产的本真性就在于其原初材料的物质性中凝结的久远的历史，也即线性的普遍时间中所绵延的程度。在全球文化创造物在统一的、以单一的线性时间观进行的重新分类、比较与排序中，物质文化遗产所谓的"突出的普遍价值"就在于它们具有的历史悠久性。物质文化遗产的价值不仅在于其在今日时空中依然存在，更在于它见证着时间的流逝，是可见的历史本身，是过去在今天遗留的残片，其价值的大小可以用时间的跨度来精确测量因而也就可以把突出与非突出区别开来。

这样一种线性时间观自然青睐那些长于抵御时间侵蚀性的文化创造物。1972《公约》因此被非西方国家认为是西方发达国家的石质纪念碑式遗产观的代言人，其实质是欧洲启蒙哲学理念的体现，② 是用欧洲中心的文化遗产观、时间观来评判全球多样的文化。③ 如何评判包含着完全不同时间观的历史见证物？例如，日本的建筑以木结构为主，但是体现出两种完全不同的时间观。虽然有法隆寺这样类似欧洲的尽量保护原材料的建筑，但也有

---

① 《关于古迹遗址保护与修复的国际宪章（威尼斯宪章）》，http://www.iicc.org.cn/IICCZH/WenJianXuanYan/GuoJiXuanYan/20100722275.html，最后访问日期：2018 年 1 月 6 日。
② 参见 Sophia Labadi, *UNESCO, Cultural Heritage, and Outstanding Universal Value: Value-based Analyses of the World Heritage and Intangible Cultural Heritage Conventions*, Lanham, Md.: AltaMira Press, 2013, p. 28。
③ 参见 Noriko Aikawa-Faure（爱川纪子），"From the Proclamation of Masterpieces to the Convention for the Safeguarding of Intangible Cultural Heritage", in Laurajane Smith and Natsuko Akagawa, eds., *Intangible Heritage*, New York: Routledge, 2009, p. 15。

一种通过不断重建来延续的传统,如始建于 7 世纪的伊势神宫。伊势神宫的本殿每 20 年就会依照传统重建,称为式年迁宫,迄今已有 62 次。这一方面是绵延上千年的传统;另一方面真实存在的建筑却只有最多 20 年的历史,是不断创造中力图保持不变的传统,是一种循环的时间。[1]

正是出于对这种欧洲中心主义文化遗产观的不满,1994 年 11 月的奈良会议对 1972《公约》的本真性进行了重新阐释,采用了更为宽泛的本真性的界定,不仅考虑纪念物的材料,而且考虑其设计、形式、用途、功能、技术等因素,特别是衍生出来的精神和感觉,并最终承认每种文化对价值和本真性的界定都不同,不能采用单一标准[2]。本真性界定的改变,在一定程度上改变了这样一种单一的线性时间观,承认了遗产不是过去历史过程的终点与结束,而仍然具有不断创造的可能,也正是本真性界定的这种变化,使包含着不同时间维度的非物质文化传统得以进入遗产化进程。[3]

1972《公约》生效以后很快就遭到非西方国家的质疑,主要因为不符合欧洲观念的文化遗产无法得到承认与保护。1982 年,教科文组织设立了民俗保护的专家委员会,[4] 同年夏天,在墨西哥举办的世界文化政策会议(World Conference on Cultural Policies)才正式扩展了文化遗产的定义,整合进了非物质文化遗产:

> 一个民族的文化遗产包括它的艺术家、建筑家、音乐家、作家和科学家的成果,也包括匿名艺术家的成果、民族精神的表达以及赋予生活以意义的价值体系。它同时包括民族创造性得以表达的物质性和

---

[1] 参见〔日〕益田兼房等《从国际观点看日本木结构建筑遗产的保护与传承》,《建筑遗产》2017 年第 2 期,第 1 页。饶有意味的是,法隆寺于 1993 年列入《世界遗产名录》,其一些建筑被认为是世界上现存最古老的木结构建筑,而伊势神宫迄今为止并未列入。

[2] 参见《实施〈世界遗产公约〉操作指南》2015 年版,并见其附录 4《奈良真实性文件》(WHC. 15/01, II. E),2018 年 1 月 10 日。

[3] 参见 Sophia Labadi, *UNESCO, Cultural Heritage, and Outstanding Universal Value*: *Value-based Analyses of the World Heritage and Intangible Cultural Heritage Conventions*, Lanham, Md.: Alta-Mira Press, 2013, p. 132。

[4] *World Conference on Cultural Policies Mexico City, 26 July – 6 August 1982, Final Report*, p. 101, 2018-01-10. 以及 José Banaag, "Important Dates on Intangible Heritage at UNESCO", *The UNESCO Courier*, May 2006, p. 12。

非物质性的成果（bothtangible and intangible works）：语言、仪式、信仰、历史地点和纪念碑（historic places and monuments）、文学、艺术作品、档案馆与图书馆。①

会议肯定了民俗（folklore）构建民族文化身份（cultural identity）的价值和意义。②

但正是因为把遗产看成历史过程的终点和成果，也就是一种业已完成的产品（product），教科文组织对民俗的保护是从知识产权的角度开始的。玻利维亚政府在1973年向教科文组织提出建议，希望从知识产权的角度保护民俗。其动因是南美安第斯山区的民歌《山鹰之歌》（El Condor Pasa），20世纪70年代初，被美国流行歌手保罗·西蒙填词重唱，全球流行，取得了巨大的商业利润，而其专辑上并没有给出任何来源的标注。③ 虽然从知识产权角度保护民俗的动机是抵抗民俗成果在商业化过程中遭受的国内外剥削，但是实践证明，从知识产权的角度来保护民俗传统并不可行。④ 教科文文化遗产部非物质文化遗产处的专家萨曼塔·谢尔金（Samantha Sherkin）曾撰文，详细地追溯了教科文组织从1952年《世界版权公约》通过到1989年《建议案》形成之间探索立法保护民俗的漫长历程。一直到20世纪80年代中期，世界知识产权组织和教科文联合召开了多次专家会探讨合作保护民俗的可能，但是其分歧在于，从知识产权法的角度采取措施，是保护

---

① World Conference on Cultural Policies Mexico City, 26 July–6 August 1982, Final Report, p. 43.
② World Conference on Cultural Policies Mexico City, 26 July–6 August 1982, Final Report, pp. 100–101.
③ 参见 Samantha Sherkin, "A Historical Study on the Preparation of the 1989 Recommendation on the Safeguarding of Traditional Culture and Folklore", in Peter Seitel ed., Safeguarding Traditional Cultures: A Global Assessment, Center for Folklife and Cultural Heritage, Smithsonian Institution, Washington, D. C, 2001, p. 44, 及注释第12、13。参见 Lori Honko Copyright and Folklore, http://www.folklorefellows.fi/copyright-and-folklore/，最后访问日期：2018年1月10日，及 José Banaag, "Important dates on Intangible heritage at UNESCO", The UNESCO Courier, May 2006, p. 12.
④ 爱川纪子（Noriko Aikawa-Faure）指出，实际上，那些得益于免费使用各国传统文化资源的国家反对从知识产权角度进行保护。见 Noriko Aikawa-Faure, "From the Proclamation of Masterpieces to the Convention for the Safeguarding of Intangible Cultural Heritage", in Laurajane Smith and Natsuko Akagawa (eds.), Intangible Heritage, New York: Routledge, 2009, p. 15.

个别的民俗成果，还是关注民俗实践整体的保护？换言之，知识产权的保护角度必然把民俗看成是已完成的具体产品，看成是过去历史的结果，那么如何看待民俗在现实中不断的创造？这种根本性分歧导致世界知识产权组织最终在 1985 年从合作探讨中退出。[①]

《建议案》的民俗保护是在知识产权保护的框架之外由教科文组织独自展开的，标志着教科文组织在民俗保护过程中里程碑式的进展，但是《建议案》依然体现出从知识产权角度与从文化角度进行保护的矛盾，知识产权思路的影响并未消除。[②] 虽然芬兰民俗学家劳里·航科（Lori Honko）从 1982 年开始就参与教科文组织的专家委员会，并直接参与了《建议案》文本的撰写，[③] 但从前文引述的定义来看，《建议案》基本上还是把民俗界定为已完成的历史产品。民俗作为历史过程结果的本质并没有改变，差别只是在于，《建议案》力图从整体上保护已形成的民俗传统。

《建议案》虽然承认民俗传统在时间上兼具过去与现在的双重性："强调民间创作作为文化遗产和现代文化之组成部分所具有的特殊性和重要意义"，但是其重点在于从国家层面从上到下地依赖专家对民俗进行整理和研究性保护。首先提出的保护措施是鉴别（identification），旨在完成"民间创作标准化分类法，即（i）编制民间创作分类总表，以指导全世界这方面的工作，（ii）编制民间创作细目汇编，（iii）对民间创作进行地区分类，特别是通过实地试办项目进行。"之后就是民俗在博物馆、档案馆等机构中的保存（conservation）。后面的三项措施保护（preservation）、传播（dissemination）与维护（protection）虽然涉及民俗传统的传承者及其当下传承与创

[①] 爱川纪子（Noriko Aikawa-Faure）指出，实际上，那些得益于免费使用各国传统文化资源的国家反对从知识产权角度进行保护。见 Noriko Aikawa-Faure, "From the Proclamation of Masterpieces to the Convention for the Safeguarding of Intangible Cultural Heritage", in Laurajane Smith and Natsuko Akagawa (eds.), *Intangible Heritage*, New York: Routledge, 2009, , pp. 47 – 48。

[②] 爱川纪子（Noriko Aikawa-Faure）指出，实际上，那些得益于免费使用各国传统文化资源的国家反对从知识产权角度进行保护。见 Noriko Aikawa-Faure, "From the Proclamation of Masterpieces to the Convention for the Safeguarding of Intangible Cultural Heritage", in Laurajane Smith and Natsuko Akagawa (eds.), *Intangible Heritage*, New York: Routledge, 2009, p. 21。

[③] Lori Honko, *Copyright and Folklore*, http://www.folklorefellows.fi/copyright-and-folklore/, 2018 – 01 – 10。

造，但是其具体列出的措施和支持的重点还是在民俗传统的研究者身上。① 换言之，《建议案》保护的重点是民俗专家的学术研究和资料搜集和整理，希望能从专家角度，在全球范围内完成一个民俗事项的学术研究性保护体系，其核心是借助教科文组织的国际平台，从超越具体国家的层面对全球民俗进行记录、整理、分类和排序，构建一种全球性的标准类型学体系（typology）。这也是当时制定《建议案》的指导思想之一。② 从某种程度而言，这和民俗学早期阶段努力完成的各种母题、类型索引并无二致，只不过此时的类型学体系的范围从口头文学扩大到了民俗生活整体。这里的民俗传统从本质上而言是已完成的民俗事项，是可以抽象为学术对象的民俗，而不是作为生活本身的民俗，其保护的对象并不是作为民俗传承主体的民众，而是事项本身。在这里，民俗依然被看成是历史性的业已完成的创造物，这种全球体系必然是一种线性时间观指导下的分类与排序。

虽然《建议案》的出台历经曲折，但是它并没有带来成功。实际上，它甚至是非常失败的。由于该文件采取建议案的形式，直接针对各成员国，但并未赋予教科文组织任何权力，所以也就无法采取什么行动。③ 1999 年，在《建议案》10 周年之后的华盛顿评估会议上，时任教科文非物质文化遗产部主任爱川纪子（Noriko Aikawa）坦承：《建议案》生效之后，教科文组织成员国反应很消极，对要求提交的行动进展汇报，只有区区 6 个国家回应。但是 20 世纪 90 年代初的国际政治和经济发展，却使各国认识到其民族文化资源的重要现实意义：冷战结束之后，东欧各国在重塑民族身份，拉美国家正在重新思考融合多元的文化身份，而市场扩张造成的全球化又促

---

① 《教科文组织第 25 届会议大会记录》（Records of the General Conference, 25 session），1989，pp. 126 – 128。
② 参见 Samantha Sherkin, "A Historical Study on the Preparation of the 1989 Recommendation on the Safeguarding of Traditional Culture and Folklore", in Peter Seitel ed., Safeguarding Traditional Cultures: A Global Assessment, Center for Folklife and Cultural Heritage, Smithsonian Institution, Washington, D. C., 2001, p. 50；〔日〕爱川纪子《联合国教科文组织的〈保护非物质文化遗产公约〉与韩国》，沈燕译、彭牧校，《民间文化论坛》2016 年第 2 期，第 7 页。
③ 参见 Noriko Aikawa, "The UNESCO Recommendation on the Safeguarding of Traditional Culture and Folklore (1989): Actions Undertaken by UNESCO for Its Implementation", in Peter Seitel ed., Safeguarding Traditional Cultures: A Global Assessment, Center for Folklife and Cultural Heritage, Smithsonian Institution, Washington, D. C., 2001, p. 13。

进了各国对本土文化多样性的重视。① 在这样的国际社会背景下，越来越多的成员国向教科文组织提出民俗传统保护的需求。20 世纪 90 年代初，教科文组织开始寻求从新的角度保护民俗传统的可能，关注民俗传统的当下传承与实践、关注传承主体和社区成为民俗保护的指导思想之一。② 2003《公约》即是这种努力的结果，它体现出和《建议案》的专家型、研究性保护完全不同的框架思路。

四 民俗传统的遗产化与当下性

从 1982 年墨西哥会议民俗传统被承认为文化遗产的一部分，到 2003 年《公约》通过，民俗完成了其在国际层面上遗产化的历程。凭借"非物质文化遗产"的新身份，民俗传统多少摆脱了"folklore"概念的负面含义，成为当代生活中重要的文化资源。③ 如果说 20 世纪 80 年代墨西哥会议时对民俗主要功能的理解还在于其构建文化身份的价值，那么到 2002 年的里约会议④，它也和对抗全球化的文化多样性联系了起来，具有了更多、更为重要的现实意义。

限于篇幅，本文不再赘述整个历史过程，只关注其中关键性的两个转折点。一个是 1997 年的摩洛哥会议，另一个是 1999 年的华盛顿会议。前者直接促成了《代表作条例》的出台，为 2003《公约》的形成铺平了道路；而后者对《建议案》的民俗保护思路进行了彻底反思，从根本上实现了遗

---

① 参见 Noriko Aikawa, "The UNESCO Recommendation on the Safeguarding of Traditional Culture and Folklore (1989): Actions Undertaken by UNESCO for Its Implementation", in Peter Seitel ed., *Safeguarding Traditional Cultures: A Global Assessment*, Center for Folklife and Cultural Heritage, Smithsonian Institution, Washington, D. C., 2001, p. 14。

② 参见〔日〕爱川纪子《联合国教科文组织的〈保护非物质文化遗产公约〉与韩国》，沈燕译、彭牧校，《民间文化论坛》2016 年第 2 期，第 7 页。Noriko Aikawa-Faure, *From the Proclamation of Masterpieces to the Convention for the Safeguarding of Intangible Cultural Heritage*, in Laurajane Smith and Natsuko Akagawa ed. *Intangible Heritage*, Routledge, 2009, pp. 14 – 15.

③ 参见 Barbara Kirshenblatt-Gimblett, "*Theorizing Heritage*", in *Ethnomusicology*, 1995 (3), pp. 368 – 369。

④ 里约会议是 2003《公约》起草过程中的一系列会议之一，参见 Noriko Aikawa-Faure, "From the Proclamation of Masterpieces to the Convention for the Safeguarding of Intangible Cultural Heritage", in Laurajane Smith and Natsuko Akagawa, eds., *Intangible Heritage*, New York: Routledge, 2009, pp. 13 – 44。

产保护的框架思路从作为历史产品的民俗到作为当下实践过程的民俗的转变，也即完成了作为非物质文化遗产的民俗从历史到当下的转变。虽然这两次会议之后乃至代表作项目宣布之后都还有不少不同的声音，2003《公约》起草过程中的每一个会议也充满着这种产品与过程的激烈斗争，但最终是非物质文化遗产作为当下的创造与过程占了上风。①

1997 年 6 月，教科文组织在摩洛哥马拉喀什（Marrakech）召开了名为"保护大众文化空间国际磋商会"（International Consultation on the Preservation of Popular Cultural Spaces）②的小型会议。会议是在旅居马拉喀什的西班牙著名作家胡安·戈伊蒂索洛（Juan Goytisolo）的动议下召开的，其最初的直接目的在于使马拉喀什的吉马·埃尔弗纳广场（Jemaa el Fna Square）免遭当地城市改造计划的破坏。至少从 17 世纪开始，这个广场就是民间音乐家、故事家、占卜看相、杂耍等各色民间艺人汇聚、表演的空间。戈伊蒂索洛等人组织了保护协会，并利用他和当时的西班牙籍联合国教科文总干事费德里科·马约尔（Federico Mayor）的关系，进入了教科文组织的议程，最终使地方性的危机成为全球性的问题。③ 人文地理学家托马斯·施密特（Thomas Schmitt M.）撰文详细回顾了摩洛哥会议如何使多少偶然的具体文化空间的保护成为全球性非物质文化遗产立法保护的转折点。④

这中间一个具有连接性的概念就是此次会议的议题所在："文化空间（cultural space）"。1992 年，1972《公约》的文化遗产概念增加了新的一

---

① 里约会议是 2003《公约》起草过程中的一系列会议之一，参见 Noriko Aikawa-Faure, "From the Proclamation of Masterpieces to the Convention for the Safeguarding of Intangible Cultural Heritage", in Laurajane Smith and NatsukoAkagawa, eds., *Intangible Heritage*, New York: Routledge, 2009, p. 36。

② 里约会议是 2003《公约》起草过程中的一系列会议之一，参见 Noriko Aikawa-Faure, "From the Proclamation of Masterpieces to the Convention for the Safeguarding of Intangible Cultural Heritage", in Laurajane Smith and NatsukoAkagawa, eds., *Intangible Heritage*, New York: Routledge, 2009, p. 14。

③ 参见巴莫曲布嫫《非物质文化遗产：从概念到实践》,《民族艺术》2008 年第 1 期，第 14 ~ 15 页。

④ Schmitt, Thomas M., "The UNESCO Concept of Safeguarding Intangible Cultural Heritage: Its Background and Marrakchi Roots". *International Journal of Heritage Studies*, 2008 (14), pp. 95 – 111.

类：文化景观（cultural landscape），希望能包括一些非物质文化遗产。① 而"文化空间"这个概念就基于和文化景观概念的直接关联。实际上，摩洛哥会议最初的目的，是以吉马·埃尔弗纳广场这个文化空间为代表，探讨在具体的物理空间中保护非物质文化遗产的可能性。也就是能否把非物质文化遗产放入类似物质文化遗产的具体物理空间（site）中，从而具有更好的确定性与更强的可操作性。但是，这次会议专家讨论的结论是，吉马·埃尔弗纳广场在全球是个特殊的个案，非物质文化遗产充满了流动性，很难被有限的具体空间所局限。② 但是因为会议由具体的空间危机急迫性所引发，会议最终依然颇有成效，乃至具有里程碑式成果：也就是建议使用人类口头遗产（oral heritageof humanity）的概念，拟照1972《公约》的名录（list）形式，建立一套简化的体系。③ 此后经过1998年教科文组织两次执行局会议（154次、155次）讨论，将概念扩展修订为"人类口头和非物质遗产"，于1998年联合国大会最终确认通过《教科文组织宣布人类口头和非物质遗产代表作条例》，并启动计划，戈伊蒂索洛担任最初的评审委员会（jury）主席。④

但正是由于摩洛哥会议的原初动机是保护具体文化空间的现实危机，在会议之后形成的《代表作条例》中，文化空间不仅成为着重界定的概念，⑤ 也

---

① Noriko Aikawa-Faure, "From the Proclamation of Masterpieces to the Convention for the Safeguarding of Intangible Cultural Heritage", in Laurajane Smith and NatsukoAkagawa, eds., *Intangible Heritage*, New York: Routledge, 2009, p. 15.

② 参见 Schmitt, Thomas M., "The UNESCO Concept of Safeguarding Intangible Cultural Heritage: Its Background and Marrakchi Roots". *International Journal of Heritage Studies*, 2008 (14), p. 100。

③ Noriko Aikawa-Faure, "From the Proclamation of Masterpieces to the Convention for the Safeguarding of Intangible Cultural Heritage", in Laurajane Smith and NatsukoAkagawa, eds., *Intangible Heritage*, New York: Routledge, 2009, p. 19.

④ 会议记录见 154 EX/13 和 155 EX/15, 2018 – 01 – 12. Noriko Aikawa-Faure, "From the Proclamation of Masterpieces to the Convention for the Safeguarding of Intangible Cultural Heritage", in Laurajane Smith and NatsukoAkagawa, eds., *Intangible Heritage*, Routledge, 2009, p. 19. 参见巴莫曲布嫫《非物质文化遗产：从概念到实践》，《民族艺术》2008年第1期，第15页。Schmitt, Thomas M., "The UNESCO Concept of Safeguarding Intangible Cultural Heritage: Its Background and Marrakchi Roots". *International Journal of Heritage Studies*, 2008 (14), p. 102.

⑤ 在155 EX/15 Annex IV 1 (c) 中，文化空间被这样界定："'文化空间'的人类学概念被确定为一个集中了民间和传统文化活动的地点，但也被确定为一般以某一周期（周期、季节、日程表等）或是某一事件为特点的一段时间。这段时间和这一地点的存在取决于传统方式进行的文化活动本身的存在。"这里显示出一种耐人寻味的时空融合与彼此界定，留待另文专述。

成为非物质文化遗产最初的两大遗产领域（domain）之一，不仅和另一大领域民间或传统的文化表现形式（forms of popular or traditional cultural expression）并列，而且位列第一。但是把具体物理空间（site）作为界定和分类非遗的标准并不具有很强的操作性，非遗保护中的这种空间性关注并没有维持很久。[1] 巴莫曲布嫫最近也注意到非遗名录中"文化空间"类遗产的减少。[2] 限于篇幅，关于文化遗产保护中的空间维度，将另文专述。

代表作计划从草拟到实施的过程中引发了激烈争议，特别是发达国家反对在1972《公约》之外，另外再通过一个新的非遗公约，而正是1999年的华盛顿会议使这种可能性变得较为清晰。[3] 1999年6月，教科文组织与美国史密森协会（Smithsonian Institution）合作，召开了"全球评估1989年《保护民间创作建议案》：在地赋权与国际合作"（A Global Assessment of the 1989 Recommendation on the Safeguarding of Traditional Culture and Folklore: Local Empowerment and International Cooperation）的会议，主旨就是对已通过10年的《建议案》在全球范围内的效果进行评估，探讨民俗保护的有效框架。这次评估的结论非常清楚明确：《建议案》所体现的概念和保护模式在20世纪90年代的政治、社会和文化背景中已经完全过时，需要创造一个全新的模式。[4] 大会的最后报告指出，《建议案》最大的问题是"过于僵化地局限于记录和档案机构中，反映出保护的目的是产品而不是传统文化和民俗的生产者。必须在两种需求中寻求某种平衡，一种是记录的需求；另一种是保护创造、培育以后能被记录的产品的相关实践的需求。因此保护的重心必须转移到那些社区本身上去。"报告还指出大部分与会者认为《建议

---

[1] 参见 Schmitt, Thomas M., "The UNESCO Concept of Safeguarding Intangible Cultural Heritage: Its Background and Marrakchi Roots". *International Journal of Heritage Studies* 2008, No. 14, p. 100。

[2] 巴莫曲布嫫：《遗产化进程中的活形态史诗传统：表述的张力》，《民族文学研究》2017年第6期，第31页，注释2。

[3] Noriko Aikawa-Faure, "From the Proclamation of Masterpieces to the Convention for the Safeguarding of Intangible Cultural Heritage", in Laurajane Smith and NatsukoAkagawa, eds., *Intangible Heritage*, New York: Routledge, 2009, p. 20.

[4] Noriko Aikawa-Faure, "From the Proclamation of Masterpieces to the Convention for the Safeguarding of Intangible Cultural Heritage", in Laurajane Smith and NatsukoAkagawa, eds., *Intangible Heritage*, New York: Routledge, 2009, p. 20.

案》所使用的"folklore"一词带有负面意味而颇有问题,建议以后吸收当下民俗学界关于民俗定义的根本变化,不再把民俗看成具体单一的事项,而是理解为一种社会行为,是创造或重新创造的事件,是促成这种行为的知识和价值以及这种行为存在的社会交换模式,并进而关注行动的主体。[1]

以华盛顿会议的结论而言,20世纪六七十年代以后欧美民俗学界学术转型带来的对民俗的全新阐释已体现在教科文组织的保护理念之中。以此次会议为标志,通过史密森学会的几位美国民俗学者的参与,已完成了从历史到当下转型的美国民俗学理论对教科文组织国际层面的保护实践产生了根本性影响。[2] 在这次会议上,民俗作为一个概念被明确取消,与稍前召开的摩洛哥会议相呼应,民俗传统转换身份以"非物质遗产"的面目出现,由此完成了概念上的遗产化过程,在新的框架下,获得了新的可能性。非物质遗产的当下性被从理论上根本确认,其核心是民众即民俗主体的当下实践。当绵延的时间和具体的物理空间都无法成为外在的分类、排序民俗实践的基本范畴与准则时,教科文组织的非遗保护最终选择了从民俗实践的内部寻找界定的维度,这即是在后来的评审和保护中,实践者/社区成为中心的根本原因。非物质遗产被从实践者角度所界定,这最终体现在2015年,教科文组织保护非物质文化遗产政府间委员会第十届常会通过的《保护非物质文化遗产伦理原则》,其中有这样的明确表述:"每一社区、群体或个人应评定其所持有的非物质文化遗产的价值,而这种遗产不应受制于外部的价值或意义评判。"[3] 当然,这些根本性的变化从学者提出建议到最终体现在公约的文本和实践中,总是充满波折,学界的观念也总是和国际

---

[1] 参见 Peter Seitel ed., *Safeguarding Traditional Cultures: A Global Assessment*, Center for Folklife and Cultural Heritage, Smithsonian Institution, Washington, D. C., 2001, pp. 57 – 60, pp. 272 – 273. 参见〔日〕爱川纪子《联合国教科文组织的〈保护非物质文化遗产公约〉与韩国》,沈燕译、彭牧校,《民间文化论坛》2016年第2期,第8页。

[2] 参见 Barbara Kirshenblatt-Gimblett, "Intangible Heritage as Metacultural Production", in *Museum International*, 2004 (1 – 2), p. 56. 这些学者后来还参与了 2003《公约》起草的不同会议,见 Noriko Aikawa-Faure, "From the Proclamation of Masterpieces to the Convention for the Safeguarding of Intangible Cultural Heritage", in Laurajane Smith and NatsukoAkagawa, eds., *Intangible Heritage*, New York: Routledge, 2009, p. 22.

[3] 巴莫曲布嫫、张玲译《联合国教科文组织〈保护非物质文化遗产伦理原则〉》,《民族文学研究》2016年第3期,第6页。

政治的角力既纠缠又抗争。从1993年起担任教科文非物质文化遗产部主任的爱川纪子曾详细回顾了教科文组织从20世纪90年代初开始到2003《公约》出台的历史过程。在一些会议的激烈讨论中，不同国家特别是那些得益于1972《公约》的发达国家，曾经强烈质疑已经通过的相关决议，甚至几乎危及《代表作条例》计划的实施，其焦点就是产品与过程行为之争。[①] 2003年10月非遗《公约》最终通过时，"无反对票，但有八票弃权，它们分别来自英国、澳大利亚、新西兰、丹麦、俄罗斯联邦、美国、加拿大和瑞士。"[②]

五 从历史到当下：时间的浓缩化与空间

饶有兴味的是，民俗传统在20世纪后半叶以来的遗产化进程中，从具有历史纵深度的遗留物式文化产品变成了当下的行动过程，呈现瑞吉娜·本迪克斯（Regina Bendix）所说的时间上的浓缩化（temporal thickening），也即得以跻身遗产行列所需时间跨度的减少。在科尔申布拉特-基布列特探讨文化遗产时间性的基础上，本迪克斯进一步指出，"在我们关注于荣耀文化过去时，我们碰到越来越新生的现象。有人甚至会说，对一些文化创新来说，其遗产化与它们在日常生活的逐渐发展是同时进行的。……一个典型的例子就是电子文化遗产，"因为技术的迅速革新，已威胁到第一代的电子文化和知识。[③]

文化遗产化过程中的时间浓缩化的过程其实并不特殊。事实上，这从根本上是从现代化到后现代的历史进程中，时间、空间和时空关系变化的体现。正如美国理论家弗雷德里克·杰姆逊（Fredric Jameson）所指出的，"我把从现代到后现代的转变视为空间对时间取得了绝对的优势。现代主义

---

① Noriko Aikawa-Faure, "From the Proclamation of Masterpieces to the Convention for the Safeguarding of Intangible Cultural Heritage", in Laurajane Smith and NatsukoAkagawa, eds., *Intangible Heritage*, New York: Routledge, 2009, p. 20.

② 〔日〕爱川纪子：《联合国教科文组织的〈保护非物质文化遗产公约〉与韩国》，沈燕译、彭牧校，《民间文化论坛》2016年第2期，第9页。

③ Regina Bendix, "Heritage Between Economy and Politics: An Assessment from the Perspective of Cultural Anthropology," in Laurajane Smith and NatsukoAkagawa, eds., *Intangible Heritage*, New York: Routledge, 2009, pp. 256 – 257. 并参见朝戈金《"一带一路"话语体系建设与文化遗产保护》，《西北民族研究》2017年第3期，第7页。

经典在某种深刻和生产性意义上沉迷于对时间的本质的关注，它迷恋深度时间、记忆、绵延（柏格森主义的 duree）甚至是乔伊斯的布卢姆日里的点滴瞬间。"① 现代性从根本上是关乎时间性的。民俗学肇始于传统与现代的二元对立与划分，源于对于过去的怀旧，从根本上而言亦是对于时间的关注与迷恋："我想，不仅是柏格森，还有托马斯·曼和普鲁斯特，这些现代主义者都迷恋深度时间。这种迷恋实际根源于现代化进程的不平衡，于是造成了迟缓的乡村时间和令人眼花缭乱的都市及工业化节奏共存的情况。"② 关注乡村时间的民俗学兴起时对起源分析、历史脉络的热衷与执着，对古老习俗、传统消失产生的抢救、记录与保护的紧迫感，都深刻地体现出当时历史语境中时间焦点的特质。民俗实践的完整意义被界定为指向过去时代，现代生活中带传统色彩的民俗实践是碎片化的，是遗留物，民俗就是现在中的过去。

而从 20 世纪 80 年代开始，在当下后现代、全球化时代的社会生产中，空间已经取代时间成为更为重要的决定性因素，杰姆逊称之为时间性的终结，它表现为对身体和此刻的关注："我将这称之为时间性的终结，一切终止于身体和此刻。值得寻找的只是一个强化的现在，它的前后时刻都不再存在。我们的历史观也受到影响。从前的社会没有一个像我们现在的社会这样，有着如此少的功能性记忆和可怜的历史感。"③ 福柯、列斐伏尔、德·塞托等理论家们对空间的大量论述与探讨，亦反映出学界对社会生活变迁的崭新认识。④

在很大程度上，民俗传统从现代化过程中被关注、建构到在全球层面遗产化过程中其时间维度的变化和时间跨度的浓缩化正是这一历史过程中

---

① 〔日〕弗雷德里克·杰姆逊：《奇异性美学》，蒋晖译，《文艺理论与批评》2013 年第 1 期，第 10 页。
② 〔日〕弗雷德里克·杰姆逊：《奇异性美学》，蒋晖译，《文艺理论与批评》2013 年第 1 期，第 16 页。
③ 〔日〕弗雷德里克·杰姆逊：《奇异性美学》，蒋晖译，《文艺理论与批评》2013 年第 1 期，第 17 页。
④ 如 Michel Foucault and Jay Miskowiec, "Of Other Spaces", *Diacritics*, 1986 (1) pp. 22 – 27. 包亚明主编《现代性与空间的生产》，上海教育出版社，2003。〔法〕米歇尔·德·塞托《日常生活实践：1. 实践的艺术》，方琳琳等译，南京大学出版社，2009。

时间性变化的体现。民俗传统在遗产化进程中的种种曲折，反映出现代性向后现代性转化的过程中，当时间性的标准变化之后，相较于多少固定于具体时空、具有边界性的文化遗产，民俗传统在时间和空间上都更加难以操纵与控制，① 因为它充满了流动性，往往越界的、不断变化的。② 正因为民俗传统所具有的复杂的时空特点与关系，其遗产化最终是通过指向当下社区主体来实现的，通过社区主体来把握，也即聚焦身体和此刻。

但是另一方面，从宏观而言，2003《公约》的评审和名录列入实际表现为一种面向当下、此刻的空间性并置。因为所列入的各个项目彼此之间并无一种时间线索的序列，强调的都是它们当下在其具体社区存在的意义与价值，也即它们在各自存在空间的意义与价值。由此 2003《公约》名录体系呈现一种空间的关系，具体的文化空间从根本上决定了项目的意义，这也是非遗评审与保护实践中反对去语境化，反复强调再语境化的根本原因所在。③

进一步地，虽然非遗项目的根本意义取决于其社区文化空间内原有的意义，但是列入名录（代表作、优秀实践、亟须保护）这一举措本身赋予了项目得以超越自身文化空间内部意义的可能性。由于其所获得的"人类非遗"的名号，从而与其他文化空间的实践产生了关联，在全球空间的层级性并置中（世界级、国家级等等），获得一种新的理解与阐释。这样 2003《公约》本身所强调的文化多样性，亦是一种空间关系，因为不同文化在时间上是同时的，所谓的多元实际上是一种空间上的分布，这也体现为名录希望包括更多的国家，以获得更广泛的地域分布的努力。以此而言，2003《公约》及其评审和名录体系体现为一种超越具体地域文化空间的超越性的空间关系，这无疑正是当下全球化时代时空关系的缩影。地方性的民俗传统因其地方性而列入名录体系，却由此获得了超越地方性的能力，显示出地方性与全球性的深刻关联。

---

① Laurajane Smith and NatsukoAkagawa, "Introduction", in Laurajane Smith and NatsukoAkagawa, eds., *Intangible Heritage*, New York: Routledge, 2009, pp. 4 – 5.
② 〔摩洛哥〕艾哈迈德·斯昆惕（Ahmed Skounti）：《非物质文化遗产及其遗产化反思》，马千里译，巴莫曲布嫫校，《民族文学研究》2017 年第 4 期，第 56～58 页。
③ ith – 15 – 10. com – 10_en, 39, 2018 – 01 – 17.

"非物质文化遗产保护"与"民间文学艺术作品著作权保护"的内在矛盾[*]

施爱东[**]

摘　要：由于"非物质文化遗产保护"与"民间文学艺术作品著作权保护"的中文译名共同使用了"保护"一词，许多学者误以为两种保护是同一性质，实际上其英语表述及内涵均有本质区别。前者是由联合国教科文组织主导的，基于"人类共同遗产"理念发展出来的保护制度，后者是由世界知识产权组织主导的，基于"私有制财产"理论建立起来的保护制度。我国在"非遗保护"中的杰出成就，以及在"民间文学艺术作品著作权保护"领域的踌躇不前，进一步证明了非物质文化遗产作为"人类共同遗产"理念的先进性，以及作为特定社区或群体"私有制财产"理论的局限性。

关键词：民间文学艺术作品著作权保护；非物质文化遗产保护；传统文化表现形式；世界文化多样性；人类共同遗产

本文将要讨论的两种保护，一种是民间文学艺术作品著作权保护；另

---

[*] 本文选自《中国人民大学学报》2018年第1期。

[**] 施爱东，江西省信丰县人，中国社会科学院文学研究所研究员，中国民俗学会副会长、中国乡愁文化发展研究中心专家委员会主任。主要研究方向为民俗学史、故事学、谣言研究、大众文化批评等。专著有：《倡立一门新学科——中国现代民俗学的鼓吹、经营与中落》，中国社会科学出版社，2011；《中国现代民俗学检讨》，社会科学文献出版社，2010；《中国龙的发明：16~19世纪的龙政治与中国形象》，生活·读书·新知三联书店，2014；《点评金庸》，广东人民出版社，2001；等。

一种是非物质文化遗产保护。两种保护公约的制定，分属于两个不同的国际组织，前者属于"世界知识产权组织"（WIPO），后者属于"联合国教育、科学及文化组织"（UNESCO）[①]。

民间文学艺术作品与非物质文化遗产都是民俗文化中的主体成分，但是由于非物质文化遗产的外延大于民间文学艺术作品（也可以认为民间文学艺术作品从属于非物质文化遗产），为了保障论述的针对性和有效性，以下讨论主要从民间文学艺术作品的角度展开，涉及非物质文化遗产的讨论，也特指其中的民间文学艺术作品。

另外，依据 WIPO 秘书处文件："'传统文化表现形式'和'民间文学艺术表现形式'被当作同义词使用，可以互换，可以简称为'传统文化表现形式'，英文常用缩写为'TCE'。"[②] 所以，本文引述中无论说到"非物质文化遗产"还是"传统文化表现形式"，均可替代为"民间文学艺术作品"（TCE）。

一 民间文学艺术作品的基本特征

在讨论保护之前，我们先要明确保护的对象是什么，也即"民间文学艺术作品"指的是哪类作品。WIPO 的诸多表述中最新最简洁的表述是："传统文化表现形式包括各种动态的形式，在传统文化中创造、表现和表示，是土著当地社区和其他受益人集体的文化与社会认同的组成部分。"[③] 但是国际社会并未对这一概念形成共识，各国都是根据本国具体情况各自认定。

我们通常所说的"民间文学艺术作品"，泛指一切由民间艺人、文艺爱好者，或者普通群众创作、表演的，具有一定地域特色或族群特色的，可以不断重复生产的，非个性化的文学艺术作品。但是我们所讨论的保护对象没有这么宽泛，根据《民间文学艺术作品著作权保护条例（征求意见稿）》（以下简称《条例》），所有能够指认具体创作者、操作者或表演者

[①] 为了节省篇幅，本文涉及该组织名称时，均用其英文缩写 WIPO 及 UNESCO。
[②] 世界知识产权组织：《知识产权与遗传资源、传统知识和传统文化表现形式重要词语汇编》。
[③] 世界知识产权组织：《保护传统文化表现形式：条款草案》。

的文学艺术作品,比如你从李大娘那里买来的剪纸,我从张大爷那里听来的故事,都不在《条例》的保护范围之内。《条例》所保护的"民间文学艺术作品",特指那些找不到具体创作者或执行者的,"由特定的民族、族群或者社群内不特定成员集体创作和世代传承,并体现其传统观念和文化价值的文学艺术的表达"①。

这一表述在国家版权局的另一份文件中阐释得更为清晰。文件认为,民间文学艺术作品的特殊性具体表现为四个"性":(一)来源的确定性,即民间文艺作品一般能确定来自某特定的民族、族群或社群;(二)主体的群体性,即创作者往往是一个群体,无法确定到具体的创作人;(三)创作的动态性,即作品在创作流播过程中一直在进行程度不同的变化和改动;(四)表达的差异性,即同一民间文学艺术作品在其被表现、呈现或者表达时存在程度不同的差异性。②

结合民间文学的"四性特征",我们可以将"民间文学艺术作品"的基本特征进一步展开为如下五点:

(一)创作主体的集体性。其创作者和传承者不是特定的个人,无法像一般作品那样落实具体的创作主体,因此,也无法明确具体的权利人。

(二)创作和流传的动态性。民间文学艺术作品的创作流播是变动不居的,在传播和流传过程中一直在进行程度不同的变化和改动。

(三)表现形式的口头性。民间文学艺术作品多为口传心授,记忆保存。

(四)作品内容的变异性。民间文学艺术没有固定的脚本,可随机变异,同一民间文艺作品在不同的表现场合总是存在程度不同的差异性。

(五)超越时空的共享性。民间文学艺术自古以来就是一种全民共享的文化形态,可以被不同的社会群体甚至是不同的民族或国家所享用。

---

① 国家版权局:《民间文学艺术作品著作权保护条例(征求意见稿)》,中华人民共和国国家版权局官网,http://www.ncac.gov.cn,2014 年 9 月 2 日。下文对《条例》的引文均出此处,不再逐一标注。
② 国家版权局:《关于〈民间文学艺术作品著作权保护条例〉(草案)的说明》,《民间文艺著作权立法资料汇编》,国家版权局印制,2014。

二 著作权角度的"保护"(Protection)

著作权属于无形财产权,具有知识产权的一般属性,而知识产权制度是基于私有制财产理论而建立起来的一套资源分配制度,也就是说,知识产权先验地预设了所有创造性的劳动成果都是一种私有财产。"各国著作权法都规定,著作权具有财产的性质,作者对其创作的作品享有财产权利,即作者可因其作品的使用获取一定的经济利益。"①

作为财产权的著作权具有明确的独占性和排他性,以及市场经济的商品属性,表现为未经作者或作者代理人同意,其他任何人不得控制或使用其作品,否则就会构成侵权行为,需要承担侵权责任。著作权法是一种私法,用以规范因作品的创作、传播等而产生的财产关系和人身关系。针对民间文学艺术作品的著作权保护,WIPO解释为:"'保护'倾向于指保护传统知识和传统文化表现形式反对第三方某种形式的未经授权使用。"②

所谓"民间文学艺术作品著作权",是一个新兴的法学概念,是发达国家与欠发达国家之间政治博弈的产物。要理解这个问题,必须对概念生产的国际背景有所了解。

20世纪60年代起,非洲掀起独立运动高潮,刚刚摆脱殖民统治的非洲国家为了争取确认其文化身份,进而确立其政治身份,纷纷颁布了本国的知识产权法律。可是,发达国家几乎垄断了所有高新技术的知识产权,依据既有的知识产权制度,非洲国家几乎注定了只有向发达国家交钱的命运,于是,他们开始向国际社会提出自己的知识产权诉求。1963年,WIPO和UNESCO在布拉柴维尔举办了一次非洲知识产权工作会议,有代表特别提出:"《伯尔尼公约》应当包含'保护非洲国家在民间文学艺术领域的利益的特别条款'。"③ 接着在1967年召开的斯德哥尔摩外交会议上,WIPO开始认真考虑该项提议,并将之纳入会议议程。

《伯尔尼公约》第15条是关于作者身份认定的条款,1971年公布的新

---

① 冯晓青:《著作权法》,法律出版社,2010。
② 世界知识产权组织:《知识产权与遗传资源、传统知识和传统文化表现形式重要词语汇编》。
③ 〔德〕莱万斯基(Slike von Lewinski)编著《原住民遗产与知识产权:遗传资源、传统知识和民间文学艺术》,廖冰冰、刘硕、卢璐译,323页,中国民主法制出版社,2011,第323页。

增第 4 项是这样表述的:"对于作者不明的未发行作品,如果有充分理由推定作者是本联盟一成员国国民,该国的法律可以指定一主管当局作为作者的代理人,并有权在本联盟成员国保护和执行作者的权利。"① 这一经典条文中虽然没有出现"民间文学艺术"一词,但它被默认为是用于处理民间文学艺术作品的著作权保护。由于该条款并没有提出具体的认定标准和实施方案,因而在实践中并没有什么实际效用,它的意义只在于从认识上承认了民间文学艺术理应得到保护。即便如此,我们依然认为非洲代表的努力是取得了成效的。

在接下来的 1978~1982 年,WIPO 和 UNESCO 曾多次召开会议,研究民间文学艺术保护的国内选择示范条款草案,以及运用国际手段保护民间文学艺术的可能性,最终在 1982 年形成了《保护民间文学表达形式、防止不正当利用及其他侵害行为的国内法示范法条》。

不过,几乎所有的欧洲国家以及其他地区的发达国家如美国、俄国、日本、韩国、澳大利亚、加拿大等,都不认为需要对民间文学艺术作品进行立法保护。民间文学艺术作品通常被认为是公有领域的一部分,不能视作个别群体的私有财产。而从欠发达国家的一面来说,随着他们对于国际间游戏规则的日渐熟悉,逐步认识到只要多国联手,反复申诉,任何"平权"诉求都有机会取得成果。从 20 世纪 70 年代开始,一些欠发达国家反复地向 WIPO 提交文件,希望促成民间文学艺术作品的国际保护,同时在国内立法中定立了保护措施。

1999 年,WIPO 先后与非洲国家、亚太地区国家、阿拉伯国家、拉丁美洲国家联合举办了"保护民间文学艺术表现形式的地区咨询会议"。反复磋商的结果是一个崭新的永久性组织的成立——2000 年 9 月,"世界知识产权组织关于知识产权与遗传资源、传统知识和民间文学艺术政府间委员会"(IGC)诞生。该委员会主页的介绍为:"WIPO 知识产权与遗传资源、传统知识和民间文学艺术政府间委员会正在根据其任务授权进行基于案文的谈判,目标是议定一部或多部国际法律文书的案文,以确保传统知识(TK)、

---

① 刘波林译:《保护文学和艺术作品伯尔尼公约(1971 年巴黎文本)指南》,中国人民大学出版社,2002,第 146 页。

传统文化表现形式（TCE）和遗传资源（GR）得到有效保护。"①

政府间委员会从 2001 年开始，平均每年召开两次会议，其主要目的是制定一部或多部国际法律文书，实现对传统文化表现形式和传统知识的有效保护，并处理遗传资源获取和惠益分享中的知识产权问题。截至 2017 年底，该委员会已经召开 34 次会议，形成了一大批诸如《保护传统文化表现形式/民间文学艺术的政策目标和核心原则草案》《保护传统文化表现形式/民间文艺表现形式：经修订的目标与原则》《保护传统文化表现形式：差距分析草案》《保护传统文化表现形式：条款草案》《关于观察员参与知识产权与遗传资源、传统知识和民间文学艺术政府间委员会工作的研究报告草案》等文件，还有数百万字的工作文件，以及会议论辩纪要。

可令人遗憾的是，这些文件越分越碎，一次又一次地反复修订，进展却极其缓慢，共识也越来越少。发达国家与欠发达国家在具体条文上很难达成共识，本该 2015 年召开的第 29 次会议拖到 2016 年才得以召开②，会议重启之后，各项条款和实施方案几乎没有任何实质性的进展。

从现有的、历经反复修订依然无法定稿的 WIPO《保护传统文化表现形式：条款草案》来看，可以将民间文学艺术作品著作权保护方案大致区分为"积极保护"和"防御性保护"两个方面。

积极保护的条款又包括了两个方面。一是在明确了著作权人的前提下，防止第三方的未授权使用："（a）防止其传统文化表现形式被盗用和滥用/冒犯性和诋毁性使用；（b）在必要时控制以超出习惯和传统范围的方式使用其传统文化表现形式。"二是促进著作权人或传统社区的获利使用："（c）在必要时依据自由事先知情同意或批准和参与/公正和公平的补偿，促进公平补偿/分享因使用这些表现形式而产生的利益。"③ 比如，著作权人可以利用这些民间文学艺术作品建立自己的文化企业，或者从他人的获利性使用中分享版权利益。

---

① 世界知识产权组织："Intergovernmental Committee（IGC），"http://www.wipo.int/tk/en/igc/.
② 世界知识产权组织："A snapshot of recent developments within the IGC，"http://www.wipo.int/tk/en/igc/snapshot.html.
③ 世界知识产权组织：《保护传统文化表现形式：条款草案》。

防御性保护主要是指"防止对传统文化表现形式授予错误的知识产权"。"防御性保护指一套策略,用以确保第三方不从传统文化表现形式、传统知识客体和相关遗传资源中获得非法的或无根据的知识产权。传统知识的防御性保护包括采取措施,事先阻止非法宣称先有传统知识为发明的专利或宣告其无效。"①

三 文化遗产角度的"保护"(Safeguarding)

与著作权的私有制保护理念相反,文化遗产强调了作为人类共同财富的一面,因而其保护也更强调全人类对于这些文化遗产的共同拥有、共同维护。不过,从历史上看,文化遗产角度的保护却又是在民间文艺知识产权保护的工作推进中逐渐分化、演进而来的。

UNESCO《保护世界文化和自然遗产公约》于1972年在巴黎会议上获得通过,"当时就有一些会员国对保护非物质遗产(虽然当时并未形成这个概念)的重要性表示了关注"②。1973年,玻利维亚政府曾在其《关于保护民间文艺国际文书的提案》③中,建议在1971年的《世界版权公约》基础上增加一项关于保护民间知识的条款。虽然该提案当时并没有被采纳,但正是在玻利维亚等国以及许多民俗学者和人类学者的推动下,UNESCO于1982年成立了保护民俗专家委员会,设立了非物质遗产处(Section for the Non-Physical Heritage)。这一时期,UNESCO对于民间文化的保护理念还是倾向于知识产权保护性质的,因而考虑与WIPO共同推进该项工作。

但是,随着民俗学者和人类学者的介入,以及非物质遗产概念的提出,UNESCO进一步认识到了"民间创作在社会、经济、文化和政治方面的重要意义"④。尊重不同族群或社区之间的多样性文化,以及多样性文化之间

---

① 世界知识产权组织:《知识产权与遗传资源、传统知识和传统文化表现形式重要词语汇编》。
② 巴莫曲布嫫:《非物质文化遗产:从概念到实践》,《民族艺术》2008年第1期。
③ *Proposal for International Instrument for the Protection of Folklore.* Intergovernmental Copyright Committee. 12th session, Paris, 1973. Ref. IGC/XII/12. Annex A.
④ 联合国教育、科学及文化组织:《保护民间创作建议案》(*Recommendation on the Safeguarding of Traditional Culture and Folklore*),联合国教育、科学及文化组织大会第25届会议通过,1989年11月15日。

的相互理解和欣赏，而不是彼此隔断、封锁，无疑有助于人类开展更为广泛的团结互助。相互理解基于相互交流，相互交流基于顺畅的传播渠道，在不断深入的讨论和反复推进的调查中，交流、传播、抢救、互惠互助的理念逐渐偏离了"知识产权"或"财产权""专享权"的预设轨道，民俗学者、人类学者与知识产权法专家之间的分歧也逐渐显露出来。

1989 年，在 UNESCO 第 25 届会议上通过的《保护民间创作建议案》（以下简称《建议案》）① 是一份里程碑式的文件，标志着 UNESCO 与 WIPO 之间的分道扬镳。该建议案一开篇就强调了"民间创作是人类的共同遗产，是促使各国人民和各社会集团更加接近以及确认其文化特性的强有力手段"，"认为各国政府在保护民间创作方面应起决定性作用，并应尽快采取行动"。这一定调与 WIPO 首先将民间文学艺术作品视作"私有财产"完全不同，UNESCO 首先将民间创作视为"人类的共同遗产"，因此，其"保护"的取向也完全不同。

那么，UNESCO 视野中的民间创作应该如何保护呢？《建议案》首先提出的方案是保存："保存的目的是使传统的研究者和传播者能够使用有助于他们了解传说演变过程的资料。"具体措施包括建立民间创作资料的国家档案机构或者博物馆、编制总索引、传播情报、培训工作人员、为制作副本提供手段等，"以此确保有关的文化团体能够接触所收集的资料"。其次是经济上的支持、帮助："必须采取措施，在产生民间创作传统的群体内部和外部，保障民间创作传统的地位并保证从经济上给予支[资]助。"这种资助包括：重视民间创作的教学与研究，保障各文化团体享用民间创作的权利，建立民间创作协调机构，为民间创作的研究、宣传和致力者提供道义和经济上的支持等。再次是民间创作的传播："为了使人们意识到民间创作的价值和保护民间创作的必要性，广泛传播构成这一文化遗产的基本因素很有必要。"②

---

① 联合国教育、科学及文化组织大会：《保护民间创作建议案》（Recommendation on the Safeguarding of Traditional Culture and Folklore），联合国教育、科学及文化组织大会第 25 届会议通过，1989 年 11 月 15 日。

② 联合国教育、科学及文化组织大会：《保护民间创作建议案》（Recommendation on the Safeguarding of Traditional Culture and Folklore），联合国教育、科学及文化组织大会第 25 届会议通过，1989 年 11 月 15 日。

传播措施包括：鼓励组织地区性的甚至国际性的活动，传播和出版其成果，为创作者、研究者和传播者提供工作职位，资助民间创作的展览，在媒体上为民间创作提供更多空间，为民间创作的国内和国际交流提供方便等。

不过，UNESCO 在 1995~1999 年组织的调查显示，这个不具法律约束力的国际文书几乎未对其成员国产生任何实质性影响。1999 年 UNESCO 与史密森学会在华盛顿举办了题为"《保护民间创作建议案》全球评估：在地赋权与国际合作"的国际研讨，对《建议案》的实际效果进行全面评估。这次研讨会的主要参加者是一批文化人类学者，还有部分法律专家，论争达成的基本共识是：将非物质文化遗产视作文化的"最终成果"加以"保存"的理念是有偏颇的，非物质文化是一种变化着、发展着的活态文化，应当把人类文化创造和实施的"活动和过程"视为非物质文化遗产本身。这次会议上，由文化人类学家主导制定的新概念和新保护原则，对随后《保护非物质文化遗产公约》的起草起到了指导作用。①

1997~1998 年，UNESCO 启动"宣布人类口头和非物质遗产代表作"项目。2001 年，第一批 19 项代表作获得通过。同年 10 月，成员国通过《教科文组织世界文化多样性宣言》（以下简称《宣言》）。《宣言》中有两个特别值得我们注意的观念表述，一是"人类是一个统一整体"的表述："希望在承认文化多样性、认识到人类是一个统一的整体和发展文化间交流的基础上开展更广泛的团结互助"。一是文化多样性是"人类共同遗产"的表述："文化多样性是人类的共同遗产，应当从当代人和子孙后代的利益考虑予以承认和肯定。"正是基于这种"人类是统一整体"和"人类共同遗产"的观念，《宣言》主张每种文化都应该以积极、主动、开放的态度表现、宣传、对话、交流，并且指出："每项创作都来源于有关的文化传统，但也在同其他文化传统的交流中得到充分的发展。因此，各种形式的文化遗产都应当作为人类的经历和期望的见证得到保护、开发利用和代代相传，以支持各种创作和建立各种文化之间的真正

---

① 爱川纪子 (Aikawa Faure, Noriko)：『文化遺産の「拡大解釈」から「統合的アプローチ」へ：ユネスコの文化政策にみる文化の「意味」と「役割」』、成城大学民俗学研究所グローカル研究センター、2010。

对话。"① 这与 WIPO 的"守阈保护"完全不同，甚至可说是互相对立的。

2003 年 10 月，UNESCO 第 32 届会议正式通过《保护非物质文化遗产公约》（以下简称《公约》），明确指出："'保护'指确保非物质文化遗产生命力的各种措施，包括这种遗产各个方面的确认、立档、研究、保存、保护、宣传、弘扬、传承（特别是通过正规和非正规教育）和振兴。"②

根据《建议案》《公约》以及《实施〈保护非物质文化遗产公约〉的业务指南》的精神，我们可以将 UNESCO 的非物质文化遗产保护理念归纳为"信息保存"和"动态保护"两个相辅相成，不可分割的方面。

信息保存是一种借助外在力量，使非物质文化遗产转化为物质文化遗产，将之存入资料库（数据库）或研究机构的保护方式。信息保存主要分为两个方面：一是建立非物质文化遗产文献中心、博物馆，并创造条件促进对它的利用，比如，借助文字、图片、录音、视频、电影，乃至相应物品，以存档的方式进行保存、利用。二是开展有效保护非物质文化遗产特别是濒危遗产的科学、技术和艺术研究以及方法研究，通过研究、传播，为研究者和传播者提供工作职位等方式保存和理解非物质文化的遗产特性。

动态保护是在遗产所属社区或群体内部的生活语境中实施的复兴保护，旨在保障遗产的传承和再生产，使之焕发可持续发展的生命活力。动态保护主要有四个方面：一是通过遗产认定，使非物质文化遗产在全社会得到确认、尊重和弘扬。二是实施教育计划，在学校或有关社区和群体当中培养遗产传承人，鼓励世代相传和复兴无形文化遗产来保持它的活力。三是促进建立非物质文化遗产的管理机构，尽可能地为遗产传承提供活动和表现的场所和空间，或者吸收他们积极地参与有关的管理，促使他们提高相关技能和艺术修养。四是确保社区或群体对于非物质文化遗产的自主享用，同时对享用这种遗产的特殊方面的习俗做法予以尊重。

---

① 联合国教育、科学及文化组织大会：《教科文组织世界文化多样性宣言》（*UNESCO Universal Declaration on Cultural Diversity*），联合国教育、科学及文化组织大会第 20 次全体会议通过，2001 年 11 月 2 日。
② 联合国教育、科学及文化组织大会：《保护非物质文化遗产公约》（*The Convention for the Safeguarding of the Intangible Cultural Heritage*），联合国教育、科学及文化组织大会第 32 届会议通过，2003 年 10 月 17 日。

无论是静态保护还是动态保护，UNESCO 都强调了政府在保护问题上的主导地位，并且倡导通过政府专项资金、国际援助、社会捐款等方式建立"非物质文化遗产保护基金"，对遗产项目实施保护，并且努力确保遗产传承人能够在保护中获取一定的利益。

四 分道扬镳的两种保护观

无论是 WIPO 的"民间文学艺术作品著作权保护"还是 UNESCO 的"非物质文化遗产保护"，在汉语表述中均使用了"保护"一词，这让许多学者误以为两者的保护理念是一致的。但在英语表述中，这是两种差异明显的"保护"，民间文艺著作权保护是基于对"私有财产"的保护，英文表述为 Protection，倾向于守护、防卫，使某物免受侵犯；非物质文化遗产保护是基于对"人类共同遗产"的保护，英文表述为 Safeguarding，倾向于维护、预防，使某物免遭毁坏。

但无论哪种保护，WIPO 与 UNESCO 对于民间文学艺术作品的价值理念是基本一致的："承认土著人民、当地社区和民族/受益人的文化遗产具有固有价值，包括社会、文化、精神、经济、科学、思想、商业和教育价值"[1]。不同的是，WIPO 的相关讨论主要由知识产权领域的法律专家主导推进，而 UNESCO 的相关讨论主要由一批杰出的民俗学者和人类学者主导推进（比如，芬兰著名民俗学家劳里·航柯就在 UNESCO 的文件起草中做了大量工作）。两者对于民间文学艺术作品的保护理念有明显分歧。

UNESCO 非物质文化遗产总干事顾问、前 UNESO 非物质遗产处负责人爱川纪子作为主要当事人之一，在一份有关 UNESO 文化政策的回顾文献中说道："早在 1972 年《保护世界文化和自然遗产公约》公布之后的第二年（按：也即在玻利维亚政府建议《世界版权公约》增加民间知识保护条款之后），UNESO 就开始着手制订非物质文化遗产的保护计划。当时在非物质遗产的保护观念上有两种不同的观点，一是作为知识产权的财产来保护，一种是作为文化遗产来保护。UNESO 试图与世界知识产权组织合作，综合两

---

[1] 世界知识产权组织：《保护传统文化表现形式：条款草案》。

方面的观点建立一个统一的保护制度，然而，这两派观点经过了13年的辩论，最终的结果是无法融合。1985年，UNESO决定放弃知识产权角度的保护话题，此类问题交由WIPO处理，与此相反，UNESO把工作焦点放在如何对那些有可能迅速消失的非物质文化遗产进行全面保护的问题上。"①

UNESCO非物质文化遗产领域专家巴莫曲布嫫因此评价说："这场在'民俗与版权'之间左右颉颃、进退两难的立法努力，可以概括为历时长久、人力物力耗散巨大、辩论不断，而且收效甚微、影响不大，没有达到预期目标……《建议案》明智地强调了民俗保护的积极方面，比如以适当的方法维护和传播民俗；同时避开了消极方面，如'知识产权'及其运用中的棘手问题。其结果是将民俗保护与知识产权问题加以分别对待的取向日益清晰起来，以期绕开长期的困扰和最后出现的僵局，在将来的行动计划中从方法上改善工作途径，在理论基石与预期的操作结果之间厘清观念上的认识，形成内在统一的解决方案。"②

在民间文学艺术作品或者非物质文化遗产的保护问题上，分道扬镳之后的WIPO和UNESCO各自成立了自己的"政府间委员会"，前者叫"知识产权与遗传资源、传统知识和民间文学艺术政府间委员会"，后者叫"保护非物质文化遗产政府间委员会"，两者英文缩写都是IGC。所不同的是，两者分手之后，各自遭遇了完全不同的命运。WIPO政府间委员会在传统文化表现形式知识产权保护方面的工作推进得极为艰难，从2001年第1次会议至2017年第34次会议就一直争论不休，发达国家与欠发达国家之间的分歧越来越严重，问题越来越多，事情越搅越复杂，甚至可用一筹莫展来形容其工作进度。而摆脱了知识产权羁绊的UNESCO政府间委员会从2006年第1次会议至2017年第12次会议，在推进实施《公约》的各个方面都做出了突出成绩，吸引了越来越多民族国家的参与，截至2017年9月已经达到175个缔约国，实可谓高歌猛进，一骑绝尘。

自20世纪60年代以来，国际社会就开始关切经济欠发达国家及其土著

---

① 爱川纪子（Aikawa Faure, Noriko）:『文化遺産の「拡大解釈」から「統合的アプローチ」へ：ユネスコの文化政策にみる文化の「意味」と「役割」』, 13页。
② 巴莫曲布嫫:《非物质文化遗产：从概念到实践》,《民族艺术》2008年第1期。

居民关于文化主权与身份认同方面的精神诉求及其知识产权诉求,确认了"每种文化都具有尊严和价值,必须予以尊重和保存"(《国际文化合作原则宣言》,UNESCO 第 14 届会议,1966)的基本原则,并逐渐由此形成了一套"政治正确"的国际政治话语体系。但是,国际政治本身就是个矛盾统一体,正如安德明所言:"从更深层的意义上而言,亚文化民族或群体保护传统文化的动机中所包含的知识产权诉求,实际上体现了西方资本主义价值观在这些民族或群体的文化中的渗透。'知识产权同占有欲、及个人主义思想体系,构成资本主义社会的一个特性,是属于西方文化的范畴。'民族精神的独立要求与资本主义价值观的普遍渗透,就这样奇特地交织在一起,成了第三世界国家一种无奈的选择。"①

政治很正确,可事实却很残酷,自从非洲知识产权组织的《班吉协定》发布以来,"至今没有获得任何关于其条款实际效果的信息"②。非洲欠发达国家立法保护民间文学艺术作品 40 多年来,并没有因此从发达国家得到丝毫利益回报。在世界知识版权会议上被提及的相关案例,几乎全是发生在非洲本土本国境内的土著居民与文化公司之间的纠纷。1999 年,旧版《班吉协定》中的民间文学艺术作品著作权保护条款被删除,重新订立了新的保护理念,着重强调尊重民间文学艺术持有人的"精神权利",这实际上等于正逐步向 UNESCO 的保护理念靠拢。

五 两种保护观在中国语境中的具体呈现

UNESCO 非常清醒地意识到非物质文化遗产保护与民间文学艺术作品著作权保护之间的分歧和矛盾,为了避免不必要的冲突,在《保护非物质文化遗产公约》中特别强调指出,"本公约的任何条款均不得解释为:(二)影响缔约国从其作为缔约方的任何有关知识产权或使用生物和生态资源的国际文书所获得的权利和所负有的义务"。

与此相应,为了避免民间文学艺术作品的过度私有化,WIPO 也在其

---

① 安德明:《非物质文化遗产保护:民俗学的两难选择》,《河南社会科学》2008 年第 1 期。
② 〔德〕莱万斯基(Slike von Lewinski)编著《原住民遗产与知识产权:遗传资源、传统知识和民间文学艺术》廖冰冰、刘硕、卢璐译,中国民主法制出版社,2011,第 390 页。

《保护传统文化表现形式：条款草案》"原则"中强调了保护公有领域的重要性："承认活跃的公有领域和适用于所有人使用、对创造力和创新至关重要的知识体系的价值，承认有必要保护、维护和加强公共领域。"该草案在"第七条：例外与限制"中列举了许多应该允许的使用，如："创作受传统文化表现形式启发、依据传统文化表现形式或借鉴传统文化表现形式的文学、艺术和创意作品，"以及对受益人不具有冒犯性或减损性的使用、不与受益人对传统知识的正常利用相抵触的使用，等等。①

一方面，WIPO 的私有财产观与 UNESCO 的人类共同遗产观在保护理念上存在明显分歧；另一方面，恰恰是因为双方都清楚地认识到了分歧，才会在法条的表述上尽可能地减弱这种分歧对于具体执行可能产生的不良影响。

我们再来看看这两种保护观如何在我国的立法工作中落地生根。

我国早在 1990 年即已颁布实施《中华人民共和国著作权法》，但是由于对民间文学艺术作品著作权拿不出切实可行的保护措施，所以只在第六条做了一个意向性的规定："民间文学艺术作品的著作权保护办法由国务院另行规定。"② 自此，制定一部适合中国国情的《民间文学艺术作品著作权保护条例》就成了全国人大每年督促国务院相关职能部门（主要是国家版权局法规司）必须完成的一项重要任务。

可是，一个在 WIPO 论争了半个世纪都没有结果的议题，版权局法规司又如何能够完成呢？尽管困难，法规司的工作人员还是先后研究出了几套方案，可惜的是，它们都在讨论或公示的阶段遭到了民俗学者和部分知识产权领域专家的反对。于是"有人提出，这个条例既然这么长时间出台不了，干脆就把它废掉。自 2011 年启动的著作权法第三次修法活动中，也确实有人提出废除这个条文。在由学者提出的三个修法版本中，没有一个提及民间文学艺术作品版权保护问题"③。

---

① 世界知识产权组织：《保护传统文化表现形式：条款草案》。
② 第七届全国人民代表大会常务委员会第十五次会议通过：《中华人民共和国著作权法》，《出版工作》1990 年第 1 期。
③ 周林：《简论"民间文艺"版权保护立法》，《中国版权》2015 年第 3 期。

可是，民间文学艺术作品的知识产权保护又是一个由经济欠发达国家（第三世界国家）主导的"政治正确"的国际政治话语，如果没有充分的放弃理由，立法部门也只能知难而上。于是，WIPO 与 UNESCO 的 13 年论辩场景就有了一个中国微缩版。在 21 世纪最初几年的《中华人民共和国非物质文化遗产法》起草过程中，"有关立法部门曾经酝酿写入非物质文化遗产著作权保护条款的方案，但由于种种原因未采纳"①。之所以无法写入，根本原因还是两种保护理念的无法兼容。在国际层面无法融合的保护理念，具体落实到中国，一样无法融合。最后，《中华人民共和国非物质文化遗产法》对于知识产权问题的处理方式也与 UNESCO《保护非物质文化遗产公约》相似，只是在第 44 条做了一个回避矛盾的笼统说明："使用非物质文化遗产涉及知识产权的，适用有关法律、行政法规的规定。"②

2014 年 9 月 2 日，国家版权局终于官网发布《民间文学艺术作品著作权保护条例（征求意见稿）》③，这似乎意味着"等待了 20 多年，我国亟待保护的民间文学艺术作品终于有了专门的保护法律"④，新华网等各大媒体纷纷转载这一消息，普遍认为："加强民间文艺作品的著作权保护立法工作，不仅是推进社会主义文化强国建设的要求，还是参与国际规则制定，争夺国际话语权的要求。"⑤ 不过，这份"征求意见稿"并未获得多数民俗学者的认同，部分民俗学者认为该《条例》虽名为"保护"，实际上很可能起到"破坏"作用。由此可见，在 WIPO 举步维艰的民间文艺保护观，在中国的本土化过程中，一样遭到广泛质疑，《条例》征求意见稿最终没能如期颁布实施。

国际层面对于传统文化表现形式的知识产权保护，主要是发展中国家

---

① 国家版权局：《关于〈民间文学艺术作品著作权保护条例〉（草案）的说明》，《民间文艺著作权立法资料汇编》，第 7 页。
② 第十一届全国人民代表大会常务委员会第十九次会议通过：《中华人民共和国非物质文化遗产法》，中国人大网，www.npc.gov.cn，2011 年 5 月 10 日。
③ 国家版权局：《国家版权局关于〈民间文学艺术作品著作权保护条例（征求意见稿）〉公开征求意见的通知》，中华人民共和国国家版权局，http://www.ncac.gov.cn，2014 年 9 月 2 日。
④ 姜旭：《民间文学艺术作品将获立法保护》，《中国知识产权报》2014 年 10 月 17 日。
⑤ 方圆：《〈民间文学艺术作品著作权保护条例〉（征求意见稿）》，《中国新闻出版报》2014 年 9 月 18 日。

面对发达国家而实施的一种文化保护策略，具有明显的文化抵抗色彩。但要特别注意的是，我国是一个典型的多民族国家，地区文化发展极不平衡，如果依据同样的保护逻辑，简单地移用于国内民族民间文化领域，有可能影响到各民族间的文化交流，影响到民族团结。此外，仓促实施该《条例》还极有可能引发或加剧地区之间的文化资源争夺，既不利于文化繁荣和文化融合，也会影响到民间文学艺术本身的创新和传播。

反之，UNESCO将非物质文化遗产视作"人类共同遗产"，所以一再强调宣传、传播、弘扬、传承的重要性。相应地，《中华人民共和国非物质文化遗产法》既将我国非物质文化遗产视作"人类共同遗产"，也视为"中华民族共同遗产"，因此首先强调了遗产保护"有利于增强中华民族的文化认同，有利于维护国家统一和民族团结，有利于促进社会和谐和可持续发展"（第四条）的根本目的，反复强调"国家鼓励和支持开展非物质文化遗产代表性项目的传承、传播"（第二十八条），"鼓励开展非物质文化遗产的记录和非物质文化遗产代表性项目的整理、出版等活动"（第三十三条）等，把传承、传播、宣传、普及、出版、利用视作重要的保护手段。

曾经参与《非物质文化遗产法》起草工作的刘魁立先生使用了"共享性"来阐释非物质文化作为"人类共同遗产"的特性："不同的人，不同的社群、族群，能够同时持有共同享用共同传承同一个文化创造成果。这种对文化事象能够共同持有、共同享用、共同传承的特性只有在非物质文化领域才可以见到。"[①]

积极、开放、共享的非物质文化遗产保护获得了社会各界的广泛认同和支持，成为一项文化运动，迅速在中华大地生根发芽，如火如荼地开展起来。我国在非物质文化遗产保护运动中的杰出成就，以及《条例》的反复修订和踯躅不前，进一步证明了传统文化表现形式作为"人类共同遗产"理念的先进性，以及作为特定社区或群体"私有制财产"理论的局限性。

[①] 刘魁立：《非物质文化遗产的共享性本真性与人类文化多样性发展》，《山东社会科学》2010年第3期。

图书在版编目(CIP)数据

2018 民间文艺研究论丛年选佳作.民俗文化/安德明主编.--北京:社会科学文献出版社,2020.7
ISBN 978-7-5201-6467-2

Ⅰ.①2… Ⅱ.①安… Ⅲ.①民间文学-文学研究-中国-文集②风俗习惯-中国-文集 Ⅳ.①I207.7-53②K892-53

中国版本图书馆 CIP 数据核字(2020)第 051679 号

2018 民间文艺研究论丛年选佳作·民俗文化

主　　编 / 安德明
副 主 编 / 祝鹏程　陈娟娟

出 版 人 / 谢寿光
责任编辑 / 孙燕生

出　　版 / 社会科学文献出版社·政法传媒分社(010)59367156
　　　　　　地址:北京市北三环中路甲29号院华龙大厦　邮编:100029
　　　　　　网址:www.ssap.com.cn
发　　行 / 市场营销中心(010)59367081　59367083
印　　装 / 三河市龙林印务有限公司

规　　格 / 开 本:787mm×1092mm　1/16
　　　　　　印 张:23.5　字 数:359千字
版　　次 / 2020年7月第1版　2020年7月第1次印刷
书　　号 / ISBN 978-7-5201-6467-2
定　　价 / 128.00元

本书如有印装质量问题,请与读者服务中心(010-59367028)联系

版权所有　翻印必究